W0200600

Goethe-Jahrbuch

Im Auftrag
des Vorstands der Goethe-Gesellschaft
in Kooperation mit der Klassik Stiftung Weimar
herausgegeben von
Frieder von Ammon, Jochen Golz,
Christian Hain und Stefan Matuschek

141. Band
der Gesamtfolge
2024

WALLSTEIN VERLAG

Redaktion:
Anne Fuchs

Mit 21 Abbildungen

Gedruckt mit Unterstützung des Thüringer Ministeriums
für Bildung, Wissenschaft und Kultur

Freistaat Thüringen
Ministerium
für Bildung,
Wissenschaft und Kultur

Bibliografische Information der Deutschen Nationalbibliothek

Die Deutsche Nationalbibliothek verzeichnet diese Publikation in der Deutschen Nationalbibliografie; detaillierte bibliografische Daten sind im Internet über http://dnb.d-nb.de abrufbar.

Alle Rechte vorbehalten. Ohne schriftliche Genehmigung des Verlages ist es nicht gestattet, das Werk unter Verwendung mechanischer, elektronischer und anderer Systeme in irgendeiner Weise zu verarbeiten und zu verbreiten. Insbesondere vorbehalten sind die Rechte der Vervielfältigung – auch von Teilen des Werkes – auf fotomechanischem oder ähnlichem Wege, der tontechnischen Wiedergabe, des Vortrags, der Funk- und Fernsehsendung, der Speicherung in Datenverarbeitungsanlagen, der Übersetzung und der literarischen oder anderweitigen Bearbeitung.

Gedruckt auf alterungsbeständigem Papier

© Wallstein Verlag, Göttingen 2025
www.wallstein-verlag.de
Wallstein Verlag GmbH
Geiststraße 11, 37073 Göttingen
info@wallstein-verlag.de

Vom Verlag gesetzt aus der Sabon
Umschlaggestaltung: Susanne Gerhards, Düsseldorf – © SG-Image
unter Verwendung des Goethe-Porträts von Friedrich Dürck nach Joseph Carl Stieler
(Klassik Stiftung Weimar, Museen, GGe/00439)
Druck und Verarbeitung: Friedrich Pustet, Regensburg

ISBN 978-3-8353-5944-4
ISSN 0323-4207

Inhalt

Vorwort

Liebe Leserinnen, liebe Leser,

das »Symposium junge Goetheforschung«, das wir alle zwei Jahre dokumentieren, ist diesmal nur mit zwei Beiträgen vertreten. Das liegt nicht an der mangelnden Qualität der übrigen Vorträge, sondern daran, dass sie vielfach in anderer Weise, zumeist als Teilkapitel von Dissertationen publiziert werden. Das ist diesmal in höherem Maße der Fall als sonst. Die beiden Texte, die diesen Band eröffnen, belegen aber nicht weniger als in früheren Jahren das vitale Goethe-Interesse des wissenschaftlichen Nachwuchses.

Die Rubrik »Abhandlungen« ist dafür diesmal besonders reichhaltig. Sie beginnt mit programmatischen Perspektiven auf den Schriftsteller Goethe, führt – teilweise jubiläumsbedingt – über Kant, Spinoza, Eckermann, Thomas Mann und die fernöstliche Geographie bis zu einem Rückblick auf unsere Goethe-Gesellschaft.

Daran fügt sich etwas, das zwar durchgehend Thema, doch kaum, oder vielleicht sogar noch niemals Teil unseres Jahrbuchs war: ein literarischer Text. Wir haben uns dazu entschlossen, um eines diesjährigen Jubiläums zu gedenken. 2025 jährt sich Goethes Übersiedlung nach Weimar zum 250. Mal. Aus diesem Anlass haben wir die Schriftstellerin Deniz Ohde gebeten, dieses Ereignis auf ihre Weise zu behandeln. Es ist eine aktuelle Spurensuche am Ort des Geschehens geworden, die eine für alle Literaturliebhaber beglückende Pointe hat. Deniz Ohde ist 1988 in Frankfurt a. M. geboren und dann, genauso wie unser Jubiläumsprotagonist, nach Leipzig gewechselt, wo sie heute noch lebt. 2020 hat sie für ihren Roman »Streulicht« den Literaturpreis der Jürgen Ponto-Stiftung und zugleich den Aspekte-Literaturpreis gewonnen. Wir sind sehr dankbar, dass sie unserer Bitte entsprochen hat. Wenn ihr weiterer Weg sie nach Straßburg, Wetzlar und Weimar führt, wird sie sich einer abermaligen Bitte wohl kaum entziehen können.

Der bislang »Goethe philologisch. Neue (und ältere) Projekte« überschriebenen Rubrik geben wir mit diesem Band einen neuen Namen: »Projekte: Editionen, Forschung, Bildung«. Er bezeichnet genauer, worum es geht. Philologisch bleibt alles dabei insofern, als wir weiterhin den Worten der Literatur zugetan sind. Doch sind vor allem die hier vorgestellten Forschungs- und Bildungsprojekte mitunter in der Sache weiter angelegt, als dass man sie allein der Philologie zuordnen könnte. In diesem Jahr ist diese Rubrik auf *Faust* konzentriert, der auch das Jahresthema der Klassik Stiftung ist. Erstaunlich und beeindruckend, was dazu aus China zu berichten ist. Das neu gelesene Goethe-Buch stammt in diesem Jahr von Georg Simmel und unter den Miszellen gibt es u. a. Neuigkeiten zu einem Goethe-Porträt.

Auf dem Titelblatt ist zu sehen, dass sich der Herausgeberkreis auf einer Position verändert hat. Helmut Heit, der Leiter des Stabsreferats Forschung der Klassik Stiftung, wird von Christian Hain, dem neuen Direktor des Goethe- und Schiller-Archivs, abgelöst. So war es von Anfang an vorgesehen. Sobald die neue Archivleitung gefunden sei, sollte ihr auch die Mitherausgeberschaft unseres Jahrbuchs angetragen werden. Zu unserer Freude ist dieser Antrag tatsächlich – und prompt – angenommen worden. Alle ›alten‹ Herausgeber und auch unsere Redakteurin sagen

Herrn Hain großen Dank, dass er sich so bereitwillig und engagiert dieser neuen Aufgabe angenommen hat, und ebenso danken sie Herrn Heit für die beiden Jahrbücher, an denen er während der Vakanz der Archivdirektion mitgearbeitet hat. Vergnügtes Lesen wünscht Ihnen

Im Namen der Herausgeber
Stefan Matuschek

Dank an die Jahrbuch-Paten

Eine besondere Würdigung verdienen unsere Mitglieder

Dr. Stephan Anger, Berlin
Manfred Klenk, Mannheim
Werner Löfflmann, Ramosch (Schweiz)
Ekkehard Taubner, Bergen/Vogtland.

Sie fördern das Erscheinen des *Goethe-Jahrbuchs* in sehr großzügiger Weise mit einer lebenslangen Jahrbuch-Patenschaft.

Nachfolgend danken wir herzlich all jenen Damen und Herren, die Jahrbuch-Pate für drei aufeinanderfolgende Jahrbücher geworden sind und das *Goethe-Jahrbuch* 2024 mit 100 € gefördert haben.

Dr. Pjotr Abramow, Moskau (Russland)
Dr. Christina Althen, Frankfurt a. M.
Hartmut Bertram, Lüneburg
Volkmar Birkholz, Erfurt
Hildgard Bock, Nürnberg
Prof. Dr. Martin Bollacher, Tübingen
Erika Danckwerts, Berlin
Dr. Hans-Jürgen Danzmann, Bad Säckingen
Dr. Hans-Helmut Dieterich, Ellwangen/Jagst
Hartwig Dück, Coburg
Franz Dudenhöffer, Speyer
Prof. Dr. Udo Ebert, Jena
Dr. Gerd Eidam, Burgwedel
Dr. Arne Eppers, Hamburg
Klaus Martin Finzel, Köln
Dr. Jens Giesdorf, Lasel
Dietrich Gneist, Bonn
Goethe-Gesellschaft Vest Recklinghausen
Dr. Renate Grumach, Berlin
Marion Heise, Halle/Saale
Dr. Mathias Iven, Potsdam
Wilhelm Kaltenborn, Berlin
Wolfram Klingsch, Remscheid
Liselotte Klingsch-Alswede, Remscheid
Prof. Dr. Lothar Köhn, Senden
Mario Kopf, Dessau-Roßlau
Dr. Joachim Krause, Gladbeck
Helmut Krumme, Bonn
Prof. Dr. Paul Laufs, Stuttgart
Dr. Gert Legal, München

Prof. Dr. Manfred Mörl, Schiffdorf
Dr. Karl Peter Müller, Marl
Dr. Ruth Peuckert, Erfurt
Michael Plett, Dortmund
Prof. Dr. Karl Richter, St. Ingbert
Dr. Wolfgang Saalfrank, Wallhalben
Prof. Dr. Gerhard Sauder, St. Ingbert
Dr. med. Martin Schencking, Welschneudorf
Willi Schmid, Rosenheim
Dr. Thomas Schmitt, Fulda
Dr. Brigitte Seebacher, Rothenbach
Frank Sperrhacke, München
Holger Spies, Frankfurt a. M.
Gertrud Staffhorst, Karlsruhe
Monika Steffens, Köln
Prof. Dr. Matthias Steinhart, Würzburg
Stefan Tönjes, Nordenham
Dr. Markus Wallenborn, Worms
Weimarer Zirkel e. V.
Prof. Dr. Reiner Wild, Heidelberg
Gerd Ziegler, Weimar
Alexander von Zweidorff, Hamburg

Im Abschnitt *Dank für Zuwendungen im Jahr 2024* danken wir namentlich all jenen Damen und Herren, die dem *Goethe-Jahrbuch* eine größere oder kleinere Spende zuteilwerden ließen.

Symposium junge Goetheforschung

Alberto Merzari

Grenzen und Grenzenlosigkeit: West und Ost als Pole eines Formdiskurses in Goethes »West-östlichem Divan«[1]

Der *West-östliche Divan* weist bereits im Titel auf zwei Dimensionen hin, die im Kontext der Goethezeit eine besondere Bedeutung erhalten: West und Ost. Was Goethe unter diesen Kategorien versteht, scheint *prima facie* eindeutig. »West« steht für den Raum des ›Eigenen‹, und zwar für den im antiken Griechenland und in der Romania tief verankerten europäischen Kontinent. »Östlich« spielt dagegen auf den Bereich des ›Fremden‹ an; konkret handelt es sich um jenes Gebiet, das heute als ›Naher Osten‹ bezeichnet und in seiner gesamten geschichtlichen Ausdehnung (von den Anfängen des jüdischen Volkes bis hin zur Hegemonie der osmanischen Türken[2]) betrachtet wird. Ost und West sind also im *Divan* zunächst historisch-geographische Horizonte.

Indem Goethes imaginäre Reise die Erfahrung eines Grenzübertritts abbildet, öffnet sie sich für weitreichende Implikationen – selbst die Anwendung der Begriffe von ›eigen‹ und ›fremd‹ ist nicht unproblematisch. Viele Interpreten – beginnend mit Hans Pyritz[3] – haben den *Divan* mit einer ›gegen‹- oder ›nachklassischen Wendung‹ des späten Goethe in Verbindung gebracht.[4] Bei orientalischen und insbesondere persischen Dichtern finde Goethe Inspiration, um die Starrheit der klassizistischen Poetik zu überwinden. Das Gedicht *Lied und Gebilde* (WA I, 6, S. 22) sei ein selbstbewusstes Zeugnis davon: Im Gegensatz zur Plastizität und Statik der griechischen Dichtung wolle Goethe sich der Fluidität der orientalischen Poesie annähern.

1 Es sei mir erlaubt, mich bei den Teilnehmern des Symposiums vom 31. Mai 2023 und insbesondere bei Jochen Golz und Anne Bohnenkamp-Renken für ihre anregenden Einwände zu bedanken, die wesentlich zur endgültigen Gestaltung dieses Aufsatzes beigetragen haben.

2 Edward Said würde bekanntlich diese Gesamtansicht als Effekt eines »essentialistischen Synchronismus« bezeichnen, vgl. Edward Said: *Orientalismus*. Übers. von Hans Günter Holl. Frankfurt a.M. 2009, S. 274.

3 Vgl. Hans Pyritz: *Goethe und Marianne von Willemer. Eine biographische Studie*. Stuttgart ^{3}1948, S. 1.

4 Für einen Überblick über einige berühmte Vertreter dieser These vgl. Marcel Lepper: *Goethes Euphrat. Philologie und Politik im »West-östlichen Divan«*. Göttingen 2016, S. 41-44. Vgl. auch Barbara Stemmrich-Köhler: *Zur Funktion der orientalischen Poesie bei Goethe, Herder, Hegel*. Frankfurt a.M. u.a. 1992, S. 7.

Gerade in diesem Sinne werde der Osten zum Ort einer ›Flucht‹ und einer ›Verjüngung‹ (ebd., S. 5).

Im Folgenden wird das Ost-West-Binom im *Divan* anders erläutert: erstens, weil der Osten nicht als endgültiges Ziel des reisenden Goethe verstanden wird; zweitens, weil Ost und West nicht als poetologische, sondern als morphologische Kategorien interpretiert werden.

Jüngst hat Eva Geulen hervorgehoben, dass sich im Festspiel *Pandora* zwei konträre Haltungen bezüglich der Form (›Formprinzipien‹) gegenüberstehen, die in den schwebenden Gebilden aus Pandoras Gefäß einen Gleichgewichtspunkt finden: die ›Formgewalt‹ des technischen Prometheus, der in dem Fluss des Wandels beständige Grenzen festlegen will, und die ›Auflösung der Formen‹, verkörpert durch die Figur von Epimetheus, der seinerseits diesem Fluss die Möglichkeit der Stabilisierung absprechen will.[5] Eine ähnliche Gegenüberstellung kann, wie gezeigt werden wird, innerhalb und außerhalb des *Divans* auf Goethes Kategorien von Ost und West zurückgeführt werden. Erstere gilt als Reich der Grenzenlosigkeit, in dem die Erfahrung des Besonderen in einer Einheitstotalität tendenziell schwindet. Letztere bezeichnet hingegen das Reich der Grenzen, in dem die einheitliche Verflechtung der Formen durch die vorherrschende Erfahrung des Besonderen in den Hintergrund gerückt wird. Sowohl der östliche als auch der westliche Blick leiden unter symmetrischer Blindheit; am bedeutsamsten aber ist, dass *beide* auf Goethes morphologischen Blick bezogen bleiben, der sich für »Geprägte Form die lebend sich entwickelt« (WA I, 3, S. 95) öffnet.

Diese Perspektive führt unweigerlich dazu, die Interpretation des *Divans* als gegenklassisches Werk zu überdenken oder zumindest ins rechte Licht zu rücken. Für Goethe wäre es nicht das Wesentliche, die östliche Erfahrungsweise als solche zu übernehmen, sondern durch die Reise in den Orient die andere Hälfte eines ursprünglicheren Blicks wiederzugewinnen: Es ist der west-östliche Doppelblick, der über die perspektivischen Beschränkungen beider Welten hinausgeht und die Ganzheit des metamorphischen Werdens der Formen erfasst. Eine solche Deutung ist weit davon entfernt, die Horizonte von Ost und West zu verkennen oder dialektisch ineinander aufzulösen; sie versucht vielmehr, sie in der Logik eines Hendiadyoins – in einer Polarität – zu verstehen.

West oder Ost

Ein Blick auf die Textstellen in Goethes Werk, die den Orient thematisieren, gibt einen eindeutigen Hinweis: Goethe verbindet diesen Raum mit der Idee von Kontinuität, Fluidität und Grenzenlosigkeit. In dieser Welt gilt das Besondere als etwas Vergängliches, das aus einer magmatischen Totalität auftaucht und alsbald darin wieder versinkt. Dies wird bereits an der Art und Weise deutlich, wie Goethe über den Islam – das zentrale Element seines ›Ostens‹ – spricht. Wie die Etymologie des Wortes (*Islam* = ›Ergebung‹) selbst zeige (vgl. WA I, 6, S. 128; I, 7, S. 151), sei der

5 Eva Geulen: *Entzug der Form in der Form*. In: *Epiphanie der Form. Goethes »Pandora« im Licht seiner Form- und Kulturkonzepte*. Hrsg. von Sabine Schneider u. Juliane Vogel. Göttingen 2018, S. 17-35.

Islam eine Religion, in der sich das Geschöpf dem Schöpfer als dem einzig wirklich Existierenden unterwerfe. In diesem Sinne wird Gott in *Mahomets Gesang* als der »ew'ge Ocean« beschrieben, »Der mit ausgespannten Armen / Unser wartet« (WA I, 2, S. 54). Des Weiteren steht das orientalische Bewusstsein für die Unbeständigkeit der einzelnen Formen gegenüber Gott auch im Mittelpunkt der von Goethe transkribierten (WA I, 53, S. 145-147) und dann auch überarbeiteten (WA I, 28, S. 295-297) Episode des Korans, in der Abraham das Firmament betrachtet (*Kor.* 6:76-79). Aber vor allem aufgrund der Lektüren der Sufi-Mystik und insbesondere von Dschelâl-eddîn Rumi erkennt Goethe eine Verbindung zwischen dem Göttlichen und den Formen. »[U]nbehaglich auf dem problematischen Boden der Wirklichkeit« (WA I, 7, S. 68) – es ist schon deutlich, wie er diese Art von Blick beurteilt –, flüchtet sich der Konya Sufi in die »Einheit« des göttlichen Wesens, in der »zuletzt alles untertauche und sich verkläre« (ebd., S. 60).[6] Das Motiv des Untertauchens im Bezug zum Orient im Allgemeinen kehrt bemerkenswerterweise in einem Brief aus dem Jahr 1815 an Knebel wieder: »So habe ich mich die Zeit her meist im Orient aufgehalten [...]. [G]eht man [...] einmal ernstlich hinein, so ist es vollkommen als wenn man in's Meer geriethe« (WA IV, 25, S. 143 f.).[7]

Die Orientalen lehnen die Dimension des Besonderen und des Gestalteten selbstverständlich nicht gänzlich ab. Ihre Poesie – so Goethe in den *Noten und Abhandlungen* – »geht [...] in's Gränzenlose und gleich wieder in's Bestimmte zurück« (WA I, 7, S. 251). Durch die Gelassenheit, die aus der Erfahrung der Hingebung resultiert, kann der orientalische Mystiker »in dem schwelg[en], was er gern los sein möchte« (WA I, 42.2, S. 155). Wesentlich ist, dass das Besondere im Ganzen schimmert und am Ende mit ihm verschmilzt. Vielsagend ist diesbezüglich Goethes Verwendung des Begriffes »orientalisch« zur Definition seiner eigenen Gedichtsammlung in einem Brief vom 5. Mai 1815 an den Komponisten Zelter: »Jedes einzelne Glied nämlich ist so durchdrungen von dem Sinn des Ganzen, ist so innig *orientalisch*« (WA IV, 25, S. 333; Hervorhebung A. M.). Das Eigene der Formerfahrung des Ostens liegt gerade darin, dass das Besondere als durchdrungen vom Sinn des Ganzen und dessen Begrenzung als Moment innerhalb der Grenzenlosigkeit gesehen wird. Diese Sichtweise, die Goethe in einigen der bekanntesten Gedichte des *Divans* (*All-Leben*, *Selige Sehnsucht*) zum Ausdruck bringt, ermögliche den Orientalen, die entferntesten Dinge mit Leichtigkeit zu verbinden (»so findet man, daß dem Orientalen bei allem alles einfällt«; WA I, 7, S. 101 f.) und mit dem in Einklang zu kommen, was die Deutschen »Geist« nennen:

> Der höchste Charakter orientalischer Dichtkunst ist, was wir Deutsche *Geist* nennen, das Vorwaltende des oberen Leitenden; hier sind alle übrigen Eigenschaften vereinigt, ohne daß irgend eine, das eigenthümliche Recht behauptend, hervorträte. (ebd., S. 76)

6 Vgl. auch WA I, 7, S. 66.

7 Zum Wasser-Motiv in Goethes morphologischem Denken vgl. Cornelia Zumbusch: *Fest und Flüssig. Goethes »Pandora« als Schauspiel der symbolischen Formen.* In: *Epiphanie der Form* (Anm. 5), S. 36-58; bes. S. 39-46.

Solch eine Mannigfaltigkeit und universelle Parataxis innerhalb des leitenden Einen lässt jede Form offen und unvollendet, wie in der unendlich erweiterbaren Struktur des Ghazels bzw. des Bazaars.[8]

Diametral entgegengesetzt zu dieser Welt, in der vom *Divan* gezeichneten Dichotomie, steht der Westen. Konzentriert sich der östliche Blick in erster Linie auf die Grenzenlosigkeit, die vor und nach jeder Grenze herrscht, vernachlässigt der westliche Blick dagegen, in seiner vorherrschenden Fokussierung auf die Grenzen, die Erfahrung der metamorphischen Kontinuität der Formen. Für ihn existiert zunächst das jeweils vereinzelte Besondere. Goethe ist wohl bewusst, dass nicht alles, was geographisch zum Westen gehört, in diesem Sinne dem Osten gegenübergestellt werden kann. Eine Erfahrung wie die des germanischen Mittelalters – aber auch teilweise die der modernen Romantik – wird in der Geographie des *Divans* zum Beispiel mit dem Osten gepaart (vgl. WA I, 7, S. 110, 143) – und zwar, wie Peter Szondi erinnert, auf der Grundlage eines gemeinsamen Topos in der Goethezeit.[9] Das rein westliche Prinzip wird hingegen in Goethes Augen durch die griechisch-römische Klassik in ihrer ewigen Urbildlichkeit verkörpert.

Tatsächlich ist es vor allem das griechische Element, das sich dem Osten und seinem Blick widersetzt. Das wird besonders deutlich sowohl in dem oben erwähnten Gedicht *Lied und Gebilde* als auch in zwei Stellen der *Noten und Abhandlungen*, wo Goethe die Detailgenauigkeit der homerischen Poesie mit der Monotonie von Firdusi (WA I, 7, S. 109 f.)[10] vergleicht und auf das Erstaunen der Perser darüber verweist, dass man nach der Zerstörung Athens im Jahr 480 v. Chr. »die Götter in Wohnungen einsperrte, sie unter Dach anbetete« (WA I, 7, S. 28). Weit davon entfernt, Gott als »ewigen Ozean« zu verehren, erkannten die Griechen ihre Götter in abgegrenzten, sichtbaren Körpern, wie Goethe mehrmals betont: »Bey den Alten, in ihrer besten Zeit, entsprang das Heilige aus dem sinnlich faßlichen Schönen« (WA IV, 20, S. 27; vgl. auch WA IV, 27, S. 266). Es handelt sich nicht um eine Kunstreligion im Sinne Hegels,[11] vielmehr um die radikal theomorphische Idee, dass die griechischen Götter dem Künstler ihre eigenen Formen anbieten, ehe der Künstler sie ihnen durch seine Kunst zurückgibt (vgl. WA I, 28, S. 326; WA I, 49.2, S. 12; WA IV, 9, S. 7 f.).

8 In ihrer vor kurzem erschienenen Untersuchung *Formlose Form. Epistemik und Poetik des Aggregats beim späten Goethe* (Paderborn 2021) hat Rabea Kleymann darüber geschrieben (vgl. S. 95-135).

9 Vgl. Peter Szondi: *Poetik und Geschichtsphilosophie 1. Antike und Moderne in der Ästhetik der Goethezeit.* In: ders.: *Studienausgabe der Vorlesungen.* Bd. 2. Hrsg. von Senta Metz u. Hans-Hagen Hildebrandt. Frankfurt a. M. 1974, S. 144 f. In diesem Sinn erhält das Ost-West Binom – sowohl für Goethe als auch für andere Autoren – eher die Bedeutung einer imaginären Geographie, die unterschiedlichen Artikulationen der Erfahrung entspricht. Zur Stellung des Christentums in dieser Geographie vgl. Anm. 22.

10 Vgl. auch Goethes Brief an Friedrich Wilhelm Gubitz (10.12.1816): »Die westliche Gewohnheit, Gedichte mit Bildern zu schmücken, um ihren Inhalt zu ergänzen und anschaulich zu machen, ließe sich mit der östlichen Sitte, die ganz gestaltlos ist, anmuthig verbinden« (WA IV, 27, S. 266).

11 Vgl. dazu Daniel Weidner: *Kunstreligion.* In: ders. (Hrsg.): *Handbuch Literatur und Religion.* Stuttgart 2016, S. 380-384.

Die Grenze gilt als etwas Ursprüngliches und daher Untrennbares von der Manifestation der Wahrheit: »[D]ie Alten«, so Goethe, »fühlten [...] ihre einzige Behaglichkeit innerhalb der lieblichen Gränzen der schönen Welt. [...] Alle hielten sich am Nächsten, Wahren, Wirklichen fest, und selbst ihre Phantasiebilder haben Knochen und Mark« (WA I, 46, S. 22 f.).[12] Ist für den östlichen Blick die Form nur ein Anschein, der in der Einheit des Ganzen untergeht, so hält der westliche Blick eher das Unbestimmte, das Formlose, das Grenzenlose für den Bereich der δόξα.[13]

»Geprägte Form die lebend sich entwickelt«

Indem er auf dieser Ebene die Grenze zwischen Ost und West festlegt, bewegt sich Goethe anscheinend auf den ältesten Wegen des westlichen Orientalismus – denen der *Perser* des Aischylos, die bereits die Macht der Achämeniden mit einer Idee von Übermaß verbanden.[14] Derartige Gegensätze zeigen sich immer wieder neu in der Goethezeit und werden sogar philosophisch thematisiert. Man denke nur an Hegels *Phänomenologie des Geistes*, in der die erste Figur des Ostens mit der so genannten Religion des Lichtwesens – der Religion einer »Gestalt der Gestaltlosigkeit« – übereinstimmt[15] und der Weg des objektiven Geistes von Ost nach West genau als dessen allmähliche Verwirklichung in der Form interpretiert wird.[16] Das Leitmotiv in einem Großteil des zeitgenössischen Diskurses von Winckelmann bis Hölderlin liegt genau darin, dass der grenzenlose Osten als Prämisse und ewige Alternative zum formenreichen Westen gedacht wird – egal, ob man *klassischerweise* eine Wiederbelebung (und eine Intensivierung) des griechischen Elements und damit ein Wiedererstarken der Opposition gegen den Osten erhoffte oder ob *romantischerweise* von einer Rückkehr zu diesem östlichen Ursprung geträumt wurde, um die Bindung an das plastische Griechenland zu lösen.

Goethes Diskurs geht in eine andere Richtung, vor allem deshalb, weil er Ost und West nicht in eine dialektische Entwicklung einordnet, die das eine in das andere auflöst. Ost und West sind für ihn eher Dimensionen, die im selben Ursprung verwurzelt sind und daher im Wesentlichen zusammengehören. Dies wird besonders deutlich, sobald diese Kategorien mit der Anschauungsweise seiner Morphologie in Beziehung gesetzt werden.

Zunächst ist es eindeutig, dass die flüssige, auf Grenzenlosigkeit fokussierte östliche Welt keine endgültige, angestrebte Heimat für Goethe sein kann. Vielmehr –

12 Es sollte nicht überraschen, dass hier die Alten nicht den Orientalen, sondern den Modernen gegenübergestellt werden, die sich »fast bei jeder Betrachtung in's Unendliche [werfen]« (WA I, 46, S. 22), denn, wie Andrea Polaschegg betont: »[...] in der allegorischen Polemik gegen romantische Welt- und Religionsvorstellungen liegt ein wichtiges Projekt des *Divan*«, vgl. *Der andere Orientalismus*. Berlin, New York 2005, S. 371; vgl. auch Anm. 22.

13 Gerade in diesem taxonomischen Instinkt liegt nach Goethe paradigmatisch das Eigene (und der Wert) des platonischen λόγος (aus λέγειν, »sammeln«), vgl. WA II, 11, S. 151.

14 Vgl. dazu Said (Anm. 2), S. 31.

15 Georg Wilhelm Friedrich Hegel: *Phänomenologie des Geistes*. In: ders.: *Werke*. Bd. 3. Hrsg. von Eva Moldenhauer u. Karl M. Michel. Frankfurt a. M. 1986, S. 505-507.

16 Vgl. ebd., S. 526.

wie das Bild des Untertauchens dokumentiert – stellt sie eine stets desorientierende und gewissermaßen bedrohliche Dimension dar, die einen Anker in der Form finden muss. »[S]o versire ich, wie Sie sehen, immer im Orient. Brächte man nicht aber soviel Form mit sich, so wäre man verloren« (WA IV, 27, S. 21), schreibt Goethe an Riemer am 25. Mai 1816. Letzterem, der in jenen Jahren an einem *Griechisch-Deutschen Handwörterbuch* arbeitete, riet Goethe, »in den griechischen Regionen zu verbleiben«: »man hat's nirgends besser; diese Nation hat verstanden aus tausend Rosen ein Fläschchen Rosenöl auszuziehen« (ebd.). Diese Fähigkeit, Pluralität in einer einzigen Form zu destillieren (man denke an die platonischen Ideen), bewahre die Griechen davor, von einer wilden, verwirrenden Vielfalt überwältigt zu werden. Im Gegensatz dazu verfügten die Orientalen, die in der magmatischen Grenzenlosigkeit zu Hause seien, über keine feste Syntaxis der Wirklichkeit.[17] Eben darum ist das »Orientalisiren« gefährlich (WA IV, 25, S. 269): Im Osten gäbe es nichts anderes als das Gefühl einer berauschenden,[18] metamorphischen Kontinuität der Gesamtheit – und Metamorphose braucht, wie Goethe weiß, immer auch ein Gegengewicht:

> Die Idee der Metamorphose ist eine höchst ehrwürdige, aber zugleich höchst gefährliche Gabe von oben. Sie führt in's Formlose, zerstört das Wissen, lös't es auf. Sie ist gleich der *vis centrifuga* und würde sich in's Unendliche verlieren, wäre ihr nicht ein Gegengewicht zugegeben: ich meine den Specificationstrieb, das zähe Beharrlichkeitsvermögen dessen was einmal zur Wirklichkeit gekommen. Eine *vis centripeta*, welcher in ihrem tiefsten Grunde keine Äußerlichkeit etwas anhaben kann. (WA II, 7, S. 75)

Sollen diese zwei Triebe eine Balance erreichen, dann gehe der Westen ein symmetrisches Risiko ein. Denn die Fokussierung auf die Grenzen der Formen mache ihn blind für die flüssige Dynamik der Metamorphose.[19] Nicht umsonst bemerkt Goethe in der Einleitung seiner Schriften zur Morphologie, dass der Deutsche oft das Wort ›Gestalt‹ so verstehe, als ob es in der Tat ein »festgestellt[es]«, »abgeschlossen[es]« und »in seinem Charakter fixirt[es]« Zusammengehöriges gäbe. »Betrachten wir aber alle Gestalten«, notiert er, »besonders die organischen, so finden wir, daß nirgend ein Bestehendes, nirgend ein Ruhendes, ein Abgeschlossenes vorkommt, sondern daß vielmehr alles in einer steten Bewegung schwanke« (WA II, 6, S. 9). Dieses Schwanken spiele sich meistens[20] unbemerkt vom grie-

17 Zu den Implikationen, die diese Formerfahrung für die Erfahrung des Göttlichen hat, siehe meinen Beitrag *The (Un)Problematic Ground of Reality: The Goethe-Hegel Auseinandersetzung on and* through *Ǧalāl al-Dīn Rūmī*. In: *Goethe Yearbook* 31 (2024), S. 25-46.

18 Dass die östliche Erfahrungsweise mit dem Konzept von Berauschung eng verbunden ist, wird im Rahmen des *Schenkenbuchs* besonders deutlich, vgl. ebd.

19 In jüngerer Zeit wurde diese westliche Unaufmerksamkeit gegenüber den Übergängen der Metamorphose zum Thema einer Vergleichsuntersuchung des französischen Philosophen François Jullien, der in seinem Werk *Die stillen Wandlungen* (Berlin 2010) das europäische und das chinesische Denken genau aus dieser Perspektive gegenüberstellt.

20 Natürlich könnte eine Figur wie z. B. Ovid als Ausnahme betrachtet werden: Tatsächlich »setzt Goethe in der Naturforschung das um, was Ovid in seinen *Metamorphosen* zeigt«, vgl. Olaf Breidbach: *Goethes Metamorphosenlehre*. München 2006, S. 57.

chisch-westlichen Blick ab, der in seiner Vertrautheit mit der Form zu leicht vergesse, dass »[j]ede Form [...] etwas Unwahres« habe (WA I, 37, S. 314). Linnés Taxonomie war das jüngste und vielleicht auffälligste Beispiel dafür, wie die Destillation des westlich-platonischen Logos das »fortwährende[] Umbilden« (WA II, 6, S. 17) der Natur entwirklichen und auf eine »Art von Mosaik« (ebd., S. 116) reduzieren kann.[21] Um zu finden, »was die Welt / Im Innersten zusammenhält« (WA I, 14, S. 28), müsse sich der Mensch des Westens genau wie Faust in das beunruhigende Reich der Mütter begeben, was in die Geographie des *Divan* übersetzt bedeutet: in den Osten flüchten. Das ist genau die ›Verjüngung‹, die die Orient-Reise bieten kann. Der ›Westler‹ findet in diesen Ländern den Geist, der die leblosen Formen jenseits ihrer Grenzen umfasst.

Der Westen brauche den Osten, um nicht zu versteinern; der Osten brauche den Westen, um sich nicht zu verlieren. Goethes morphologischer Blick versucht, die Grenzenlosigkeit der *Meta*morphose und die Begrenztheit der Meta*morphose* gleichzeitig zu betrachten, ohne dass die eine Vorrang gegenüber der anderen gewinnt. Die Komplementarität dieser beiden Dimensionen wird in den paradoxen Versen von *Urworte. Orphisch* (1820 [1817]) schön ausgedrückt: »Und keine Zeit und keine Macht zerstückelt / *Geprägte Form die lebend sich entwickelt*« (WA I, 3, S. 95; Hervorhebung A. M.). Die von Goethe stets geliebte Struktur des Paradoxons erschließt einen produktiven, aber unauflösbaren Widerspruch, der als solcher erkannt und angenommen werden muss. In diesem Fall birgt das Paradoxon (»Geprägte Form die lebend sich entwickelt«) die zwei morphologischen Blickrichtungen von West und Ost, die die geprägte Form respektive die lebendige Entwicklung der Formen fokussieren. Erst in ihrer Integration können diese zwei Hälften tatsächlich die Meta-morphose in ihrer Gesamtheit wiederherstellen.

Genau diese paradoxe Integration – und nicht die einseitige Annahme des Orients – wird in *Lied und Gebilde* thematisiert. Insbesondere die letzte Strophe lässt die polare Zusammengehörigkeit von Ost und West hervortreten:

Mag der Grieche seinen Thon
Zu Gestalten drücken,
An der eignen Hände Sohn
Steigern sein Entzücken;

Aber uns ist wonnereich
In den Euphrat greifen,
Und im flüss'gen Element
Hin und wieder schweifen.

Löscht' ich so der Seele Brand,
Lied es wird erschallen;
Schöpft des Dichters reine Hand,
Wasser wird sich ballen.
(WA I, 6, S. 22)

21 Für einen ausführlichen Überblick zu Goethes Systemkritik siehe Jonas Maatsch: *»Naturgeschichte der Philosopheme«. Frühromantische Wissensordnungen im Kontext.* Heidelberg 2008, S. 85-99.

Das sich ballende Wasser – eine »[g]eprägte Form die lebend sich entwickelt« – bildet den Abschluss, da es das perfekte Gleichgewicht aus östlichem und westlichem Blick versinnbildlicht.[22] So gewinnen auch die Worte Hatems, Goethes Alter Ego im *Buch Suleika*, einen neuen Sinn: »Niemand kann ich glücklich preisen, / Der des Doppelblicks ermangelt« (WA I, 6, S. 165).

West und Ost

Wie bildet sich das West-Ost-Verhältnis in der Geographie des *Divans* ab? Ist die Grenzziehung zwischen diesen Welten überhaupt noch sinnvoll?

Einerseits scheint es offensichtlich, diese Frage zu bejahen. Es sollte nicht vergessen werden, dass, trotz der sich mit Intensität in ihm vollziehenden Annäherung, der *Divan* in erster Linie die imaginäre Reise eines ›Westlers‹ in die Länder des Ostens ist. Goethe gibt alle Schwierigkeiten zu, die mit seiner Reise verbunden sind (vgl. WA I, 7, S. 4), und gibt sogar seinen eigenen – westlichen – Standpunkt in dem von Kosegarten gefertigten arabischen Titel seines *Divans* zu erkennen, der auf der Titelseite des Erstdrucks neben dem deutschen erschien: »der östliche Divan des westlichen Autors«. Goethes Bemühen ist in der Tat das eines Übersetzers,[23] der auf der Suche nach neuen Ressourcen in sich selbst ist, um dem Fremden näherzukommen, obwohl er seine eigene Herkunft weder völlig verleugnen kann noch will.[24]

22 Ob dieses west-östliche Gleichgewicht auch von der Gestalt Christi als Fleisch gewordenem Absolut versinnbildlicht werden kann, bleibt wahrscheinlich in Goethes Verständnis eine offene Frage. Das Christentum sei auch orientalisch, indem es immer ins Abstruse (und ins Mystische) weise (WA I, 42.2, S. 155); seine Versöhnung mit der Endlichkeit führe jedoch dazu, dass es »in einem weit stärkern Gegensatz« zum Judentum als zum Heidentum stehe (ebd., S. 212). Letztendlich scheint Goethe das Christentum manchmal für eine unvollständig östliche Religion zu halten, manchmal für eine quasi-griechische theomorphische Religion (vgl. dazu Hans-Georg Kemper: *Bildung zur Gottähnlichkeit. Transformationen pietistischer und hermetischer Religiosität zur klassischen Kunst-Religion in Goethes »Wilhelm Meisters Lehrjahre«*. In: GJb 2013, S. 75-92; bes. S. 85 f.), aber nie für eine wahre west-östliche Religion des »sich gestaltende[n] Göttlichen« oder, anders gesagt, des »offenbaren Geheimnisses«. Vgl. dazu Merzari (Anm. 17). Eine solche Religion findet Goethe vielmehr – außer in Hafis' *Divan* – in der Religion der Parsen, die einen großen Respekt zugleich für das Endliche und für das Unendliche zeigen (vgl. WA I, 6, S. 239-243). Goethes Präferenz für die Parsen gegenüber den Indern wird im Übrigen von Polaschegg (Anm. 12, S. 369-373) als Zeugnis einer impliziten Polemik gegenüber den Gebrüdern Schlegel und anderen Romantikern interpretiert, die Indien besonders liebten und sogar als Wiege des Katholizismus ansahen.

23 Zum Übersetzen als »paradigmatische Tätigkeit« im Horizont des *Divans* vgl. Anne Bohnenkamp: *Goethes poetische Orientreise*. In: GJb 2003, S. 144-156.

24 Die These einer irreduziblen Verwurzelung des *Divans* in einem westlichen Standpunkt wird u. a. von Manfred Koch (*Weimaraner Weltbewohner. Zur Genese von Goethes Begriff ›Weltliteratur‹*. Tübingen 2002, S. 227) vertreten. Rabea Kleymann hat ihrerseits nachgewiesen, wie die Struktur der *Noten und Abhandlungen* als »inszenierte[r] Übergang von einer Unordnung zu einer erkenntnisleitenden Ordnung« gelesen werden kann, und hat deswegen eine letztlich westlich-ordnende Instanz gegenüber der »Vielfalt«, »Vielheit« und »Mannigfaltigkeit der persischen Erscheinungsformen« erkannt; vgl. Kleymann (Anm. 8), S. 100.

Andererseits hat die morphologische Bedeutung der Kategorien von Ost und West verdeutlicht, dass diese beiden Welten nicht als statisch abgegrenzt und unzusammenhängend verstanden werden können. Die Fremdartigkeit des Ostens ist im Grunde mit dem Eigenen verwandt. In seinem komplementären Bezug zur Metamorphose ist nämlich der östliche Blick die andere Hälfte der dem Westen innewohnenden Erfahrungsweise. Gerade deshalb ist eine echte Annäherung des Fremden möglich – und gerade deshalb kann Goethe sogar von einem Abschließen des »ganze[n] Cirkel[s]« sprechen, »in welchem sich die Annäherung des Fremden und Einheimischen, des Bekannten und Unbekannten bewegt« (WA I, 7, S. 239).

Am Ende scheint weder der Begriff der Kontinuität noch der der Diskontinuität vollständig geeignet zu sein, um das Ost-West-Verhältnis adäquat zu erfassen. Der Bindestrich des aussagekräftig betitelten *West-östlichen Divans* markiert in der Tat eine Unterscheidung, die gleichzeitig erscheint und verschwindet. Die Welt ist von einer tiefen und bedeutsamen Grenze zwischen Ost und West geprägt, *und doch* ist sie auch grenzenlos. Die echte Übersetzung zwischen diesen beiden Welten hat in sich etwas Befremdliches, *und doch* ist sie auch immer möglich und fruchtbar. Ost und West haben einen gemeinsamen und brüderlichen Ursprung in der herder'schen Idee einer einheitlichen Menschheit, *und doch* bleibt dieser Ursprung als solcher unerreichbar und lässt sich immer nur innerhalb einer bereits stattgefundenen Entzweiung zurückgewinnen.[25]

Ost und West sind in Goethes Sinn morphologische Variationen Desselben – wie Anne Bohnenkamp klar hervorgehoben hat –, aber in den Mittelpunkt sowohl des *Divans* als auch des Projekts einer Weltliteratur rückt nie der Wunsch, »ein Allgemeines an die Stelle der Besonderheiten« zu setzen; vielmehr findet »ein das Besondere im Hinblick auf das ›allgemein Menschliche‹ reflektierender Spiegelungsprozeß« statt.[26] Wesentlich ist, dass die zwei Bewegungen des ›Verselbstens‹ (wonach West und Ost sich abgrenzen) und des ›Entselbstigens‹ (wonach West und Ost sich ineinander auflösen) koexistieren und sich abwechseln können.[27] In diesem Licht

25 Zum Thema ›Ursprung‹ bei Goethe und Herder vgl. Mirjam Weber: *Der »wahre Poesie-Orient«. Eine Untersuchung zur Orientalismus-Theorie Edward Saids am Beispiel von Goethes »West-östlichem Divan« und der Lyrik Heines*. Leipzig 2001, S. 40-46. Dass dieser ›Ursprung‹ einfach mit dem Orient übereinstimmt, wie von Polaschegg behauptet (Anm. 12, S. 391), scheint zumindest zweifelhaft. Es ist wahr, dass »das Pathos der Frühe Goethes Orient durchgängig anhaftet« (ebd., S. 302), aber des »Ursprungs Tiefe«, von der das erste Gedicht des *Divans* spricht, wird vermutlich eher *durch* die Reise in den Orient als *im* Orient gefunden. Einige Bilder – wie jenes der zwei Freunde, die sich nach langer Zeit treffen – und selbst der Titel der Sammlung wären wenig sinnvoll, wenn »des Ursprungs Tiefe, in die der Dichter vordringen möchte«, nicht wesentlich und zugleich »auch die der eigenen Kultur« wäre, vgl. Weber (Anm. 25), S. 42. Im *Divan* geht es nicht hauptsächlich darum, einen ursprünglichen Osten einem modernen Westen gegenüberzustellen, sondern darum, die ursprüngliche griechisch-persische Polarität wiederherzustellen, für die übrigens der moderne Westen mit seiner orientalistischen, einseitigen Sehnsucht nach dem Unendlichen blind zu sein scheint.

26 Bohnenkamp (Anm. 23), S. 156.

27 Das Paar Verselbsten/Entselbstigen kommt bekanntlich in *Dichtung und Wahrheit* vor (WA, I, 27, S. 222).

werden die häufigen Verweise im *Divan* auf eine paradoxe hendiadische Einheit lesbar – paradigmatisch im Gedicht *Gingo biloba* (»Fühlst du nicht an meinen Liedern, / Daß ich eins und doppelt bin?«; WA I, 6, S. 152), aber beispielsweise auch in einem Nachlassgedicht, das die Untrennbarkeit von Ost und West proklamiert:

Wer sich selbst und andre kennt
Wird auch hier erkennen:
Orient und Occident
Sind nicht mehr zu trennen.
(ebd., S. 276)

Die Anerkennung von »selbst« und »andre« als unterschiedliche Welten verbietet nicht, sondern erlaubt vielmehr, diese Welten als untrennbar zu erkennen; und umgekehrt verwehrt die Anerkennung einer fundamentalen Einheit nicht die Beibehaltung einer gewissen Unterscheidung, sondern gestattet sie. Genau wie die systolische Phase der Wandlung ein Gegengewicht in der diastolischen Phase der Form finden muss, muss auch die *meta*morphische west-östliche Kontinuität ein Gegengewicht in der meta*morphischen* Diskontinuität von Ost und West finden. Die ostwestliche meta-morphische Logik gilt auch für das Ost-West-Verhältnis selbst – oder anders gesagt: Gerade weil Ost und West die *Grundpolarität* der Meta-morphose verkörpern, sollte auch ihre Zusammengehörigkeit *polar* verstanden werden.[28]

Schlussbemerkung

»[D]ie Erscheinungen des Zwiefachen […] in einer entschiedenen Einheit« (WA I, 47, S. 16) – so paraphrasiert Goethe den Begriff der Polarität. »Man muß an zwei Sachverhalte denken«, erklärt der Physiker Eberhard Buchwald in seiner Abhandlung über die *Farbenlehre*, »die aufeinander angewiesen und unvertauschbar sind, an eine Hälftenhaftigkeit, an ein Gegenüberstehen zweier Wesenheiten in Spannung und Widerstreit, die aber als Teile eines übergeordneten Ganzen auch voller Harmonie und Untrennbarkeit sind«.[29] Wie bei den Blättern des Gingkos sei die Polarität irreduzibel »eins und doppelt«. Zum einen entstehe die Zwiefachheit aus einer ursprünglichen Einheit, die sich wegen einer immanenten Notwendigkeit der Phänomenalität entzweien müsse: »Was in die Erscheinung tritt«, schreibt Goethe 1805 in einer Notiz, »muß sich trennen, um nur zu erscheinen« (WA II, 11, S. 166).

28 Obwohl sie nicht den Begriff von Polarität verwenden, scheinen sowohl Anil Bhatti – mit seiner These eines »Schwebezustand[es] zwischen Ost und West« (*»… zwischen zwei Welten schwebend …«. Zu Goethes Fremdheitsexperiment im »West-östlichen Divan«*. In: *Goethe. Neue Ansichten – Neue Einsichten*. Hrsg. von Hans-Jörg Knobloch u. Helmut Koopmann. Würzburg 2007, S. 103-122; hier S. 105) – als auch Mandana Covindassamy mit ihrer Idee einer »doppelten Orientierung« im *Divan*, vom Okzident »dem Orient entgegen und umgekehrt« (*Im Sinne der Schrift: Orientierung in Goethes »West-östlichem Divan«*. In GJb 2014, S. 105-114; hier S. 113) eine solche Zusammengehörigkeit zu sehen.

29 Eberhard Buchwald: *Fünf Kapitel Farbenlehre*. Mosbach/Baden 1955, S. 129.

Zum anderen ist diese Zwiefachheit immer auch von irgendeiner Spannung zur Einheit durchdrungen: »Das Getrennte sucht sich wieder, und es kann sich wieder finden und vereinigen« (ebd.). Diese Bewegungen beschreiben einen Kreis, der auch das bisher beschriebene Verhältnis zwischen Ost und West kennzeichne: »Das Geeinte zu entzweien, das Entzweite zu einigen, ist das Leben der Natur« (WA II, 1, S. 296).

Innerhalb der Dynamik der Polarität sei die Trennung zwischen diesen Welten ebenso real wie ihre Einheit: Der einheitliche Ursprung gehöre dem Mythos an; dem Entzweiten stehe jedoch die Möglichkeit des Wiederfindens immer offen, wie der *Divan* zeigen möchte. Der ›Wiederfindende‹ ist in erster Linie Goethe, der den östlichen Blick als die notwendige Ergänzung seiner eigenen Sichtweise erkennt. Dabei hat er doch auch einen Zwilling (und einen Vorläufer) im ›Dolmetscher der Geheimnisse‹, Hafis, der symmetrisch im Orient die westliche Erfahrung der Theophanie, d.h. des Gestaltens des Grenzenlosen, gemacht hat.[30] Wie Freunde, die nach langer Zeit von entgegengesetzten Punkten des Horizonts zurückkehren – um ein schönes Bild aus dem *Buch der Betrachtungen* heranzuziehen (vgl. WA I, 6, S. 73) –, finden der west-östliche und der ost-westliche Dichter einander und tauschen »Waar' um Waare« auf der Grundlage eines »alt[en] Vertrauen[s]«, das einen »neuen Bund« (ebd.) schließt.

Das Wiederfinden sowohl von Goethe und Hafis als auch von West und Ost geschieht aber im Rahmen eines umfassenderen, ja sogar kosmischen Wiederfindens – tatsächlich in einem allgemeinen ›Leben der Natur‹. Darum geht es im Gedicht des *Buchs Suleika*, das genau diesen Titel trägt: *Wiederfinden*. Im Moment der Schöpfung, erzählt Goethe, »[a]ls das All mit Machtgebärde / In die Wirklichkeiten brach«, trennte sich das Licht von der Finsternis, »[u]nd sogleich die Elemente / Scheidend auseinander fliehn« (ebd., S. 188):

> Stumm war alles, still und öde,
> Einsam Gott zum erstenmal!
> Da erschuf er Morgenröthe,
> Die erbarmte sich der Qual;
> Sie entwickelte dem Trüben
> Ein erklingend Farbenspiel,
> Und nun konnte wieder lieben
> Was erst auseinander fiel.
> (ebd., S. 189)

Liebe als Kraft, die in der Einheit unterscheidet oder in der Verschiedenheit vereint, ermöglicht das Wiederfinden der polaren Elemente. Die Logik der Liebe bleibt jedoch nur für diejenigen verständlich, die sich in dem erklärten morphologischen

30 Die zentrale Stellung des persischen Dichters in der Kulturmorphologie Goethes (vgl. Polaschegg [Anm. 12], S. 345-348) könnte ohne eine Berücksichtigung seiner besonderen Position innerhalb dieser West-Ost-Dimension nicht vollständig erklärt werden, vgl. dazu meinen Beitrag *La forma e il Divino: una prospettiva estetica sull'incontro di J. W. Goethe con M. Š. Ḥāfeẓ*. In: *Quaderni di Meykhane* 11 (2021), S. 1-26.

Sinn »zwischen Ost- und Westen / […] bewegen« (ebd., S. 276) – für die anderen ist und bleibt Bagdad zu weit entfernt:

> Bist du von deiner Geliebten getrennt
> Wie Orient vom Occident,
> Das Herz durch alle Wüsten rennt;
> Es gibt sich überall selbst das Geleit,
> Für Liebende ist Bagdad nicht weit.
> (ebd., S. 171)

Mit dem west-östlichen Bild von »ungemess'nem Leben« endet dieses liebevolle Wiedersehen jedoch:

> Und mit eiligem Bestreben
> Sucht sich was sich angehört;
> Und zu ungemess'nem Leben
> Ist Gefühl und Blick gekehrt.
> Sei's Ergreifen, sei es Raffen,
> Wenn es nur sich faßt und hält!
> (ebd., S. 189)

In der grenzenlosen, aber doch ergreifbaren Welt Goethes vereinigt sich so das blendende, aus dem Osten kommende Licht mit der Finsternis in einer wiederhergestellten und stets dualen Einheitlichkeit. Irgendwie war es unvermeidlich, dass der Denker, der das Licht wieder in eine Polarität gebracht hatte, auch die *lux ex Oriente* wiederum in eine Polarität bringen sollte.

Carmen Reisinger

»a specimen most easily detached«: Teilübersetzungen von »Wilhelm Meisters Lehrjahre« im Großbritannien des langen 19. Jahrhunderts

Die Überlegungen zu Shakespeare, die der Protagonist in *Wilhelm Meisters Lehrjahre* darbringt, führten lange Zeit ein Eigenleben außerhalb des Romans. Auch im englischsprachigen Raum erlangten sie eine prominente Stellung in der Shakespeare-Kritik, wo sie bis weit ins 20. Jahrhundert hinein fälschlicherweise als Goethes eigene Meinung zitiert wurden. Dieser Beitrag wird aufzeigen, wie Überlegungen zu Shakespeare in den *Lehrjahren* in britischen Zeitschriften und Anthologien wiederholt und in auffallend konsistenter Weise extrahiert und im Zuge der Übersetzung diskursiv – innerhalb einer fluiden Definition von Literaturwissenschaft im 19. Jahrhundert – in angebliche Analysen des Autors selbst umgewandelt wurden. Eine Analyse der Paratexte und Publikationskontexte macht die Gründe sichtbar, warum Wilhelms Äußerungen dekontextualisiert als wissenschaftliche Abhandlungen behandelt wurden. Die Teilübersetzungen reflektieren zudem die breitere Rezeption Goethes in Großbritannien, die sich im Laufe des betreffenden Zeitraums erheblich verändert.

Die Annahme, dass Goethe Wilhelm seine eigenen Gedanken in den Mund legte, wirkte sich im Ausland nicht immer positiv auf die Wahrnehmung des deutschen Autors aus, wie ein Kommentar T.S. Eliots zeigt:

> And Hamlet the character has had an especial temptation for that most dangerous type of critic: the critic with a mind which is naturally of the creative order, but which through some weakness in creative power exercises itself in criticism instead. These minds often find in Hamlet a vicarious existence for their own artistic realization. Such a mind had Goethe, who made of Hamlet a Werther; […].[1]
>
> (Und die Figur Hamlet war besonders verführerisch für die gefährlichste Art von Kritiker: den Kritiker mit einem Geist, der von Natur aus der schöpferischen Art angehört, sich aber aufgrund einer Schwäche seiner schöpferischen Kraft stattdessen in der Kritik übt. Diese Geister finden in Hamlet oft eine stellvertretende Existenz für ihre eigene künstlerische Verwirklichung. Einen solchen Geist hatte Goethe, der aus Hamlet einen Werther machte; […].)

Unabhängig davon hatte Wilhelms Falschinterpretation von Hamlet als einer Art schwächlicher Jüngling mit schöner Seele[2] großen Einfluss sowohl auf die deutsche

1 T.S. Eliot: *The Sacred Wood, Essays on Poetry and Criticism*. London 1920, S. 87. Eingeklammerte deutsche Übersetzungen im Text von C.R.

2 Thomas Kullmann: *The »Hamlet« Project in Goethe's »Wilhelm Meister's Years of Apprenticeship«*. In: *Multicultural Shakespeare: Translation, Appropriation and Performance* 15 (2017), S. 147-159; hier S. 155.

als auch die englische Rezeption des Stücks.[3] In Wirklichkeit ging Goethes eigene Lesart von Shakespeare über die Wilhelms hinaus.[4] In *Shakespeare und der deutsche Geist* (1911) stellte Friedrich Gundolf vorsichtig die Vermutung an, dass Wilhelm möglicherweise doch nicht die Meinung des Autors zum Ausdruck bringt.[5] Mittlerweile hat sich in der Goethe-Forschung ein Konsens herausgebildet, der diese Skepsis bestätigt.[6] Wilhelms Ansichten lösten oft verärgerte Reaktionen bei denjenigen aus, die Shakespeare anders lasen, interpretierten, deuteten. Der Ärger richtete sich dabei entweder gegen Goethe selbst, wie das oben angeführte Zitat von Eliot zeigt, oder, korrekter, gegen die ihm unterstellte Identifikation mit seinem jungen, unerfahrenen, idealistischen Protagonisten.[7]

Halten wir uns zunächst vor Augen, welche Rolle Wilhelms Literaturanalysen innerhalb des Romans spielen. Seine Begeisterung für das Theater im Allgemeinen und für Shakespeare im Besonderen sind wichtige Teile seines Bildungs- und Selbstfindungsprozesses. Die Theatertruppe, der er sich angeschlossen hat, inszeniert *Hamlet* nach einer von ihm vorbereiteten Textvorlage, mit ihm selbst in der Hauptrolle. In diesem Kontext erläutert er hauptsächlich Hamlets sowie kurz auch Ophelias Charakter und erklärt dem Theaterdirektor Serlo, wie das Stück seiner Meinung nach für die Aufführung umgeschrieben werden sollte. Wilhelm hebt dabei die Aspekte von Hamlets Persönlichkeit hervor, die diesen daran hindern, den Mörder seines Vaters zu rächen, aber eigentlich seinen, Wilhelms, eigenen Charakter und seine eigene Situation widerspiegeln. Dass Hamlets angebliche Unentschlossenheit seiner edlen und sensiblen Seele entstammt, rechtfertigt somit Wilhelms eigene Passivität, mit der er in einer unvorteilhaften Situation in Gesellschaft der Theatergruppe ausharrt.[8] Andere, entschlossene, unberechenbare und tatkräftig-grausame Charakterzüge des Prinzen blendet Wilhelm dagegen völlig

3 Stephen Fennell: *Johann Wolfgang Goethe*. In: *Voltaire, Goethe, Schlegel, Coleridge. Great Shakespeareans: Vol. III*. Hrsg. von Roger Paulin. New York 2010, S. 44-91; hier S. 65; Peter Michelsen: *Wilhelm Meister Reads Shakespeare*. In: *Goethe and the English-Speaking World. Essays from the Cambridge Symposium for his 250th Anniversary*. Hrsg. von Nicholas Boyle u. John Guthrie. New York 2002, S. 21-33; hier S. 29 f.; Roger Paulin: *The Critical Reception of Shakespeare in Germany 1682-1914: Native Literature and Foreign Genius*. Hildesheim 2003, S. 436; William Diamond: *Wilhelm Meister's Interpretation of Hamlet*. In: *Modern Philology* 23 (1925), S. 89-101; hier S. 97; Götz Schmitz: *Deutschland ist Hamlet: Ferdinand Freiligraths »Hamlet«-Gedicht in parodistischem Kontext*. In: *Wir sind das Volk, die Menschheit wir. Grabbe-Jahrbuch* 16 (1997), S. 55-66; hier S. 57 f.

4 Fennell (Anm. 3), S. 44-91; Schmitz (Anm. 3), S. 58; Paulin (Anm. 3). S. 227.

5 Friedrich Gundolf: *Shakespeare und der deutsche Geist*. Berlin 1922, S. 317.

6 Vgl. z. B. Dennis M. Mueller: *Wieland's »Hamlet« translation and Wilhelm Meister*. In: *Jahrbuch. Deutsche Shakespeare-Gesellschaft West*. (1969), S. 198-212; Horst Oppel: *Das Shakespeare-Bild Goethes*. Mainz 1949, S. 64; Diamond (Anm. 3), S. 91, oder Fennell (Anm. 3), S. 72. Eine Ausnahme bildet etwa Walter Muschg: *Deutschland ist Hamlet*. In: *Jahrbuch. Deutsche Shakespeare-Gesellschaft West* (1965), S. 39-41.

7 Vgl. etwa Diamond (Anm. 3), S. 100: »[...] the words of Wilhelm Meister (not of Goethe, but of the susceptible, sentimental, weak, happy-go-lucky, and quixotic hero of a novel by Goethe) [...]«.

8 Fennell (Anm. 3), S. 65.

aus.[9] Wenn er also eine Charakterisierung ersinnt, um sich für seinen Auftritt in Hamlet hineinzuversetzen, will er in Wirklichkeit mit einer Figur eins werden, die bereits ein egozentrisches Konstrukt ist.[10] Die Selbsttäuschung des Protagonisten wird durch den erfahreneren Manager Serlo angedeutet, der auf einige Fehlinterpretationen Wilhelms hinweist,[11] und auch durch den Erzähler: »Höchst willkommen war ihm das Ideal, womit er seinen gegenwärtigen Zustand vergleichen konnte, und der Selbstbetrug, wozu er eine fast unüberwindliche Neigung spürte, ward ihm dadurch außerordentlich erleichtert« (WA I, 22, S. 14 f.). Auch bei Ophelia stößt Wilhelm an die Grenzen seiner analytischen Fähigkeiten: Er, der im wirklichen Leben Schwierigkeiten hat, die weibliche Psyche zu verstehen, vermeidet eine ernsthafte Auseinandersetzung mit der weiblichen Dramenfigur.[12] Aurelie dagegen, die ihre Deutung von Ophelias Verhalten der von Wilhelm hinzufügt, identifiziert sich selbst mit ihr: Die Ablehnung Ophelias durch Hamlet erinnert sie an eine eigene vergangene Liebesbeziehung, die sie ebenso psychisch zerrüttet zurückließ.

In Bezug auf die Bühnenvorlage besteht Wilhelm zunächst darauf, zur Erziehung des Publikums eine nahezu ungekürzte Fassung des Stückes zu inszenieren, wogegen Serlo Einspruch erhebt, bis ein Kompromiss erzielt wird. Wilhelms Weigerung, das Stück zu kürzen, widerspricht einer Warnung, die der Erzähler ausspricht:[13]

> Wilhelm befand sich noch in den glücklichen Zeiten, da man nicht begreifen kann, daß an einem geliebten Mädchen, an einem verehrten Schriftsteller irgend etwas mangelhaft sein könne. Unsere Empfindung von ihnen ist so ganz, so mit sich selbst übereinstimmend, daß wir uns auch in ihnen eine solche vollkommene Harmonie denken müssen. (WA I, 22, S. 155)

Goethes eigene Inszenierungspraktiken am Weimarer Hoftheater deuten auf eine weitaus weniger idealistische Haltung hin. Wilhelms Beschäftigung mit *Hamlet* dient dagegen, zeitgenössischen bürgerlichen Vorstellungen von Bildung entsprechend, als Übung zur Wertschätzung eines Kunstwerks als ästhetisches Ganzes. Die Tragödie fungiert als »Instrument zur Selbstfindung«,[14] sie ist Teil einer vorübergehenden Etappe seines Lebenswegs.[15] Verschiedene Charaktere äußern unterschiedliche Meinungen zum Stück, und der Roman schafft keine klare Hierarchie zwischen den Stimmen. Die Polyphonie ohne konsistenten Autorenkommentar gibt den Leserinnen und Lesern keine eindeutige Interpretationsgrundlage.[16] Dies spie-

9 David Roberts: *The Indirections of Desire: Hamlet in Goethes »Wilhelm Meister«*. Heidelberg 1980, S. 28 f.; Muschg (Anm. 6), S. 37; Paulin (Anm. 3), S. 220.
10 Michelsen (Anm. 3), S. 28.
11 Fennell (Anm. 3), S. 65.
12 Paulin (Anm. 3), S. 222.
13 Fennell (Anm. 3), S. 73; Paulin (Anm. 3), S. 220, 229.
14 Kullmann (Anm. 2), S. 152.
15 Vgl. ebd., S. 153; Fennell (Anm. 3), S. 66.
16 Mikhail Bakhtin selbst diskutiert *Wilhelm Meister* nicht als polyphones Werk, sondern betrachtet die Gattung des Bildungsromans als eine im Wesentlichen monologische Form. Mikhail Bakhtin: *Problems of Dostoevsky's Poetics*. Edited and translated by Carl Emerson. Minneapolis, London 1999, S. 19-54. Zur Unzuverlässigkeit von Nebenfiguren im Roman siehe z. B. Michelsen (Anm. 3), insbes. S. 30 f.

gelt Wilhelms Wahrnehmung wider, der sich ohne eindeutig anleitende Autorität selbst seine Interpretation des Stückes und seiner persönlichen Situation schaffen muss. Diese Uneindeutigkeit des Romans ermöglicht vielfältige Interpretationsansätze, für die unter anderem die englischen Teilübersetzungen stehen. Rezipienten übersahen oder ignorierten dabei häufig, dass Wilhelms Deutung der Figur des Hamlet fest in seiner Persönlichkeit und der Romanhandlung verankert ist.

Die erste vollständige englische Übersetzung, *Wilhelm Meister's Apprenticeship* von Thomas Carlyle, erschien 1824. Deren Rezensionen spiegelten die wahrgenommene Kluft zwischen fiktionalem Werk und den darin enthaltenen vermeintlichen literaturwissenschaftlichen Äußerungen wider. Viele äußerten sich negativ über den Roman und hielten ihn für Großbritannien ungeeignet.[17] Er bestätigte vorhandene Vorurteile gegenüber angeblich unmoralischer, irreligiöser deutscher Literatur.[18] Goethe selbst war bis dato als Autor des selbstmörderischen *Werther* und des als blasphemisch wahrgenommenen *Faust* bekannt.[19] Das *European Magazine, and London review* etwa bat sein Lesepublikum, die Existenz dieses Werks zu vergessen. Das Verdikt des Rezensenten über *Wilhelm Meister* lautete, das Werk verstoße gegen die guten Sitten und wäre richtiggehend ekelerregend (»offensive to morality, and actually disgusting«).[20] Vor allem nach Thomas De Quinceys aggressivem Angriff auf den Roman, seinen Autor und deutschen Geschmack im Allgemeinen[21] positionierten sich viele Rezensenten in Bezug auf die fehlende Moral. Die Äußerungen über *Hamlet* spielten selten eine zentrale Rolle. Wurden sie doch erwähnt, wurde oft klar zwischen ihnen und der übrigen Handlung unterschieden. Francis Jeffrey bezeichnete die *Lehrjahre* in *The Edinburgh Review* in einer langen und zwiespältigen Rezension als »absurd, infantil, unstimmig, vulgär und gekünstelt«. Jedoch enthalte der Roman die »fähigste, eloquenteste und profundeste« Interpretation von Hamlets Charakter, die die Welt jemals gesehen habe.[22] Die Unterscheidung zwischen – moralischem oder unmoralischem – Roman und den

17 Für eine detailliertere Diskussion der Rezensionen von Carlyles Übersetzung vgl. Catherine Waltraud Proescholdt-Obermann: *Goethe and his British Critics: The Reception of Goethe's Works in British Periodicals. 1779 to 1855*. Frankfurt a. M., New York 1992, S. 171-173.

18 Rosemary Ashton: *The German Idea: Four English writers and the reception of German thought. 1800-1860*. Cambridge 1980, S. 64, 30.

19 Proescholdt-Obermann (Anm. 17), S. 51, 54, 88, 169, 171.

20 *Wilhelm Meister's Apprenticeship. A Novel*. In: *The European Magazine, and London review* (November 1824), S. 442, 445.

21 *Goethe's Wilhelm Meister's Apprenticeship*. In: *London Magazine* (August 1824), S. 189-197; *Goethe's Wilhelm Meister's Apprenticeship*. In: *London Magazine (*September 1824), S. 291-307.

22 Deutsche Übersetzung von C. R., vgl. den Originaltext: »eminently absurd, puerile, incongruous, vulgar, and affected; what we do not hesitate to pronounce the most able, eloquent, and profound exposition of the character of Hamlet […] that has ever been given to the world«, [Francis Jeffrey:] *Wilhelm Meister's Apprenticeship, a Novel. From the German of Goethe. […]*. In: *The Edinburgh Review* (August 1825), S. 409-449; hier S. 414, 433.

Abhandlungen blieb bestehen[23] und fand ihren Niederschlag auch in heute weitgehend vergessenen Teilübersetzungen.

Wilhelms *Hamlet*-Interpretation wurde in Großbritannien bereits im späten 18. Jahrhundert positiv rezipiert. Im letzten Viertel des Jahrhunderts begannen britische Kommentatoren und Kommentatorinnen zunehmend, ihre Aufmerksamkeit auf die Charaktere in Shakespeares Stücken zu richten. Das Thema, das bald zu einem Schwerpunkt in der Auseinandersetzung mit Shakespeare wurde, regte auch einige Leser bzw. Leserinnen[24] dazu an, sich selbst erstmals literaturwissenschaftlich zu betätigen, u.a. mit Besprechungen und Übersetzungen von Ausschnitten aus den *Lehrjahren*, die sich auf *Hamlet* beziehen. Ein Hauptaspekt, der fast alle sogenannten »character critics« einte, war das Anliegen, dass Figuren in Bezug auf ihr Handeln und ihren Charakter konsistent gestaltet sein sollten. Dies war dem neoklassizistischen Denken des 18. Jahrhunderts geschuldet und sollte unter anderem ermöglichen, ein Stück auf seine Moral hin zu lesen. Von allen Figuren Shakespeares war Hamlet berüchtigt als Charakter, der gegensätzliche, unvereinbare Eigenschaften in sich vereinigte.[25] Die gängige Annahme war, dass Shakespeare sein Stück nicht besser zu planen und seine Dramenfigur nicht besser zu gestalten vermochte. Wer nun den Beweis brächte, dass diese charakterlichen Inkonsistenzen bewusst intendiert seien, könnte die existierende Skepsis am künstlerischen Können Shakespeares kontern.[26]

1798 wurden erstmals Auszüge der *Lehrjahre* in der *Monthly Review* veröffentlicht. Die *Monthly* genoss hohes Ansehen und konnte 1797 eine stolze Verkaufszahl von etwa 5.000 Exemplaren vorweisen.[27] Der Autor Thomas Beddoes (1760-1808) war britischer Chemiker und Arzt und übersetzte hauptsächlich wissenschaftliche Texte aus verschiedenen Sprachen. In der englischen Rezeptionsgeschichte deutscher Literatur ist er vor allem als wichtiger Einfluss auf Samuel Taylor Coleridge und erster Übersetzer Kants relevant.[28] Er präsentierte seinem Publikum einen Ausschnitt zur Probe, der sich leicht aus dem Roman herauslösen ließe (»a specimen which can be most easily detached«) und der die Lösung eines schwierigen Problems der englischen Literatur bieten würde. Beddoes' Vorbemer-

23 Sie ist u.a. in Lewes' Goethe-Biographie deutlich sichtbar. G.H. Lewes: *The Life and Works of Goethe: Sketches of his Age and Contemporaries, from Published and Unpublished Sources. In two Volumes.* Vol. II. London 1855, S. 212 f.

24 Leider ist es mir trotz intensiver Recherche nicht gelungen herauszufinden, wer manche der Rezensionen und Übersetzungen verfasst hat.

25 Brian Vickers: *The Emergence of Shakespeare Criticism, 1774-1800.* In: *Shakespeare Survey* 34 (1982), S. 11-21; hier S. 12 f.

26 Ebd., S. 11-16.

27 Dorothy A. Stansfield: *Thomas Beddoes MD. 1760-1808: Chemist, Physician, Democrat.* Dordrecht, Boston, Lancaster 1985, S. 106; Antonia Forster: *Griffiths, Ralph (1720?–1803), journal editor and bookseller.* In: *Oxford Dictionary of National Biography.* Digitale Publikation unter: https://doi.org/10.1093/ref:odnb/11621 (zuletzt aufgerufen am 21.2.2025).

28 Neil Vickers: *Coleridge, Thomas Beddoes and Brunonian medicine.* In: *European Romantic Review* 8 (1997), S. 56-59.

kungen zeigen, dass er sich der subjektiven Interpretationshaltung Wilhelms durchaus bewusst ist. Goethes Protagonist wäre »stark von der Idee eingenommen, dass das Theater gewaltigen Einfluss haben könnte«, und ist »entflammt von dem Wunsch, durch das Medium der Bühne an der Reformation der Menschheit mitzuwirken«. Wilhelm wird als »dramaturgischer Don Quijote« (»dramatic Don Quixote«) beschrieben, was gut gemeinten, aber fehlgeleiteten Idealismus impliziert. Dennoch werden die übersetzten Auszüge mit den Worten eingeleitet: »Beschreibt Goethe nicht seine eigenen Empfindungen?« (»Does not Goethe describe his own sensations?«).[29] Selbst ein leidenschaftlicher Shakespeare-Leser, identifiziert Beddoes seine eigene mit Wilhelms Begeisterung.[30] Diese empathische Identifikation überträgt er auch auf Goethe. Trotzdem wird in dieser ersten Übersetzung ersichtlich, dass Wilhelms Aussagen in ein Streitgespräch eingebettet sind; Beddoes entfernt, im Gegensatz zu späteren Teilübersetzungen, die Nebenfiguren nicht. Aurelie und Serlo – als »ein Mann mit Geschmack« (»a man of taste«) bezeichnet – dürfen Wilhelm unterbrechen. Auch ironische Kommentare des Erzählers bleiben erhalten: So hält Wilhelm seine Rede vor Aurelie »mit der größten Versicherung, daß er Recht habe« (WA I, 22, S. 89), »in full confidence of being in the right«. Am Ende fordert Beddoes seine Leserinnen und Leser auf, Wilhelms Hypothese zu prüfen. Basierend auf Wilhelms Theorie wäre die Annahme unhaltbar, dass der Autor des Stückes planlos vorgegangen sei.[31] Das Ziel des »character criticism«, Shakespeare als bewusst arbeitenden Künstler zu etablieren, wird hier deutlich.

1799 publizierte der *Monthly Mirror,* eine auf die Bühne spezialisierte Zeitschrift, Beddoes' Übersetzung in bearbeiteter Form.[32] Die April-Ausgabe war August von Kotzebue gewidmet. Der Herausgeber hatte wohl noch Seiten zu füllen und fand Beddoes' Übersetzung eines deutschen Schriftstellers über Theaterthemen passend. Die umgearbeitete Version erschien in der Rubrik »British Stage«, was deren potenziellen Nutzen für die heimische Dramenkritik oder -produktion impliziert. Beddoes' eigener Kommentar wurde ebenso entfernt wie Handlungselemente, Namen der Charaktere und Phrasen, die die Reden als Teile eines Dialogs kennzeichnen. Dadurch verschwanden Hinweise auf eine Einbettung in ein Beziehungs-

29 Übersetzt von C. R., vgl. den Originaltext von [Thomas Beddoes:] *Goethe's Wilhelm Meister's Apprenticeship. A Romance. Edited by Goethe.* In: *Monthly Review, or, Literary Journal* 27 (Dezember 1798), S. 543-551; hier S. 544: »the solution of a difficult problem in English criticism«; [...] »strongly prepossessed in favour of the vast possible influence of dramatic representations, and [...] inflamed with the desire of cooperating in the reformation of mankind through the medium of the stage«.

30 Stansfield (Anm. 28), S. 115; zu seiner Leidenschaft für Shakespeare vgl. bspw. John Edmonds Stock: *On the Life of Thomas Beddoes, M. D., with an Analytical Account of his Writings*. London, Bristol, Edinburgh, Dublin 1811, S. 288.

31 Beddoes (Anm. 29), S. 546, 548, 551: »examine this [Wilhelm's] hypothesis, and [...] criticize the proposed simplification. If the madness of Hamlet be totally assumed, it is evident not only that it is going too far to represent him as having no plan, but that the supposition [...] is untenable«.

32 *Character of Hamlet. From Goethe's William Meister's Apprenticeship.* In: *The Monthly Mirror* 7 (1799), S. 235-237; *Character of Ophelia. From Goethe's William Meister's Apprenticeship.* In: *The Monthly Mirror* 7 (1799), S. 296-298.

geflecht und die weitere Handlung; der resultierende Text ist beinahe vollständig vom Roman abgetrennt. Nur die Analyse *Hamlets* verbleibt in monologischer Struktur, vorgetragen von einer namenlosen ersten Person. Man erhält keine Information über den Sprecher. Nur der Name des Autors wird in der Überschrift erwähnt, was den Eindruck verstärkt, dass dieses »I« Goethe symbolisiert. Die folgenden Ausschnitte veranschaulichen einige der Änderungen gegenüber Beddoes' Vorgängerversion und dem deutschen Original:

> Lassen Sie mich, sagte Aurelie, nun auch eine Frage thun. Ich habe Opheliens Rolle wieder angesehen, ich bin zufrieden damit, und getraue mir, sie unter gewissen Umständen zu spielen. Aber sagen Sie mir, hätte der Dichter seiner Wahnsinnigen nicht andere Liedchen unterlegen sollen? Könnte man nicht Fragmente aus melancholischen Balladen wählen? Was sollen Zweideutigkeiten und lüsterne Albernheiten in dem Munde dieses edlen Mädchens?
>
> Beste Freundin, versetzte Wilhelm, ich kann auch hier nicht ein Jota nachgeben. (WA I, 22, S. 91)

> »Let *me,*« *said Aurelia,* »in my turn, ask a question. I have again referred to Ophelia's part. I am satisfied with it; and under certain circumstances could venture to undertake it:—but, I pray you, should not the poet have put different songs into her mouth during her madness? Could he not have chosen fragments out of melancholy ballads? Why provide a noble virgin with double entendres, and scraps of indecent ditties?«
>
> »In this, my dear friend, (rejoined William,) I cannot abate a tittle.«[33]
>
> »But should not the poet, *it may be said,* have put different songs into her mouth during her madness? Could he not have chosen fragments out of melancholy ballads? Why provide a noble virgin with double entendres, and scraps of indecent ditties?«
>
> »In this I cannot abate a tittle.«[34]

Aurelies Argumentation wird in eine unpersönliche Konstruktion verwandelt, indem sie von einer dritten Person Singular artikuliert wird (»it may be said«) und die dieselbe Funktion erfüllt, die die Argumentation bereits im Roman zu haben schien: die Meinung einer angenommenen anonymen Masse mit konventionellen Überzeugungen auszudrücken. Außerdem wurden einige Sätze gestrichen, unter anderem die berühmten Zeilen »Hier wird ein Eichbaum in ein köstliches Gefäß gepflanzt, das nur liebliche Blumen in seinen Schoß hätte aufnehmen sollen; die Wurzeln dehnen aus, das Gefäß wird zernichtet« (WA I, 22, S. 76). Die Pflanzenmetapher war für eine Leserschaft, die an praktikablen theaterbezogenen Texten interessiert war, wohl nicht relevant. Der bei weitem auffälligste Eingriff ist jedoch, dass der Text von 1798 unter Überschriften umgeordnet wurde, um thematisch zusammenhängende Abschnitte zu schaffen. Diese Kapitel entsprechen im Vokabular wissenschaftlichen Konventionen: *Character of Hamlet. From Goethe's »William*

33 Beddoes (Anm. 29), S. 549.
34 *Character of Hamlet* (Anm. 32), S. 296. Hervorhebung von C.R.

Meister's Apprenticeship«, Character of Ophelia, and Strictures on the Fable of the Tragedy of »Hamlet«, from Goethe's »William Meister's Apprenticeship«, welches *The Fable of »Hamlet«* enthält.

In den Jahren vor Carlyles Übersetzung entstanden zwei weitere Teilversionen. Im Jahr 1821 erschien *On Hamlet* als anonyme Einsendung im *New Monthly Magazine and Literary Journal*. Die Übersetzung ist zwei Seiten lang, gefolgt von einer dreiseitigen Diskussion von Hamlets Charakter. Wieder ist das Ziel des »character criticism« deutlich: »All I deny is the inconsistency of Hamlet's conduct [...]. Such inconsistencies are even necessary to preserve its *unity*«.[35] Wie 1799 darf Serlo keine Einwände vorbringen. Hingegen wird Wilhelm explizit als Sprecher genannt. Von allen untersuchten Übersetzungen greift die von 1821 am stärksten in die Ebene des Wortlauts ein, um den Text an sich im Entstehen befindliche wissenschaftliche Konventionen anzupassen. Sie beginnt folgendermaßen:

> »In this enquiry,« replied William, »the first idea that presents itself is that of a prince, whose father died unexpectedly, [...].«[36]

> Vieles, alles, versetzte Wilhelm. Denken Sie sich einen Prinzen, wie ich ihn geschildert habe, dessen Vater unvermuthet stirbt. (WA I, 22, S. 73)

Der Übersetzer geht über das hinaus, was notwendig ist, um die Ausschnitte selbstständig stehen zu lassen, und lässt den Text wie eine wissenschaftliche Abhandlung anheben. Die emphatische Anrede anderer Charaktere im Imperativ, die auch authentische Mündlichkeit imitiert, wird in eine unpersönliche argumentative Phrase umgewandelt. Wilhelm nennt seine Überlegungen »enquiry« – Untersuchung. Später im Text verwandelt sich ein Appell zum Mitfühlen in eine Aufforderung zu einer wissenschaftlichen Handlung, wenn »Stehen Sie ihm [Hamlet] bei« mit »Observe him« wiedergegeben wird.[37] Auch in die Syntax wurde eingegriffen. Deutsche Sätze bauen öfter Spannung auf, während die englischen analytischer sind. Im folgenden Beispiel wurde ein atemloser Satz in eine logisch und zeitlich strukturierte Argumentation in drei Sätzen aufgedröselt:

> Upon the death of his father, he naturally expected, as an affectionate son, to derive consolation from the tenderness of his surviving parent. He might reasonably have hoped to participate, with a respectable mother, in rendering due honour to the memory of his great and heroic father. But he is destined to lose *her* also, and in a manner more painful to his feelings, than if he had been deprived of her by death.[38]

> Ihm, einem treuen und zärtlichen Sohne, blieb, da sein Vater starb, eine Mutter noch übrig; er hoffte, in Gesellschaft seiner hinterlassenen edlen Mutter die Heldengestalt jenes großen Abgeschiedenen zu verehren; aber auch seine Mutter

35 *On Hamlet*. In: *The New Monthly Magazine and Literary Journal* 1 (1821), S. 462-466; hier S. 465.
36 Ebd., S. 462.
37 Ebd., S. 463.
38 Ebd.

> verliert er, und es ist schlimmer, als wenn sie ihm der Tod geraubt hätte. (WA I, 22, S. 74)

Während bei einem Dialog die Bedeutung teilweise aus dem Kontext abgeleitet werden kann, muss eine Abhandlung für sich allein stehen. Wenn Wilhelm vom Verrat von Hamlets Mutter erzählt, offenbart der deutsche Wortlaut, »es ist schlimmer, als […]«, seine emotionalen Empfindungen; das Englische hingegen ist nüchterner und expliziter. Gertrudes Heirat mit Hamlets Onkel wirke auf ihn »in a manner more painful to his feelings« (»auf eine Art und Weise, die für seine Gefühle schmerzhafter ist«). Der wissenschaftliche Ton erhöht die Glaubwürdigkeit des Sprechers. Auch auf der Ebene des Vokabulars findet eine Rekontextualisierung in den wissenschaftlichen Diskurs um Shakespeare statt. Ein häufig verwendetes Schlüsselwort um Hamlet, »melancholy«, übersetzt das deutsche »traurige Richtung«.[39] Während im deutschen Original Wilhelm Hamlets Ärger auf »die lächelnden Bösewichter« beschreibt (WA I, 22, S. 75), erinnert er sich in der englischen Übersetzung an den exakten Wortlaut im Dramentext Shakespeares und zitiert »the ›smiling villain‹« dementsprechend im Singular.[40] Guter wissenschaftlicher Praxis folgend wird der Ausdruck zudem in Anführungsstriche gesetzt.

1823 veröffentlichte ein Autor unter dem Akronym »A. B. Z.« eine weitere Teilübersetzung im *European magazine, and London review.* Wie der Name bereits zeigt, positionierte sich die Zeitschrift als polyglottes Medium mit europäischer Ausrichtung.[41] A. B. Z. präsentiert nach einer lobenden Einführung des Werkes und seines Autors »ein paar Auszüge, die Goethes Gefühle, so kann man zumindest billigerweise annehmen, […] zum Ausdruck bringen«.[42] Der Autor fasst die Romanhandlung zusammen und kontextualisiert das Gespräch zwischen Serlo und Wilhelm. Manche Kommentare Serlos bleiben in der Übersetzung erhalten, beispielsweise seine Gedanken zur Rolle des Polonius. Dennoch ist Wilhelms Stimme deutlich dominanter als im Ausgangstext. Wieder wird gekürzt; im folgenden Beispiel Elemente, die die Szene ursprünglich belebten (Kursivierung von C. R.):

> But these faults are like the hasty supports of a building, which ought not to be removed till they are supported by some solid masonry. I propose, these, not to touch at all those great situations mentioned at first, but to preserve them in the whole as well as individually; on the other hand to throw away entirely all these external, disjointed, scattered, and diverting motives, and to substitute only one for all the rest … and this is, the troubles in Norway. This is my plan:[43]

39 Vgl. Eric Gidal: *»A gross and barbarous composition«: Melancholy, National Character, and the Critical Reception of »Hamlet« in the Eighteenth Century.* In: *Studies in Eighteenth-Century Culture* 39 (2010), S. 235-261.

40 *On Hamlet* (Anm. 35), S. 462 f.

41 [Anonym]: *Introduction.* In: *The European magazine, and London review* (January 1782), S. III-IV; hier S. III f.

42 A. B. Z.: *Observations on Shakespeare's Hamlet. By Goethe.* In: *The European magazine, and London review* 84 (1823), S. 305-310; hier S. 305: »a few extracts, […] conveying Goethe's sentiments, at least so it may be fairly presumed, on one of our greatest writers, Shakespeare, and one of his best productions, Hamlet«.

43 Ebd., S. 307.

So höre ich Sie einmal gerne! rief Serlo.

Fallen Sie mir nicht ein, versetzte Wilhelm, Sie möchten mich nicht immer loben. Diese Fehler sind wie flüchtige Stützen eines Gebäudes, die man nicht wegnehmen darf, ohne vorher eine feste Mauer unterzuziehen. Mein Vorschlag ist also, an jenen ersten großen Situationen gar nicht zu rühren, sondern sie sowohl im Ganzen als Einzelnen möglichst zu schonen, aber diese äußern, einzelnen, zerstreuten und zerstreuenden Motive alle auf einmal weg zu werfen und ihnen ein einziges zu substituieren.

Und das wäre? fragte Serlo, indem er sich aus seiner ruhigen Stellung aufhob.

Es liegt auch schon im Stücke, erwiderte Wilhelm, nur mache ich den rechten Gebrauch davon. Es sind die Unruhen in Norwegen. Hier haben Sie meinen Plan *zur Prüfung.* (WA I, 22, S. 160; Hervorhebungen C. R.)

Auch wenn Serlo auf inhaltlicher Ebene Wilhelm nicht widerspricht, ist die Wirkung der Kürzungen auf diskursiver Ebene tiefgreifend. Im Englischen relativieren die Unterbrechungen der älteren und erfahrenen Figur Wilhelms Autorität nicht mehr.

Gegen Ende des langen 19. Jahrhunderts erscheinen erneut Auszüge der *Lehrjahre* im Englischen, diesmal in zwei Buchausgaben. Mittlerweile waren mehrere vollständige Übersetzungen im Umlauf. Dennoch erregte Wilhelms *Hamlet*-Interpretation das Interesse von Verlagen, deren Buchreihen ein breiteres Lesepublikum ansprachen.

Im Jahr 1897 wurden Wilhelms Analysen in *Criticisms, Reflections, and Maxims of Goethe* in der *Scott Library*-Reihe aufgenommen, die sich an ein Arbeiterpublikum richtete. Als 1896 der einhundertste Band der Reihe erschien, ließ der Verleger, Walter Scott (1826-1910), über ein Thema für Band 101 abstimmen. Das Ergebnis: Der weitaus größte Teil der Stimmen (etwa acht zu eins) wurde für einen Band mit Aufsätzen von Goethe abgegeben.[44] Für den Herausgeber der Reihe, Ernest Rhys (1859-1946), war das Ziel, qualitätsvolle und zugleich günstige Literatur zu produzieren, von der er annahm, dass sie das Leben arbeitender Menschen positiv beeinflussen könnte.[45] Dass Goethe für diese Reihe in Betracht kam, verdeutlicht seine Popularität im englischsprachigen Raum um die Wende zum 20. Jahrhundert. Der erschienene Band scheint auch einigermaßen erfolgreich gewesen zu sein.[46] Das Interesse des Verlages dürfte zumindest teilweise mit Goethes 150. Ge-

44 *The Scott Library.* In: *Publishers' Circular* (23. Oktober 1897), S. 482: »By far the largest proportion of the votes (some eight to one) were given for a volume of Critical Papers by Goethe«.

45 John R. Turner: *A History of the Walter Scott Publishing House.* Diss. University of Wales 1995, S. 75.

46 Derek Glass: *Goethe in English. A Bibliography of the Translations in the Twentieth Century.* Leeds 2005, S. 265. Glass gibt eine Neuauflage für 1904 an. Darüber hinaus weisen Online-Kataloge auf mehrere Exemplare aus den Jahren 1898, 1899, 1900 und späteren Jahren hin. Da jedoch in den Büchern selbst weder Jahr noch Auflagenzahlen vermerkt sind, ist die genaue Anzahl der Auflagen schwer zu ermitteln.

burtstag im Jahr 1899 zusammenhängen.[47] Von den vier Kapiteln des Bandes enthält das erste, *Goethe on Shakespeare*, Volltexte und Auszüge, darunter eine Auswahl an Textstellen aus den *Lehrjahren*. Der Übersetzer und Herausgeber war William Rönnfeldt (1837-1919). Er war schwedischer Herkunft, wurde in Lübeck geboren und ließ sich 1859 in Newcastle-on-Tyne nieder. 1862 zog er nach Cardiff in Wales, wo er bis an sein Lebensende blieb. Neben vielen anderen Tätigkeiten und Interessen übersetzte er auch aus dem Deutschen.[48] Er erinnert in der Einleitung daran, dass *Wilhelm Meister* »bei allen Fehlern doch voll Schöpfergeist [genius] sei« und die darin enthaltenen kritischen Anmerkungen von größtem Interesse.[49] Wie bereits frühere Übersetzer schneidet Rönnfeldt Dialogstücke aus dem Roman heraus, gliedert sie unabhängig vom fiktiven Sprecher in Absätze und sammelt sie unter dem Titel *On »Hamlet«*. Die Quelle gibt er erst am Ende des Unterkapitels an: »[*Wilhelm Meisters Lehrjahre*]«. Im Vergleich zu früheren Versionen sind die übersetzten Textpassagen vielfältiger und enthalten teilweise Verweise auf die Romanhandlung. Jedoch zementieren Rönnfeldts weitere editorische Entscheidungen implizit die Identifikation Goethes mit seinem Protagonisten. Er bettet den fiktionalen Text direkt vor und nach sachlichen Kommentaren über Shakespeare ein. Zuvor ist etwa *The first edition of »Hamlet«* platziert: eine Rezension, die Goethe anlässlich einer 1825 gedruckten *Hamlet*-Ausgabe schrieb. Andere Entscheidungen suggerieren insbesondere, dass Wilhelm und der junge Goethe ein und dieselbe Person wären: Der Unterabschnitt *On »Hamlet«* beginnt nämlich mit dem folgenden Zitat aus den *Lehrjahren*:

> ... *I cannot* call to mind any book, any person, or any occurrence in life which has produced so great an effect upon me as those excellent plays of Shakespeare, with which, through your kindness, I have become acquainted. They seem to be the work of a heavenly genius, who has descended to mankind in order to make it, in the gentlest manner possible, familiar with itself.

> [...] ich erinnere mich nicht, daß ein Buch, ein Mensch oder irgendeine Begebenheit des Lebens so große Wirkungen auf mich hervorgebracht hätte als die köstlichen Stücke, die ich durch Ihre Gütigkeit habe kennen lernen. Sie scheinen ein Werk eines himmlischen Genius zu sein, der sich den Menschen nähert, um sie mit sich selbst auf die gelindeste Weise bekannt zu machen. (WA I, 21, S. 309)

Der Abschnitt *Stray thoughts on Shakespeare* beginnt mit einer ähnlich enthusiastischen Stelle, die allerdings einem anderen Text entnommen ist:

47 Eine Rezension stellt den Band explizit in diesen Kontext: [Anonym]: *The Literary World*. In: *St. James's Gazette* (28. August 1897), S. 12.

48 Vgl. Cardiff Naturalists' Society: *William Ronnfeldt (1837-1919) 17th President*. In: https://cardiffnaturalists.org.uk/htmfiles/150th-23.htm (zuletzt aufgerufen am 21.2.2025).

49 Wilhelm Meister »With all its fault is yet full of genius«. William Benjamin Rönnfeldt: *Introduction*. In: Johann Wolfgang Goethe: *Criticisms, Reflections, and Maxims of Goethe*. Translated, with an Introduction by W. B. Rönnfeldt. London, Newcastle-upon-Tyne, New York [1897], S. IX-XXXIV; hier S. XIV.

> ... *The* first page which I read in Shakespeare already served to win him my lifelong adherence. And when I had reached the end of the play, I stood like one who, blind from birth, finds himself suddenly blest with sight by a beneficent Providence. In the clearest and most vivid manner I realized that my existence had been infinitely expanded. Everything now appeared new and strange to me, and the unwonted light dazzled and hurt my eyes.[50]

> [...] Die erste Seite die ich in ihm las, machte mich auf Zeitlebens ihm eigen, und wie ich mit dem ersten Stücke fertig war, stund ich wie ein blindgebohrner, dem eine Wunderhand das Gesicht in einem Augenblicke schenckt. Ich erkannte, ich fühlte auf's lebhaffteste meine Existenz um eine Unendlichkeit erweitert, alles war mir neu unbekannt, und das ungewohnte Licht machte mir Augenschmerzen. Nach und nach lernt ich sehen, und, danck sey meinem erkenntlichen Genius, ich fühle noch immer lebhafft was ich gewonnen habe. (WA I, 37, S. 130)

Wie Rönnfeldt im Folgenden selbst angibt, stammt dieser Auszug aus Goethes Rede *Zum Schäkespears Tag* (1771): »*[From an Address delivered by Goethe at Frankfort-on-the-Main in October 1771, on the occasion of a Shakespeare celebration, which he was mainly instrumental in organising]*«.[51] Den Leserinnen und Lesern wird das weit spätere Erscheinungsdatum der *Lehrjahre* nicht mitgeteilt.
Eine weitere Auswahl erschien in einem schmalen Band der De La More Press im Jahr 1904: *Goethe on Shakespeare: Being Selections from Carlyle's Translation of Wilhelm*, der zu einer Reihe von Geschenkbüchern gehörte, die als Ersatz »für die nutzlose und vergängliche Weihnachts- und Geburtstagskarte« beworben wurden.[52] Ohne paratextuellen Kommentar und im Format tatsächlich an eine Postkarte erinnernd, war die Publikation in verschiedenen Einbandmaterialien zu unterschiedlichen Preisen erhältlich,[53] darunter auch in einem Schuber mit *Carlyle on Shakespeare* und *Emerson on Shakespeare*, wie Werbeanzeigen belegen.[54] Die Buchreihe versuchte, mit Hilfe des symbolischen Kapitals der beteiligten, als ›klassisch‹ empfundenen Autoren, ein originelles Produkt zu vermarkten. Es wurden Textstellen aus Carlyles Übersetzung ausgewählt, darunter auch Handlungselemente, etwa aus der *Hamlet*-Aufführung der Theatertruppe. Abermals werden dabei mehrere bereits bekannte Bearbeitungsstrategien deutlich. Aurelies Anteil am Dialog wird etwa erneut einem monologischen Kommentar ohne Sprecher einverleibt.[55]

50 Ebd., S. 26, 42. Hervorhebungen im Original.

51 Ebd., S. 45.

52 *From the De La More Press List*. In: *The Publishers' Circular and Booksellers' Record* 87 (1907), S. 423: »for the useless and ephemeral Christmas and birthday card«.

53 Vgl. *The Athenaeum* (26. September 1903), S. 403.

54 *Belfast News Letter* (20. Oktober 1904), S. 10; *Christmas and Gift Books*. In: *The Northern* Whig (17. Oktober 1904), S. 10; *Yesterday's New Books*. In: *Sheffield Daily Telegraph* (7. Oktober 1904), S. 3.

55 Johann Wolfgang Goethe: *Wilhelm Meister's Apprenticeship. A Novel. Translated from the German of Goethe*. [By] Thomas Carlyle. In Three Volumes. Vol. II. Edinburgh, London 1824, S. 77; *Goethe on Shakespeare. Being Selections from Carlyle's Translation of Wilhelm Meister*. Bd. 2. London 1904, S. 16 f.

Die Unterscheidung zwischen Autor und Protagonist setzt – gerade auch in diesem Fall – ein Maß an literarischer Kompetenz voraus, das auch heute nicht immer selbstverständlich vorhanden ist. Doch haben spezifische Lesarten und unvollständige Übersetzungen außerhalb des deutschsprachigen Raumes in der untersuchten Zeitperiode das Potenzial für Missverständnisse verstärkt und diese weiterverbreitet: Ohne den vollständigen Roman zu kennen – der ab 1824 auf Englisch verfügbar war –, konnte man den Eindruck erhalten, Wilhelms Überlegungen wären ernsthafte wissenschaftliche Ausführungen Goethes.

Im späten 18. und frühen 19. Jahrhundert existierte eine verzögerte und verzerrte britische Sicht auf Goethe.[56] Bis ins erste Viertel des 19. Jahrhunderts verfügte der Großteil des britischen Lesepublikums höchstens über geringe Kenntnisse deutscher Literatur. Das Bild Goethes im britischen Kulturraum wurde vor allem durch *Die Leiden des jungen Werthers* geprägt. Der Briefroman verhalf ihm zu einer Periode frühen Ruhmes in Großbritannien und erweckte noch jahrzehntelang Interesse.[57] Bis 1797 waren vier Übersetzungen des Werkes angefertigt worden, die in etwa neunzehn Auflagen im Umlauf waren. Bis 1820 erschienen rund zwanzig Neuauflagen. Catherine Proescholdt-Obermann resümiert für diesen Zeitabschnitt, dass Goethe ausschließlich als Autor des *Werthers* im literarischen Gedächtnis der britischen Leserinnen und Leser verhaftet blieb, und über sein Leben, seine geistige Entwicklung und die Veränderungen sowohl seiner Einstellungen als auch seines Stils kaum etwas bekannt war.[58] In seinem Vorwort beklagte Carlyle dementsprechend immer noch die Wahrnehmung durch das britische Publikum:

> To such as know him by the faint and garbled version of his *Werter*, Goethe figures as a sort of poetic Heraclitus; some woe-begone hypochondriac, whose eyes are overflowing with perpetual tears, whose long life has been spent in melting into ecstasy at the sight of waterfalls, and clouds, and the moral sublime, or dissolving into hysterical wailings over hapless love-stories and the miseries of human life. They are not aware that Goethe smiles at this performance of his youth; [...][59]

> (Denjenigen, die ihn durch die verstümmelte Version seines *Werthers* kennen, erscheint Goethe als eine Art poetischer Heraklit; ein wehklagender Hypochonder, dessen Augen permanent mit Tränen überfließen, der sein langes Leben damit verbrachte, beim Anblick von Wasserfällen und Wolken und dem moralischen Erhabenen in Ekstase hinzuschmelzen oder sich über unglückliche Liebesgeschichten und das Elend des menschlichen Lebens in hysterisches Wehklagen aufzulösen. Sie wissen nicht, dass Goethe über diese Produktion seiner Jugend lächelt; [...].)

56 Z.B. wurde Goethe eine Zeit lang als Teil der Gruppe der Romantiker gesehen, vgl. Fennell (Anm. 3), S. 77.
57 Siehe auch Ashton (Anm. 18), S. 4 f.
58 Proescholdt-Obermann (Anm. 17), S. 47 f., 88, 169 (Zitat).
59 Thomas Carlyle: *Translator's Preface*. In: *Wilhelm Meister's Apprenticeship* (Anm. 55), S. V-XVIII; hier S. VI-VII.

Dass Goethe, getarnt als Wilhelm, Hamlet nach seinem Ebenbild als einen weiteren »wertherischen Schwächling«[60] konstruierte, wird die Vorannahmen der britischen Leserschaft, die Goethe bereits als solchen ansahen, nur bestätigt haben.

Die Charakterisierung, die Wilhelm vornahm, wurde für die Rechtfertigung des Nationalhelden Shakespeare genutzt. Die ersten vier Teilübersetzungen der *Lehrjahre* mit ihrer Fokussierung auf das entsprechende Material bedienten vorrangig das Interesse an Shakespeares Charakteren. Sie wurden zu diesem Zweck instrumentalisiert und die zugeschnittenen Paratexte ließen den Leserinnen und Lesern kaum Raum für andere Interpretationen. Diese Funktion konnten sie eben besser in Form wissenschaftlicher Abhandlungen erfüllen.

Die späteren Ausgaben Goethes spiegeln hingegen dessen veränderten Status als intellektuelle Ikone wider. Ideen zu Buchprojekten resultierten nicht nur aus dem Interesse an Shakespeare, sondern auch aus der Prominenz und dem Verkaufspotenzial des Autors Goethe. Die Lektüre seiner Lesarten anderer Schriftsteller bildete einen wertvollen Beitrag zur literarischen Bildung – unter anderem der Arbeiterklasse. Anstatt allerdings zu einer differenzierteren Betrachtung der Dialoge zu führen, verhinderte Goethes Status als »Weiser von Weimar« (»sage of Weimar«)[61] eine kritische Auseinandersetzung weitgehend. Die dominante Vorherrschaft Goethes, oder vielmehr Goethes in der Figur Wilhelms, stand alternativen Lesarten des Stücks im Wege:

> More than any other cause, this influence of Goethe and Coleridge – mighty names to conjure with – has for the greater part of a century operated against a rational understanding of Hamlet's character, and has foisted upon the world a brain-sick craven in place of the real Hamlet of William Shakespeare.[62]

> (Mehr als jede andere Ursache hat dieser Einfluss von Goethe und Coleridge – mächtige Namen, die man da heraufbeschwört – über den größten Teil eines Jahrhunderts hinweg gegen ein rationales Verständnis von Hamlets Charakter gewirkt und der Welt anstatt des wahren Hamlet von William Shakespeare einen hirnkranken Feigling aufgedrängt.)

Der ehrfurchtsvolle Blick auf Goethe als intellektuelle Autorität, von dem viele – wenn auch nicht alle – der Rezensionen etwa des Scott-Bandes von 1897 zeugen,[63] erklärt, warum man oft nicht wagte, die Glaubwürdigkeit einer Figur anzutasten, von der man traditionellerweise annahm, sie verkörpere ihren Verfasser.

In gewisser Weise fielen die Übersetzer bewusst oder unbewusst denselben Zirkelschlüssen zum Opfer wie Goethes Protagonist: Ihre Herangehensweise bestand nicht in einer objektiven umfassenden Analyse, sondern in der Auswahl einzelner Textpassagen und der selektiven Anpassung des literarischen Originals an die

60 Muschg (Anm. 6), S. 36.
61 [Anonym]: *Books of the Day*. In: *London Evening Standard* (2. Februar 1898), S. 8. Vgl. auch James Simpson: *Goethe und England*. In: GJb 1999, S. 41-53; hier S. 51.
62 Diamond (Anm. 3), S. 90 f.
63 Z. B. [Anonym]: *Notes on New Books*. In: *The Illustrated London News* (30. Oktober 1897), S. 26; oder [Anonym]: *First Impressions*. In: *The Speaker* 16 (1897), S. 300 f.

eigene Interpretation.[64] Die Teilübersetzungen sind sowohl Ursachen als auch Symptome. Sie spiegeln und verstärken gleichzeitig eine Fehlinterpretation, die zunächst der britischen Verehrung Shakespeares diente, aber später auch zur Durchsetzung spezifischer Bildungsanliegen und bei der Verfolgung ökonomischer Ziele genutzt wurde.

Die englischen Teilübersetzungen trugen dazu bei, eine populäre Wahrnehmung von Goethe als sentimentalem und idealistischem Shakespeare-Kritiker zu schaffen. Sie sind textliche und materielle Manifestationen der Gründe, warum Wilhelms Überlegungen bis weit ins 20. Jahrhundert zu Goethes bedeutendsten Beiträgen zur Shakespeare-Kritik zählten.[65]

64 Vgl. Fennells Aussage über Wilhelms Vorschläge zur Kürzung des Dramentexts. (Anm. 3), S. 66.

65 Vgl. z.B. Paul Conklin: *A History of Hamlet Criticism: 1602-1821*. New York 1957, insbes. S. 105-108.

Abhandlungen

Stefan Matuschek

Um Goethe betrogen. Über die anhaltende Wirkung des kulturpatriotischen Klassikbegriffs

Alte, unbrauchbar gewordene Werkzeuge, die ihr Werkstück bei der Bearbeitung beschädigen, sollte man aus dem Verkehr ziehen. Das gilt für materielle Werkzeuge wie schartige Sägen oder stumpfe Messer ebenso wie für intellektuelle. Begriffe sind solche immateriellen, intellektuellen Werkzeuge; Werkzeuge der Erkenntnis und des Erklärens – und auch bei ihnen sollte man darauf achten, dass man die unbrauchbar gewordenen weglegt. Denn wie schartige Sägen oder stumpfe Messer verunstalten sie das, was man mit ihnen bearbeitet. Ein Begriff, für den das zutrifft, ist meiner Ansicht nach der germanistische Epochenbegriff ›Klassik‹.

Epochenbegriffe bezeichnen nichts Objektives. Sie sind hermeneutische Größen, die den von sich aus ungegliederten Verlauf der Geschichte im Nachhinein nach ausgewählten Kategorien zu gliedern versuchen. Sie sind nicht wahr oder falsch, sondern mehr oder weniger plausibel und brauchbar. Das entscheidet sich danach, wie sehr sie helfen, geschichtliche Zusammenhänge und Entwicklungen zu sehen und sich einzuprägen. Als kontinuierlicher Fluss der Zeit bleibt die Vorstellung von Geschichte amorph. Erst durch die Epocheneinteilungen gewinnt sie Gestalt. Die Epochenbegriffe sind die Werkzeuge, die aus der Masse des Geschehenen und Überlieferten Geschichte modellieren. Für Goethes Schaffenszeit haben sich zwei Epochenbegriffe etabliert, die die entscheidenden Zusammenhänge und Entwicklungen dieser Jahrzehnte auf europäischer Ebene so knapp wie prägnant markieren: Aufklärung und Romantik. Als Grenze zwischen beiden kann man die Französische Revolution sehen, weil deren politische Programmatik zu einem ebenso revolutionären neuen Selbstbewusstsein im literarisch-philosophischen Betrieb führte. Als europaweit ausstrahlendes Ereignis kann ›Paris 1789‹ deshalb als Epochenschwelle betrachtet werden, die zwar keine völlig verschiedenen Zeiten voneinander trennt, doch die Intensivierung aus der Aufklärung stammender Tendenzen einleitete, deren Durchsetzung dann eine neue Realität schuf. Um nur bei der Literatur zu bleiben: Die akademische Tradition verlor ihre Deutungs- und Wertungshoheit über die Literatur; die klassizistisch-normative Regelpoetik verging unter dem Erfolg populärer Formen, insbesondere des Prosaromans sowie der individualisierten Literaturkritik; die fiktionale Literatur verzeichnete einen immensen Zuwachs, überflügelte in der ebenso immens anwachsenden Autoren- und Leserschaft die religiöse Literatur als Lebensorientierung; mit der Entstehung des Buchmarkts differenzierte sich die ›schöne Literatur‹ als ein eigenständiger gesellschaftlicher Bereich aus. All diese Tendenzen sind es, die sich seit den 1790er-Jahren programmatisch mit dem Ausdruck ›romantisch‹ verbanden, der seinerseits als ein Katalysator in der Selbstreflexion und im Selbstbewusstsein dieser Entwicklungen wirkte. In ihnen entstand die in Grundsätzen noch heute geltende moderne Situation der Literatur – mit dem einen Unterschied, dass die Literatur heute in einer ganz anderen Medienkonkurrenz steht als vor zweihundert Jahren.

Goethes Schaffenszeit liegt genau in diesem mit Aufklärung und Romantik bezeichneten Prozess. Und er ist auf europäischer Ebene der einflussreichste deutschsprachige Autor, der mit seinen Werken all diejenigen Tendenzen verstärkte, die zur Romantik führten und sie ausmachen: mit *Götz* das Interesse an der eigenen spätmittelalterlichen, frühneuzeitlichen Historie, mit *Werther* und *Wilhelm Meister* die Durchsetzung des Prosaromans, mit seinen Balladen und seiner liedhaften Lyrik die volkstümlichen Formen, die seit Thomas Percys Wiederentdeckung der *Reliques of Ancient English Poetry* (1765) die romantische Dichtung inspirierten, mit dem ersten Teil des *Faust* die Neuverwendung christlicher Legenden- und Aberglaubensfiguren in einer revolutionär grotesken Theaterästhetik, in der Volkstümliches und Erhabenes, Sentimentalität und Intellektualität, Ernst und Spott, Pathos und Witz eine so noch nie dagewesene Mischung eingehen. Es ist die europaweite Wirkung dieser Werke, die Lord Byron im Jahr 1823 alles Recht zu der Behauptung gab, Goethe sei seit 50 Jahren der unbestrittene Souverän der europäischen Literatur (»for fifty years […] the indisputed sovereign of European literature«[1]). Byron rechnete dabei sogar sehr genau, da Goethes erste erfolgreiche Publikation, der *Götz*, im Jahr 1823 genau 50 Jahre zurücklag. Goethe, so kann man Byrons Ehrerbietung anders formulieren, ist der produktivste Trendsetter in der Entstehung der europäischen Romantik. Madame de Staël, die wichtigste Vermittlerin der deutschen Romantik nach Europa, sah es nicht anders.[2]

Anders haben es dagegen die Germanisten gesehen. Den dort vorherrschenden Ton hört man zum ersten Mal am kräftigsten in Hermann Hettners *Literaturgeschichte des 18. Jahrhunderts* von 1872, und zwar in deren 3. Buch, das mit *Das klassische Zeitalter der deutschen Literatur* überschrieben ist:

> Es kam eine neue Epoche, deren unvergänglicher Ruhm und deren geschichtliche Bedeutung es ist, das trotz all' seiner Größe noch beschränkte und einseitige Lebensideal des Zeitalters der Aufklärung zum Lebensideal des vollen und ganzen, reinen und freien Menschenthums, zum Ideal vollendeter und in sich harmonischer Humanität vertieft und verklärt zu haben.
>
> Kein anderes Volk hat diese entscheidende Entwicklung so tief und gründlich und so eigenthümlich durchlebt, kein anderes Volk hat sie zu so festem und klarem Abschluß gebracht.[3]

1 *The Works of Lord Byron. Letters and Journals.* Vol. VI. Hrsg. von Rowland Edmund Prothero. London, New York 1901, S. 237.

2 Vgl. den Anfang des Goethe-Kapitels (Nr. 7 im Zweiten Teil) in Germaine de Staël: *De l'Allemagne I.* 2 Vol. Chronologie et introduction par Simone Balayé. Paris 1968, S. 189-192.

3 Hermann Hettner: *Literaturgeschichte des 18. Jahrhunderts.* In drei Theilen. Dritter Theil: *Die deutsche Literatur im achtzehnten Jahrhundert.* Drittes Buch: *Das klassische*

In diesen Zeilen sind die Eigenschaften des germanistischen Klassikbegriffs prägnant versammelt: Er bezeichnet eine Epoche und zugleich ein ethisches wie ein ästhetisches Ideal (›vollendete und harmonische Humanität‹) und er drückt zudem ein patriotisch-deutschnationales Überlegenheitsgefühl aus. Dieser germanistische Klassikbegriff setzt die Grundidee der älteren europäischen Klassizismen fort, dass die eigene, neue Größe die Wiedergewinnung der idealisierten antiken Kultur sei. Anders als ihre italienischen und französischen Vorgänger halten sich die Germanisten dabei jedoch – zur Umgehung der romanischen Tradition und mit einem auftrumpfenden Ursprungspathos – einseitig an die Griechen. Die materielle Basis seines Klassikbegriffs bezeichnet Hettner als »die von dem Ideal wiedergeborenen Hellenenthums getragene Dichtung Goethe's und Schiller's«.[4] Es ist, als ob damit eine Art ›Erledigt!‹-Haken hinter Winckelmanns paradoxe Verheißung gesetzt würde, dass die Deutschen durch die Nachahmung der Griechen »groß« und »unnachahmlich« werden.[5] Winckelmann hatte dabei zwar an die bildenden Künste gedacht. Doch umso besser für die Philologen, wenn die Literatur die Aufgabe erfüllt, die Deutschen groß und unnachahmlich, in Hettners Worten »so tief und gründlich und so eigenthümlich« zu machen, wie kein anderes Volk es zu sein vermöge. Die Konsequenz dieses klassizistisch grundierten Klassikbegriffs liegt darin, dass der damit Gemeinte, Goethe, einseitig auf seine klassizistischen Orientierungen festgelegt wird. Die gibt es bei ihm, doch sind nicht sie es, die seine literaturgeschichtliche Bedeutung ausmachen. Seine für die internationale Entwicklung der Literatur einflussreichen Werke, *Götz*, *Werther*, einige Balladen und Gedichte, *Wilhelm Meister*, der erste Teil des *Faust*, sind alles andere als klassizistisch, ja geradezu antiklassizistisch. Mit ›wiedergeborenem Hellenenthum‹ haben sie nichts zu tun. Und auch wenn Goethe bei all seinen historisch und kulturräumlich breiten Interessen bis ins hohe Alter immer wieder einmal die singuläre Vorbildlichkeit der griechischen Antike betont, so sind solche Behauptungen doch keineswegs maßgeblich für seine eigene literarische Praxis. Was er schreibt und wie er schreibt, ist in seinen größten und einflussreichsten Teilen kein neuer Hellenismus. Insofern verfehlt der klassizistisch grundierte Klassikbegriff Goethes literarhistorische Bedeutung. Für deren Erklärung ist er ein unbrauchbares Werkzeug.

Nun ist es heute keine steile These mehr, sondern ein weithin geteilter Forschungskonsens, dass die Germanistik des 19. bis weit ins 20. Jahrhundert mit ihrem Klassikbegriff weniger Goethes literarhistorische Bedeutung erklären als vielmehr sich selbst ihrer nationalen Größe versichern wollte. Die Germanistik ist in dieser Zeit nicht nur eine Wissenschaft, sondern zugleich ein patriotisch-kulturpolitisches Unternehmen. Kurz nach der Kriegsniederlage 1806 gegründet (durch die erste Professur an der neuen Berliner Universität 1810), verstand sie sich selbst als ein kultureller Kompensationsversuch nach der militärischen Demüti-

Zeitalter der deutschen Literatur. Erste Abteilung: Die Sturm- und Drangperiode. Braunschweig 1872, S. 1.

4 Ebd., S. 2.

5 Vgl. Johann Joachim Winckelmann: *Gedanken über die Nachahmung der griechischen Werke in der Malerei und Bildhauerkunst.* Hrsg. von Ludwig Uhlig. Stuttgart 1982, S. 4.

gung.[6] Diese Mission blieb lange erhalten und erreichte in der Goethephilologie nach der Reichsgründung ihren Höhepunkt, in dem sich der wiedergewonnene militärische Stolz mit der Interpretationsidee des faustischen Deutschen verband, wodurch man sich die zuvor zumeist mit Kopfschütteln bedachte zweite *Faust*-Tragödie zum identitätsstiftenden Nationaldrama des Nationalklassikers zurechtmachte. »Goethes Stilisierung zum deutschen Klassiker«, hat Gottfried Willems schon vor gut zwanzig Jahren festgehalten, »ist das Werk einer brutalen Verehrung, deren Gewaltsamkeit ihresgleichen in der Kulturgeschichte sucht«.[7] Und fast vierzig Jahre ist es her, dass Wilhelm Voßkamp den auf Goethe gemünzten Epochenbegriff der Klassik als ein »nationale[s] Selbsterhaltungskonzept«[8] diagnostiziert hat. Man kann es auch so sagen: Die Aufgabe, die der Epochenbegriff der Klassik erfüllt hat, war nicht literaturwissenschaftliche Erkenntnis, sondern ein literaturwissenschaftlicher Beitrag zum Nationalstolz. In dieser Hinsicht hat er sich als ein sehr effizientes Werkzeug erwiesen und die Rede und das Prestige von Goethe als dem Nationalklassiker in Deutschland bis heute so selbstverständlich werden lassen, dass wohl nicht wenige erstaunt sein werden, wenn man ihnen mitteilt, dass in Wilhelm Scherers *Geschichte der deutschen Literatur*, die in den Jahrzehnten um 1900 sehr verbreitet war, viele Goethe-Werke, auch der *Faust*, in dem Kapitel *Romantik* abgehandelt werden. Scherer, ein führender Germanist und Goethe-Philologe seiner Zeit, hat dadurch im Nachhinein gelegentlichen Spott auf sich gezogen, dass er eine 600-Jahres-Regel für die Qualitätsentwicklung der deutschen Literatur aufgestellt hat. Sie beginnt mit der Mutmaßung, dass es etwa um 600 eine Blütezeit althochdeutscher Heldenlieder gegeben habe, nimmt als zweiten Beleg die ›Staufische Klassik‹ um 1200 und als dritten Goethe und Schiller um 1800. Den vierten wird man in knapp 400 Jahren überprüfen können. Doch täuscht dieser Spott über Scherers Charakter hinweg. Denn er war hauptsächlich ein faktenorientierter und -kundiger Positivist, der sich mit großen Deutungserzählungen eher zurückhielt. Die literarischen Sachverhalte sind es auch, die ihn so viele Goethe-Werke der Romantik zuordnen lassen, wobei er mehr auf die jeweilige Individualität der Werke als auf die Programmatik der Romantik eingeht. Ein Kapitel ›Klassik‹ gibt es bei ihm nicht. *Weimar* lautet stattdessen die Überschrift, unter der er das abhandelt, was bei den vielen anderen Germanisten ›Klassik‹ heißt. Um diesen Goethe von

6 Vgl. dazu Eberhard Lämmert: *Germanistik – eine deutsche Wissenschaft*. In: *Germanistik – eine deutsche Wissenschaft*. Beiträge von Eberhard Lämmert, Walther Killy, Karl Otto Conrady u. Peter von Polenz. Frankfurt a.M. 1967, S. 7-41; Jost Hermand: *Geschichte der Germanistik*. Reinbek bei Hamburg 1994. Zuletzt mein Beitrag: *Germanistik als Neue Mythologie*. In: *Utopische und dystopische Weltentwürfe*. Hrsg. von Monika Wolting. Göttingen 2022, S. 25-50.

7 Gottfried Willems: *»Ihr habt jetzt eigentlich keine Norm, die müßt ihr euch selbst geben«. Zur Geschichte der Kanonisierung Goethes als »klassischer deutscher Nationalautor«*. In: *Schönheit, welche nach Wahrheit dürstet. Beiträge zur deutschen Literatur von der Aufklärung bis zur Gegenwart*. Hrsg. von Gerhard R. Kaiser u. Heinrich Macher. Heidelberg 2003, S. 103-134; hier S. 123.

8 Wilhelm Voßkamp: *Klassik als Epoche. Zur Typologie und Funktion der Weimarer Klassik*. In: *Epochenschwelle und Epochenbewusstsein*. Hrsg. von Reinhart Herzog u. Reinhart Koselleck. München 1987, S. 493-514; hier S. 514.

seinen romantischen und proto-romantischen Seiten abzusondern, bringt auch Scherer das Argument, das dafür zum Standard wurde: Der klassische Goethe sei der des »kräftige[n] Mannesalter[s]«,[9] der sich von seinen ganz anderen Jugendorientierungen distanziert und auch anders als in seinem hohen Alter der antiken Norm zugewandt habe. Bis zu meiner Schulzeit und wohl darüber hinaus bis heute hat sich daraus die Erzählung ergeben, dass der junge ›Stürmer und Dränger‹ zum ›Klassiker‹ gereift sei, dass er damit den Höhepunkt der deutschen Literatur markiere, worauf dann ein eigenwilliges Alterswerk folge. Die von Scherer noch vorgenommene Zuordnung zur Romantik ging darüber verloren. Die Konsequenz dieser Erzählung ist, dass die Literaturästhetik zur Charakterfrage wird. Die Abkehr von der Proto-Romantik und die Distanz zur Romantik erscheinen als sittliche Reifung; der Klassiker Goethe wird zum Helden charakterlicher Läuterung stilisiert. Die Italienreise – die Erfahrung auf ›klassischem‹ Boden – gilt als auslösendes Schwellenereignis.

Es ist eine beachtliche Disproportion, dass man dieses individuelle biographische Ereignis zu einer Epoche der deutschen Literaturgeschichte erklärt hat. Auf seine gesamte Schaffenszeit hin gemessen, ist Goethes im Bund mit Schiller begonnene klassizistische Phase nur eine Episode. Zwei Männer, zehn Jahre. So etwas nennt man üblicher Weise eine Schule; so wie Futurismus oder Dadaismus, die beide deutlich mehr Akteure umfassen. Es wäre falsch, diese beiden Schulen ›Epochen‹ zu nennen. Denn sie sind nur spezifische Teile der zeitgenössischen Literatur, keine allgemein prägenden Erscheinungen wie Aufklärung und Romantik. Die Weimarer Klassik, unter der man am besten Goethes und Schillers Arbeitsbündnis zwischen 1795 und 1805 verstehen kann, ist eine solche Schule: ein spezifischer Teil der damaligen Literatur, keine allgemein prägende Erscheinung. Die Polemik der *Xenien* und auch die in der Germanistik eingebürgerte kompensatorische Rede von den abweichenden großen Einzelnen – Jean Paul, Hölderlin, Kleist – geben davon Zeugnis. Der Klassikbegriff oder, noch spezifischer, der Begriff der Weimarer Klassik ist offensichtlich nicht geeignet, die entscheidenden Tendenzen der deutschen Literatur um 1800 zusammenzufassen. Dass man dennoch die Weimarer oder Deutsche Klassik als Epochenbegriff der Aufklärung und Romantik entgegengesetzt hat, lässt sich nur als patriotischer Überbietungsanspruch nachvollziehen. Dem mit dem reifen Goethe verbundenen Ethos musste Epochenrang zugesprochen werden, um über die beiden großen Prägungen der europäischen Literatur um 1800, Aufklärung und Romantik, triumphieren zu können. Wie gesagt: Die Germanistik ist als ein Unternehmen gegründet worden, das die durch Frankreichs kulturelle, militärische und politische Hegemonie gedemütigten Deutschen an ihrer eigenen als einer autochthonen Kultur wieder aufrichten sollte. Deshalb auch der sachlich falsche Name. Sprachwissenschaftlich beim Begriff genommen, müsste die ›Germanistik‹ viel mehr umfassen als nur das Deutsche. Literaturwissenschaftlich hätte sie kaum mehr in ihrer Zuständigkeit als das *Hildebrandslied* und die *Merseburger Zaubersprüche*. Das ist die germanische Literatur im eigentlichen Sinne. Die weitere deutsche Literatur hat sich nicht aus diesen Quellen entwickelt, sondern ist wesentlich

9 Wilhelm Scherer: *Geschichte der Deutschen Litteratur*. 14. Aufl. Berlin 1920 (1. Aufl. 1883), S. 615.

von den romanischen Nachbarn geprägt worden. Die Bezeichnung ›Germanistik‹ für das Studium der deutschen Literatur hat das programmatisch zu negieren versucht. Die Deutsche Klassik als etwas ganz Eigenes von der europäischen Aufklärung und Romantik abzugrenzen, ist der Schlussstein in diesem Programm. Es ging nicht nur um Abgrenzung, sondern um Überordnung. Über die Aufklärung wurde die Klassik durch ihren autonomen Kunstbegriff erhoben, über die Romantik durch ihre Objektivität. Der germanistische Epochenbegriff ›Klassik‹ ist also ein Kategorienfehler – Verwechslung von Schule und Epoche – in kulturpatriotischer Absicht. Er sollte nicht Goethe literaturgeschichtlich verstehen helfen, sondern ein bestimmtes Goethe-Bild als gesamtdeutsche Spitzenstellung etablieren.

Das aufschlussreichste Zeugnis über diesen Status des Klassikbegriffs gibt der Berner Germanist Fritz Strich. Er war Jude und noch rechtzeitig vor der Machtergreifung durch den Ruf in die Schweiz vor den Nationalsozialisten gerettet. Er hat dann auch die schweizerische Staatsbürgerschaft angenommen. Strichs Buch *Deutsche Klassik und Romantik oder Vollendung und Unendlichkeit* hat großen Einfluss auf die Germanistik vor und nach dem Zweiten Weltkrieg gehabt. Es gehört zur geistesgeschichtlichen Literaturwissenschaft und deutet Klassik und Romantik als einen grundlegenden, universellen anthropologischen Dualismus, in dem sich (wie der Untertitel sagt) das Streben nach Vollendung und nach Unendlichkeit als komplementäre Prinzipien gegenüberstehen. Strich will sie vom stilistischen Detail bis zur gesamten Lebenseinstellung eines Autors nachweisen. In den Vorkriegsauflagen tritt Strich für die Komplementarität der beiden Prinzipien ein und sieht sich berufen, die Romantik gegenüber der Klassikverehrung zur Geltung zu bringen. Nach dem Krieg ändert sich seine Perspektive. Er stimmt in die auch von Thomas Mann, Georg Lukács und Victor Klemperer vertretene Meinung ein, dass der Nationalsozialismus eine Konsequenz der irrationalen deutschen Romantik sei. Sein Buch bleibt dabei im Wortlaut gleich, doch setzt Strich nun ein Vorwort als Gefahrenhinweis auf die Romantik voran.

Kurz nach dem Krieg, 1946, erscheint Strichs Buch *Goethe und die Weltliteratur*. In ihm führen seine komparatistischen Kenntnisse und seine germanistischen Überzeugungen zu einer Klage über den Verlauf der Literaturgeschichte. Strich arbeitet einerseits sehr sorgfältig Goethes Verbindungen zur europäischen, insbesondere auch seine Anregungen der englischen Romantik heraus, um dann andererseits Goethes Abkehr davon als »heroische[] Selbstüberwindung«[10] zu ehren. Diesem neuen antiromantischen Bekenntnis aber sei, urteilt er weiter, in Europa »die bildende Wirkung versagt«[11] geblieben. Anders gesagt: Goethe wirkte als Anreger und Protagonist der europäischen Romantik; seine Wende zum Klassischen blieb folgenlos – für Strich ist das nicht weniger als eine der Ursachen der deutschen Katastrophe. Wenn man einmal von diesem der frühen Nachkriegszeit zugehörigen Pathos absieht, kann man festhalten: Kein Anhänger des germanistischen Klassik-Ethos hat zugleich so sachgerecht wie Fritz Strich herausgearbeitet, dass Goethes literaturgeschichtliches Profil damit nicht getroffen ist.

10 Fritz Strich: *Goethe und die Weltliteratur.* Bern 1946, S. 315.
11 Ebd., S. 308.

Der germanistische Nationalstolz, die antifranzösischen und antieuropäischen Überbietungsversuche, auch die Rede von Goethes ›heroischer Selbstüberwindung‹ sind Schnee von gestern. Die Germanistik hat sich von ihrer patriotischen Mission weg hin zur Wissenschaft entwickelt und dabei auch ihre eigene Vergangenheit kritisch durchleuchtet. Das gilt seit Reinhold Grimms und Jost Hermands *Klassik-Legende* aus dem Jahr 1971 insbesondere auch für den Klassikbegriff. In einem der renommiertesten Projekte der deutschen Geisteswissenschaften, den »Poetik und Hermeneutik«-Kolloquien, lässt es ein Aufsatztitel von Hans Robert Jauß nicht an Klarheit fehlen: *Deutsche Klassik – Eine Pseudo-Epoche?*[12] Die Überschrift endet zwar noch mit einem Fragezeichen, der Beitrag selbst aber läuft auf dessen eindeutige Tilgung hinaus. Hat sich die ganze Angelegenheit damit erledigt? Nein. Denn auch in diesem Zusammenhang gilt, was für so vieles Menschliche gilt: Die Gewohnheit ist stärker als die bessere Einsicht. Der Epochenbegriff ›Klassik‹ hält sich im Blick auf die deutsche Literaturgeschichte ohne neue Argumente aus reiner Gewohnheit; auch dort, woher heute die jüngeren Generationen ihr Wissen beziehen: in den literaturgeschichtlichen Lehrfilmchen im Internet.[13] Alter Wein, oder richtiger: umgekippter Wein in neuen Schläuchen.

Die Epochenmerkmale, die von der Reichsgründungsgermanistik bis zu den You-Tube-Lehrfilmchen die Klassik ausmachen – harmonische Ausgeglichenheit, geschlossene Formen, idealistischer Humanismus – sind zweifellos in einigen Goethe-Werken zu finden. Das Gedicht *Das Göttliche* und das *Iphigenie*-Drama sind dafür einschlägig. Doch findet man bei ihm ebenso alles Gegenteilige, und zwar nicht nur in abseitigen oder vermeintlich ›überwundenen‹ Jugendwerken, sondern in seinem lebensbegleitenden Hauptwerk *Faust*. Das gilt auch schon für den 1790 und 1808 erschienenen ersten Teil. Statt harmonischer Ausgeglichenheit zeigt er eine groteske Kontrastästhetik, am deutlichsten im Szenenwechsel von Fausts durch sentimentale Kindheitserinnerung verhindertem Selbstmord zur Volksszene *Vor dem Tor*, in der sich einige junge Männer die sexuelle Zugriffigkeit der Besenstil-erfahrenen Mägde ausmalen. Das ist ein harter Schnitt zwischen Erhabenheit und Anrührung auf der einen und obszöner Derbheit auf der anderen Seite. Ähnlich hart stoßen die *Dom*-Szene und die *Walpurgisnacht* aufeinander. Die Filmversion von Gründgens' *Faust*-Inszenierung stellt diesen Kontrast besonders deutlich heraus, indem sie die zum Gebet niedergebeugten, kuttenartig verhüllten Büßer im Dom plötzlich aufspringen, sich entblößen und in eine Hippieorgie verwandeln lässt. Grotesk verkehrt ist auch die Konfrontation von Faust und seinem Famulus Wagner: Der greise Faust wird zur Identifikationsfigur der jungen Stürmer- und Dränger-Generation, der junge Wagner verkörpert schlafmützig die Ehrfurcht vor dem akademischen Traditionalismus. Diese beiden Goethe'schen Szenenwechsel und die paradoxe Zuordnung von alt und jung entsprechen der grotesken Ästhetik, die

12 Hans Robert Jauß: *Deutsche Klassik – Eine Pseudo-Epoche?* In: Herzog, Koselleck (Anm. 8), S. 581-585.

13 Vgl. z.B. die Videos zur »Weimarer Klassik« auf https://studyflix.de/deutsch/weimarer-klassik-epoche-3550 (zuletzt aufgerufen am 2.12.24) und https://www.ardalpha.de/lernen/telekolleg/faecher/deutsch/literatur/goethe-weimarer-klassik-100.html (zuletzt aufgerufen am 2.12.24).

E. T. A. Hoffmann[14] und Victor Hugo[15] wenige Jahre später programmatisch als wahrhaftigeren Ausdruck des Menschlichen über alles klassisch Harmonische erheben.

Von geschlossener Form kann im ersten Teil des *Faust* auch keine Rede sein. Und das nicht nur, weil die Handlung am Ende offenbleibt. Statt einer irgendwie klassisch zu nennenden Dramenform hat man es mit einem sehr heterogenen Arrangement sehr unterschiedlich langer Szenen, unterschiedlicher Versformen (bis zur Prosa) und unterschiedlichster Theatertypen zu tun: philosophisches Ideendrama, Geistliches und Legendenspiel, bürgerliches Trauerspiel, dazu volkstümliche und christlich-mythische Intermezzi. Genau das hat den ersten Teil des *Faust* zum literaturgeschichtlichen Ereignis werden lassen: Hier trat ein Stück mit dem klassizistischen Gattungsnamen der ›Tragödie‹ auf und brach zugleich aufs Entschiedenste mit allem, was man bislang darunter verstand. Goethes Einfälle in diesem Stück, urteilt Madame de Staël in ihrem Deutschlandbuch, »überschreiten und zertrümmern die Grenzen der Kunst«.[16]

Das dritte Merkmal schließlich, der idealistische Humanismus, kommt im *Faust* nur auf satirische Weise vor. Denn es ist kein anderer als der Teufel, der ihn im Munde führt. Nur er spricht von »Vernunft und Wissenschaft« als »[d]es Menschen allerhöchste[r] Kraft« (FA I, 7.1, S. 81, V. 1851 f.); Faust kehrt sich mit seinem bis zur Hybris gesteigerten Erlebnishunger davon ab (»Des Denkens Faden ist zerrissen, / Mir ekelt lange vor allem Wissen. [...] Und was der ganzen Menschheit zugeteilt ist, / Will ich in meinem innern Selbst genießen«, ebd., S. 78, V. 1748 f. und 1770 f.). Wenn man in dieser Tragödie Humanismus diagnostizieren will, dann einen realistischen, ambivalenten, skeptischen. In der Faustfigur erscheint die Ambivalenz des einerseits mitreißenden, andererseits maßlosen und dadurch zerstörerischen Antiakademismus, Erfahrungshungers und Willensabsolutismus; die anderen Figuren bieten ein breites, oft satirisches Spektrum menschlicher Typen (Wagner, die Bürger vor dem Tor, die Trinker in Auerbachs Keller, Marthe, Valentin). Dass man die Faustfigur affirmativ und idealisierend als vorbildliches deutsches Wesen interpretiert hat, ist der geradezu zwangsläufige Irrtum, der aus der unpassenden Epochenmerkmalserwartung folgt. Wenn man mit dem klassischen Menschheitsideal als einer epochenspezifischen Bedingung auf den *Faust* losgeht, dann interpretiert man so lange, bis man es gefunden hat. Vor schon fast fünfzig Jahren, auf der Hauptversammlung der Goethe-Gesellschaft in Weimar 1977, hat Werner Keller vom »klassische[n] Goethe und sein[em] nicht-klassische[n] Faust« gesprochen. Dieser Titel sollte deutlich genug sein, und der Beitrag ist es in diesem Sinne auch. Was indes erstaunt, ist Kellers Fazit: »Der Wertbegriff der deutschen Klassik kann zwar unsere Neigung, nicht aber normative Geltung beanspru-

14 Vgl. E. T. A. Hoffmann: *Jacques Callot*. In: ders.: *Sämtliche Werke in sechs Bänden*. Hrsg. von Hartmut Steinecke u. Wulf Segebrecht unter Mitarbeit von Gerhard Allroggen u. a. Bd. 2.1: *Fantasiestücke in Callot's Manier. Werke 1814*. Frankfurt a. M. 2006, S. 17 f.

15 Vgl. Victor Hugo: *Préface* zu *Cromwell*. In: ders.: *Théâtre complet I*. Préface par Roland Purnal. Édition établie et annoté par Jean Jacques Thierry et Josette Mélèze. Paris 1963, S. 409-454.

16 De Staël (Anm. 2), S. 367. Im Original: »dépassent et renversent les bornes de l'art«.

chen«.[17] Wieso soll man – und obendrein als Wissenschaftler – zu etwas neigen, was keine Geltung hat, also falsch ist?

Kellers eigene Neigung zum Klassikbegriff zeigt sich darin, dass er im Blick auf Goethe wie selbstverständlich an ihm festhält und dass er ihn mit Blick auf *Faust* nur negiert, ohne ihn durch einen passenderen zu ersetzen. Der liegt indes bereit und auf der Hand. Um die literaturästhetischen und literaturgeschichtlichen Zusammenhänge zu bezeichnen, in denen *Faust I* steht, ist es genau richtig, ihn ›romantisch‹ zu nennen. Denn er enthält all das, was die literarische Romantik ausmacht: die Abkehr von der akademischen Regelpoetik und ihren Gattungsnormen, das Aufgreifen populärer Formen und Stimmungen, hybride Formen- und Gattungsmischungen, die Groteske, die Neuverwendung des christlichen Wunderbaren und Mythischen zur Intensivierung menschlicher Psychologie. Der erste Teil des *Faust* bringt all das so intensiv und plastisch und er hat damit einen solchen internationalen Erfolg, dass er zweifellos als eines der Hauptwerke der europäischen Romantik anzusehen ist. So ist er international auch rezipiert worden. Nur in Deutschland ist es bis heute unüblich, diese prominente Zugehörigkeit mit dem richtigen Begriff zu markieren.

Neben den literaturgeschichtlichen Verbindungen hat der gewohnte Klassikbegriff auch einige von Goethes eigenen Eigenschaften unsichtbar gemacht: seine lebenslange Wandelbarkeit und seinen bis ins hohe Alter sich immer neu ausrichtenden Avantgardismus sowie sein Außenseitertum. Der für den Epochenbegriff der Klassik so entscheidende Wandel vom Stürmer und Dränger zum Anhänger der antikisierend-idealischen Objektivität ist nur eine von vielen Wandlungen in Goethes literarischem Werk. Die Erfahrung ›auf klassischem Boden‹ ist nicht das für alles Weitere signifikante Schwellenereignis, sondern die Eröffnung eines Kapitels in Goethes Werkgeschichte, der weitere, ganz andere folgen. Goethe stellt den seltenen Fall dar, dass jemand bis ins hohe Alter ein sich immer neu erfindender Avantgardist bleibt und dabei auf spektakuläre Weise mit seinen vorausgehenden Erfolgen bricht. Keiner ist von seinen eigenen, zu klassischen Mustern erhobenen Texten so deutlich und so engagiert abgewichen wie er selbst.

Goethes frühe, Gefühlsauthentizität simulierende, und seine weltanschaulichen Gedichte haben ein Lyrikkonzept etabliert, das Gedichte als Erlebnis- und Weisheitsausdruck eines Autorindividuums versteht. Sein *West-östlicher Divan* bricht mit diesem Konzept und bietet stattdessen ein transkulturelles Maskenspiel, in dem die Grenzen zwischen Übersetzung, Nachbildung und Eigenem verschwimmen. *Wilhelm Meisters Lehrjahre* sind als Urschrift des signifikant deutschen ›Bildungs‹- oder ›Entwicklungsromans‹ kanonisiert worden; die Fortsetzung *Wilhelm Meisters Wanderjahre* weicht nicht nur von diesem einen Romantypus, sondern von den bis heute etablierten Romankonventionen ab, indem sie den Plot und die Figurenkonstellation in ein fast überkomplexes Nebeneinander verschiedener Lebens-, Gesellschafts- und Themenbereiche auflöst. Der erste Teil des *Faust* hat eine geradezu stürmische Erwartung auf dessen Fortsetzung als ein kraftvoll letztwahrhaftiges Menschheitsdrama geweckt; der zweite Teil hat mit seiner typologischen Zersplit-

17 Vgl. Werner Keller: *Der klassische Goethe und sein nicht-klassischer Faust.* In: GJb 1978, S. 9-28; hier S. 16.

terung der Handlung, der Figuren und der Theaterform die Zeitgenossen konsterniert. Wenn man die Erlebnis- und Weltanschauungslyrik, die *Lehrjahre* und *Faust I* für Goethes klassische Beiträge zur deutschen Literatur hält, dann ist er zugleich der Anti-Klassiker. Oder anders gesagt: Goethe ist immer auch der Anti-Goethe, wenn man mit seinem Namen eine als klassisch eingeschätzte Norm verbindet.

Das gilt nicht nur für die drei erwähnten größeren Werke. Es gilt für so viele Beispiele, dass man sagen muss: Es gilt durchweg. In seinem Sonettzyklus von 1807/08 verschränkt Goethe das Muster der eigenen erlebnishaften Liebeslyrik mit dem Petrarkismus, woraus eine wechselseitige Parodie dieser zwei konträren Konzepte entsteht. Sein *Märchen* am Ende der *Unterhaltungen deutscher Ausgewanderten* ist eine tatsächlich märchenhafte und bis ins Rätselhafte weit ausgeführte, man könnte auch sagen: konstruierte Allegorie und damit exakt das, was er an anderer Stelle mit seinem Programm des Realistisch-Symbolischen ablehnt. Und wenn man nur einen sehr engen Blick auf das äußerst gattungs-, form- und stilvariable Theaterwerk wirft, zeigt schon eine kleine Auswahl von Goethes mythologischen Schauspielen ein ganzes Spektrum, wie man den griechischen Mythos verstehen und literarisch verwenden kann: Im *Prometheus*-Fragment dient er als poetischer Freiraum zur Behandlung brisanter, zensuranfälliger Themen wie das Aufbegehren gegen paternalistische Obrigkeit in Religion und Politik. Diese Verwendung des Mythos war in den europäischen absolutistischen Staaten des 17. und 18. Jahrhunderts verbreitet, prominent etwa in Molières *Amphitryon*. In *Götter Helden und Wieland* stellen die mythischen Figuren, insbesondere Herkules, das Ideal einer kraftvoll freien, von keiner bürgerlichen Sittlichkeit und Schicklichkeit eingeengten Menschlichkeit dar. Dieses Mythenbild stammt aus dem in England geborenen Geniekult. In *Iphigenie auf Tauris* vermittelt der Mythos auf sinnlich anschauliche und emotional berührende Weise die aktuelle aufgeklärte Ethik. Mit diesem ›ästhetisch-und-mythologisch-Machen einer philosophischen Idee‹[18] arbeitet Goethe dem frühromantischen Programm der Neuen Mythologie vor. Im Helena-Akt von *Faust II* tritt der Mythos als ein Typus ins Epochenspektrum neben Mittelalter und moderne bürgerliche Welt. Das ist das typologische Interesse des alten Goethe, in dem die kulturgeschichtliche Vielfalt wie ein simultan verfügbarer Variantenkatalog erscheint. Kurzum: Schon in einem so engen Gattungsrahmen wie dem mythologischen Schauspiel zeigt sich die mal rezeptiv inspirierte, mal originell kreative Veränderung als durchgehendes Prinzip. Goethes Werkgeschichte hat eine solche Wandlungsfähigkeit und auch innere Gegenstrebigkeit, dass sie das Konzept von Klassik überhaupt sprengt. Mit diesem Begriff betrügt man sich nicht nur um Goethes Verbundenheit mit der europäischen Romantik, sondern zugleich um das, was ihn als Schriftsteller ausmacht: seine bis zuletzt anhaltende Veränderungsdynamik.

Hinzu kommt: Der germanistische Epochenbegriff der Klassik nimmt Goethe als Leitfigur für das in Anspruch, wovon Goethe selbst sich distanziert hat, für das

18 Vgl. *Mythologie der Vernunft. Hegels »ältestes Systemprogramm des deutschen Idealismus«*. Hrsg. von Christoph Jamme u. Helmut Schneider. Frankfurt a.M. 1984, S. 13: »Ehe wir die Ideen ästhetisch d.h. mythologisch machen, haben sie für das *Volk* kein Interesse u[nd] umgek[ehrt] ehe d[ie] Mythol[ogie] vernünftig ist, muß sich d[e]r Philos[oph] ihrer schämen« (Kritische Edition).

Konzept der Nationalliteratur. Hier zeigt sich Goethes Außenseitertum, über das seine Ernennung zum Nationalklassiker hinwegtäuscht. Man erinnert sich bis heute gern an seine Rede von der ›Weltliteratur‹. Das von Eckermann überlieferte Wort: »National-Literatur will jetzt nicht viel sagen, die Epoche der Welt-Literatur ist an der Zeit« (FA II, 12, S. 225), gehört zu den bekannteren Goethe-Zitaten. Seltener erinnert man sich dabei zugleich daran, dass diese Behauptung zu ihrer Zeit, 1827, kontrafaktisch war. Als Goethe sie aufstellte, war genau im Gegenteil das Konzept der Nationalliteratur ›an der Zeit‹ und sollte es noch jahrzehntelang bleiben. Goethe ist mit seiner Position, die Literatur in erster Linie nicht als eine nationale Angelegenheit zu betrachten, ein einsamer Außenseiter am Anfang des 19. Jahrhunderts. Darin unterscheidet er sich von der großen Mehrheit der deutschen und auch der italienischen Romantiker, die die Nationalisierung der Literatur konzeptionell und politisch vorantrieben und für lange Zeit und bis heute nachwirkend durchsetzten. Die damit einhergehende Nationalisierung Goethes widersprach den Überzeugungen dessen, den sie traf. Der hielt sich lieber – und geradezu programmatisch – an zeitgenössische englische, französische und italienische Literaturzeitschriften und freute sich über die Resonanz, die seine Werke dort fanden.

Wer Goethe aufgrund seiner Differenz zum Nationalismus der späteren deutschen Romantik generell in Opposition zur Epoche der Romantik setzt, verwechselt die Ebenen. Einzelne inhaltliche Streitpunkte entscheiden nicht über die Epochenzugehörigkeit. Im Verhältnis zu Goethe und den deutschen Romantikern kommen noch weitere Streitpunkte hinzu, vor allem die Konversionen zum Katholizismus und der für Goethes Geschmack zu dürftige Realismus und dessen zu starke fantastische oder sehnsüchtige Transzendierung in der Literatur. Es ist aber ein Irrtum, dass er damit zu der ganzen Epoche auf Distanz ginge. Denn das Bessere findet Goethe (der die Literatur, wie gesehen, international denkt) bei den englischen, französischen und italienischen Romantikern, bei Lord Byron, Hugo und Manzoni. Ihnen gegenüber zeigt er eine größere Toleranz als gegenüber den Deutschen; bei Manzoni etwa sieht er stillschweigend über dessen eigenen Nationalismus hinweg.[19]

Auch das ebenfalls von Eckermann überlieferte Diktum: »Das Klassische nenne ich das Gesunde, und das Romantische das Kranke« (FA II, 12, S. 324), ist kein Kompass für die Epochenzuordnung. Es ist ein Ausdruck von Goethes – in seinem Alter immer dominanter werdendem – typologischem Denken und auch ein Ausdruck seiner Verehrung alles Kraftvollen und Lebenstüchtigen. Das heißt aber nicht, dass Goethe ein Dichter nur dieses Kraftvollen und Lebenstüchtigen, ein Dichter also nur des Klassischen als des Gesunden wäre. Auch das Gegenteil gewinnt in seiner Literatur vielfach Gestalt, um nur die pointiertesten Beispiele zu nennen: Mignon in den *Lehrjahren*, Ottilie in den *Wahlverwandtschaften*, der alte Faust. In Goethes Typologie gehören sie zur Seite des Romantischen, des Kranken. Goethes Dichtung ist dagegen nicht typologisch einseitig, sondern umfasst beide Seiten. Sein typologisches Denken trennt nicht das Wahre vom Falschen, sondern versucht, die vielgestaltige Wirklichkeit polar zu strukturieren. Diese Haltung zeigt sich auch in Goethes Essay *Klassiker und Romantiker in Italien, sich heftig be-*

19 Ausführlicher dazu mein Beitrag *Goethes Manzoni: Wunschbild eines Romantikers*. In: GJb 2017, S. 111-124.

kämpfend von 1820, seinem ausführlichsten Beitrag zum Klassik-Romantik-Gegensatz. Im Adverb ›heftig‹ klingt dabei die ironische Distanz desjenigen an, der die parteilichen Kämpfe für und wider die Romantik für eine übertriebene Aufregung hält. Denn für den typologisch denkenden Goethe geht es hier nicht um die richtige und die falsche Seite, sondern um einen komplementär zu verstehenden Gegensatz, der erst durch Einseitigkeit falsch wird. Dann ende das Klassische »mumienhaft[] und das Romantische im »Abstruse[n]« (vgl. FA I, 20, S. 418, 420).

Goethes verstreute Stellungnahmen zur literarischen Romantik ergeben, vogelperspektivisch gesehen, etwa folgende Linie: Es beginnt mit der paternalistischen Sympathie für die Jenaer Frühromantiker, setzt sich mit dem Bemühen fort, den durch sie mit inspirierten Parteienstreit um Klassiker und Romantiker typologisch zu überwinden, und endet mit dem wachsenden Interesse an den englischen, französischen und italienischen sowie der gleichzeitig wachsenden Distanz zu den deutschen Romantikern, und zwar in dem Maße wachsend, wie die deutschen sich zum Katholizismus und zum Nationalismus bekennen. Gegen diese Entwicklung bleibt Goethe in seinen Werken der frühen Romantik und ihrer Programmatik verbunden. In welchem Werk steckte mehr romantische Ironie und mehr progressive Universalpoesie als im zweiten Teil des *Faust*? Man kann es auch so sagen: Goethe erhält sich bis ins hohe Alter die Dynamik der ästhetischen Innovation, mit der er selbst die europäische Romantik mit auf den Weg gebracht hat; erhält sie auch dann, wenn einige der von ihm Inspirierten dieser Dynamik abschwören und sich restaurativ ausrichten.

Man sieht, man kommt mit der europäischen Epochenordnung von Aufklärung und Romantik auch im Blick auf Goethe gut zurecht; besser jedenfalls, als wenn man ihn als eigene Epoche dazwischen oder daneben stellt. Der germanistische Epochenbegriff Klassik verbirgt den entscheidenden Anteil, den Goethe an der mit der Romantik einsetzenden Modernisierung der Literatur hat. Deshalb sollte man ihn nicht mehr verwenden.

Statt von der Klassik als einer Epoche ist es angemessener, von Werken und Autoren als Klassikern zu sprechen, die in verschiedenen Epochen begegnen. So ist es ja auch üblich. Die italienischen Klassiker – Dante, Boccaccio, Petrarca – liegen in Spätmittelalter und Frührenaissance, der Engländer Shakespeare gehört zum Elisabethanischen Zeitalter, das man der Renaissance zuordnen kann, die französischen – Corneille, Racine, Molière, La Fontaine – fallen in die Zeit Ludwig XIV., also die der höfisch geprägten Barockkultur. Die deutschen Klassiker, Goethe und Schiller, so kann man diese Reihe fortsetzen, gehören zu Aufklärung und Romantik. Alle genannten Epochenbegriffe – Spätmittelalter, Renaissance, Barock, Aufklärung, Romantik – bieten eine zwar bestreitbare, doch auch gut vertretbare Großgliederung der kulturellen Entwicklung in Europa. Sie teilen den kontinuierlichen Verlauf der Zeit in einzelne, durch verschiedene Haupttendenzen bestimmte Zeiträume, wodurch das ›große‹ Geschichtsbild nicht zerläuft, sondern überhaupt erst eine Gestalt gewinnt und – dieser pragmatische Nutzen ist nicht gering zu schätzen – memorierbar wird. Der Internationalität der Literatur ganz angemessen, liegt diese Epochenordnung nicht auf nationaler, sondern auf europäischer Ebene. Denn sowohl die kulturellen Rahmenbedingungen als auch die spezifischen Entwicklungen und Zusammenhänge der Literatur verlaufen in Europa zumeist quer zu den Staats- und Sprachgrenzen.

Über den Klassikerstatus entscheidet genau ein Kriterium: der Rezeptionserfolg in der Nachwelt. Als ›klassisch‹ bezeichnet man das, was aus dem Zeitverlauf und -verschleiß heraus zu dauerhafter Gegenwart gelangt ist. Klassiker sind die, die den Verdrängungswettbewerb der kontinuierlich anwachsenden kulturellen Produktion gewonnen haben; anders gesagt: Sie sind die Sieger im Wettbewerb um langfristige Aufmerksamkeit. So verstanden, ist der Klassiker Goethe zugleich der Romantiker. Denn es sind ja seine die Romantik einleitenden und seine romantischen Werke (*Werther*, einige Gedichte und Balladen, *Wilhelm Meister*, *Die Wahlverwandtschaften*, *Faust I*), denen bis heute die meiste Aufmerksamkeit gilt. Seine klassizistischen Dichtungen, insbesondere seine Versuche der Homer-Nachfolge in der *Achilleis* oder *Herrmann und Dorothea*, sind bis heute weit dahinter zurückgefallen. Bedenkt man, dass *Werther* und *Faust I* wohl die beiden hauptsächlichen Goethe-Werke sind, die sich im kulturellen Wettbewerb bis heute siegreich behaupten, dann hat man klare Anhaltspunkte, worin die Klassizität von Goethe besteht: in der prägnanten Verknappung, der Intensivierung und einer den Realismus steigernden Groteske. *Die Leiden des jungen Werthers* wurden dadurch zum literarischen Ereignis, dass sie den derzeit modischen empfindsamen Briefroman auf eine so noch nie dagewesene Kürze konzentrierten. Die vorausgehenden gattungsprägenden Muster von Samuel Richardson (*Pamela*, *Clarissa)* und Jean-Jacques Rousseau (*Lettres de deux amans ou la nouvelle Héloïse*) waren sehr dickleibig, perspektivisch breit durch die pluralen Briefschreiber und langsam in ihrer Handlungs- und Problementwicklung. Goethes *Werther* ist dagegen atemberaubend knapp, temporeich und eindringlich intensiv in seiner Konzentration nur auf den einen, monologischen Briefschreiber. Die Intensität liegt auch im Stil. Er bringt die Psychodynamik des leidenden jungen Mannes so authentisch zur Sprache, wie es bisher noch keine Romanprosa vermocht hatte. Mit dieser Verknappung und Intensivierung hat Goethes *Werther* den Siegeszug des Prosaromans in Europa mit befördert. *Faust I* wurde durch seine Gattungs-, Stil-, Stimmungs- und Themenmischung zum Ereignis. Er führt Gelehrsamkeit und philosophischen Ernst mit volkstümlich Derbem und Anrührendem zusammen, Erbaulichkeit mit Parodie, Spott, Ironie und Satire; Legenden- und Aberglaubensfiguren mit zeitgenössischem bürgerlichem Realismus. Und so grotesk all dies Heterogene komponiert ist, so löst es den Realismus des Stückes nicht auf, sondern dringt umso stärker, mit schlagartiger Anschauung in deren menschliche Probleme ein. Prägnante Verknappung, Intensivierung, stilistische Authentizität und eine den Realismus steigernde Groteske: mit diesen Qualitäten hat Goethe die Literatur vorangebracht und mit diesen Qualitäten behauptet er sich klassisch gegen Verschleiß, Verdrängung und Vergessen in der Zeit.

Schaut man zuletzt auf die Werke, denen kein vergleichbarer Erfolg beschieden war, wie etwa *Wilhelm Meisters Wanderjahre* oder *Faust II*, dann sieht man, dass nicht weniges zu Goethe gehört, was aufgrund seiner das Publikum befremdenden, vielleicht auch überfordernden Eigenart niemals klassisch geworden ist. Also: Wenn wir Goethe einen Klassiker nennen, haben wir ihn nicht ganz. Aber wenn wir ihn schon als einen solchen bezeichnen, dann sollten wir nicht länger an eine erhabene Epoche der Harmonie und des idealistischen Humanismus denken, sondern an die Prägnanz, die Intensität, die stilistische Authentizität und die Realismus-steigernde Groteske, die Goethe in die Literaturgeschichte gebracht hat.

Hannes Höfer

Goethe und das Satirische

Goethe ist nicht als Satiriker bekannt geworden. Das liegt allerdings nicht daran, dass er sich gar nicht satirisch betätigt hätte. Tatsächlich finden sich satirische Texte nicht nur im Werk des jungen Stürmers und Drängers, sondern durchgängig bis ins hohe Alter.[1] Allerdings sind diese Texte entweder weitgehend vergessen. Oder es finden sich satirische Passagen in heute noch gelesenen Texten, werden aber nicht sonderlich beachtet. Die Gründe für diese Vernachlässigung können von Text zu Text verschieden sein. Allgemein befördert werden sie aber von dem im 19. Jahrhundert einsetzenden Bedürfnis einer nationalkulturellen Stilisierung Goethes zum Klassiker, für die das überzeitlich Gültige und menschlich Vorbildliche in den Vordergrund geschoben werden. Zeitkritik oder Verbalattacken auf Schriftstellerkollegen passen da nicht ins Bild. Die Klassiker-Stilisierung hat zudem den Vorteil, dass sie sich für ihr Anliegen bei der Zurückdrängung des Satirischen auf Goethe selbst berufen kann. Er hat sich missbilligend über satirische Darstellungsverfahren geäußert. Die einschlägige Stelle hierzu findet sich gleich zu Beginn seiner Ausführungen über die deutsche Literatur im siebten Buch von *Dichtung und Wahrheit*:

> Ich will deshalb zuerst von solchen Dingen sprechen, durch welche das Publikum besonders aufgeregt wird, von den beiden Erbfeinden alles behaglichen Lebens und aller heiteren, selbstgenügsamen, lebendigen Dichtkunst; von der Satyre und der Kritik. (FA I, 14, S. 283)

Satire mag dem Publikum gefallen, aber zur Dichtkunst gehört sie nicht – und insofern freilich auch nicht zu Goethes eigenem literarischem Programm. Wie erfolgreich Goethe mit dieser rezeptionssteuernden Nachlassverwaltung zu Lebzeiten ist, lässt sich mit einem Blick in Handbücher und Lexika verdeutlichen. Im vierbändigen *Goethe-Handbuch* findet sich kein Eintrag zu ›Satire‹. Das *Goethe-Lexikon* von Gero von Wilpert goutiert unter »Satiren« »G.s Lust am geistreichen wie drastischen Spott auf Unnatur, Falschheit, Bosheit, Unsinn, auf literarische und moralische Verirrungen und sonstige Verkehrtheiten«[2] und findet diese lobenswerte Haltung gegen ausschließlich negative Dinge in den frühen Texten, einigen Passagen des *Faust* und einigen weiteren. Einen kurzen Eintrag bietet ebenfalls das *Metzler Goethe Lexikon*, wo vermerkt wird, dass Goethe die *Xenien* oder *Götter Helden und Wieland* verfasst hat, in beiden Fällen das Satirische aber kaum eine Rolle

1 In einer früheren Arbeit zu diesem Thema erwähne ich, dass Goethe nach seiner Rückkehr aus Italien bis zur Arbeit an *Faust* weitgehend auf satirische Darstellungsverfahren verzichtet; vgl. Hannes Höfer: *»nichts Poetisches von Bedeutung hervorgebracht«. Zu Goethes satirischen Arbeiten aus dem ersten Weimarer Jahrzehnt*. In: *Goethe-Yŏngu* 36 (2023), S. 221-244; vorliegender Beitrag ist der Versuch einer ausführlicheren Ergänzung.

2 [Art.] *Satiren*. In: Gero von Wilpert: *Goethe-Lexikon*. Stuttgart 1998, S. 925.

spiele. Zur Farce auf den Schriftstellerkollegen Wieland heißt es: »er [Goethe] vergaß während des Schreibens allerdings die Satire und begeisterte sich statt dessen an der griechischen Sprache«.[3] Und die *Xenien* »enthalten zwar ironisch-satirische Invektiven gegen seine Zeitgenossen, sie entwickeln ihre Kraft jedoch zuletzt im Hinblick auf das zeitlos Übergeordnete«.[4] Damit stellt sich der Lexikon-Eintrag in die lange und erfolgreiche Tradition, Goethe als den Verfasser überzeitlich gültiger Wahrheiten zu sehen, die er überdies mit gehörigem Ernst formulierte. Diese Sichtweise hat – wie bereits erwähnt – den Vorteil, dass sie sich zu ihrer Legitimierung auf Äußerungen Goethes berufen kann. Sie hat jedoch den Nachteil, dass man einen Teil von Goethes Werk unbeachtet lassen oder zumindest verkürzt wahrnehmen muss. Dass dieser Teil nicht gerade klein ist, sollen die folgenden Ausführungen zeigen. Zentral ist dann die weiterführende Frage, aus welchen Gründen diese Texte jenseits der Fachwissenschaft keine breitere Resonanz gefunden haben.

Vorweg sei kurz erläutert, was im vorliegenden Zusammenhang unter ›Satire‹ verstanden werden soll. Wie so viele Dinge während Goethes Lebenszeit befindet sich auch der Begriff der ›Satire‹ um 1800 im Umbruch. Bis ins 18. Jahrhundert hinein bezeichnet er eine eigene Textgattung in Prosa oder Vers, die an antiken Vorbildern orientiert ist. Bei Prosatexten spricht man häufig von ›menippeischer‹ Satire, Verssatiren bezieht man auf die römischen Begründer Juvenal, Horaz oder auch Martial. Deutet sich hier bereits eine gewisse Formenvielfalt innerhalb der Gattung an, verliert die Satire ihren Gattungsstatus im Rahmen der sich im ausgehenden 18. Jahrhundert herausbildenden – und heute selbstverständlichen – Gattungstrias von Lyrik, Drama und Prosa. Diesen Wandel beschreibt Johann Georg Sulzer in seiner *Allgemeinen Theorie der schönen Künste* erstmals 1774:

> Auch ist hier überhaupt zu erinnern, daß die Satire nicht, wie die meisten andern Werke redender Künste, ihre eigene Form habe. Sie zeiget sich in Gestalt eines Gesprächs, eines Briefes, einer Erzählung einer Geschichte, einer Epopöe, eines Dramas und sogar eines Liedes.[5]

Fallen formale Kriterien für eine Bestimmung der Satire weitgehend aus, bleibt einerseits die inhaltliche Spezifizierung – die sich bei Sulzer mit formalen Kriterien mischt –, dass gesellschaftliche Missstände »auf eine ernsthafte, oder spöttische Weise, aber mit belustigendem Witz und Laune gerüget«[6] werden. Und es folgt die Präzisierung der »satirischen Laune«: Der Verfasser von Satiren müsse »ein warmes Interesse für Wahrheit, Geschmak und Tugend« verbinden können mit »Verachtung der Menschen« und »etwas Leichtsinn«.[7] Das ist zuerst einmal eine aufklärerische Forderung, die Satiren zur Besserung der Menschen eingesetzt wissen will

3 Albert Vinzenz: [Art.] *Satire*. In: *Metzler Goethe Lexikon*. Hrsg. von Benedikt Jeßing, Bernd Lutz, Inge Wild. Stuttgart, Weimar 1999, S. 430 f.; hier S. 431.

4 Ebd., S. 430.

5 Johann Georg Sulzer: *Allgemeine Theorie der schönen Künste, in einzelnen, nach alphabetischer Ordnung der Kunstwörter aufeinanderfolgenden Artikeln abgehandelt*. Bd. IV. 2., unveränderter Nachdruck der Ausgabe Leipzig 1794. Hildesheim, Zürich, New York 1994, S. 128-212; hier S. 131.

6 Ebd., S. 130.

7 Ebd., S. 133 u. 134.

und Attacken auf Personen als ungebührlich verurteilt. Diese Forderung ist bereits zu der Zeit, in der die *Allgemeine Theorie* erscheint, mehr Wunschdenken als Beschreibung der Tatsachen; auch die Satire des 18. Jahrhunderts kann aggressiv sein und sich beleidigend gegen Personen richten.[8] Aber der Hinweis auf die Charaktereigenschaften des Satirikers deuten an, worauf es sich ab dem ausgehenden 18. Jahrhundert bei Texten zu achten lohnt. Denn es werden immer weniger Texte geschrieben, die sich aufgrund eines bestimmten Versmaßes oder eines spezifischen Themas als ›Satire‹ klassifizieren lassen, aber es entstehen zunehmend Texte, die sich als ›satirisch‹ beschreiben lassen, weil sich in ihnen eine bestimmte Haltung zum behandelten Gegenstand zeigt. Der Schriftsteller Goethe kennt die literarische Tradition so gut, dass er freilich um die historischen Gattungskonventionen der Satire weiß, er steht aber ebenso mitten in den Veränderungen seiner Zeit, dass es ihm weniger um gattungsreine Satiren geht als um das Satirische als einer literarischen Darstellungsweise, mit der zum Beispiel zeitgenössisch verbreitete Zustände oder Sichtweisen als Missstände oder menschliche Eigenschaften und deren Träger als schlecht oder falsch angeprangert oder verspottet werden. Insofern hat Goethe keine Satiren im engeren gattungsgeschichtlichen Sinne geschrieben, aber eine ganze Menge Satirisches.

Als Goethe 1775 in Weimar ankommt, ist er der gefeierte Autor des *Götz* und des *Werther*. Und er kann auf eine reichhaltige Produktion satirischer Texte zurückblicken. Das lässt sich mit einem Rezeptionszeugnis belegen: 1968 erscheint im Reclam-Verlag das Bändchen *Satiren, Farcen und Hanswurstiaden*.[9] Auf über 150 Seiten versammeln sich dort Spottgedichte, Auszüge aus Briefen und die derben dramatischen Texte in Anlehnung an Hans Sachs, wie beispielsweise das *Jahrmarktsfest zu Plundersweilern* oder *Hanswursts Hochzeit*. Der junge Goethe hat sich vor dem Weimarer Dienstantritt satirisch gehörig betätigt, wobei er nicht nur den Rückgriff auf frühneuzeitliche Vorlagen für satirische Derbheiten benutzt, sondern auch seine literarischen Zeitgenossen attackiert. Vor allem mit *Götter Helden und Wieland* legt er einen Text vor, mit dem er sich und seine Generationsgenossen aus der Strömung des Sturm und Drang gegen die ältere Generation der Spätaufklärer abgrenzt. Der Einsatz satirischer Mittel dient hier – wie in den meisten Texten der frühen Jahre – der lautstarken Selbstverortung und Selbstbehauptung auf dem literarischen Markt.[10] Wieland toleriert dies öffentlich generös und der Dienstantritt in Weimar beginnt nicht mit Verstimmungen.

Scharfe Angriffe auf Schriftstellerkollegen oder die Derbheiten der an Fastnachtsspiele angelehnten Dramen kann sich Goethe in Weimar vorerst sowieso nicht erlauben, denn er ist hier zuerst einmal kein öffentlicher Schriftsteller mehr,

8 Vgl. Harald Kämmerer: *»Nur um Himmels willen keine Satyren …«. Deutsche Satire und Satiretheorie des 18. Jahrhunderts im Kontext von Anglophilie, Swift-Rezeption und ästhetischer Theorie*. Heidelberg 1999.

9 Johann Wolfgang Goethe: *Satiren, Farcen und Hanswurstiaden*. Hrsg. von Martin Stern. Stuttgart 1968.

10 Zu den Positionskämpfen der Stürmer und Dränger auf dem literarischen Markt mithilfe von satirischen Texten vgl. Franziska Herboth: *Satiren des Sturm und Drang. Innenansichten des literarischen Feldes zwischen 1770 und 1780*. Hannover 2002; speziell zu *Götter Helden und Wieland* vgl. ebd. S. 192-210.

sondern schreibt für den Hof. Das heißt aber nicht, dass er das satirische Schreiben völlig einstellt, er ändert nur die Stoßrichtung seiner Satire. Statt sich selbstbewusst von anderen Schriftstellern abzugrenzen, distanziert er sich nun satirisch vom eigenen Schaffen. Für das erste Weimarer Jahrzehnt lässt sich dies exemplarisch an zwei Texten zeigen, an denen obendrein deutlich wird, welche völlig unterschiedlichen Gründe es gibt, weshalb satirische Texte von Goethe ihre Bekanntheit einbüßen: Das Drama *Der Triumph der Empfindsamkeit* wird noch zu Beginn des 19. Jahrhunderts – vor allem von den Romantikern – geschätzt und verschwindet erst im Rahmen der nationalkulturellen Aufwertung Goethes aus dem öffentlichen Interesse. Das Romanfragment *Wilhelm Meisters theatralische Sendung* hingegen enthält satirische Passagen, die Goethe selbst nach der umfassenden Neukonzeption des Romans hin zu *Wilhelm Meisters Lehrjahre* vollständig tilgt. Nach der Rückkehr aus Italien verfolgt er ein Literaturprogramm, zu dem Satiren nicht so ohne Weiteres passen.

Das Drama *Der Triumph der Empfindsamkeit* wird am 30. Januar 1778 zum Geburtstagsfest der Herzogin Luise aufgeführt. Es wird auch konkret für diesen Anlass verfasst und dient der Unterhaltung in festlichen höfischen Zusammenhängen. So ist es hauptsächlich für den Weimarer Hof im Jahr 1778 lustig, wenn die Figur Andrason über die Unverständlichkeit des Orakelspruchs klagt mit den Worten: »Aber wer ein positives Übel, Zahnweh oder Unfrieden im Hause hat, der frage keinen Arzt und kein Orakel!« (FA I, 5, S. 73). Zwar entsteht der Witz ganz allgemeinverständlich durch die Fallhöhe zwischen einer tragischen Beziehungskonstellation und der Alltäglichkeit von Zahnschmerzen. Doch wird die Figur des Andrason 1778 von Goethe selbst gespielt – und der leidet in dieser Zeit unter so anhaltendem Zahnweh, dass man am Hof davon weiß. Auch fühlen sich in Weimar bei den Verrücktheiten des schwärmerischen Oronaro sicher einige an Jakob Michael Reinhold Lenz erinnert, der unmittelbar vorher in Weimar ist und glücklos verliebt durch sein Verhalten zum Stadtgespräch beiträgt.[11] Und wenn in dem Monodrama *Proserpina*, das von Mandandane als Stück im Stück aufgeführt wird, eine Figur namens Askalaphus auftritt und sich als »Hofgärtner« (FA I, 5, S. 94) im Hades vorstellt, kann der Weimarer Hof Anspielungen auf die Pläne zur Umgestaltung des Ilmparks heraushören. Dass Goethe diese Scherze in der Druckausgabe von *Der Triumph der Empfindsamkeit* beibehält, zeigt jedoch an, dass ein Großteil der Komik des Stücks auch weitgehend ohne das Insiderwissen am Weimarer Hof funktioniert. Pläne zur Begrünung der Unterwelt oder der Typus eines schwärmerischen Empfindlings bieten auch so Anlass zur satirischen Komik. Hinzu kommt, dass *Der Triumph der Empfindsamkeit* sowohl inhaltlich als auch mithilfe von Gattungskomik eine Literatur-Satire ist. Die Figur des Prinzen Oronaro verkörpert satirisch die empfindsame Literatur: Oronaros Empfindsamkeit ist längst maßlose Empfindlichkeit, denn er kann seine schwärmerische Naturbegeisterung in der Natur nicht ausleben, weil er Morgentau oder Abendkühle nicht verträgt und Mücken seine Naturempfindung stören. Deswegen hat er sich eine »künstliche Natur« nachgebaut und reist stets mit seiner »Reisenatur« (ebd., S. 83), einer Unmenge an Kisten, in der sich Sternenbaldachine, Grotten und Maschinen für Mondschein und

11 Vgl. Kommentar in FA I, 5, S. 967 f.

Vogelgezwitscher befinden; und einer Puppe, die äußerlich der Königin Mandandane gleicht, jedoch aus Stroh besteht und anstelle eines Herzens einen Leinenbeutel trägt, in dem sich empfindsame Romane befinden: drei Bände »*Siegwart*, eine Klostergeschichte« von Johann Martin Miller, der Roman »*Der gute Jüngling*«, vielleicht gemeint das *Leben des guten Jünglings Engelhof* von Lorenz von Westenrieder, »*Die neue Heloise*« von Rousseau und ein Roman namens »*Die Leiden des jungen Werthers*« (ebd., S. 111).[12] Oronaro schwärmt für künstliche Natur und ausgedachte Geschichten, am echten Leben und der echten Mandandane hat er längst kein Interesse mehr. Goethe macht sich an dieser Stelle aber nicht nur über lebensfremde empfindsame Literatur lustig, seine Satire macht auch vor dem eigenen Werk nicht Halt.

Zusätzlich findet sich in dem Drama eine umfassende Gattungskomik, die alle verstehen, die schon einmal ein Theaterstück gesehen haben. So wird sich über die schauspielerische Darstellung von Empfindungen lustig gemacht (vgl. FA I, 5, S. 78) oder die Figuren stellen fest, dass sie eigentlich eher sich selbst in ihrer Rolle am Weimarer Hof spielen als ihre Rolle im Schauspiel (vgl. ebd., S. 116). Und sie debattieren am Ende des fünften Aktes darüber, dass leider immer noch alles unklar sei, weswegen man einen sechsten Akt anhängen müsse. Diese satirische Auseinandersetzung mit den Gattungskonventionen eines Dramas betrifft auch das Monodrama, das im vierten Akt als Stück im Stück gegeben wird. Mandandane spielt Goethes *Proserpina*, einen zutiefst tragischen Text, der die Verdammung von Proserpina in die Unterwelt zum Thema hat, wo sie als Gattin von Pluto über die Toten herrschen soll. Das Stück gipfelt in Proserpinas Hass auf Pluto:

> PROSERPINA
> [...]
> Wie haß' ich dich,
> Abscheu und Gemahl,
> O Pluto! Pluto!
> Gib mir das Schicksal deiner Verdammten!
> Nenn' es nicht Liebe! –
> Wirf mich mit diesen Armen
> In die zerstörende Qual!
> PARZEN
> Unser! unser! hohe Königin!
> *Andrason erscheint bei den Worten: Abscheu und Gemahl etc. Mandandane richtet die Apostrophe an ihn, und flieht vor ihm mit Entsetzen. Er erstaunt, sieht sich um, und folgt ihr voller Verwunderung.* (ebd., S. 106)

Ein Text, der bereits durch seine Form in freien Rhythmen an die Gefühlsemphase des Sturm und Drang angelehnt ist und eine existenzielle Tragik formuliert, wird durch den Auftritt des Ehemanns in den Bereich der Komik gezogen: Aus dem tragischen Monolog einer auf ewig verdammten Gottheit wird die überdrehte Rede einer gelangweilten Ehefrau. Das an sich völlig ernsthafte Monodrama Goethes

12 Vgl. ebd., S. 986 f.

dient im Kontext des *Triumphs der Empfindsamkeit* vollständig dem Zweck der Literatursatire.

Es ist gerade die Gattungskomik des Aus-der-Rolle-Fallens der Figuren oder des Stücks im Stück, die den *Triumph der Empfindsamkeit* in die Nähe des romantischen Dramas bringt, wie es bei Ludwig Tieck am Ende des 18. Jahrhunderts typisch ist in Texten wie *Der gestiefelte Kater* von 1797 oder *Die verkehrte Welt* von 1798. Das mag ein Grund dafür sein, dass die Romantiker den *Triumph der Empfindsamkeit* schätzen, während das Stück im Laufe des 19. Jahrhunderts immer unbekannter wird.[13] Je weiter man Goethe zum Klassiker kanonisiert, desto weniger interessiert man sich für seine satirischen Texte. Ein Beispiel für diese Rezeptionshaltung auch noch im 20. Jahrhundert ist die *Hamburger Ausgabe* von Goethes Werken, die zwischen 1948 und 1960 erscheint und bis heute die am weitesten verbreitete Ausgabe von Goethes Werken ist: In dieser Ausgabe findet sich als eigenständiges Werk das ernsthafte Monodrama *Proserpina*; den *Triumph der Empfindsamkeit* hingegen sucht man vergeblich. In der Edition der goetheschen Texte entscheidet man sich also für das Bewahren eines ernsthaften dramatischen Textes und gegen das satirische Drama, in das der ernsthafte Text in der ersten Aufführung eingebettet ist.

Dieses Ausblenden von satirischen Texten betrifft allerdings nicht nur die Haltung des Publikums, sondern auch Goethes eigenen Anspruch an seine Werke. Ein Blick auf den Roman, den Goethe während seiner frühen Weimarer Zeit beginnt und der ab 1795 als *Wilhelm Meisters Lehrjahre* erscheint, kann das verdeutlichen. *Wilhelm Meisters theatralische Sendung* soll dabei von vornherein keine Literatursatire werden, sondern ein Roman über den Bürgersohn Meister, der zum erfolgreichen Theaterautor und Dramaturgen wird. Man hat diesen Roman, an dem Goethe ab 1777 schreibt und die Arbeit mit der Abreise nach Italien unterbricht, nicht nur aufgrund der gleichen Entstehungszeit unter anderem mit *Herrmann und Ulrike. Ein komischer Roman* von Johann Karl Wezel aus dem Jahr 1780 verglichen.[14] Der Zusammenhang zwischen beiden Romanen wird darin gesehen, dass auch Goethes *Meister* einlösen will, was Wezel in seiner Vorrede als maßgebliche Aufgabe des Romans beschreibt. Dieser müsse sich von unglaubwürdigen Räuberpistolen wegentwickeln und eine »*bürgerliche Epopee*« sein, die ihr Material aus dem »gewöhnlichen Menschenleben« nehme.[15] Die programmatische Nähe begünstigt auch eine poetologische. Die *Theatralische Sendung* ist noch eindeutiger in der Tradition des Aufklärungsromans verfasst als die späteren *Lehrjahre*, der Roman hält sich an eine chronologische Erzählweise ab ovo und fingiert eine präzise Verortung und Verzeitlichung des Geschehens. Zusätzlich erfüllt der Anfang der *Theatralischen Sendung* aber noch eine weitere Forderung von Wezel, nämlich die, dass man die Gattung Roman »zur Vollkommenheit bringen könne, wenn man sie

13 Vgl. ebd., S. 978 f.

14 Wulf Köpke: *Wilhelm Meisters theatralische Sendung (1777-86).* In: *Goethes Erzählwerk. Interpretationen.* Hrsg. von Paul Michael Lützeler u. James E. McLeod. Stuttgart 1985, S. 73-102; hier S. 75-77.

15 Johann Karl Wezel: *Herrmann und Ulrike. Ein komischer Roman.* Hrsg. von Christian Döring. Berlin 2019, S. 5 f. (Hervorhebung im Original).

auf der einen Seite der Biographie und auf der anderen dem Lustspiele näherte«.[16] Die Nähe zum Lustspiel verspricht der Romanbeginn:

> Es war einige Tage vor dem Christabend 174– als Benedikt Meister Burger und Handelsmann zu M-, einer mittleren Reichsstadt, aus seinem gewöhnlichen Kränzgen Abends gegen achte nach Hause ging. Es hatte sich wider die Gewohnheit die Tarock Partie früher geendigt, und es war ihm nicht ganz gelegen, daß er so zeitlich in seine vier Wände zurückkehren sollte, die ihm seine Frau eben nicht zum Paradiese machte. Es war noch Zeit bis zum Nachtessen, und so einen Zwischenraum pflegte sie ihm nicht mit Annehmlichkeiten auszufüllen, deswegen er lieber nicht ehe zu Tische kam als wenn die Suppe schon etwas überkocht hatte.
>
> Er ging langsam, und dachte so dem Burgermeister Amte nach, das er das letzte Jahr geführt hatte, und dem Handel, und den kleinen Vorteilen, als er eben im Vorbeigehen seiner Mutter Fenster sehr emsig erleuchtet sah. Das alte Weib lebte, nachdem sie ihren Sohn ausgestattet, und ihm ihre Handlung übergeben hatte, in einem kleinen Häusgen zurückgezogen, wo sie nun vor sich allein mit einer Magd bei ihren reichlichen Renten sich wohlbefand, ihren Kindern und Enkeln mit unter was zu Gute tat, ihnen aber das Beste bis nach ihrem Tode aufhub, wo sie hoffte daß sie gescheuter sein sollten, als sie bei ihrem Leben nicht hatte sehen können. (FA I, 9, S. 11)

Der Roman beginnt gattungskonform mit der Geschichte der Vorfahrengeneration des Helden. Vater und Großmutter von Wilhelm Meister werden dabei in einer Weise vorgestellt, die einen satirischen Roman ankündigen. Denn ein Ehemann, der zwar Bürgermeister und Händler ist, aber lieber die Suppe anbrennen lässt, als seiner Ehefrau über den Weg zu laufen, und eine Großmutter, die das Erbe nicht auszahlt, weil sie ihre Nachkommen für dumm hält, eröffnen reichlich satirisches Potenzial. Allerdings hat Goethe bereits bei der weiteren Arbeit an der *Theatralischen Sendung* die zu Beginn angelegte satirische Dimension nicht weiterverfolgt. Denn im weiteren Fortgang der Handlung finden sich zwar noch zahlreiche bissige Kommentare über die Selbstverliebtheit von Schauspielerinnen und Schauspielern oder über die Verantwortungslosigkeit des Adels. Aber die Erzählinstanz des Romans präsentiert die menschlichen Schwächen der Figuren aus einer Perspektive übergeordneter Gelassenheit. Insofern fehlt es dem Roman nicht an Kritik an bestimmten gesellschaftlichen Schichten oder Charaktereigenschaften, aber es fehlt ihm am Engagement des Satirikers, diese Zustände als Missstände vorzuführen. Beginnt Goethe also seinen *Meister*-Roman in der Tradition des satirischen Romans, findet er im Verlauf der Arbeit zu einer Erzählhaltung, die dann auch die späteren *Lehrjahre* prägen wird. Diese Erzählhaltung führt schon zeitgenössisch zu dem Vorwurf von Madame de Staël, dass die *Lehrjahre* »ein ganz unparteiisches Gemälde des menschlichen Lebens [sind]; ein Gemälde, in welchem kein leidenschaftliches Interesse vorherrscht«.[17] Doch es ist gerade

16 Ebd., S. 6.

17 Anne Germaine de Staël: Über Deutschland. Hrsg. von Monika Bosse. Frankfurt a.M. 1985, S. 443.

diese Haltung, die zum nachitalienischen Literaturprogramm Goethes passt – ein Programm, in dem Anleihen aus der Gattung des satirischen Romans nicht vorkommen.

Goethe versteckt allerdings einen selbstironischen Kommentar auf die *Theatralische Sendung* in den *Lehrjahren*, den lediglich die Zeitgenossinnen und Zeitgenossen bemerkt hätten, die das unveröffentlichte Manuskript der *Sendung* hätten kennen können. Denn nur sie können wissen, dass dort die Geschichte ab ovo erzählt wird in einem ausführlichen Bericht über Meisters Kindheit und seine beginnende Begeisterung für das Theater anhand des Puppentheaters seiner Großmutter. In den *Lehrjahren* ist diese Vorgeschichte gerafft: Der Roman setzt im Jugendalter Meisters ein und der erzählt zu Beginn seine Theaterbegeisterung der Schauspielerin Mariane. Wie aufregend die Leserinnen und Leser diese Vorgeschichte halten dürfen und für wie gelungen Goethe die frühe Fassung seines Romans selbst hält, zeigt die Figur Mariane an: Sie schläft über der Erzählung des euphorisierten Meister ein (vgl. FA I, 9, S. 381).

Nach seiner Rückkehr aus Italien hat Goethe für manche literarischen Versuche, zu denen auch seine satirischen Passagen zählen, nur noch leise Ironie übrig. Das hat maßgeblich mit seiner Rolle als öffentlichem Schriftsteller zu tun, die er nun wieder einnimmt. Denn aus den satirischen Texten des ersten Weimarer Jahrzehnts lässt sich herauslesen, dass Goethe nicht unbedingt zufrieden damit war, vom literarischen Leben seiner Zeit abgekoppelt zu sein. In *Triumph der Empfindsamkeit* macht er sich auch und gerade über seinen eigenen Erfolgsroman *Werther* lustig. Das muss man nicht unbedingt als souveräne Selbstironie werten. Man kann es auch verstehen als die enttäuschte Sicht eines Schriftstellers auf seine Anfangserfolge, denen er nichts Gleichwertiges hat folgen lassen können. Die Satire auf sein eigenes Werk ist dann auch die trotzige Selbstbehauptung eines Mannes, der vor sich rechtfertigen muss, warum er in den politischen Fürstendienst gegangen ist, anstatt weiter erfolgreiche Romane zu schreiben. Noch einfacher lässt sich die *Theatralische Sendung* in einer solchen leicht küchenpsychologisch anmutenden Lesart einfügen: Goethe, der gerade Landespolitiker ist, schreibt ausgerechnet einen Roman über eine gelingende Künstlerwerdung. Die Satire wendet sich hier also zum Teil gegen ihn selbst und sein eigenes Schreiben. Wenn Goethe nach Italien aufbricht und – ausgelöst durch den Vertrag mit Göschen von 1786 über die Ausgabe der Gesammelten Schriften in acht Bänden – beschließt, wieder ein Schriftsteller für ein bürgerliches Publikum zu werden, lässt er seine satirischen Ambitionen allerdings nicht – wie es die Umarbeitung des ersten *Meister*-Romans vermuten ließe – völlig hinter sich. Vielmehr ändert sich sein Einsatz satirischer Darstellungsverfahren erneut; und das auf durchaus vielfältige Weise.

Nach seiner Rückkehr aus Italien beginnt das, was man landläufig als Goethes klassische Werkphase bezeichnet. Und das klassische Programm, das sich Goethe und Schiller vornehmen, ist eine ernste Angelegenheit. Schließlich geht es darum, zeitungebundene Werke zu schaffen, die nicht nur mustergültig für die weitere Literaturproduktion sein, sondern ebenso der Besserung des Publikums dienen sollen. Satirisches hat in einem solchen Programm wenig Platz, bedarf es doch häufig des konkreten Gegenwartsbezugs und steht stets vor der Gefahr, als strafende Satire den Verfasser dem Vorwurf der Verbissenheit oder Beckmesserei auszusetzen oder als scherzende Satire in die Nähe unterhaltsamer Tagesware zu geraten. Goethes Antwort auf diese Probleme ist der Rückgriff auf die antike Form.

Am klassischsten satirisch ist er in seinen *Venezianischen Epigrammen*, die er 1790 schreibt und die in Schillers *Musen-Almanach für das Jahr 1796* in Auswahl erscheinen. In ihnen äußert sich eine scharfe Kritik am zeitgenössischen Italien in antiken Distichen, wie an den Epigrammen 17 und 20 zu sehen ist: »Not lernt beten, sagt man; wer beten will lernen, der gehe / Nach Italien: Not findet der Fremde gewiß« (FA I, 1, S. 447).

Die Beschwerlichkeit des Reisens in Italien wird hier über ein Sprichwort verknüpft mit einem Seitenhieb auf die katholischen Pilger, die durch Italien zum Vatikan reisen. Dass der gegenwärtige Katholizismus im Vergleich zur Antike als Schwundstufe bewertet wird, macht dann das 20. Epigramm explizit:
Vor dem Arsenal stehn zwei altgriechische Löwen,

> Klein wird neben dem Paar Pforte, Turm und Kanal.
> Käme die Mutter der Götter herab, es schmiegten sich beide
> Vor den Wagen, und sie freute sich ihres Gespanns.
> Aber nun ruhen sie traurig, denn der geflügelte Kater
> Überall schnurrt er, und ihn nennet Venedig Patron.
> (ebd.)

Die antiken Löwen sind also noch immer so kraftvoll, dass sie jederzeit starten und Kybeles Wagen ziehen könnten, aber sie sind tatenlos, denn über Venedig herrscht der Markuslöwe, hier despektierlich als »Kater« verniedlicht; der aktuelle Katholizismus lähmt die immer noch potenziell wirkmächtige Antike. Indem Goethe diese Position in antiken Distichen formuliert und den Bezug zu den Epigrammen und Satiren der römischen Dichter Martial und Horaz durch die vorangestellten Motti verdeutlicht, führt er literarisch vor, wie sich die antiken Vorlagen für Gegenwartskritik aktualisieren lassen: Die literarischen Darstellungsverfahren, mit denen der antike Satiriker seine Gegenwart deutet, sind weiterhin brauchbar für eine Gegenwartsdiagnose. Somit beglaubigen sie gleichzeitig die inhaltlich behauptete Überlegenheit der Antike über die katholische Gegenwart. Goethe ist in den *Venezianischen Epigrammen* ein moderner Satiriker antiker Form. Dabei gelingt es ihm, die römisch-antike Form nicht nur für die Kommentierung seiner Umgebung zu aktualisieren, sondern auch für sein eigenes Gefühlsleben: In der Maske des antiken Satirikers formuliert er seine ganz individuelle Enttäuschung über seinen zweiten Italienaufenthalt. Insofern passen die *Venezianischen Epigramme* zu Goethes klassizistischem Programm. Sie erweisen den Antikenbezug nicht nur als gegenwartsdiagnostisch produktiv, sondern ebenso den Verfasser als klassisch in Schrift und Charakter. Dass der Bezug zur antiken Satire, und damit zu einer genuin römischen Literaturgattung, nicht widerspruchsfrei zur betonten Griechenbegeisterung eines klassizistischen Programms passt, wird nicht problematisiert. Möglicherweise wird für eine Kleinform wie dem Epigramm keine größere Rechtfertigung für nötig erachtet.

Die Epigramme kommen bei den zeitgenössischen Leserinnen und Lesern nicht nur gut an. Wegen der Katholizismus-Kritik (und sicher auch wegen der Thematisierung von Prostitution an anderer Stelle) wird der *Musen-Almanach* in Österreich zensiert und auch das deutsche Publikum reagiert ablehnend oder zumindest irritiert.[18] Goethe und Schiller hingegen muss das Provokationspotenzial der Verse im antiken Gewand gefallen haben. Denn ein Jahr nach der Veröffentlichung starten sie ihren literaturpolitischen Rundumschlag der *Xenien*. Der zu Beginn zitierte Eintrag aus dem *Metzler Goethe Lexikon* hält fest, dass die *Xenien* »ironisch-satirische Invektiven gegen seine [Goethes] Zeitgenossen« enthielten, aber das »zeitlos Übergeordnete« den Kern ausmache.[19] Das kann man als Verharmlosung werten. Die Zeitgenossen sind empört, und das sicher nicht über das in den *Xenien* dargestellte ›zeitlos Übergeordnete‹.[20] Wobei ebenfalls dieses Übergeordnete satirisch scharf angegangen wird. Das Xenion Nummer 90 ist ein bissiger Kommentar auf ein Grundanliegen von Aufklärung und Humanität:

Das goldene Zeitalter

Ob die Menschen im ganzen sich bessern? Ich glaub es, denn einzeln,
Suche man wie man auch will, sieht man doch gar nichts davon.
(FA I, 1, S. 503)

Es genügen zwei Verse, um die aufgeklärte Fortschrittsgläubigkeit in fundamentale Erklärungsnöte zu bringen. Die Form des Distichons dient hier nicht in erster Linie der Beglaubigung der Wirkfähigkeit antiker Ideale, sondern der Lizenz. Die antike Form entschärft die Beleidigungen, da sie Seriosität und Gelehrtheit liefert. Wenn die vermeintlich zeitenthobenen Klassiker sich ins Tagesgeschäft werfen und den literarischen Markt ihrer Zeit aufmischen, tun sie es im klassischen Gewand, ihre Satire bekommt dadurch etwas Distanziertes und gelehrt Spielerisches, klassische Gelassenheit und Harmonie findet sich hier jedoch nicht. Auch in Distichen bleibt es tagesaktuell engagierte Literaturpolitik. Mithilfe der *Xenien* können Goethe und Schiller signalisieren, dass sie bei aller programmatischer Zeitenthobenheit aufmerksame Zeitgenossen geblieben sind. Die Satire flankiert und ergänzt das Programm der beiden Weimarer Klassizisten.

Damit hat die Satire in der Praxis einen anderen Ort als in der Theorie. Schiller bestimmt die Satire in seiner Programmschrift *Über naive und sentimentalische Dichtung* von 1795 als eine Spielart der sentimentalischen Dichtung, die »die Entfernung von der Natur und den Widerspruch der Wirklichkeit mit dem Ideale [...] zu seinem Gegenstande macht«.[21] Die Hürden für das Gelingen der scherzenden Satire legt Schiller so hoch, dass er sich nicht an Komödien versucht.[22] Goethe hin-

18 Vgl. Kommentar in FA I, 1, S. 1132.

19 Vinzenz (Anm. 3), S. 430.

20 Frieder von Ammon nennt die Publikation der *Xenien* gleich zu Beginn seiner maßgeblichen Untersuchung »einen in der Geschichte der deutschen Literatur beispiellosen Skandal«; Frieder von Ammon: *Ungastliche Gaben. Die »Xenien« Goethes und Schillers und ihre literarische Rezeption von 1796 bis in die Gegenwart.* Tübingen 2005, S. 1.

21 Friedrich Schiller: *Über naive und sentimentalische Dichtung*. In: ders: *Werke und Briefe in zwölf Bänden*. Bd. 8: *Theoretische Schriften*. Hrsg. von Rolf-Peter Janz. Frankfurt a. M. 1992, S. 706-810; hier S. 740.

22 Zum problematischen Ort von Komödie und Satire im klassischen Programm von Schiller und Goethe vgl. Martin Stern: *Zeitlose Komik ohne Satire? Gedanken zur Komödientheorie der Weimarer Klassik*. In: *Verlorene Klassik? Ein Symposium*. Hrsg. von Wolfgang Wittkowski. Tübingen 1986, S. 185-204.

gegen schreibt Komödien, bei denen dann allerdings die Rezeptionshürden angehoben werden: die sogenannten Revolutionskomödien, gemeint sind hauptsächlich *Der Groß-Cophta*, der 1791 uraufgeführt wird, und *Der Bürgergeneral* von 1793. Vom *Groß-Cophta* gibt es 1989 eine Reclam-Ausgabe, die 1998 erneut aufgelegt wird und inzwischen vergriffen ist. *Der Bürgergeneral* ist bis heute (jenseits von E-Book- und Print-on-Demand-Ausgaben) lediglich in wissenschaftlichen Ausgaben zugänglich. Und beide Stücke werden nicht in die weitverbreitete *Hamburger Ausgabe* aufgenommen. Die Komödien zu kennen, bedarf also bis heute eines gewissen Aufwands.

Goethes satirische Qualitäten zeigen sich in *Der Bürgergeneral* an einem Milchtopf. Der selbsternannte Bürgergeneral und Barbier namens Schnaps bringt die Französische Revolution ins Dorf, wobei es ihm weniger um freiheitliche Ideale geht als um ein Frühstück. Den leichtgläubigen Märten versucht er zu übertölpeln, als dessen Tochter und ihr Mann bei der Feldarbeit sind, indem er behauptet, exemplarisch die Eroberung eines Dorfes durch jakobinische Truppen nachzuspielen, es aber wortwörtlich auf den Milchtopf abgesehen hat, den er als Dorfgemeinschaft anspricht:

SCHNAPS Brüder Bürger! sag' ich.
MÄRTEN Das klingt freundlich genug.
SCHNAPS Leider seh' ich euch uneins.
MÄRTEN Im Topfe ist es ja ganz stille.
SCHNAPS Es ist eine heimliche Gärung.
MÄRTEN *horchend:* Ich spüre nichts davon.
SCHNAPS Ihr habt den ursprünglichen Zustand der Gleichheit verlassen.
MÄRTEN Wie so?
SCHNAPS *Pathetisch:* Da ihr zusammen noch reine Milch war't, fand sich ein Tropfe wie der andere.
MÄRTEN Das läßt sich nicht leugnen.
SCHNAPS Nun aber seid ihr sauer geworden.
MÄRTEN Die Bürger?
SCHNAPS Ihr habt euch geschieden.
MÄRTEN Sieh doch!
SCHNAPS Und ich finde die Reichen, die unter dem sauren Rahm vorgestellt werden –
MÄRTEN Das ist schnakisch!
SCHNAPS Die Reichen schwimmen oben.
MÄRTEN Die Reichen sind der saure Rahm? Ha! ha!
SCHNAPS Sie schwimmen oben! Das ist nicht zu dulden.
MÄRTEN Es ist unleidlich!
SCHNAPS Ich schöpfe sie also ab. *Er schöpft auf einen Teller.*
(FA I, 6, S. 135)

Zur Erläuterung des weiteren Fortgangs der Revolution wird Schnaps auch noch Brot in den Rahm brocken und Zucker darüber streuen und dann im Sinne der Gleichheit und Brüderlichkeit alles verrühren. Bevor er sich ans Essen machen kann, kommen allerdings Görge und Röse nachhause und Schnaps muss fliehen.

Der vom Krawall herbeigerufene Richter findet Säbel und Jakobinermütze von Schnaps und will zur Unterdrückung der Revolution sofort hart durchgreifen. Der besonnene und väterliche Edelmann stellt allerdings die Ordnung ohne Strafgericht wieder her, indem er zum Schluss sein Herrschaftsideal ausführt:

> EDELMANN Nur gelassen! Unzeitige Gebote, unzeitige Strafen bringen erst das Übel hervor. In einem Lande, wo der Fürst sich vor niemand verschließt; wo alle Stände billig gegen einander denken; wo niemand gehindert ist, in seiner Art tätig zu sein; wo nützliche Einsichten und Kenntnisse allgemein verbreitet sind: da werden keine Parteien entstehen. Was in der Welt geschieht, wird Aufmerksamkeit erregen; aber aufrührerische Gesinnungen ganzer Nationen werden keinen Einfluß haben. Wir werden in der Stille dankbar sein, daß wir einen heitern Himmel über uns sehen, indes unglückliche Gewitter unermeßliche Fluren verhageln. (ebd., S. 149)

Beim Edelmann ist die Französische Revolution kein Milchtopf, sondern ein Unwetter, eindeutig ist die Aussage des Stücks aber dennoch: Die Gleichheitsforderungen der Jakobiner führen zu einem verrührten Gesellschaftsbrei, Ordnung gewährt nur eine Ständeordnung mit einem väterlichen und aufgeklärten Fürsten an der Spitze. Der Kommentar der *Frankfurter Ausgabe* stellt zurecht fest, dass die Milchtopf-Episode zu »Goethes witzigsten satirischen Eingebungen«[23] gehört, doch gerät die Revolutions-Satire durch den sehr expliziten Edelmann auch zu einem »moralischpolitische[n] Untertanen- und Fürstenspiegel«.[24] Der *Bürgergeneral* ist damit in Schillers Terminologie Satire und Idylle zugleich, denn sowohl der Jakobiner als auch der gütige Herrscher sind wirklichkeitsfern überzeichnete Figuren, nur in jeweils entgegengesetzte Richtung. Insofern ist das Stück Appell an zwei Seiten, sowohl an das Bürgertum, sich von den Idealen der Französischen Revolution nicht den Kopf verdrehen zu lassen, als auch an die Fürsten, besonnen mit ihren Untertanen zu verfahren. Man liegt aber sicher nicht falsch, wenn man das Stück wegen dieser Mischung nicht nur als gelungene Satire versteht, sondern auch als eher platte Propaganda.

Der Bürgergeneral kommt bei seiner Aufführung in Weimar gut an und wird als Lustspiel gelobt. Das hat vor allem damit zu tun, dass das Stück vom Publikum als Fortsetzung wahrgenommen wird. Die Figuren Schnaps, Märten und das Paar Röse und Görge sind aus den Stücken *Die beiden Billets* und *Der Stammbaum* von Christian Leberecht Heyne bekannt, die unmittelbar vorher in Weimar aufgeführt werden. Die Figur des Schnaps wird durch die Darstellung eines Schauspielers namens Beck zum Weimarer Publikumsliebling. Den etablierten Erfolg will Goethe nutzen für seine Revolutionssatire. Das Publikum lässt sich aber auf die zeitkritischen Töne nur am Rande ein und genießt das Stück als gute Unterhaltung. Insofern widerfährt dem Drama genau das, was bei komischen Satiren passieren kann: Es wird mehrheitlich als tagesaktuelle Unterhaltungsware gesehen.

1805 denken Goethe und Schiller über eine erneute Aufführung nach. Bemerkenswert daran ist, dass Goethe nicht die komödiantischen Passagen umarbeiten

23 Kommentar in FA I, 6, S. 999.
24 Ebd., S. 997.

will, die Figur des Schnaps soll weiterhin als eine Karikatur halbverstandener Revolutionsforderungen wirken können. Goethes Überlegungen gehen im Gegenteil dahin, »die dogmatische Figur des Edelmanns ganz herauszuwerfen« (Brief an Schiller vom 17.1.1805; FA II, 5, S. 542). Der Tod Schillers bricht die Überlegungen ab. Goethe übernimmt die unveränderte Fassung in alle folgenden Werkausgaben und betont im Alter gegenüber Eckermann die Zeitgebundenheit des Stücks: »Es war zu seiner Zeit ein sehr gutes Stück« (FA II, 12, S. 296). Mit dieser Rezeptionssteuerung ist er erfolgreich: Das Stück wird in der Folge weitgehend vernachlässigt und die Fachwissenschaft verbucht die Dramen zur Französischen Revolution zwischenzeitlich als den »›Tiefstand von Goethes dichterischem Schaffen‹«.[25] Auf die schlagfertigen satirischen Dialoge kann sich eine solche Bewertung kaum beziehen, es geht wohl eher darum, die komödiantische Einmischung des Klassikers ins politische Tagesgeschehen zu verurteilen.

Goethes literarische Auseinandersetzung mit der Französischen Revolution führt noch zu einem anderen satirischen Text, der jedoch keine Fortsetzung eines bereits existierenden Stückes ist, sondern eine Umarbeitung: die Hexameter-Fassung der seit dem Mittelalter populären Geschichte von Reineke Fuchs. Die Irritationen über diesen Text dauern an. Bis heute hält sich die Sichtweise, dass der Fuchs zwar ziemlich verwerfliche Dinge tut, aber als »Schelm« die schillernde Identifikationsfigur des Epos ist, die mit ihren Taten die Scheinheiligkeit und Gewissenlosigkeit korrupter Amts- und Würdenträger auf humorvolle Weise vorführt.[26] Für diese Deutung beruft man sich auf Goethes Äußerung in der *Campagne in Frankreich*, in der er die Geschehnisse der frühneuzeitlichen Reineke-Fabel gegen seine eigenen Kriegserlebnisse hält:

> [W]enn auch hier das Menschengeschlecht sich in seiner ungeheuchelten Tierheit ganz natürlich vorträgt, so geht doch alles, wo nicht musterhaft, doch heiter zu, und nirgends fühlt sich der gute Humor gestört. (FA I, 16, S. 569)

Dabei könnte man sich seinen guten Humor bereits von diesem Zitat stören lassen, denn es spricht klar aus, dass es Goethe schon bei der Vorlage zu seiner Bearbeitung um das Menschengeschlecht »in seiner ungeheuchelten Tierheit« geht. Die schockierenden Grausamkeiten der Geschichte werden allerdings in Goethes Versen mit einer solchen Formulierungsfreude vorgetragen, dass einige Rezipierende über der hohen stilistischen Qualität die eindrückliche Lust der Akteure zur Brutalität übersehen haben. Wenn im 2. Gesang die Menschen den Bären Braun totschlagen wollen, heißt es, sie kämen, um »Dem unglücklichen Bären den Pelz zu waschen« (FA I,

25 Zit. nach W. Daniel Wilson: *Dramen zum Thema der Französischen Revolution*. In: *Goethe-Handbuch*. Bd. 2: *Dramen*. Hrsg. von Theo Buck. Stuttgart, Weimar 1996, S. 258-287; hier S. 258.

26 Vgl. Hans-Wolf Jäger: *Reineke Fuchs*. In: *Goethe-Handbuch*. Bd. 1: *Gedichte*. Hrsg. von Regine Otto u. Bernd Witte. Stuttgart, Weimar 1996, S. 508-518; hier S. 515; vgl. ebenfalls Anja Grebe: *Johann Wolfgang von Goethe und Wilhelm von Kaulbach. »Reineke Fuchs«. Eine Schelmengeschichte in Versen und Bildern*. In: Johann Wolfgang von Goethe: *Reineke Fuchs*. Illustriert von Wilhelm von Kaulbach. Mit einer kunsthistorischen Einleitung von Anja Grebe. Darmstadt 2014, S. 5-20.

8, S. 673). Und wenn Reineke die Wölfin Gieremund in eine Falle lockt, um sie zu vergewaltigen, sollte man bei der Beurteilung der Tat genau hinschauen: »Wenig Ehre verschafft es, sein Weib mit andern zu sparen, / Wie nun Reineke tat. Gleichviel war alles dem Bösen« (ebd., S. 682). Eine Vergewaltigung als das ›Aufsparen‹ der eigenen Ehefrau zu bezeichnen, mag eine unbekümmerte Formulierung sein, doch zeigt der Text an, dass man die ›heitere‹ Schilderung eines Verbrechens nicht als Schilderung eines ›heiteren‹ Verbrechens missverstehen sollte. Reineke ist der Böse und er ist unehrenhaft. Bevor Reineke sich zu Gieremund aufmacht, benennt der Text die Kategorien, in denen das Geschehen zu werten ist: »Aber er ging nicht allein um Diebereien zu üben, / Ehbruch, Rauben und Mord und Verrat; er hielt es nicht sündlich« (ebd., S. 681). Reineke ist kein Sympathieträger und nicht die Identifikationsfigur des Textes, er ist der größte Verbrecher von allen. In dieser Richtung ist die zeitdiagnostische Dimension des Epos zu suchen.

Goethe spitzt einerseits die Teile der Vorlage, die sich für eine Analogie auf seine politische Gegenwart anbieten, nicht darauf zu, andererseits schwächt er die Derbheiten, die Gewalt und die Verbrechen, von denen im Epos die Rede ist, in seiner Bearbeitung aber auch nicht ab, sondern lässt sie stehen: Der Fuchs triumphiert über eigennützige, aber unfähige Höflinge und kann einen korrupten König mit der Verlockung eines märchenhaften Schatzes um den Finger wickeln. Das ist reine »Politsatire«.[27] Nur wird die Verkommenheit der politischen Verhältnisse hier von einem selbst Verkommenen vorgeführt. Der Gipfel der Satire ist der Schluss mit seinem Lob des Schurken Reineke:

Hochgeehrt ist Reineke nun! Zur Weisheit bekehre
Bald sich jeder, und meide das Böse, verehre die Tugend!
Dieses ist der Sinn des Gesangs in welchem der Dichter
Fabel und Wahrheit gemischt, damit ihr das Böse vom Guten
Sondern möget, und schätzen die Weisheit, damit auch die Käufer
Dieses Buches vom Laufe der Welt sich täglich belehren.
Denn so ist es beschaffen, so wird es bleiben und also
Endigt sich unser Gedicht von Reinekens Wesen und Taten:
Uns verhelfe der Herr zur ewigen Herrlichkeit. Amen!
(FA I, 8, S. 806)

Das ist zynisch. Denn so wie hier Fabel und Wahrheit gemischt sind, lässt sich eben nicht mehr das Böse vom Guten sondern, denn in der Fabel gibt es ausschließlich Bösewichte. In dieser Hinsicht findet der Käufer des Buches keine Belehrung. Aber er bekommt zumindest einen Hinweis, wo ebenfalls keine zu erwarten ist: im Glauben an Gott, denn das »Amen« am Schluss besiegelt ja nur die Feststellung, dass sich am Lauf der Welt nichts ändern wird, und entlarvt das Gesagte als »heuchlerische Litanei«.[28] *Reineke Fuchs* ist eine niederschmetternde Satire, weil sie die Ver-

27 Kommentar in FA I, 8, S. 1142.

28 Hans-Dietrich Dahnke: *Goethes »unheilige Weltbibel«: Reineke Fuchs*. In: *Von »Reynke de Vos« bis zum »Butt«. Tiere in der deutschen Literatur*. Hrsg. im Auftrag der Fritz Reuter Gesellschaft von Christian Bunners, Dieter Stellmacher u. Jürgen Grote. Rostock 2016, S. 60-68; hier S. 67.

dorbenheit der Zustände benennt, ohne eine Perspektive auf Besserung. Diese ist wohl nur möglich in der Einsicht, dass Politik ein schmutziges Geschäft ohne klare Trennung von Gut und Böse ist. Dann wäre das Epos ein Appell zum radikalen Realismus.

Die Form in Hexametern entschärft und verstärkt das Niederschmetternde der Diagnose zu gleichen Teilen: Entschärft wird es durch den hohen Ton, mit dem die gewaltvollen Verbrechen mit distanzierter Ruhe und klanglicher Ausgewogenheit präsentiert werden. Nur darf man darüber eben nicht vergessen, dass es brutale Verbrechen bleiben. Vielmehr verdeutlicht die Form, dass man auf mögliche Diskrepanzen zwischen Geschildertem und den hierzu gewählten Darstellungsverfahren achten sollte. Das Epos verweist mit seinen Hexametern, der Einteilung in zwölf »Gesänge« und verschiedenen Handlungsparallelen auf weitere Vorlagen: *Reineke Fuchs* ist eine Parodie auf die antiken Heldenepen *Ilias*, *Odyssee* oder *Aeneis*.[29] Und das nicht, indem es das Geschehen um die antiken Heroen übertreibt oder persifliert, sondern indem gerade die Analogie betont wird, dass die kämpfenden Männer in entscheidenden Momenten genausowenig auf Tugenden und Menschlichkeit achten wie die korrupten und wilden Tiere bei Goethe. In dieser Absage an die humanistische Vorbildlichkeit der Antike verschärft sich noch einmal die Diagnose des Epos: Aufklärung und Humanität erleiden in den Revolutionswirren zu Beginn der 1790er Jahre eine krasse Niederlage. Fundamentalere Satiren wurden in dieser Zeit wohl kaum geschrieben.

Man kann hierin einen Grund für die »von Anfang an durch eine bemerkenswerte Resonanzlosigkeit gekennzeichnete Rezeptionsgeschichte«[30] sehen, wobei sich die Resonanzlosigkeit ausschließlich auf die zeitkritische Satire bezieht. Spätestens mit der Illustration des Textes durch Wilhelm von Kaulbach 1846 ist der Weg geebnet, den *Reineke Fuchs* als Geschichte eines listigen Fuchses kinderbuchtauglich zu erzählen. Innerhalb des deutschen Bürgertums bleibt Reineke als positive Schelmenfigur neben den textlichen Bearbeitungen auf Sammelkarten, in Brettspielen und als Porzellan-Figürchen populär.[31] Insofern widerfährt *Reineke Fuchs* ein ähnliches Schicksal wie Jonathan Swifts Satire *Gullivers Reisen*, die gekürzt um die gesellschaftskritischen Passagen zu einem Kinderbuchklassiker wird. Das geht bei *Reineke* freilich nur, indem man den Fuchs nicht wegen, sondern trotz seiner Taten zur Identifikationsfigur erklärt. Dass man das nicht notwendig tun muss, beweist die Bearbeitung durch den Illustrator Janosch: Bei ihm ist Reineke so gewissenlos wie faul, seine Untaten werden gedeckt von dem machtgierigen Dachs, der den Fuchs nur deswegen in immer höhere Ämter hievt, weil der ihm noch Geld schuldet und die Rückzahlung mit großem Gewinn verspricht. Am Ende sitzen beide in modernen Büros, der Dachs als korrupter höchster Richter des Landes, der Fuchs als

29 Vgl. Lothar Schwab: *Vom Sünder zum Schelmen. Goethes Bearbeitung des Reineke Fuchs*. Frankfurt a.M. 1971, S. 102-106; vgl. auch den Kommentar in FA I, 8, S. 1136-1141; Kritik an dieser Deutung findet sich bei Jäger (Anm. 27), S. 512 f.

30 Kommentar in FA I, 8, S. 1149.

31 Vgl. die Funde bei Friedrich von Fuchs: *Reineke Fuchs in der Kunst. Reineke Fuchs von Johann Wolfgang v. Goethe nach der Originalausgabe 1794 mit Kostbarkeiten aus der Sammlung Friedrich von Fuchs*. Wien 2001.

ebenso verbrecherischer Superminister.[32] Janoschs Beitrag zum Goethejahr 1999 ist eine vielleicht weniger kindgerechte als tief enttäuschte Fabel auf den heutigen Politikbetrieb. Seine Aktualisierung der Geschichte muss der goetheschen Vorlage allerdings deutlich weniger Gewalt antun als die Verharmlosungen im Anschluss an Kaulbachs bürgerlich-gemütliche Humorigkeit.

Das lange verbreitete Schicksal einer verharmlosenden Rezeption teilt der Verbrecher Reineke mit dem rücksichtslosen Zerstörer Faust. Bis weit ins 20. Jahrhundert hinein will man in Faust eine heroisch scheiternde Identifikationsfigur sehen und nicht die Warn- und Mahnfigur, die sie ebenfalls ist. In dieser Deutungstradition, die zentral zur nationalkulturellen Aufwertung und Verehrung Goethes als deutschem Klassiker gehört, muss man die satirischen Elemente des *Faust* ausblenden. Es finden sich schon in *Faust I* satirische Passagen, wie beispielsweise die Szene zwischen Mephistopheles und Student in *Studierzimmer* [II], die Darstellung des gierigen Priesters in der Szene *Spaziergang* (»Die Kirche hat einen guten Magen, / Hat ganze Länder aufgefressen, / Und doch noch nie sich übergessen;« FA I, 7.1, S. 121; V. 2836-2838) oder die Beleidigung von Friedrich Nicolai als »Proktophantasmist« (ebd., S. 177 f.; V. 4144 u. ö.) in der *Walpurgisnacht*. Im *Faust II* findet sich eine noch größere Fülle an satirischen Elementen. Ein mögliches Beispiel ist die Szene, in der sich Goethe mithilfe von Mephistopheles über die Anhänger des Vulkanismus lustig macht. Zwar muss zu der Zeit, in der die Szene entsteht, selbst Goethe eingestehen, dass sein Votum für den Neptunismus wissenschaftlich unhaltbar geworden ist, aber das darf durchaus die literarische Phantasie beflügeln:

Mephistopheles *ernsthaft*
Als Gott der Herr – Ich weiß auch wohl warum –
Uns, aus der Luft, in tiefste Tiefen bannte,
Da, wo zentralisch glühend, um und um,
Ein ewig Feuer flammend sich durchbrannte,
Wir fanden uns bei allzugroßer Hellung,
In sehr gedrängter unbequemer Stellung.
Die Teufel fingen sämtlich an zu husten,
Von oben und von unten aus zu pusten;
Die Hölle schwoll von Schwefel-Stank und Säure,
Das gab ein Gas! Das ging ins Ungeheure,
So daß gar bald der Länder flache Kruste,
So dick sie war, zerkrachend bersten mußte.
(ebd., S. 392, V. 10075-10086)

Der Vulkanismus mag für die Gestalt der Erdoberfläche verantwortlich sein, die treibende Kraft hinter den Vulkanen allerdings sind furzende Teufel. Gegen die wissenschaftliche Widerlegung seiner geologischen Position bleibt Goethe nur eine sehr spezifische Form der literarischen Gerechtigkeit, er rächt sich durch satirische Verspottung. Ein Beispiel, in dem es weniger um die Betonung subjektiver Rachefreuden geht, sondern um Zeitkritik ganz umfassenden Ausmaßes, findet sich in

32 Vgl. Janosch: *Reineke Fuchs. Die Geschichte von Reineke Fuchs nach J. W. von Goethe.* Hamburg 1999.

der 5. Szene des V. Aktes: Dort glaubt Faust in einem wortwörtlich blinden Fortschrittsfuror, neues Land zu gewinnen, während ihm stattdessen mit drastischer Komik ein Grab geschaufelt wird: Der endgültig größenwahnsinnig gewordene Faust phantasiert, er eröffne »Räume vielen Millionen« (ebd., S. 445, V. 11563). Der hier »Auf freiem Grund mit freiem Volke stehn« (ebd., S. 446, V. 11580) will, hat vorher Mord in Auftrag gegeben und alle verfügbaren Kräfte zur Arbeit gezwungen. Tatsächlich steht hier die satirische Version eines Menschheitsbeglückers als Tyrann im Moment seines absoluten Scheiterns.

Anders als *Reineke Fuchs* und die satirischen Texte der 1790er Jahre ist der *Faust* freilich nicht insgesamt eine Satire. Die satirischen Passagen stehen gleichberechtigt neben ernsten, tragischen oder derb-komischen. Aber sie lassen sich aus dem Gesamtgefüge des Textes nicht herauskürzen, ohne die Sicht auf das Werk zu verzerren. Goethes *Faust* ist im Rahmen der formgebenden (und formsprengenden) Gattungsmischung nicht nur, aber auch satirisch. Die Satire tritt hier in den Verbund mit den anderen Darstellungsverfahren, um den Weltentwurf des Textes zu vervollständigen: Die Welt ist bunt und widersprüchlich, ein Drama, das das einfangen möchte, kann hierfür unterschiedlichste (und widersprüchliche) Darstellungsverfahren nebeneinandersetzen. Die Satire dient im *Faust* dann der Komplettierung der Welt- und Gegenwartsdeutung. In den Texten zur Französischen Revolution hingegen ist sie noch der hauptsächliche Modus, um die historischen Ereignisse zu werten. Und in den *Epigrammen* und *Xenien* sorgt die Satire für die gegenwartsdiagnostische Bodenhaftung des klassizistischen Literaturprogramms und damit ebenfalls für eine literarische Standortbestimmung und -behauptung, wie schon in Goethes frühen satirischen Texten. Oder kurz: Goethe ist ein vielseitiger Satiriker.

Wie wenig der satirische Goethe allerdings in das Bild passt, das man sich im 19. und in weiten Teilen des 20. Jahrhunderts von ihm machen will, zeigt sich an der Rezeption der hier angeführten Werke. Die *Hamburger Ausgabe* als die populärste Werkausgabe kann erneut als Beleg dienen: Die *Venezianischen Epigramme* und die *Xenien* bringt sie in knapper Auswahl, den *Bürgergeneral* gar nicht. Der *Reineke Fuchs* findet sich dort, er wird jedoch als empörendstes Werk in dieser Reihe einerseits schon vorher zum Bilderbuch gezähmt und zusätzlich im Kommentar genie-psychologisch an seinen Ort verwiesen: *Reineke Fuchs* sei ein »Nebenwerk«, in dem sich Goethe als »Volkserzähler« versuche.[33] Das Epos müsse als Gegengewicht zu seinem eigentlichen Werk verstanden werden:

> Hätte er [Goethe] sich nur in der Sphäre von *Werther* und *Tasso* bewegt, es hätte ihn vernichtet. Doch in ihm war auch diese ganz andere Seite seines Wesens, welcher auf literarischem Gebiet die Berührung mit der Volksdichtung entsprach. Der Ausgleich seiner gegensätzlichen inneren Möglichkeiten ist Goethes Lebensleistung, und damit ist auch der Ort bestimmt, den die *Reineke-Fuchs*-Dichtung in seinem literarischen Schaffen einnimmt.[34]

33 Erich Trunz: *Nachwort zu »Reineke Fuchs«*. In: Johann Wolfgang von Goethe: *Werke. Hamburger Ausgabe*. Bd. 2: *Gedichte und Epen II*. Hrsg. von Erich Trunz. München 1998, S. 717-727; hier S. 725.

34 Ebd., S. 726.

Satire als Psychohygiene: Anders kann man sich satirische Texte bei einem seriösen Klassiker nicht erklären. Goethes Abwertung der Satire in *Dichtung und Wahrheit* zeigt hier ihre volle Wirkung. In gewisser Hinsicht ist diese Abwertung seit der Zeit des Literaturprogramms, das Goethe und Schiller ab Mitte der 1790er Jahre verfolgen, durchaus nachvollziehbar. Ein Grund hierfür ist das strukturelle Problem, dass die geforderten Texte beanspruchen, mustergültig für nachfolgende literarische Auseinandersetzungen zu sein. Satirische Texte haben hierbei das Problem, dass sie ihr satirisches Potenzial häufig daraus beziehen, dass sie sich über andere literarische Texte oder Gattungskonventionen lustig machen. Mit der Persiflage des Vorhandenen lässt sich aber nur schwer etwas neues Mustergültiges entwerfen. Möglicherweise müssen deswegen eine Zeit lang die satirischen und gegenwartsbezogenen Texte begleitend zu den auf Mustergültigkeit angelegten nebenherlaufen.

Die Strategie, sich poetologisch vom Satirischen zu distanzieren und gleichzeitig satirische Texte zu verfassen, hat auf jeden Fall den Nebeneffekt, dass Goethe selbst den Texten, die auf Gegenwartskritik angelegt sind, in späteren Jahren die Absicht des Überzeitlichen zuschreiben kann. Goethe ist eben nicht nur ein vielseitiger Satiriker, sondern auch ein geschickter Nachlassverwalter zu Lebzeiten. Denn aus seiner uneindeutigen Haltung in der Produktion von satirischen Texten wird dann eine vereindeutigende Rezeption, in der das Satirische lange Zeit keinen Platz hat, vor allem im Rahmen der nationalkulturellen Indienstnahme Goethes als deutschen Klassiker. Es bleibt abzuwarten, ob Goethe zukünftig ein Kandidat ist, wenn verhandelt wird, welche Texte als Klassiker der satirischen deutschsprachigen Literatur gelten sollten.[35]

35 Zu diesem neuen Verständnis des Klassiker-Begriffs vgl. Paula Wojcik: *Theorie der Klassik. Eine kulturelle Praxis von Goethe bis Grandmaster Flash*. Berlin, Boston 2023; vgl. dazu auch die Besprechung von Monika Wolting in diesem Band, S. 303-305.

Gottfried Gabriel

*Anschauung – Begriff – Idee. Goethe und Kant**

Es bietet sich im Kant-Jahr 2024 an, nicht nur Kant selbst, sondern auch seine Wirkungsgeschichte zu würdigen. Um ein geistesgeschichtlich besonders bedeutsames Beispiel geht es im folgenden Beitrag, nämlich um Goethes Rezeption der Philosophie Kants. Diese Rezeption ist ihrerseits durch andere vermittelt worden, besonders nachdrücklich durch Schiller. Insgesamt ist der kulturelle Kontext Weimar-Jena um 1800 in die Betrachtung einzubeziehen.[1]

Die Beziehung Goethes zu Kant ist bereits durch den Kantforscher Karl Vorländer in allen ihren Verästelungen vorbildlich untersucht worden, bis hin zur Kommentierung der An- und Unterstreichungen Goethes in seinen Handexemplaren der *Kritik der reinen Vernunft* und der *Kritik der Urteilskraft*.[2] Noch übersichtlicher geht Géza von Molnár vor, indem er Kopien sämtlicher Seiten mit Goethes Bemerkungen sowie An- und Unterstreichungen in einem 150 Seiten starken Appendix seinem detaillierten Kommentar beigegeben hat, so dass man diesen direkt überprüfen kann.[3] Auf ein Referat der Ergebnisse Vorländers und von Molnárs werde ich verzichten, mich aber auf sie beziehen. Hauptsächlich werde ich mich auf einige Punkte zum Verhältnis Goethes zu Kant konzentrieren, die bislang zu wenig berücksichtigt worden sind.

Die Diskussion in Weimar-Jena ist just während Goethes Abwesenheit in Italien maßgeblich durch die Philosophie Kants bestimmt worden. Den Anstoß dazu gab Wielands Schwiegersohn Karl Leonhard Reinhold durch seine ab 1786 in Wielands *Teutschem Merkur* veröffentlichten *Briefe über die Kantische Philosophie*.[4] In der Folgezeit entwickelte sich die Universität Jena zu einem Zentrum des Kantianismus. Es gab allerdings auch Kritiker wie Herder und dessen Anhänger. Herder hatte sich von einem Schüler Kants zu dessen Gegner gewandelt, nachdem Kant Herders Schrift *Ideen zur Philosophie der Geschichte der Menschheit* 1785 kritisch rezensiert hatte.

Vorländer betont, dass Goethe vor seiner italienischen Reise (1786) mit Kant kaum bekannt war. Als er im Sommer 1788 von seinem Italienaufenthalt zurück-

* Der Beitrag geht auf einen Vortrag zurück, den ich am 12. November 2024 auf Einladung der Goethe-Gesellschaft in Jena gehalten habe. Für die redaktionelle Betreuung der Drucklegung habe ich Frau Anne Fuchs herzlich zu danken.

1 Dieser Kontext war Gegenstand eines eigenen Sonderforschungsbereichs. Vgl. *Ereignis Weimar-Jena. Kultur um 1800*. Hrsg. von Olaf Breidbach, Klaus Manger u. Georg Schmidt. Paderborn 2015.

2 Karl Vorländer: *Kant, Schiller, Goethe. Gesammelte Aufsätze*. Leipzig 1907.

3 Géza von Molnár: *Goethes Kantstudien. Eine Zusammenstellung nach Eintragungen in seinen Handexemplaren der »Kritik der reinen Vernunft« und der »Kritik der Urteilskraft«* (SchrGG 64). Weimar 1994.

4 Vgl. dazu Vorländer (Anm. 2), S. 139 f.

kehrte, hatte sich in Jena der Kantianismus etabliert. Goethe fehlte anfangs, wie er selbst eingestand, der Zugang zur Philosophie Kants. Erschwerend kam hinzu, dass Herder, mit dem Goethe zu dieser Zeit freundschaftlich verbunden war, wegen seiner inzwischen negativen Einstellung zu Kant als Vermittler nicht in Frage kam.[5] Goethe konnte sich der Philosophie Kants aber auch nicht einfach entziehen, da sie nun mal die Szene beherrschte. Daher begann er im Winter 1788 mit der Lektüre der erweiterten zweiten Fassung der *Kritik der reinen Vernunft*.[6] Er beschränkte sich zunächst darauf, einzelne Gedanken Kants mit seinen eigenen Auffassungen abzugleichen und auf Übereinstimmungen zu überprüfen.

Goethe ging es weniger darum, der Philosophie Kants auf den Grund zu gehen, als vielmehr darum, sein eigenes Selbstverständnis anhand der Lektüre von Kants Schriften zu vertiefen und letztlich bestätigt zu finden;[7] denn sein Interesse lag erklärtermaßen außerhalb der Philosophie. So bekennt er noch 1802 gegenüber Schiller, »die Philosophie zerstört bei mir die Poesie«, obwohl Schiller ihm versichert, dass seine »anschauende Natur« sich mit der Philosophie gut vertrage, und zwar gerade deshalb, weil er sich nur das nehme, was seinen »Anschauungen« zusage. In der Tat bestehen zwischen Goethe und Kant Gegensätze, die es nicht erwarten lassen, dass Goethe sich dem Denken Kants unverändert anverwandeln konnte. (MA 8.1, S. 883-885) Gleichwohl bekennt er, »daß kein Gelehrter ungestraft jene große philosophische Bewegung, die durch Kant begonnen, von sich abgewiesen, sich ihr widersetzt, sie verachtet habe« (FA I, 19, S. 202).

Ich gehe im Folgenden zunächst auf die Gegensätze ein, bevor ich auf Gemeinsamkeiten zu sprechen komme. Gegensätzlich sind vor allem die unterschiedlichen Einstellungen zur Logik. Kant hebt mit Blick auf die Wissenschaftlichkeit die Mustergültigkeit der Logik in Gestalt der aristotelischen Syllogistik hervor und betont in der *Kritik der reinen Vernunft* sogar deren Abgeschlossenheit. Diese Einschätzung erwies sich allerdings angesichts der Entwicklung der modernen Logik als Irrtum. Die zentrale Stellung, die Kant der formalen Logik[8] einräumt, zeigt sich darin, dass er deren Gliederung im Aufbau der erkenntnistheoretischen Inhalte der *Kritik der reinen Vernunft* folgt. (Abb. 1)

In Entsprechung zu seiner Unterteilung der formalen Logik in Elementarlehre und Methodenlehre nimmt Kant eine Unterteilung in Transzendentale Elementarlehre und Transzendentale Methodenlehre vor. Die Transzendentale Elementarlehre folgt in dem Zweig Transzendentale Logik der Einteilung der formalen Logik in die Lehre von den Begriffen, von den Urteilen und von den Schlüssen, wobei die Lehren von den Begriffen und von den Urteilen in der Transzendentalen Analytik

5 Johann Wolfgang von Goethe: *Anschauendes Denken. Goethes Schriften zur Naturwissenschaft in einer Auswahl.* Hrsg. von Horst Günther. Frankfurt a. M. 1981, S. 159.

6 Vgl. Vorländer (Anm. 2), S. 146, 246. Goethes Handexemplar entspricht der dritten Auflage.

7 Terence James Reed: *Goethe und Kant: Zeitgeist und eigener Geist.* In: GJb 2001, S. 58-74.

8 Immanuel Kant: *Akademie Textausgabe.* Unveränderter photomechanischer Abdruck von Kants gesammelten Schriften. Hrsg. von der Königlich Preußischen Akademie der Wissenschaften. 24 Bände. Zitiert wird unter Angabe des Kürzels ›AA‹, der Bandzahl in römischen Ziffern und der Seitenzahl in arabischen Ziffern; hier: Band IX: *Logik, Physische Geographie, Pädagogik.* Berlin 1968; AA IX, S. 1-150.

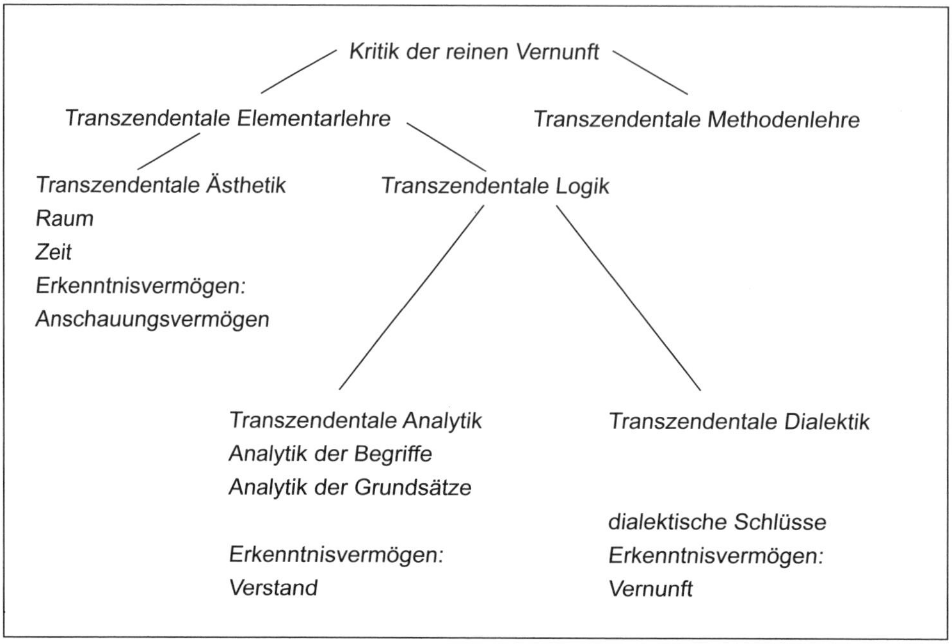

Abb. 1
Übersicht des Aufbaus der 2. Auflage von
Immanuel Kants *Kritik der reinen Vernunft*

und die Lehre von den Schlüssen in der Transzendentalen Dialektik behandelt werden.

Im Unterschied zur Lehre von den Begriffen in Kants formaler Logik erstreckt sich die transzendentale Analytik der Begriffe nicht auf gewöhnliche Begriffe wie ›Mensch‹ und ›sterblich‹, sondern auf Verstandesbegriffe wie zum Beispiel die Kategorie der Kausalität; und die transzendentale Analytik der Urteile behandelt als Analytik der Grundsätze dementsprechend nicht Urteile wie ›Alle Menschen sind sterblich‹, sondern synthetisch-apriorische Grundsätze der Erfahrung wie zum Beispiel das Kausalgesetz ›Gleiche Ursachen haben gleiche Wirkungen‹.

Der Aufbau der *Kritik der reinen Vernunft* weicht in zwei wesentlichen Linien von der Gliederung der formalen Logik ab: erstens, indem der Transzendentalen Logik die Transzendentale Ästhetik vorangestellt wird, und zweitens, indem die Lehre von den Schlüssen der Transzendentalen Dialektik zugewiesen wird. Diese Abweichungen gilt es zu erklären, weil in ihnen Übereinstimmungen und Unterschiede zwischen Goethe und Kant manifest werden. Der Titel meines Beitrags *Anschauung – Begriff – Idee* entspricht in seiner Dreiteilung den genannten Abweichungen. Anschauungen sind Thema der Transzendentalen Ästhetik und Ideen sind Thema der Transzendentalen Dialektik. In beiden Fällen geht es um den Unterschied zu Begriffen.

Die Transzendentale Ästhetik in der *Kritik der reinen Vernunft* hat noch nichts mit der Ästhetik im heutigen kunsttheoretischen Sinn zu tun. Beide Verwendungen des Ausdrucks ›Ästhetik‹ gehen auf das griechische Wort *aisthesis*, ›sinnliche Wahrnehmung‹, zurück. Dementsprechend behandelt Kant in der Transzendentalen Ästhetik die apriorischen Prinzipien der Sinnlichkeit, wie sich diese aus der Analyse der Anschauungsformen Raum und Zeit ergeben. Angesichts der Bedeutung, die sowohl Goethe als auch Kant – wenn auch aus unterschiedlichen Gründen – der Anschauung für das Erkennen zuweisen, ist es verwunderlich, dass sich in Goethes Exemplar der *Kritik der reinen Vernunft* keinerlei Anstreichungen in der Transzendentalen Ästhetik finden. Wegen dieser Fehlanzeige sind wir auf Goethes eigene Ausführungen zur Rolle der Anschauung angewiesen. Bevor wir uns diesem Thema genauer zuwenden, sind zunächst die Einstellungen zur Rolle der Logik zu vergleichen.

Während Kant der Logik eine zentrale Stellung einräumt, wird sie von Goethe kritisiert. Erinnert sei an die *Studierzimmer*-Szene in Goethes *Faust*: Professor Faust macht gerade seine wissenschaftstheoretische *Midlife Crisis* durch und hat deshalb keine Lust, ein wissbegieriges Erstsemester zu empfangen. Daraufhin schlüpft Mephisto in die Robe des Professors und gibt an dessen Stelle eine ›Studienberatung‹ besonderer Art, in der die vier Fakultäten (in der Reihenfolge Philosophie, Jurisprudenz, Theologie und Medizin) karikiert vorgeführt werden.

Was die Logik betrifft, so können wir davon ausgehen, dass Goethe seiner Figur Mephisto die eigene Auffassung in den Mund gelegt hat. Diese besagt, dass die Logik als Erkenntnismethode unfruchtbar sei. Logisches Denken versuche alles zu »reduciren« und zu »classificiren« (WA I, 14, S. 91, V. 1944 f.); aber nur ein ganzheitliches, intuitives Erkennen könne den Phänomenen gerecht werden. Seine generelle Aversion gegen das analytische Denken bekundet Goethe, wenn er an den mit ihm befreundeten Friedrich Heinrich Jacobi am 23. November 1801 über sein Verhältnis zur Philosophie allgemein feststellt:

> Wenn sie [die Philosophie] sich vorzüglich aufs Trennen [also aufs Analysieren] legt, so kann ich mit ihr nicht zurechte kommen und ich kann wohl sagen: sie hat mir mitunter geschadet, indem sie mich in meinem natürlichen Gang störte; wenn sie aber vereint, oder vielmehr wenn sie unsere ursprüngliche Empfindung *als seyen wir mit der Natur eins*, erhöht, sichert und in ein tiefes, ruhiges Anschauen verwandelt, […] dann ist sie mir willkommen […]. (WA IV, 15, S. 278-283; hier S. 280 f.)

Goethe geht in seiner Kritik davon aus, dass die Logik beanspruche, ein *Organon* (Werkzeug) im Sinne einer heuristischen Findekunst der Erkenntnis zu sein. Bei Kant ist dies aber gerade nicht der Fall, da dieser die Logik ausdrücklich nicht als *Organon*, sondern als *Kanon* (Richtschnur) der Erkenntnis bestimmt, der prüft, ob formal gegen logische Regeln verstoßen worden ist.

Goethe war Kants Auffassung bekannt. In seinem Exemplar der *Kritik der reinen Vernunft* hat er in dem Absatz, in dem Kant die »allgemeine Logik« als »negative[n] Probirstein der Wahrheit« bestimmt, mehrere Unterstreichungen vorgenommen.[9] Kant betont an dieser Stelle gerade, dass die Befolgung der logischen Gesetze zwar eine notwendige, aber keine hinreichende Bedingung der Wahrheit ist.

9 Goethes Handexemplar, S. 84, vgl. Molnár (Anm. 3); AA III, S. 80.

Dass Goethe diesen wesentlichen Punkt verstanden hat, geht daraus hervor, dass er nicht nur den folgenden Satz unterstrichen hat: »Die allgemeine Logik nun, als vermeintes Organon, heißt *Dialektik*«.[10] Er hat außerdem das Wort »vermeintes« doppelt unterstrichen[11] und damit zur Kenntnis genommen, dass die Logik für Kant lediglich ein formaler Kanon und eben kein inhaltliches Organon der Erkenntnis ist. Insofern trifft Goethes Kritik an der Logik gerade nicht Kants Auffassung.

Während Goethe es im *Faust* dabei belässt, logisches Schließen durch Mephisto ironisch als unfruchtbar vorzuführen, geht Kant einen wesentlichen Schritt darüber hinaus. Indem er die Nutzung der Logik als Organon mit der Dialektik gleichsetzt, macht er eben diese Nutzung für die Fehlschlüsse der Metaphysik verantwortlich. Genau hier setzt der kritische Teil der *Kritik der reinen Vernunft* ein. Das Ergebnis wird sich auch für Goethe als relevant erweisen. Daher ist Kants Metaphysikkritik wenigstens kurz darzustellen.

In den Schlüssen der Metaphysik versucht die Vernunft, so Kant, prosyllogistisch inhaltlich Neues zu erschließen, das aber alle Erfahrung transzendiert. Ein Prosyllogismus ist in der traditionellen Logik ein Übergang von einem Urteil, das man als begründet nachweisen will, zu bereits als wahr anerkannten Urteilen, aus denen das zu begründende Urteil dann als Konklusion folgt. Die als wahr anerkannten Urteile dienen dann als Prämissen der Konklusion. Wenn wir uns dieses Verfahren fortgesetzt denken, so schreiten wir in »*aufsteigende[r] Reihe* der Vernunftschlüsse« (AA III, S. 256) vom Bedingten über das Bedingende zum Unbedingten aufwärts. Die Vernunft hat nämlich die Tendenz, diese Reihe als irgendwie abgeschlossen und damit letztlich als unbedingt zu denken:

> Daher wenn eine Erkenntniß als bedingt angesehen wird, so ist die Vernunft genöthigt, die Reihe der Bedingungen in aufsteigender Linie als vollendet und ihrer Totalität nach gegeben anzusehen. (AA III, S. 256)

Das Unbedingte ist das von sämtlichen Bedingtheiten ›Losgelöste‹ und in diesem Sinne ›das Absolute‹ (vom lateinischen *absolvere*, ›loslösen‹). Auf die prosyllogistische Weise stoße die Vernunft, so Kant, auf die metaphysischen Ideen Freiheit (des menschlichen Willens), Gott und Unsterblichkeit. Die Problematik dieser Vernunftideen besteht darin, dass ihnen weder eine empirische noch eine reine Anschauung korrespondiert.

In der *Kritik der ästhetischen Urteilskraft* kommen die ästhetischen Ideen hinzu. Sie bilden das Gegenstück zu den Vernunftideen. Ihnen fehlt nicht wie den Vernunftideen die Anschauung, sondern sie sind umgekehrt so reich an Anschauungen der Einbildungskraft, dass sie nicht abschließend auf den Begriff gebracht werden können. Den Vernunftideen fehlt die Anschaulichkeit und den ästhetischen Ideen die deutliche Begrifflichkeit. Auf die ästhetischen Ideen komme ich noch zurück, weil sich hier eine wesentliche Übereinstimmung mit Goethes Symbolbegriff andeutet.

10 Goethes Handexemplar, S. 85, vgl. Molnár (Anm. 3); AA III, S. 81.
11 Molnár (Anm. 3), S. 27, 161.

Kants Auffassung der Vernunftideen erweitert Schiller über die genannten drei metaphysischen Vernunftideen hinaus, indem er allgemein von Ideen als solchen Begriffen spricht, denen keine empirische Anschauung entspricht. Es ist dieses Verständnis, das Schiller gegenüber Goethe in der Begegnung vorbringt, die den Beginn ihrer Freundschaft markiert und die von Goethe 1817 als »glückliches Ereignis« ausgezeichnet wird.[12] Den Anlass zu diesem Ereignis ergab nach Goethes eigener Darstellung eine Sitzung der Naturforschenden Gesellschaft in Jena, zu der Goethe im Gespräch mit Schiller aus ganzheitlicher Perspektive kritisch anmerkte, »daß es doch wohl noch eine andere Weise geben könne die Natur nicht gesondert und vereinzelt vorzunehmen, sondern sie wirkend und lebendig, aus dem Ganzen in die Teile strebend darzustellen«.[13] Im weiteren Verlauf des Gesprächs trägt Goethe als Beispiel eines ganzheitlichen Vorgehens seine Metamorphose der Pflanzen vor und lässt Schiller »eine symbolische Pflanze vor seinen Augen entstehen«.[14] Goethes Bemühen kommentiert Schiller allerdings mit der Absage: »Das ist keine Erfahrung, das ist eine Idee«.[15]

Mit der Verneinung der Erfahrbarkeit bestreitet Schiller, dass der Metamorphose der Pflanze empirische Anschauung korrespondiere; daher bleibe diese letztlich Spekulation. Dieser Einwand scheint Goethe geradezu deprimiert zu haben. Er gibt aber die »Hoffnung eines wahrhaft reinen, harmonischen Anschauens« nicht auf und insistiert, »liebevolles Annähern an das Unerreichbare zu versuchen, ist nicht untersagt«.[16] Damit setzt er der negativen Seite der Idee, die in der fehlenden Realisierbarkeit in der Anschauung besteht, die positive Seite entgegen, die sich bei Kant ebenfalls findet, aber nicht immer beachtet wird, nämlich die heuristische Funktion der Idee. An ihr hat Goethe nach einer ersten Verunsicherung anscheinend durchgehend festgehalten.

Zu klären bleibt noch, wie die Erkenntnisweise der Intuition bei Goethe genauer zu verstehen ist. Schränkt man die Intuition auf *Unmittelbarkeit* im Sinne einer Abkürzung der Erkenntniswege ein, so gilt selbst für das logische Schließen, dass es im Alltag meistens intuitiv erfolgt. Intuition meint normalerweise aber noch etwas anderes, nämlich zusätzlich zur Unmittelbarkeit auch Anschaulichkeit, und dies ist auch bei Goethe der Fall.

Für die Bestimmung des Verhältnisses zwischen Goethe und Kant kommt es darauf an, das Verhältnis zwischen dem intuitiven Denken in *Anschauungen* und dem diskursiven Denken in *Begriffen* zu klären. Für Kant entstammen Anschauungen und Begriffe den prinzipiell verschiedenen Erkenntnisquellen Sinnlichkeit und Verstand. Damit widerspricht er den erkenntnistheoretischen Auffassungen von Leibniz, der von einem kontinuierlichen Übergang, aber hierarchischem Ver-

12 Als Zeitrahmen der Begegnung gibt Vorländer (Anm. 2), S. 158, Mitte 1794 an.

13 So Goethe in: *Glückliches Ereignis [1817]. Verhältnis zu Schillern.* In: Johann Wolfgang Goethe: *Schriften zur Morphologie II. Morphologische Hefte 1817-1824.* Mit einem Nachwort von Adolf Portmann hrsg. von Wilfried Malsch. Gesamtausgabe der Werke und Schriften in 22 Bänden. II. Abt. Schriften. Stuttgart 1959, S. 98-104; hier S. 101.

14 Ebd., S. 102.

15 Ebd.

16 Ebd., S. 104.

hältnis zwischen »verworren[er]« sinnlicher Wahrnehmung und »deutlich[er]«[17] Verstandeserkenntnis ausgeht. Für Kant ist das Verhältnis zwischen Sinnlichkeit und Verstand dagegen strikt disjunkt, aber komplementär. Das heißt, wir haben es mit gegensätzlichen Vermögen zu tun, die allerdings aufeinander angewiesen sind; denn für Kant liefert erst die Verbindung beider Erkenntnis: »Der Verstand vermag nichts anzuschauen und die Sinne nichts zu denken. Nur daraus, daß sie sich vereinigen, kann Erkenntniß entspringen« (AA III, S. 75). Es gilt: »Gedanken ohne Inhalt sind leer« und »Anschauungen ohne Begriffe sind blind« (ebd.). Danach liefert die Sinnlichkeit anschauliches Material, das der Verstand begrifflich ordnet. Der Sinnlichkeit ist passive »Receptivität« eigen, während sich der Verstand durch aktive »Spontaneität« auszeichnet (ebd.).

Wie begründet Kant die prinzipielle Verschiedenheit zwischen Sinnlichkeit und Verstand beziehungsweise zwischen Anschauungen und Begriffen? Deutlich macht er dies an den Vorstellungen von Raum und Zeit, die für die Sinnlichkeit insofern konstitutiv sind, als alle Objekte, die wir wahrnehmen, notwendigerweise im Raum oder in der Zeit gegeben sind, nämlich Objekte der inneren Wahrnehmung in der Zeit alleine und Objekte der äußeren Wahrnehmungen im Raum und in der Zeit. Raum und Zeit sind daher notwendige Formen der Anschauung.

Die entscheidende Einsicht ist nun, dass räumliche und zeitliche Vorstellungen eine andere Struktur aufweisen als begriffliche Vorstellungen. Eine begriffliche Vorstellung, die andere begriffliche Vorstellungen als Teilvorstellungen enthält, ist diesen ihren Teilvorstellungen untergeordnet, indem die Teilvorstellungen von größerer Allgemeinheit und daher umfassender sind als die begriffliche Gesamtvorstellung selbst. Betrachten wir als Beispiel die Definition des Begriffs ›Mensch‹ als ›vernunftbegabtes Lebewesen‹ – in der Hoffnung, dass diese Definition nicht zu optimistisch ist. Dann können wir sagen, dass der Begriff ›Mensch‹ die Merkmale (oder Teilvorstellungen) ›vernunftbegabt‹ und ›Lebewesen‹ enthält. Diese Merkmale (oder Teilvorstellungen) sind von größerer Allgemeinheit und daher umfassender als der Begriff ›Mensch‹ selbst. So schließt der Begriff ›Lebewesen‹ zum Beispiel auch Pferde, Hunde, Katzen usw. ein. Die Logik drückt dies so aus, dass Merkmale (oder Teilvorstellungen) eines Begriffs diesem übergeordnet und umgekehrt der Begriff seinen Merkmalen (oder Teilvorstellungen) untergeordnet ist.

Ein solches Verhältnis ist weder bei räumlichen noch bei zeitlichen Vorstellungen denkbar. Das Enthaltensein von Teilvorstellungen in einer Vorstellung besagt hier nicht, dass die Teilvorstellungen umfassender sind als die Gesamtvorstellung. Ein räumliches und ein zeitliches Beispiel: Ein Zentimeter ist eine Teilvorstellung von einem Meter, und eine Minute ist eine Teilvorstellung von einer Stunde; aber weder ist die Teilvorstellung von einem Zentimeter umfassender als die Gesamtvorstellung von einem Meter noch ist die Teilvorstellung von einer Minute umfassender als die Gesamtvorstellung von einer Stunde. Ganz im Gegenteil gilt das Umgekehrte, da die Teilvorstellungen sozusagen Ausschnitte aus der Gesamtvorstellung

17 Gottfried Wilhelm Leibniz: *Betrachtungen über die Erkenntnis, die Wahrheit und die Ideen.* In: *Philosophische Schriften.* Bd. 1. *Kleine Schriften zur Metaphysik.* Hrsg. u. übersetzt von Hans Heinz Holz. Frankfurt a. M. 1996, S. 33-47; hier S. 33.

sind. Anschauungen und Begriffe folgen unterschiedlichen Logiken: *Begriffe unterliegen der Logik von Über- und Unterordnung, und Anschauungen unterliegen der Logik von Teil und Ganzem.*

Aus Kants Analyse, dass Begriffe und Anschauungen grundverschieden sind, aber einander bedürfen, um Erkenntnis zu ermöglichen, ergibt sich, dass der Verstand als Vermögen der Begriffe nicht selbst anschauen kann. Die Möglichkeit einer so genannten *intellektuellen Anschauung* ist danach ausgeschlossen – jedenfalls für uns Menschen. Zu fragen ist, wie es in dieser Hinsicht mit Goethes Konzeption einer Intuition als Verbindung von Unmittelbarkeit und Anschaulichkeit steht, einer Konzeption, die beansprucht, das begrifflich-diskursive Erkennen dadurch zu überbieten, dass das »Anschauen selbst ein Denken« und das »Denken ein Anschauen« ist.[18]

Der wesentliche Unterschied zwischen dem anschauenden Denken bzw. der denkenden Anschauung Goethes und der intellektuellen Anschauung besteht darin, dass die von Goethe reklamierte Erkenntnisart keine Erkenntnis einzelner Objekte ist. Sie versteht sich vielmehr als Erkenntnis, die sich aus der Betrachtung von Objekt-*Reihen* ergibt.[19] Im Unterschied dazu sei hier Jacobi angeführt,[20] der gerade für die kantischen Ideen Freiheit, Gott und Unsterblichkeit die Möglichkeit intellektueller Anschauung reklamiert und dementsprechend fordert: »Wie es eine sinnliche Anschauung gibt, eine *Anschauung* durch den *Sinn*, so gibt es auch eine rationale Anschauung durch die *Vernunft*«.[21]

An dieser Stelle lässt sich Wittgensteins Begriff der Familienähnlichkeit erläuternd heranziehen, wobei dieser Vergleich dadurch gestützt wird, dass Goethe einen großen Einfluss auf Wittgenstein ausgeübt hat.[22] Der Begriff der Familienähnlichkeit ist bei Wittgenstein allerdings nicht auf Anschauliches beschränkt. Zum Beispiel besteht Familienähnlichkeit zwischen den zahlreichen und unterschiedlichen

18 Vgl. Goethe (Anm. 13): *Bedeutende Fördernis durch ein einziges geistreiches Wort*, S. 361-365; hier S. 361.

19 Auch Jonas Maatsch verneint, dass Goethes anschauliche Erkenntnis eine Form intellektueller Anschauung ist. Vgl. zum Folgenden Jonas Maatsch: *Ideen mit den Augen sehen. Anschauliche Erkenntnis bei Goethe*. In: *Weimarer Klassik. Kultur des Sinnlichen*. Hrsg. von Sebastian Böhmer u. a. Berlin u. a. 2012, S. 66-75; hier S. 71 f.; ferner ders.: *Morphologie und Moderne. Zur Einleitung*. In: *Morphologie und Moderne. Goethes »anschauliches Denken« in den Geistes- und Kulturwissenschaften seit 1800*. Hrsg. von Jonas Maatsch. Berlin u. a. 2014, S. 1-15; hier S. 5 f. Vgl. zu Goethes morphologischer Methode auch Johannes Grave und Jonas Maatsch: *Das Allgemeine im Anschaulichen. Morphologische Reihen in Goethes Sammlungen*. In: *Heikle Balancen. Die Weimarer Klassik im Prozess der Moderne*. Hrsg. von Thorsten Valk. Göttingen 2014, S. 287-310.

20 Friedrich Heinrich Jacobi: *David Hume über den Glauben, oder Idealismus und Realismus. Ein Gespräch*. In: *Werke*. Hrsg. von Johann Friedrich Köppen u. Friedrich von Roth. Leipzig 1815. Nachdruck Darmstadt 1968, S. 41 f.

21 Zit. nach Wilhelm Busch: *Die Erkenntnistheorie des Friedrich Heinrich Jacobi aus seinen gesamten Werken im Zusammenhang dargelegt*. Karlsruhe 1892, S. 41.

22 Vgl. Joachim Schulte: *Chor und Gesetz. Zur »morphologischen Methode« bei Goethe und Wittgenstein*. In: ders.: *Chor und Gesetz. Wittgenstein im Kontext*. Frankfurt a. M. 1990, S. 11-42.

Arten von Spielen. Sogar Abstrakta wie die Zahlenarten bilden für Wittgenstein eine Familie. Bei Goethe geht es dagegen nicht um Ähnlichkeiten, die man im übertragenen Sinn von ›sehen‹ sieht, nämlich begrifflich erkennt, sondern um solche Ähnlichkeiten, die man im wörtlichen Sinne anschaulich sieht.[23] Dementsprechend ist nur die Familienähnlichkeit im wörtlichen Sinne ein Beispiel für anschauliches Denken im Sinne Goethes. Beschrieben wird diese Familienähnlichkeit mit den Worten: »[D]enn so übergreifen und kreuzen sich die verschiedenen Ähnlichkeiten, die zwischen den Gliedern einer Familie bestehen: Wuchs, Gesichtszüge, Augenfarbe, Gang, Temperament, etc. etc.«.[24] Wir sehen diese Ähnlichkeiten, ohne dass wir auf den Begriff bringen müssten oder überhaupt könnten, worin diese bestehen. Wir haben eine klare, aber keine deutliche Erkenntnis von den Ähnlichkeiten. Dabei wird von Wittgenstein Übersichtlichkeit gefordert: »Die übersichtliche Darstellung vermittelt das Verständnis, welches eben darin besteht, daß wir die ›Zusammenhänge sehen‹. Daher die Wichtigkeit des Findens und des Erfindens von *Zwischengliedern*«.[25] Da »Zusammenhänge sehen« in Anführungszeichen steht, gibt Wittgenstein einen Hinweis, dass das Sehen im übertragenen und nicht im wörtlichen Sinn Goethes gemeint ist. Gemeinsam ist Goethe und Wittgenstein, dass für beide Reihenbildungen von zentraler Bedeutung sind, wobei für Goethe die konkret anschaulichen Sammlungen und deren Variationen im Mittelpunkt stehen. Wenn Wittgenstein betont, dass das Finden und Erfinden von »Zwischengliedern« besonders wichtig ist, so heißt dies für Goethe, zum Beispiel mit Blick auf die Morphologie, dass die Lücken im wörtlichen Sinn sichtbar sind und anschaulich durch produktive Einbildungskraft ergänzt werden können. Das Sehen von Zusammenhängen ist in beiden Fällen eine Erkenntnisleistung der reflektierenden Urteilskraft, die für Goethe eine spezifisch »*anschauende* Urteilskraft«,[26] aber eben keine intellektuelle Anschauung ist.

Eine gewisse Sympathie für die Idee der intellektuellen Anschauung deutet sich gleichwohl an. So zitiert Goethe ausführlich Kants Zugeständnis, dass wir uns einen Verstand, der »nicht wie der unsrige discursiv, sondern intuitiv ist«, immerhin widerspruchsfrei *denken* können (AA V, S. 407 – wörtliches Zitat von Kant).[27] Aber auch Goethe muss eingestehen, dass intellektuelle Anschauung widerspruchs-

23 Wenn der Mathematiker sagt »wie man leicht sieht«, so meint er Evidenz im Sinne eines Erkennens ohne weitere Begründung. Beansprucht wird nicht, ein Ein-Sehen im wörtlichen Sinn.

24 Ludwig Wittgenstein: *Philosophische Untersuchungen*. In: *Werkausgabe* Bd. I. Frankfurt a. M. 1977, § 67. Wittgensteins Einsatz und Umgang mit Fotografien lässt auch hier das Prinzip der Reihenbildung erkennen. Die Fotografien der Mitglieder seiner Familie belegen, dass er auch an anschaulichem Sehen von Familienähnlichkeiten im wörtlichen Sinne interessiert war, gewissermaßen als Morphologe seiner eigenen Familie. Vgl. Ludwig Wittgenstein: *Fotografie als analytische Praxis*. Hrsg. von Verena Gamper u. Hans-Peter Wipplinger. Köln 2021. Darin besonders den Beitrag von Gamper: *Das Album*, S. 114-139.

25 Wittgenstein (Anm. 24), § 122.

26 Vgl. Goethe (Anm. 13): *Anschauende Urteilskraft [1817/18]*. S. 114 f. [Hervorhebung G. G.].

27 Goethe (Anm. 5), S. 162 f.

frei denken zu können zwar deren logische Möglichkeit, aber noch nicht deren reale Möglichkeit impliziert.[28]

Abschließend möchte ich einen Vergleich zwischen Kants Begriff der ästhetischen Idee und Goethes Begriff des Symbols anstellen und damit eine wesentliche Übereinstimmung zwischen Goethe und Kant nachweisen, die Goethe selbst nicht erwähnt. Dabei liefert sie einen Beleg dafür, dass Goethe sich nicht nur durch Kants Naturauffassung in der *Kritik der teleologischen Urteilskraft*, sondern auch durch dessen Genieästhetik in der *Kritik der ästhetischen Urteilskraft* bestätigt sehen konnte, egal, ob ihm dies selbst bewusst war.[29] Bei Kant heißt es:

> [...] unter einer ästhetischen Idee aber verstehe ich diejenige Vorstellung der Einbildungskraft [also als Anschauung, G. G.], die viel zu denken veranlaßt, ohne daß ihr doch irgend ein bestimmter Gedanke, d. i. *Begriff*, adäquat sein kann, die folglich keine Sprache völlig erreicht und verständlich machen kann.[30]

Dazu passt, dass für Kant die Dichtkunst die höchste Form der Kunst ist; denn deren Semantik zeichnet sich durch eine inhaltliche »Gedankenfülle« aus, »der kein Sprachausdruck *völlig* adäquat ist« [Hervorhebung G. G.].[31] Damit ist gesagt, dass sich Werke der Dichtung nicht »völlig« auslegen lassen und daher zumindest teilweise unaussprechlich bleiben. Kant nimmt hier vorweg, was neuere Theorien als ›Unbestimmtheit‹ der Literatur bzw. als ›Offenheit‹ der Kunst allgemein beschrieben haben.

Kants Ausführungen zum Begriff der ästhetischen Idee belegen, dass sich bei ihm Ansätze zu einer Theorie der ästhetischen Erkenntnis finden, obwohl Kant selbst dem nicht zustimmt: »Eine ästhetische Idee kann keine Erkenntniß werden, weil sie eine *Anschauung* (der Einbildungskraft) ist, der niemals ein Begriff adäquat gefunden werden kann«.[32] Hier geht Kant von einem sehr engen Erkenntnisbegriff aus, der Erkenntnis an propositionale Wahrheit und damit an die Form des Erkenntnisurteils bindet. Die Tatsache, dass eine ästhetische Idee nicht »völlig« auf den Begriff zu bringen ist, schließt aber nicht aus (auch nach Kant nicht), sie versuchsweise zu

28 In Goethes Handexemplar der *Kritik der Urteilskraft* ist in der von Goethe zitierten Stelle aus dem § 77 zwar das Wort »intuitiv« unterstrichen, vgl. Molnár (Anm. 3), S. 338. Das Zitat selbst ist aber weit ausführlicher. Dieser Umstand ist ein Indiz dafür, dass man sich bei der Frage nach Goethes Kant-Rezeption nicht auf die Lesespuren allein verlassen darf. Goethe hat mehr von Kant gelesen als er angestrichen hat. Dies belegen seine Auszüge aus den Schriften Kants. Vgl. zum Beispiel die Ausführungen von Vorländer (Anm. 2), S. 145-151.

29 Was die Übereinstimmungen zwischen Kants Begriff der ästhetischen Idee und Goethes Begriff des Symbols betrifft, so fällt auch hier auf, dass sich in Goethes Handexemplar der *Kritik der Urteilskraft* keine wesentlichen Lesespuren in dem einschlägigen Genie-Paragraphen 49 finden. Nach dem, was in der vorigen Anmerkung festgestellt worden ist, ist damit keineswegs ausgeschlossen, dass Goethe diesen Paragraphen gründlich studiert hat oder anderweitig mit ihm bekannt geworden ist. So betont er, dass er sich ganz in Übereinstimmung mit Kant befinde, dass das Genie als Genie stets unbewusst handle. Vgl. Vorländer (Anm. 2), S. 189.

30 Kant (Anm. 9), AA V, S. 314.

31 Ebd., S. 326.

32 Ebd., S. 342.

›verbegrifflichen‹. Jedenfalls spricht die begriffliche *Unausschöpfbarkeit* der ästhetischen Idee nicht gegen deren Erkenntniswert.

In gleicher Weise ist auch Goethes Symbol unausschöpfbar, indem es als anschauliches Besonderes gedanklich Allgemeines prägnant »repräsentirt«,[33] dabei aber doch »unaussprechlich« (WA I, 48, S. 206) bleibt:

> Die Kunst ist eine Vermittlerin des Unaussprechlichen; darum scheint es eine Thorheit, sie wieder durch Worte vermitteln zu wollen. Doch indem wir uns darin bemühen, findet sich für den Verstand so mancher Gewinn, der dem ausübenden Vermögen auch wieder zu Gute kommt. (WA I, 48, S. 179)

Goethes Ausdruck »unaussprechlich« verstehe ich hier analog zum Ausdruck ›unausschöpfbar‹ so, dass das Kunstwerk zwar begrifflich nicht *völlig* aussprechbar ist, es aber auch nicht ausgeschlossen wird, seinen Gehalt ansatzweise zu ›versprachlichen‹. Erläuternd lässt sich hier Goethes Gegenüberstellung von Allegorie und Symbol heranziehen:

> Es ist ein großer Unterschied, ob der Dichter zum Allgemeinen das Besondere sucht oder im Besondern das Allgemeine schaut. Aus jener Art entsteht Allegorie, wo das Besondere nur als Beispiel, als Exempel des Allgemeinen gilt; die letztere aber ist eigentlich die Natur der Poesie; sie spricht ein Besonderes aus, ohne an's Allgemeine zu denken oder darauf hinzuweisen. Wer nun dieses Besondere lebendig faßt, erhält zugleich das Allgemeine mit, ohne es gewahr zu werden, oder erst spät. (WA I, 42.2, S. 146)

Mit dem Zusatz »erst spät« räumt Goethe die Möglichkeit ein, die Darstellung des Allgemeinen im Besonderen nachzuvollziehen. Das Besondere ist das bedeutsame Einzelne, das auf Allgemeines verweist, ohne dieses völlig festzulegen. Bei der Bildung der Allegorie durch den Dichter kommt produktionsästhetisch – um mit Kant zu sprechen – die bestimmende (subsumierende) Urteilskraft zum Einsatz, während bei dem Verstehen des Symbols durch den Leser oder die Leserin rezeptionsästhetisch die reflektierende Urteilskraft tätig ist, die kein bestimmtes Allgemeines festlegt, sondern ein solches offenlässt.

Es besteht zwischen Kants ästhetischer Idee und Goethes Symbolbegriff eine Entsprechung, die sich dadurch erklärt, dass in beiden Fällen im Verstehen die reflektierende Urteilskraft – im Unterschied zur bestimmenden Urteilskraft – aktiviert wird. Zu diesem Unterschied heißt es in Kants *Kritik der teleologischen Urteilskraft*:

> Urtheilskraft überhaupt ist das Vermögen, das Besondere als enthalten unter dem Allgemeinen zu denken. Ist das Allgemeine […] gegeben, so ist die Urtheilskraft, welche das Besondere darunter subsumirt, […] *bestimmend*. Ist aber nur das Besondere gegeben, wozu sie das Allgemeine finden soll, so ist die Urtheilskraft bloß *reflectirend*. (AA V, S. 179)[34]

33 Goethe: *Maximen und Reflexionen*. Nach den Handschriften des Goethe- und Schiller-Archivs hrsg. von Max Hecker (SchrGG 21). Weimar 1907, S. 59.

34 Vgl. die Kopie der Seite der Einleitung der gesonderten Ausgabe der *Kritik der Urteilskraft* in Molnár (Anm. 3), S. 305 f. Diese Stelle ist von Goethe am Rand angestrichen worden.

Dieses Ergebnis scheint mir nicht nur literarhistorisch mit Blick auf die Beziehung zwischen Goethe und Kant aufschlussreich zu sein, sondern es liefert auch in systematischer Hinsicht einen Ansatz zur Begründung des Erkenntniswerts der Dichtung als fiktionaler Literatur. Dies im Einzelnen auszuführen, ginge hier zu weit; aber ich möchte abschließend wenigstens die Richtung anzeigen.

Bindet man den Erkenntnisbegriff an den propositionalen Wahrheitsbegriff, so ist der Erkenntnisanspruch der Dichtung kaum zu rechtfertigen. Dementsprechend haben viele Theoretiker – Logiker wie Literaten – diesen Anspruch aufgegeben und der Dichtung statt einer kognitiven eine emotive Funktion zugewiesen, nämlich auf die Gefühle der Leser und Leserinnen zu wirken. Um eine solche Engführung zu vermeiden, ist eine Erweiterung des Erkenntnisbegriffs vorzunehmen. Es gilt die Reduktion von Erkenntnis auf propositionales Wissen und damit auf Aussagenwahrheit aufzugeben. Die emotive Funktion der Dichtung bleibt dabei im Blick, zumal die Trennung von Erkenntnis und Gefühl zunehmend fraglich geworden ist.

Die Vermittlung von Erkenntnis erfolgt zum Beispiel im Falle erzählender Dichtung dadurch, dass ein fiktional berichtetes Geschehen aufgrund seiner Fiktionalität den Charakter des Historisch-Einzelnen verliert und auf diese Weise – zu einem Besonderen geworden – einen allgemeinen Sinn aufzeigt. Semantisch gesehen haben wir es dabei mit einer Richtungsänderung des Bedeutens zu tun, mit einem Übergang von der referentiellen zur symbolischen Bedeutung. Es ist diese Richtungsänderung, durch die ästhetische Ideen und Symbole die reflektierende Urteilskraft aktivieren und ›viel zu denken geben‹.[35]

Die ästhetische Qualität bemisst sich dementsprechend nach der Bedeutungsfülle, der Prägnanz der Sprache im Sinne einer komplexen, detaillierten und nuancenreichen Darstellung des Allgemeinen im Besonderen. Inhaltlich handelt es sich dabei insbesondere um die Vergegenwärtigung von Situationen Anderer in Gestalt literarischer Figuren. Sie ermöglicht uns eine imaginative Teilnahme an vielfältigen Handlungszusammenhängen, Motiven, Gefühlen, Haltungen, Sichtweisen und Stimmungen, die uns selbst im wirklichen Leben nicht zuteil geworden oder auch erspart geblieben sind. Gelungene literarische Vergegenwärtigung belebt die Phantasie und macht sie für die Komplexität der Lebenswirklichkeit, der *conditio humana*, empfänglich, indem sie – mit Musil zu sprechen – unseren »Möglichkeitssinn« als einen »Sinn für die mögliche Wirklichkeit« schärft.[36]

35 Vgl. Gottfried Gabriel: *Zwischen Logik und Literatur. Erkenntnisformen von Dichtung, Philosophie und Wissenschaft.* Stuttgart 1991, S. 10-12. Auch Helmut Hühn betont diese Übereinstimmung zwischen Kants Begriff der ästhetischen Idee und Goethes Symbolbegriff: *Comparative Morphology and Symbolic Mediation in Goethe.* In: *Symbol and Intuition. Comparative Studies in Kantian and Romantic-Period Aesthetics.* Hrsg. von Helmut Hühn u. James Vigus. London 2013, S. 81-95. Beide Begriffe stehen in der Tradition von Alexander Gottlieb Baumgartens Begriff der *perceptio praegnans*, einer Prägnanz im Sinne eines begrifflich nicht ausschöpfbaren konnotativen Reichtums. Zu den unterschiedlichen Symbolbegriffen in der Goethe-Zeit siehe Gottfried Gabriel, Helmut Hühn, Temilo van Zantwijk: *Heuristik im Spannungsfeld von Wissenschaft und Poesie.* In: Breidbach, Manger, Schmidt (Anm. 1), S. 187-218; bes. S. 193-201, Abschnitt II.1: *Anschauung, Begriff und Symbol.*

36 Robert Musil: *Der Mann ohne Eigenschaften.* Hamburg 1974, S. 17.

Die Funktion der Dichtung ist nicht auf die Vermittlung von Erkenntnis durch prägnante Darstellung des Allgemeinen im Besonderen festzulegen. Es genügt, dass es einige Werke gibt, die kognitive Vergegenwärtigungsleistungen der beschriebenen Art erbringen. Mit Blick auf diese Leistungen lassen sich Goethes Begriff des Symbols und Kants Begriff der ästhetischen Idee nicht nur vergleichen, sondern auch in systematischer Absicht auswerten.

Jan Kerkmann

Das »letzte Ziel unserer Kräfte«. Goethes Konzeption des Urphänomens zwischen Kant und Spinoza

In diesem Aufsatz soll gezeigt werden, dass Goethes berühmte Konzeption des Urphänomens vornehmlich auf zwei philosophischen Einflüssen beruht: *Einerseits* betrachtet Goethe das Urphänomen auf der Grundlage des Pantheismus Spinozas als Ausdruck der göttlichen All-Natur. *Andererseits* klammert er die Erkennbarkeit der Urphänomene, geschult durch Kants Idealismus, transzendentalphilosophisch ein. Goethe begreift die Urphänomene im Sinne Kants als »Bedingungen, unter welchen die Phänomene erscheinen« (WA II, 11, S. 40).

Der vorliegende Aufsatz gliedert sich in drei Teile. Im ersten Teil soll anhand der Texte *Studie nach Spinoza* und *Einwirkung der neueren Philosophie* nachgezeichnet werden, wie Goethe selbst die Philosophie Spinozas interpretiert und wie er seine denkerische Auseinandersetzung mit Kant einordnet. Im zweiten Teil erfolgt eine direkte Befassung mit Goethes Naturforschung, die hier unter der Thematik der Urphänomene erschlossen werden soll. Schließlich nimmt der dritte Teil Bezug auf den Text *Anschauende Urteilskraft*, in dem Goethe die kantische Figur des *intellectus archetypus* für seine Naturforschung fruchtbar macht.

Die Wege der Spinoza- und Kant-Rezeption in der »Studie nach Spinoza« und dem Aufsatz »Einwirkung der neueren Philosophie«

In der Folge soll die These vertreten werden, dass Goethe bereits in der wohl 1784/85 verfassten *Studie nach Spinoza* Gedanken Spinozas und Kants zusammenführt. Goethe war seit Mitte der 1770er-Jahre besonders durch Friedrich Heinrich Jacobi mit Spinoza vertraut gemacht worden.[1] Der Verfasser der *Ethik* avancierte für Goethe zum wichtigsten Philosophen. In diesem Aufsatz kann nur ein Bruchteil dieser spannenden Rezeptionskonstellation beleuchtet werden. Der Fokus ist darauf zu legen, dass Goethe in der *Studie nach Spinoza* zu einer Metaphysik des Ausdrucks gelangt, wonach das Endliche dergestalt im Unendlichen begriffen ist, dass sich dessen Göttlichkeit im Endlichen manifestiert. Dieses Ausdrucksverhältnis – so eine weitere These – wird Goethe später auch in seiner Konzeption der Urphänomene beibehalten. Das Göttliche meldet sich zwar in den Urphänomenen, erschöpft sich aber nicht in ihnen und transzendiert sie in seiner Wirkungsmacht.

1 Zu Goethes früher Auseinandersetzung mit Spinoza vgl. besonders Martin Bollacher: *Der junge Goethe und Spinoza. Studien zur Geschichte des Spinozismus in der Epoche des Sturms und Drangs*. In: *Studien zur deutschen Literatur*. Hrsg. von Richard Brinkmann u.a. Bd. 18. Tübingen 1969.

Entsprechend teilt Goethe in einem späten Gespräch mit Eckermann mit, dass sich die Gottheit »in Urphänomenen, physischen wie sittlichen, offenbaret, hinter denen sie sich hält und die von ihr ausgehen« (MA 19, S. 286).

Bereits zu Beginn der *Studie* greift Goethe die spinozanische Gleichsetzung[2] von Dasein und Vollkommenheit auf. Er schreibt:

> Der Begriff vom Dasein und der Vollkommenheit ist ein und eben derselbe; wenn wir diesen Begriff so weit verfolgen als es uns möglich ist so sagen wir, daß wir uns das Unendliche denken. Das Unendliche aber oder die vollständige Existenz kann von uns nicht gedacht werden. Wir können nur Dinge denken, die entweder beschränkt sind, oder die sich unsre Seele beschränkt. Wir haben also in so fern einen Begriff vom Unendlichen, als wir uns denken können daß es eine vollständige Existenz gebe, welche außer der Fassungskraft eines beschränkten Geistes sind. (WA II, 11, S. 315)

Von Anfang an beinhaltet die *Studie nach Spinoza* auch einen kantischen Einschlag.[3] Goethes spekulative Begründung des Unendlichen verknüpft die kantische Einsicht in die begrenzte Anwendbarkeit der menschlichen Kategorien und Begriffe mit einem paradoxalen Gottesbeweis: Die vollständige Existenz wird nach Goethe korrekt definiert, wenn sie als etwas gedacht wird, das sich nicht mehr denken lässt. Aus diesem Paradox ergibt sich für Goethe zum einen, dass der endliche Verstand des Menschen die Fähigkeit besitzt, sich selbst in dem Denken eines Nichtdenkbaren zu transzendieren. Zum anderen müssen alle finiten Lebewesen unweigerlich in einem nicht-quantitativen oder mereologischen Sinne an dem – nun in seiner Existenz erwiesenen – Unendlichen partizipieren: »Alle beschränkte Existenzen sind im Unendlichen, sind aber keine Theile des Unendlichen, sie nehmen vielmehr Theil an der Unendlichkeit« (WA II, 11, S. 315). Dies bedeutet im Umkehrschluss, dass ein »eingeschränktes lebendiges Wesen« etwas »Unendliches in sich [hat]« (ebd., S. 317).

Insofern die endlichen Dinge in dem »ungeheure[n] Ganze[n]« (ebd.) begriffen sind, drückt sich das Unendliche in ihnen aus. Hierin folgt Goethe der spinozanischen Substanz-Modi-Relation. Darüber hinaus kann ein »lebendig existirendes Ding« nach Goethe durch nichts gemessen werden, was »außer ihm« ist (ebd., S. 316). Die naturphilosophische Schlüsseleinsicht aus der *Studie nach Spinoza*, wonach kein Lebewesen durch einen externen Maßstab bewertet werden darf, wird Goethe wenige Jahre später auch an Kants *Kritik der Urteilskraft* (1790) hochschätzen. Dies ist nun anhand von Goethes Aufsatz *Einwirkung der neueren Philosophie* (1818) zu untermauern.

2 Zur VI. Definition »Per realitatem et perfectionem idem intelligo« siehe Baruch de Spinoza: *Ethik in geometrischer Ordnung dargestellt*. In: *Sämtliche Werke*. Neu übers., hrsg., mit einer Einleitung versehen von Wolfgang Bartuschat. Bd. 2. Teil II: *Von der Natur und dem Ursprung des Geistes*. Hamburg 2015, S. 100.

3 Im Gegensatz zur Grundthese des vorliegenden Beitrages akzentuiert Georg Simmel in seiner klassischen Studie aus dem Jahre 1906 vor allem die Differenzen zwischen Goethe und Kant. Vgl. Georg Simmel: *Kant und Goethe*. Hrsg. von Michael Behr u. a. In: *Gesamtausgabe*. Hrsg. von Otthein Rammstedt. Bd. 10. Frankfurt a. M. 1995, S. 119-166.

In dem Aufsatz *Einwirkung der neueren Philosophie*[4] liefert Goethe nicht nur eine lichtvolle und ehrliche Selbstauslegung seines Verhältnisses zu Kant, sondern eröffnet auch ein luzides Panorama auf die Philosophie dieser einzigartigen Epoche. Zunächst bekennt er, dass Kants *Kritik der reinen Vernunft* auch noch lange nach ihrem Erscheinen im Jahre 1781 »völlig außerhalb meines Kreises [lag]« (WA II, 11, S. 48). Sein Zugang zur kantischen Philosophie im Allgemeinen und zur *Kritik der reinen Vernunft* im Besonderen gestaltete sich eher indirekt und wurde zunächst durch Freunde vermittelt. Angesichts der raschen Verbreitung des kantischen Transzendentalidealismus in den intellektuellen Zirkeln seiner Zeit war es unvermeidlich, dass Goethe zahlreichen Diskussionen über die *Kritik der reinen Vernunft* beiwohnte. Überraschend ist, dass Goethe Ansatz und Intention der kantischen Transzendentalphilosophie nicht als revolutionär beurteilt. Vielmehr stellt die kopernikanische Wende für Goethe vornehmlich eine Erneuerung der »alte[n] Hauptfrage« dar, »wie viel unser Selbst und wie viel die Außenwelt zu unserm geistigen Dasein beitrage« (ebd., S. 48 f.). Er räumt ein, die jeweiligen Anteile der menschlichen Vorstellung und des Gegenstandes in der Weltkonstitution vorher niemals klar gesondert zu haben. Deswegen habe er in seiner Weise mit »unbewußter Naivetät« über »Gegenstände philosophirt[]« und »glaubte wirklich«, er sähe seine »Meinungen vor Augen« (ebd., S. 49). Es kann hier freilich eingefügt werden, dass Goethes Position nicht als naiver Realismus tituliert werden sollte. Schließlich lehrt auch Kants Idealismus, dass die unter dem korrekten Erfahrungsgebrauch der Kategorien stehenden Vorstellungsinhalte mit den als Erscheinungen verstandenen Gegenständen identisch sind (aber nicht mit den Dingen an sich).[5]

Eine zweite Überraschung kündigt sich darin an, dass der vermeintliche Realist Goethe sich im Streitgespräch um den kantischen Idealismus auf »diejenige Seite« stellt, die dem Menschen – und nicht der Natur oder Außenwelt – »am meisten Ehre macht« (WA II, 11, S. 49). Deswegen habe er jenen Freunden am meisten Beifall gezollt, die mit Kant behaupteten: »[W]enn gleich alle unsere Erkenntniß mit der Erfahrung angehe, so entspringe sie darum doch nicht eben alle aus der Erfahrung« (ebd.). Goethe akzeptiert damit die Apriorität der Erkenntnis. Dies wirft auch ein Licht auf seine Naturforschung, in der – so ist im Weiteren zu zeigen – die Urphänomene der menschlichen Erkenntnis apriorisch vorausgehen.

Typisch für Goethes pragmatische Interpretationsperspektive ist sein eigenwilliger und auf persönliche Problemstellungen zugeschnittener Umgang mit der kantischen Schlüsselunterscheidung von synthetischen und analytischen Urteilen. Diese Disjunktion erscheint ihm dahingehend gerechtfertigt, als er in seinem »ganzen Leben, dichtend und beobachtend, synthetisch, und dann wieder analytisch verfahren« sei und in der Natur ebenjene »Entwicklung aus einem lebendigen, geheimnisvollen Ganzen« (ebd., S. 50) ebenfalls erkennen könne. Synthese und Analyse

4 Zu Goethes Rezeption der Philosophie seiner Zeit vgl. Liliane Weissberg: *Weimar and Jena: Goethe and the New Philosophy*. In: *Goethe und das Zeitalter der Romantik*. Hrsg. von Walter Hinderer. Würzburg 2002, S. 163-174.

5 Vgl. Immanuel Kant: *Kritik der reinen Vernunft*. Zweiter Teil. II. Abt.: *Die transzendentale Dialektik*. In: ders.: *Werkausgabe*. Hrsg. von Wilhelm Weischedel. Bd. 4. Frankfurt a. M. 1992, S. 364-370, bes. S. 369 f.

bilden für ihn die beiden umgreifenden Pole des menschlichen und des natürlichen Daseins. Gleichwohl konzediert Goethe, dass ihm zwar der »Eingang« der kantischen Philosophie zusagte, er sich aber nicht in das »Labyrinth« der *Kritik der reinen Vernunft* wagen konnte (WA II, 11, S. 49). Daran hätten ihn nicht zuletzt seine »Dichtungsgabe« und der »Menschenverstand« gehindert (ebd). Insgesamt – so lautet sein durchaus ernüchterndes Zwischenfazit – habe er sich im Zuge der ersten Auseinandersetzung mit der *Kritik der reinen Vernunft* »nirgend gebessert« gefühlt (ebd.).

Goethes großes Kant-Erlebnis hebt erst im Jahre 1790 mit der Veröffentlichung der *Kritik der Urteilskraft* an, die ihm zu einem Durchbruch in der – für ihn sowohl als Dichter wie auch als Naturforscher – unvergleichlich bedeutsamen Verhältnisbestimmung von Natur und Kunst verhilft. Besonders weiß Goethe an der *Kritik der Urteilskraft* den anti-reduktionistischen Grundansatz zu würdigen, in dem Kant Kunst und Natur paritätisch behandelt. So beleuchten sich teleologische und ästhetische Urteilskraft wechselseitig, ohne dass sich das eine Vermögen auf das andere zurückführen ließe. Obgleich Goethes »Vorstellungsart« (ebd., S. 50) sich auch hinsichtlich der *Kritik der Urteilskraft* niemals vollends mit der kantischen decken konnte, so sprechen die großen Hauptgedanken der dritten Kritik für ihn doch die Essenz seines bisherigen »Schaffen[s], Thun[s] und Denken[s]« (ebd.) aus. Ein größeres Lob für Kant lässt sich kaum imaginieren. Goethe schätzt an Kant vor allem einen Aspekt, der ihn auch an Spinoza anzieht: Die Ablehnung jeder Form externer oder göttlicher Teleologie, gegen die sich Spinoza im Anhang zum I. Teil seiner *Ethik* wendet. Es markiert für Goethe einen zutiefst falschen und auch unter ethischen Gesichtspunkten verwerflichen Gedanken, dass die Natur für die Ausbeutung durch den Menschen geschaffen sei oder primär dessen Glück und Genuss zu dienen habe. Mit gleichem Elan wehrt sich Goethe gegen die Auffassung, dass die Natur von einem höchsten, persönlichen Geistwesen ins Sein gerufen und von einem transzendenten Standpunkt beherrscht wird. Wie oben schon anhand der *Studie nach Spinoza* unterstrichen werden konnte, begrüßt Goethe aber eine immanente Teleologie. Demnach ist jedes Lebewesen in der Natur Zweck seiner selbst, weil sich in ihm die Kraft des Göttlichen selbst ausdrückt. Es ist offenkundig, dass Goethe diese Annahme durch Kants Organismus-Begriff im Paragraphen 65 der *Kritik der Urteilskraft* vollends gerechtfertigt sehen kann.[6] Auf dieser Grundlage empfiehlt es sich nun, Goethes Auseinandersetzung mit Kant anhand konkreter naturphilosophischer Inhalte darzustellen.

Der Aufstieg zum Urphänomen in dem Aufsatz »Erfahrung und Wissenschaft« (1798)

Bevor wir uns mit dem Aufstieg zum Urphänomen befassen, gilt es, zunächst anhand anschaulicher Beispiele aus den Texten *Der Versuch, die Metamorphose der Pflanzen zu erklären* (1790), *Zur Farbenlehre* (1810) und *Zur Morphologie* (1817)

6 Zur Verbindung von ›Organismus und Leben‹ in der durch Kant und Goethe geprägten Geistesepoche vgl. Joan Steigerwald: *Experimenting at the Boundaries of Life. Organic Vitality in Germany around 1800*. Pittsburgh 2019.

nachzuvollziehen, was Goethe unter einem ›Urphänomen‹ versteht. Zu diesem Zweck sind die privilegierten Kandidaten für die Urphänomene in den Blick zu nehmen, die Goethe in den einzelnen voneinander getrennten Naturbereichen entdeckt. In der Botanik bestimmt Goethe das Blatt als Urphänomen.[7] In dem berühmten Text *Versuch, die Metamorphose der Pflanzen zu erklären* akzentuiert er das Blatt als Urphänomen, weil es sich in allen Gestalten einer Pflanze als das bleibende, durch alle Variationen hindurchschreitende Element zeigt. Das Blatt ist Träger und Objekt aller Wandlungen, welche die Pflanze in ihrem metamorphotischen Wachstum durchläuft und schließlich in der Blüte vollendet.

In der *Farbenlehre*[8] führt Goethe – anders als in der Botanik – kein isoliertes Urphänomen ein. In diesem Feld hebt er Licht und Finsternis als die nicht-farblichen Bedingungen hervor, die erfüllt sein müssen, damit Farbe sichtbar werden kann. In der Welt der Säugetiere charakterisiert Goethe den osteologischen Typus[9] als das Urphänomen, das den Grundplan des Knochengerüsts der Tiere enthält. Das zugrundeliegende Knochengerüst kann nicht entscheidend verändert werden. Es lässt aber Abweichungen und Erweiterungen zu, wenn spezifische Umstände – Elemente wie Wasser oder Luft – auf es einwirken, wodurch sich eine Fülle verschiedener Tierarten entwickeln kann. Ähnlich wie beim Blatt in der vegetativen Welt gilt damit auch für den osteologischen Typus, dass er die unhintergehbare Voraussetzung für alle weiteren Verzweigungen der Säugetierarten bildet. In ihrer qualitativen Beschaffenheit sind der osteologische Typus, das Blatt oder auch Licht und Finsternis kaum miteinander vergleichbar. In funktionaler Hinsicht kommen sie aber darin überein, nicht als statisches Substrat zu firmieren, sondern das sich in die Veränderungen mitentfaltende Wesensgesetz eines bestimmten Naturareals zu kennzeichnen.

Ein für das Erkenntnisinteresse dieses Aufsatzes besonders wichtiger Text ist Goethes 1798 verfasster Aufsatz *Erfahrung und Wissenschaft*. Darin befasst er sich direkt mit der methodischen Erkenntnis des Urphänomens, das in *Erfahrung und Wissenschaft* in der Gestalt des »*reine[n] Phänomen[s]*« (WA II, 11, S. 40) auftritt. Indem Goethe die Urphänomene nicht als Ursachen der sinnlichen Phänomene, sondern als ›Bedingungen ihres Erscheinens‹ definiert, nimmt er die transzendentalphilosophische Grundeinsicht Kants ernst. Im Unterschied zu Kant siedelt er die Ermöglichungsbedingung der Phänomene aber nicht als einen reinen Verstandesbegriff (Kategorie) auf der Subjektseite an, sondern verortet stattdessen die Bedin-

7 Zu dieser Thematik vgl. besonders Michail Vlasopoulos: *Spinoza's God in Goethe's Leaf: The Spinozist Foundation of Goethean Morphology*. In: *Arc. The Journal of the School of Religious Studies* 44 (2016), S. 91-118, der sich allerdings kaum mit Goethes konkreter Naturforschung befasst und den Fokus stattdessen auf Spinozas Ontologie legt; Chad Wellmon: *Goethe's Morphology of Knowledge, or the Overgrowth of Nomenclature*. In: *Goethe Yearbook* 17 (2010), S. 153-177; Dalia Nassar: *From a Philosophy of Self to a Philosophy of Nature: Goethe and the Development of Schelling's »Naturphilosophie«*. In: *Archiv für Geschichte der Philosophie* 92 (2010), H. 3, S. 304-321.

8 Zum Wahrheits- und Wissenschaftsverständnis der Farbenlehre Goethes vgl. Theda Rehbock: *Goethe und die ›Rettung der Phänomene‹. Philosophische Kritik des naturwissenschaftlichen Weltbilds am Beispiel der Farbenlehre*. Konstanz 1995.

9 Zu Goethes Konzeption des Typus vgl. besonders Dorothea Kuhn: *Typus und Metamorphose. Goethe-Studien*. Hrsg. von Renate Grumach. Marbach 1988.

gung des Erscheinens im Phänomenbereich selbst und spricht sie damit dem Objektpol zu. Bereits der Anfang von *Erfahrung und Wissenschaft* verrät den kantischen Einfluss deutlich, wenn es im Geiste der Distinktion von *Ding an sich* und *Erscheinung* heißt:

> Die Phänomene die wir andern auch wohl Facta nennen sind gewiß und bestimmt ihrer Natur nach, hingegen oft unbestimmt und schwankend, in so fern sie erscheinen. Der Naturforscher sucht das Bestimmte der Erscheinungen zu fassen und fest zu halten, er ist in einzelnen Fällen aufmerksam nicht allein wie die Phänomene erscheinen, sondern auch wie sie erscheinen sollten. (Ebd., S. 38)

Dass Goethe – genau wie Kant und Spinoza – kein naiver Realist oder gar Sensualist ist, wird deutlich, wenn er die Absurdität apostrophiert, ein sinnliches Objekt rein erkennen zu wollen. Der Betrachter kann demnach niemals das reine Phänomen beziehungsweise das Urphänomen mit leibhaftigen Augen sehen, weil »vieles von seiner Geistesstimmung, von der Stimmung des Organs im Augenblick, von Licht, Luft, Witterung, Körpern, Behandlung und tausend andern Umständen abhängt« (ebd., S. 38 f.). Wenn man sich dennoch an die »Individualität des Phänomens« halten und diese »messen, wägen und beschreiben« wollte, so wäre ein »Meer auszutrinken« (ebd., S. 39).

Um diese Sisyphusarbeit zu vermeiden, verfährt Goethe nach einer komparativen Methode ›vermannigfaltigter‹ Versuche, die es ihm gestattet, über die *empirischen* Phänomene hinauszugehen und zum *reinen* Phänomen vorzudringen. Von zentraler Bedeutung ist in diesem Kontext Goethes Begriff des »empirische[n] Gesetz[es]« (ebd.). Er beschreibt die einzelnen Arbeitsschritte hin zum Urphänomen wie folgt: Zunächst werden einige Versuche mit den empirischen Phänomenen unternommen. Wenn Goethe dabei bis zu einem »gewissen Grad« die »Constanz und Consequenz der Phänomene« erfahren hat, leitet er daraus ein »empirisches Gesetz« ab (ebd.). Dieses wird also nicht deduziert, sondern aus den sinnlichen Beobachtungen der Versuche gezogen. In einer strategischen Multiplikation des Versuches werden die künftig zu beobachtenden Erscheinungen alsdann an dem aufgestellten empirischen Gesetz gemessen. Falls sich die Erscheinungen und das Gesetz in der Folge vollkommen entsprechen, ist ein wissenschaftliches Phänomen gesichert worden und es kann zur Freilegung des reinen Phänomens fortgeschritten werden. Wenn Gesetz und Erscheinung jedoch divergieren, wird der Naturforscher nicht nur auf die »Umstände der einzelnen Fälle« (ebd.) – wie etwa die divergierenden Witterungsbedingungen – aufmerksam gemacht. Es ist alsdann auch erforderlich, »neue Bedingungen zu suchen«, unter denen Goethe die »widersprechenden Versuche reiner darstellen kann« (ebd.). Sollte sich andererseits auch unter »gleichen Umständen« ein Fall zeigen, der dem Gesetz widerspricht, sieht sich Goethe genötigt, das bisherige empirische Gesetz zu überdenken und einen »höhern Standpunct« zu ermitteln (ebd.).

Goethe ist sich bewusst, dass er viele »empirische Brüche« (ebd., S. 38) verwerfen muss, um ein reines konstantes Phänomen zu erhalten. Ganz im kantischen Sinne argumentiert er, dass er zum Zwecke dieser Aussonderung schon »eine Art von Ideal« (ebd.) aufgestellt haben muss. Indes ist für Goethe die Frage entscheidend, ob mit dem Ideal eine Hypothese verfolgt wird – was Goethe ablehnt –, oder ob es sich bei dem Ideal um die Idee des reinen Phänomens handelt, das immer auch einen Grund und Anhalt in den sinnlichen Erscheinungen hat. Das empirische Phänomen, das »jeder Mensch in der Natur gewahr wird« (ebd., S. 40), kann zum wissenschaftlichen Phänomen erhoben werden, wenn sein Schwanken und seine Unbestimmtheit durch das ›empirische Gesetz‹ begrenzt werden. Hingegen repräsentiert das reine Phänomen oder Urphänomen – wenn diese auch für Kants Erkenntnistheorie zentrale Unterscheidung eingebracht werden darf – *für uns* das letzte Erkennbare, obschon es *an sich* die erste Entität der Phänomenwelt darstellt. Aus der Perspektive des ›für uns‹ kristallisiert sich das reine Phänomen als »Resultat aller Erfahrungen und Versuche« (ebd.) heraus:

> Es kann niemals isolirt sein, sondern es zeigt sich in einer stetigen Folge der Erscheinungen. Um es darzustellen bestimmt der menschliche Geist das empirisch Wankende, schließt das Zufällige aus, sondert das Unreine, entwickelt das Verworrene, entdeckt das Unbekannte. (Ebd.)

In enger Verwandtschaft mit Kant hält auch Goethe fest, dass die wahre philosophische Fähigkeit gerade in der einsichtsvollen Bescheidung innerhalb der eigenen Erkenntnisreichweite liegt. In der Sichtung des Urphänomens erreichen die Naturforscher das »letzte Ziel unserer Kräfte« (WA II, 11, S. 40), wobei nicht mehr »nach Ursachen gefragt [wird], sondern nach Bedingungen, unter welchen die Phänomene erscheinen« (ebd.). Dieses letzte Ziel eines Vordringens zu den Erscheinungsbedingungen der Phänomene kann dann als verwirklicht angesehen werden, wenn die »consequente Folge, ihr ewiges Wiederkehren unter tausenderlei Umständen, ihre Einerleiheit und Veränderlichkeit angeschaut und angenommen« sowie ihre »Bestimmtheit anerkannt und durch den menschlichen Geist wieder bestimmt« wird (ebd.).

Ähnlich wie Kant gegen den reinen Rationalismus immer wieder die Wahrnehmung als Quelle der Wahrheit verteidigt, sieht Goethe den Erkenntnisweg hin zum reinen Phänomen durch die »praktischen und sich selbst rectificirenden Operationen des gemeinen Menschenverstandes« geleitet, der sich in einer »höhern Sphäre zu üben wagt« (ebd., S. 41). Er möchte seine Arbeit daher auch nicht »speculativ« nennen, da ihm primär daran gelegen sei, denjenigen Punkt zu ermitteln, »wo der menschliche Geist sich den Gegenständen in ihrer Allgemeinheit am meisten nähern« und sich mit ihnen auf eine »rationelle Weise gleichsam amalgamiren kann« (ebd., S. 39).

Goethes anschauende Urteilskraft

Dass Goethe immer wieder kantische Theoreme produktiv in seine Naturforschung aufnimmt, soll zuletzt auch anhand des Aufsatzes konturiert werden, der den für Goethes naturphilosophische Programmatik bezeichnenden Titel *Anschauende Urteilskraft* (1817) trägt. Darin hebt er hellsichtig hervor, dass Kants Transzendentalphilosophie dem Menschen zwar einerseits allein den legitimen Gebrauch der reflektierenden Urteilskraft zugesteht. Andererseits gewährt Kant in der *Kritik der Urteilskraft* – und damit nicht nur in der Postulatenlehre der praktischen Vernunft – immer wieder Vor- und Einblicke über diese Grenzen hinaus, indem er spekulativ auf ein göttliches Erkenntnisvermögen hindeutet. Goethe beschreibt dieses subtile kantische Hinauszeigen über die Grenzen zu Beginn von *Anschauende Urteilskraft* wie folgt:

> Als ich die Kantische Lehre wo nicht zu durchdringen doch möglichst zu nutzen suchte, wollte mir manchmal dünken, der köstliche Mann verfahre schalkhaft ironisch, indem er bald das Erkenntnißvermögen auf's engste einzuschränken bemüht schien, bald über die Gränzen, die er selbst gezogen hatte, mit einem Seitenwink hinausdeutete. Er mochte freilich bemerkt haben wie anmaßend und naseweis der Mensch verfährt, wenn er behaglich, mit wenigen Erfahrungen ausgerüstet, sogleich unbesonnen abspricht und voreilig etwas festzusetzen, eine Grille die ihm durch's Gehirn läuft den Gegenständen anzuheften trachtet. Deßwegen beschränkt unser Meister seinen Denkenden auf eine reflectirende discursive Urtheilskraft, untersagt ihm eine bestimmende ganz und gar. Sodann aber, nachdem er uns genugsam in die Enge getrieben, ja zur Verzweiflung gebracht, entschließt er sich zu den liberalsten Äußerungen und überläßt uns, welchen Gebrauch wir von der Freiheit machen wollen die er einigermaßen zugesteht. (Ebd., S. 54)

Goethe greift mit dieser Interpretation der Erkenntnisgrenzen bei Kant sein Grundmotiv aus der rund drei Dekaden früher verfassten *Studie nach Spinoza* wieder auf. Demnach können wir etwas nur verstehen, wenn es entweder selbst begrenzt ist oder durch unsere Seele beschränkt wird. So wie Goethe Kant »Seitenwink[e]« (ebd.) zugesteht, die über die strikten Erkenntnisgrenzen hinausweisen, nimmt er diesen – den Immanenzraum des Denkens in paradoxaler Brechung transzendierenden – Schritt auch in seiner Spinoza-Lesart in Anspruch.

Es ist nun erhellend zu verfolgen, dass Goethe in seiner schöpferischen Aneignung der *Kritik der Urteilskraft* auf den *intellectus archetypus* fokussiert. In diesem Zusammenhang greift Goethe auf den folgenden, berühmten Passus aus dem Paragraphen 77 der *Kritik der Urteilskraft* zurück, den er wie folgt zusammenzieht und zitiert:

> Wir können uns einen Verstand denken, der, weil er nicht wie der unsrige discursiv, sondern intuitiv ist, vom *synthetisch Allgemeinen*, der Anschauung eines Ganzen als eines solchen, zum Besondern geht, das ist, von dem Ganzen zu den Theilen. – Hierbei ist gar nicht nöthig zu beweisen, daß ein solcher *intellectus archetypus* möglich sei, sondern nur, daß wir in der Dagegenhaltung unseres discursiven, der Bilder bedürftigen Verstandes (*intellectus ectypus*), und der Zufälligkeit einer solchen Beschaffenheit, auf jene Idee eines *intellectus archetypus* geführt werden, diese auch keinen Widerspruch enthalte. (Ebd., S. 55)[10]

Obwohl er beachtet, dass sich Kant in der obigen Passage allein auf den göttlichen Verstand bezieht, konzediert Goethe auch dem Menschen eine mögliche Überschreitung des diskursiven Verstandes, die er in den praktischen Aufstiegswegen zur

10 Vgl. Immanuel Kant: *Kritik der Urteilskraft*. Zweiter Teil. II. Abt.: *Dialektik der teleologischen Urteilskraft*, § 77. In: ders.: *Werke in zehn Bänden*. Hrsg. von Wilhelm Weischedel. Bd. 10. Darmstadt 1983, S. 358-364, bes. S. 361.

Sittlichkeit und der Naturforschung entdeckt. Goethe proklamiert, dass wir uns im Sittlichen in eine höhere Region begeben, wenn wir uns im »Glauben an Gott, Tugend und Unsterblichkeit« an das »erste Wesen« annähern (WA II, 11, S. 55). In der Sphäre des Intellektuellen sieht Goethe ein vergleichbares Geschehen am Werk, sobald der Mensch sich durch das »Anschauen einer immer schaffenden Natur, zur geistigen Theilnahme an ihren Productionen würdig« macht (ebd.). Es ist ersichtlich, dass Goethe mit der Erwähnung einer »immer schaffenden Natur« (ebd.) auf den spinozanischen Begriff der *natura naturans* rekurriert, der besonders von Schelling in die Naturphilosophie dieser Zeit eingeführt wurde. In einer originellen Synthese von Spinoza und Kant expliziert Goethe die ›immer schaffende Natur‹ nun als Korrelat und Anschauungsgegenstand des kantischen *intellectus archetypus*. Im Kontrast zu den sinnlichen Erscheinungen kann das Urphänomen tatsächlich als das »Urbildliche« und »Typische« (WA II, 11, S. 55) markiert werden, auf das Goethe den kantischen *intellectus archetypus* gerichtet sieht.[11]

Schluss und Zusammenfassung

Goethe und Kant teilen das Anliegen einer Versöhnung von Empirismus und Rationalismus. Goethes Philosophie geht von den sinnlichen Erscheinungen aus, um durch die versuchsbasierte Auffindung empirischer Gesetze zu den – allein mit den ›Augen des Geistes‹ – zu entdeckenden Urphänomenen zu gelangen. Kant und Goethe suchen beide nach produktiven Mitteln und Lösungen, die sich selbst auferlegten Grenzen der Erkenntnis zu überschreiten. Dies gelingt Goethe unter Rückgriff auf Spinoza, der ihm dazu verhilft, die Urphänomene als unmittelbaren Ausdruck respektive als unendliche Modi des Göttlichen zu profilieren.

11 In dieser Engführung mit dem Archetypus wird nicht zuletzt auch der platonische Einfluss auf Goethes Konzeption des Urphänomens deutlich. Vgl. dazu besonders das Kapitel *Goethe und Platon*. In: Ernst Cassirer: *Goethe und die geschichtliche Welt*. Mit einem Vorwort hrsg. sowie mit Anm. und Registern versehen von Rainer A. Bast. Hamburg 1995, S. 103-148.

Jochen Golz

Eckermanns literarisches Nachleben

Johann Peter Eckermann, 1792 als Sohn eines armen Hausierers in Winsen an der Luhe geboren, Teilnehmer an den Befreiungskriegen, Jurastudent in Göttingen – ohne ein Examen zu absolvieren –, verdankt sein Entree ins klassische Weimar einem Erweckungserlebnis, das ins Jahr 1817 fällt. Damals wandelte sich der enthusiastische Leser Klopstocks und Schillers zu einem begeisterten Goethe-Adepten, der sich dem verehrten Dichter auf zweifache Weise anzunähern suchte, als Autor eines zunächst handschriftlich verfertigten Gedichtbandes, den er Goethe zusandte, und als Verfasser von ebenfalls nach Weimar gesandten *Beiträgen zur Poesie mit besonderem Hinweis auf Goethe*. Während seine Gedichte in Weimar ohne Resonanz blieben, war das Manuskript der Abhandlung Goethe willkommen, wusste dieser doch all die Stimmen zu schätzen, die ihm abseits des Chors der Misswollenden Achtung und Verehrung bezeugten; auf seine Empfehlung hin erschien der Text als Buch bei Cotta. Sehr bald muss Goethe erkannt haben, dass ihm in seinem Besucher aus Deutschlands Norden, den er am 10. Juni 1823 zu einem ersten Gespräch empfing, ein idealer Mitarbeiter zur Verfügung stehen könnte, wenn sein Plan einer Ausgabe letzter Hand zustande kommen sollte. So setzte er alles daran, diesen Eckermann an Weimar zu binden. Eckermann wiederum widmete sich fortan sowohl der Vorbereitung der Edition, von der zwischen 1827 und 1830 40 Bände erschienen, als auch der Zusammenstellung jenes Werks, das ihn später berühmt machen sollte. Am 15. Februar 1824 hielt Goethe in seinem Tagebuch fest: »Eckermann. [...] Brachte [...] eine aufgeschriebene frühere Unterredung« (WA III, 9, S. 179). Eckermanns Wunsch, die Gespräche mit Goethe zu Lebzeiten des Dichters und überdies mit dessen Autorisierung zu veröffentlichen, war freilich keine Erfüllung beschieden. In dieser Hinsicht war Goethes Realismus dem Illusionismus Eckermanns überlegen. Klarer als dieser hatte er erkannt, welch mühselige Arbeit die Literarisierung von tagebuchähnlichen Notaten darstellt, die unmittelbar nach den realen Gesprächen oder in schwer zu bestimmendem zeitlichen Abstand entstanden waren. Tatsächlich hat Eckermann erst nach Goethes Tod – befreit auch von der Arbeit an den 15 Nachlassbänden der Ausgabe letzter Hand – seine Texte niederschreiben können, deren erster und zweiter Teil unter dem Titel *Gespräche mit Goethe in den letzten Jahren seines Lebens* 1836 bei Brockhaus herauskamen. Der dritte Teil erschien zu einem denkbar unglücklichen Zeitpunkt, im Revolutionsjahr 1848. Hatten schon die ersten beiden Teile nicht den von Eckermann sehnlich erwarteten kommerziellen Erfolg gebracht, so blieb auch der Verkauf des dritten Teils weit unter den Erwartungen des Autors. Arm und unglücklich starb Eckermann 1854 in Weimar.

Erst mit der nationalpatriotischen Verehrung Goethes, wie sie nach der Gründung des Kaiserreiches Fahrt aufnahm, stellte sich der dauerhafte Erfolg von Eckermanns Buch ein. Nun kam auch der Verleger Brockhaus auf seine Kosten, der die Rechte am *Eckermann* – so firmierte fortan unter Goethe-Enthusiasten das Buch –

vom Magdeburger Verleger Heinrichshofen, bei dem der dritte Teil erschienen war, zurückerworben hatte. Eckermanns mit Kunstverstand komponierte, auf Verehrung und Harmonisierung gestellte Darstellung Goethes – mit ihm selbst als Dialogpartner – kam den Bedürfnissen eines bildungsbeflissenen Publikums entgegen, das Harmonie und Weltweisheit beim ›Olympier‹ aus Weimar suchte und fand, nicht zuletzt deshalb, um Trost zu schöpfen und Zuflucht zu finden vor den Unbilden der Moderne. Damit korrespondierte über Jahrzehnte die Goethe-Biographik, die positivistische ebenso wie die geistesgeschichtlich-heroische. Als Richard Friedenthal nach dem Zweiten Weltkrieg sein Goethe-Buch verfasste – von dem es im Nachwort unter Berufung auf Hofmannsthal heißt, es solle »ein freierer Ton angeschlagen werden den Großen und gerade auch Goethe gegenüber«[1] –, schrieb er immer noch gegen eine auch von Eckermann inaugurierte Goethe-Verehrung an.

Eine so pauschale Aussage bedarf indes der Differenzierung. Auch wenn Eckermanns Gesprächssammlung kein kommerzieller Erfolg war, so haben sich doch prominente zeitgenössische Rezensenten mit seinem Buch beschäftigt.[2] Nicht als Rezensent, wohl aber kritischer Diagnostiker zeitgenössischer Prosa trat Nietzsche auf den Plan, der unter diesem Aspekt von Eckermanns *Gesprächen* als »dem besten deutschen Buche, das es giebt«[3] sprach. Mit dieser ästhetischen Wertschätzung ging eine Eckermann-Philologie konform, die sich – durchdrungen vom Wert der *Gespräche* – der Frage nach dem Authentischen seiner Aufzeichnungen widmete, darüber reflektierte, ob Eckermann unmittelbar nach seinen Gesprächen deren Inhalt aufgezeichnet oder ob er zu einem späteren Zeitpunkt seiner Gedächtniskraft vertraut hatte. Sehr bald hatten Germanisten herausgefunden, dass Eckermanns dritter Teil wesentlich auf Niederschriften Sorets beruhte, die dieser Eckermann nobel und uneigennützig zur Verfügung gestellt hatte. Dass Eckermann diesen Teil erst lange nach Goethes Tod zusammengestellt hat, mithin sehr stark die eigene erinnernde Phantasie in Anspruch nehmen musste, hat paradoxerweise gerade diesen

1 Richard Friedenthal: *Goethe. Sein Leben und seine Zeit*. München 1974, S. 738.

2 Eine umfassende Übersicht liefert Christian Juranek in seinem Beitrag *Dichterisches Mit-Leiden. Johann Peter Eckermanns Nachleben zwischen Spott und Apologie* in: *Johann Peter Eckermann. Leben im Spannungsfeld Goethes*. Hrsg. im Auftrage der Stiftung Weimarer Klassik vom Goethe-Nationalmuseum. Weimar 1992, S. 147-164. Lückenlos dokumentiert ist dort die bis dahin erschienene Eckermann-Belletristik, der Juranek nachvollziehende Interpretationen widmet. Wer sich mit diesen Texten auseinandersetzen will, erhält verlässliche Orientierung. Mich haben andere Fragen beschäftigt, vor allem die Korrespondenz von Wissenschaft und Belletristik sowie deren Einbettung in kulturgeschichtliche Zusammenhänge.

3 Im Zusammenhang gelesen wird Nietzsches Urteil über Eckermann als Urteil über die erzählende Prosa des 19. Jahrhunderts noch deutlicher, siehe dazu Friedrich Nietzsche: *Menschliches, Allzumenschliches. I und II*. Kritische Studienausgabe. Hrsg. von Giorgio Colli u. Mazzino Montinari. Bd. 2, München 1988, S. 599: »Der Schatz der deutschen Prosa. – Wenn man von Goethe's Schriften absieht und namentlich von Goethe's Unterhaltungen mit Eckermann, dem besten deutschen Buche, das es giebt: was bleibt eigentlich von der deutschen Prosa-Litteratur übrig, das es verdiente, wieder und wieder gelesen zu werden? Lichtenberg's Aphorismen, das erste Buch von Jung-Stillings Lebensgeschichte, Adalbert Stifter's Nachsommer und Gottfried Keller's Leute von Seldwyla, – und damit wird es einstweilen am Ende sein.«

Partien in den Augen des Publikums den Anschein des besonders Authentischen verliehen, während sie in Wahrheit eher die Qualitäten des Schriftstellers Eckermann bezeugen. Der Quellenfrage sind insbesondere Julius Petersen[4] und Heinrich Hubert Houben[5] nachgegangen; beider Arbeiten haben einen philologischen Standard gesetzt, dem später kaum Neues hinzugefügt werden konnte.

Von all diesen positivistischen Ermittlungen hat eine Eckermann-Belletristik dankbaren Gebrauch gemacht. Mögen den einzelnen Texten auch Recherchen von unterschiedlicher Intensität zugrunde liegen, ihrer Intention nach haben die Autoren Mühe auf die Beschaffung von Basisfakten gelegt. Ihren Arbeiten muss auch darum das Interesse des Germanisten gelten, weil sie, aufs Ganze gesehen, in der kulturellen Öffentlichkeit weitaus stärkere Resonanz erzielt haben, als sie die Fachwissenschaft je zuwege bringen kann. Das oft dagegengesetzte Argument, die historischen Belletristen ließen es am nötigen wissenschaftlichen Ernst vermissen, wird von Fall zu Fall zu bedenken sein. Stets liegt die Gefahr nahe, dass statt eines der historischen Wahrheit verpflichteten Porträts der Gesprächspartner Zerrbilder – unter Umständen von beträchtlicher öffentlicher Wirkung – entstehen. In allen Fällen sollte man dem Autor einerseits einen gewissen Spielraum der Phantasie konzedieren, andererseits seinen Text an historischen Tatsachen messen und Fehlurteile behutsam korrigieren.

Goethe-Forschung und historische Belletristik korrespondieren durchaus miteinander. Als am Beginn des 20. Jahrhunderts die positivistische Methode von einer lebens- und geistesgeschichtlichen abgelöst wird, findet dieser Wechsel auch in der Belletristik um Goethes Helfer Eckermann ihren Niederschlag. 1916 erscheint das *Geschichtenbuch* des jüdisch-deutschen Erzählers Arnold Zweig, der in den 1920er Jahren mit seinem Roman *Der Streit um den Sergeanten Grischa* zu Ruhm gelangen sollte. Teil seiner Sammlung ist die Eckermann-Erzählung *Der Gehilfe* – schon der Titel ist sprechend genug. Zweig – selbst studierter Literaturwissenschaftler, im Bann von Nietzsche und Sigmund Freud stehend – wählt einen prägnanten Punkt aus Eckermanns Biographie: Nach seiner Rückkehr aus Italien – dort mit Goethes Sohn reisend – hatte er seine Braut besucht und war am 20. November 1830 in Göttingen eingetroffen, wo sein Quartierwirt ihn vom Tod Augusts von Goethe unterrichtete. In Eckermanns Reflexionen erscheint Goethe als »der Meister, der weise, zaubervolle, übermächtige Greis«,[6] als »Meisterer des Lebens«.[7] Nach Erhalt der Todesnachricht fällt Eckermann in einen Wachtraum, der uns den von der Todesnachricht erfassten Goethe vor Augen führt: »Und dieser Übermensch in seiner unzugänglichen Einsamkeit litt jetzt, angeschmiedet, zerfleischt und gigantisch

4 Julius Petersen: *Die Entstehung der Eckermannschen Gespräche und ihre Glaubwürdigkeit*. Berlin 1924; ders. (Hrsg.): *Eckermanns Briefe an Auguste Kladzig*. In: *Jahrbuch der Sammlung Kippenberg* 4 (1924), S. 92-190.

5 Heinrich Hubert Houben: *Johann Peter Eckermann. Sein Leben für Goethe. Nach seinen neu aufgefundenen Tagebüchern und Briefen dargestellt*. Leipzig 1925 (Bd. 1) u. 1928 (Bd. 2).

6 Arnold Zweig: *Geschichtenbuch*. München 1916, S. 111-127; hier S. 115.

7 Ebd., S. 117.

wie Prometheus!«[8] Eckermann, von »innige[r] Liebe zu dem Großen« erfüllt,[9] versteht sich als »bescheidene[r] Diener«,[10] den sein »Werk« aus Italien zurückgezogen hatte, die »Aufzeichnungen alles dessen, was der Göttliche täglich zu ihm sagte, aus dem reifsten Menschenbuche, das je einer der Welt gab!«[11] Das Verhältnis von Meister und Diener wird ein Dauerthema der Eckermann-Belletristik bleiben, teils behandelt im Sinne liebender Unterwerfung Eckermanns unter den Genius, teils im Licht kritischer Reflexion ebendieser Unterwerfung, bei der Eckermanns Leiden und Entbehrungen sichtbar werden.

1921 erscheint *Eckermann. Ein Schauspiel in vier Akten* von Ernst Lissauer, einem heute nahezu vergessenen, damals durchaus erfolgreichen jüdisch-deutschen Autor, fortlebend in unseliger Erinnerung an sein 1914 geschriebenes Gedicht *Haßgesang gegen England*, Kennern allenfalls noch aus Parodien Robert Neumanns bekannt. Lissauer stellt ein vielköpfiges Ensemble vor, bestehend aus Goethe und Eckermann, dessen Braut, die hier Marianne Gärtner heißt, und Schwiegermutter in spe, dazu Eckermanns Zimmerwirtin, Goethes Diener John und Stadelmann, einen Bibliotheksbeamten Balk, Hofrat Dr. Vogel und Bibliotheksdirektor Reinke. Für ein wenig exotisches Kolorit sorgt ein herbeigereister Wiener namens Anselm Glas. Eckermanns Lebensproblematik bildet das Zentrum des Stückes: Seine Braut fordert, er solle eine Stelle in Hannover antreten und dort mit ihr ein einvernehmliches Eheleben führen; Eckermann setzt diesem Ansinnen entgegen: »Ich kenne doch kein größeres Glück, als um ihn zu sein und seine Herrlichkeit zu verkünden«.[12] Er sei Goethes »Freund«, nicht sein »Gehilfe«,[13] wie die Braut insinuiert. Lissauers Lösung des Konflikts mag überraschen. Goethe selbst ist es, der das Gespräch mit Marianne sucht und persönlich bei Eckermann erscheint. Am Ende sehen es Braut und Bräutigam als ihre »Pflicht« an, ihr privates Glück dem Dienst an Goethe zu opfern. Eckermann:

> Unsere [Pflicht] aber ist es, dies Glück nicht zu wollen. Es ist keine Stätte auf der Erde, wo ich so Hohes wirken kann als in Ihrem Bereich. […] Meine Kraft – all mein bißchen Vermögen und Gabe ward Kraft von Ihrer Kraft. So war es gut, so war es recht, nein (ganz schlichthin) so war es Gesetz und Aufgabe.[14]

Im Stück hat Goethe das letzte Wort: »Jedoch […] die Schicksale der Menschen sind verknotet und verworren, und niemand kann sich rein erhalten, wie man es auch hofft. Und immer verzehrt Leben das Leben, und man wird schuldig«.[15] Vor soviel raunender Schicksalsbeschwörung treten alle realen Konflikte ins Wesenlose zurück. Ob Lissauer mit seinem Stück auf Deutschlands Bühnen reüssiert hat, wäre noch in Erfahrung zu bringen.

8 Ebd., S. 125.
9 Ebd., S. 126.
10 Ebd., S. 117.
11 Ebd., S. 116.
12 Ernst Lissauer: *Eckermann. Schauspiel in vier Akten.* Berlin 1921, S. 17.
13 Ebd., S. 23.
14 Ebd., S. 87.
15 Ebd., S. 89.

Die Texte von Zweig und Lissauer markieren eine Zäsur. In den 1920er Jahren kommen die historisch-biographischen Ermittlungen von Petersen und Houben heraus; die Erzähler verstummen – möglicherweise aus Respekt vor den zutage getretenen Fakten. Es überrascht, dass in den Nazijahren, soweit bekannt, kein Eckermann-Roman, keine Eckermann-Erzählung erschienen ist. Als Thomas Mann im Exil seinen Goethe-Roman *Lotte in Weimar* konzipiert, muss er Eckermann – des Zeitpunkts der Handlung wegen – keinen Einlass in sein Romanpersonal gewähren. Gustav Seibt hat in seiner Analyse von Thomas Manns Buch einen Brief des Autors an seinen Luzerner Rezensenten Kuno Müller zitiert, in dem dieser über das Verhältnis von historischer Wahrheit und narrativer Fiktion nachdenkt: »Der Leser hat die Illusion, ganz genau zu erfahren wie Er wirklich gewesen; er hat die Illusion, dabei zu sein, und das ist aufregend«.[16]

Kann dieser Satz auch auf die Eckermann-Belletristik Anwendung finden, die seit den 1950er Jahren vor allem in der DDR entstanden ist? Das Erzeugen von Illusionen bedarf hoher Kunstfertigkeit, bedarf der Fähigkeit, alles Reale in der Schwebe zu lassen, es im Spiegel der Ironie einzufangen. Im Hinblick auf Eckermann tun sich Grenzen auf. Während Goethes Leben in einmaliger Vollständigkeit dokumentiert ist – und Thomas Mann macht reichen Gebrauch davon –, wissen wir von Eckermanns persönlichen Verhältnissen im Wesentlichen aus seinen Gedichten, aus Tagebuchfragmenten und seiner Korrespondenz mit der Braut – und aus dem, was er über sich in den *Gesprächen* mitteilt. Alles in allem gewährt das Mitgeteilte wenig Aufschluss; es bewegt sich im Rahmen von Selbstrechtfertigung und -verteidigung. Das engt den Spielraum von Erzählern ein und nötigt sie beinahe dazu, in ihren Texten das hinter Eckermanns Bekundungen Verborgene zur Sprache zu bringen oder wie Germanisten zu verfahren, die selbst zuweilen ihre Urteile belletristisch illuminieren. In den Texten der Eckermann-Belletristen kehren gewisse Motive ihrer narrativen Brauchbarkeit wegen immer wieder: Eckermanns Verhältnis zu Goethe sei einerseits das eines vertrauten Freundes gewesen, der das Privileg genossen habe, als erster den Text von *Faust II* lesen zu können, andererseits das eines ausbeuterisch Missbrauchten; das spiegele sich nicht nur in Eckermanns literarischer Produktivität als Autor der *Gespräche*, sondern z.B. auch im Alltäglichen, etwa im wechselseitigen Gebrauch des ›Baschkirenbogens‹ wider. Johanne Bertram, der Braut, wird der Part der Anklägerin zugewiesen; sie habe dem Besitzbürger Goethe vorgeworfen, Eckermann hinzuhalten, ihm keine Protektion zu gewähren, ihn für seine Arbeit nicht angemessen zu entlohnen, ihn beinahe sklavisch an Weimar zu binden und ihm eine gut entlohnte Archivstelle in Hannover auszureden.

Hinzu tritt eine kulturelle Situation in der frühen DDR, mit der sich Eckermann-Belletristen ins Verhältnis setzen. Auf der einen Seite ist Goethe der Nationalautor schlechthin, dessen künstlerisches Werk, so betrachtet, der Gründung eines sozialistischen Staates auf deutschem Boden historische Legitimität verleiht. Insofern erfährt Eckermanns Dienst an Goethe seine Berechtigung, seine Goethe-Verehrung

16 Gustav Seibt: *Gott spielen. Zu Thomas Manns Roman »Lotte in Weimar«*. In: GJb 2022, S. 177-190; hier S. 185.

erweist sich in gewisser Weise als DDR-typisches Modell. Überdies ist Eckermann ein Autor ›von unten‹, kann als Beispiel dienen für eine ›plebejische‹ Goethe-Rezeption. Ungeachtet dessen bleibt Goethe aber ein Angehöriger des Bürgertums, dessen negative soziale Eigenschaften – in diesem Falle: Besitzdenken, ›Ausbeutung‹ Eckermanns für eigene Zwecke – Kritik hervorrufen und nach historischer Ablösung verlangen. In diesem Labyrinth mussten sich auch die Eckermann-Erzähler zurechtfinden. Ihre Texte sollten Verlegern willkommen sein, die einerseits einer durch Georg Lukács wissenschaftlich legitimierten Goethe-Verehrung anhingen, andererseits Wert legten auf Goethes ›Volksnähe‹, wie sie sich in seinem Verhältnis zu Eckermann bekundet habe.

Man hätte annehmen können, dass der jüdisch-deutsche Prager Kommunist und Dichter Louis Fürnberg, von 1954 bis zu seinem Tod 1957 stellvertretender Direktor der Nationalen Forschungs- und Gedenkstätten in Weimar, in seiner als Fragment erhaltenen Erzählung *Der arme Dr. Eckermann* Goethes bourgeoise Gesinnung an den Pranger stellen würde. Was Fürnberg hingegen entwirft, ist eine Erzählung über Ottilie von Goethe und ihre beiden Söhne. Eckermann tritt uns als Ottilies Gesprächspartner entgegen, der ihr »mit der ihm angeborenen Demut vor dem Höheren«[17] zuhört. Eckermann, so Fürnberg, sei »ein Meister im Verbergen seines Inneren sein Leben lang« gewesen; mitleidig betrachtet er Ottilie und ihre Söhne: »Denn eine Gezeichnete, dachte er bekümmert, war auch sie, waren auch die Söhne, Schicksalsgenossen in dem magischen Kreis, den der gewaltige Dämon um sie gezogen«.[18]

Da verwundert es nicht, wenn andere Autoren ebenfalls dem »gewaltige[n] Dämon« Goethe ihre Reverenz erweisen. Der in Osnabrück lebende, in der DDR publizierende Ludwig Bäte erteilt Eckermann das physiognomische Prädikat des »geistig Arbeitenden«,[19] der am Tage seines ersten Besuchs bei Goethe seine Fußreise von Göttingen nach Weimar Revue passieren lässt; sie sollte »ihn zu dem führen [...], der wie ein Stern durch alle Dunkelheit geschienen«.[20] Eckermanns Entree bei Goethe bildet den Schluss: »Drei Stufen. Die Klingel gellt. Eine Tür tat sich auf. – Johann Peter Eckermann zog in die Unsterblichkeit ein«.[21] Ähnlich lauten die letzten Sätze in Hellmuth M. Böttchers Roman *Der Weg nach Weimar*: »Das Tor der Zukunft stand offen. Eckermann schritt lächelnd und beglückt über die Schwelle«.[22] Zwar habe er, so bei Böttcher, nicht zuletzt durch Goethe-Lektüre seine »Berufung [...] zum Dichter«[23] erfahren – und seine Braut bestärkt ihn darin –, als seine eigentliche Lebensaufgabe begreift er aber das »Dienen – das war die

17 Louis Fürnberg: *Der arme Dr. Eckermann. Fragment*. In: ders.: *Gesammelte Werke in sechs Bänden*. Bd. 3: *Prosa 1*. Berlin, Weimar 1967, S. 449-461; hier S. 451.

18 Ebd., S. 452.

19 Ludwig Bäte: *Weimar. Antlitz einer Stadt*. Weimar o. J., S. 152.

20 Ebd., S. 153.

21 Ebd., S. 154.

22 Hellmuth M. Böttcher: *Der Weg nach Weimar. Der Roman des jungen Eckermann*. Berlin 1961, S. 262.

23 Ebd., S. 144.

Selbsthingabe an einen lebendigen Zweck«,[24] die hier auch religiös überhöht wird: »Das war das Zeichen! Gott hatte gesprochen! Gott selber! – Seitdem fürchtete er sich nicht mehr. Er saß da mit verklärtem Gesicht und hielt Umschau«.[25]

Dem gegenüber weisen die Porträts, die Fritz Kühnlenz in seinem Kapitel *Diener am Werk ihres Meisters* von Johann Heinrich Meyer, Friedrich Wilhelm Riemer und Johann Peter Eckermann entwirft, Elemente zurückhaltender Sachlichkeit auf. Ein Unterstützungsgesuch Eckermanns an Erbgroßherzog Carl Alexander erhält folgenden Kommentar: »Ein mutiger Brief, der einmal mehr zeigt, daß Eckermann durchaus nicht der subalterne und devote Charakter gewesen ist, den man in ihm gesehen hat«.[26] Dass Eckermanns späte Jahre in Weimar »Jahre der Sorge ums Notdürftigste, Jahre des Heimwehs, Jahre der Vereinsamung« waren,[27] hat seine unbestreitbare Wahrheit. So fällt auf Goethe das Licht der Kritik; sein »Egoismus« mute »herzenskalt und rücksichtslos« an:[28]

> Er nimmt ihn über seinen Tod hinaus in Anspruch. Eckermann bringt ihm auch dieses Opfer – wie er ihm vom Tage seines Eintritts in Weimar an sein Privatleben, seine bürgerliche Existenz, sein Dichten und Schaffen, sein ganzes persönliches Glück geopfert hat. Für all das interessiert sich Goethe nicht.[29]

Gleichwohl besitze Eckermann »sittliche Größe«, weil er »diese Quälereien und Demütigungen [der Braut] erträgt, ohne in seiner Treue zu Goethe zu wanken. Seine Arbeit für den geliebten Meister ist ihm eine Mission, hinter der alles andere ›im wesenlosen Scheine‹ versinkt«.[30] Am Ende stimmt auch Kühnlenz in den Chor der Goethe-Verehrer ein: Dem Egoismus des Dichters »verdankt Eckermann letzten Endes seine Unsterblichkeit und die Welt das beste Buch über Goethe«.[31]

Eine mehr oder minder unreflektierte Goethe-Verehrung war in den 1950er und 1960er Jahren in allen deutschsprachigen Ländern anzutreffen. Sie erwies sich als eine geistige Klammer, die auch die Mitglieder der im Prinzip deutsch-deutschen Goethe-Gesellschaft miteinander verband. Ein beredtes Zeugnis dieser Verehrung stellt der (an Umfang stärkste) Eckermann-Roman von Mary Lavater-Sloman[32] dar. Mit ihren Quellen geht die Autorin sorgfältig um. Unter der Hand ist so etwas wie eine Kulturgeschichte von Eckermanns Weimarer Jahren entstanden, im Kern eine Goethe-Hagiographie, zu deren literarischer Beglaubigung Eckermann sich auf den Weg nach Weimar gemacht hat. Schon der Sechzehnjährige war »dazu bestimmt, dereinst den Glanz des Großen, bei dessen Anblick sogar Napoleon stutzte,

24 Ebd., S. 27.
25 Ebd., S. 42.
26 Fritz Kühnlenz: *Weimarer Porträts. Männer und Frauen um Goethe und Schiller*. Rudolstadt 1967, S. 174.
27 Ebd., S. 175.
28 Ebd., S. 171.
29 Ebd., S. 169.
30 Ebd., S. 170.
31 Ebd., S. 171.
32 Mary Lavater-Sloman: *Der strahlende Schatten. Goethes Eckermann*. Stuttgart, Zürich 1959.

im Spiegel seiner reinen Seele aufzufangen«.[33] Dieser »zartbesaitete Mensch«, so Goethes Räsonnement im Roman, wäre »in der Ehe mit einer energischen, kleinbürgerlichen Frau zu gar nichts mehr fähig« gewesen.[34] »Es liegt«, bekundet die Autorin,

> eine Tragik über Eckermanns Leben, und man ist versucht sich zu fragen, ob er nicht vom Schicksal als ein Opfer ausersehen war. Er, dieses unbeschriebene Blatt, wurde entgegen jeder Voraussetzung seines Daseins bis in die Hände des Größten seiner Zeit geweht, damit dieser seine letzten, höchsten Gedanken, sein geistiges Testament, darauf niederschrieb.[35]

Wo das (immer wieder beschworene) Schicksal spricht, muss historische Genauigkeit zurücktreten; postuliert wird eine »einzigartige geistig-seelische Verbindung«, die zwischen Goethe und Eckermann, »dem alten Weisen und dem jungen Gefährten«,[36] bestanden habe, eine »Brücke der Sympathie wie ein mystischer Regenbogen zwischen Goethes Sonnenwesen und Eckermanns noch gewittrigem, ungeklärtem Geistesdrang«.[37] Derlei schließt nicht aus, dass Lavater-Sloman zuweilen auch einen nüchternen Blick auf die Verhältnisse wirft. Bestimmend aber bleibt der hymnische Gestus ihres Buches, der auf seine Weise mit einer hagiographischen Haltung harmoniert.

Jutta Hecker, Tochter des Weimarer Gelehrten Max Hecker, Autorin zahlreicher kulturhistorischer Bücher, hat in ihrem Eckermann-Roman[38] einen anderen Weg eingeschlagen. Es sind fiktive Gespräche – zwischen Eckermanns Sohn Karl, dem begabten Maler, und seinem Freund James Marshall zwanzig Jahre nach Eckermanns Tod im ersten Teil, zwischen der Schauspielerin Auguste Kladzig, verh. La Roche, und Ottilie von Goethe im dritten –, in denen Eckermanns Leben heraufgerufen wird; im Mittelteil erzählt Eckermann selbst. In vielen Punkten zeichnet sich Heckers Darstellung durch biographische und quellenkundliche Genauigkeit aus. Was die Autorin an Goethe-Kritik vorzubringen hat, legt sie dem Sohn in den Mund:

> Er [Goethe] zeichnete ihn aus. Er gab ihm alle Reichtümer des Geistes und der Seele und verpfuschte ihm dabei sein Dasein. Ihm und meiner Mutter. [...] Goethes Eckermann! Da liegt die ganze Tragödie drin! Es klingt, als wäre er ein Anhängsel Goethes, als hätte er für sich selber kein Lebensrecht gehabt![39]

Eckermann selbst resümiert seinen ersten Besuch bei Goethe: »Ich hatte ihn gefunden – den Grund und das Ziel meines Lebens [...]«.[40] Ungeachtet aller Fremdheit und Unbehaustheit Eckermanns in der höfisch-bürgerlichen Welt von Weimar, von

33 Ebd., S. 41.
34 Ebd., S. 297.
35 Ebd., S. 99.
36 Ebd., S. 315.
37 Ebd., S. 106.
38 Jutta Hecker: *Ich erinnere mich. Gespräche um Eckermann*. Weimar 1962.
39 Ebd., S. 23, 25.
40 Ebd., S. 103.

der Jutta Hecker Zeugnis gibt, lässt sie ihn doch sein eigentliches Lebensglück ungebrochen zur Sprache bringen: »Denn ich fühlte nicht nur das Glück, nahe bei ihm zu sein; ach, ich war auch stolz auf meine Stellung bei Goethe. […] Ich galt als der ihm Nächste, als der Vertraute«.[41] Das Entstehen seiner *Gespräche* stellt Eckermann mit beinahe biblischem Pathos dar:

> Sein Wort ertönte wieder, obwohl er von der Erde gewichen. Sieh, so entstand mein Buch; langsam, mit fürchterlichen Pausen, in zermürbenden Zweifeln, und doch voll ahnungsreicher untrüglicher Gewißheit. Es wuchs hervor. Sieh, ich erinnere mich, um ihn zu finden; und ein unerschöpflicher Reichtum überströmte mich und die Welt.[42]

Dass die geistige Koinzidenz zwischen Goethe und Eckermann (hier schon) ins Licht der Anthroposophie gerückt wird, sei nicht verschwiegen. Die beide verbindende »Lebenskunst« des Bogenschießens erfordere, so die Autorin, »jegliche Kraft in sich [zu] sammeln, die des Körpers, der Seele, des Geistes«.[43]

Einen chronologischen Spätling in der Eckermann-Belletristik stellt eine Erzählung von Hans Peter Renfranz dar.[44] Die Szenerie erinnert an einen (nicht sehr gelungenen) Fernsehfilm. Eckermann, arm und abgerissen in seiner von Vogelgestank erfüllten Kammer hausend, lebt in der (absurden) Erwartung, von Großherzogin Maria Pawlowna und ihrem Sohn, dem Erbgroßherzog Carl Alexander, zu den offiziellen Feierlichkeiten zum Goethe-Jubiläum 1849 abgeholt zu werden. Bevor es aber – wider alle dramaturgische Logik – am Ende dazu kommt, muss er sich nacheinander gegen die Forderung seines Wirtes zur Wehr setzen, Mietschulden zu begleichen, in ein Gespräch mit einem Freund aus der Heimat eintreten, dem er ein sozialkritisches Gedicht vorliest, einen Besuch des Naturwissenschaftlers Emil du Bois-Reymond ertragen, schließlich imaginierte (ebenso peinlich wie überflüssig anmutende) Rodomontaden des betrunkenen August von Goethe über sich ergehen lassen. Zwischen diesen Episoden ruft er selbst sein eigenes Dasein in Vergangenheit und Gegenwart herauf, nennt sich selbst »Weimar-krank«.[45] Aus dem Umstand, dass Carl Alexander die Gewährung einer Pension für Eckermann an dessen Wohnsitz in Weimar gebunden hatte, entwickelt Renfranz in der Begegnung mit den großherzoglichen Herrschaften ein kleines Drama der sozialen Anklage, deren Wortführer Eckermann selbst ist; schreiend trägt er seine Klagepunkte vor. Am Ende löst sich alles in einem Kompromiss auf. Eckermann soll, so interpretiert er Carl Alexanders wohlwollende Anordnung, »künftig im Goethehaus die Rolle eines sprechenden Möbelstücks« spielen. Da die hohen Herrschaften Eckermann schließlich auch eine festliche Bekleidung bereitstellen, kann er sich zur Jubiläums-Aufführung des *Tasso* begeben und sich von der Menge »hochleben« lassen.[46] Den

41 Ebd., S. 130.
42 Ebd., S. 149.
43 Ebd., S. 54.
44 Hans Peter Renfranz: *Eckermann feiert Goethes 100. Geburtstag. Erzählung*. Frankfurt a.M. 1990.
45 Ebd., S. 44.
46 Ebd., S. 113.

Schlusspunkt bildet ein Traum Eckermanns, in dem er einer Aufforderung Goethes gehorcht, ihm mit dem Bogen einen Apfel vom Kopf zu schießen, und diesen mitten ins Herz trifft. Doch der unsterbliche Goethe übersteht dies ohne Blessuren und kann Eckermann eine Erkenntnis mitteilen: »Das Tragische an Ihrer Person, Eckermann, ist nun, daß Sie sich, trotz Frau und Kind, in die Literatur meinten begeben zu müssen [...]«[47] – ein wohl eher banales Resümee. Insgesamt ist Renfranz' Erzählung ein wohl gutgemeinter, künstlerisch aber eher hilfloser Versuch, dem Thema ›Goethe, Eckermann und der Weimarer Hof‹ sozialkritische Akzente zu verleihen.

Das Goethe-Jubiläum 1982 lieferte den annalistischen Impuls, das Verhältnis Goethe-Eckermann neu zu beleuchten. In diesem Jahr erschien unter dem keineswegs anspruchslosen Titel *Unser Goethe. Ein Lesebuch* ein 1159 Seiten starker Band, den Eckhard Henscheid und F. W. Bernstein herausgegeben haben. Dort findet sich ein Text, der bereits 1979 vom Hessischen Rundfunk voraufgeführt worden war: *Eckermann und sein Goethe. Ein Schau-/Hörspiel getreu nach der Quelle*; zu den beiden Bandherausgebern hat sich als Autor Bernd Eilert gesellt – allesamt waren sie Satiriker aus dem Hause *Titanic*. Bedenkt man die Herkunft der Autoren, so erscheint die nachfolgende Bekundung im Geleitwort eher als vorgespiegelt:

> [...] drittens bezieht sich das Stück, im Unterschied etwa zu dem gleichfalls im Frühjahr 1982 erscheinenden Goethe-Eckermann-Spiel von Martin Walser, ganz aufs Original und möchte diesem sehr großen Buch [natürlich Eckermanns *Gesprächen*] vielleicht über diese Schiene sogar neue Freunde gewinnen [...].[48]

Dem Aspekt des Originalen messen die Autoren große Bedeutung bei, wie nachfolgender Kommentar zu erkennen gibt:

> Die 1836 und 1848 erschienenen Memoiren bzw. Gesprächsprotokolle, denen nach ziemlich übereinstimmender Meinung der Literaturwissenschaft ein erstaunlich hohes Maß an Authentizität zu bescheinigen ist, sind unter anderem auch heute noch eine der genauesten, dichtesten und verwirrendsten Darstellungen der Bezüge zwischen zwei Menschen. Ihr Vorzug gegenüber allen Fiktionen: sie haben stattgefunden.[49]

In solchem Sinn geben die Autoren vor, auf alle Fiktion verzichtet zu haben: »Das Stück speist sich ausschließlich aus der Quelle Eckermann [...]. Überhaupt wurde oft komprimiert, kompiliert und neu kombiniert«.[50] Durchaus »neu kombiniert« haben die Autoren, indem sie längst nicht immer dem Wortlaut der *Gespräche* gefolgt sind, sondern ›originale‹ Textgruppen neu zusammengestellt haben. Ihre interpretierende Zutat liegt im Einblenden von Musik, vor allem aber in den Regieanweisungen für die Sprecher der Rollen von Eckermann und Goethe. Hier

47 Ebd., S. 121.
48 Eckhard Henscheid, F. W. Bernstein (Hrsg.): *Unser Goethe. Ein Lesebuch*. Zürich 1982; hier S. 21.
49 Ebd.
50 Ebd., S. 978.

eine Auswahl von variantenreichen Anweisungen für den Eckermann-Sprecher: *blöd-eifrig* (S. 983), *inbrünstig* (S. 987), *steif-rührend* (S. 988), *dümmlich* (S. 1009), *immer penetranter* (S. 1026). Goethe kommt ebenfalls nicht ungeschoren davon: *störrisch* (S. 1026) oder *lauernd* (S. 1059) soll er seine Sätze vortragen, sagt einige auch in alkoholisiertem Zustand. Am Ende lugt doch wieder der satirische Pferdefuß hervor, erweist sich die postulierte Authentizität als Maskerade. Hinter der Folie des Authentischen verbergen sich Skepsis oder, korrespondierend mit Tendenzen damals aktueller Goethe-Forschung, offener Widerspruch gegenüber pauschaler Dichterverehrung.

In gewisser Weise gilt das auch für Martin Walsers Eckermann-Stück *In Goethes Hand*. Zwischen 1975 und 1982 hat Walser sein Drama geschrieben, das am 18. Dezember 1982 am Wiener Burgtheater uraufgeführt wurde; eine zweite Fassung wurde 1984 bei Suhrkamp gedruckt und liegt, so ist anzunehmen, dem Druck in Band 9 der Werkausgabe[51] zugrunde. Für eine Aufführung im Lauchstädter Goethe-Theater (im September 1993) schrieb Walser einen Prolog, der dem Druck in Band 9 vorangestellt ist. Walsers Goethe-Bild hat einige Metamorphosen durchlaufen.[52] In der (gern wahrgenommenen) Rolle eines Repräsentanten deutscher Kultur (darin dem oft kritisierten Thomas Mann nahe) bewegt er sich, als er am 17. Oktober 1982 im Akademietheater in Wien im Auftrag des Burgtheaters eine Goethe-Rede hält, die er *Goethes Anziehungskraft* betitelt – gewissermaßen ein Prolog zur Premiere seines wenige Wochen später uraufgeführten Eckermann-Stückes. Zusammen mit einem Text, der am 2. März 1986 in *The New York Times Book Review* erscheint und die Überschrift *Hilfe vom Selbsthelfer. Ein Versuch über Goethe* erhält, wird er in der Suhrkamp-Ausgabe in der Rubrik *Liebeserklärungen* veröffentlicht. Postmoderner Beliebigkeit setzt Walser in seiner Wiener Rede ein deutliches Bekenntnis entgegen:

> Goethe war vielleicht der letzte Helle, der letzte, der glaubte, es gebe so etwas: Edelmut, Widerstand gegen Niedertracht, Güte als Leistung, Leidenschaft aus Gewissen, Geschichte als schöner Verlauf. Was er für möglich hielt, sollten wir wenigstens für wünschenswert halten.[53]

Damit korrespondiert Walsers Postulat von Schönheit bei Goethe:

> Man muß nur hindenken zu ihm; eins erfährt man immer: wie Goethe sich sträubt gegen Sinnlosigkeit. Wie schön er sich sträubt. Schon das ist sinnvoll. Etwas Schönes ist überhaupt sinnvoll. Das ist der Artikel, den ich mir im Kaufhaus Goethe ausgesucht habe. Es ist ein Glaubensartikel. Mehr nicht. Aber das schon.[54]

51 Martin Walser: *Werke in zwölf Bänden*. Hrsg. von Helmut Kiesel unter Mitwirkung von Frank Barsch. Bd. 9: *Stücke*. Frankfurt a. M. 1997.

52 Vgl. den Essay von 1974: Martin Walser: *Goethe hat ein Programm, Jean Paul eine Existenz. Über »Wilhelm Meister« und »Hesperus«*. In: *Werke in zwölf Bänden* (Anm. 51). Bd. 12: *Leseerfahrungen, Liebeserklärungen. Aufsätze zur Literatur*. Frankfurt a. M. 1997, S. 239-255.

53 Ebd., S. 620.

54 Ebd., S. 621.

Im Kern beruht Walsers Eckermann-Stück auf diesem Postulat. Hinzu tritt eine Maxime, die Eckermann, grotesk genug, in Goethes Gegenwart im Stück artikuliert: »Goethe ist vom Negationisten nicht darstellbar. Wer Goethe nicht schön darstellen kann, kann ihn nicht darstellen«.[55] Folgt Walser selbst dieser Maxime? Ein ›Negationist‹ jedenfalls ist er nicht. In der Schlussszene, einem von Eckermann geträumten Dialog zwischen ihm und Goethe, in den sich Eckermanns ewige Verlobte Hannchen einmischt, legt Goethe seinem Adepten Argumente in den Mund, die gegen ihn sprechen, und erzeugt eine Haltung, die Eckermann in die Worte fasst: »Haß, Exzellenz, Haß«.[56] Doch der aus dem Traum erwachende Eckermann behält das letzte Wort: »Nein. Nicht. Entschuldigung, Exzellenz! Das ist die Nacht. Ich Goethe hassen, ja was denn noch! Das war nicht ich, Exzellenz. Goethe hassen, ich! Man kann ihn nur lieben, lieben, lieben«.[57]

Liebe kann den Geliebten überhöhen und verklären, sie kann sich aber auch mit einem kritischen Blick auf ihn verbinden. Walser hat eine doppelte Perspektive gewählt. *In Goethes Hand*: mit Bedacht ist dieser Titel gewählt, denn er gibt eine ambivalente Beziehung zu erkennen. Die sprichwörtliche Formel verweist auf Geborgenheit ebenso wie auf rigorose Verfügbarkeit durch Goethe. »Daß ich meinen Fall hier spielen darf«, so Eckermann im Lauchstädter Prolog, »ist einerseits erhebend, andererseits ... vernichtend. [...] Mein Fall ist der Fall von Herr und Knecht unter besten Bedingungen«. Gleichwohl fügt Eckermann in trotziger Selbstbehauptung hinzu: »Aber mein Fall bleibt eben doch mein Fall«.[58] In diesem Spielraum von Unterwerfung und Aufbegehren Eckermanns bewegt sich der teils auf authentischen Quellen beruhende, teils fiktive Briefdialog zwischen Eckermann und seiner Braut Johanne (im Stück Hannchen) Bertram, die zweimal im Stück (1823 und 1829) Eckermann unmittelbar gegenübertritt. 1823 wiegt sie sich noch in Illusionen: »Du gehst, daß wir zusammenbleiben können. Darum gehst du. Darum. Darum. Darum«.[59] 1829 ist diese Illusion längst erloschen. Goethe, so hält sie ihrem Bräutigam vor, habe ihn für »die ewige Redigiererei« niemals entlohnt; Eckermann weiß nur zu erwidern: »Goethes Verhältnis zu mir erlaubt kein Geld«.[60] Als er ihr versichert, dass Goethe »ein Liebling der Götter« sei, antwortet sie einigermaßen rüde: »Aber daß du seit elf Jahren verlobt bist, ist dem Götterliebling scheißegal. Und dir auch«.[61] Goethe hat in der Tat weder von Hannchens Übersiedlung nach Weimar noch von Eckermanns Hochzeit 1831 Notiz genommen. Hannchens realistischem Blick auf das Tatsächliche weiß der Bräutigam nur seine Illusionen entgegenzusetzen: »Man sieht, was man hat an mir«.[62] An anderer

55 Ebd., S. 680.
56 Ebd., S. 706.
57 Ebd., S. 707. Eine solche Bekundung korrespondiert mit Walsers Goethe-Essay, zudem mit meiner persönlichen Erinnerung; denn als meine verstorbene Kollegin Regine Otto, Herausgeberin der *Gespräche*, und ich Walser 1982 im Hotel Elephant gegenübersaßen, sagte er zu uns: »Eckermann hat Goethe geliebt«.
58 Ebd., S. 647.
59 Ebd., S. 655.
60 Ebd., S. 673.
61 Ebd., S. 675.
62 Ebd., S. 676.

Stelle malt er, beinahe in der Art von Thomas Bernhard, im Dialog mit Hannchen sein Goethe-Bild aus:

> Er werde, das sei mein Glaube, hab ich gesagt, für mich tun, was er tun könne. Und er, Hannchen, Goethe: Da haben Sie vollkommen recht, ich denke öfter an ihr Glück, als Sie wissen können. Seitdem habe ich das Gefühl, daß ich mich auf ihn verlassen kann.[63]

Solche Aussagen lassen Hannchen am Ende resignieren: »Du möchtest schon, das weiß ich. Aber Weimar ist stärker«.[64]

Eckermann lässt sich in seiner Goethe-Verehrung nicht anfechten. Im zweiten Akt erscheint – als freie Erfindung in einem insgesamt sorgfältig recherchierten Stück – Ferdinand Freiligrath, einstmals lyrischer »Trompeter der Revolution«,[65] bei Eckermann, weil er im Auftrag von Karl Marx, dem Chefredakteur der *Neuen Rheinischen Zeitung*, ein Interview mit dem Autor der *Gespräche* führen will. Eckermann zu Freiligrath: »Ich hatte immer das Gefühl, als stehe ich unter der Leitung eines gütigen Wesens«.[66] Die Kehrseite dieser Liebesbeziehung, Eckermanns not- und leidensvolle Abhängigkeit, gibt sich in seiner Körpersprache zu erkennen, wie sie einige Regiebemerkungen festhalten. Auf Ottilie von Goethes routinierte Allerweltsfrage: »Geht's gut oder nicht?« notiert Walser als Regieanweisung: »*Eckermann wehrt ab, hilflos, verlegen, verzweifelt*«.[67] Die zweite Szene des zweiten Akts eröffnet eine ausführliche Notiz: »*November 1848. Eckermann ist immer noch in Weimar.* […] *Er ist von Armut und Krankheit gezeichnet*«.[68] Knapp fünf Jahre später, bei der Inthronisierung des Großherzogs Carl Alexander, ein ähnliches Bild: »*Juno-Zimmer im Goethe-Haus. 28. August 1853.* […] *Eckermann wird von einem Diener hereingeführt.* […] *Er hat offenbar Hunger. Er macht sowieso einen elenden Eindruck*«.[69] Als er Ottilie wiedersieht und diese sich über ihren Sohn Walther äußert, ist der im Elend existierende Eckermann zu einer wie auch immer gearteten Erwiderung außerstande. Walser protokolliert: »*Eckermann ist völlig hilflos. Geht. Geht unwillkürlich wie Goethe*«.[70] Auf marionettenhafte Reproduktion ist seine Goethe-Verehrung herabgesunken. Ob Eckermann tatsächlich Goethes steifen Altersgang nachgeahmt hat, lässt sich nicht belegen. Dass aber seine Handschrift sich der Goetheschen dergestalt angenähert hat, dass selbst geübte Philologen seinen Duktus von dem Goethes zuweilen nicht unterscheiden können, bestätigt sich in der archivischen Entzifferungspraxis immer wieder.

Wie gibt sich Goethe selbst zu erkennen? Mehrfach nimmt der im September 1823 aus Böhmen Zurückgekehrte – damit setzt das Stück ein – Bezug auf eine Strophe seiner *Elegie*, deren erste Fassung auf der Rückfahrt in der Kutsche entstanden war. Konträr dazu steht Goethes Intention, seiner depressiven Verfassung

63 Ebd., S. 683.
64 Ebd., S. 684.
65 Ebd., S. 694.
66 Ebd., S. 696.
67 Ebd., S. 683.
68 Ebd., S. 691.
69 Ebd., S. 698.
70 Ebd., S. 701.

eine Lebensbilanz in Gestalt der Ausgabe letzter Hand entgegenzusetzen. In dieser Situation trifft er auf Eckermann und verfügt augenblicklich über dessen weiteres Leben: »Sie gehören nach Weimar«.[71] Das Alltägliche wird an August delegiert, der sich in schönem Bürokratendeutsch an den neuen Hausangehörigen wendet: »Das Einstellungsgespräch wird mit mir geführt«.[72] Bei dieser Wendung der Dinge bleibt es zunächst. In der Marienbader Lebenskrise hatte Goethe sein Vertrauen in das eigene Künstlertum vorübergehend verloren. Selbst von ›Einflussangst‹ sieht er sein künftiges Verhältnis zu Eckermann betroffen: »Wie Sie mir folgen, um mir dann vorauszueilen ... das ist ängstigend! Eckermann, Eckermann, weichen Sie! Von Ihnen könnte ich abhängig werden!«.[73] Walsers Goethe lässt es geschehen, dass Eckermann – als sein Alter Ego auf unterer Stufe – eine Rede auf den Dichter hält, in der sich überdies Walsers Goethe-Bild spiegelt; Goethe billigt die Rede als »Höchst kongruent, sehr verständig«.[74] Mehrfach wird ihm die stereotype Wendung »Na ja, mal sehen, nicht wahr«[75] in den Mund gelegt. Auf diese Weise kann Walser dem Problem ausweichen, entweder eine Originaldiktion Goethes zu erfinden oder Eckermanns Prosa zu kopieren, die, wie wir wissen, einen idealisierten Goethe vor uns hinstellt, der längst nicht immer so formvollendet gesprochen haben kann, wie Eckermann es uns glauben machen will. Der sarkastische, desillusionierte Goethe kommt in den Aufzeichnungen des Kanzlers von Müller zum Vorschein; dieser hat zuweilen Goethes originäre Alterssprechweise mit gelegentlichem Verzicht auf Pronomina festgehalten. Walsers Sprache schließt daran an.

Unter dem neobarocken Titel *Der große Coup. Aus den geheimen Tage- und Nachtbüchern des Johann Peter Eckermann* hat Jens Sparschuh 1987 seinen ersten Roman veröffentlicht. Sparschuh, der in Leningrad (heute St. Petersburg) Logik und Philosophie studiert hat, brachte danach einige Jahre als Assistent an der Humboldt-Universität zu, bevor er in die freie Autorenexistenz wechselte. Zieht man Sparschuhs Belesenheit in Philosophiegeschichte und Poesie ins Kalkül, so ist nicht auszuschließen, dass bei seiner Titelwahl die 1947 erstmals erschienenen *Tag- und Nachtbücher 1939-1945* des Philosophen Theodor Haecker Pate gestanden haben. Seinem Roman hat Sparschuh eine *Prolegomena* überschriebene Vorrede aus des fiktiven Eckermanns Feder vorangesetzt – des Autors Bildungsanspruch an den Leser ist generell nicht gering; datiert ist sie »Zu Weimar, in Logis beim Kammermusikus Klemm, Brauhauserstraße, parterre, den 22. März des Jahres 1852, zwanzig Jahre auf Goethes Tod«.[76] Was ich daraus zitiere, findet sich auch auf der Rückseite des Schutzumschlags:

> Ich will hier nicht versäumen, den Leser vor der Lektüre dieser Schrift entschieden zu warnen! Nur wer Goethe so liebte wie ich wird auch den Haß verstehen können, der mitunter aus den nachfolgenden Zeilen sprechen mag und doch nur

71 Ebd., S. 668.
72 Ebd., S. 670.
73 Ebd., S. 669.
74 Ebd., S. 680.
75 Ebd., z.B. S. 664.
76 Jens Sparschuh: *Der große Coup. Aus den geheimen Tage- und Nachtbüchern des Johann Peter Eckermann*. Berlin 1987, S. 11.

> die Rückseite der Medaille ist. Wie sagen die Perser: ›Nimm den Dingen ihren Schatten, so nimmst du ihnen das Leben.‹[77]

Unabhängig voneinander nehmen Walser und Sparschuh auf die Polarität von Liebe und Hass Bezug; beide lassen Eckermanns Buch aus der Liebe des Autors zu Goethe entspringen. Ähnlich ist auch die Konstellation in der Korrespondenz zwischen Eckermann und seiner Braut Hanchen. Ihre Briefe an Eckermann hätten diesem seine Abhängigkeit von Goethe zu Bewusstsein bringen können; tatsächlich aber immunisiert er sich gegen die Rationalität seiner Braut, wenn er – anders als bei Walser – die Ehe als Lebensmodell überhaupt in Zweifel zieht: »Mit Hanchen eine Familie stiften …Von dieser Perspektive«, so räsoniert er, »ist mir der Kopf ganz verschoben. Stifte ich da nicht eigentlich ein Unglück?«.[78] In der historischen Realität ist dieses Unglück eingetreten. Sparschuh tut noch ein Übriges und gibt seinem Eckermann die Schauspielerin Auguste Kladzig als Geliebte zur Seite, mit der es, von Eckermann so im Roman protokolliert, mehrfach »zum Äußersten«[79] kommt; Walser legt sich an diesem Punkt (ganz gegen seine Gewohnheit) Zurückhaltung auf.

Was verbirgt sich hinter dem ›großen Coup‹? Er beruht, so die narrative Fiktion, auf einer Verabredung zwischen Goethe und Eckermann, der zufolge Eckermann aus Goethes Werken all jene Stellen ausziehen soll, die als letzte Worte des Dichters, sozusagen als Botschaft für die Nachwelt, Verwendung finden könnten. Eckermann ist gewissermaßen dreifach beschäftigt, als Redakteur der Ausgabe letzter Hand, als Autor der *Gespräche* und als Verfasser von Geheimtagebüchern, die sowohl eigene Reflexionen als auch Material zum ›großen Coup‹ enthalten. Über die Crux seiner Aufzeichnungen reflektiert Eckermann selbst:

> Abends Schach gespielt, wie immer ich gegen mich.
>
> Beobachte an mir zu meinem Erschrecken die Unfähigkeit – und sei es auch nur eine Partie! – unparteiisch zu spielen. […]
>
> Ähnliche Gefühle auch bei der Niederschrift der für den Druck gedachten »Gespräche mit Goethe«. Anstelle der Objektivität dominiert darin G.
>
> Merkwürdiger Kontrast der Biederkeit dieser gesprächsweise geäußerten Ansichten zur ansonsten so changierenden Erscheinung seines Wesens in Wort und Schrift, so daß mir mein Geschäft mit den »Konversationen« allmählich verdächtig wird.
>
> Was aber dominiert hier, in diesen privat festgehaltenen Gesprächen, bei denen ich am wenigsten an Veröffentlichung denke? Habe das ungute Gefühl, daß mir die Wahrheit unerkannt und ungenannt zwischen den beiden Extremen entwischt …
>
> Zudem: Ich treibe falsches Spiel. […]
>
> Womöglich, denke ich, liegt das Grundübel meiner »Konversationen« darin begründet, daß ich bestrebt bin, *ein* Bild, abgeschlossen und vollendet, von ihm zu zeichnen, so daß mir jeder opponierende Zug gegen den Strich geht; jedenfalls betreibe ich eine Zensur, die der preußischen wohl alle Ehre machte, obschon

77 Ebd., S. 9.
78 Ebd., S. 142.
79 Ebd., S. 141.

mir dabei vor allen Instanzen als Rechtfertigung dienen möge, daß dies vielleicht der einzige Weg ist, größeren Schaden abzuhalten …

> Wollte ich nämlich alles wortgetreu so aufzeichnen, wie er es sagt, und nicht die zahllosen Widersprüche, die er wohl selbst nicht bemerkt, ausmerzen, müßte man am Ende dieses Wirrsals wahrscheinlich einen von uns beiden für nicht ganz gescheit halten – und nach Kenntnis der Dinge stünde wohl anzunehmen, daß ich derjenige sein würde. Also …
>
> Spät am Abend.
>
> Nachgedachtes über den heutigen Eintrag:
>
> Wie, wenn es nun nicht an mir läge, sondern in G.s Natur, die vielleicht ein[e] einfache Beschreibung schlechthin unmöglich macht? Jedenfalls werde ich nicht versäumen, neben den »Konversationen« auch diese meine Geheimtagebücher fortzuschreiben, um wenigstens etwas zu retten.[80]

Während Eckermann sonst eher humoristisch eigene Mittelmäßigkeit und »Selbstzerrissenheit«[81] beklagt, gibt sich hier das Bewusstsein von der eigenen zwiespältigen Rolle zu erkennen. Eine doppelte Notation entsteht, eine künftig öffentlichkeitswirksame in den Gesprächen, eine objektiv-wahrhaftige in den Geheimtagebüchern. Parallel dazu vollzieht sich im täglichen Redaktionsgeschäft die Selektion des Coup-Materials und dessen gelegentliche Begutachtung durch Goethe. Sparschuhs Buch endet an Goethes Todestag, ohne das über den ›großen Coup‹ eine Entscheidung getroffen worden wäre; ebenso wie bei Walser muss alle Spekulation über Goethes letzte Worte offen bleiben.

Mit den historischen Konkreta aus Goethes Biographie erlaubt sich Sparschuh ein ironisches Vexierspiel. Frei erfunden sind Autoren und Titel von Exemplaren aus Goethes Bibliothek. Auf diese Weise unterläuft der Autor die Erwartung des Lesers, in diesem Roman historisch korrekt unterrichtet zu werden. Indem Sparschuh Fakten mitteilt, die sich schon auf den ersten Blick als fiktiv erweisen, gibt er dem Leser zu erkennen, dass es im ganzen Roman mit der historischen Wahrheit überhaupt nicht zum Besten bestellt sein soll.

Für ihn bot der Roman Gelegenheit, geistige Konterbande in den Text einzuschmuggeln. Der Roman wird zum Zeitroman, Eckermann zum modernen Intellektuellen. Wenn dieser über einen »Montgolfierballon« nachsinnt, dessen »Treiben« »angesichtig des allgemeinen Daniederliegens der Dinge […] aus der Mode gekommen« ist,[82] dann konnte der Leser von 1987 Schlüsse auf die eigene Befindlichkeit ziehen. Gleiches hätte nach der Lektüre der folgenden Passage passieren können:

> Wo einer recht arm an Begriffen ist, der hat zu tun. Nicht nur dem Anscheine nach. […] Selbiges gilt nun auch für die Staatenlenker, von denen man deshalb nur mit der allergrößten Hochachtung sprechen sollte! Die da alles zu überschauen haben, müssen gewissermaßen vom Einzelnen absehen und haben nur ganz wenige, will sagen: nur die wichtigsten Oberbegriffe im Kopfe. […]

80 Ebd., S. 142-144.
81 Ebd., S. 151.
82 Ebd., S. 15.

> Vielleicht liefert uns dies auch den Schlüssel, die Harthörigkeit, ja Taubheit der Oberen auf natürliche Weise zu erklären? Es gehört also notwendig zum Staatsgeschäft eine gewisse Armut des Begriffs, eine Stutzigkeit desselben. Und natürlich ein liebes, weites Kinderherz, Kindereinfalt.[83]

Dem Zensor gegenüber hätte sich Sparschuh auf die Position zurückziehen können, dass er nur die Stimme des historischen Goethe laut werden lässt, wenngleich seine eigene, den historischen Sprachstil verlassende Diktion daran Zweifel hätte wecken können. An anderer Stelle lässt er in äsopischer Sprache seinen Goethe Folgendes erklären:

> Nun sah ich früh auch das Träumerische, das Wolkenkuckucksheim, das aller Politik anhaftet. Ein Land nach einer Idee, einem Plan zu modeln – das heißt doch Unmögliches zu wollen, nicht wahr, bodenloser Dichtertraum. Politiker sind Phantasten, und gegen einen Politiker ist noch der blumigste Poet ein nüchterner biederer Handwerksgeselle, ein ›Reime-Schmied‹ eben.
>
> So beschied ich mich denn, als der Vernunftsmensch in mir wieder Überhand bekam, damit, das Mögliche zu wollen – nicht ein Land, sondern die Welt zu ändern. Das ist einfacher, denn dies kann bei klarem Verstande nun nicht von heute auf morgen geschehen. Es ist ein fortwährendes Tun. Und so bleibt man verschont vor den übertriebenen Erwartungen, die unser aufs Endliche gerichtetes Wirken immer erfahren muß, und vor mancher Bitternis.[84]

Ungeachtet sprachlicher Differenzen sind der historische Goethe und der fiktive Sparschuh-Goethe im Gedanklichen nah beieinander. Der historische Goethe war allem utopischen Denken abhold. Dieser hätte auch formulieren können, dass es ein »bodenloser Dichtertraum« sei, ein »Land nach einer Idee, einem Plan zu modeln«. Der aufgeweckte Leser von 1987 wird unschwer erkannt haben, dass Sparschuhs Sätze auf eine untergehende DDR und deren ›welthistorische Mission‹ bezogen werden konnten. Indem Sparschuh seinen Goethe eine leicht archaisierende Sprache sprechen lässt – »unser aufs Endliche gerichtetes Wirken« oder »Bitternis« hätten von Goethe selbst sein können –, legt er einen Schutzmantel um seinen subversiven Text.

Ein ironisches Vexierspiel betreibt Sparschuh auch mit dem Untertitel seines Romans. Was ist den Tage-, was den Nachtbüchern zuzuordnen? Ist es eine rein chronologische Zuordnung oder offenbart sich hier ein gehaltlicher Bezug, sind die Tagebücher rationaler Klarheit, die Nachtbücher ›romantischem‹ Spekulieren und Träumen verpflichtet? Enthalten die Tagebücher Eckermanns Aufzeichnungen seiner Gespräche mit Goethe, sind die Nachtbücher der Zusammenstellung des Materials zum ›großen Coup‹ gewidmet, reflektieren sie außerdem Lust und Qual seines eigenen Schöpfertums? Sparschuhs Darstellung spiegelt das Träumerisch-Illusionäre von Eckermanns Existenz ebenso wider wie deren Kehrseite, Armut und Außenseiterdasein des stets dienstbereiten Mitarbeiters. Der Autor gibt seinem Eckermann Gelegenheit, über den Abstand zu Goethe nachzusinnen:

83 Ebd., S. 30.
84 Ebd., S. 115 f.

> Was ist das, was mir fehlt? Bisweilen kommt mir bei ihm, G., alles so gewöhnlich vor. Und ich finde mich so ungewöhnlich. Nur alle andern finden's anders. Ich bin von Gott entworfen – ebenso wie mein Hut oder wie Schopenhauers Pudel –, irgendeinen Plan muß er doch mit mir gehabt haben, Herrgott. Wenn ich nur wüßte, welchen! Einzigartig bin ich, ja, aber das merkt niemand außer mir. Vielleicht ist das das große Geheimnis, daß niemand seinen Plan kennt? Und es gehört dieses Unwissen zum Plan dazu und macht ihn eigentlich erst aus …[85]

Sparschuhs Eckermann bewegt sich zwischen geistiger Unterwerfung auf der einen Seite – als mediales Sprachrohr eines Größeren – und humoristischem, gleichwohl von Zweifeln durchsetztem intellektuellen Beharren auf dem eigenen Selbst auf der anderen. Unabhängig davon ist ihm bewusst, dass er auf die Rolle des sozialen Außenseiters fixiert ist. Als er eine Abendgesellschaft der Hofrätin Schopenhauer besucht, nimmt er beim Eintreten sein »vorüberfliehendes Gesicht in einem der trüben ovalen Wandspiegel wahr. Und es schien mir, als frage es mich, den Vorübergehenden: Wie kommst du armer Wicht eigentlich hierher?«.[86] Die Antwort gibt er sich weiter unten selbst:

> Oh, wie ich sie hasse, all diese empfindsamen, preziösen Zirkel der Freunde und Gleichgesinnten, diese Teegesellschaften am Abend. Gerade nach diesem Sommer, da ich so ausgiebig alle Gesellschaft gemieden, kommt mich deutlich ein Widerwillen an.[87]

Nächtens allein in seiner Behausung reflektiert dieser Eckermann auf eine Weise über sein Leben, die an den letzten Satz in Büchners Lenz-Erzählung (»So lebte er hin.«[88]) denken lässt und wo sich Sparschuh die Volte erlaubt, die Zitat-Brücke zu einem prominenten Schriftstellerkollegen zu schlagen:

> Wie fremd mir doch alles im Zimmer ist, das Buch, der Tisch, das Bett – alles stößt mich ab und zeigt mir nur Ecke und Kante. […] Zu wünschen, daß endlich morgen wäre, dies wäre maßlos töricht. Es nicht zu wünschen – ebenfalls. So bin ich wunschlos, unglücklich. Habe ich das nicht irgendwo schon gelesen? Wer weiß. Immer leben wir auf einen Punkt hin. Doch ein Punkt ist ein Nichts.[89]

Am Ende mündet alles in die Erkenntnis:

> Ich lebe – nicht so pekuniär, aber im Umgange – auf großem Fuß. […]
>
> Ich bin das lebendige Opfer der Menschheit an den Minotaurus G., doch ich müßte lügen, wollte ich behaupten, ich wäre es nicht auch gern. Opfer: die größtmögliche Nähe zu seinem Verschlinger. Das Einzigartige.[90]

85 Ebd., S. 120.
86 Ebd., S. 157 f.
87 Ebd., S. 158.
88 Georg Büchner: *Dichtungen*. Hrsg. von Henri Poschmann unter Mitarbeit von Rosemarie Poschmann. Frankfurt a.M. 2006, S. 250.
89 Sparschuh (Anm. 76), S. 174.
90 Ebd., S. 181 f.

Eine Frage bleibt. Wie lässt man Goethe heutzutage als Kunstfigur sprechen – einen Autor, von dem über 15.000 Briefe und zahllose Tagebuchnotizen als authentische Dokumente überliefert sind, wenngleich sie kaum Aufschluss über seinen mündlichen Sprachgebrauch gewähren. Wir gäben etwas darum, Tonaufnahmen von Goethe zu besitzen. Um so wichtiger sind Gesprächsaufzeichnungen, in denen partiell wenigstens mündliche Sprache protokolliert worden ist. Das hat nicht wenige Interpreten dazu verführt, Eckermanns Gesprächserzählungen als originäre Mitteilungen Goethes auszugeben, wo man doch korrekterweise stets formulieren müsste: Eckermann lässt Goethe sagen. Es gibt verschiedene Wege, einen ästhetisch akzeptablen Ausweg zu finden. Der Dramatiker Walser lässt seinen Goethe jeweils nur knapp zu Wort kommen und hat sich weniger an Eckermanns Aufzeichnungen als an Goethes Gesprächen mit dem Kanzler von Müller orientiert. Der Erzähler Sparschuh kann nicht umhin, Goethe eine umfangreichere Rolle als agierende Person wie als Sentenzen formulierender Autor zuzuweisen, diese aber zugleich zu ironisieren. »Wie sage ich so schön«,[91] lässt Sparschuh seinen Goethe einmal formulieren. Die ›Coup‹-Texte bilden so etwas wie eine Essenz Goethescher Lebensweisheiten, und darum ist in dieser Hinsicht der Rückgriff auf Originaltexte des Dichters legitim. Heikler wird es, wenn Goethe in freier Rede das Wort ergreift. Dann ist sie eine Mischung aus dokumentierten Formeln und Wendungen des realen Goethe, die dessen Rede einen leicht historisierenden Duktus verleihen, und moderner Autorensprache; aus meiner Sicht ist das mit wechselndem Erfolg gelungen.

Bei alledem will mir das 7. Kapitel in Thomas Manns *Lotte in Weimar* als ›buchenswerte‹ Lösung des Problems erscheinen. Der Autor imaginiert einen Bewusstseinsstrom des erwachenden Goethe, dessen traumartige Sequenzen sich als Collage teils von Goethe-Zitaten, teils von Goethe-Allusionen erweisen – was die groteske Konsequenz hatte, dass in den Nürnberger Prozessen ein Zitat aus Thomas Manns Roman als Goethe-Zitat ausgegeben wurde; den Autor hat es teils amüsiert, teils in Verlegenheit gebracht.

Ist nun das Thema auserzählt, das Kapitel Eckermann-Belletristik abgeschlossen? Dafür spricht, dass seit der Erzählung von Renfranz, soweit ich sehe, kein relevanter Text über Eckermann und Goethe erschienen ist. Wolf Biermanns Lied *Die Stasi ist mein Eckermann* bezeugt gleichwohl die metaphorische Popularität von Goethes Mitarbeiter. Wer sich für beider Lebens- und Arbeitsverhältnisse im Spiegel der Belletristik interessiert, kann auf einen größeren literarischen Fundus zurückgreifen, wie ihn Bibliotheken und die Backlist einschlägiger Verlage bereithalten. In den meisten Fällen stehen historische Faktizität und narrative Phantasie in einem angemessenen Verhältnis; im Zweifelsfall kann der Zuschauer im Theater oder der Romanleser Eckermanns *Gespräche* und deren Kommentare konsultieren. Es ist nicht auszuschließen, dass künftige Autoren sich, annalistischen Impulsen folgend, dem Verhältnis von ›Herr‹ und ›Knecht‹, von Goethe und Eckermann auf neue Weise widmen werden; das nächste ›runde‹ Goethejahr ist ›nur‹ noch sieben Jahre entfernt. Vorstellbar ebenso, dass Sparschuhs Verfahren, Eckermann ein modernes intellektuelles Profil zu geben, in anderen Zeitläuften Nachfolger findet. Auch die literarische Zukunft ist offen.

91 Ebd., S. 186.

Moritz Strohschneider

»Scharfblick« und »Erkenntnisekel«. Thomas Manns »Tonio Kröger« (1903) als Rezeption von Goethes »Die Leiden des jungen Werthers«

I. ›Mein Werther‹

Thomas Mann bekannte zeitlebens, dass ihm unter seinen Texten die 1903 erschienene Erzählung *Tonio Kröger* besonders am Herzen liege.[1] In diesem Sinne hat er sie in den 1930er und 1940er Jahren wiederholt in die Nähe zu einem der berühmtesten Werke der deutschen Literaturgeschichte gerückt – Goethes *Die Leiden des jungen Werthers* von 1774. So schrieb er am 4. April 1939 an Caroline Newton: »Aber auch bei ›Tonio Kröger‹ kann man an Werther denken, angesichts der Rolle, die er seinerzeit für eine Jugendgeneration spielte, und auch angesichts seines jugendlichen Sentimentalismus«.[2] Gut zwei Jahre später wiederholte er diese Aussage in einem Brief an Agnes Elizabeth Meyer vom 26. Juli 1941:

> Das sind ausgetretene Schuhe, und ganz fälschlich reden Sie mich »Herr Tonio Kröger« an, – obgleich ich auch wieder das Autortum an dem Buch nicht missen und verleugnen möchte. Schließlich ist es mein »Werther« – wenn auch unwahrscheinlich ist, daß Napoléon den T[onio] K[röger] sieben mal gelesen hätte.[3]

Ein drittes Mal griff Mann den Vergleich in einem Brief an Paul Amann vom 26. Juni 1948 auf: »Daß dies typische Jugendwerkchen, mein ›Werther‹, dabei eigentümliche Mischung aus Nietzsche und ›Immensee‹, jungen Leuten immer wieder gefällt, auch heute noch, ist eine Tatsache«.[4] Es ist wohl kein Zufall, dass diese Aussagen in einer Zeit formuliert wurden, in der sich Mann eingehend mit Goethe und dem *Werther*-Stoff beschäftigte: 1939 erschien bei Bermann-Fischer in Stockholm seine ›Wertheriade‹ *Lotte in Weimar*, im folgenden Jahr schrieb Mann den für Princeton bestimmten Vortrag *Goethe's ›Werther‹*[5], auf den ich noch zu sprechen komme.

Zwar distanziert sich Mann im Brief an Agnes E. Meyer mit der Anspielung auf den euphorischen *Werther*-Leser Napoleon ironisch von einer zu starken Identifikation Tonio Krögers mit Werther. Dennoch verweist er in den zitierten Briefen

1 So schreibt Mann Anfang 1930 in *Lebensabriß*, es sei diese Novelle, »die noch heute vielleicht von allem, was ich schrieb, meinem Herzen am nächsten steht«; zit. nach: Rudolf Hirsch, Werner Vordtriede (Hrsg.): *Dichter über ihre Dichtungen*. Bd. 14.1: *Thomas Mann. 1889-1917*. Hrsg. von Hans Wysling. München 1975, S. 158-160; hier S. 159.

2 Thomas Mann an Caroline Newton, 4.4.1939; ebd., S. 163.

3 Thomas Mann an Agnes E. Meyer, 26.7.1941; ebd., S. 166.

4 Thomas Mann an Paul Amann, 26.6.1948; ebd., S. 168.

5 Zu Manns Vorträgen für Princeton vgl. Herbert Lehnert: *Thomas Mann in Princeton*. In: *The Germanic Review* 39 (1964), H. 1, S. 15-32.

wiederholt auf eine Verwandtschaft zwischen beiden Werken, für die er zwei Gründe anführt: Rezeptionsästhetisch bezieht er sich auf die Wirkung beider Texte im Publikum, während er produktionsästhetisch ihre ähnliche Stimmung anführt, könne man doch in beiden Werken einen »jugendlichen Sentimentalismus« beobachten. *Werther* wie *Tonio Kröger* sind Jugendschriften ihrer Autoren, die bei ihrem Erscheinen eine große Begeisterung vorwiegend im jüngeren Publikum ausgelöst haben, biographische Interpretationen erfuhren und den Ruhm ihrer Verfasser mitbegründeten.

Die literaturwissenschaftliche Forschung hat diese Briefzeugnisse zwar zur Kenntnis genommen, die in ihnen behauptete Parallele aber vor allem als werkgenetische Ähnlichkeit verstanden: Was der *Werther* für Goethe war, das war *Tonio Kröger* für Mann – ein begeistert aufgenommenes Jugendwerk, auf das man zeitlebens angesprochen wurde.[6] Die Aussage von Yasushi Sakurai, Mann habe »seinen *Tonio Kröger* bewußt in die *Werther*-Nachfolge gestellt«,[7] ist demgegenüber eine Ausnahme geblieben. Im Folgenden werde ich dafür argumentieren, dass die Verwandtschaft beider Texte über die vergleichbare Rezeptionsgeschichte und einige ähnliche Motive hinausgeht. Dabei verfolge ich zwei Thesen: *Erstens* gehe ich davon aus, dass die von Mann erzählte Geschichte des empfindsamen, außerhalb der bürgerlichen Gesellschaft stehenden, homosexuellen Schriftstellers Tonio Kröger als Fortschreibung von Goethes Roman verstanden werden kann. *Zweitens* meine ich, dass Mann dabei eine Lesart des *Werthers* an den Tag legt, die um 1900 in Deutschland verbreitet war.

Um diese Thesen zu diskutieren, wird es im Folgenden nötig sein, auch die zeitgenössische *Werther*-Rezeption in den Blick zu nehmen, die bisher weder in der Forschung zu Goethes Roman noch in derjenigen zu Manns Erzählung eine besondere Rolle gespielt hat.[8] Dies ist umso überraschender, als die deutschsprachige Literatur um 1900 ein auf den ersten Blick eigenwilliges Verständnis des *Werthers* an den Tag legte. Nimmt man Bücher wie *Werther der Jude* (1892)[9] oder *Der neue Werther*[10] in die Hand, so fällt auf, dass in ihnen der Bezug auf den Prätext zwar im Titel deutlich markiert wird, die erzählten Geschichten aber oft nur lose mit diesem zusammenhängen: Weder der Selbstmord des Helden noch dessen unglückliche Liebe zu einer Frau, die einem anderen Mann versprochen ist, sind um 1900 not-

6 So z.B. Günter de Bruyn: *Der Künstler und die anderen. Thomas Manns »Tonio Kröger«*. In: ders.: *Frauendienst. Erzählungen und Aufsätze*. Halle, Leipzig 1986, S. 317-326; hier S. 322, und Heinrich Detering: *»… diese Mischung aus Nietzsche und Storm«. Thomas Manns »Tonio Kröger«*. In: *Bürger auf Abwegen. Thomas Mann und Theodor Storm*. Hrsg. von Christian Demandt, Maren Ermisch, Birte Lipinski. Göttingen 2015, S. 47-62; hier S. 47 f.

7 Yasushi Sakurai: *»Tonio Kröger« – ein Beispiel der ›imitatio Goethe's‹ bei Thomas Mann*. In: *Thomas Mann. Romane und Erzählungen*. Hrsg. von Volkmar Hansen. Stuttgart 1993, S. 68-88; hier S. 74.

8 Vgl. dazu Moritz Strohschneider: *»Durch Stoff und Stimmung […] gerechtfertigt«. Goethes Werther in der Homosexuellenbewegung um 1900*. In: *Zeitschrift für Germanistik* 2 (2024), S. 350-361.

9 Vgl. Ludwig Jakobowsky: *Werther, der Jude*. Dresden, Leipzig 1892.

10 Vgl. Hermann Jacques: *Der neue Werther*. Berlin 1915 oder Narkissos: *Der neue Werther. Eine hellenische Passionsgeschichte*. Leipzig 1902.

wendigerweise Bestandteile einer Handlung in der Werther-Nachfolge. Der *Werther* wurde vielmehr als ein Erzählschema rezipiert, mit dem sich von Helden erzählen ließ, die aus ganz verschiedenen Gründen soziale Außenseiter sind: sei es, weil sie an Neurasthenie leiden, sei es, weil sie Juden sind, sei es, weil sie homosexuell sind. Solche Helden wurden durch die Referenz auf einen kanonischen Text trotz ihrer gesellschaftlichen Marginalisierung in die deutsche Kultur eingetragen und narrativ legitimiert. Auf diese Weise ist *Tonio Kröger* unter inhaltlichen Gesichtspunkten Thomas Manns *Werther*! Um diese Überlegung zu plausibilisieren, gehe ich im Folgenden zunächst auf die von Goethe selbst vorgeschlagene Lesart des Romans als Krankengeschichte ein, die um 1900 breit rezipiert wurde (II.). Anschließend diskutiere ich, inwiefern diese Rezeptionslinie für Thomas Manns *Tonio Kröger* bedeutsam war (III.).

II. Werther als Krankengeschichte – um 1780 und um 1900

Die Leiden des jungen Werthers erfährt seit dem Erstdruck im September 1774 eine beispiellose Resonanz,[11] die Mann in seinem Vortrag *Goethe's »Werther«* mit folgenden Worten beschreibt:

> Sein Erfolg hatte zum Teil sogar einen skandalösen Charakter. Die entnervende und zerrüttende Empfindsamkeit des kleinen Buches rief die Sittenwächter auf den Plan, war der Schrecken und Abscheu der Moralisten, die eine Verherrlichung des Selbstmordes und die Verführung dazu in diesen Blättern sahen; aber eben diese Eigenschaften erregten auch einen Erfolgssturm, der alle Grenzen überschritt, und machten buchstäblich die Welt verrückt vor Sterbenswonne: der Roman rief einen Rausch, ein Fieber, eine über die bewohnte Erde hinlaufende Ekstase hervor und wirkte wie der Funke, der ins Pulverfaß fällt, wobei in plötzlicher Ausdehnung eine gefährliche Menge von Kräften frei wird.[12]

Mann sieht die Gründe für den Erfolg des Buches in einer rauschhaften Lektüre, die er mit Stichworten wie Fieber, Todessehnsucht und Ekstase beschreibt. Damit greift er auf den Wortschatz des Fin de siècle zurück,[13] der im Kontext von Goethes Roman auf der Hand lag, da man diesen um die Jahrhundertwende im Zeichen dekadenter Narrative gelesen hatte. Im Hintergrund stand eine schon von Goethe vorgeschlagene Lesart, die Johann Caspar Lavater in einem Brief vom 10. Juli 1777 benennt:

> *Historiam morbi* zuschreiben, ohne unten angeschriebene Lehren, a. b. c. d. – sagte mir einst *Göthe*, da ich ihm einige Bedenklichkeiten über seinen *Werther* an's Herz legte – ist tausendmal nüzlicher, als alle noch so herrliche Sittenlehren.[14]

11 Vgl. Steffen Martus: *Johann Wolfgang Goethes »Die Leiden des jungen Werthers« als Medienskandal*. In: *Literaturskandale*. Hrsg. von Hans-Edwin Friedrich. Frankfurt a. M. u. a. 2009, S. 29-43.

12 Thomas Mann: *Goethe's »Werther«*. In: ders.: *Gesammelte Werke in zwölf Bänden*. Bd. 9: *Reden und Aufsätze 1*. Frankfurt a. M. 1960, S. 640-655; hier S. 640.

13 Vgl. Caroline Pross: *Dekadenz. Studien zu einer großen Erzählung der frühen Moderne*. Göttingen 2013.

14 Johann Caspar Lavater: *Vermischte Schriften*. Bd. 2. Winterthur 1781, S. 127 (Hervorhebung im Original). Lavater hat den Brief ohne Adressatenangabe als Nr. 62 in die

Als Krankengeschichte gelesen, geht es im *Werther* um die Entwicklung eines psychologisch interessanten Falls mit katastrophalem Ausgang. Eine solche Lektüre entsprach nicht nur dem seelenkundlichen Interesse der 1770er und 1780er Jahre, sondern war auch für das späte 19. und frühe 20. Jahrhundert von Bedeutung, als Neurasthenie und Willensschwäche als Modekrankheiten der Zeit galten. Allerorten diagnostizierte man dem Menschen der Moderne die Unfähigkeit zur weltverändernden Tat,[15] woraus sich ein »Kult [...] der Willensstärkung« und der Kraft speiste.[16] In diesem Sinne wurde der *Werther* um 1900 vielfach »psychologische[n] und psychoanalytische[n] Deutungen« unterworfen:[17] Das Schicksal des an Willensschwäche leidenden Liebhabers, der sich nicht dazu durchringen kann, die geliebte Frau entweder gegen alle Widerstände zu erobern oder mit ihr zu brechen, weshalb er in eine Pattsituation gerät, aus der er nur durch die eigene Entleibung ausbrechen kann, wurde als Fallgeschichte gelesen und im Zeichen moderner Krankheitsbilder aktualisiert.

Exemplarisch lässt sich dies an dem schmalen Tagebuchroman *Der neue Werther* (1902) des pseudonymen Autors Narkissos zeigen,[18] der durch seine Herausgeberfiktion als medizinische Fallgeschichte ausgewiesen wird.[19] Die Engführung von Werther-Figur und Krankheitsdiskurs nutzt der Roman, um positiv von einem Liebesverlangen zu erzählen, das um 1900 als Krankheit galt, öffentlich tabuisiert und juristisch sanktioniert war. *Der neue Werther* erzählt von den letzten Lebensmonaten eines Berliner Studenten, der seine Homosexualität durch medizinische Hypnose zu ›heilen‹ sucht, sich aber in einen Kommilitonen verliebt, mit dem er seine erste sexuelle Erfahrung macht. Da der Andere zu keiner langfristigen Beziehung bereit ist, erschießt sich der namenlose Protagonist am Weihnachtsmorgen 1901 aus Verzweiflung und Scham. Entscheidender Bezugspunkt dieser Handlung ist der im Romantitel namhaft gemachte *Werther*. Damit ist ein Prätext genannt, mit dem der Roman deutlich macht, dass sein Protagonist nicht das Opfer einer sexuellen Präferenz wird, sondern an einer gesellschaftlichen Konstellation scheitert, in der er als homosexueller Mann Außenseiter bleibt,[20] worin er Werther gleiche.

Rubrik »Briefe und Auszüge aus Briefen« im zweiten Band seiner *Vermischten Schriften* aufgenommen.

15 Vgl. dazu Moritz Strohschneider: *Optimierung zum Täter? Der ›Tat‹-Diskurs in der deutschsprachigen Philosophie und Literatur des frühen 20. Jahrhunderts*. In: *Literaturwissenschaftliches Jahrbuch* 64 (2023), S. 283-310.

16 Joachim Radkau: *Das Zeitalter der Nervosität. Deutschland zwischen Bismarck und Hitler*. München, Wien 1998, S. 357.

17 Georg Jäger: *Die Leiden des alten und neuen Werther. Kommentare, Abbildungen, Materialien zu Goethes »Leiden des jungen Werthers« und Plenzdorfs »Neuen Leiden des jungen W.«*. München, Wien 1984, S. 17.

18 Vgl. Narkissos (Anm. 10).

19 Vgl. z.B. Narkissos (Anm. 10), S. 6.

20 Vgl. Narkissos (Anm. 10), S. 17: »Ich fühlte mich einsam in meiner Sonderart [gemeint ist die Homosexualität, M.S.], wie ein Wesen aus einer anderen Welt, das irrtümlich auf diesen Erdball geraten ist«.

III. Tonio Kröger als ›neuer Werther‹

In seiner Verbindung von homosexueller Emanzipation, Figuration des Außenseiters und *historia morbi* ist *Der neue Werther* charakteristisch für die *Werther*-Rezeption um 1900. Auch für Manns *Tonio Kröger* ist diese Gemengelage bedeutsam, obwohl der titelgebende Protagonist nicht nur am Leben bleibt, sondern am Schluss sogar einen hoffnungsvollen Lebensplan entwickelt.[21] Die Erzählung handelt in neun Kapiteln von dem jungen Lübecker Kaufmannssohn Tonio Kröger, der zeitlebens einsam ist: In seiner Jugend liebt er zuerst vergeblich seinen Mitschüler Hans Hansen und dann Inge Holm, die noch nicht einmal mit ihm spricht. Jahre später reüssiert er in München als erfolgreicher Autor und kultiviert eine ästhetizistische Haltung elitärer Vereinzelung. Schließlich reist er zur Erholung nach Dänemark, wo er von Ferne zwei junge Leute beobachtet, in deren Äußerem er die beiden Geliebten seiner Schulzeit wiederzuerkennen meint.

Mit der Einsamkeit ist ein zentrales Motiv der um 1900 entstandenen Wertheriaden benannt, für deren Protagonisten die existentielle Vereinzelung charakteristisch ist. Von seinen Kameraden unterscheidet sich Tonio Kröger bereits durch seinen halb südlichen, halb norddeutschen Namen Antonio Kröger, den er der unterschiedlichen Herkunft seiner Eltern verdankt, einem Lübecker Kaufmann und einer Südländerin mit dem Vornamen Consuelo (vgl. S. 247).[22] Verstärkt wird Tonios Vereinzelung durch sein ästhetizistisches Künstlertum, das er im vierten Kapitel in einem Gespräch mit der Malerin Lisaweta Iwanowna als einen »Fluch« deutet:

> Die Literatur ist überhaupt kein Beruf, sondern ein Fluch, – damit Sie's wissen. Wann beginnt er fühlbar zu werden, dieser Fluch? Früh, schrecklich früh. [...] Sie fangen an, sich gezeichnet, sich in einem rätselhaften Gegensatz zu den anderen, den Gewöhnlichen, den Ordentlichen zu fühlen [...]. Sie sind einsam, und fortan giebt es keine Verständigung mehr. Was für ein Schicksal! (S. 272)

Der Künstler übt in dieser Perspektive keinen Beruf aus, sondern ist ein Berufener, der mit einer Art von Kainsmal gezeichnet sei, das ihn aus der Menge heraushebe und zu einer elitären Einsamkeit verdamme. Folglich bleibt Tonio Kröger im Verlauf der Geschichte auf die Rolle als Beobachter und Zuschauer beschränkt. Besonders deutlich wird diese Haltung im achten Kapitel, in dem ein Fest geschildert wird, das in dem dänischen Hotel in Aalsgaard stattfindet, in dem Tonio Kröger sich ausruht. Hier entdeckt er unter der Festgesellschaft zwei Menschen, die ihn vom Typus her an die beiden großen Liebesgeschichten seiner Jugend erinnern, bleibt aber unfähig, sich ihnen zu nähern (vgl. S. 306-315).

21 Vgl. Thomas Mann: *Tonio Kröger*. In: ders.: *Große kommentierte Frankfurter Ausgabe. Werke – Briefe – Tagebücher*. Hrsg. von Heinrich Detering u.a. Bd. 2.1: *Frühe Erzählungen. 1893-1912*. Hrsg. von Terence J. Reed, unter Mitarbeit von Malte Herwig, Frankfurt a.M. 2004, S. 243-318; ich zitiere die Erzählung im Folgenden nach dieser Ausgabe, unter Angabe der Seitenzahl direkt im Text.

22 Demgegenüber ist in dem Namen seines Freundes Hans Hansen das norddeutsche Element gleichsam verdoppelt; vgl. Dirk Jürgens: *Thomas Mann, Tonio Kröger / Mario und der Zauberer*. München 2013, S. 28 f.

Verstärkt wird die Einsamkeit der Figur durch ihre homoerotische Disposition. Sie resultiert nicht erst aus »einem im nachhinein gewonnenen biographischen Wissen«, das sich aus posthum publizierten Briefen und Tagebüchern des Autors ergebe.[23] Obgleich nämlich die Anspielungen auf die Homosexualität des Helden sparsam und gleichsam camoufliert gesetzt sind, erschließt sie sich durch Motive und intertextuelle Bezugnahmen eben doch. Dazu gehört Tonios Jugendliebe zu seinem Klassenkameraden Hans Hansen im ersten Kapitel ebenso wie die Anspielungen auf die Gedichte August von Platens und die Romane Oscar Wildes[24] oder die Interpretation von Schillers Drama *Don Carlos*, das die Novelle einer queeren Lektüre unterzieht, wie sie um 1900 nicht selten war: Tonio Kröger erzählt seinem Freund Hans die Dramenhandlung als die enttäuschte Liebes- und Dreiecksbeziehung zwischen dem König, Don Carlos und Marquis Posa.[25] Auch die beiden Stellen, an denen Tonio Kröger momentweise nicht mehr als eine männliche Figur wahrgenommen wird, weisen in diese Richtung. So wird der Protagonist während einer Tanzstunde im zweiten Kapitel als »›Fräulein Kröger‹« bezeichnet (S. 259), nachdem er durch einige falsche Schritte die Ordnung der Tanzenden durcheinandergebracht hat. Und im vierten Kapitel vergleicht er selbst den Schriftsteller mit einem Kastraten: »›Mir scheint, wir Künstler teilen alle ein wenig das Schicksal jener präparierten päpstlichen Sänger ... Wir singen ganz rührend schön. Jedoch –‹« (S. 271). Auch wenn die Figur an beiden Stellen weder als homosexuell bezeichnet wird noch wirklich als Frau auftritt, verweisen die Passagen dennoch auf eine Auflösung traditioneller Geschlechterrollen.[26] Auf diese Weise wird an ganz unterschiedlichen Stellen der Erzählung verdeckt auf die Homosexualität des Helden hingewiesen, die dessen Außenseiterposition verstärkt.

Seiner Rolle als Einzelgänger entspricht der Umstand, dass Tonio Kröger vor allem im Hinblick auf literarische Texte denkt, die in der Novelle eine wichtige Rolle spielen.[27] Einige von ihnen werden als Lektüre des Helden eingeführt, beispielsweise Friedrich Schillers Drama *Don Carlos* (vgl. S. 249-251),[28] Theodor

23 Vgl. Karl Werner Böhm: *Zwischen Selbstzucht und Verlangen. Thomas Mann und das Stigma Homosexualität. Untersuchungen zu Frühwerk und Jugend*. Würzburg 1991, S. 234.

24 Vgl. dazu vor allem Heinrich Detering: *»Der Literat als Abenteurer«. »Tonio Kröger« zwischen »Dorian Gray« und »Der Tod in Venedig«*. In: *Forum Homosexualität und Literatur* 14 (1992), S. 5-22.

25 Vgl. dazu Böhm (Anm. 23), S. 262 f. sowie Robert Tobin: *Thomas Mann's Queer Schiller*. In: *Queering the Canon. Defying Sights in German Literature and Culture*. Hrsg. von Christoph Lorey, John L. Plews. Columbia, SC 1998, S. 159-180.

26 Auch Andreas Blödorn (*Von der ›Queer Theory‹ zur Methode eines ›Queer Reading‹. Tonio Krögers verquere ›Normalität‹. Queer Studies*. In: *Vom Nutzen und Nachteil der Theorie für die Lektüre. Das Werk Thomas Manns im Lichte neuer Literaturtheorien*. Hrsg. von Tim Lörke u. Christian Müller. Würzburg 2006, S. 129-146; hier S. 129) spricht von »transgressiven, die Geschlechtergrenzen überschreitenden Elementen, die er [Tonio Kröger, M. S.] *in* seiner Person vereinigt« (Hervorhebung im Original).

27 In diesem Sinne hält Jürgens (Anm. 22), S. 17, fest, dass es »für Tonio Kröger kein Leben außerhalb der Literatur« gibt.

28 Vgl. Tobin (Anm. 25).

Storms Erzählung *Immensee* (vgl. S. 260)[29] oder die Literaturen Russlands und Nordeuropas (vgl. S. 275, 282). Zu anderen Texten hat wiederum die Forschung intertextuelle Bezüge namhaft machen können, beispielsweise zu den *Buddenbrooks*, ähnelt Tonio Kröger doch in Manchem Hanno Buddenbrook.[30] Auch die Gedichte August von Platens[31] oder Oscar Wildes *The Picture of Dorian Gray*[32] gehören zu den verdeckten Prätexten der Erzählung – und Goethes *Die Leiden des jungen Werthers*.[33]

Goethe war einer der Fixsterne am geistigen Himmel des Essayisten Thomas Mann: In Abhandlungen und Vorträgen über *Goethe und Tolstoi* (1921/22), *Goethe als Repräsentanten des bürgerlichen Zeitalters* (1932), *Goethe's Laufbahn als Schriftsteller* (1932/33) oder *Goethe und die Demokratie* (1949) umkreist er ihn als deutschen Schriftsteller und Intellektuellen *par excellence*.[34] In seinem literarischen Werk hat er ihm vor allem in seinem Roman *Lotte in Weimar* (1939) ein Denkmal gesetzt, das von einer intensiven Auseinandersetzung mit dem *Werther* zeugt. Ob Mann daneben auch zeitgenössische Wertheriaden wie Narkissos' *Der neue Werther* gekannt hat, lässt sich nicht sicher sagen, da keine Äußerungen seinerseits dazu überliefert sind. Allerdings ist es auch nicht vollständig ausgeschlossen, hat Mann doch das Programm des Spohr-Verlags verfolgt, bei dem *Der neue Werther* erschien. In diesem Haus erschienen zwischen 1897 und 1914 etwa 100 Titel, in denen es um sexualwissenschaftliche, juristische oder psychologische Fragen im Zusammenhang mit der Homosexualität geht oder in denen literarisch vom Schicksal Homosexueller erzählt wird.[35] Damit war der Verlag an der Wende vom 19. zum 20. Jahrhundert der europaweit führende Publikationsort für entsprechende Titel: Max Spohr verlegte nicht nur seit 1899 Magnus Hirschfelds *Jahrbuch für sexuelle Zwischenstufen unter besonderer Berücksichtigung der Homosexualität*, sondern war auch der erste deutsche Verleger, der sich in größerem Umfang dem Werk Oscar Wildes widmete und zwischen 1901 und 1903 acht Texte dieses Autors erstmals in deutschen Übersetzungen auf den Markt brachte.

Dass Mann diese Übersetzungen kannte, zeigt ein Eintrag in seinem siebten Notizbuch, das er zwischen 1901 und vermutlich 1905 führte und in dem sich auch

29 Vgl. dazu Detering (Anm. 6).

30 Parallelen zwischen Hanno Buddenbrook und Tonio Kröger arbeitet bspw. Helmut Koopmann heraus: *Hanno Buddenbrook, Tonio Kröger und Tadzio. Anfang und Begründung des Mythos im Werk Thomas Manns.* In: ders.: *Der schwierige Deutsche. Studien zum Werk Thomas Manns*. Tübingen 1988, S. 3-12.

31 Vgl. Böhm (Anm. 23), S. 262-265, sowie Detering (Anm. 24), S. 6 f.

32 Vgl. Detering (Anm. 24) und ders.: *Das offene Geheimnis. Zur literarischen Produktivität eines Tabus von Winckelmann bis zu Thomas Mann.* Göttingen 1994, S. 285-334.

33 Vgl. v. a. Sakurai (Anm. 7).

34 Zur Rezeption Goethes im Werk Thomas Manns vgl. Hinrich Siefken: *Thomas Mann. Goethe – »Ideal der Deutschheit«. Wiederholte Spiegelungen 1893-1949*. München 1981.

35 Vgl. zur folgenden knappen Übersicht zu Geschichte des Verlags und seinen Publikationen: Mark Lehmstedt: *Bücher für das »dritte Geschlecht«. Der Max Spohr Verlag in Leipzig. Verlagsgeschichte und Bibliographie (1881-1931)*. Wiesbaden 2002, S. 99-140.

Notizen zu *Tonio Kröger* finden.[36] Hier heißt es: »*Lesen*: ›Dorian Gray.‹ von [sic!] Oskar Wilde. Aus dem Engl. v. J. Gaulke. Max Spohr, Leipzig«.[37] Die Erinnerung, die 1901 erschienene und von Johannes Gaulke besorgte erste deutschsprachige Übersetzung von Oscar Wildes *The Picture of Dorian Gray* (1891) zu lesen, lässt es immerhin möglich erscheinen, dass Mann auch andere Publikationen des Spohr-Verlags zumindest zur Kenntnis genommen hat. Unabhängig von dieser Frage aber scheidet *Der neue Werther* als direkter Prätext von *Tonio Kröger* in jedem Fall aus, da die Konzeption der Erzählung vor die Publikation dieses Romans zu datieren ist: Die Novelle entstand mit Unterbrechungen zwischen 1901 und Ende 1902. Sie erschien im Februar 1903 als Vorabdruck in der Zeitschrift *Neue Deutsche Rundschau* und wurde noch im selben Jahr in den bei S. Fischer verlegten Band *Tristan. Sechs Novellen* aufgenommen, wo sie als letzter Text zum Abdruck kam.

Inwiefern bezieht sich *Tonio Kröger* aber auf *Die Leiden des jungen Werthers*? Gibt es neben einem Helden, der homosexuell ist und ein Außenseiter bleibt, weitere Bezugspunkte zur *Werther*-Rezeption um 1900? Zunächst ist festzuhalten, dass es mehrere Motive und Szenen gibt, die beide Texte miteinander verbinden,[38] ereignet sich doch beispielsweise in beiden Fällen die schicksalhafte Begegnung der Hauptfigur mit einer jungen Frau während einer Tanzveranstaltung (vgl. FA I, 8, S. 37-55; vgl. Mann: *Tonio Kröger*, S. 254-262). Dennoch hat Tonio Krögers Schicksal auf den ersten Blick mit demjenigen Werthers so gut wie nichts gemeinsam, nicht jeder Tanz muss gleich an *Werther* erinnern[39] und die für Goethes Text wesentlichen Handlungselemente wie die Dreiecksbeziehung oder die Selbsttötung fehlen. Dass man im Fall des *Tonio Kröger* dennoch von einer intensiven *Werther*-Rezeption sprechen kann, liegt daran, dass Thomas Mann die psychologische Gestaltung seiner Hauptfigur an derjenigen von Goethes Werther orientiert hat. Dabei legt er diejenige Lesart des Briefromans als einer pathologischen Fallgeschichte an den Tag, die ich weiter oben als Charakteristikum der Rezeption um 1900 benannt habe. In anderen Worten: Die Novelle *Tonio Kröger* ist die *historia morbi* eines jungen Außenseiters, die diesmal nicht in der Katastrophe endet.[40]

36 Zu Datierung und Inhalt des Notizheftes vgl. Thomas Mann: *Notizbücher 7-15*. Hrsg. von Hans Wysling u. Yvonne Schmidlin. Frankfurt a. M. 1992, S. 9 f.

37 Mann (Anm. 36), S. 35. Die Herausgeber ordnen die Notiz der Arbeit an den *Bekenntnissen des Hochstaplers Felix Krull* zu, was Detering (Anm. 32), S. 301 f., mit Verweis auf die sich wenige Seiten später anschließenden Notate zu *Tonio Kröger* zurückweist.

38 Vgl. Tamara S. Evans: »*Ich werde besseres machen …«. Zu Thomas Manns Goethe-Nachfolge in »Tonio Kröger«*. In: *Colloquia Germanica* 15 (1982), H. 1-2, S. 84-97 sowie Sakurai (Anm. 7), die sich weitgehend darauf beschränken, solche Passagen zusammenzustellen.

39 Vgl. aber Siefken (Anm. 34), S. 38, der die »Verwirrung beim Tanz« als Gemeinsamkeit von *Werther* und *Tonio Kröger* ausmacht.

40 Bedenkenswert ist vor diesem Hintergrund die These von Michael Navratil: *Von Psychopoetik zu Mythopoetik. Transformationen einer Poetik des Repräsentativen im Frühwerk Thomas Manns*. In: *Wirkendes Wort* 68 (2018), H. 1, S. 89-104, im Frühwerk Thomas Manns lasse sich ein Übergang von der ›Psychopoetik‹ zur ›Mythopoetik‹ ausmachen, der sich zwischen *Tonio Kröger* und *Der Tod in Venedig* ereigne.

Auf welche Weise Mann *Die Leiden des jungen Werthers* gelesen hat, verrät sein Vortrag *Goethe's »Werther«*, in dem man lesen kann:

> Ein Wort über den Helden und Briefschreiber selbst, die Figur des jungen Werther. Er ist der junge Goethe selbst, minus der schöpferischen Gabe, die diesem die Natur verliehen. [...] Goethe tötet sich nicht, weil er den ›Werther‹ zu schreiben hatte – und einiges mehr. Werther hat keinerlei Sendung auf Erden außer seinem Leiden am Leben, dem traurigen Scharfblick für seine Unvollkommenheiten, dem hamletischen Erkenntnisekel, der ihn würgt; und so muß er zugrunde gehen. Sein ›Roman‹, diese unmögliche und unerlaubte Liebe zu dem Mädchen, das einem anderen gehört, ist nur die Verkleidung, die sein Todessehnen annimmt, die mehr oder weniger zufällige Form seines Unterganges.[41]

Mann liest Goethes *Werther* mithin als die Fallgeschichte eines Menschen, der wegen seiner Lebensschwäche eine Sehnsucht nach dem Tod ausprägt, aufgrund deren er sich schließlich tötet. Seine enttäuschte Liebe ist vor diesem Hintergrund nur ein beliebiger unter mehreren möglichen Triggerpunkten für das katastrophale Ende. Kern des *Werther*-Stoffes ist in dieser Perspektive das Dilemma zwischen der Unmöglichkeit, in der gegebenen Welt zu leben, und der Unfähigkeit, diese zu ändern. Damit legt Mann eine psychologische Deutung des Romans vor, auf die er in seinem Vortrag wiederholt zu sprechen kommt, wenn er den »psychologische[n] Reichtum« des Romans hervorhebt oder die »psychologisch-pointierende und decouvrierende Weise [...], in der seine Technik besteht«, analysiert.[42]

Mit dem »Leiden am Leben«, dem »Scharfblick« und dem »Erkenntnisekel« benennt Manns Vortrag drei Charaktereigenschaften Werthers, die auch Tonio Kröger ausgezeichnet beschreiben: Die Erzählung zeigt diesen *zum einen* als jemanden, der vielfach Schmerz empfindet. So macht Tonio Kröger bereits im ersten Kapitel die Erfahrung, dass Hans Hansen ihn nicht so stark liebt, wie er ihn, woraus er folgert: »Wer am meisten liebt, ist der Unterlegene und muß leiden« (S. 246). Der Spaziergang mit dem geliebten Klassenkameraden wird für Tonio zu einer einzigen Enttäuschung: Erst hat Hansen die Verabredung vergessen, dann interessiert er sich nicht für Schiller, sondern für Pferdebücher, und schließlich treffen sie auf einen anderen Klassenkameraden, der sich ihnen anschließt und so ein vertrauliches Gespräch verhindert. Die Erzählstimme kommentiert Tonios Gefühle mit Wendungen wie »[e]r empfand Schmerz« (S. 245) und konstatiert seinen »Drang zu weinen« (S. 252), womit ein Ton angeschlagen wird, der sich in den folgenden Kapiteln fortsetzt. So weiß Tonio im zweiten Kapitel zwar bereits aus Erfahrung, »daß die Liebe ihm viel Schmerz, Drangsal und Demütigung bringen müsse« (S. 255), verliebt sich aber dennoch in Inge Holm, mit der er einen Tanzkurs besucht. Im weiteren Verlauf der Erzählung steigert sich dieser Schmerz dann zu einem ganz grundsätzlichen Leiden am eigenen Künstlertum, durch das sich Tonio Kröger in einen Kreis von »Leidende[n] und Sehnsüchtige[n]« aufgenommen fühlt (S. 279).

Tonio Krögers Leiden wird *zum anderen* durch seinen Scharfblick verstärkt, kann er doch mehr wahrnehmen als nur die Oberfläche der Dinge. Anders als bei-

41 Mann: *Goethe's »Werther«* (Anm. 12), S. 648.

42 Mann: *Goethe's »Werther«* (Anm. 12), S. 651 f.; vgl. auch ebd., S. 649.

spielsweise François Knaak, sein Tanzlehrer im zweiten Kapitel, über den es heißt, dass er »nicht in die Dinge hinein[sah], bis dorthin, wo sie kompliziert und traurig werden« (S. 257), verfügt Tonio Kröger über diese Fähigkeit:[43] »Er blickte aber in sich hinein, wo so viel Gram und Sehnsucht war« (S. 260). Damit hängt *zum dritten* diejenige Haltung zusammen, die Mann in seinem Vortrag als »Erkenntnisekel« bezeichnet. Was sich dahinter verbirgt, erläutert Tonio in dem großen Kunstgespräch im vierten Kapitel der Erzählung seiner Freundin Lisaweta Iwanowna:

> Es gibt etwas, was ich Erkenntnisekel nenne, Lisaweta: Der Zustand, in dem es dem Menschen genügt, eine Sache zu durchschauen, um sich bereits zum Sterben angewidert (und durchaus nicht versöhnlich gestimmt) zu fühlen, – der Fall Hamlets, des Dänen, dieses typischen Litteraten. Er wußte, was das ist: zum Wissen berufen werden, ohne dazu geboren zu sein. (S. 276)

Die Parallele zwischen dieser Stelle und den Aussagen im Vortrag *Goethe's »Werther«* ist evident: Nicht nur, dass der Begriff »Erkenntnisekel« in beiden Fällen vorkommt, er verbindet sich auch hier wie dort mit Shakespeares Hamlet. Dieser verkörperte im frühen 20. Jahrhundert wie keine zweite literarische Figur das grüblerische ›Leiden am Wissen‹,[44] das Siegfried Kracauer als ein Signet der Epoche ausgemacht hat.[45] Es ist dies eben jenes Dilemma, die Welt zwar zu durchschauen, aber nicht verändern zu können, das für Goethes Werther und den ›neuen Werther‹ Tonio Kröger gleichermaßen charakteristisch ist.

Warum aber, so muss man fragen, bringt sich Tonio Kröger dann am Ende der Novelle nicht um, wo sein Charakter doch demjenigen Werthers so ähnlich ist? Eine Antwort auf diese Frage ermöglicht der erneute Blick auf die bereits zitierte Passage aus dem *Werther*-Vortrag, an deren Anfang es heißt, Werther sei »der junge Goethe, minus der schöpferischen Gabe, die diesem die Natur verliehen. [...] Goethe tötet sich nicht, weil er den ›Werther‹ zu schreiben hatte – und einiges mehr«.[46] Mann beschreibt die schöpferische Tätigkeit als Möglichkeit, die an Werther beschriebenen selbstzerstörerischen Charakterzüge zu überwinden, und macht damit eine Möglichkeit aus, die auch Tonio Kröger nutzt: Während dieser am Ende des achten Kapitels noch »vor Reue und Heimweh« schluchzend in seinem dänischen Hotelbett liegt (S. 316), hat sich seine Gemütslage im neunten und letzten Kapitel

43 In der Forschung wird Knaak als eine »Parallel- und Gegenfigur« zum Protagonisten gesehen, wie Hubert Ohl: *Das Meer und die Kunst. Über den Zusammenhang von Erzählstruktur und Symbolik in Thomas Manns Novelle »Tonio Kröger«*. In: *Literatur in Wissenschaft und Unterricht* 22 (1989), S. 99-116; hier S. 104, schreibt; vgl. Jürgens (Anm. 22), S. 28.

44 Vgl. Siegfried Kracauer: *Das Leiden unter dem Wissen und die Sehnsucht nach der Tat.* In: ders.: *Werke*. Hrsg. von Inka Mülder-Bach u. Ingrid Belke. Bd. 9.1: *Frühe Schriften aus dem Nachlaß*. Hrsg. von Ingrid Belke unter Mitarbeit von Sabine Biebl. Frankfurt a. M. 2004, S. 168-397.

45 Vgl. zur deutschen *Hamlet*-Rezeption in der ersten Hälfte des 20. Jahrhunderts Andreas Höfele: *No Hamlets. German Shakespeare from Nietzsche to Carl Schmitt*. Oxford 2016.

46 Mann: *Goethe's »Werther«* (Anm. 12), S. 648.

geändert. Hier kommt ein Brief zum Abdruck, den Tonio aus dem Urlaub an Lisaweta schreibt und an dessen Ende es heißt:

> Was ich getan habe, ist nichts, nicht viel, so gut wie nichts. Ich werde Besseres machen, Lisaweta, – dies ist ein Versprechen. Während ich schreibe, rauscht das Meer zu mir herauf, und ich schließe die Augen. Ich schaue in eine ungeborene und schemenhafte Welt hinein, die geordnet und gebildet sein will, ich sehe in ein Gewimmel von Schatten menschlicher Gestalten, die mir winken, daß ich sie banne und erlöse […]. (S. 318)

Das Wissen um die künstlerischen Aufgaben, die er in der Zukunft zu erledigen habe, ermöglicht es Tonio Kröger also, am Ende der Novelle sein Leiden ästhetisch zu transzendieren. Er ist, so ließe sich in einer Abwandlung von Manns Worten über Goethe sagen, ›der junge Werther, plus der schöpferischen Gabe, die diesem fehlt‹. An *Tonio Kröger* wird damit deutlich, wie sehr sich *Die Leiden des jungen Werthers* um 1900 als ein Erzählschema anbot, um vom Schicksal junger Männer zu erzählen, die einsame Außenseiter sind und angesichts der sie umgebenden Welt Ekel empfinden. Dafür waren weder die Dreiecksbeziehung noch der Selbstmord obligate Elemente einer Handlung, die den *Werther* als eine psychologische Fallgeschichte aktualisiert. In diesem Sinne erzählt Thomas Mann die Geschichte eines Helden, der sich wie Werther »in die beschränkenden Formen einer veralteten Welt finden und schicken lernen soll« (FA II, 39, S. 529) – und dem dies auch gelingt.

Aeka Ishihara / Hiroshi Murakami

*Goethe und die Insel in Fernost, wo der Ginkgo-Baum wächst – eine geographische Analyse anhand von Goethes Kartensammlung**

1. Einleitung. Goethe und Japan: Ein Beispiel anhand Goethes Kartensammlung

Das berühmte Liebesgedicht Goethes, *Gingo biloba*, im *West-Östlichen Divan* beginnt mit den Worten: »Dieses Baum's Blatt, der von Osten / Meinem Garten anvertraut, / Giebt geheimen Sinn zu kosten« (MA 11.1.2, S. 71, V. 1-3). Für Europa wird der Ginkgo durch den im Auftrag der niederländischen »Vereenigde Oostindische Compagnie« Japan bereisenden Arzt und Naturforscher Engelbert Kämpfer (1651-1716) wiederentdeckt.[1] Dessen Name taucht unerwartet schon in einem vor 1800 geschriebenen Beitrag von Goethe auf: *Vorschlag zur Einführung der deutschen Sprache in Polen. Um eine höhere Kultur der niederen Klassen zu bewirken*, der auch das Thema der interkulturellen Kommunikation behandelt:

> Wir lesen bei *Kämpfer* daß der japanische Kaiser [eigentlich »Shogun«, Anm. A. I.] sich sehr unterhalten gefunden als ihm die Holländer ihre gewöhnlichen Reverenzen, Begegnungen und täglichen Handlungen vorgespielt. Wenn man nun dem ungebildetern Volke, mit Erfindung und Geist, teils seine eigene Sitte und Unsitte, teils die gebildetere Sitte der herrschenden Nation darstellte, dergestalt daß die Handlung schon als Pantomime verständlich wäre und die Sprache sich nur als Komplement hinzufügte, so würde schon manches gewonnen sein. (MA 4.2, S. 21)

Goethe bezieht sich hier auf Kämpfers *Geschichte und Beschreibung von Japan.*[2] Während seines Aufenthaltes in Japan nahm Kämpfer an der jährlichen Hofreise des niederländischen Repräsentanten teil, der im Schloss zu Edo (heute Tokio) dem Shogun für die Genehmigung zum Handel mit Japan Dank abzustatten hatte. Dabei ließ der Shogun sich von Kämpfer vorführen, wie man sich in Europa bei verschiedenen Anlässen bewegt.[3]

* Freundlich genehmigt sind die Abbildungen 1-8 von der Klassik Stiftung Weimar und die Abb. 10 von The University Museum, The University of Tokyo. Diese Abhandlung wäre nicht zustande gekommen ohne das freundliche Entgegenkommen von Frau Annett Carius-Kiehne und vor allem von Herrn Andreas Schlüter von der HAAB. Dieses Projekt wird von JSPS KAKENHI Grant-in-Aid for Scientific Research B) Nr. 23K25294 unterstützt.

1 Vgl. Aeka Ishihara: *Goethes Buch der Natur*. Würzburg 2005, vor allem Kapitel 5.

2 Engelbert Kämpfer: *Engelbert Kämpfers Weyl. D. M. und Hochgräfl. Lippischen Leibmedikus Geschichte und Beschreibung von Japan.* Hrsg. von Christian Conrad Wilhelm von Dohm. 2 Bde. Lemgo 1777-1779.

3 »[...] wir musten uns gefallen lassen, ordentliche Affenpossen auszuüben, die mir nicht einmal alle mehr erinnerlich sind; bald musten wir nämlich aufstehen und hin und her

Gegen Ende 1801 finden sich Bemerkungen Goethes über den japanischen Kaiserhof:

> Goethe *hatte* im Scherze einmal gesagt: es helfe dem Kotzebue zu nichts, daß er an dem weltlichen Hofe zu Japan aufgenommen sei, wenn er sich nicht auch zugleich bei dem geistlichen Hofe daselbst einen Zutritt zu verschaffen wisse. (*Gespräche* I, S. 312, Nr. 645)

Der aus Weimar stammende Dramatiker und Schriftsteller August von Kotzebue (1761-1819) war seit 1795 in zweiter Ehe mit der Schwester von Adam Johann von Krusenstern (1770-1846) verheiratet, der die erste russische Weltumsegelungsexpedition (1803-1806) leitete. Dieser nahm tatsächlich zwei Söhne von Kotzebue als Offiziere der russischen Marine auf diese Expedition mit. Die Schiffe »Nadeshda« und »Newa« legten am 7. August 1803 in Kronstadt ab. Über Teneriffa und dann entlang der brasilianischen Ostküste segelten sie weiter über die Sandwich-Inseln (heute Hawaii) sowie die Halbinsel Kamtschatka und erreichten im Herbst 1804 Japan.

Hatte Goethe geographische Kenntnisse über Japan in Fernost? Das Ginkgo-Gedicht entstand im September 1815, aber bereits am 23. Januar 1815 schrieb Goethe an Christian Heinrich Schlosser (1782-1829):

> China und Japan hatte ich vor einem Jahre fleißig durchreist, und mich mit jenem Riesenstaat ziemlich bekannt gemacht. Nun will ich mich innerhalb der Grenzlinie der Eroberungen Timurs halten, weil ich dadurch an einem abermaligen Besuch im jugendlieben Palästina nicht gehindert werde. (WA IV, 25, S. 165)

Selbstverständlich nahm Goethe nicht an einer Weltumsegelung teil, sondern reiste anhand von Karten imaginär, wie er auch zur gleichen Zeit versuchte, die in der Bibel beschriebene Wanderung der Israeliten unter der Führung von Moses in eine geographische Karte einzuzeichnen (vgl. *Israel in der Wüste* in Goethes *Noten und Abhandlungen zu besserem Verständnis des West-östlichen Divans*, MA 11.1.2, S. 229). Interessant ist es auch, dass der Begriff »Sinica«, d.h. »China-Studien«, zwischen dem 2. und 16. Oktober 1813 in seinem Tagebuch täglich auftaucht. Am 10. November schrieb Goethe an Carl Ludwig von Knebel: »Ich habe die Zeit, mehr um mich zu zerstreuen, als um etwas zu thun, gar mancherley vorgenommen, besonders habe ich China und was dazu gehört fleißig durchstudiert« (WA IV, 24, S. 28).

Goethe besaß selbst ca. 340 Karten, die verschiedene Regionen der Welt darstellen. Die meisten Karten wurden zwischen dem 18. und dem frühen 19. Jahrhundert publiziert. Sie liegen heute in Weimar, vor allem in der Herzogin Anna Amalia Bibliothek (HAAB, Signatur GGr/KS), vereinzelt auch im Goethe-Nationalmuseum (GNM) sowie im Goethe- und Schiller-Archiv (GSA). Nahezu alle Objekte sind bereits hochauflösend digitalisiert, mit bibliographischen Informationen (Metadaten) versehen und frei über den OPAC der HAAB zugänglich. Im GNM liegt ein *Ver-*

spatzieren, bald uns unter einander komplimentiren, dann tanzen, springen, einen betrunkenen Man vorstellen, Japanisch stammeln, malen, Holländisch und Deutsch lesen, singen, die Mäntel bald um- und wieder wegthun, u.d. gl., ich an meinem Theile stimte hiebei eine Deutsche Liebesarie an«, Kämpfer (Anm. 2). Bd. 2, S. 285 mit Tab. XXXII.

zeichnis von Goethes Landkarten. Nach den Beständen der Nationalen Forschungs- und Gedenkstätten der klassischen deutschen Literatur in Weimar von Konrad Kratzsch (1931-2024) als Typoskript (1965)[4], welches sich aber nur in der Handbibliothek befindet, sodass es außerhalb Weimars so gut wie keine Beachtung fand. Goethes Kartensammlung ist daher bislang noch kaum erforscht.[5] Bei dem Projekt: *Goethe digital: Eine Autorenbibliothek als Sammlungsraum* verzichteten Stefan Höppner und Ulrike Trenkmann leider darauf, Goethes Kartensammlung zu untersuchen.[6]

Doch was kann man heute aus seiner Kartensammlung ablesen und erfahren? Der vorliegende Beitrag ist ein Beispiel aus der Zusammenarbeit zwischen Germanistik und Geographie. Da aber die Information zur Provenienz der Stücke, wann und wie sie in Goethes Besitz gekommen waren, fehlt, wurde zunächst die Verteilung von Goethes Sammlung von etwa 100 Karten (bis auf Stadtpläne, Spezialkarten und Karten ohne Längen- und Breitengrade) untersucht, indem sie alle auf eine Weltkarte ›aufgeklebt‹ wurden. Die Ergebnisse zeigen, dass seine Sammlung fast die gesamte Welt abdeckt, mit Ausnahme der Südspitze Südamerikas (Argentinien), der Antarktis und Grönlands. Für einen Überblick hätte eine Weltkarte ausgereicht. Diese Tatsache kann als sein aktiver und detaillierter Versuch interpretiert werden, die Geographie der Welt im Einzelnen zu erfassen. Hier wird nun versucht, am Beispiel Japans zu zeigen, wie Goethe mit seinen Karten den Fernen Osten ›durchreisen‹ konnte. Daraus erklärt sich auch, warum die HAAB (einschließlich der ehemaligen Militärbibliothek Herzog Carl Augusts) kostbare Materialien über Japan besitzt.[7]

2. *Die Karten über Japan in Goethes Privatsammlung*

Im Sachregister nach Kratzsch sind auf Seite 67 unter dem Stichwort »Japan« zwei Karten mit den Nummern 196 und 198 zu finden. Eigentlich handelt es sich dabei um ein und dasselbe kartographische Werk mit der Bezeichnung *Seconde partie de la carte d'Asie. Contenant la Chine et partie de la Tartarie, l'Inde au delà du Gange, les Isles Sumatra, Java, Borneo, Moluques, Philippines, et du Japon* (Paris 1752) von Jean Baptiste Bourguignon d'Anville (1697-1782), das jedoch in zwei Hälften dargestellt wird: Die Karte Nr. 196 zeigt unter der Bezeichnung *China. Korea. Japan. O.O. Verl. u.J.* mit der Inventarnummer GGr/KS 99 (Abb. 1) den

4 Online verfügbar unter https://haab-digital.klassik-stiftung.de/viewer/image/1590865170/11/LOG_0002/ (zuletzt aufgerufen am 21.10.2024).

5 Seine Kartensammlung wurde bisher nur punktuell erforscht: So ist ein Beitrag über eine »Landkarte des Harzes« von Thomas Nickol erschienen: *Über eine Landkarte des Harzes aus Goethes »Miscellan-Atlas«*. In: GJb 2000, S. 92-102.

6 Goethes Bibliothek ist nicht nur eine der prominentesten Büchersammlungen eines deutschsprachigen Autors, sondern auch als eine von wenigen Autorenbibliotheken um 1800 fast vollständig erhalten. Aber in der Kategorie »Geographie, Karten und Reiseliteratur« sind »bei Redaktionsschluss nur etwa 20-25 % von Goethes Landkartensammlung erfasst. Dieser Wert dürfte künftig deutlich höher liegen«. Stefan Höppner: *Goethes Bibliothek. Eine Sammlung und ihre Geschichte*. Frankfurt a.M. 2022, S. 258, Anm. 13.

7 Dazu Aeka Ishihara: *Die Vermessbarkeit der Erde. Die Wissenschaftsgeschichte der Triangulation*. Würzburg 2011.

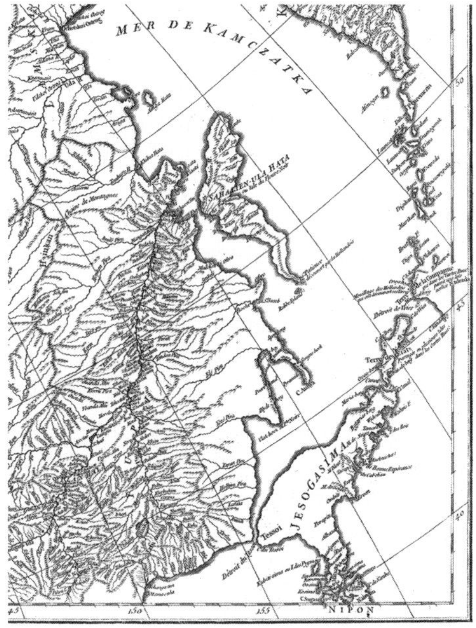

Abb. 1
JAPON aus *China. Korea. Japan.*
Paris 1752 (GGr/KS 99)

Abb. 2
Jezo-Gashima (Nipon)
aus *Troisième partie de la carte d'Asie.*
Paris 1753 (*MA* 2)

nördlichen Teil mit Japan (Abb. 1). Die Karte Nr. 198, die in der linken unteren Ecke die oben aufgeführte vollständige Bezeichnung enthält, zeigt den südlichen Teil ohne Japan. Es ist ein Blatt, also nicht gebunden.

Im Inhaltsverzeichnis von Kratzsch gibt es neben den o. g. beiden Karten(hälften) noch eine weitere, nicht im Sachregister aufgeführte Karte mit der Nr. 199 und einem Verweis auf »*MA* 2«, das bezieht sich auf den zweiten Teil des von Goethe selbst um 1800 zusammengestellten *Miscellan-Atlas* (2 Foliobände; Ruppert[8][1] 4131 [1] und [2]) mit Einzelkarten und mehrblättrigen Kartenwerken zu 97 geographischen Regionen. Dieser *Miscellan-Atlas* (*MA)* befindet sich in Goethes Bibliothek, im Katalog aber ohne Angabe über den Inhalt. Stattdessen ist ein handschriftliches einfaches Inhaltsverzeichnis als Zettel bzw. Notiz vermutlich vom Buchbinder eingelegt. Die Karte Nr. 199 ist identisch mit der 37. Karte des *MA*: *Troisième partie de la carte d'Asie. Contenant la Sibérie, et quelques autres parties de la Tartarie* (Paris 1753), auch von d'Anville kartographiert (Abb. 2). Sie zeigt Japan im östlichen Kartenteil.

8 Hans Ruppert: *Goethes Bibliothek. Katalog*. Weimar 1958, S. 596.

Das Sachregister von Kratzsch erhebt keinen Anspruch auf Vollständigkeit. Genauso wie »China« für »Sinica« ist die Bezeichnung »Japan« (oder »Japon« auf Französisch usw.) in Europa relativ neu, auf älteren Karten wurde eher »Nipon« oder »Niphon« verwendet. Insgesamt acht Karten wurden laut Metadaten zwischen 1752 und 1814 publiziert: GGr/KS 99 (Paris 1752), *MA* 2-37 (Paris 1753), GGr/KS 23 (Paris 1761), *MA* 2-48 (Nürnberg 1792), GGr/KS 100 (Weimar 1804), GGr/KS 25 (Weimar 1805), GGr/KS 97 (Wien 1814) und *MA* 2-42 (Prag 1798).

Eine dieser Karten (GGr/KS 100) heißt *Charte von China nach Mirdochischer Projection entworfen, nach den neuesten und zuverlässigsten astronomischen Ortsbestimmungen berichtiget, und gezeichnet von H.F.A. Stieler revidi[e]rt auf der Sternwarte Seeberg bey Gotha* (Weimar 1804). Gemäß dem Titel handelt es sich um China, und es ist weder die Hauptinsel von Japan noch die Insel Hokkaidô dargestellt, aber rechts unten findet man einen Teil von der Hafenstadt Nagasaki und die Ryukyu-Inseln (Abb. 3). In Goethes Bibliothek befindet sich übrigens eine kleine Wörtertabelle über die Sprache in den Ryukyu: *Vocabulary of The Language Spoken at The Great Loo-Choo Island, in The Japan-Sea* (1818) von Herbert John Clifford.

In der Privatsammlung Goethes ist noch eine andere *Charte von China und den angränzenden Ländern und Völkerschaften, so wie sie dem jetzigen Kaiser Tschien-Long unterworfen sind. Aus der Englischen Beschreibung der Gesandschaftsreise des Grafen Macartney entlehnt und reduciert* (1798) vorhanden (Abb. 4). George Macartney (1737-1806) unternahm tatsächlich eine Reise nach China auf Befehl des Königs von England George III. in den Jahren 1792-1794. Hier erkennt man mit der Bezeichnung »Kaiserthum Iapan« eine merkwürdig deformierte Hauptinsel »Nipon« und eine »Kyusiu« sowie die »Leukeu« (Ryukyu)-Inseln. Obwohl am rechten Rand die Insel Sachalin steht, fehlt dieser Karte die zweitgrößte Insel Japans »Hokkaidô« (damals als »Ezo«, »Ieso«, »Yezo«, »Jezo« oder »Jezogashima« unterschiedlich transkribiert).

Mit Ausnahme der Karte von Stieler (1804) sind auf diesen Karten jeweils sowohl Hokkaidô als auch die Hauptinsel Japan bzw. »Nip[h]on« zu sehen. Zwar ist nicht auf allen Karten die Insel Hokkaidô vollständig abgebildet, aber man kann sie zweifellos als Insel gut erkennen.

3. *Die geographische Position von Japan auf den Karten in der Goethezeit*

Was die geographisch-astronomische Position der japanischen Inseln auf diesen sieben Karten bis auf Stielers *Charte von China* (1804) betrifft, weist jede ziemlich präzise Breitenangaben auf. Die Küstenlinien der japanischen Inseln sind dagegen nicht immer korrekt. Interessanterweise sind die Karten nicht genauer, je neuer sie sind: Die Küstenlinien von Shikoku und Kyushu auf der Karte aus dem Jahr 1752 (Abb. 1) sehen z.B. genauer und detaillierter aus als auf d'Anvilles *Hémisphere Oriental ou del'Ancien Monde* von 1761 (Abb. 5) oder der *Karte von Australien oder Polynesien* von 1792 (Abb. 6) und übertreffen sogar die *Allgemeine Weltcharte* nach Mercators Projektion von 1805 (Abb. 7) sowie Müllers *Asien*-Karte von 1814 (Abb. 8).

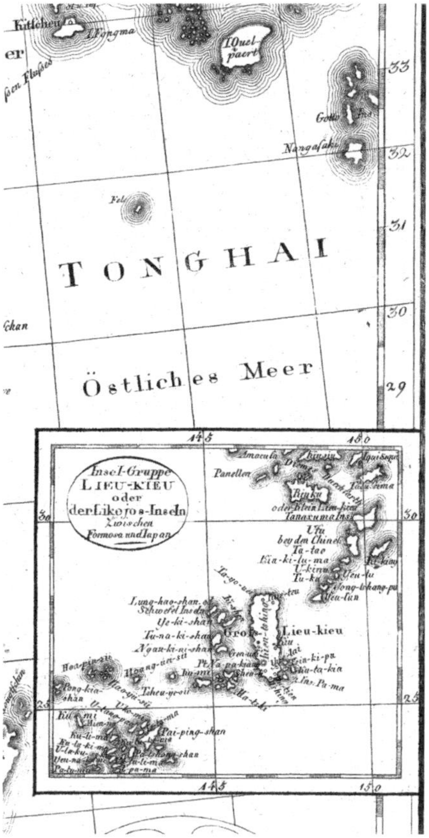

Abb. 3
Die Inselgruppe Ryu-Kieu
aus *Charte von China.*
Weimar 1804 (GGr/KS 100)

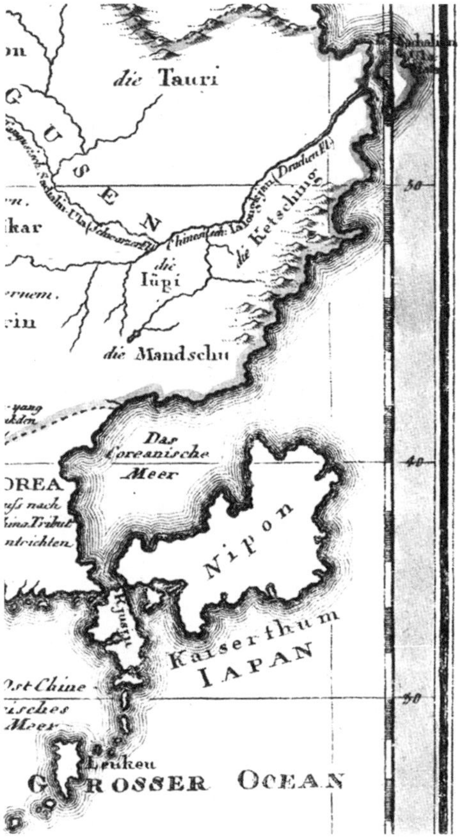

Abb. 4
Nipon aus *Charte von China und den angränzenden Ländern und Völkerschaften.*
Prag 1798 (*MA* 2)

In Bezug auf den Längengrad, dessen Bestimmung damals noch ungenau war, unterscheiden sich die Karten. Auf den Meridian von Greenwich ist nur die Karte von 1792 bezogen, während die Karten von 1753 und 1798 anhand des sogenannten Ferro-Meridians (auch Meridian von Ferro) dargestellt sind, der von der Antike an bis 1884 der verbreitetste Nullmeridian in Europa war. Aber wenn man die Verschiebung des Nullmeridians berücksichtigt, sind die Positionen Japans auf den Karten im Wesentlichen korrekt. Es ist auch bemerkenswert, dass die Längengradbestimmung der japanischen Inseln im Grunde korrekt war, obwohl Marine-Chronometer damals noch nicht weit verbreitet waren.

Nicht zu übersehen ist, dass die Insel Sachalin (identisch mit der Insel »Karafuto« auf Japanisch) auf allen acht Karten eindeutig als Insel dargestellt ist: Denn in der Goethezeit war eine der wichtigen Fragen unter Geographen, ob Sachalin eine Insel oder Halbinsel sei.[9] 1725 schickte Zar Peter I. Vitus Jonassen Bering

9 Vgl. Ishihara (Anm. 7), S. 158-167.

Abb. 5
Ieso und Insel du Japon
aus *Hémisphere Oriental ou del'Ancien Monde*.
Paris 1761 (GGr/KS 23)

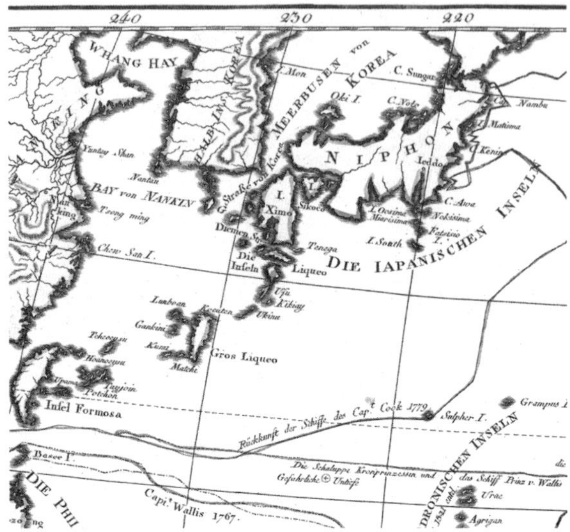

Abb. 6
Niphon aus *Karte von Australien oder Polynesien*.
Nürnberg 1792 (*MA* 2)

(1681-1741) auf die erste Kamtschatka-Expedition Russlands (1725-1730), um die Existenz einer Meerenge zwischen Asien und Nordamerika nachzuweisen. Da man die Ergebnisse dieser Expedition nicht ganz befriedigend fand, wurde unter der Leitung von Bering eine zweite Kamtschatka-Expedition durchgeführt (1733-1743),[10] um die nördlichen Küsten Russlands zu vermessen sowie Seewege nach Nordamerika und Japan zu erforschen. Während Bering als erster Europäer Alaska entdeckte, bemühte sich sein Kollege Martin Spangberg (1696-1761), der dänische Kapitän des zweiten Schiffes, um die Suche nach dem Seeweg von Ochotsk nach Japan: Im Sommer 1738 gelangte er zum ersten Mal bis nach Urup, einer Insel der Kurilen. Obwohl diese Insel nordöstlich relativ nah an Hokkaidô gelegen ist, verzichtete er darauf, weiterzufahren. So blieb im 18. Jahrhundert das nördliche Seegebiet von Japan ein ›weißer Fleck‹ auf der Weltkarte. Es war zwar von Namen wie Sachalin und Karafuto die Rede, aber man kannte weder deren geographische Lage noch den Zusammenhang mit Hokkaidô. Im Jahre 1739 versuchte Spangberg erneut, von Ochotsk nach Süden zu fahren, und lief tatsächlich einen Hafen am Pazifischen Ozean in der Nähe von Sendai (eine große Stadt in der Region Tôhoku in Japan) an. Aber man konnte die geographische Konstellation zwischen Sachalin und Hokkaidô trotzdem noch nicht klar erkennen. In der folgenden Zeit musste sich allerdings die Zarin Katharina II. (1729-1796) mit zwei russisch-türkischen Kriegen sowie der Teilung Polens auseinandersetzen, sodass sie den Handelswegen

10 An dieser Expedition nahmen auch Wissenschaftler aus Deutschland teil, wie z. B. der Naturforscher und Botaniker Johann Georg Gmelin (1709-1755) sowie der Historiker und Geograph Gerhard Friedrich Müller (1705-1783); vgl. Ishihara (Anm. 7), S. 157.

Abb. 7
Niphon aus *Allgemeine Weltkarte.*
Weimar 1805 (GGr/KS 95)

Abb. 8
Japan aus *Asien.*
Wien 1814 (GGr/KS 97)

nach Japan kaum Aufmerksamkeit schenken konnte. Der eingangs zitierte Aufsatz, in dem sich Goethe auf Kämpfer bezieht, wurde gerade in dieser Zeit der Teilung Polens als *Vorschlag zur Einführung der deutschen Sprache in Polen* geschrieben.

4. Der Kartenvergleich in den »Allgemeinen Geographischen Ephemeriden« in Jena

In der Novelle *Wer ist der Verräter?* in *Wilhelm Meisters Wanderjahre* (1829) erscheint ein Professor »N. zu N.« (MA 17, S. 318), der Vater von Lucidor. Er ist Professor der »Geographie, die er durch Topographie zu beleben wußte« (ebd., S. 320).

In der Geschichte der Geographie in Deutschland gilt eigentlich Carl Ritter (1779-1859) neben Alexander von Humboldt (1769-1859) als Begründer und Pionier der wissenschaftlichen Erdkunde. Er wurde erst 1820 auf den Lehrstuhl für Erd-, Länder-, Völker- und Staatenkunde an der Berliner Universität berufen. Diesbezüglich ist es schon interessant, dass Goethe bereits in der ersten Fassung der *Wanderjahre* (1821) den Geographie-Professor auftauchen lässt. Andererseits darf man nicht übersehen, dass ein anderer vorher in der Nähe Goethes tätig war: Adam Christian Gaspari (1752-1830), der von 1795 bis 1797 als außerordentlicher Professor der Philosophie an der Universität Jena lehrte. Dort hielt er als Geograph und Historiker mehrere Vorlesungen, darunter auch zum Thema *Gesammte Geographie.*[11]

11 Vgl. Andreas Christoph: *Geographica und Cartographica aus dem Haus Bertuch. Zur Ökonomisierung des Naturwissens um 1800.* München 2012, hier über Gaspari vor allem S. 202-210. Goethe verwendete nie die Schreibweise Gaspari, sondern stets Caspari, obwohl er in seiner Privatbibliothek Adam Christian Gasparis *Lehrbuch der*

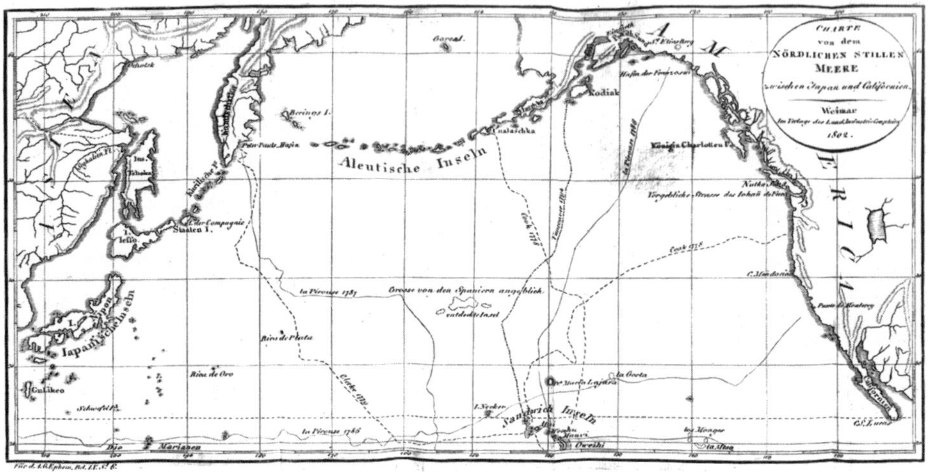

Abb. 9
Charte von dem nördlichen stillen Meere zwischen Japan und Californien. Weimar 1802 (*AGE* 9-6)

Gaspari war Mitherausgeber der *Allgemeinen Geographischen Ephemeriden* (*AGE*), der ersten deutschen geographischen Zeitschrift mit wissenschaftlichem Niveau, die der Gothaer Hofastronom Franz Xaver von Zach (1754-1832) und der Weimarer Unternehmer Friedrich Justin Bertuch (1742-1822) im Jahr 1798 begründet hatten. Nach dem Ausscheiden von Zach nahm Gaspari von 1800 bis 1803 dessen Stelle ein. Bereits 1791 hatte Bertuch sein Landes-Industrie-Comptoir (LIC) in Weimar gegründet, dem er im April 1804 das Geographische Institut (GI) als Tochterfirma angliederte, wozu Gaspari den Plan entwarf. Damals wurden drei Karten über Japan für die *AGE* in Weimar publiziert:[12]

1. *Charte von dem nördlichen stillen Meere zwischen Japan und Californien.* Weimar (LIC) 1802. In: *AGE* 9-6 (Juni 1802), S. 604. (Abb. 9)
2. *Neue Charte von der Nordost-Küste von Asien und den japanischen Inseln: Nebst der Farth des K. Britt. Schiffs Providence und seines Beischiffs in den J. 1796 und 1797 unter dem Commando von W. Rob. Broughton.* Hrsg./Gezeichnet von T. G. Vashon. Weimar (GI). In: *AGE* 17-1 (Mai 1805), S. 135. (Abb. 10)[13]

Erdbeschreibung zur Erläuterung des neuen methodischen Schul-Atlasses. Cursus 1. Weimar 1792 besaß, vgl. Ruppert (Anm. 8), S. 562, Nr. 3935.

12 Die Thüringer Universitäts- und Landesbibliothek Jena besitzt sämtliche 40 Bände der *AGE* von 1798 bis 1813, digitalisiert und per UrMEL frei (CC0 Licence) angeboten.

13 Hier ist wegen der vergleichsweise schlechten Qualität der Jenaer Abbildung ein von uns aufgenommenes Foto der gleichen Karte aus dem Besitz des Universitätsmuseums der Universität Tokio verwendet worden, und zwar aus der Sammlung des ersten Professors der Geographie an der Kaiserlichen Universität Tokio, Dr. Naomasa Yamasaki (1870-1929), der nach dem Studium bei Johannes Justus Rein (1835-1918) in Bonn und Albrecht Penck (1858-1945) in Wien einer der Begründer der wissenschaftlichen Geographie in Japan wurde.

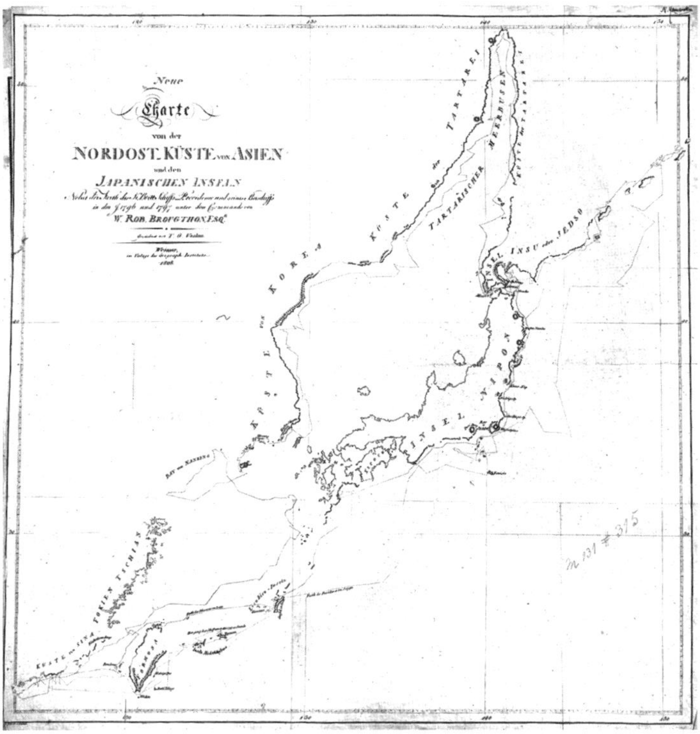

Abb. 10
Insel Nipon. Weimar 1805 (*AGE* 17-1)

3. *Karte von Jesso und Sagalien: mit den Entdeckungsreisen von Vries Shaep La Perouse Broughton und Krusenstern nebst einer Skitze der Holländischen Karte v. Jesso.* Weimar (GI). In: *AGE* 38-3 (Juli 1812), S. 252. (Abb. 11)

In Goethes Privatbibliothek befinden sich die *AGE*-Bände 9 (1802) bis 12 (1803) sowie die Bände 22 und 23 (1807).[14] Die Karte in den *AGE* (April 1802), die Goethe also besaß, bezieht sich auf die im selben Band befindliche Abhandlung *Bemerkungen über die Existenz gewisser wenig bekannter Inseln in dem Theil des grossen Oceans, der zwischen Japan und Californien liegt*, in der die Entdeckung des Landes Jesso von den Holländern im Jahre 1643 erwähnt ist.[15]

Es ist bemerkenswert, dass hier sowohl die Seewege der (neueren) Exkursion des französischen Weltumseglers und Geographen Jean-François de Galaup de La Pérouse (1741-1788) als auch die der (früheren) von James Cook (1728-1779) dargestellt sind. La Pérouse versuchte 1787 im Auftrag des französischen Königs

14 Vgl. Ruppert (Anm. 8), S. 562, Nr. 3933.

15 Philippe Buache: *Bemerkungen über die Existenz gewisser wenig bekannter Inseln in dem Theil des grossen Oceans, der zwischen Japan und Californien liegt. Mit Anmerkungen von D. F. Sotzmann.* In: *AGE* 9 (Juni 1802), Teil 6, S. 485-504.

Ludwig XVI., die bisher völlig unbekannten ostasiatischen Nebenmeere, vor allem die Japanische See, zu erforschen. Die Gestalt Japans auf dieser Karte ist fast identisch mit seiner *Carte générale des découvertes faites en 1787 dans les mers de Chine et de Tartarie.*[16] Während auf dieser Karte der westliche Teil Hokkaidôs unvermessen blieb und nur eine dünn gezeichnete provisorische Küstenlinie enthielt, sind auf der Karte in den *AGE* Japan und Hokkaidô sowie Sachalin jeweils als einzelne Inseln mit festen Linien getrennt gezeichnet, und zwar mit deutlich erkennbaren geographischen Fehlern. Die Form bzw. Gestalt Japans ist allerdings ähnlich den Japan-Darstellungen auf den anderen Karten in Goethes Sammlung.

Die zweite Karte in den *AGE* 1805 (Abb. 10) wird auch als *Broughton's Charte von seiner Fahrt längs den Japanischen Küsten* bezeichnet. Sie ist der langen Abhandlung von Christoph Polykarp Schneegass *Ueber die Kunde von Japan* (S. 3-55 im 1. Stück Bd. 17) beigefügt. William Robert Broughton (1762-1821) fuhr 1795 mit dem britischen Expeditionsschiff »Providence« an die Pazifikküste Nordamerikas, wo sie die Vancouver-Expedition (1791-1795 unter George Vancouver [1757-1798]) treffen sollte. Broughton verfehlte Vancouver jedoch und beschloss daher, nach Ostasien zu segeln und dort weitere Erkundungen und Vermessungen vorzunehmen, u. a. vor Hokkaidô. Broughtons Reisebericht wurde im Jahr 1805 auch ins Deutsche übersetzt, was jedoch unter Geographen anscheinend kaum Beachtung fand. Verglichen mit der *Allgemeinen Weltkarte* von 1805 (Abb. 7) in Goethes Besitz, die Hokkaidô und Sachalin zwar geographisch unkorrekt, aber als Inseln getrennt und vollständig enthält, sind hier die beiden Inseln unvollständig gezeichnet. Obwohl die beiden Karten im gleichen Jahr und ebenfalls in Bertuchs GI in Weimar gedruckt wurden, gibt es einen deutlichen Unterschied.

Nicht zu übersehen ist der Grund, warum die Herausgeber Bertuch und Christian Gottlieb Reichard (1758-1837)[17] die erwähnte Abhandlung von Schneegass über Japan in die Öffentlichkeit bringen wollten. In der ersten Fußnote heißt es:

> Da in diesem Augenblicke eine Russische Gesandtschaft wahrscheinlich schon in *Japan* ist, und Handelsverbindungen zwischen beiden Reichen *Russland* und *Japan* angeknüpft werden sollen, welche uns neue Aufschlüsse über dies interessante Land versprechen, so ist es jetzt wohl der Mühe werth, zu untersuchen, *was* wissen wir bis diesen Tag von demselben? In dieser Hinsicht verdient dieser sorgfältig ausgearbeitete Aufsatz gewiss hier eine Stelle.[18]

Die dritte Karte in den *AGE von Jesso und Sagalien* (Abb. 11) geht zurück auf die erste russische Weltumsegelungsexpedition unter dem Kommando von Krusenstern

16 Vgl. Jean François de Galaup La Pérouse: *Carte générale des découvertes faites en 1787. Dans les mers de Chine et de Tartarie ou depuis Manille jusqu'à Avatscha, par les Frégates Françaises La Boußole et l'Astrolabe.* In: *Voyage de La Pérouse autour du monde.* Publié conformément au décret du 22 avril 1791. Rédigé par Louis Antoine Milet-Mureau. Paris 1797, Nr. 38 f.

17 Reichard war ein deutscher Kartograph, Mitarbeiter von Zach und seit 1803 als einer der Redakteure der *AGE* tätig.

18 Christoph Polykarp Schneegass: *Ueber die Kunde von Japan.* In: *AGE* 17 (Mai 1805), Teil 1, S. 3-55.

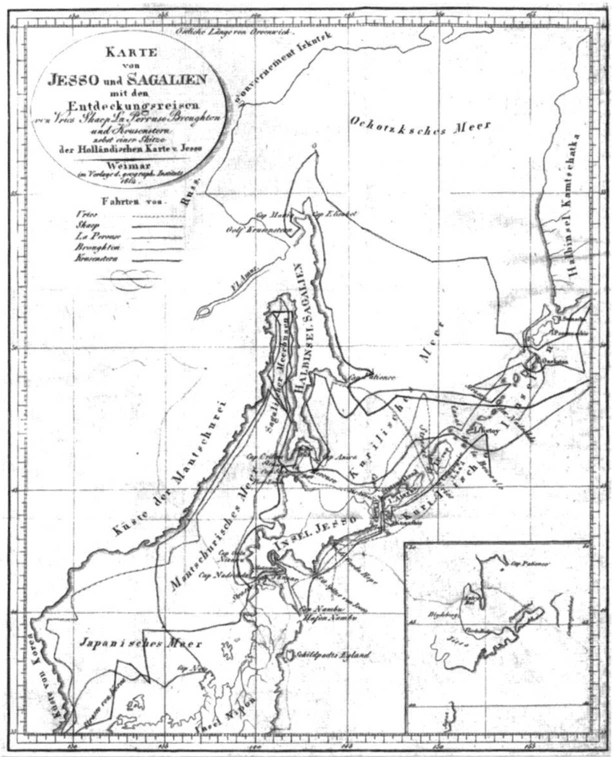

Abb. 11
Karte von Jesso und Sagalien. Weimar 1812 (*AGE* 38-3)

(1770-1846). Dessen *Reise um die Welt in den Jahren 1803, 1804, 1805, 1806* erschien zwischen 1810 und 1812 in drei Bänden mit dem *Atlas des Großen Ozeans* in St. Petersburg.[19] Parallel dazu erschien die Kopie seiner *Karte von Jesso und Sagalien* 1812 auch in den *AGE* als Beilage zu der ausführlichen Abhandlung von Friedrich Ludwig Lindner (1772-1845): *Entdeckungsgeschichte der Insel Jesso und der Halbinsel Sagalien.*[20] Lindner war seit 1809 als Mitarbeiter Bertuchs in Weimar tätig und lehrte an der Universität Jena bis 1814 als Professor der Philosophie. Wie

19 Adam Johann von Krusenstern: *Reise um die Welt in den Jahren 1803, 1804, 1805, 1806. Auf Befehl Seiner Kaiserl. Majestät Alexander des Ersten auf den Schiffen Nadeshda und Newa unter dem Commando des Capitäns von der Kaiserl. Marine A.J. v. Krusenstern.* 3 Bde. St. Petersburg 1810-1812; vgl. auch ders.: *Reise um die Welt in den Jahren 1803, 1804, 1805 und 1806.* Hrsg. und kommentiert von P. Werner Lange. Leipzig, Jena, Berlin 1985. Diese kommentierte Ausgabe enthält ebenfalls Kupferstiche eines *Atlas' zur Reise um die Welt* (ursprüngl. St. Petersburg 1814).

20 Vgl. Friedrich Ludwig Lindner: *Entdeckungsgeschichte der Insel Jesso und der Halbinsel Sagalien.* In: *AGE* 38 (Juli 1812), Teil 3, S. 249-284; ders.: *Entdeckungsgeschichte der Insel Jesso und der Halbinsel Sagalien.* In: *AGE* 38 (August 1812), Teil 4, S. 393-424.

der Titel zeigt, behauptete Lindner, »dass Sagalien mit dem festen Lande zusammenhängt, und folglich eine Halbinsel sey«.[21] Bemerkenswert ist außerdem die folgende Beschreibung: »Auf einer Russischen Charte in St. Petersburg 1803 befindet sich zwischen Sagalien und Jesso noch eine Insel, Karafuto oder Schischa genannt«.[22] Zur selben Zeit beschäftigte sich unabhängig von Krusenstern der Hofastronom Kageyasu Takahashi (1785-1829) in Japan mit der Erarbeitung einer neuen Weltkarte. Er untersuchte dabei anhand des *Atlas* von La Pérouse (1797)[23] und der *Weltkarte* des englischen Kartographen Aaron Arrowsmith (1750-1823)[24] nicht nur die Frage, ob Sachalin eine Insel oder Halbinsel sei, sondern auch, ob die von den Europäern »Sachalin« genannte Insel mit der auf Japanisch »Karafuto« genannten Insel identisch sei. Auch Krusenstern wusste nicht, dass Sachalin mit Karafuto identisch ist, und wollte nicht nur Sachalin, sondern auch noch die vermeintlich andere Insel Karafuto aufsuchen. Eine genaue Küstenaufnahme ergab jedoch, dass es zwischen Sachalin und Jesso keine weitere Insel gab. Aber es blieb noch immer unklar, ob Karafuto und Sachalin identisch sind.

Die Inseln Hokkaidô und Sachalin auf Carl Müllers *Asien*-Karte (1814) aus Goethes Besitz sind zwar jeweils als isolierte Inseln gezeichnet, aber den Formen nach sehr unkorrekt. Dagegen sind die japanischen Inseln auf zwei dieser neueren Karten in den *AGE* (Abb. 10 und 11) geographisch genauer dargestellt als auf den übrigen. Allerdings wird auf diesen beiden Karten Sachalin als Halbinsel mit dem Kontinent verbunden dargestellt und einige Küstenlinien fehlen. Es scheint, dass diese Karten absichtlich auf die Darstellung unvollständiger Informationen verzichteten, um die Genauigkeit zu bewahren. In der Tat erforschte Krusenstern 1805 u.a. die Meerengen der Tsugaru- (damals Sangar-) Straße und der Sôya- (La-Pérouse-) Straße sowie die Westküste der Inseln Hokkaidô und Sachalin. Trotz mehrerer Forschungsreisen blieb jedoch für die europäischen Wissenschaftler unsicher, ob Sachalin eine Halbinsel oder eine Insel sei.[25] Zum Schluss betont Lindner die geographische Wichtigkeit von Hokkaidô und Sachalin:

> Man könnte fragen, welchen Nutzen die Entdeckung uncultivirter Länder, deren Zugang nebelvolle, stürmische Meere erschweren, haben kann? denn nicht alle Leser begreifen, dass die Wissenschaft dabei interessirt ist, selbst die unbewohnbaren, wüsten Theile der Erde kennen zu lernen. Aber *Jesso* und *Sagalien* scheinen der Cultur allerdings fähig, und werden durch ihre Lage in der Nähe von *China* und *Japan*, und durch die Bedeutenheit, welche der Handel mit dem nordwestlichen *America* erlangt hat, im hohen Grade wichtig [...].[26]

21 Lindner, *AGE* 38 (August 1812), Teil 4, S. 410.
22 Ebd., S. 413.
23 Vgl. La Pérouse (Anm. 15).
24 Vgl. Aaron Arrowsmith: *Chart of the world on Mercator's projection exhibiting all the new discoveries to the present time*. London 1790.
25 Vgl. Adriana Boscaro, Lutz Walter: *Ezo and its Surroundings in the European Cartography of Japan*. In: Lutz Walter (Hrsg.): *Japan mit den Augen des Westens gesehen. Gedruckte europäische Landkarten vom frühen 16. bis zum 19. Jahrhundert*. Tokio 1993, S. 78-83.
26 Lindner (Anm. 20), *AGE* 38 (August 1812), Teil 4, S. 421.

5. Fazit

Man weiß nicht, ob Goethe sich für die Form Japans genauso wie für die des Ginkgo-Blattes interessiert hat. Das Wort »Japan« taucht aber am 3. April 1818 im Brief an Großherzog Carl August noch einmal im Zusammenhang mit der Botanik auf: »Japan ist überall wo man es zu erschaffen weiß« (WA IV, 29, S. 123).

Jedenfalls wurde in der Goethezeit die Geographie des Fernen Ostens bekannter, und kurz vor Goethes Tod war die gesamte Region weitgehend kartographisch erfasst. Man muss sich nur vergegenwärtigen, dass der erste Band *Atlas de l'Océan Pacifique, hémisphère austral* (St. Petersburg 1824) und der zweite *Atlas de l'Océan Pacifique* (St. Petersburg 1827), beide von Krusenstern,[27] nachweisbar im Besitz der Herzoglichen Militärbibliothek in Weimar waren.[28] Die Japan-Karte befindet sich im zweiten Band, der formell dem Zaren Nikolaus I. gewidmet ist. Wem aber Krusenstern diese *Karte von Japan* ganz besonders widmete, war überraschenderweise der Weimarer Großherzog Carl August: »Son Altesse royale le grand duc de Weymar 1827«.

Am 21. Februar 1826 sandte Großherzog Carl August Goethe neue Hefte zu, die dieser gründlich studierte, und zwar den Artikel Zachs im Band XIII (1825) über *Krusenstern's Hydrographischen Atlas* (Vgl. LA II 2, S. 192-194). Hier beschäftigte sich Goethe gemäß seinem Interesse für Meteorologie hauptsächlich mit dem Barometerstand während der Seefahrt. Er war gut über die Weltumsegelungsreise Krusensterns informiert: Während es zu Beginn des 19. Jahrhunderts noch einige unvollständige Darstellungen des nördlichen Kanadas, Alaskas und der Antarktis gab, war Goethe jedenfalls in der Lage, die Geographie der übrigen Erdteile gut verstehen zu können. Nicht zu übersehen ist abschließend ein Sonderdruck über die Gattung Hydrangea aus Philipp Franz von Siebolds (1796-1866) *Nova acta Academiae Caesareae Leopoldino-Carolinae Germanicae Naturae Curiosorum* in Goethes Bibliothek: *Einige Worte über den Zustand der Botanik auf Japan.*[29] Dieser erhielt im Tausch gegen Krusensterns Bericht seiner Weltumseglung die neuesten Japan-Karten durch den Hofastronom Takahashi, der später deswegen (sogenannte Siebold-Affäre) in der Haft starb.

27 Adam Johann von Krusenstern: *Atlas de l'Océan Pacifique. Par ordre de Sa Majeste.* 2 Bde. St. Petersburg 1824-1827.

28 Vgl. Ishihara (Anm. 7), S. 141-143.

29 Philipp Franz von Siebold: *Einige Worte über den Zustand der Botanik auf Iapan in einem Schreiben an den Praesidenten der Akademie: Nebst einer Monographie der Gattung Hydrangea und einigen Proben Iapanischer Litteratur über die Kräuterkunde.* In: *Nova acta physico-medica Academiae Caesareae Leopoldino-Carolinae Naturae Curiosum* 14 (1829), S. 671-696. Datiert Dezima (Nagasaki) den 18ten December 1825; bei der Akademie eingegangen im November 1826.

Anne Fuchs

»Schwankend in schwankender Zeit«? Die politische Neutralität der Goethe-Gesellschaft vor 1933

Die Goethe-Gesellschaft muss bleiben was sie sein soll und was sie ist: das Fundament eines Leuchtturms, dessen ruhiges Licht weit in die bewegte See hinausstrahlt, nicht ein Werkzeug, mit dem die Parteien Signalfeuer geben.[1]

»Die Geschichte der Goethe-Gesellschaft vor 1933 ist schnell skizziert«, schreibt W. Daniel Wilson im ersten Kapitel des *Faustischen Pakts* und widmet diesem Thema keine fünf Seiten.[2] Schon früh sei die Goethe-Gesellschaft (GG) von Antisemiten gesteuert worden und der Weg in die »Selbstnazifizierung« absehbar gewesen.[3] Die Zeit der GG in der Weimarer Republik wird so zum Prolog einer unausweichlichen Diktatur, das Schicksal der Protagonisten von Beginn an determiniert. Differenzierter, aber ebenso kurz fasst Burkhard Stenzel die Geschichte der GG vor 1933 zusammen: Präsident und Vorstand hätten »Intellektuelle, aus dem linken und aus dem rechten politischen Lager [...] ebenso ausgeschlossen wie Republikaner«, um sich einer dezidiert konservativen Goethepflege zu widmen.[4] Zwei Ereignisse vertieften die Tendenzen zur »konservativen Goethepflege«, von denen Stenzel spricht: Intern war es der Tod des Präsidenten und Mitgründers Erich Schmidt 1913, durch den die GG eine wichtige zeitgenössische literarische Persönlichkeit verlor; extern veränderte der 1914 ausbrechende Erste Weltkrieg – mit all seinen politischen und gesellschaftlichen Folgen – die Rahmenbedingungen, innerhalb derer eine der Literatur und Denkmalpflege gewidmete Gesellschaft agieren konnte, fundamental. Dies spiegelt sich auch in der Presse der 1920er Jahre, in der die GG vielfach kritisiert wurde: einerseits als *zu politisch*, unmodern, zu wenig

1 GSA 149/8, Bl. 44-46, Zitat Bl. 46v. Vorstand der GG an Wilhelm Ernst, Juni 1903.

2 W. Daniel Wilson: *Der faustische Pakt. Goethe und die Goethe-Gesellschaft im Dritten Reich*. München 2018, S. 13.

3 Ebd., S. 251. Vgl. auch Erhard Bahr: *Julius Petersen und die Goethe-Gesellschaft in Weimar zwischen 1926 und 1938*. In: Jochen Golz, Justus H. Ulbricht (Hrsg.): *Goethe in Gesellschaft. Zur Geschichte einer literarischen Vereinigung vom Kaiserreich bis zum geteilten Deutschland*. Köln, Weimar, Wien 2005, S. 137-150.

4 Burkhard Stenzel: *»Pg. Goethe«? Vom politischen und philologischen Umgang mit einem Weimarer Klassiker*. In: Lothar Ehrlich, Jürgen John, Justus H. Ulbricht (Hrsg.): *Das Dritte Weimar. Klassik und Kultur im Nationalsozialismus*. Köln, Weimar, Wien 1999, S. 219-243; hier S. 223; Justus H. Ulbricht: *Im Herzen des »geheimen Deutschland«. Kulturelle Opposition gegen Avantgarde, Moderne und Republik in Weimar 1900 bis 1933*. In: Lothar Ehrlich, Jürgen John (Hrsg.): *Weimar 1930. Politik und Kultur im Vorfeld der NS-Diktatur*. Köln, Weimar, Wien 1998, S. 139-167.

weltoffen, andererseits als *zu unpolitisch* und nicht ausreichend völkisch-national. Ab 1914 wurden also, abhängig vom jeweiligen politischen Horizont, von außen verschiedene Erwartungen in die GG hineinprojiziert,[5] die selbst aber kein abstraktes Konstrukt, sondern eine Vereinigung von Individuen mit jeweils eigenen politischen Präferenzen war. Der gemeinsame Nenner war Goethe: »In Goethes Umfänglichkeit«, schrieb Thomas Mann, »findet jeder das Seine«.[6] Doch war eine um Goethes Wirken zentrierte politische Neutralität, wie sie im Eingangszitat 1903 propagiert wurde, im untersuchten Zeitraum zwischen 1913 und 1933, der gesamtgesellschaftlich eine Zäsur, vielleicht auch mehrere Zäsuren für Deutschland bedeutete, überhaupt realisierbar?

Gründung und erste Jahrzehnte (1885-1913)

Als Gründung »unter dem fördernden Schutz« des großherzoglichen Hauses[7] war die GG zunächst untrennbar mit dem Weimarer Herrscherhaus verknüpft, das das ihm zugefallene Goethe'sche Erbe tatkräftig verwaltete, mehrte, der Öffentlichkeit zugänglich machte und sich dabei besonders auf die Mitwirkung der GG stützte.[8] Im Gegenzug genoss die GG eine besondere Nähe zum Fürstenhaus, das diese Gesellschaft als »Protektor« förderte.[9] Die Bearbeitung des Goethe-Nachlasses als gemeinsames Projekt des Fürstenhauses und des Bildungsbürgertums spiegelte sich auch in der Mitgliederstruktur der GG wider, die zum großen Teil von den gesellschaftlichen Eliten des Kaiserreiches geprägt war.

Die Struktur der GG lässt sich grob wie folgt skizzieren: Die Gesellschaft hatte ihren Sitz in Weimar; an ihrer Spitze stand ein Präsident, der von der Hauptversammlung aus den Mitgliedern des Vorstandes gewählt wurde, sowie dessen zwei Stellvertreter, die ebenfalls dem Vorstand angehörten. Dem Präsidenten stand ein von der Hauptversammlung öffentlich gewählter Vorstand zur Seite, der zunächst

5 Vgl. Justus H. Ulbricht: *Das Archiv der Goethe-Gesellschaft. Ein Fallbeispiel.* In: Gert Theile (Hrsg.): *Das Archiv der Goethezeit. Ordnung – Macht – Matrix.* München 2001, S. 131-155; hier S. 140. Vgl. dazu auch Erich Schmidts Antrittsrede von 1909: »[...] so wurde diktiert: die Kunst soll ..., statt der ersten Frage: was will im gegebenen Fall der Künstler und mit welchen Mitteln sucht er das Ziel zu erreichen?«, Erich Schmidt: *Die litterarische Persönlichkeit. Rede zum Antritt des Rektorates der Königlichen Friedrich-Wilhelms-Universität in Berlin.* Gehalten in der Aula am 15. Oktober 1909. Berlin 1909, S. 6.

6 Thomas Mann: *Meine Goethereise (1932).* In: ders.: *Gesammelte Werke in dreizehn Bänden.* Bd. XIII: *Nachträge.* ²Frankfurt a. M. 1974, S. 63-75; hier S. 74.

7 GSA 149/8, Bl. 6v. *Carl Alexander an die Vorstände der Goethe-Gesellschaft, der Schiller-Stiftung und der deutschen Shakespeare-Gesellschaft*, 31.12.1899.

8 Jochen Golz: *Großherzogin Sophie von Sachsen-Weimar und Eisenach als »Patronesse« der Goethe-Gesellschaft.* In: GJb 2023, S. 251-261; Anne Fuchs, Jochen Golz: *Großherzogin Sophie von Sachsen-Weimar-Eisenach und die Goethe-Gesellschaft.* In: Christian Hain, Yvonne Pietsch, Sabine Schimma (Hrsg.): *Sophie. Macht. Kultur. Eine Regentin im nachklassischen Weimar.* Wiesbaden 2024, S. 174-185.

9 GSA 149/8, Bl. 2. *Satzungen für die Goethe-Gesellschaft.* Weimar 1898, § 1.

aus 11-15 Mitgliedern bestand.[10] Unterstützt wurde der Vorstand durch den Geschäftsführenden Ausschuss (GA) mit Sitz in Weimar, eine Art Exekutive der GG, der bis zu 15 Personen angehörten und deren Vorsitzender im untersuchten Zeitraum Martin Donndorf, Weimarer Oberbürgermeister a.D., war. 1926 wurde aus dem Vorstand ein Arbeitsausschuss (AA) gebildet, außerdem gab es seitdem einen Weimarer Ortsausschuss, ebenfalls unter dem Vorsitz Donndorfs.[11] Seit 1924 saß ein Vorstandsmitglied der GG im Verwaltungsrat des Goethe- und Schiller-Archivs, namentlich der Verleger Anton Kippenberg. Seit 1917 gründeten sich außerdem Ortsvereinigungen außerhalb Weimars, meist in größeren Städten, die ab 1922 einen Vertreter in den Vorstand entsandten und damit ein Mitspracherecht erhielten. 1919 wurde dem Vorstand ein Ehrenausschuss zeitgenössischer Dichter und Schriftsteller angegliedert.[12]

Die beginnende Publikation der Weimarer Ausgabe (1887) und die Eröffnung des Goethe- und Schiller-Archivneubaus 1896 stellten einen glanzvollen Höhepunkt der gemeinsamen Bestrebungen um die Wahrung und Verbreitung des klassischen Erbes dar. Doch der Tod vieler Gründungsmitglieder, so des ersten Präsidenten Eduard von Simson (1899), und früher Gönner, allen voran der Sophies (1897) und Carl Alexanders (1901), sowie die desinteressierte Haltung des großherzoglichen Nachfolgers, Wilhelm Ernst,[13] führte um 1900 zu ersten Diskussionen um die zukünftige Gestaltung der Gesellschaft und die Stabilisierung des Mitgliederbestandes. Der Schriftsteller Ernst von Wildenbruch trat 1902/03 mit der Denkschrift *Ein Wort über Weimar* an die Öffentlichkeit und übte Kritik an der Tätigkeit der GG.[14] Er schlug einen »erweiterten Wirkungskreis« vor, wogegen sich der Vorstand ausführlich rechtfertigte und diese Vorschläge als »überflüssig«, »unzulässig« und »mit den Grundgedanken der Gesellschaft unvereinbarlich« zurückwies.[15] Man war seitens der GG unter Präsident Carl Ruhland nicht geneigt, sich zu gesellschaftlichen oder politischen Debatten zu positionieren.

Der Literaturwissenschaftler und ehemalige Direktor des Goethe- und Schiller-Archivs, Erich Schmidt, übernahm die Präsidentschaft von 1906 bis zu seinem Tod

10 GJb 1921, S. 200. Im Jahr 1926 war der Vorstand auf 27 Mitglieder angewachsen. Vgl. GSA 149/1097, Bl. 210. Wilhelm Böhm: *Fünfzig Jahre Goethe-Gesellschaft*. In: *Das Deutsche Wort* 34 (25. August 1935), S. 1-5; hier S. 4. Wahlvorschläge für den Vorstand machten zunächst Präsident und GA, später reichten die Ortsgruppen Kandidaten-Listen ein. Dennoch einigte man sich weiterhin vorab intern auf eine gemeinsame, mehrheitsfähige Liste, über die dann öffentlich abgestimmt wurde.

11 GSA 149/1097, Bl. 210. Böhm (Anm. 10), S. 4.

12 Vgl. u.a. GSA 149/1097, Bl. 210. Böhm (Anm. 10), S. 4.

13 GSA 149/8, Bl. 43. Wilhelm Ernst an die GG, 26.2.1901. So wurde z.B. der Vertrag zwischen Goethe- und Schiller-Archiv und GG über die exklusive Bereitstellung ungedruckten Quellenmaterials für die Publikationen der GG von 1886 am 16.5.1913 auf Vorschlag des Großherzogs dahingehend geändert, dass die GG nun den jährlichen Pauschalbetrag von 1.000 Mark für die Verwendung von Schriftgut aus dem Archiv an dieses zahlte. Vgl. auch GSA 149/1105, Bl. 16, 20.

14 Vgl. u.a. GSA 149/1097, Bl. 210. Böhm (Anm. 10), S. 3.

15 GSA 149/8, Bl. 44-46; Zitate Bl. 46v. GG an Wilhelm Ernst, Juni 1903.

1913. Er hatte klassische Philologie studiert, sich dann aber der neueren deutschen Literatur und Literaturwissenschaft zugewandt. Den sinkenden Mitgliederzahlen entgegenzusteuern war eines seiner Hauptanliegen. Um das Werk Goethes über die Bildungseliten hinaus an breitere gesellschaftliche Schichten heranzuführen, stellte Schmidt den sogenannten ›Volks-Goethe‹ zusammen, eine Auswahl von populären Goethe-Werken in sechs Bänden. Auch die inhaltliche Modernisierung des von Ludwig Geiger 1880 initiierten *Goethe-Jahrbuchs* wurde unter Schmidt diskutiert, um der Publikation zu breiterer Rezeption zu verhelfen. Schmidt bemühte sich wiederholt, das *Jahrbuch* in eine vierteljährliche Publikation umzuwandeln oder doch zumindest durch eine periodische Vierteljahresschrift zu ergänzen, um mit einer kleineren und mehr am Tagesgeschehen orientierten Veröffentlichung neue, jüngere und allgemeinere Zielgruppen zu erschließen.

Georg von Rheinbaben (1913-1920)

Georg von Rheinbaben, 1913 zum Präsidenten der GG gewählt, war als ehemaliger preußischer Innen- und Finanzminister und amtierender Oberpräsident der Rheinprovinz eine politische Figur des Kaiserreiches, keine literarische Persönlichkeit. Auch Rheinbaben formulierte klar, dass sich die Gesellschaft nicht nur »an einen kleinen Kreis Eingeweihter« wenden dürfe, sondern an alle »Gebildeten und nach Bildung strebenden«; vor allem aber wolle er »auch die Jugend wieder in den geheiligten Bann Goethes ziehen«.[16]

Der Vorstand beschloss 1913, den ›Volks-Goethe‹ Schmidts in 3. Auflage (1914) herauszugeben und als Prämie an Schüler zu verteilen.[17] Außerdem wurde eine Popularisierung des *Goethe-Jahrbuchs* diskutiert, da das alte »langweilig« und »zu speziell« für ein großes Publikum sei, welches »auf keinem Gebiete sich für die Einzelheiten der Forschung und ihre Quellen interessirt, […] aber gern die reifen Ergebnisse […], in geschmackvoller Form dargeboten, entgegennimmt«.[18] Deshalb sollten die Themen des *Jahrbuchs* zukünftig breiter den »gesammten Goetheschen Kulturkreis[]« spiegeln und von den »besten Schriftsteller[n]« behandelt werden.[19] Man hatte die zentralen Quellen des Goethe'schen Nachlasses weitgehend publiziert und suchte nun nach neuen Themen.[20] Über die Ausrichtung des *Jahrbuchs* als Organ der GG wurde unentwegt diskutiert, besonders über Schmidts schon vor 1913 formulierte Idee, es in eine Vierteljahresschrift umzuwandeln. Während des Krieges lag der Büchermarkt allerdings völlig darnieder, die Verlagskosten stiegen, und, wie der GA es im September 1914 bereits formulierte: »›Inter Arma silent Musae‹ ist eben wieder zu bitterer Wahrheit geworden«.[21]

16 GSA 149/1097, Bl. 87. Zum Begriff der literarischen Persönlichkeit vgl. Schmidt (Anm. 5).
17 GSA 149/138, Bl. 35-39; hier Bl. 35.
18 Ebd., Bl. 35-39; hier Bl. 36.
19 Ebd., Bl. 35-39; hier Bl. 38.
20 Ebd., Bl. 73-75; hier Bl. 73. Gräf an den Vorstand der GG, 7.12.1915.
21 Ebd., Bl. 43. Schreiben GA, 19.9.1914 (»Unter Waffen schweigen die Musen«).

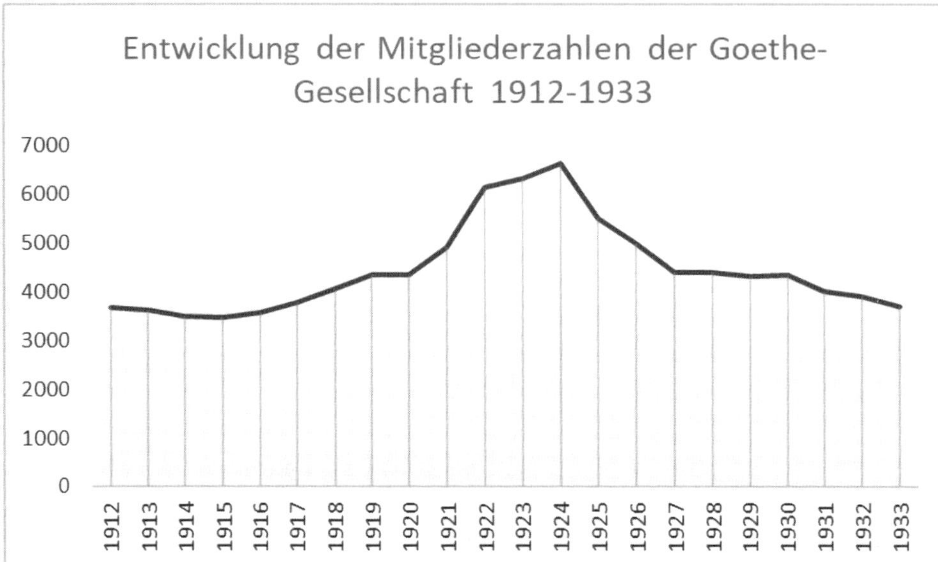

Abb. 1
Entwicklung der Mitgliederzahlen der GG zwischen 1912 und 1933

Auch über das *Jahrbuch* hinaus wurden die Zielgruppen, an die sich das Handeln der Gesellschaft richtete, neu diskutiert. Um die rückläufigen Mitgliederzahlen zu stabilisieren, wurde durch die Hauptversammlung 1915 eine Propaganda-Kommission eingesetzt,[22] die sich auf die Werbung neuer Mitglieder spezialisierte. (Vgl. Abb. 1)[23]

In diesen Werbeausschuss wurden der Jenaer Germanist Victor Michels, Hans Gerhard Gräf, Oberbaudirektor Ernst Kriesche und Staatsrat Eduard Raehlmann berufen, außerdem arbeitete Friedrich von der Leyen aus München mit. Von 1916 bis 1918 verpflichtete man den Weimarer Schriftsteller Adolf Teutenberg zur Mitarbeit, der systematisch in Zeitschriftenartikeln und anderen Publikationen auf die Tätigkeit der GG sowie auf Goethe als »Kulturelement« aufmerksam machen sollte.[24] Dies sollte von Rundschreiben an einflussreiche Persönlichkeiten, Präsidenten, Rektoren und Oberbürgermeister flankiert werden, die um Mitwirkung bei der Propaganda ersucht wurden.[25] Wiederum wurde die Idee, den ›Volks-Goethe‹ als Schüler-Prämie an höheren Schulen zu verteilen, aufgegriffen,[26] für 1916 wurde

22 GSA 149/260, Bl. 35 f.
23 Vgl. GSA 149/138; GJb 1920, S. 311; GJb 2021, S. 203; GJb 1922, S. 317; GJb 1924, S. 245, 258; GJb 1925, S. 364; GJb 1926, S. 343; GJb 1927, S. 388; GSA 149/1098, Bl. 17; GJb 1928, S. 287; GJb 1929, S. 311; GSA 149/751, Bl. 210v., 216; GJb 1930, S. 298; GJb 1931, S. 289; GJb 1932, S. 272; GJb 1933, S. 254.
24 GSA 149/1097, Bl. 102; GSA 149/138, Bl. 65-67.
25 GSA 149/138, Bl. 65-67; hier Bl. 66v.
26 Ebd., Bl. 76 f. Raehlmann an den Vorstand der GG, 15.1.1916.

eine Verteilung der Schrift *Schiller. Deutschlands Größe* (1902) von Bernhard Suphan beschlossen.[27]

Die Hauptversammlungen 1917 und 1918 fanden wegen des Ersten Weltkriegs nicht statt. So wurde die Versammlung 1918 aufgrund der »noch bestehenden Unsicherheit über die Dauer des Krieges und die Gestaltung der Verhältnisse« auf das nächste Jahr verschoben.[28]

Im Mai 1917 beschäftigte sich der Vorstand mit dem Anliegen kritischer, reformwilliger Mitglieder, Ortsgruppen oder Tochtergesellschaften der GG außerhalb Weimars zu gründen, und beschloss, »sich derartigen Bestrebungen gegenüber vorläufig ablehnend zu verhalten«, auch wenn man der dadurch möglichen Mitgliederwerbung eigentlich dringend bedurfte.[29] Doch außerhalb Weimars dachte man moderner, progressiver und wollte Weimar nicht allein die Gestaltungshoheit über die Ausrichtung der GG überlassen. So gründete sich am 21. November 1917 die Ortsgruppe München, als zweite folgte am 25. Mai 1919 Berlin.[30] Bereits am 28. August 1919 beantragte die Berliner Ortsgruppe unter Flodoard von Biedermann, das »Ortsgruppensystem über das ganze Deutsche Reich und Deutsch-Oesterreich, sowie [...] über das Ausland [...] zu verbreiten«.[31] Man einigte sich seitens der GG schließlich darauf, »die Bildung von Ortsgruppen nach Möglichkeit zu fördern«,[32] wobei die wachsenden »Schwierigkeiten, die die Selbständigkeit verschiedener Ortsgruppen verursacht«, ein stetiges Thema im Vorstand blieben.[33] Ebenso wurde auf Anregung Biedermanns vom 28. August 1919, der die »Ausmerzung überalterter sprachlicher Wendungen« in der Satzung forderte,[34] eine Umarbeitung auf den Weg gebracht. Auf der nächsten Hauptversammlung am 29. Mai 1920 wurden diese Änderungen weitgehend angenommen, wenn auch kritisiert wurde, dass »die Pflege der Goetheforschung« aus den Aufgaben gestrichen worden war.[35]

Sowohl der Gedanke einer breiteren, über Goethe und die Klassik hinausgehenden inhaltlichen Aufstellung als auch eine Anpassung der Publikationen an die Vorlieben eines heterogenen Publikums wurden in- und extern diskutiert. Dabei stand besonders die Ergänzung der GG durch eine gelehrte Akademie im Mittelpunkt (vgl. u.a. Denkschriften von der Leyens von 1915 und 1917;[36] mehrere Bei-

27 GSA 140/260, Bl. 35v. Die angeforderten 1.000 Exemplare kosteten 1.400 Mark.

28 GSA 149/138, Bl. 124. Wolfgang von Oettingen an den GA, 20.2.1918.

29 GSA 149/1105, Bl. 28. Bereits am 18.4.1886 hatte sich der GA gegen die Gründung von »Zweigvereinen« ausgesprochen, vgl. GSA 149/1097, Bl. 112.

30 GSA 149/1097, Bl. 113 f. 1925 und 1926 gründeten sich weitere Ortsgruppen, darunter auch in New York, Maryland und Columbia. Vgl. ebd., Bl. 132 f.

31 GSA 149/138, Bl. 133, Biedermann, 28.8.1919.

32 GSA 149/1097, Bl. 119 f.

33 Vgl. z.B. GSA 149/24, Bl. 36 f.; hier Bl. 36. Protokoll GA, 14.4.1925; ebd., Bl. 66. Donndorf an Roethe, 10.5.1925; ebd., Bl. 116. Hauptversammlung 1925.

34 GSA 149/1097, Bl. 117 f.

35 Ebd., Bl. 121-123.

36 GSA 149/20, Bl. 154-162. GSA 149/21, Bl. 145-154.

träge Friedrich Lienhards von 1920, 1923/24[37] und eine Denkschrift von Otto von Boenigk 1919[38]).

Das Ende des Krieges, der Abschluss der Weimarer Ausgabe 1919 und die gesellschaftlichen Umbrüche ab 1918 ließen die Frage nach der Zukunft der GG erneut aufkommen; wozu es denn überhaupt noch eine GG brauche, welchen Aufgaben man sich stellen solle, welche Relevanz man in der und für die Gesellschaft habe. Eine Strukturreform der GG, erzwungen durch den »Staatsumbau«, sei ebenso notwendig wie eine »Politisierung der höheren Geistigkeit«, so der Journalist Franz Kaibel, da die deutschen Dichter »von ihrem Volk nicht erlebt, sondern erlernt« würden.[39] Von der Leyen hatte schon 1917 geraten, die Goethe-Rezeption zu modernisieren. Und weiter: »nie wird geistige Arbeit so schön sein und so lohnend, wie nach diesem Kriege«, da die Sehnsucht nach dem »geistige[n] Deutschland« groß sei.[40] Gräf wies dies jedoch als zu politisch ab, die GG sollte sich vom »kultur-politische[n] Gebiet [...] fern halten«.[41] Ernst Hardt, seit 1919 Generalintendant des neu benannten Deutschen Nationaltheaters, erhob das klassische Weimar »[n]ach dem Zerbrechen der Kaiserkrone, [...] nach dem Zerbrechen der Macht« zur »Quelle des deutschen Wesens«[42] – ein Rückgriff auf das Konzept der Kulturnation, das die Deutschen einen und Sinn stiften sollte.[43] Die GG stand also in- und extern vor der Herausforderung, den zum nationalen Symbol erklärten Goethe zu vermitteln, ohne politisch Partei zu ergreifen.[44] Der Vorstand überlegte intern durchaus, ob man angesichts der veränderten politischen Rahmenbedingungen »an dem Bestehenden rütteln« solle, »das sich bewährt habe«, und damit dann selbst »schwankend in schwankender Zeit« sei.[45] Die Frage der Popularisierung oder Akademisierung der GG[46] war ein stetiger Themenpunkt auf den Tagesordnungen der Hauptversammlungen;[47] eine Positionierung dazu wurde jedoch vom Vorstand nach außen stets geschlossen abgewehrt.[48]

37 GSA 149/1097, Bl. 149 f.; GSA 149/31, Bl. 15; GSA 149/26, Bl. 57-60; GSA 149/23, Bl. 10-13; GSA 129/138, Bl. 209-211.

38 GSA 149/138, Bl. 153-158. Otto von Boenigk: *Die Zukunft der Goethe-Gesellschaft*. In: *Der Tag* 245 (1919).

39 GSA 149/11, Bl. 50. Franz Kaibel: *Des Epimenides Erwachen. Eine rück- und vorwärtsschauende Betrachtung zur letzten Tagung der Goethe-Gesellschaft*. In: *Allgemeine Thüringische Landeszeitung Deutschland* 168 (18.6.1928).

40 GSA 149/138, Bl. 103-106; hier Bl. 106. Von der Leyen, 17.4.1917.

41 Ebd., Bl. 107. Gräf, 26.4.1917.

42 GSA 149/22, Bl. 172 f. Ernst Hardt: *Den Herren Abgeordneten der Deutschen Nationalversammlung* [1919].

43 Vgl. überblickend Georg Schmidt: *Friedrich Meineckes Kulturnation. Zum historischen Kontext nationaler Ideen in Weimar-Jena um 1800*. In: *Historische Zeitschrift* 284 (2007), H. 3, S. 597-621.

44 Vgl. Brigitte Hohmann: *Thomas Mann für den Vorstand der Goethe-Gesellschaft nicht tragbar*. In: *Thomas Mann Jahrbuch* 24 (2011), S. 195-222; hier S. 196.

45 GSA 149/1097, Bl. 117-119; Zitat Bl. 119.

46 GSA 149/20, Bl. 154-162; GSA 149/22, Bl. 13; GSA 149/1097, Bl. 149 f.; GSA 149/31, Bl. 15; GSA 149/26, Bl. 57-60.

47 GSA 149/22, Bl. 288.

48 Ebd., Bl. 291. Lienhard an Roethe, 6.2.1924.

Als der GA im Oktober 1919 vorschlug, Ricarda Huch als Festrednerin der Hauptversammlung 1920 einzuladen, bezweifelte Michels am 8. November 1919, dass sie »mit ihrer schwächeren Stimme« eine gute Rednerin sei, was »gerade bei einer Frau sehr ins Gewicht« falle, und befürchtete einen »bösen Reinfall«, wenn es auch »zweifellos den Reiz der Modernität für sich [habe], eine Frau in der Goethe-Gesellschaft reden zu lassen«.[49] Die Aufgabe wurde stattdessen Lienhard übertragen,[50] der mit seinem Vortrag *Goethes Elsaß* den Nerv der Zeit traf und 1920 auch einstimmig in den GA gewählt wurde.[51]

Albert Bürklin (1920-1922)

Die Revolution von 1918 und die schwierigen Gründungsjahre der Weimarer Republik mit ihren gravierenden politischen Veränderungen stellten große Herausforderungen für die der Monarchie verbundenen Vorstandsmitglieder der GG dar. Am 1. Mai 1920 gründete sich das Land Thüringen mit Weimar als Hauptstadt. Gleichzeitig wurde Weimar auch zum Namensgeber der neugegründeten Deutschen Republik.

Albert Bürklin, altliberaler Politiker und Generalintendant des Karlsruher Hoftheaters, übernahm 1920 die Präsidentschaft von Rheinbaben und positionierte sich in seiner ersten Rede politisch neutral: Er verlangte, so Kaibel, die neue Republik genauso schätzen zu dürfen wie der Kaiserkrone »im Herzen treu [zu] bleiben«, und »bildete den Umstellungshebel in die neue Zeit für einen großen Kreis der höheren Geistigkeit«.[52] Diese Neutralität brachte einerseits Stabilität, bedeutete andererseits aber auch Stillstand. Biedermann und die liberale Berliner Ortsvereinigung forderten 1920 und 1921 eine Änderung des Wahlmodus' des Vorstandes, quasi eine Demokratisierung der Vorstandswahlen, um leichter eigene Kandidaten im Vorstand platzieren zu können, die qua Vorstandsmitgliedschaft wiederum als Kandidaten für das Präsidentenamt qualifiziert waren, scheiterten aber mit ihren Initiativen zunächst am konservativ besetzten Vorstand.[53] Allerdings wurden, auch aus strategischen Gesichtspunkten, 1921 Ricarda Huch und Wilhelm von Pechmann, Direktor der Bayrischen Handelsbank in München, sowie Kippenberg aus Leipzig ergänzend in den Vorstand gewählt;[54] 1922 setzte sich Bürklin dann dafür ein, dass zumindest ein Vertreter der Ortsgruppen in den Vorstand gewählt wurde.[55]

Große Sorge bereiteten die revolutionären Unruhen, man fürchtete, das Goethe-Nationalmuseum und das Goethe-und Schiller-Archiv würden Ziel von Protesten

49 GSA 149/138, Bl. 152.

50 Ebd., Bl. 162 f.; hier 162v. GA, 23.12.1919.

51 Ebd., Bl. 224v.; Friedrich Lienhard: *Goethes Elsaß*. In: GJb 1920, S. 265-301. Lienhard zählt gemeinsam mit Adolf Bartels zu den Begründern einer völkisch-nationalistischen Heimatkunstbewegung, vgl. u.a. Adalbert Wichert: *Lienhard, Friedrich*. In: NDB 14, S. 530-532.

52 GSA 149/11, Bl. 50. Kaibel (Anm. 39).

53 GSA 149/26, Bl. 9, Bl. 45v.

54 GJb 1921, S. 200.

55 GJb 1922, S. 321.

und Vandalismus werden. Tatsächlich wurde Goethes Garten verwüstet, das Römische Haus geplündert und die Fürstengruft und Schloss Tiefurt waren von Einbrüchen betroffen. Die GG wandte sich daher an die neue Staatsregierung mit der Bitte, »den Schutz unserer unersetzbaren Kulturschätze so wirksam wie möglich zu gestalten«.[56] Die Reichsregierung antwortete allerdings zurückhaltend; drängender waren andere Probleme, die es zu lösen galt.

In den Nachkriegsjahren stellte die finanzielle Konsolidierung eine Hauptaufgabe dar, da das Gesellschaftsvermögen vielfach in nun wertlos gewordene Kriegsanleihen und Aktien investiert worden war. Auch das großherzogliche Haus konnte nicht mehr helfen. Wilhelm Ernst entließ zum 1. Mai 1921 Gräf, der seit 1913 als Mitarbeiter am Archiv tätig gewesen war und bis 1922 als Herausgeber des *Jahrbuchs* fungierte. Dazu rechtfertigte sich der Großherzog am 22. Januar 1921:

> Es blieb mir nichts anderes übrig [...], [da] ich auch hinsichtlich sonstiger Mittel jetzt außerordentlich beschränkt bin. Der Wiederaufbau meines hiesigen Besitzes, der durch den Krieg stark gelitten hat, das Reichsnotopfer erfordern grosse Summen; mein posenscher Besitz ist mir von den Polen ohne jede Entschädigung weggenommen, die Verhältnisse in Weimar sind völlig ungeklärt, die Regierung hat mein Vermögen beschlagnahmt.[57]

Überhaupt wurde die Erhaltung der klassischen Stätten, die sich einst in großherzoglichem Eigentum befunden hatten oder dem ehemaligen Landesherrn noch gehörten, zu einer drängenden Angelegenheit: Am 18. bzw. 24. Oktober 1921 erklärte sich Wilhelm Ernst in einem Auseinandersetzungsvertrag mit der Gebietsregierung Weimar bereit, »daß die drei Dornburger Schlösser nebst deren in seinem Eigentum befindlichen Inhalt [...] der Goethe-Gesellschaft unter dem Vorbehalte des Rückfalls an den Staat bei etwaiger Auflösung der Gesellschaft und unter Auferlegung einer Veräußerungsbeschränkung geschenkt werden«.[58] Dies bedeutete v.a. eine weitere finanzielle und organisatorische Belastung für die GG und man behielt sich einen Rücktritt von diesen Aufgaben für die Zukunft vor.

Nachdem Bürklin seine Wiederwahl ablehnte, versuchte der Vorstand der GG unter Federführung von Michels, die anstehende Präsidentenwahl auf der Hauptversammlung 1922 bereits im Vorfeld in seinem Sinne zu beeinflussen: Da nur Mitglieder des Vorstandes für das Präsidentenamt kandidieren konnten, sei der von Berlin vorgeschlagene Albert Köster nicht wählbar. Für Michels war nur Vorstandsmitglied Gustav Roethe qualifiziert, denn er besäße die dringend benötigten »Führereigenschaften«.[59]

56 GSA 149/138, Bl. 221. GA an Staatsregierung Sachsen-Weimar, 20.6.1920.

57 GSA 149/26, Bl. 14. Wilhelm Ernst an Michels, 22.1.1921.

58 GJb 1922, S. 318. Die genauen Modalitäten der Vereinbarung zwischen Weimarer Gebietsregierung und GA finden sich unter GSA 149/22, Bl. 174 f. (Abschrift).

59 GSA 149/138, Bl. 205. Michels, 10.4.1921.

Gustav Roethe (1922-1926)

Im *Goethe-Jahrbuch* 1922 wird Roethe, seit 1921 bereits Vizepräsident, erstmals als Präsident geführt, dessen Personalie vielfachen Widerspruch erregte.[60] Roethe war ein erklärter Gegner der Weimarer Republik, Mitglied der Deutschnationalen Volkspartei (DNVP) und von 1919 bis 1926 Vorsitzender des Reichsausschusses deutschnationaler Hochschullehrer. Es fiel ihm daher schwer, mit der 1921 etablierten Thüringer Landesregierung aus SPD und USPD, die gesellschaftliche Reformen wie die Vergesellschaftung von Privateigentum umzusetzen versuchte, zu kooperieren.[61] »Parlamentarismus«, so Roethe, sei »der zum Prinzip erhobene Dilettantismus«.[62] Demzufolge hatte Roethe kein Interesse daran, die Strukturen oder Themen der GG an die neuen gesellschaftlichen Rahmenbedingungen anzupassen. Das entsprach einerseits seinem monarchistischen Bewusstsein, hemmte andererseits aber auch alle Versuche, die GG zur einer Erziehungsanstalt für den ›neuen‹ Menschen umzugestalten, wie es Lienhard, mittlerweile Mitglied des Vorstands, vorschwebte. Seinen Entwurf einer »Goethe-Akademie zu Weimar« bzw. einer »Deutschen Akademie« legte er 1923 vor und stellte fest:

> [...] das Jahr 1924 ist nicht mehr der Sommer 1914. Deutschland [...] ist in einer völlig neuen Lage; Deutschland sieht sich infolgedessen auch zu neuer Geisteshaltung, zu zusammenfassender Geisteskraft [...] gezwungen. [...] Die Goethe-Gesellschaft war in der behaglichen Vorkriegszeit wesentlich rückschauend, konservierend, alexandrinisch; [...]. Es ist die Gefahr dieser Art von gelehrten [...] Gesellschaften, daß sie zu leicht mumifizierend wirken.[63]

Fritz Engel, Mitglied der Berliner Ortsvereinigung, kritisierte in einem Zeitungsartikel, Lienhard habe gegen den »Tyrann« Roethe keine Chance mit seinen Reformideen, doch sei »Dank seiner früheren Opposition« gegen »das unerträglich starre System Rheinbaben« endlich »etwas Leben in die Goethe-Gesellschaft gekommen. Man strengt sich ein wenig an und erfüllt [...] die Sehnsucht vieler Volksgenossen [...]«.[64] Immerhin erlebte die GG 1924 unter Roethe das mitgliederstärkste Jahr (über 6.600 Mitglieder, vgl. Abb. 1).

Der Vorstoß der Berliner Ortsgruppe um Biedermann, im Zuge der Hauptversammlung 1925 reformfreudigere Persönlichkeiten wie den Dramatiker Fritz von Unruh in den Vorstand zu wählen, wurde abgewehrt. Die wachsende Zahl an Ortsvereinigungen und Mitgliedern (1922 gründeten sich bspw. die Ortsgruppen Weimar und Jena, 1926 existierten bereits 14 Ortsgruppen), die rege kritische Kommunikation mit diesen sowie die vielfältigen neuen Aufgaben der GG hatten eine Ver-

60 GJb 1922, S. 337.

61 Vgl. Hohmann (Anm. 44), S. 196. Bereits 1924 endete diese linke »Reformperiode« mit einem konservativ-völkischen Politikwechsel.

62 Michael Grüttner: *Der Lehrkörper 1918-1932*. In: Rüdiger vom Bruch, Heinz-Elmar Tenorth (Hrsg.): *Geschichte der Universität Unter den Linden*. Bd. 2: *Die Berliner Universität zwischen den Weltkriegen 1918-1945*. Hrsg. von Michael Grüttner. Berlin 2012, S. 135-186; hier S. 150.

63 GSA 149/ 23, Bl. 14.

64 GSA 149/23, Bl. 96. Fritz Engel: *Goethe-Gesellschaft*, Zeitungsartikel, 14.6.1924.

mehrung der Verwaltungstätigkeiten zur Folge. Für 1924 sind 32.000 Sendungen an die Mitglieder sowie 5.000 Zahlungseingänge und 10.000 andere ein- und ausgehende Postsachen verzeichnet.[65] Im September 1923 bezog die notwendig gewordene erweiterte Geschäftsstelle der Gesellschaft, die seit dem 15. Oktober 1903 im Schillerhaus angesiedelt war, ein Zimmer in der 2. Etage des Goethe- und Schiller-Archivs, welches der Großherzog der Gesellschaft dauerhaft und unentgeltlich zugewiesen hatte.[66] Diese Geschäftsstelle wurde im untersuchten Zeitraum von der verwitweten Rechtsanwaltsgattin Frau Günther geleitet.[67]

Am 2. März 1923 bildete sich ein Kuratorium zur Verwaltung der Dornburger Schlösser, welches von Hans Wahl geleitet wurde. Dem Kuratorium gehörten zu diesem Zeitpunkt Otto von Glasenapp, Vizepräsident der Reichsbank, der spätere Reichskanzler Gustav Stresemann, Anton Kippenberg und der Bankier Ernst Kritzler an.[68] Dank des Engagements dieses prominenten Kuratoriums wurde ein großzügiger Fonds angelegt, aus dem die laufenden Kosten bestritten werden konnten.[69]

Die Tätigkeiten der GG wurden durch die Inflation stark belastet. Das Gesamtvermögen, das sich Ende 1919 auf rund 109.300 Mark belaufen und hauptsächlich in Wertpapieren bestanden hatte, war Ende 1923 gänzlich vernichtet. Die Erhöhung der Mitgliedsbeiträge, mit denen u. a. das *Goethe-Jahrbuch* finanziert wurde, von jährlich 10 Mark (bis 1921) auf 10.000 Mark (Mai 1923) und auf mehrere Billionen Mark (Herbst 1923) deckte die Kosten der Publikationen nicht mehr, so dass 1923 das *Jahrbuch* nicht erscheinen konnte.[70] Mitgliedsbeiträge, die in Devisen gezahlt wurden, erhielten die Handlungsfähigkeit der Gesellschaft. Nach der Währungsreform am 20. November 1923 wurde der neue jährliche Mitgliedsbeitrag auf 12 Rentenmark festgesetzt und blieb bis 1932 konstant.[71] Es gelang der GG, bis Ende 1933 erneut ein Vermögen in Höhe von rund 84.000 Reichsmark aufzubauen, hauptsächlich durch eine ihr zugefallene Erbschaft von Adele Marianne Heyden, die am 15. September 1921 verstorben war und GG und Goethe-Nationalmuseum zu ihren testamentarischen Erben ernannt hatte.[72] Ebenso erhielt die Gesellschaft 1923 eine Schenkung Justina Rodenbergs, der Witwe des Verlegers Julius Rodenberg, in Höhe von einer Million Reichsmark, »mit der ausdrücklichen Bestimmung, dass es vom Vorstande für das Goethe- und Schiller-Archiv in Weimar verwendet werde«.[73]

65 GSA 149/1097, Bl. 140.
66 Ebd., Bl. 54, Bl. 126.
67 GJb 1924, S. 245.
68 GSA 149/22, Bl. 139. Wahl an Roethe, 23.3.1923.
69 Ebd., Bl. 144. Von Glasenapp an Roethe, 29.3.1923. Glasenapp vermeldete noch im März, über 300.000 Mark »zusammengebracht« zu haben.
70 GSA 149/1097, Bl. 125 f.
71 Namentlich bis 20.11.1923 Mark, bis 30.8.1924 Rentenmark, danach Reichsmark.
72 Ebd., Bl. 131 f. Ihr Erbteil musste die GG vor Gericht gegen die gesetzlichen Erben verteidigen. Der Prozess zog sich über Jahre und endete mit einem Vergleich.
73 GSA 149/31, Bl. 103; GSA 149/22, Bl. 171. Besonders »die Heizung der Sammlungsräume im Winter und die Aufbesserung der Gehälter der wissenschaftlichen Beamten« sollten aus den Zinsen bezahlt werden.

Probleme, die das Goethe- und Schiller-Archiv betrafen (z. B. Sanierungsbedarf oder mangelnde Sicherheit), wurden maßgeblich an die GG herangetragen.[74] Im Dezember 1922 wurden auch die spärliche Besetzung des Archivs, die »Hungerlöhne« der Mitarbeiter sowie der Mangel an Heizmaterial thematisiert. Ein Schreiben an Roethe kritisierte 1923 die jährlich mehrmonatige notwendige Schließung des Archivs im Winter, weil Mittel zur Kohlenbeschaffung fehlten. Dies führe außerdem dazu, dass »bei Eintritt wärmeren Wetters [...] die Wände und Schränke [...] von Feuchtigkeit [trieften] [...], die Handschriften [...] stockig werden [...]«.[75]

Der Vorstand der GG überwies daher im Frühjahr 1923 Zuwendungen aus der Rodenberg-Stiftung i. H. v. 75.000 Mark an Julius Wahle sowie 50.000 Mark an das Archiv als Unterstützung.[76] Die großherzogliche Schatullverwaltung gewährte dem Archiv für das Jahr 1923 3,5 Millionen Mark sowie monatliche Zahlungen i. H. v. 40.000 Mark an Wahle und 35.000 Mark an Max Hecker, der ab 1923 die Redaktion des *Jahrbuchs* übernahm.[77] Die Besoldungsproblematik wurde am 23. Juni 1923 erneut vom Vorstand diskutiert, wobei festgestellt wurde, dass der Hausmeister des Archivs für 1923 einen Anspruch auf 7 Millionen Mark Gehalt habe, während für Wahle und Hecker zusammen nur »2.000000M (!!)« eingeplant seien.

Die finanzielle und damit zusammenhängend die organisatorische Regelung der Angelegenheiten des Goethe- und Schiller-Archivs stellte in den Jahren 1923 und 1924 eine Hauptaufgabe für die GG dar. Bereits am 18. und 24. Oktober 1921 war zwischen dem ehemaligen Landesherrn, dem Großherzog Wilhelm Ernst als Eigentümer des Archivs, dem Land Thüringen und der GG ein Auseinandersetzungsvertrag geschlossen worden, welcher besagte, dass die drei Vertragsparteien eine Verwaltungsgemeinschaft für das Archiv bilden, in welcher die GG mit Sitz und Stimme vertreten war – Kippenberg als Mitglied des Vorstands übernahm zunächst diese Aufgabe – und sich verpflichtete, ein Fünftel der Gesamtkosten des Archivs zu tragen.[78] Diese Verhältnisse mussten nach dem Tod Wilhelm Ernsts am 24. April 1923 mit dessen minderjährigem Erben Karl August, vertreten durch seine Mutter, Großherzogin Feodora von Sachsen-Weimar-Eisenach, neu verhandelt werden, mit dem Ziel, »der Anstalt dauernde Beheizung zu ermöglichen, den Beamten ausreichende Besoldung zu verschaffen, Mittel zu Neuerwerbungen zu erlangen«.[79] Aufgrund der enormen Kosten für den Unterhalt des Archivs von 16 Millionen Mark wollte die Großherzogin die Hilfe der GG unter bestimmten Bedingungen gerne annehmen.[80] Sie erklärte sich

74 GSA 149/1368, Bl. 2.
75 GSA 149/22, Bl. 189-193; hier Bl. 189 f.
76 GSA 149/1368, Bl. 3, 5 f., 10.
77 Ebd., Bl. 8.
78 GSA 149/1097, Bl. 127. Zu den Gesamtkosten vgl. ebd., Bl. 76; GSA 149/11, Bl. 42-44: Allein für Erwerbungen des Goethe- und Schiller-Archivs brachte die GG in den Jahren von 1912 bis 1922 insgesamt 10.599 Mark auf, von 1925 bis 1933 leistete die GG jährlich einen Beitrag zur Verwaltungsgemeinschaft des Goethe- und Schiller-Archivs, der sie angehörte, von insgesamt 45.461 Reichsmark.
79 GSA 149/1368, Bl. 10.
80 GSA 149/185, Bl. 411-413; hier Bl. 412. Johannes Hunnius, großherzogl.-sächs. Schatullverwalter bzw. Finanzminister, an Wahl, 23.6.1923.

> [...] bereit, einen entsprechenden Teil der Rechte des Gr. Hauses auf diejenigen zu übertragen, die neben ihr die Kosten der Unterhaltung der Anstalt übernähmen; wenn es nicht anders gehe, würde sie auch in eine Verwaltungsgemeinschaft mit dem Staate Thüringen eintreten, lieber würde es ihr aber sein, wenn [...] sie es etwa nur mit der Goethegesellschaft [...] zu tun haben würde.[81]

Die (zu) große Nähe zum Fürstenhaus wurde nun zum Problem für die GG. Zwar beschloss der GA, »der Frau Großherzogin das Protektorat [...] anzutragen«.[82] Der Ministerialdirektor im Ministerium für Volksbildung, Heinrich Ernst Wuttig, seit 1922 Mitglied im GA, kritisierte diese »Schirmherrschaft« jedoch.[83] Das »persönliche Band zwischen dem Großherzog und der Goethe-Gesellschaft«[84] sei mit der Abdankung zwar nicht aufgelöst, doch müsse die Bitte um Übernahme des Protektorats »zu politischen Mißdeutungen führen«; so sei »das Protektorat doch in seinem Hauptinhalte noch in den staatsrechtlichen Verhältnissen der Monarchie begründet«.[85] Die GG gerate so in den Verdacht, »einen Gegensatz [...] zu der heutigen Staatsform« zu bekennen.[86] Dabei sei vom Großherzogtum außer dem Besitz des Goethe- und Schiller-Archivs »alles Übrige [...] in die Hände des Staates übergegangen«; vom großherzoglichen Haus sei keine Unterstützung zu erwarten, weshalb Staat und GG künftig gemeinsam die Aufgaben des Archivs sicherstellen müssten.[87] Die GG habe sich aus dem großherzoglichen Schutz herausentwickelt, sei »längst zu einer angesehenen, auf ihrem Gebiete wirklich maßgebenden Körperschaft von eigenem Gewicht« geworden.[88] Die Frage der »Wiederübernahme des Protektorates über die Goethe-Gesellschaft« wurde daher vertagt auf 1935 – dem Jahr, in welchem der Erbgroßherzog mündig wurde; faktisch endete es 1923.[89]

Am 6. September 1923 wandte sich die GG erneut an das Ministerium, um das »Erliegen der Anstalt«, die wahrscheinliche Schließung des Archivs aufgrund der finanziellen Nöte des großherzoglichen Hauses, abzuwenden.[90] Unter Federführung des Landes Thüringen, namentlich des Ministeriums für Volksbildung, fand am 14. September 1923 eine Besprechung mit Vertretern der Regierung statt, in welcher ein Vorschuss zur Bezahlung der Archivmitarbeiter garantiert wurde.[91] Die weiteren Forderungen des Ministeriums standen den Wünschen der Großherzogin allerdings diametral entgegen. Es war erneut die GG, die zwischen dem groß-

81 GSA 149/1368, Bl. 13.
82 GSA 149/8, Bl. 86-89; hier Bl. 86. Wuttig an Donndorf, 15.5.1923.
83 Ebd., Bl. 86-89; hier Bl. 87.
84 Ebd.
85 Ebd., Bl. 86-89; hier Bl. 88.
86 Ebd.
87 Ebd., Bl. 86-89; hier Bl. 87.
88 Ebd.
89 Ebd., Bl. 32f. Vor der beginnenden Großjährigkeit des Erbgroßherzogs am 28.7.1933 erklärten Donndorf, Kippenberg, Deetjen und Wahl am 1.4.1933, dass die »Frage der Wiederübernahme des Protektorates über die Goethe-Gesellschaft durch den [...] Erbgrossherzog [...] erst für 1935 aufgenommen werden [soll]«. Ebd., Bl. 93.
90 GSA 149/1368, Bl. 17. Die Aktien, in denen das Vermögen des Archivs angelegt worden war, waren weitgehend wertlos geworden. Ebd., Bl. 23.
91 Ebd., Bl. 21.

herzoglichen Haus und dem Land Thüringen diplomatisch vermittelte und somit letztlich eine gütliche Einigung und damit die weitere Tätigkeit des Archivs ermöglichte.[92]

Am 2. Juni 1924 unterschrieb Roethe den endgültigen Vertragsentwurf über die Verwaltungsgemeinschaft zwischen dem Goethe- und Schiller-Archiv als großherzoglicher Domäne, der GG und dem Staat Thüringen, der danach dem Haushaltsausschuss des Thüringer Landtags, dem Gesamtministerium sowie dem Landtag selbst vorgelegt wurde.[93] Er galt zunächst vom 1. April 1924 an auf zehn Jahre.[94] Als Zweck der Verwaltungsgemeinschaft wurde festgelegt, »das Archiv und seine literarischen Schätze ihrer Bedeutung entsprechend zu erhalten, zu mehren und der Allgemeinheit zugänglich zu machen«.[95] Die GG wurde am 14. Oktober 1925 sogar ins Grundbuch eingetragen: Der Eigentümer des Archivs, Erbgroßherzog Karl August, durfte weder Grundstück noch Gebäude »ohne Zustimmung der Goethe-Gesellschaft« belasten.[96] Die große finanzielle Verantwortung, die die GG damit übernahm, wurde intern durchaus kritisiert. So zähle, schrieb Roethe, die Mitunterhaltung des Archivs nicht zu den eigentlichen Kernaufgaben der Gesellschaft und schwäche deren finanziellen Handlungsspielraum, lähme die »Schwungkraft« der GG und könne durch die Unwägbarkeit weiterer Währungsschwankungen »zum Verhängnis werden«.[97]

Verschiedene Umwidmungen der klassischen Stätten führten 1924 zu einem Beschwerdeschreiben Roethes beim Reichstag[98] gegen »proletarische Entweihung«[99] und »Kulturfrevel«:[100] Die Thüringer Landesregierung plane eine Belegung der Nebengebäude des Schlosses Belvedere mit Truppen der Landespolizei (»Kasernen der Schutzpolizei«[101]).[102] Entgegen der Zusicherungen seien dafür erhebliche Umbauten vorgenommen worden, die Soldaten würden den Park bevölkern und die bis dato vorhandene Einschränkung des Autoverkehrs in der Belvederer Allee sei aufgehoben.[103] Auch sei der Ilmpark völlig ruiniert: Autoverkehr mache die Parkstraße, die an Goethes Gartenhaus vorbeiführe, unpassierbar,[104] und die Thüringische Landwirtschafts- und Gartenbauausstellung, die vom 21. bis 25. Juni 1924 in Weimar stattfinde, mache das gesamte rechte Ilmufer zu einem »Tummelplatz für

92 Ebd., Bl. 31. Protokoll der Sitzung vom 4.12.1923.
93 GSA 149/753, Bl. 32, Bl. 54 f.
94 Ebd., Bl. 36v, 54.
95 Ebd., Bl. 54.
96 GSA 149/1368, Bl. 109.
97 GSA 149/23, Bl. 17-19, Zitate Bl. 18. Roethe an Donndorf, April 1924.
98 Ebd., Bl. 50-54; hier Bl. 50. Roethe an Hans Sachs, Reichstagsabgeordneter für die Nationalliberale Landespartei Bayerns, 19.6.1924.
99 Ebd., Bl. 50-54; hier Bl. 52. Roethe an Sachs, 19.6.1924.
100 Ebd., Bl. 45. Heinrich Linzen, Erwin Braune: *Kulturschutz in Weimar. Preisviehschau in Goethes Park!* Zeitungsartikel, 13.6.1924.
101 Ebd., Bl. 50-54; hier Bl. 51. Roethe an Sachs, 19.6.1924.
102 Ebd., Bl. 26-28; hier Bl. 27. Protokoll Vorstandssitzung der GG, 18.5.1924.
103 Ebd., Bl. 50-54; hier Bl. 51. Roethe an Sachs, 19.6.1924.
104 Ebd., Bl. 50-54; hier Bl. 53. Roethe an Sachs, 19.6.1924. Die Sperrung wurde durch die Stadt Weimar erst im Dezember 1927 verfügt, vgl. GJb 1928, S. 286.

preisgekröntes Rindvieh, Schaf- und andere Böcke«, die »die Lieblingsplätze des Altmeisters Goethe [...] umblöken und zertrampeln«.[105] Das der großherzoglichen Familie eigentümliche Schloss Ettersburg sei dieser von der demokratisch-sozialistischen Regierung genommen, anschließend veräußert und inzwischen in eine Erziehungsanstalt umgewandelt worden.[106] Noch dramatischer stünde es um Schloss Kromsdorf, in welchem Arbeiterwohnungen eingerichtet werden sollten, was die GG als »Preisgabe des ehrwürdigen Bauwerks« werte.[107] Roethe empörte sich, dass die »Wollust«, mit der die frühere, sozialdemokratische Regierung fürstliche Zeugnisse zerstört habe, ja noch »vollständig begreiflich« gewesen sei; dass aber »die jetzige bürgerliche Regierung es beinah noch schlimmer treibt«; dass »auch die rechtsstehenden Regierungen keinen Schutz für Kultur bilden«, sei »unbegreiflich«.[108] Roethes Protest führte zu einer Kleinen Anfrage verschiedener Abgeordneter im Reichstag mit dem Ziel, das ›Klassische Weimar‹ unter Denkmalschutz zu stellen.[109]

Die Feier von Goethes 175. Geburtstag 1924 wurde gleichberechtigt von der GG und der Stadt Weimar organisiert (die Staatsregierung blieb weitgehend außen vor), die Kosten sollten zu gleichen Teilen getragen werden:[110] Die Unterlagen über die zweitägige Veranstaltung mit Ausstellungsbesuchen, Reden, einem Theaterstück in Tiefurt und gemeinsamen Essen verzeichnen 871 Teilnehmer[111] und 622 Rentenmark an Kosten.[112] Das 150. Jubiläum von Goethes Ankunft in Weimar organisierten Stadt und Staatsregierung 1925 gemeinsam.

Für die Hauptversammlung 1926 setzte Biedermann erneut die Forderung nach einem Mitteilungsblatt als Ergänzung zum *Goethe-Jahrbuch* sowie den Vorschlag der Bildung eines »Ortsgruppenausschuss[es]«, einem »Verband der Ortsgruppen«, auf die Tagungsordnung, was Roethe als »Sprengtrupp gegen den Vorstand« deutete.[113] An Donndorf schrieb er, die GG »dürfe[] also mit Sicherheit darauf rechnen, dass uns auch künftig jede Tagung durch die Herren Berliner versäuert werden wird«.[114] Auch Biedermanns Forderung nach der Bildung eines Ehrenrates der Gesellschaft zu repräsentativen Zwecken, bestehend aus Persönlichkeiten der deutschen Literatur wie Gerhart Hauptmann und Thomas Mann, wurde von Roethe

105 GSA 149/23, Bl. 45. Heinrich Linzen, Erwin Braune: *Kulturschutz in Weimar. Preisviehschau in Goethes Park!* Zeitungsartikel, 13.6.1924.
106 Ebd., Bl. 50-54; hier Bl. 50. Roethe an Sachs, 19.6.1924.
107 Ebd., Bl. 50-54; hier Bl. 51 f. Roethe an Sachs, 19.6.1924.
108 Ebd., Bl. 50-54; hier Bl. 54. Roethe an Sachs, 19.6.1924. Vom 21.2.1924 bis 29.4.1927 regierte in Thüringen das Kabinett Leutheußer I, das sich aus Politikern der Deutschen Volkspartei (DVP), der Deutschnationalen Volkspartei (DNVP) und des Landbundes zusammensetzte (»Thüringer Ordnungsbund«) und das Kabinett Frölich II (16.10.-7.12.1923) von SPD, USPD und KPD ablöste.
109 GSA 149/23, Bl. 76-79. Kleine Anfrage. Erst im Jahr 1998 wurde das ›Klassische Weimar‹ zum UNESCO-Weltkulturerbe erklärt.
110 GSA 149/911, Bl. 148-151. Sitzung des GA, 19.7.1924.
111 Ebd., Bl. 180-192.
112 Ebd., Bl. 207 f.
113 GSA 149/25, Bl. 69. Roethe an Donndorf, 18.4.1926
114 Ebd., Bl. 70. Roethe an Donndorf, 18.4.1926 (Abschrift, Auszug).

auf das Schärfste kritisiert. Er unterstellte, »dass die Berliner Juden an ihrem alten Kampfe festhalten«,[115] »eine radikale Demokratisierung der Goethegesellschaft« zu erreichen, wogegen »unbedingt Widerstand [zu] leisten« sei.[116] Die Presse thematisierte einerseits den konservativ-nationalistischen Charakter der GG unter Roethe:

> Rückwärts heißt die Fahrtrichtung. [...] Hier tritt man [...] vor Goethes Kolossalbüste mit dem blanken Stahlhelmzeichen im Knopfloch. [...] Wenn die Goethe-Gesellschaft wirklich ist, was sie sein soll, nämlich ein Querschnitt durch das geistige Deutschland, dann ist es höchste Zeit, die Fahrtrichtung zu ändern. Denn der Weimargeist, der Geist der Freiheit, kann uns nur segnen, wenn wir uns vom Weimaranergeist, vom Geist der Subordination, erlösen.[117]

Andererseits wurde die Abwendung vom tagespolitischen Geschehen kritisiert: Man bleibe unter sich, und »die Goethe-Gesellschaft, die eigentlich berufen wäre, die Brücke zwischen dem Weimar von gestern und heute zu schlagen [...]«, verharre weiter »in einer ›*splendid isolation*‹«.[118]

Der Tod des Präsidenten Roethe am 17. September 1926 warf viele Fragen nach der künftigen Ausrichtung auf. Emil Ludwig, Goethe-Biograf und Bestsellerautor, schrieb 1926 vom »Ende der Goethe-Gesellschaft«; sie sei »unfruchtbar geworden«, »überlebt und schädlich«.[119] Inwiefern sich hier auch Entrüstung über seine von der GG nicht besonders euphorisch aufgefasste »Warenhaus-Biographie« über Goethe spiegelt, bleibt unklar.[120] Schon 1910 hätte man, so Ludwig, die Gesellschaft auflösen können, deren größter Stolz »über 30 Kaiser, Könige, königliche und einfache Hoheiten« gewesen seien (deren Voranstellung im Mitgliederverzeichnis auch nach 1918 beibehalten wurde), »Generale, Exminister, Hofmarschälle und Präsidenten« – doch: »Was haben die Herren geleistet?«.[121] Besonders kritisierte Ludwig, dass es der GG trotz »all diesen Jahren einer Weltkrisis« nicht gelungen sei, gerade der Jugend mehr »als Staub vergangener Epochen, das süßliche Lächeln der Priester« zu bieten.[122]

Direkt nach Roethes Tod entfachte dieser prominent platzierte Artikel starke Diskussionen um die Neubesetzung des Präsidentenamtes und die Neuausrichtung

115 Ebd., Bl. 88. Roethe an Donndorf, 28.4.1926.
116 Ebd., Bl. 90. Roethe an Unbekannt, 28.4.1926.
117 GSA 149/24, Bl. 122, Monty Jacobs: *Weimargeist und Weimaranergeist. Hauptversammlung der Goethe-Gesellschaft*, Zeitungsartikel, 9.6.1925.
118 Otto Baumgard: *Goethe-Tagung in Weimar. Heinrich Wölfflins Festvortrag*. In: *Hannoverscher Kurier. Zeitung für Norddeutschland* 248 (31.5.1926), S. 2.
119 GSA 149/11, Bl. 116. Emil Ludwig: *Das Ende der Goethe-Gesellschaft*. In: *Die Literarische Welt* 40 (1.10.1926). Zur Person Ludwigs vgl. Jochen Golz: *»Das beste menschliche Porträt, das wir haben«. Zu Emil Ludwigs Buch »Goethe. Geschichte eines Menschen«*. In: GJb 2023, S. 199-212. Zur Relevanz von Ludwigs Kritik vgl. GSA 149/11, Bl. 65: Ob Ludwigs Bekanntheitsgrad v. a. »in der englisch-sprechenden Welt« traute man ihm in der Geschäftsstelle zu, »viel Übles« anzurichten.
120 Vgl. GSA 149/25, Bl. 8. Hecker an Roethe, 21.1.1926.
121 GSA 149/11, Bl. 116. Ludwig (Anm. 119).
122 Ebd.

der Gesellschaft. Michels, der bis zur Hauptversammlung 1927 Roethes Vertretung übernahm, schrieb: »Das Barometer steht auf Sturm«.[123] Man habe bereits Julius Petersen als potentiellen neuen Präsidenten ins Auge gefasst, seine Wahl sei nicht mehr zu umgehen, könne aber »verhängnisvoll« sein, da er möglicherweise nicht »gesinnungsfest« genug sei. »In Frankfurt segelte er ganz im jüdischen Fahrwasser [...]. In Weimar würde er das Mäntelchen wohl etwas anders hängen, aber es doch immer auf beiden Achseln tragen«, so urteilte Otto Heuer, emeritierter Direktor des Freien Deutschen Hochstifts, über ihn.[124] Die konservativen Kräfte der GG wünschten sich die Wahl von Michels als Nachfolger Roethes, dagegen richtete sich jedoch Widerstand der progressiven Kräfte, z.B. von Seiten der liberalen Berliner Ortsgruppe um Biedermann. Insofern erschien Petersen als Kompromiss, »als das geringere Übel«.[125]

Julius Petersen (1927-1938)

Mit Roethe war ein Monarchist gestorben, kein Freund der jungen Republik. Mit Petersen, der auf der Hauptversammlung 1927 zum neuen Präsidenten gewählt wurde und in seiner Antrittsrede »sehr vorsichtig von einer gewissen Neueinstellung zu den Zeitproblemen« gesprochen hatte, habe die GG nun endlich den Pfad der Monarchie verlassen und sei im Zeitalter der Republik angekommen, so ein positives Echo in der Presse.[126] Die *Frankfurter Zeitung* knüpfte Hoffnungen an Petersen, die GG, die zwar »an Masse der Teilnehmer, besonders der älteren Damen, wachse[], [...] aber innerlich abstirbt«, zu reformieren, so dass sie »so jung und wirklichkeitsnah und begeisterungserzeugend sei wie der ewigjunge Goethe selbst«.[127] Doch die erhoffte Modernisierung wurde gleich zu Beginn konterkariert. Für die Hauptversammlung 1927 war mit Max Wundt aus Jena ein nationalsozialistischer Philosoph als Festredner verpflichtet worden, der als »politische[r] Exponent« der »Hakenkreuzgemeinschaft« der deutschen Universitäten galt. Öffentlich wurde diskutiert, ob ein solcher Redner an die »neutrale Stätte der Goethe-Gesellschaft« gehöre, und ob diese dadurch nicht »zum Schauplatz politischer Herausforderungen gemacht werde«.[128] Die *Frankfurter Zeitung* schrieb am 4. Januar 1927, es sei »immer wieder« erstaunlich, »wie wenig im Vorstand der Goethe-Gesellschaft diejenigen Männer sich Geltung zu verschaffen wissen, die sich zu freieren Gesinnungskreisen rechnen«.[129]

Auch die Trauerrede, die Vorstandsmitglied Michels während der Jahreshauptversammlung 1927 auf den verstorbenen Roethe hielt und in der die Weimarer Republik als »durch Meuterer und Deserteure entstandene[s] Staatswesen« be-

123 GSA 149/26, Bl. 153v. Michels an Heuer, 9.10.1926.
124 Ebd., Bl. 159. Heuer an Michels, 13.10.1926.
125 Ebd., Bl. 198 f.; hier Bl. 199. Heuer an Michels, 10.11.1926.
126 GSA 149/11, Bl. 50. Kaibel (Anm. 39).
127 GSA 149/27, Bl. 231. *Frankfurter Zeitung* (5.7.1927).
128 GSA 149/26, Bl. 222. *Berliner Tageblatt* (18.12.1926).
129 GSA 149/27, Bl. 6. *Frankfurter Zeitung* (4.1.1927).

zeichnet wurde,[130] erzeugte einen Sturm der Empörung: Die Presse forderte die Entpolitisierung der GG,[131] zahlreiche Austritte von Mitgliedern folgten[132] und die sozialdemokratische Landtagsfraktion stellte am 17. Juni 1927 eine Kleine Anfrage an die Staatsregierung.[133] Michels verteidigte sich, es habe sich bei dieser Wendung um ein wörtliches Zitat Roethes selbst gehandelt,[134] und Petersen, kaum im Amt, schlug, um den Schaden einzugrenzen, vor, die Rede von Michels im *Jahrbuch* um die fraglichen Stellen zu kürzen.[135] Innenminister Paulsen empfahl Petersen dringend, »daß die Goethegesellschaft künftighin politische Aeußerungen vermeiden möchte« und sich politisch absolut neutral verhalten solle, was Petersen zusagte.[136]

Liberale und fortschrittliche Kräfte, darunter Fritz Engel, erwarteten von Petersen, sich liberal zu positionieren, die Gesellschaft zu modernisieren:

> Die Mitgliedschaft ist stumpf. [...] Greise und Greisinnen, – und junge Leute, von denen man nichts weiss. Alles, was sich in Deutschland an frischen [...] Kräften regt, hat sich schon seit Jahren ferngehalten. [...] Im Schutze peinlichster Neutralität in den Strom der Zeit hinein! Goethe im Helm der Minerva, nicht im Stahlhelm![137]

Dagegen traute Emil Ludwig der GG auch unter Petersen keine Zeitenwende zu. In der Pariser Wochenzeitschrift *Les Nouvelles Littéraires* äußerte er in einem Interview: »Nous avons une Société Goethe, qui est stupide, naturellement, [...] et terriblement réactionnaire«.[138]

Die Aufrechterhaltung der politischen Neutralität zeigte auch weiterhin einen möglichen Weg, die GG durch das regierungspolitische Chaos der zweiten Hälfte der 1920er Jahre zu manövrieren.[139] Durch das Bemühen, sich aus den politischen Kontroversen der Republik herauszuhalten, blieb die GG jedoch rückwärtsgewandt, auf das Goethe-Gedenken ausgerichtet, was wiederum ihre gesellschaftliche Relevanz in Frage stellte und die Gesellschaft für ein jüngeres Publikum unattraktiv machte. Die Presse druckte Forderungen nach ihrer gänzlichen Abschaffung oder doch zumindest nach einer deutlichen Reform. Selbst wohlmeinende Journalisten stellten fest, dass die GG keinen »lebendigen Kulturfaktor« mehr darstelle und dass »die Weimarer Versammlungen an Masse der Teilnehmer, besonders der älteren

130 Ebd., Bl. 180.
131 GSA 149/11, Bl. 67. Konrad Reisner: *Entpolitisiert die Goethe-Gesellschaft.* In: *Vossische Zeitung* 310 (3.7.1927).
132 GSA 149/11, Bl. 55, 67, 70, 77, 80, 84, 86, 95-97, 99, 105; GSA 149/1098, Bl. 17. Die Mitgliederzahl sank spürbar, vgl. Abb. 1.
133 GSA 149/27, Bl. 198.
134 Ebd., Bl. 242.
135 Ebd., Bl. 232 f., hier Bl. 231v.
136 Ebd., Bl. 291. *Die provozierten Genossen.* In: *Thüringer Zeitung* (26.8.1927). Vgl. auch ebd., Bl. 291v. und GSA 149/11, Bl. 56v.
137 GSA 149/27, Bl. 188 f.; hier Bl. 189v. *Berliner Tageblatt* (13. Juni 1927).
138 GSA 149/11, Bl. 73. Zitiert im Brief des Mitglieds Reinhold Reumann an GG, Leipzig, 20.6.1927 (»Wir haben eine Goethe-Gesellschaft, die natürlich dumm ist, [...] und schrecklich reaktionär«. Übersetzung A. F.).
139 GSA 149/26, Bl. 222.

Damen, wachsen, während die Köpfe von auswärts [...] jährlich spärlicher werden«.[140] Die Kritik war nicht unbegründet. Für den 1. Januar 1931 listet eine Statistik 17,5 % (723) »Frauen ohne eigenen Beruf, Rentner« als Mitglieder auf, die damit die größte Gruppe bilden. An zweiter Stelle folgen mit 12,4 % (515) »Philologen, Theologen, Schulleiter, Studienräte«. Die kleinste Gruppe bilden mit 0,3 % (14) »Ehemals regierende Fürsten« und mit 0,6 % (24) »Studierende an Hochschulen«.[141] Kippenberg hatte schon im September 1926 geäußert, wie stark ihn die Zukunft der GG im Hinblick auf die sinkenden Mitgliederzahlen (vgl. Abb. 1) mit Sorge erfülle: »Die Gesellschaft ist überaltert, sowohl was den Vorstand wie auch den Mitgliederkreis anlangt«, man sterbe »langsam ab«.[142] Doch »was wäre«, so fragte Petersen auf der Hauptversammlung 1932, »Goethe ohne Jugend?«[143] Gerade die von Petersen beschworene Jugend wurde jedoch weiterhin aus dem größten Teil des Programms der GG, ebenso wie von der »Welt-Goethe-Feier« 1932, nahezu ausgeschlossen.

Eine gewisse Ratlosigkeit herrschte im Vorstand der GG, was das geeignete Herantreten an die Jugend betraf. Donndorf schrieb an Petersen: »Die Jugend zu gewinnen ist freilich die Hauptsache. Wie es zu machen sei, wird besprochen werden müssen. Ich persönlich habe leider die Fühlung mit der Jugend sehr verloren«.[144] Auch der Bericht zur Sitzung des AA am 1. März 1930 hielt bezüglich der Mitgliederzahlen fest, »daß das gebildete Bürgertum aller Berufe vertreten ist; die Jugend freilich hat keinen Zugang geliefert«.[145] Um die Verjüngung der GG voranzutreiben, wurden auf Anregung Petersens zur Hauptversammlung 1929 erstmals je zehn Studenten aller Universitäten eingeladen, auch Dozenten reisten an, so dass sich ein »frohlebendiges [...] Heerlager« entwickelte.[146]

Auch inhaltlich versuchte man vorsichtig, sich aktuellen Themen der Literatur und Kultur zu öffnen. Kippenberg forderte 1927 erneut die Einstellung des traditionellen Jahrbuches zugunsten des Erscheinens einer Vierteljahresschrift, um »alte[] erstarrte[] Formen« zu ändern, die Inhalte mehr »an die Gegenwart anzubinden«.[147] Weiterhin wurde die Idee der Einrichtung eines Ehrenausschusses zu repräsentativen Zwecken, dem Persönlichkeiten des deutschen Geisteslebens angehören sollten, von Biedermann 1928 erneut aufgegriffen.[148] Ab 1928 konnten durch eine Satzungsänderung künftig Wahlvorschläge für den Vorstand eingereicht werden, sofern sie von mindestens 50 Mitgliedern unterstützt wurden, »über deren

140 GSA 149/11, Bl. 67. *Frankfurter Zeitung* (5.7.1927).
141 GSA 149/1097, Bl. 142 f. Vgl. auch GSA 140/751, Bl. 216.
142 GSA 149/26, Bl. 131.
143 GSA 149/1097, Bl. 151.
144 GSA 149/141, Bl. 264 f.; hier Bl. 264. Donndorf an Petersen, 26.12.1932.
145 GSA 149/260, Bl. 254. Sitzung des AA, 1.3.1930.
146 GSA 149/11, Bl. 48. Ernst Beutler: *Die Tagung der Weimarer Goethe-Gesellschaft.* In: *Didaskalia. Wöchentliche Beilage der Frankfurter Nachrichten* 23 (9.6.1929).
147 GSA 149/27, Bl. 30 f.; hier Bl. 30. Protokoll vom 5.3.1927 in Leipzig.
148 GSA 149/185, Bl. 318 f.; hier Bl. 319. Biedermann, Denkschrift an den Vorstand.

Annahme in geheimer Abstimmung zu entscheiden war«,[149] eine »Bewegung in Richtung mehr Demokratie«.[150]

Überdies gab es 1929 die Initiative, der GG durch die Wahl Thomas Manns, des Nobelpreisträgers für Literatur 1929, in den Vorstand zu mehr zeitgenössischer Reputation zu verhelfen, was von nationalsozialistischen Journalisten und Politikern scharf kritisiert wurde.[151] Die Personalie Thomas Mann, erstmals 1922 vorgeschlagen von der Berliner Ortsgruppe,[152] sorgte auch im Vorstand für Aufruhr. Fünf neue Mitglieder waren nach der neuen Satzung in den Vorstand zu wählen; dafür standen mit den Schriftstellern Walter von Molo, einem Freund Stresemanns, Thomas Mann, Ernst Bertram, der dem nationalistischen Spektrum angehörte und die Weimarer Republik ablehnte, dem Physiker Max Planck, Rechtsanwalt Kleinschmidt (Ortsvereinigung Hamburg) und dem Weimarer Germanisten und Direktor des Goethe-Nationalmuseums Eduard Scheidemantel sechs heterogene Kandidaten zur Wahl. Die Berliner unterstützten von Molo und Mann, der Vorstand selbst schlug von Molo, Lienhard und Bertram vor – Mann sollte gestrichen werden. Dies richte sich, so Donndorf an Biedermann am 8. April 1929, »nicht gegen den Dichter Th. Mann« [...], »sondern gegen den Menschen«. Da die Berliner Stimme für die Wahl ausschlaggebend sei, führte Donndorf weiter aus, solle Berlin »in Gottes Namen, wenn es wirklich so viele Dichter im Vorstand für nötig hält, anstelle von Thomas Mann noch einen andern vorschlagen«, damit man Differenzen auf der öffentlichen Hauptversammlung vermeiden könne.[153] Die Weimarer Ablehnung Manns beruhe, so Donndorf, auf dessen Eintreten für den jüdisch geborenen und später konvertierten Juristen Ernst Frieders, der wegen Falscheides verurteilt und endgültig am 19. Februar 1929 als Oberstaatsanwalt aus dem Thüringer Staatsdienst entlassen wurde.[154] Thomas Mann hatte das Urteil als Rechtsbeugung im Dienste der Politik ausgelegt.[155] Für Donndorf handelte es sich dabei um eine »Einmischung des völlig uninformierten Dichters Th. Mann, den doch die ganze Sache garnichts anging«.[156]

Da Lienhard am 30. April 1929 verstarb, wurde sein Platz im Vorstand frei und somit wäre eine Wahl aller anderen sechs Kandidaten zur Hauptversammlung am 24. und 25. Mai 1929 möglich gewesen. Petersen und Kippenberg befürworteten

149 Karl-Heinz Hahn: *Die Goethe-Gesellschaft in Weimar. Geschichte und Gegenwart.* Weimar 1989, S. 44.

150 Hohmann (Anm. 44), S. 202.

151 Vgl. u.a. GSA 149/11, Bl. 39. Vgl. auch Hohmann (Anm. 44).

152 Vgl. GJb 1922, S. 323.

153 GSA 149/185, Bl. 162 f. Donndorf an Biedermann (Abschrift), 8.4.1929.

154 Vgl. Volker Wahl: *Thomas Mann in Weimar und Jena von 1910 bis 1955. Eine Chronik.* In: *Die große Stadt – Das kulturhistorische Archiv von Weimar-Jena* 1 (2008), H. 4: *Thomas Mann in Weimar und Jena*, S. 239-261; Hohmann (Anm. 44).

155 Thomas Mann: *Der gedrehte Strick.* In: *Berliner Tageblatt* 613/Morgenausgabe (29.12.1928), S. 3. Der Artikel erschien nicht, wie überall angegeben, am 19.12.1928. Am 30.1.1929 veröffentlichte Mann eine Richtigstellung, in der er seine Vorwürfe gegen die Justiz zurücknahm. Thomas Mann: *Zum Fall Frieders.* In: *Berliner Tageblatt* 59/Morgenausgabe (30.1.1930), S. 3.

156 GSA 149/185, Bl. 162 f., hier Bl. 163. Donndorf an Biedermann, 8.4.1929.

die Wahl Manns in den Vorstand, doch auf Wunsch der Weimarer Ortsvereinigung blieb dieser Sitz mit 91 zu 90 Stimmen unbesetzt – bis auf Thomas Mann wurden alle Kandidaten gewählt.[157] Ernst Beutler schrieb, »das Weimar von heute fürchtet Thomas Mann im Vorstand der Gesellschaft« und »demonstrierte so im Namen Goethes gegen Thomas Mann«.[158] Die Nichtwahl Manns im Juni 1929 wurde dann von demokratiefeindlicher Seite auch als Erfolg gefeiert.[159] Die 90 Stimmen, die Mann erhalten hatte, immerhin 50 %, bleiben dabei außen vor. Die GG war gespalten zwischen widerstreitenden politischen Kräften, was eine faktische Lähmung der Gesellschaft bedeutete, mit der Petersen umgehen musste. Die aktuellen politischen Verhältnisse wurden immer gespannter, die Politisierung des Umfelds immer deutlicher, und die Hinwendung zur Vergangenheit bot eine Ausweichmöglichkeit. Doch auch das Gedenken wurde zunehmend von der Politik zu Propagandazwecken instrumentalisiert. Anlässlich der 100. Wiederkehr von Goethes Todestag 1932 wurde ab 1931 eine große »Reichsgedächtnisfeier« geplant, die eine ganze Gedächtniswoche umfasste (20. bis 28. März 1932) und an deren Konzeption die GG maßgeblich beteiligt war.[160] Neben der GG beteiligten sich auch das bis zum 1. April 1931 vom NSDAP-Politiker Wilhelm Frick geführte Thüringische Volksbildungsministerium,[161] das Reichsministerium des Innern (Kabinett Brüning I 31.3.1930-9.10.1931 und II 10.10.1931-1.6.1932) und die Stadt Weimar (unter Oberbürgermeister Walther Felix Mueller), die gemeinsam einen eigenen Arbeitsausschuss ins Leben riefen.[162] Mithilfe einer Lotterie sollte der Erweiterungsbau am Goethe-Nationalmuseum endlich realisiert werden, international wurde nach Sponsoren gesucht, Ideen wie das Zeigen von »Goethestätten in der Wochenschau der UFA« wurden diskutiert.[163] Neben dem Reichspräsidenten Paul von Hindenburg als Schirmherrn und dem Reichskanzler Heinrich Brüning sollte auch Großherzogin Feodora eingeladen werden, Botschafter und Vertreter aus aller Welt sollten ebenfalls zugegen sein und Ansprachen halten.[164] Außerdem wurde ein Ehrenausschuss gebildet, dem neben Vertretern von Politik, Theater und Universitäten u. a. auch Gerhart Hauptmann, Thomas Mann, Hermann Stehr und Ricarda Huch angehörten – Stefan George wurde wieder gestrichen.[165] Die Gedächtnisfeier sollte, so Petersen in einem Entwurf, »dem deutschen Volke […] [z]wischen nachtschwarzem Gewölk […] tröstende[r] Glanz eines leuchtenden Gestirnes« sein und Mut für die Zukunft geben.[166]

157 GSA 149/11, Bl. 48. Beutler (Anm. 146); Hohmann (Anm. 44), S. 215.
158 GSA 149/11, Bl. 48. Beutler (Anm. 146).
159 Ebd., Bl. 47. *Der durchgefallene Mann*. In: *Der Angriff* 24 (17.6.1929).
160 Vgl. GSA 149/914.
161 Seit 22.4.1931 war Erwin Baum vom Thüringer Landbund Innenminister.
162 GSA 149/914, Bl. 8.
163 Ebd., Bl. 3. Bezüglich der Lotterie waren im August 1932 von 300.000 Losen ca. 200.000 verkauft. Vgl. GSA 149/917, Bl. 119. Donndorf an Petersen, Weimar, 4.8.1932, womit sich der Erlös für den Neubau von 75.000 auf 50.000 Reichsmark reduziere; zwei Ausspielungen stünden aber noch bevor.
164 GSA 149/914, Bl. 8-10.
165 Ebd., Bl. 22.
166 Ebd., Bl. 42.

Nicht wenige Mitglieder hegten größte Bedenken gegen Reisen in ein nationalsozialistisch mitregiertes Thüringen und gegen die Beteiligung dieser Thüringer Regierung an den Gedenkfeiern 1932:

> Welcher Hohn waere es aber auf Alles, was GOETHE gelehrt und gelebt hat, wenn als sein Nachfahr auf seinem Ministersessel ein Mitglied der Partei spraeche, die [...] den ausgekluegelten Gegensatz von alle Dem darstellt, was GOETHE gewollt und erstrebt hat![167]

Immer wieder wurde daher von Seiten der GG betont, man habe »überhaupt mit Politik, nichts zu tun«[168] und vertrete »keinerlei politische Tendenzen«.[169]

Der Andrang auf die eine Woche dauernden Veranstaltungen im März 1932 war trotz der Kontroversen im Vorfeld international und so groß, dass selbst Thomas Mann für den *Egmont* nur einen Saalplatz erhielt, worüber er sich heftig beschwerte.[170] Er gehörte als erster von 16 Festrednern zu den Ehrengästen der Reichsgedächtnisfeier und sprach am Montagnachmittag, dem 21. März 1932, in der neu eröffneten Weimarhalle über *Goethe als Schriftsteller*. In seiner Wahrnehmung hatten sich die Nationalsozialisten des Dichtererbes bemächtigt, es habe eine »Vermischung von Hitlerismus und Goethe« stattgefunden.[171]

Die lokale nationalsozialistische Politik zeigte sich mit der Konzeption der Feierlichkeiten jedoch ausgesprochen unzufrieden,[172] die Kooperation zwischen den Weimarer Akteuren und der demokratischen Regierung in Berlin wurde verurteilt. Der GG warf man ein Verharren im »tiefste[n] Dornröschenschlaf« vor. Der »pietätvolle[] Totenkult« mache Weimar zu einer »Geisterstadt«, dabei laute das Ziel, »von Weimar aus die deutsche Kunst und den deutschen Menschen zu erobern!«[173] Goethe, hetzte die deutschnationale Presse weiter, sei »zum ›Hätschelhans‹ demokratischen Aesthetentums und weltbürgerlicher Zivilisationsspießerei« gemacht worden.[174]

Nach dem Sieg der NSDAP bei den Landtagswahlen am 31. Juli 1932[175] und bei den Reichstagswahlen vom 5. März 1933 sowie seit dem Ermächtigungsgesetz vom 23. März 1933 ließ sich politische Neutralität nicht mehr wahren. Von einer Vortragsreise in die USA schrieb Petersen am 21. Mai 1933 aus Baltimore an Donndorf:

167 GSA 149/11, Bl. 38. Dr. Robert Mayer an die GG, 27.3.1931. Vgl. auch GSA 149/11. Nach dem Sturz Fricks und seinem Ausscheiden aus der Regierung zum 1.4.1931 waren die Nationalsozialisten nicht mehr an den Planungen beteiligt.

168 GSA 149/11, Bl. 41, Günther an Bernhard Krisch, Weimar 2.6.1930.

169 Ebd., Bl. 43, Donndorf an Ernst Blau, Weimar 31.5.1930.

170 GSA 149/917, Bl. 85.

171 Mann (Anm. 6), S. 71.

172 GSA 149/917, Bl. 83. Richard Leutheußer an Mann, 12.3.1932; ebd., Bl. 95. *Das Goethe-Jahr*. In: *Allgemeine Thüringer Landeszeitung Deutschland* 62 (2.3.1932).

173 GSA 149/11, Bl. 34. Albrecht von Heinemann: *Ketzerische Bemerkungen aus der Goethestadt*. In: *Deutsche Zeitung* 196 (22.8.1931).

174 Ebd.

175 Die NSDAP bildete als stärkste Fraktion gemeinsam mit dem Thüringer Landbund die erste nationalsozialistisch geführte deutsche Landesregierung mit Sitz in Weimar.

> Die Fahrt wurde durch die Nachrichten aus Deutschland (Reichstagsbrand) schon so beunruhigt […], dass ich daraus ersehe, dass für unsere Goethe-Gesellschaft auch ein sehr kritischer Zeitpunkt gekommen ist. […] Ich halte es zwar für möglich, dass von Weimarer nationalsozialist. Seite ein Versuch gemacht wird […], den ganzen Vorstand […] zu Falle zu bringen. Sollte sich das Misstrauensvotum nur gegen den abwesenden Präsidenten richten, so bin ich gern bereit, in den Abgrund zu springen. Aber ich halte es für ebenso selbstverständlich, dass wir uns gegen alle Politisierungsversuche, wie bisher, zur Wehr setzen.[176]

Andere Gesellschaften und Vereinigungen verhielten sich nicht so zögerlich. Am 3. November 1933 kommentierte Petersen die Gleichschaltung und »Arisierung« der Jean-Paul-Gesellschaft: »Diesen Weg werden wir schwerlich gehen können, aber anders wird sich die Einordnung in den Bildungsorganismus des nationalsozialistischen Staates nicht verwirklichen lassen«.[177] Am 12. November 1933 fanden erneut Reichstagswahlen statt, die die Diktatur zementierten. Verschiedene Mitglieder forderten nun auch die Gleichschaltung der GG, die Einhaltung von Rassegesetzen, den Ausschluss jüdischer Mitglieder und eine Ehrenmitgliedschaft für den Antisemiten Adolf Bartels.[178] Daher fand am 25. November 1933 eine streng vertrauliche Sitzung des AA statt. In der GG war »man sich keinerlei jüdischen Einflusses bewusst«, im Vorstand selbst seien keine Juden vertreten, dem Namen nach stünden etwa 250 Mitglieder unter Verdacht, jüdischer Herkunft zu sein. Der Antrag auf Bartels' Ehrenmitgliedschaft sei nicht zu berücksichtigen, da er nicht die formalen Kriterien erfülle. Auf die Frage, »was man unter Gleichschaltung verstehe«, habe man bis dato keine Antwort erhalten.[179] Über die Gleichschaltung der Kleist- und der Jean-Paul-Gesellschaft berichtete Petersen, die Kleist-Gesellschaft habe beschlossen, für Mitglieder die Vorschriften über die Wiederherstellung des Berufsbeamtentums einzuführen, womit Juden aus der Gesellschaft ausgeschlossen wurden. Die Jean-Paul-Gesellschaft habe durch den Beschluss, »die von ihr geförderte Ausgabe dürfe hinfort nicht von einem Nicht-Arier herausgegeben werden«, ihren Gründer Eduard Berend »ausgeschifft«,[180] der durch die Unterstützung von Petersen noch bis 1938 Mitglied der Preußischen Akademie der Wissenschaften bleiben konnte. Die Ortsgruppe Berlin, die so viele Jahre lang gegen die konservativen Kräfte in Weimar opponiert hatte, habe umgehend »ohne Debatte oder Widerspruch« sowie ohne nachfolgende Austritte das »absolute Führerprinzip« eingeführt.[181] Für die GG insgesamt schlug Petersen vor, »man solle das Führerprinzip äusserlich durchführen«.[182] Außerdem verneinte er die Frage, »ob die vorgeschriebene Eingliederung unter die Kulturkammer auf die Goethe-Gesell-

176 GSA 149/141, Bl. 257 f.
177 Ebd., Bl. 242. Petersen an Donndorf, 3.11.1933.
178 GSA 149/180, Bl. 422-424. Protokoll Sitzung des AA am 25.11.1933. Erst 1937 wurde Bartels zum Ehrenmitglied ernannt, vgl. Wilson (Anm. 2), S. 41 f., 163-166.
179 Ebd., Bl. 422-424; hier Bl. 422r. Protokoll Sitzung des AA, 25.11.1933.
180 Ebd., Bl. 422-424; hier Bl. 422v. Protokoll Sitzung des AA, 25.11.1933.
181 Ebd., Bl. 422-424; hier Bl. 422v. Protokoll Sitzung des AA, 25.11.1933.
182 Ebd., Bl. 422-424; hier Bl. 424v. Protokoll Sitzung des AA, 25.11.1933.

schaft zutreffe«. Hier bleibe abzuwarten, welche Gremien zukünftig für wissenschaftliche Organisationen wie die GG geschaffen würden, wodurch dann bindende Vorschriften entstünden.[183] Außerdem wurde diskutiert, ob die Gesellschaft dem Kampfbund für deutsche Kultur beitreten solle, womit sie gezwungen sei, den ›Arierparagraphen‹[184] einzuführen. Ein korporativer Beitritt wurde abgelehnt, allerdings könne eine Mitgliedschaft für diejenigen Mitglieder von Vorteil sein, die nicht Mitglieder der NSDAP seien.[185] Zu einer Forderung der Stadt Hannover, die ihre weitere Beitragszahlung »vom Ausschluss der nichtarischen Mitglieder abhängig macht[e]«, stellte Petersen fest, »dass solche Forderungen durch kein Gesetz begründet seien«.[186] Um vorzubeugen, dass der »›unheroische‹ Goethe zu Ungunsten des ›heroischen‹ Schillers« in Ungnade bei den neuen politischen Machthabern falle, schlug Petersen außerdem die vorsorgliche Umbenennung der GG in Goethe- und Schiller-Gesellschaft vor.[187] Konsequent verweigerte Petersen die endgültige Erfüllung zentraler nationalsozialistischer Anforderungen, während er die GG gleichzeitig auf Kooperation ausrichtete, soweit es möglich war: »[O]hne selbst faschistischen Ideologien anzuhängen«, urteilte Karl-Heinz Hahn, wurde Petersen damit »zum Wegbereiter der Faschisten in Deutschland«.[188]

Die Goethe-Gesellschaft als »Spiegel nationaler Problemlagen«

Eine literarisch-wissenschaftliche Gesellschaft wie die Goethe-Gesellschaft, die sich der Förderung des berühmtesten deutschen Dichters verschrieben hat, spiegelt immer auch den politischen und kulturellen Kontext, in dessen Rahmen Rezeption, Forschung und Gedenken stattfinden; sie kann sich gesellschaftlichen Entwicklungen und politischen Umbrüchen nicht verschließen, sondern partizipiert an diesen und reflektiert diese. Eine Geschichte des Wirkens der GG gibt daher »weniger Aufschluß über Leben und Werk des Dichters, sondern lässt eher Rückschlüsse zu auf die Situation derer, die sich Goethe verehrend genähert haben«.[189] Die gravierenden Kontroversen der neuen Republik und ihrer Bürger prägten in Wechselwirkung die GG, die sich im Hinblick auf Mitgliederzahlen und Finanzierung um gesellschaftliche Relevanz und Aktualität bemühen musste. Trotz großer Herausforderungen wahrte die GG in der »schwankenden Zeit« vor 1933 ihr Bestehen, stabilisierte nach dem Ersten Weltkrieg ihre Mitgliederzahlen (vgl. Abb. 1) und blieb gesellschaftlich relevant, wie die Berichterstattung der Presse zeigt. Sie übernahm sogar neue Aufgaben und trug nach 1918 in enormem Ausmaß dazu bei,

183 Ebd., Bl. 422-424; hier Bl. 423r. Protokoll Sitzung des AA, 25.11.1933.
184 Vgl. Wolf Gruner (Bearb.): *Die Verfolgung und Ermordung der europäischen Juden durch das nationalsozialistische Deutschland 1933-1945*. Bd. 1: *Deutsches Reich 1933-1937*. Bearb. von Susanne Heim. München 2008, S. 137 f., Nr. 32.
185 GSA 149/180, Bl. 422-424; hier Bl. 422v. Protokoll Sitzung des AA, 25.11.1933.
186 Ebd., Bl. 422-424; hier Bl. 423v. Protokoll Sitzung des AA, 25.11.1933.
187 Ebd., Bl. 422-424; hier Bl. 424v. Protokoll Sitzung des AA, 25.11.1933.
188 Hahn (Anm. 149), S. 43.
189 *Vorbemerkung*. In: Golz, Ulbricht (Anm. 3), S. VIII.

dass das klassische Erbe weitgehend geschlossen erhalten blieb.[190] Die GG als ursprünglich monarchisch geprägte Institution formte sich unter veränderten politischen Bedingungen gemeinsam mit den Verwaltern des klassischen Vermächtnisses neu: Sie positionierte sich als umstrittene Akteurin in zeitgenössischen Kulturdiskursen und blieb somit in- und extern »immer auch ein Spiegel nationaler Problemlagen«.[191] Das Ringen um politische Neutralität zeigt, dass jede mit dem politischen Kontext vernetzte Vereinigung nur bis zu einem gewissen Grad politisch neutral agieren kann.

190 Stenzel charakterisiert dies als »Bewahrung von Traditionsbeständen« und »institutionalisierte Goethepflege«, Stenzel (Anm. 4), S. 222 f.

191 Ulbricht (Anm. 5), S. 134.

Erzählung

Deniz Ohde

Versuch über Goethes Ankunft in Weimar

Wie jeder gebürtige Frankfurter bin ich in meiner Schulzeit mindestens drei Mal durch das Goethe-Haus am Großen Hirschgraben gejagt worden. In einer meiner lebhaftesten Erinnerungen verliere ich dabei als Grundschülerin den Anschluss an meine Klasse, die sich unten schon Richtung Ausgang bewegt, weil ich noch im Obergeschoss Goethes Stehpult bewundere. Ich hechte die Treppen nach unten, wo ein Museumsangestellter mich beim Schritt auf die drittletzte Stufe mit einem ermunternden »Und jetzt!« daran erinnert, dass ich nach den sanierten nun die originalen Absätze betrete, auf denen vor hunderten Jahren Goethe selbst gegangen ist.

Neben dieser zentralen Goethe-Anlaufstelle, die ich mit vielen teile, gab es in meinem Leben noch eine andere. Ich bin in Sindlingen aufgewachsen, dem westlichsten Zipfel Frankfurts, geprägt vom Nichts der Kornfelder an den Bahnstrecken Richtung Taunus einerseits und dem Industriepark Höchst andererseits, dessen Gebiet bis vor meine Haustüre ans Sindlinger Mainufer reichte; eine Landschaft, die ich später zum Vorbild für die Szenerie meines ersten Romans genommen habe. Eine Komponente dieser Landschaft ließ ich damals aus, weil ich meinte, dass sie zu unglaubwürdig sei: Gegenüber der türkisen Werksbrücke, den Kränen zur Verladung der Container aus schwer im Wasser liegenden Schiffen, den verschlungenen Röhren der Chlorfabrik und den drei Schornsteinen der Müllverbrennungsanlage, ragt am anderen Ufer eine schlossähnliche Villa im Neobarock aus den Bäumen, oben auf der Terrassierung des Flutschutzwalls. Die Villa Meister, errichtet 1903 durch Herbert von Meister, Industriellensohn einer der Gründer der Farbwerke, später Höchst-AG, deren Vorstand er ab 1902 angehörte, liegt auf einem Grundstück, das früher der italienischen Kaufmannsfamilie Allesina gehörte. Der etwa zwei Hektar große Park samt dem Herrenhaus, das dort ehemals an der Ecke des Grundstücks stand, war 1774 Schauplatz der goldenen Hochzeitsfeier von Johannes Maria Allesina und Franziska Clara Allesina, geborene Brentano, bei der Goethe im Jahr vor seinem Umzug nach Weimar zu Gast war. Es gibt die Legende, dass die Wiederbegegnung mit Maximiliane von La Roche auf dieser Feier den entscheidenden Impuls zur Niederschrift des *Werthers* geliefert haben soll. Ein Brief Goethes vom 7. oder 8. Mai 1774[1] an Sophie von La Roche belegt seine Anwesenheit auf der Feier und die Nähe zur Entstehung des *Werthers*:

1 Vgl. hierzu Siegfried Scheibe: *Die goldene Hochzeit des Ehepaares Allesina. Zur Datierung eines Goethe-Briefs*. In: GJb 1988, S. 270-276.

> Zu Singlingen, der goldenen Hochzeit, da ich ach den Geburtstag Ihrer lieben Max herbey tanzte, hab ich Ihrer viel gedacht. O Mama! es waren viel Lichter da, und Schweyzers Willemine kriegte mich am Arm und fragte: Warum zündt man so viel Lichter an? Das war eine Frage einen ganzen Sternehimmel zu beschämen, geschweiche eine Illumination. Ich hab mich nach Ihnen umgesehn, hab Ihrer Max den Arm gegeben wenig Augenblicke.
>
> Wenn's Ihnen auch nicht ums herz ist sich zu repandieren, sagen Sie mir doch ein Wort vom Herzen. Sie werden sehn wie Sie meinem Rad Schwung geben wenn Sie meinen Werther lesen, den fing ich an als Sie weg waren den andern Tag, und an einem fort. fertig ist er. (GB II,1, Nr. 109, S. 86)

Tausende bunte Lampions im Park sowie ein Feuerwerk, das man später am anderen Mainufer zündete, erleuchteten den Himmel.[2] Die Münze, die jeder Gast zum Andenken bekam, und seine Bekanntschaft mit den Allesinas retteten Goethe Jahre später auf seiner italienischen Reise vor dem Verdacht der Spionage (vgl. MA 15, S. 36).

Die Sindlinger stellen sich gern vor, es seien die Geschehnisse auf den Gründen des heutigen Meisterparks gewesen, die das Genie in einen so kreativen Kummer gestürzt hätten. Es gibt eine Geschichte, in der Goethe auf der Party Unmengen an Apfelwein trinkt, bevor er in einem Bungalow im Garten übernachtet, morgens auf den gurgelnden Main blickt, im Begriff, sich in die Flut zu stürzen, zum Ufer läuft und im letzten Moment entscheidet, doch nicht ins Wasser zu gehen, sondern die »Grille des Selbstmords, welche sich in jenen herrlichen Friedenszeiten bei einer müßigen Jugend eingeschlichen hatte« (MA 16, S. 618), auf die Figur des Werther umzumünzen. Das ist ein Mythos, dessen Vorstellung aus der sicheren Warte heraus Spaß macht, aus dem Wissen, dass für Goethe dann doch alles gut ausgegangen ist, dass er (am besten von Sindlingen aus) *der* deutsche Dichter geworden sei. Selbst wenn der *Werther* zum Zeitpunkt der Feier längst geschrieben war – auch für mich war die Vorstellung tröstlich, dass, wenn schon Goethe sich auf den Mainwiesen betrunken habe, auch ich in meinen jugendlichen Vollräuschen, zwar nicht während einer *Illumination*, sondern nur im Streulicht der Industrie und beizeiten dem Feuerwerk des Ranzenbrunnenfests, doch nur ein paar Augenblicke davon entfernt war, das Ruder noch herumzureißen.

Die unglückliche Liebe war es anderthalb Jahre nach der Allesina-Feier unter anderem auch, die Goethe nach Weimar getrieben hat, wenn auch nicht die zu Maximiliane. Vor seiner Abreise war die letzte in einer langen Reihe in populärer Goethe-Fanfiction so genannter unglücklicher Liebschaften Lili Schönemann. Hinzu kam der Umstand, dass er zu diesem Zeitpunkt durch die Veröffentlichung des *Götz von Berlichingen* bekannt, und später durch den *Werther* sehr berühmt geworden war. Vor dem Haus im Großen Hirschgraben versammelten sich Fans, junge Männer liefen in blauen Jacken und gelben Hosen herum, »glaubten, man

2 Vgl. Maria Belli-Gontard (Hrsg.): *Vor mehr als hundert Jahren. Merkwürdige und interessante Abdrücke aus den in ganz Deutschland zuerst erschienenen Zeitungen.* Frankfurt a.M. 1870, S. 148-150. Online verfügbar unter: https://www.google.de/books/edition/Vor_mehr_als_hundert_Jahren/JbCTK7v81AAC?hl=de&gbpv=1&printsec=frontcover (zuletzt aufgerufen am 1.11.2024).

müsse die Poesie in Wirklichkeit verwandeln, einen solchen Roman nachspielen und sich allenfalls selbst erschießen« (MA 16, S. 622), Charlotte Buff sah sich Gerüchten über ihr Vorbild zu Werthers Lotte ausgesetzt und auch Maximilianes schwarze Augen meinte man in Lottes Gesicht gespiegelt zu finden, als wäre die Figur eine Art Frankensteins Monster, das man sich erst aus Einzelteilen zusammensuchen müsse, als hätte man sie nicht, wenn man schlicht den Text läse. Hinzu kam, dass er trotz des literarischen Erfolgs wieder beim Vater wohnte, der von den Plänen für den Sohn, als ordentlicher Jurist Karriere zu machen, nicht ablassen wollte. In dieser Lebenssituation lernte er den jungen Fürsten Carl August kennen. Dessen Erzieher Ludwig von Knebel arrangierte das Treffen, er wollte den berühmten Dichter kennenlernen und tauchte spontan vor seiner Haustür auf. Bei einer darauffolgenden Verabredung referierte Goethe über Mösers *Patriotische Phantasien*, das auf dem Tisch lag – und profilierte sich damit als jemand, der nicht nur dichtete, sondern auch in der Lage sein könnte, politische Aufgaben zu übernehmen.[3]

Die Chance, das Elternhaus abermals zu verlassen, die Herausforderung des Neuen und nicht zuletzt die Gelegenheit, die Beziehung zu Lili Schönemann durch räumliche Distanz abzubrechen, waren es, die ihn die Zusage zur Übersiedlung nach Weimar geben ließen. Aus der Rückschau nennt er den Umzug in *Dichtung und Wahrheit* eine Flucht: »[…], es konnte mir deshalb nichts erwünschter sein, als daß das junge herzoglich Weimarische Paar von Carlsruhe nach Frankfurt kommen und ich, früheren und späteren Einladungen gemäß, ihnen nach Weimar folgen sollte« (MA 16, S. 823).

Die Kutsche, die Carl August schickte, verspätete sich. Goethe, der sich bereits von allen verabschiedet hatte, wartete zurückgezogen, und war nach acht Tagen zermürbender Isolation völlig zur Flucht nach vorn bereit. Er beschloss stattdessen in Richtung Italien aufzubrechen. Der berühmte erste Tagebucheintrag seiner erst zu dieser Zeit einsetzenden intensiven Aufzeichnungen bezeugt die Aufbruchsstimmung:

> Bittet daß eure Flucht nicht geschehe im Winter, noch am Sabbath: Lies mir mein Vater zur Abschiedswarnung auf die Zukunft noch aus dem Bette sagen! – Diesmal rief ich aus ist nun ohne mein Bitten Montag Morgends sechse, und was das übrige betrifft so fragt das liebe unsichtbaare Ding das mich leitet und schult, nicht ob und wann ich mag. Ich packte für Norden, und ziehe nach Süden, ich sagte zu, und komme nicht, ich sagte ab und komme!
>
> […]
>
> Lili Adieu Lili zum zweitenmal! Das erstemal schied ich noch hoffnungsvoll unsere Schicksale zu verbinden! Es hat sich entschieden – wir müssen einzeln unsre Rollen ausspielen. (GT I,1, S. 13)

3 Vgl. Friedrich Sengle: *Das Genie und sein Fürst. Die Geschichte der Lebensgemeinschaft Goethes mit dem Herzog Carl August von Sachsen-Weimar-Eisenach. Ein Beitrag zum Spätfeudalismus und zu einem vernachlässigten Thema der Goetheforschung*. Stuttgart, Weimar 1993, S. 6. Bei dem erwähnten Werk handelt es sich um Justus Möser: *Patriotische Phantasien* (4 Bde). Bd. 1. Berlin 1775.

Bekanntermaßen holte die Kutsche ihn in Heidelberg doch noch ein. Er entschied sich zur Umkehr.

Drei, vier Mal bin ich in den letzten Monaten nach Weimar gefahren, um Goethes Ankunft in den frühen Morgenstunden des 7. November 1775 zu rekonstruieren. Ich wollte einen authentischen Glimmer dieses Ankunftsmoments finden, einen unverstellten Eindruck, über den sich schreiben ließe. Mal konnte ich meine Suche mit einer beruflichen Verpflichtung verbinden, mal fuhr ich am Wochenende los, um das Gartenhaus oder Goethes späteres Wohnhaus am Frauenplan zu besichtigen, mal traf ich spätabends noch Freunde, die ich länger nicht gesehen hatte. Bei meinem ersten Besuch wartete ich am Weimarer Bahnhof mit einer Gruppe Schüler, die auf Studienfahrt zu sein schienen, auf den Bus Richtung Innenstadt. Einer von ihnen erkundigte sich bei der Lehrerin nach ihrem Programm tags darauf: »Morgen ist nur Buchenwald, oder?« Mit dieser Äußerung begann sich mein naives Vorhaben schon auf dem Bahnhofsvorplatz zu verwischen. Die 250 Jahre, die seit Goethes Ankunft vergangen waren, verboten es, dieses Ereignis als ein isoliertes zu betrachten (ganz abgesehen von der Frage, was ein unverstellter Eindruck überhaupt sein soll). Schon meine erste Busfahrt vom Bahnhof hinein ins Zentrum konfrontierte mich mit der Absurdität dieser Stadt als historische Schnittstelle. Klassische Literatur, humanistischer Geist, Design mit *Verzicht auf jegliches Ornament*, die erste Demokratie Deutschlands und darüber der Glockenturm, der vom Ettersberg aus in den Kessel der Stadt zu blicken schien wie ein vornübergebeugter Körper. »Zwischen uns und Weimar liegt Buchenwald«, zitiert Ruth Klüger den Literaturwissenschaftler Richard Alewyn in einer Auseinandersetzung mit dieser Stadt. Sie stellt darin die Frage, wie nach Weimar zu kommen sei, das sie als Chiffre für »Lebensbejahung durch Dichtung, Kunst, Kultur« definiert, wenn Buchenwald als das Gegenteil im Weg zu stehen scheint, und reflektiert ihre erste Lektüre des *Osterspaziergangs* als »Tor zu Weimar« inmitten der Kälte im Lager Groß-Rosen.[4]

Auf dem Theaterplatz, beim Anblick von Goethes Statue neben der Schillers und den sie fotografierenden Menschen, deren ich selbst einer bin, ist alles längst zu einem Zeichen geworden. Goethes Leben ist vereinnahmt wie kein zweites. »Du sollst dir kein Bildnis machen« ist hier ein großer Witz, denn von ihm haben wir uns genügend Bilder gemacht, wenn ich mich auch darüber wundere, wie es zur Konnotation des Herrschaftlich-Überkorrekten kam, wie es mir manchmal zu Schulzeiten vermittelt worden ist. Beschäftigt man sich auch nur oberflächlich mit zeitgenössischen Quellen, die ihn beschreiben, begegnet einem ein anderer als der biedere verlängerte Arm eines Lehrers, der einen zwingt, ein Gedicht auswendig zu lernen. Die bekannte Beschreibung durch Johann Christian Kestner ragt in ihrer Prägnanz heraus: »Er tut, was ihm einfällt, ohne sich darum zu bekümmern, ob es anderen gefällt, ob es Mode ist, ob es die Lebensart erlaubt. Aller Zwang ist ihm verhasst«.[5] Aber auch die Zusammenschau der Art, wie Goethe seine Beziehungen

4 Ruth Klüger: *Weimar und Buchenwald*. In: *Der Standard* (25.10.2013). Online verfügbar unter: https://www.derstandard.at/story/1381369753512/weimar-und-buchenwald (zuletzt aufgerufen am 28.1.2024).

5 Wilhelm Bode: *Goethe in vertraulichen Briefen seiner Zeitgenossen*. 3 Bde. Neu hrsg. von Regine Otto u. Paul-Gerhard Wenzlaff. Berlin, Weimar 1979. Bd. I, S. 36.

gestaltete, oder wie er seine Tage strukturierte, hat nichts von der Strenge, die diese Statue heute umgibt und die dazu führte, dass ich als Grundschülerin erschauerte, als ich über die Treppen im Großen Hirschgraben ging. Goethes rebellischer Geist wehte wenigstens ein bisschen durch den Raum, als mein Klassenkamerad Serkan später, im Unterricht dazu ermahnt sich hinzusetzen, protestierte: »Goethe hat auch im Stehen geschrieben!«

Ein Text, der versucht Goethes Moment der Ankunft als Erzählung zu rekonstruieren, schien mir zunehmend unmöglich, weil ich all das vor mir sah. Meine eigenen Anekdoten, die Marksteine, die Goethes Texte in meinem Leben bildeten, der Große Hirschgraben, der Meisterpark, und nun noch die Gleichzeitigkeit all dieser Epochen, zusammengedampft in einer 65.000-Einwohner-Stadt, durch die Touristenströme aus der ganzen Welt liefen, dazu die Rezeptionen, die Geschichten, die über Goethes Leben erzählt worden und irgendwie bei mir angekommen waren, bis hin zu seinen angeblichen letzten Worten »Mehr Licht«, von denen man sich in frankfurterischer Mundart den Witz erzählt, dass sie der Anfang eines nicht zu Ende gebrachten Satzes gewesen sein sollen: »Mer lischt sisch hier so schlescht«. (Dabei, so erfuhr ich später bei der Besichtigung seines Sterbeorts am Frauenplan, lag er gar nicht, sondern saß, im grün bezogenen Sessel der Schlafkammer, die er sich in seinen letzten Jahren neben seinem Arbeitszimmer eingerichtet hatte – auch beim Blick in dieses Zimmer, in die Vergegenwärtigung einer letzten Verlassenheit, die auch Goethe in der Sterbestunde überkommen hatte, konnte ich die Mythen nicht abschütteln.)

Zunächst suchte ich den Platz vor dem Fürstenhaus auf. Ich glaubte, dass es die ganz konkrete Stelle seiner Ankunft gewesen sein könnte, aber einen Hinweis auf das »Und jetzt!«, das mir heiligen Boden unter den Füßen erklärte, fand ich nicht. »Mit Mist und Morast bedeckt« soll dieser Boden 1775 gewesen sein, so zumindest heißt es in einem Artikel, der ebenfalls versucht Goethes Ankunft zu beleuchten.[6] Nachprüfen lässt sich die Bodenbeschaffenheit dieses Tages natürlich nicht mehr, viel eher dient der beschriebene Matsch der Verdeutlichung, dass es sich bei Weimar um eine Provinz handelte, in die Goethe, der Weltstar, an diesem Tag seinen Fuß setzte. Obwohl sich seine erste Unterkunft beim Kammerpräsidenten Karl Alexander von Kalb befand, der damals im ehemaligen Deutschherrenhaus lebte, der heutigen Gaststätte Sächsischer Hof, stellte ich mir vor, dass er zuerst zur Wohnstatt Carl Augusts gefahren wurde. Das war das zu der Zeit noch nicht ganz fertiggestellte Fürstenhaus, denn das Stadtschloss war kurz zuvor abgebrannt. Vielleicht ließ sich der Morast auch darauf beziehen: die Baustelle in Goethes Rücken, als er um fünf Uhr morgens des 7. November aus der Kutsche stieg, herbstlicher Nebel, der Sonnenaufgang noch in rund zweistündiger Entfernung, eine Laterne wird man ihm gehalten haben: ob die Fenster im Fürstenhaus leuchteten, ist fraglich. In besagtem Matsch zeichneten sich womöglich die Spuren der Pferdefuhrwerke ab, die Balken und Steine über den Platz gezogen hatten. Gefroren wird die Erde Anfang November noch nicht gewesen sein.

6 Christoph Schmitz-Scholemann: *Vor 245 Jahren. Goethes Ankunft in Weimar.* Deutschlandfunk (7.11.2020). Online verfügbar unter: https://www.deutschlandfunk.de/vor-245-jahren-goethes-ankunft-in-weimar-100.html (zuletzt aufgerufen am 1.11.2024).

Was ich stattdessen fand, an der Mauer zum Parkplatz des Hotel Elephant, wo eine Schranke Unbefugten die Zufahrt versperrte, drei Fahnen an metallenen Masten klapperten, ein paar Autodächer in der Sonne glänzten und am Fuße ein rotweißes Schild einen unterirdischen Hydranten markierte, waren zwei Plaketten, die auf Hans Christian Andersen (der die Nachfolge Goethes als »Dichter der Stadt« hatte antreten sollen) sowie auf Johann Sebastian Bach verwiesen, dessen Kinder in dem ehemals hier befindlichen Haus zur Welt gekommen waren. Rechts der Einfahrt stand zu seinem Gedenken eine Orgelnachbildung, aus der Musik spielte, wenn man auf ein Pedal trat. Zwei Frauen drängten mich zur Seite, als ich sie mir gerade anschauen wollte, um Fotos von sich mit dem Gerät aufzunehmen, anscheinend ihre letzte Station, so zielstrebig wie sie dann wieder umkehrten, vorbei an der Statue Carl Augusts, der in der Mitte hoch zu Ross über den Platz blickte und sich seines Vermächtnisses für alle Zeiten sicher sein konnte. Er war acht Jahre jünger als Goethe, als er diesen zu sich einlud, und entschlossen, Weimar zu gestalten. Was sich von Anfang an entwickelte, war eine intensive Freundschaft zwischen den beiden. In den ersten Jahren waren sie ständig zusammen unterwegs, ritten aus, wanderten oder fuhren Schlittschuh auf der gefrorenen Ilm.[7]

Drüben an der Herzogin Anna Amalia Bibliothek begannen die Feierlichkeiten zum Jahrestag des großen Brandes, die zufällig mit meiner Anreise zusammenfielen. Dieses Mal, so hörte ich, fanden sie nicht genau am Jahrestag statt, sondern eine Woche später. Einerseits, weil es sonst ein Montag gewesen wäre, andererseits, weil man voraussah, dass einen Tag zuvor »diverse andere katastrophale Ereignisse Thüringen beschäftigen würden«.

Durch die Ackerwand betrat ich den Park und ging an der Ilm entlang auf Goethes Gartenhaus zu. Schon von weitem waren die Grüppchen zu sehen, die ebenfalls zur Besichtigung durchs schmale Gartentor wollten. Am Leipziger Dialekt hätte sie mich doch eigentlich erkennen müssen, lachte die Kassiererin, als sie beim Verkauf der Eintrittskarte für die Statistik fragte, woher ich käme. »Nein nein, ich stamme ursprünglich von woanders –«, versicherte ich ihr.

Ich ging sehr langsam durch die Räume und las die kurzen Texte, die über Goethes Leben in diesem Haus, einem frühen Geschenk Carl Augusts, berichteten. Wären die Nacktbäder, die Goethe zur Bestürzung der Weimarer im Mondschein genommen hatte, ein Anknüpfungspunkt? Das Faksimile der frühen Handschrift von *An den Mond* aus den Briefen an Charlotte von Stein (die Lili wohl schnell vergessen machte)? Der Altan, den er hier hat anbauen und später wieder abreißen lassen und auf dem er manchmal schlief, um die Sterne über sich zu haben? Aber sein Leben hier war nicht mehr die unmittelbare Ankunftszeit, es wurde schon Frühling, als er das Haus übernahm und begann, den Garten zu gestalten. Auch in diesem Arbeitszimmer gab es ein Stehpult, dazu einen sattelähnlichen Sitzbock. Im Altanzimmer begegnete mir das Gemälde von Johann Ehrenfried Schumann, auf dem er als junger Mann bei der Betrachtung eines Schattenrisses zu sehen ist. Viele Jahre nach meiner Treppenerinnerung hatte ich es als Postkarte im neuen, sich ans

7 Vgl. Sengle (Anm. 3), S. 11.

Frankfurter Goethe-Haus anschließenden Romantikmuseum gekauft, weil es ihn mit 27 zeigt, meine Lieblingszahl.

Am späteren Abend dann, etwas ernüchtert, weil ich besagten Glimmer der Ankunft nicht gefunden hatte, traf ich zwei Freunde in der Planbar. Den hintersten Tisch in der Ecke verließen wir wieder, weil die Barleute sofort die Lautsprecherbox über unseren Köpfen einschalteten, und wechselten in die Mitte des Raums. Ich saß mit dem Rücken zum Fenster, das offenstand, weil der Herbst noch nicht gekommen war. Wir erzählten uns die neuesten Lebensereignisse, M. füllte den gläsernen Aschenbecher und trank sein Bier, G. Limonade, die Barbeleuchtung tauchte alles in ein diffuses Rot, ab und zu kam eine Kellnerin vorbei und brachte dem Nebentisch White Russians. Je später es wurde, desto dunkler wurden die Geheimnisse, die wir uns anvertrauten, aber über dem schwarzen, an einigen Stellen abplatzenden Lack des Tischs, über die Bierdeckel und in die Windstöße lauwarmer Nachtluft gesprochen, schienen sie nicht mehr so schwer.

Beim Rückweg über den dunklen Frauenplan war niemand mehr unterwegs, schemenhaft nur eine Gestalt unter den Rankpflanzen auf einer Bank, die Café-Stühle waren geräumt oder mit langen Seilen festgeschlossen, die Schausteller, die tags noch die Besucher in Pferdekutschen herumgefahren hatten, verschwunden. G. zeigte zu den dunklen Fenstern der Nummer 1: »Hat hier nicht auch mal so ein Dichter gewohnt?« In unserem Lachen war etwas von dieser Unmöglichkeit, Goethes Weimar zu beschreiben, enthalten, als könnte man, wenn man es versuchte, nicht anders als ins Ironische abzurutschen. »Er und der Carl August sind in der ersten Zeit hier glaub ich ganz schön um die Häuser gezogen«, sagte M.

»Ich bin hier wie unter den meinigen, und der Herzog wird mir täglich werther, und wir einander täglich verbundner«, schrieb Goethe im Dezember 1775 in einem Brief an Johann Caspar Lavater (WA IV, 3, S. 5 f.; hier S. 6). Bei ihm herrscht im Angesicht der neugewonnenen und von ihm als schicksalshaft empfundenen Freundschaft Dankbarkeit vor. Ein Brief an Carl August zu Weihnachten 1775 belegt dies. Hierin schreibt Goethe, dass er den Fürsten vermisse, »ob wir gleich nicht zwölf Stunden aus einander sind« (ebd., S. 7-12; hier S. 7). Weiter berichtet er, dass ihn »das Gefühl der Vergangenheit, [s]eines Schicksals, und [s]einer Liebe« (ebd., S. 8) eingeholt habe – ein an Lili Schönemann gerichtetes Gedicht verweist auf den Liebeskummer, der gleich darauf jedoch aufgehoben, oder zumindest abgemildert zu sein scheint, als Goethe ein zweites Gedicht an seinen Freund richtet:

Gehab dich wohl bey den hundert Lichtern
Die dich umglänzen
Und all den Gesichtern
Die dich umschwänzen
Und umkredenzen.
Findst doch nur wahre Freud und Ruh
Bey Seelen grad und treu wie du.
(ebd., S. 8)

Die tausenden Lampions auf dem Grundstück der Allesinas tauchen hier wieder auf, zumindest vor meinem inneren Auge. Weimar könne leicht zu einem Pompeji werden, schreibt Ruth Klüger, »das heißt, ein einstiger Ort der Kultur, der jetzt nur noch als Museum taugt«.[8] Und das Museale war es auch, das mir auf meiner Suche vor allem begegnet war. Die privaten Gegenstände Goethes, vor aller Augen ausgestellt, teils hinter einem hüfthohen Gitter im Türrahmen, das Alarm schlägt, beugt man sich zu weit in den Raum, teils nur geschützt von gefalzten Pappschildchen: *Bitte nicht berühren*. Ein Sitzbock, so weit durch die Zeit gereist und seiner ursprünglichen Funktion längst fremd, ein Gegenstand, mit dem ein Mensch einmal täglich umgegangen ist, bezeugt von der Patina des Lederbezugs. Noch ein paar hundert Jahre und die Haut wird sich zersetzen. Die Statuen werden sich leicht wieder einschmelzen lassen. Das Stehpult aus dem Arbeitszimmer am Frauenplan kann man sich für knapp zweitausend Euro über den Museumsshop nachbauen lassen. Wo finde ich einen Ankunftsmoment, der 250 Jahre zurückliegt? Wo finde ich das Lebendige im Toten? Nicht in der Besichtigung verlassener Häuser, nicht bei Tage, wenn die Kleingruppen dem Regenschirm ihrer Stadtführerin folgen. Nachts erst, beim Schritt übers dunkle Pflaster, schien es mir möglich, in einem Moment, der mir ähnlich vorkam, wie einer, den Goethe erlebt haben könnte, als er mit seinem neuen Freund »um die Häuser zog«, wie M. es ausgedrückt hatte. Ähnlich konnte er mir freilich nur deshalb vorkommen, weil ich dieses Gedicht gelesen hatte. Beim Verfassen dessen hörte er die Tischgesellschaft unten noch »schmauchen, und schwazzen« (WA IV, 3, Nr. 374, S. 7-12; hier S. 7), so beschreibt es mir der Brief, der, obwohl nicht an mich gerichtet, mich doch erreicht, und der mir verdeutlicht, was ich mir von Anfang an hätte denken können: dass ein Moment, den man selbst nicht erfahren hat, sich nur durch die Literatur erfahrbar machen lässt. 250 Jahre später existiert dieser Nachtmoment, wie auch alle Texte Goethes am Leben sind. Am Tage betrachtet existiert auch alles Nachfolgende, daran vorbeizusehen ist unmöglich, und es kann auch nicht das Ziel sein. Nur »offenen Auges« kommen wir heute in Weimar an. Ist es auch nicht der *Osterspaziergang*, der Ruth Klüger mit aller Wucht »eine ausdrücklich nicht exklusiv christliche, nicht religiöse Auferstehung, an der ich teilhaben konnte«[9] vergegenwärtigte, ist die Erfahrung im Vergleich dazu eine verschwindend kleine, mitnichten existentielle, schon im Begriff sich zu verflüchtigen, als ich mein behagliches Hotelzimmer aufschließe, und wäre längst vergessen, hätte ich diesen frühen Brief nicht gelesen, so ist doch ein minimaler Abglanz enthalten: Den Ankunftsmoment, den ich gesucht hatte, finde ich im Text. Hier spricht die Verheißung, dass Goethes Flucht, die er sich so ersehnt hatte, gelungen sei. Sie leuchtet auf in den hundert Lichtern, in der »Freud und Ruh«, die für ihn an diesem Abend gefunden sind.

8 Vgl. Klüger (Anm. 4).
9 Ebd.

Projekte: Edition, Forschung, Bildung

Petra Lutz / Martin Peschken

Im »Faustozän«?[1] *Eine Ausstellung über Goethes Hauptwerk*

Seit 200 Jahren wird Goethes *Faust* gelesen, aufgeführt, illustriert, komponiert, getanzt, als Comic umgesetzt, verehrt, angeklagt, umgeschrieben – und dabei unaufhörlich neu gedeutet. Er hat sich auch dadurch als großes Kunstwerk erwiesen, dass Generationen von Lesenden immer wieder neue Aspekte, Perspektiven und Zusammenhänge entdecken, die zuvor nicht sichtbar waren (oder nicht gesehen wurden), sondern sich offenbar erst den Fragen der jeweiligen Gegenwart erschließen.

Inzwischen ist das bekannteste Werk des bekanntesten deutschen Dichters immer wieder Gegenstand von Kanon-Debatten, die etwa regelmäßig dann aufflammen, wenn wieder ein Bundesland das Stück als verbindliche Lektüre aus dem Lehrplan streicht. Auch an deutschen Theatern wurde das Stück in den letzten Jahren seltener gespielt.[2] Der *Faust* wird also weniger verpflichtend. Warum das höchst bedauerlich ist – darüber ist vieles gesagt. Vielleicht erwächst aber daraus für potentielle *Faust*-Lesende auch ein Mehr an Freiheit: an Freiheit nämlich, eigenmächtig der Frage nachzugehen, ob man den *Faust* lesen sollte – bzw. ob *sie* den *Faust* lesen wollen, und wenn ja, auf welche Weise. Können heute Lesende das Werk unter all seinen, teilweise auch national aufgeladenen Deutungsschichten noch freilegen? Können sie während der Lektüre die Klischees ausblenden, die noch immer durch das kollektive Gedächtnis wabern, während sich ihre Sedimente unter anderem in den Depots der Klassik Stiftung abgelagert haben – zum Beispiel in Form von Gretchen-Tellern, Faust-Buchstützen, Mephisto-Porzellanfiguren, Baumscheiben, Zinnfiguren –, oder gehören auch diese Rezeptionsschichten mittlerweile zum Werk?

Die geplante Ausstellung will zu diesem Experiment einladen und der individuellen Auseinandersetzung mit dem Werk eine Bühne bauen. Sie wird damit selbst zum Versuch: Kann eine Ausstellung spezifische Formen der Annäherung ermöglichen, andere als zum Beispiel Theater oder Schule? Kann sie dazu verführen, den *Faust* einfach zu lesen, statt über seine Kanonisierung zu streiten?

1 Diesen Begriff leitet der Literaturwissenschaftler Roland Borgards aus dem Begriffsfeld Anthropozän (Paul Crutzen), Kapitalozän und Chthuluzän (Donna Haraway) ab. Roland Borgards: *Posthumanismus und Anthropozän*. In: Mathias Mayer, Carsten Rohde, Thorsten Valk (Hrsg.): *»Faust«-Handbuch. Konstellation – Diskurse – Medien*. Stuttgart 2018, S. 568-574.

2 Vgl. Detlev Baur: *Nähe und Distanz*. In: *Die Deutsche Bühne* 6 (2024), S. 66-71; hier S. 68.

Die Ausstellung ist Teil eines Themenjahrs zum *Faust*, das die Klassik Stiftung 2025 aus Anlass des 250. Jubiläums von Goethes Eintreffen in Weimar ausrichtet. Sie wird für drei Jahre im Schiller-Museum gezeigt werden,[3] richtet sich an Schüler und Schülerinnen sowie Touristen und Touristinnen, die zahlenmäßig stärksten Besuchergruppen der Museen der Klassik Stiftung, sie will aber auch den vielen Goethe-Expertinnen und -Experten in Weimar Überraschendes zeigen.

Zeitgleich mit der Hauptausstellung des Themenjahrs, von der dieser Beitrag handelt, eröffnet das Goethe- und Schiller-Archiv eine Präsentation, die an Handschriften zeigt, wie Goethe am *Faust* gearbeitet hat, und die Herzogin Anna Amalia Bibliothek präsentiert Teile ihrer großen und einzigartigen *Faust*-Sammlung. Das Bauhaus-Museum setzt sich mit dem fast vergessenen Bühnenbild des Bauhaus-Künstlers Oskar Schlemmer zu Christian Dietrich Grabbes *Don Juan und Faust* auseinander, und das Nietzsche-Archiv geht Nietzsches Verhältnis zu Goethe und insbesondere zu dessen *Faust* nach. Die Abteilung für Kulturelle Bildung der Klassik Stiftung Weimar konzipierte einen Online-Kurs, der sich mit *Faust I* und *II* befasst.[4] Auch weitere Weimarer Institutionen widmen sich 2025 dem *Faust*, darunter das Deutsche Nationaltheater mit einer Inszenierung des *Faust I*, die ACC-Galerie mit Positionen zeitgenössischer Künstlerinnen und Künstler zum *Faust* und das Kunstfest Weimar mit einer Arbeit des südafrikanischen Künstlers Brett Bailey.

Vor diesem Hintergrund richtet sich der Fokus der Hauptausstellung im Schiller-Museum auf eine gegenwartsbezogene Auseinandersetzung mit dem literarischen Werk und seine Vermittlung. Sie geht damit nicht von der Produktions- oder Rezeptionsgeschichte aus (wenngleich beides thematisiert wird), sondern präsentiert ihre eigene Lesart des Werks, eigene Perspektiven auf die Welten, Personen und Themen des Stücks. Dieser Anspruch, auf den der Titel der Schau – »*Faust*. Eine Ausstellung« – hinweist, ist in der Geschichte der *Faust*-Ausstellungen neu. Diese bilden seit langem einen wichtigen Zweig der Rezeptionsgeschichte, konzentrierten sich aber bislang entweder darauf, die Entstehungs- und Motivgeschichte zu entfalten, oder auf Aspekte der Wirkungs- und Rezeptionsgeschichte, zu der wiederum die Auseinandersetzung mit der Theatergeschichte als ein eigenes Feld gehört.[5]

3 Warum im Schiller-Museum? – Dort befindet sich eine zentrale Sonderausstellungsfläche der Klassik Stiftung Weimar, während die Ausstellungsflächen im Goethe-Nationalmuseum eine Dauerausstellung über Goethe zeigen und daher dort aktuell keine großen Sonderpräsentationen möglich sind.

4 Siehe den Beitrag von Lis Hansen in diesem Band (S. 194-204).

5 Zur Ausstellungsgeschichte des *Faust* siehe Christiane Holm, Nerina Santorius: *Ausstellungen*. In: Mayer, Rohde, Valk (Anm. 1), S. 333-338 und S. 502-507. In Weimar gab es erstaunlich wenige *Faust*-Ausstellungen, wenn man berücksichtigt, dass im Goethe- und Schiller-Archiv die zentralen Manuskripte, in der Herzogin Anna Amalia Bibliothek die weltweit größte *Faust*-Sammlung und in den Museen neben Goethes eigenen Sammlungen mit vielen für die *Faust*-Entstehung aussagekräftigen Objekten ebenfalls eine Vielzahl von Rezeptionszeugnissen enthalten sind. – Die letzte Ausstellung der Klassik Stiftung Weimar zum *Faust* fand in München statt und ging – in Zusammenarbeit mit der Kunsthalle München und dem Forschungsverbund Marbach Weimar Wolfenbüttel – mit künstlerischen Werken, aber auch mit Objekten aus Kunsthandwerk und Populärkultur in einer großen Inszenierung der europäischen Rezeption nach; vgl. Roger Diederen u.

Ausstellungen, die von der Rezeptionsgeschichte ausgehen, legen den Fokus fast zwangsläufig auf den ersten Teil des *Faust*, der Theater, Lektüre und auch alle sonstigen künstlerischen oder populärkulturellen Aneignungen bis heute dominiert. Sie schreiben damit diese Fokussierung fort, die allerdings an einem aktuell breiter werdenden Interesse an *Faust II* vorbeigeht. Sichtbar wird dieses Interesse zum Beispiel an Neuinszenierungen 2024, von denen sich viele auch oder sogar hauptsächlich mit *Faust II* befassten.[6] Wissenschaftliche Publikationen, die sich insbesondere *Faust II* schon seit längerem unter Fragestellungen einer kritischen Auseinandersetzung mit der Moderne annähern und die Bedeutung der Natur im *Faust* herausarbeiten, haben Grundlagen für diese publikumswirksamen Formate gelegt.[7]

Das gesteigerte Interesse an *Faust II* lässt sich also (zumindest auch) daraus ableiten, dass dieser Themenkomplexe behandelt, die uns heute sehr beschäftigen, und dass man im Text eine kritische Auseinandersetzung mit den Naturverhältnissen der Moderne findet. Goethes Werk bietet keine Auswege aus unseren aktuellen Polykrisen, aber es liefert Anlässe, über deren Wurzeln in der mentalen Verfassung der Moderne nachzudenken. Indem Goethe diese Gesellschaftsanalyse konsequent mit den Ergebnissen seines lebenslangen Natur-Studiums verknüpft, die er insbesondere in *Faust II* eingearbeitet hat, nimmt er vorweg, was heute etwa den stark rezipierten indischen Historiker Dipesh Chakrabarty oder schon seit längerem die Wissenschaftshistorikerin Donna Haraway und den Philosophen Bruno Latour so wichtig macht: das Aufzeigen der unauflöslichen Verwobenheit und Abhängigkeit alles Menschlichen von dem, was die Moderne als Natur scheinbar sauber abgespalten, beherrscht, beschrieben und zum Hintergrundbild der Geschichte erklärt hat. Er bringt so Stoff für das kollektive Training unserer futurologischen Einbildungskraft, wie ein Zusammen-Leben auf einem begrenzten Planeten so gut wie möglich gelingen kann.

Das Interesse an diesem Text, fast 200 Jahre nach seinem Erscheinen, passt vielleicht dazu, dass Goethe den *Faust II*, nachdem er Jahrzehnte daran gearbeitet hatte, zu Lebzeiten gar nicht mehr veröffentlichte, weil er befürchtete, seine »redlichen, lange verfolgten Bemühungen um dieses seltsame Gebäu [sic] würden schlecht belohnt und an den Strand getrieben, wie ein Wrack in Trümmern daliegen und von dem Dünenschutt der Stunden zunächst überschüttet werden« (Goethe an Wilhelm von Humboldt, 17. März 1832; WA IV, 49, S. 283). Er vertraute ihn also den Reaktionen einer Zeit nicht mehr an, die er als verwirrt wahrnahm und der er mit dem *Faust II* das Eigene gegenüberstellen wollte, immer weiter gesteigert, im-

Thorsten Valk in Zusammenarbeit mit Sophie Borges u. Nerina Santorius (Hrsg.): *DU BIST Faust. Goethes Drama in der Kunst*. München, London, New York 2018.

6 In Neuinszenierungen der letzten Jahre in Frankfurt, Düsseldorf, Münster und Salzburg spielt *Faust II* eine wichtige Rolle, auch das Deutsche Nationaltheater Weimar plante ursprünglich nach *Faust I* 2024 einen *Faust II*, was wegen des Intendantenwechsels nicht mehr realisiert wurde.

7 Siehe exemplarisch Michael Jaeger: *Global Player Faust oder Das Verschwinden der Gegenwart. Zur Aktualität Goethes*. Berlin 2008; Manfred Osten: *»Alles veloziferisch« oder Goethes Entdeckung der Langsamkeit. Zur Modernität eines Klassikers im 21. Jahrhundert*. Göttingen 2013; Heinrich Detering: *Menschen im Weltgarten. Die Entdeckung der Ökologie in der Literatur von Haller bis Humboldt*. Göttingen 2022.

mer klarer herausgearbeitet (vgl. ebd.) – »Widerstandspotential« aus dem »Bewusstsein seiner ständig wachsenden Distanz zum Zeitgeist«, wie es der Germanist Ernst Osterkamp zusammenfasst.[8] Das abgeschlossene Werk nicht zu drucken – das hieß, nicht auf die zeitgenössischen Leserinnen und Leser zu setzen, sondern auf diejenigen einer Zukunft zu hoffen[9] – und diese Zukunft ist vielleicht aktuell in besonderem Maße gegeben.

Entsprechend inszeniert die Ausstellung im Schiller-Museum einen eigenen Blick auf das Werk und legt ihren Fokus auf *Faust II*. Die Inszenierung setzt im beschriebenen Themenkomplex ihre Schwerpunkte. Sie zeigt aber zugleich, dass Goethe die Moderne im *Faust* keineswegs pauschal verwirft, aus der es ohnehin keine tragfähige Ausflucht gibt – weder in eine idealisierte Antike noch in eine vormoderne, vermeintlich unschuldige Subsistenz.

Deutungsansatz: »Faust« als Flaschenpost ins Anthropozän

Die Ausstellung fügt sich in die Annäherungen ein, die Heinrich Faust als Reflexionsfigur der Moderne lesen, und sie legt ihren Schwerpunkt dabei auf das Thema Natur.[10] Da es dabei nicht darum geht, einen neuen literaturwissenschaftlichen Forschungsstand zu erzeugen, sondern nur darum, diesen zu erschließen, im Folgenden der inhaltliche Ansatz in eher verknappter Weise:

Faust I und *II*, diese unterschiedlichen, im Abstand von 24 Jahren veröffentlichten Teile des Werks, erzählen die Geschichte eines Mannes, der die Welt, in der er sein bisheriges Gelehrtenleben verbracht hat, komplett hinter sich lässt. Er löst sich aus allen sozialen und sonstigen Zusammenhängen und verschreibt sich ganz dem Versprechen, sein Leben ohne Beschränkungen von Raum und Zeit, Alter und Müdigkeit auszuschöpfen, jeden Wunsch erfüllt zu bekommen und an nichts hängen zu bleiben. Mehr Freiheit und Unabhängigkeit, mehr Moderne – wenn man denn die Wahl zwischen scheinbar unbegrenzten Möglichkeiten und Verwirklichungsformen als *condition de l'homme moderne* sehen möchte – sind auch aus heutiger Sicht kaum denkbar. Interessant nun, dass mit der Moderne auch Heinrich Faust in den letzten Jahrzehnten zunehmend problematischer gelesen wird und er von der Identifikationsfigur des mutigen Eroberers (einschließlich des Verschaffers freien Grunds für freies Volk) zur Reflexionsfigur wurde, deren Freiheits- und Eroberungsdrang die eigene Welt vernichtet: Faust verkörpert geradezu modellhaft die Pathologien unseres aktuellen Weltverhältnisses. Er wird damit zur Reflexionsfolie für ›uns‹ – die Bewohnenden eines längst nicht mehr nur westlichen ›Kapitalozäns‹. In einer Epoche der globalen Polykrisen mit lokalen Auswirkungen – des Klimawan-

8 Ernst Osterkamp: *Sterne in stiller werdenden Nächten. Lektüren zu Goethes Spätwerk*. Frankfurt a. M. 2023, S. 459.

9 Siehe dazu Petra Lutz: *»Faust II« im Pappelholzschrank. Nachrichten ins Anthropozän*. In: *klassisch modern – Das Magazin der Klassik Stiftung Weimar* 5 (2025), S. 8-13.

10 Sie folgt dabei insbesondere Heinrich Detering, der die Ausstellung auch beraten hat und sich in seiner Studie (Anm. 7) ausführlich mit *Faust II* befasst hat. Auch Stefan Bollmann geht in seiner Publikation *Der Atem der Welt. Johann Wolfgang Goethe und die Erfahrung der Natur*. Stuttgart 2021 den Naturbezügen im *Faust* nach (S. 552-573).

dels, Artensterbens und der Pandemien, der härter werdenden Kämpfe um Ressourcen, Identitäten und Weltanschauungen – schieben sich solche Lesarten des einzigartig uneindeutigen Werks, die das »Veloziferische«[11] und Vernichtende der »großen Beschleunigung« in den Blick nehmen, vor die vielen anderen möglichen. Es ist, als identifiziere Goethe Entkopplungserscheinungen der zur Entstehungszeit gerade erst heranbrechenden Moderne, deren so katastrophale wie monströse Zuspitzungen heute wie in einer Tragödie über uns hereinbrechen. Der Literaturwissenschaftler Roland Borgards spricht daher für den *Faust* von einer Auseinandersetzung mit Anthropozän und Posthumanismus *avant la lettre* und entwickelt daraus mit Bezug auf die Theoretikerin Donna Haraway den Begriff des »Faustozän«.[12]

Phänomene der Entkopplung, der Entgrenzung, der Überschreitung irdischer Beschränkungen finden sich überall im Werk – und auch Gegen-Bilder, Imaginationen und Chiffren eines Daseins inmitten einer Mit-Welt. Da ist Fausts Maßlosigkeit im Hunger nach Erkenntnis, der die Bindungen gesellschaftlicher, wissenschaftlicher und religiöser Traditionen sprengt, da ist sein Hunger nach Erleben, der nie gestillt werden kann, ein Begehren, das nur verzehrt und alle zwischenmenschlichen Bindungen zerstört. Der Tatkräftige, Genialische und Unermüdliche erscheint in der Lesart von heute auch als Usurpator, ja: als Verbrecher, der eine Schneise der Vernichtung hinterlässt.

Schon das Anrufen des Erdgeists überschreitet die Grenzen seiner wissenschaftlichen Welt mit ihren Verfahren. Nach der Liebesgeschichte mit Margarete ist deren gesamte Familie tot. Die Erfindung des Papiergelds ist eine Entkopplung von realen Werten, eine wilde Wette auf die Zukunft, heute würde Mephisto wahrscheinlich Bitcoins vorschlagen. Mit Philemon und Baucis, die in ihrer Hütte verbrennen, wird eine mythisch-konservative Lebensführung durch eine technisch-rationale Realität ersetzt. Und mit dem Deichbauprojekt soll dem Unternehmer und Ingenieur schließlich die Befreiung von den Bedingungen der Natur gelingen, die ihm dabei wenig mehr ist als eine Ressource zum Aufbau einer neuen Welt.

Aber da sind auch die Gegenbilder: Fausts wiederkehrende Sehnsucht nach einer ›geschwisterlichen‹ Gemeinschaft mit allen Lebewesen, die Darstellung der Natur als fürsorglich-heilsame oder auch erhabene und unfassliche Kraft, und vor allem ihre Verklärung als alles umfassender, lebender und lebensspendender Gesamtzusammenhang, in den sich aufzulösen und einzubinden paradoxerweise ausgerechnet der Weg des Homunkulus ist – eigentlich ja seinerseits eine Chiffre der Entkopplung, nämlich der künstlichen Intelligenz, die gleichwohl auf die Welt kommt mit dem alles beherrschenden Verlangen nach Lebendigsein, nach ›Verkörperlichen‹.

Themenschwerpunkte und Abteilungen

Am Anfang stehen eine Filmpassage, die aus der Jetztzeit in die Welt des *Faust* führt, und ein Einführungsbereich, am Ende eine Auseinandersetzung mit dem Sprachkunstwerk. Dazwischen befassen sich Abteilungen mit fünf Figuren des

11 Zu diesem Begriff und Fausts »beschleunigter Zeit« siehe Osten (Anm. 7).
12 Borgards (Anm. 1), S. 568-570.

Stücks (Faust, Mephisto, Margarete, Homunkulus, Helena) sowie mit Themenschwerpunkten, die dem Fokus auf Natur und Modernekritik entsprechen.

Margarete/ Gretchen ist die rezeptionsgeschichtlich am eindeutigsten überformte Figur des Werks – das kann die Ausstellung an einer Fülle populärkultureller Objekte insbesondere aus dem 19. und frühen 20. Jahrhundert zeigen. Diese werden konfrontiert mit aktuellen Lesarten der Figur, die sich ihrerseits oft mehr an Rezeptionsklischees abarbeiten als an Goethes Text. Den kann man lesen als eine Geschichte von Begehren, Gier und Ermächtigung, Liebe, Hingabe und Zerstörung aus zwei vollkommen unterschiedlichen Perspektiven und Weltsichten. Margarete trifft durchaus Entscheidungen, darunter die, ihre berühmt gewordene ›Gretchenfrage‹ zwar zu stellen, aber die Konsequenzen aus Fausts Antwort darauf gerade nicht zu ziehen, und natürlich auch die, sich am Ende nicht von Faust retten zu lassen.

Helena wird in der Ausstellung wie Margarete vor allem in Bildern erzählt, die man sich von ihr macht. Sie steht in zweierlei Hinsicht für den sich aus allen Begrenzungen irdischer Realität entkoppelnden Faust. Einerseits ist sie die Projektionsfläche für Fausts Begehren, die absolute, nie wirklich erreichbare erotische Attraktion, ein Gegenbild zur ›realen‹ Margarete. Andererseits stellt die phantasierte Zweisamkeit Fausts und Helenas eine Ausflucht in eine antike Idealwelt dar, deren Unmöglichkeit durch das Ende des dritten Aktes besiegelt wird. Nach diesem tritt Faust nicht mehr als Liebender auf, sondern nur noch als ›Tatmensch‹, als Kapitalist, Eroberer, Ingenieur.

Faust und Mephisto: Wer Faust ist, wer Mephisto, und in welchem Verhältnis sie zueinander stehen – das verhandelt die Ausstellung in ihrer eigenen Bildwelt, also in für die Ausstellung produzierten Darstellungen. Sind Faust und Mephisto Verbündete? Ist Faust ein verführter Strebender? Ist es ein Doppelspiel, das Faust unendliche Möglichkeiten eröffnet, sich die Welt anzueignen, sind es zwei Seiten, die zusammengehören? Von der Volksfigur, die Goethe vorfindet, folgt die Ausstellung in einer Serie von Illustrationen Fausts Weg vom Wissenschaftler mittleren Alters zum jungen Begehrenden, zum Feldherrn, alten Unternehmer und Autokraten.

Natur: Vor allem in den *Faust II* hat Goethe sein Wissen aus einer lebenslangen Beschäftigung mit der Natur hineingeschrieben. Die Debatten seiner Zeit über die Frage nach dem Leben bilden sich dort ebenso ab wie die nach der Erdentstehung. Neben Menschen kommen auch Meeresgötter, Flüsse, Insektenchöre und Meerkatzen zu Wort, und es wird ein ganzes Spektrum menschlicher Möglichkeiten durchdekliniert, sich zur Natur in Beziehung zu setzen. Die Naturbilder reichen von der göttlichen, schöpferischen Macht über die romantisch verklärte Natur, die wissenschaftlich objektivierte Natur und die Ressource für den Aufbau einer neuen, technisch-rationalen Welt bis hin zu den in ihrer Vernichtungskraft zurückschlagenden, mit Mephisto verbündeten Elementen.[13]

Homunkulus: Diese künstliche Intelligenz, ihrem menschlichen Schöpfer Wagner schon im Moment der Entstehung überlegen, ist in mehrfacher Hinsicht ein Paradox. Im Labor mit Mephistos Unterstützung ins Leben gebracht, um die schein-

13 Insbesondere die Ausstellungabteilungen »Natur«, »Homunkulus«, »Kapitalozän« sowie »Weltbesitz und Untergang« verdanken Deterings *Menschen im Weltgarten* (Anm. 7) vieles, das hier nicht im Einzelnen ausgewiesen wird.

baren Zufälle der Natur hinter sich zu lassen, folgt sie konsequent nur einem Ziel: sich zu ›verkörperlichen‹, Teil der Natur zu werden – am Ende um den Preis der Identität durch die Auflösung im Meer, das im zweiten Akt als Ort des Lebens inszeniert und gefeiert wird. Die große Frage der in Goethes Zeit entstehenden Biologie, was eigentlich Leben sei, ist ebenso eingeflossen wie Erzählstrukturen aus *Tausendundeiner Nacht*. Dieser Vorläufer von Sympathieträgern in Außenseiterposition, die heute die Populärkultur bevölkern, könnte geradezu als Gegenfigur des etwa zeitgleich entstehenden Monsters von Dr. Frankenstein gelesen werden, von dem Goethe allerdings nichts gewusst hat. Seine Reise führt den Homunkulus durch die *Klassische Walpurgisnacht* – eine unendlich figurenreiche, fast schon posthumane Welt.

Kapitalozän: Die Papiergeld-Episode aus *Faust II* liest sich heute als ein verblüffender, wenn auch komödiantischer Ausblick auf einen von realen Werten und lokalen Bedingungen entkoppelten Hyperkapitalismus, in dem zunächst nur der Narr versteht, dass er sich mittels der neuen »Zauber-Blätter« (WA I, 15.1, S. 66, V. 6157) noch am selben Abend »im Grundbesitz« (ebd., S. 67, V. 6171), und damit auch in Sicherheit, wiegen kann. Tatsächlich ist die Papiergeld-Episode aber nur ein Motiv in einer im *Faust* enthaltenen Auseinandersetzung mit einem umfassenden ökonomischen Wandel, dessen Beginn Goethe miterlebte. Insbesondere an Fausts Unternehmungen zeigt Goethe in großer Präzision die Zusammenhänge von technischer Entwicklung, neuen Produktionsformen und gesellschaftlichem Umbruch – und er zeigt, von heute aus betrachtet besonders interessant, die Natur nicht nur als Hintergrundbedingung und Ressource, sondern als eigene, vom Protagonisten unverstandene Akteurin.

Von der paradiesisch-idyllischen Lebensweise in Arkadien über die Subsistenzwirtschaft bei Philemon und Baucis, über das Wirtschaften des Feudalismus zum aufkommenden Frühkapitalismus und dessen neuen Formen der Wertschöpfung sind die wesentlichen Wirtschaftsformen in Goethes Drama ausgebreitet. Daher ist der *Faust* auch zum Stichwortgeber der gerade erst als Wissenschaft aufkommenden Ökonomie geworden, z. B. für Karl Marx.

Weltbesitz und Untergang: Der letzte Akt blickt auf die in Fausts Landgewinnungsprojekt beginnende Moderne in einer bemerkenswerten Multiperspektivität. Der Wanderer, der das entschwundene Meer imaginiert, Philemon, der ein paradiesisches Bild sieht, Baucis, die was sie sah eher mit höllentauglichem Vokabular beschreibt: Die Deutung dieses Akts ist für seine Protagonistinnen und Protagonisten unlösbar mit ihrer jeweiligen Weltsicht verbunden – wie auch für die Lesenden. Las Peter Hacks *Philemon und Baucis* als notwendiges Opfer an den Fortschritt,[14]

14 Vgl. Peter Hacks: *»Faust«-Notizen*. In: ders.: *Die Verteidigung Goethes. Essays zur Klassik*. Berlin 2024, S. 43-51; hier S. 51: »Zwei Leute, die so entsetzlich alt sind, weil sie eine so entsetzlich alte Gesellschaftsform vertreten, die kleine Naturalwirtschaft. Sie verhalten sich menschlich auf Grund ihrer relativ unentfremdeten Produktionsweise: so ist ihre Menschlichkeit notwendig verknüpft mit ihrer Borniertheit, Tugend eines Fehlers. […] Philemon und Baucis sind mehr lächerlich als rührend. Hierfür gibt Goethe überreichlich konkretes Material. ›Laßt uns läuten, knien, beten‹, das ist offen komisch formuliert, und ›Traue nicht dem Wasserboden‹, das ist einfach die Haltung des DDR-Bauern zum Mais. Das muß weg. Das kommt auch weg, auf sündhafte Weise; aber

so wird die Vernichtung des aus der Antike entlehnten, »suffizient«, aber auch schon in etwas morschen Verhältnissen lebenden Paars heute im Wissen um die Vernichtungskraft des Aufbruchs in die industrielle Moderne gelesen.

Erlösung: Wodurch Fausts Erlösung gerechtfertigt sein könnte, ist eine Schlüsselfrage jeder Gesamtinterpretation und wird dies weiter bleiben. Goethe wollte das Urteil ursprünglich in einer Art Gerichtsszene verhandeln – wählte am Ende aber die Liebe als Möglichkeit der Erlösung.

Die Präsentationsformen: Typographie, Objekte, Exponate, Medien

Dass Ausstellungen eine eigene Form der Annäherung an Literatur sein können, ist mittlerweile unumstritten.[15] Präsentationen, die sich einem einzelnen Werk widmen, sind gleichwohl eher selten.[16] Hilfreich im Vorbereitungsprozess war das Projekt »Internationale Literaturausstellungen in Theorie und Praxis« des Freien Deutschen Hochstifts und des Frankfurter Kulturamts, in dem neben der theoretischen Auseinandersetzung auch sieben Ausstellungspositionen zu Goethes *Wilhelm Meister* umgesetzt wurden.[17]

Wie oben ausgeführt, soll die *Faust*-Ausstellung dazu einzuladen, sich dem Text selbst anzunähern. Sie legt dafür Spuren in die unterschiedlichen Bereiche und Ebenen des Werks, von der kürzestmöglichen Weise, den ›Plot‹ zu erzählen, bis zur Auseinandersetzung mit dem Sprachkunstwerk, so dass Besuchende sich die Präsentation auf ihre je eigene Weise erschließen können – sich vertiefen, auswählen, vorbeigehen, staunen, dieses links liegen lassen, in jenes genauer hineinlesen.

Inhaltlich und dramaturgisch motiviert entsteht eine Abfolge von Immersion und Vergegenwärtigung, Verbildlichung und Überblick, Öffnen von Assoziationsräumen, Mehrstimmigkeit, Analyse und Öffnung des historischen Raums, in dem Goethe geschrieben hat, vor allem durch Objekte aus seinen Sammlungen. Im folgenden werden die unterschiedlichen Elemente kurz dargestellt.

Typographie und Ausstellungsarchitektur: Auch wenn der *Faust* schon immer multimedial war, von Anfang an aufgeführt und illustriert wurde – die Ausstellung geht zuallererst vom Text aus, und dies vor allem in Form einzelner Passagen, umgesetzt in einer expressiven Typographie der Grafikerin Ariane Spanier. Schon im

Fausts Sünde ist des Fortschritts Sünde«. Hacks veröffentlichte seine *»Faust«-Notizen* 1962 und bezieht sich in der zitierten Passage auf die durch Chruschtschow forcierte Implementation des Maisanbaus in der DDR, gegen die Einwände erhoben wurden.

15 Für einen kurzen Abriss über Geschichte und Möglichkeiten von Literaturausstellungen siehe Peter Seibert: *Literaturausstellungen und ihre Geschichte*. In: Anne Bohnenkamp, Sonja Vandenrath (Hrsg.): *Wort-Räume, Zeichen-Wechsel, Augen-Poesie. Zur Theorie und Praxis von Literaturausstellungen*. Göttingen 2011, S. 15-38.

16 Außer natürlich bei Auseinandersetzungen mit Entstehungs- oder Rezeptionsgeschichte (Anm. 5). Geht es darüber hinaus um Annäherungen an Einzelwerke, so sind es teilweise auch künstlerische Annäherungen, siehe etwa den Entwurf des Bühnenbildners Werner Hutterli (»Denkraum zur Tragödie menschlicher Unzulänglichkeit«) für die Quadriennale in Prag 1995 ausgehend vom *Faust*; vgl. Werner Hutterli: *Faust Welt Bild. Ein Denkraum zur Tragödie menschlicher Unzulänglichkeit*. Baden 1995.

17 Vgl. Bohnenkamp, Vandenrath (Anm. 15).

Treppenhaus lässt der Schriftzug »Faust« in scheinbar endlos variierter Typographie als animierte Projektion diese Textwelt anklingen und zeigt zugleich, dass der *Faust* ein stets neu und umgedeutetes Vexierspiel ist, wobei bereits historisch gewordene Typographien zugleich auf die Historizität von Deutungen verweisen. In den Ausstellungsräumen erscheint diese Text-Welt in einer Architektur des Büros Franke Steinert aus hintereinandergeschichteten Kulissen. Auf der ›Rückseite‹, der Schauseite dieser Kulissen entfalten Comics, Animationsfilme, Objekte und Videointerviews die Dimensionen und Bezüge, die sich in dieser Text-Welt offenbaren.

Film-Tryptichon: In Kooperation mit der Deutschen Kinemathek Berlin, umgesetzt von Kristina Jaspers, Georg Simbeni und Boris Seewald, entstand eine einführende Film-Installation: drei große Screens verbinden eine Collage aus Sequenzen quer durch die Filmgeschichte mit Szenen aus Murnaus ikonischem *Faust*-Film. Diese Collage dockt an das Bildwissen der Besuchenden an und stimmt darauf ein, dass *Faust*-Themen – wie Künstliche Intelligenz, Begehren, Liebe und Verrat, das sehnsüchtige, ehrfürchtige, ausbeutende, zerstörerische Verhältnis zur Natur, Machthunger und Habgier – alles andere als historisch sind: Sie gehören zu unserer Realität und zu unseren (Alb-)Träumen.

Illustrationen I: Wie bringt man den kuratorischen Blick auf *Faust* ins Bild? In enger Zusammenarbeit mit dem Comic-Autor und Zeichner Simon Schwartz entstanden Illustrationen zu Personen, Handlungen und Orten des *Faust*, einschließlich einer 3,3 × 5,6 Meter großen Kartierung der Schauplätze, die zeigt, wie viele Realitäts- und Imaginationsebenen angespielt sind, sowie zweier großer Bilderzählungen zur Geschichte des Homunkulus und zu Fausts Tod. Diese Illustrationen sind zugleich auch Einführung in das Werk und Belebung des Vorstellungsvermögens für alle, die den *Faust* nicht oder nicht gut kennen. Für alle, die ihn gut kennen, sind sie Anregung zum Abgleich mit den eigenen Imaginationen.

Illustration II: Das Gesamtwerk aus *Faust I* und *II* mit seinen Rahmenhandlungen, entstanden über etwa 60 Jahre, ist formal höchst komplex, differenziert und wild, letzteres auch durch ein so großes wie fantasievolles Figurenarsenal. Die Grafikerin Ariane Spanier hat das in eine wandgroße Strukturgrafik gebracht.

Das Sprachkunstwerk: Hören und Sehen: Das 2. Obergeschoss der Ausstellung richtet die Aufmerksamkeit auf das Sprachkunstwerk *Faust*. Hier geht es darum, die sprachlichen und klanglichen Reize des Stücks sowie die Komik und den erfindungsreichen Wortwitz zu vermitteln, die viele Szenen charakterisieren – was angesichts der heutigen Populärkultur, die von rhythmisch-gereimten Sprechgesängen, ja überhaupt von *lyrics* durchflutet ist, leichter sein könnte als noch vor wenigen Jahrzehnten.

In einer audiovisuellen Installation (Animation: Stefan Matlik, Ton: Schauspielerinnen und Schauspieler des Deutschen Nationaltheaters) können die Besuchenden abtauchen in die rhythmisch-klangliche Vielfalt der 37 Versformen, die Goethe in seinem Werk ausspielt – um Sprechende zu charakterisieren, Stimmungen und Situationen aufzurufen, um Komik zu erzeugen – und auch um die Sprache zu feiern.[18]

18 Zu den Versen des *Faust* siehe Markus Ciupke: *Des Geklimpers vielverworrner Töne Rausch. Die metrische Gestaltung in Goethes »Faust«*. Göttingen 1994.

Interaktive Station: Schönste Wörter und Wortneuschöpfungen des *Faust* sind zu bewundern, neu zu kombinieren, weiterzudichten und vielleicht auch zu bewerten in einer Installation der Künstlerin Anke Heelemann.

Animationsfilme: Zwei Animationsfilme helfen, eher abstrakte Themen zu veranschaulichen. Stefan Matlik vollzieht in komprimierter Form Goethes sich über sechzig Jahre erstreckende Beschäftigung mit dem Stoff und seine Arbeit am Text nach. Jan Caspers erläutert mit bewegten Scherenschnitten Goethes Auseinandersetzung mit dem Wirtschaftswesen.

Objekte: Die zentrale Objektebene bilden Dinge aus Goethes umfangreichen Natur- und Kunstsammlungen, die für ihn eine wesentliche Grundlage bildeten, sich mit den Themen und Bildwelten auseinanderzusetzen, die er im *Faust* verarbeitet. An den Objekten dieser Sammlungen kann exemplarisch gezeigt werden, in welcher Konkretion sich Goethe mit diesen Komplexen auseinandergesetzt hat. Viel weniger bekannt als die literarischen und mythologischen Überlieferungen sind dabei die Diskurse aus den sich zu Goethes Lebzeiten allmählich ausdifferenzierenden Naturwissenschaften und die technologischen Entwicklungen, die er zu poetisch-dramatischen Bildern umgestaltet hat. Zahlreiche, oft erstmals ausgestellte Objekte – von Tierpräparaten über optisches Gerät bis zu Kohle- und Torfbrocken – zeugen davon.

Eine zweite Ebene bilden Objekte aus der Rezeptionsgeschichte – Lese-Exemplare, Regiebücher, Marginalien von Autorinnen, Philosophen, Theaterleuten werden sukzessive im Studio des Goethe-Nationalmuseums ausgestellt und kommentiert. Sie stehen beispielhaft für eine besondere, kreative Teilprovinz der Rezeptionsgeschichte: die praktische Aneignung des Textes, um ihn zur Aufführung zu bringen, ins Bild zu setzen, zu aktualisieren oder von ihm aus weiterzudenken.

Die Fauststimmen – Videointerviews mit Lesenden, Experten und Expertinnen: Faust, Mephisto, Margarete, Wagner, Helena: Sie alle sind auf viele verschiedene Arten vorgestellt und dargestellt worden; und auch Lesarten, die heute zwingend erscheinen, bestehen nur neben anderen und werden in ihrer augenblicklichen Evidenz einmal wieder von anderen abgelöst werden. Für den Ansatz der Ausstellung ist daher auch ihre Vielstimmigkeit essentiell, wobei diese nicht nur aus den Stimmen von *Faust*-Expertinnen und Experten entsteht, sondern Lesende mit verschiedensten kulturellen Hintergründen, Professionen, Alterszugehörigkeiten einschließt. Sie machen die Vielfalt der Lesarten in lebhaft chorisch und dialogisch geschnittenen Videosequenzen für die Besuchenden erlebbar.

Auch das Schlusswort der Ausstellung sprechen diese Lesenden, indem sie jeweils ihre Lieblingsstellen vortragen und erläutern. Ein Mensch, ein Buch und die je subjektive Annäherung: Darum geht es.[19]

19 Am Konzept arbeitete außer uns ein kuratorisches Team, dem dieser Beitrag viel verdankt: Ira Klinkenbusch, Ariane Ludwig, Martin Naundorf, Nanny Schedler und Laura Stieg. Für Beratung danken wir den Kustodinnen und Kustoden des Goethe-Nationalmuseums Christoph Orth, Thomas Schmuck und Bettina Werche.

Guanghua Mo / Xuan Zhao

»Faust« in China. Eine Dimension der über hundertjährigen Goethe-Rezeption

Einleitung

Nach der Völkerschlacht bei Leipzig im Oktober 1813 »war China ja das erste Land des ›reinen Ostens‹ gewesen, das dem aufgeschreckten Goethe geistige Zuflucht gewährt hatte«.[1] Kurz darauf schrieb der 64-jährige Dichter an Knebel: »Ich hatte mir dieses wichtige Land gleichsam aufgehoben und abgesondert, um mich im Fall der Not, wie es auch jetzt geschehen, dahin zu flüchten« (FA II, 7, S. 270). Damit spricht der alternde Dichter keine leeren Worte, sondern ist zumindest in bestimmten Phasen wirklich nach China geflüchtet. Beweise dafür sind zuallererst Dichtungen (*Chinesisches*, *Chinesisch-deutsche Jahres- und Tageszeiten*), die 1827 entstanden. Am 31. Januar 1827 hat er Eckermann seine Erfahrungen beim Lesen chinesischer Literatur anvertraut: »[D]ie Menschen [in China] denken, handeln und empfinden fast ebenso wie wir [...] nur daß bei ihnen alles klarer, reinlicher und sittlicher zugeht« (FA II, 12, S. 223).

Goethe war wohl nicht darüber im Bilde, dass China, wo die Menschen noch gar nichts von seinem Ruhm und seinen Leistungen wussten, im Jahr 1827 nicht seinen Vorstellungen entsprach. Das verfallende alte Reich der Mitte stand vor tiefgreifenden Krisen, die dazu führten, dass es sein lange verschlossenes Tor im Rahmen der Opiumkriege (1840-1842, 1856-1860) öffnen musste. Ab 1877 begann die Regierung der Qing-Dynastie, Botschafter nach Berlin zu entsenden.[2] Im Jahr darauf wurden Goethes Name und Taten von dem chinesischen Gesandten Fengbao Li zufällig bei der Trauerfeier für den englischen Diplomaten und *Faust*-Übersetzer Bayard Taylor wahrgenommen und in seinem Tagebuch aufgezeichnet.[3] Dies markiert den Anfang der chinesischen Goethe-Rezeption. Zu Beginn des 20. Jahrhunderts kam es wieder zu einer unerwarteten Begegnung eines Chinesen mit Goethe – gerade mit seiner *Faust*-Dichtung. Nach 1910 wurden die Interpretationen zu Goethe, besonders die zum *Faust*, in Zusammenhang sowohl mit Konfuzius als auch mit einem der ältesten chinesischen Klassiker, dem *I Ging*, gebracht,[4] sodass

1 Jochen Golz (Hrsg.): *Goethes Morgenlandfahrten. West-östliche Begegnungen.* Frankfurt a. M. 1999, S. 54.

2 Vgl. Jinping Wu: *Von der Besetzung des Jia'ao bis zum Besuch von Kohl in China. Die Beziehungen zwischen China und Deutschland (1861-1992).* Fuzhou 1993, S. 23.

3 Vgl. Yuan Tan: *»Berühmter Philosoph« oder »großer Dichter«? Zum Wandeln des Goethe-Bildes in der späten Qing-Dynastie.* In: *Chinese Comparative Literature* 2 (2017), S. 59-70.

4 Vgl. Wuneng Yang: *Goethe und China.* Shanghai 1991, S. 94-96. Diese Verbindung wird ermöglicht durch das bekannteste Zitat *»Des Himmels Bewegung ist kraftvoll. So macht der Edle sich stark und unermüdlich«*. Vgl. *I Ging. Text und Materialien.* Aus dem Chinesischen übers. von Richard Wilhelm. München 1973, S. 27.

der große deutsche Dichter für zahlreiche chinesische Intellektuelle zu einer »seelischen Stütze« wurde und auf diese Weise an der geistigen Konstruktion des modernen Chinas teilnahm.[5]

Ein Überblick über die chinesischen »Faust«-Übersetzungen

Gemäß einer unvollständigen Statistik[6] sind bis Ende 2023 in China, einschließlich der Regionen Hongkong und Taiwan, insgesamt 59 Ausgaben von Goethes *Faust* erschienen. Rückblickend auf die über hundertjährige Geschichte der *Faust*-Übersetzung in China lassen sich drei Phasen unterscheiden: die Gründung (1903-1949), die Stagnation (1950-1977) und die Entwicklung (seit 1978).

Nach den Opiumkriegen und nicht zuletzt in den ersten dreißig Jahren des 20. Jahrhunderts strebten chinesische Intellektuelle ständig danach, die auseinanderbrechende Gesellschaft durch die Einführung westlicher Wissenschaften und Ideen zu reformieren, um nationale Unabhängigkeit und Stärke zu erreichen. 1900 begann der renommierte Gelehrte Guowei Wang das Buch *Über die Erhaltung der Kraft* von Hermann Helmholtz aus dem Englischen ins Chinesische zu übersetzen.[7] Dabei hat Wang sechs Zeilen aus der Szene *Studierzimmer* (Vgl. FA I, 7.1, S. 65, V. 1349-1354) übertragen. Dadurch hat er unbeabsichtigt die Geschichte der Übersetzung des *Faust* in China eröffnet. Hongming Gu, der einst in Leipzig studiert hatte und mit westlicher Kultur sehr vertraut war, zitierte Goethe sehr gern, um seine eigenen Meinungen zu erläutern.[8] Beispielsweise bezog er sich 1910 in dem aphoristischen Kurztext *Das unermüdliche Streben nach Selbststärkung* auf Goethe – aber ohne Quellenangabe –, damit er seine Auffassung von der Gemeinsamkeit zwischen östlicher und westlicher Kultur verdeutlichen konnte. Er bemerkte, dass die Größe von Goethe darin liege, »unermüdlich voranzuschreiten, wie die Sterne, um Tugend und Wissen zu mehren und sich der Menschlichkeit zu nähern«.[9] Man glaubt seit langem, dass Gu sich auf den Schlusschor der Engel im *Faust II* »Wer immer strebend sich bemüht« (FA I, 7.1, S. 459, V. 11936) berufen hat[10] – eine zweifelhafte Identifizierung, die aber den *Faust* in Verbindung mit dem *I Ging*

5 Vgl. Jun Ye: *Die »seelische Stütze« der kulturellen Staatsbegründer. Eine Betrachtung zu Baihua Zongs Goethe-Bild.* In: *Journal of School of Chinese Language and Culture Nanjing Normal University* 1 (2007), S. 142-147.

6 Vgl. Wei Chen: *Eine Studie zur Übersetzung von »Faust« in China (1903-2019).* In: *Chinese Translators Journal* 4 (2020), S. 48-58. Die Daten wurden hier dem neuen Stand gemäß aktualisiert.

7 Vgl. Shujing Feng, Degang Yi: *Die englische Vorlage und die Übersetzung der Fachbegriffe in »Die Lehre von der Erhaltung der Kraft«.* In: *Studies in Dialectics of Nature* 2 (2016), S. 80-87.

8 Ein Beweis dafür ist u. a. der Untertitel seiner 1898 publizierten englischen Übersetzung *The Discourses and Sayings of Confucius – A New Special Translation, Illustrated with Quotations from Goethe and Other Writers.* Vgl. Xiaoqao Wu: *Beiträge zu den Chinesisch-Deutschen Literaturbeziehungen.* Shanghai 2008, S. 48.

9 Vgl. Hongming Gu: *Gesammelte Schriften.* Aus dem Englischen übers. von Xingtao Hunag u. a. 2 Bde. Bd. 2. Haikou 1996, S. 474.

10 Vgl. Wuneng Yang (Anm. 4), S. 94. Dieses Missverständnis wurde beseitigt, vgl. Wuneng Yang, Guanghua Mo: *Goethe und China* (illustriert und aktualisiert). Chengdu 2017, S. 125.

brachte. Tatsächlich entspricht das Zitat den vier Zeilen »Wie das Gestirn, / Ohne Hast, / Aber ohne Rast, / Drehe sich jeder / Um die eigne Last« aus den *Zahmen Xenien II* (FA I, 2, S. 631, V. 280-284).[11] Gleichwohl hatte dieses Missverstehen eine nicht zu unterschätzende kulturgeschichtliche Wirkung, sodass in China bei der Erwähnung von Goethe bzw. der Faust-Figur spontan das *I Ging* mitgedacht wird.

Moruo Guo gilt als Pionier der chinesischen Goethe-Rezeption. 1919 begann der in Japan Studierende mit der Übersetzung von *Faust I*. Seine Übersetzung wurde 1928 in Shanghai herausgegeben und hat umgehend einen außergewöhnlichen Einfluss ausgeübt.[12] 1937 veröffentlichte Xuepu Zhou das erste vollständige chinesische *Faust*-Drama, in der die Zeilenangaben mit dem deutschen Original übereinstimmten. Aber diese Ausgabe wurde aus verschiedenen Gründen nur wenig beachtet. Erst 1947 vollendete Moruo Guo seine Übersetzung des *Faust II*, wobei er sich auf japanische und englische Vorlagen sowie die Arbeit von Zhou stützte;[13] er gab eine vollständige *Faust*-Übersetzung heraus, die bis in die 1980er Jahre die bedeutendste Ausgabe in China blieb.

Neben den Ausgaben von Guo und Zhou erschienen inzwischen mehrere Teilübersetzungen des *Faust*. Wentian Zhang, eine der wichtigen Führungspersönlichkeiten der Kommunistischen Partei Chinas, zeigte bereits als Student seine Leidenschaft für Literatur. Sein 1922 veröffentlichter Beitrag *Zu Goethes Faust* enthält übersetzte Auszüge aus dem Drama, darunter die Szene *Kerker*.[14] 1928 übte Yinlin Zhang in seinen Rezensionen über Moruo Guos *Faust* nicht nur Kritik, sondern entwickelte auch eigene Übersetzungsstrategien und kann als der erste Kritiker der *Faust*-Übersetzung in China angesehen werden.[15] 1947 gab Zongdai Liang auch seine Teilübersetzungen heraus, seine Auswahl nahm u. a. Texte aus der *Zueignung*, den Szenen *Studierzimmer* und *Anmutige Gegend* auf.[16]

Nach 1949 und vorwiegend während der Kulturrevolution (1966-1976) wurden westliche Ideologien und Kulturen in China abgelehnt. Goethe und seine Werke gerieten auf dem chinesischen Festland für lange Zeit fast in Vergessenheit. Übersetzung und Rezeption kamen über Jahrzehnte hinweg zum Stillstand, sodass keine einzige neue *Faust*-Übersetzung in einem Zeitraum von mehr als dreißig Jahren auf dem Festland zu finden war, während fünf Ausgaben zwischen 1962 und 1969 in der Region Taiwan erschienen, die insgesamt zehn Auflagen erreichten, obwohl drei von ihnen sich als bloße Wiederholungen ohne jede Originalität zeigten.[17]

11 Ein Schüler von Gu hat längst die Originalzeilen aufgelistet. Dies wurde leider kaum beachtet. Vgl. Shihong Yan: *Kanmang Lou Shihua*. In: *Qiushi Monthly* 1 (1944) 4, S. 25-27.

12 Vgl. Yonglin Fu (Hrsg.): *Studien zu Moruo Guo als Übersetzer*. Chengdu 2009, S. 135 f.

13 Vgl. Moruo Guo: *Nachwort zur Übersetzung des »Faust II«*. In: Goethe: *Faust*. Übers. von Moruo Guo. Hefei 2013, S. 439.

14 Vgl. Huaiqing Duan: *Yinlin Zhang und Faust*. In: *Historical Studies of Modern Literature* 3 (2008), S. 113-120.

15 Vgl. Wentian Zhang: *Zu Goethes »Faust« (Fortsetzung)*. In: *Orientalisches Magazin*. Bd. 19 (1922), H. 17, S. 58-61.

16 Vgl. Wei Chen: *Die Praxis einzigartiger ästhetischer Prinzipien der poetischen Übersetzung. Zur Subjektivität von Zongdai Liang als Faust-Übersetzer*. In: *Literature and Art News* (11.1.2017), S. 7.

17 Vgl. Yu Sun: *Eine Studie über die Subjektivität und Intersubjektivität chinesischer »Faust«-Übersetzer*. Diss. der Fudan University. Shanghai 2013, S. 20.

Seit der Umsetzung der Reform- und Öffnungspolitik im Jahr 1978 und der damit einhergehenden geistigen Befreiung des Volks erfuhren westliche Wissenschaften und Kulturen in China eine Wiederentdeckung und neue Begeisterung. Dies führte zu einer kräftigen Belebung der Goethe-Rezeption in China. 1982 erschienen die Übersetzungen von Chunqi Qian und Wenqiao Dong nacheinander in Shanghai. 1986 erfolgte in Guangzhou die Veröffentlichung der Übersetzung des *Faust I* von Zongdai Liang. In den 1990er Jahren, offenbar in Vorbereitung auf das bevorstehende Goethe-Jahr 1999, haben chinesische Übersetzer eifrig eigene *Faust*-Ausgaben auf den Markt gebracht. Den Anfang machte 1993 Xiuzhang Fan, gefolgt 1994 von Yuan Lü und 1998 von Wuneng Yang. Diese Entwicklung verdeutlichte, dass die jahrzehntelang bestehende unangefochtene Autorität der *Faust*-Ausgabe von Moruo Guo nicht länger Bestand hatte. Die Leistungen der genannten Übersetzer setzten gemeinsam einen neuen Meilenstein der Übertragung des *Faust* ins Chinesische.

Seit Beginn dieses Jahrhunderts hat Goethes Versdrama in China eine auffallende Entwicklung erlebt. Die Übersetzungen von Yuming Lu (2011), Zili Pan (2013) und Zheng Jiang (2019) fanden ihre Leser. Unter diesen ist die Ausgabe von Jiang hervorzuheben, da sie unter Berücksichtigung der internationalen *Faust*-Forschung sowie einer kritischen Auseinandersetzung mit den vorhandenen repräsentativen chinesischen Ausgaben einsichtsvolle Erläuterungen bietet und als eine relativ hochwertige Übersetzung gelten kann.[18] Die jüngste Übersetzung in zwei Bänden von Yu Gu (2022 und 2023) zeichnet sich durch reichhaltige kritische Kommentare aus.[19] Seit Langem weiß man vom *Urfaust*, den Brecht »eine Art Jungbrunnen für das deutsche Theater«[20] genannt hat, jedoch kann man ihn erst seit 2023 in chinesischer Sprache lesen.[21] Des Weiteren ist zu erwähnen, dass mehrere Kinderbuchverlage vereinfachte oder gekürzte Versionen des *Faust* für jugendliche Goethe-Liebhaber angeboten haben.

Insgesamt gesehen haben sich die Übersetzungen von Guo, Lü, Qian, Dong, Fan und Yang in den vergangenen Jahrzehnten jeweils durch ihre eigenen Besonderheiten als zeitlos erwiesen, was bei den Lesern zu einer hohen Akzeptanz führte, die sich in zahlreichen Neuauflagen oder Nachdrucken manifestierte. Als Beispiel ist hier Yangs Übersetzung anzuführen, die sich durch sprachliche Flüssigkeit auszeichnet und sowohl in formaler als auch in inhaltlicher Hinsicht eine relativ hohe Übereinstimmung mit dem Original aufweist. Deshalb wurde seine Ausgabe in mehr als zehn Verlagen veröffentlicht und zählt zu den am weitesten verbreiteten und einflussreichsten *Faust*-Übersetzungen.[22] Außerdem lässt sich anhand ab-

18 Vgl. Wei Chen (Anm. 6), S. 53.

19 Erschienen sind in jüngster Zeit sieben Bände einer vollständigen Ausgabe von Goethes Werken, wie sie auf der Basis der Frankfurter Ausgabe in der Herausgeberschaft von Maoping Wei in Shanghai vorbereitet wird; eine neue *Faust*-Übersetzung liegt in dieser Ausgabe noch nicht vor.

20 Vgl. Werner Keller: *Goethes Urfaust – historisch betrachtet.* In: Werner Keller: *»Wie es auch sei, das Leben …«. Beiträge zu Goethes Dichten und Denken.* Hrsg. von Jochen Golz. Göttingen 2009, S. 311-335; hier S. 311.

21 Goethe: *Urfaust.* Übers. von Wei Chen. Beijing 2023.

22 Vgl. Wei Chen (Anm. 6), S. 57.

rufbarer Daten eruieren, dass die Übersetzung von Qian bis 2019 eine Verkaufszahl von über 500.000 Exemplaren erreicht hat.[23] Deswegen haben die hier genannten Übersetzer einen herausragenden Beitrag zur Verbreitung und Rezeption von Goethe und seiner *Faust*-Dichtung in China geleistet.

Die chinesischen Interpretationen der Faust-Figur und des »Faust«

Schon seit dem frühen 20. Jahrhundert sind Goethe und sein Lebenswerk *Faust* zu einem wichtigen Forschungsobjekt der chinesischen Wissenschaft geworden. Die Ergebnisse sind bis heute sehr umfangreich. Sprachliche Barrieren hatten zur Folge, dass chinesische Forscher sich nur selten mit Form und Struktur des Versdramas befassten, obwohl diesbezügliche Fragen für ihre deutschen Kollegen von großer Bedeutung sind. Daher konzentrierten sich die Chinesen zum einen auf die Hauptfigur Faust und haben das, was ihn unaufhörlich vorantreibt, oft als ›faustischen Geist‹ verstanden. Zum anderen standen die Thematik und Ideen der *Faust*-Dichtung im Fokus. Dabei hängen die Auseinandersetzungen und Diskussionen immer eng mit dem Zeitgeist bestimmter historischer Epochen Chinas zusammen.

Die ersten chinesischen Goethe-Forscher, die in einem Land voller Kriege und Armut lebten, erkannten in Goethes Faust einen tatkräftigen, weltgewandten und immer strebenden Mann. Das Faust-Bild steht so im Einklang mit den Anforderungen des Konfuzianismus an einen Intellektuellen, der sich täglich verbessern und lebenslang um das Wohlergehen des Landes und der Mitmenschen sorgen muss – wie der oben genannte Hongming Gu bemerkte –, sodass Faust, der »immer strebend sich bemüht«, zum Synonym »unermüdlicher Selbststärkung« im Sinne des *I Ging* wurde.[24] In einem Aufsatz über den *Faust* vertritt Wentian Zhang die These, dass die Erlösung von Faust aus seinem fortwährenden Streben resultiert. Damit hat er die positive Bedeutung menschlicher Wünsche bekräftigt.[25] Auch Baihua Zong postulierte, dass der unendliche Lebens- und Wissensdrang das Zentrum von Faust bilde.[26] Während der Zeit des Widerstands gegen die japanische Besatzungsmacht (1931-1945) avancierte ›der Geist des Faust‹ zu einer ideologischen Waffe, welche das chinesische Volk im Kampf gegen die Okkupation ermutigen und angesichts des Leidens stützen sollte. In diesem Kontext bekräftigte Quan Chen die Nutzung des ›faustischen Geistes‹ zur Mobilisierung und Ermutigung der Chinesen im Widerstand.[27] 1943 bezog sich Zhi Feng auch auf das *I Ging*, um Fausts Geist zu charakterisieren. Dabei wies er einerseits darauf hin, dass auf dem Weg des unermüdlichen Strebens gelegentlich Irrtümer auftreten könnten, andererseits betonte er, dass diejenigen, die ein Leben lang unermüdlich streben, am Ende

23 Ebd., S. 56.
24 Vgl. Wuneng Yang (Anm. 4) S. 95.
25 Vgl. Zhongyuan Chen (Hrsg.): *Sammelband der Übersetzungen von Wentian Zhang.* Nanjing 1999, S. 34 f.
26 Vgl. Baihua Zong: *Gesammelte Werke.* Hefei 1994, S. 12.
27 Vgl. Quan Chen: *Der faustische Geist.* In: Rumin Wen, Xiaoping Ding (Hrsg.): *Die Welle der Zeit. Ausgewählte Schriften der Zhanguoce-Schule.* Beijing 1995, S. 359-367; hier S. 367.

gerettet werden.[28] Diese Aussagen können sowohl als Trost in der damaligen ungünstigen Kriegslage als auch als Ausdruck eines optimistischen Glaubens an den endgültigen Sieg gewertet werden.

In der zweiten Hälfte des 20. Jahrhunderts wurde der marxistisch-materialistische Geschichtsansatz von den meisten chinesischen Gelehrten genutzt, um Goethe und seinen *Faust* im neuen historischen und kulturellen Kontext zu untersuchen. Wenqiao Dong bejahte zwar den »unaufhörlichen Fortschrittsgeist« von Faust, kritisierte jedoch, dass Fausts persönliche Anstrengungen egozentrisch seien und einen bourgeoisen Individualismus aufwiesen.[29] Kuangfu Yu bestätigte ebenfalls die unersättliche Natur von Faust und sah darin ein Symbol für den unaufhörlichen Fortschritt sowie das generelle Streben der Menschheit. Jedoch wies er darauf hin, dass Fausts Streben nach Licht von den sozialen Kämpfen des Volkes getrennt sei.[30] Im Vergleich dazu entging Wuneng Yang der einseitigen Kritik an Faust. Er sah in ihm einerseits einen deutschen Philosophen und darin Goethes eigenes Abbild, andererseits ein Symbol der westlichen Geisteskultur und einen idealisierten Vertreter des aufstrebenden Bürgertums. Infolgedessen definierte er Faust als einen herausragenden Typus der Menschheit.[31] Zugleich wies er die gängige Interpretation von Faust als eines »unaufhörlich Strebenden« zurück und behauptete, dass dieser auch Nächstenliebe und Humanität beinhalte und dass das Streben nach Fortschritt, wenn es unbegrenzt und unkontrolliert sei, ins Gegenteil umschlagen und der Menschheit sowie der Natur Unheil und Katastrophen bringen könne.[32] Jun Ye erachtete Faust als Goethes bestes Spiegelbild und analysierte Faust aus drei Perspektiven: Auftreten und Formung des Lebensgeistes, Vorhandensein von zwei komplementären Seelen in einer Person (sich ergänzender Dualismus) sowie grundlegende Aufklärungshaltung in Bezug auf die Realität der Zeit. Weiterhin wies er darauf hin, dass die Radikalisierung der wissenschaftlichen Rationalität zu gegenteiligen Ergebnissen führen könnte.[33] Yu Gu legte den Fokus auf die Entwicklung von Fausts Identität als Gelehrtem und beanstandete, dass er stets auf Kosten unschuldiger Opfer handelte und seine von Leidenschaft getriebene Begierde die praktische Vernunft ersetzt habe, was dazu führe, dass der Mensch die Führung durch das »höchste Gute« verliere und sich katastrophale Folgen einstellten.[34]

In Bezug auf die Forschung zur Thematik und zu den Grundgedanken des *Faust* besitzt Guowei Wang – der erste Forscher, der Schopenhauers Pessimismus zur Deutung chinesischer Literatur benutzte – eine Vorreiterrolle. Wang bezeichnete den *Faust* als »das beste Werk der neueren europäischen Literatur« und hob hervor,

28 Vgl. Zhi Feng: Über Goethe. Beijing 2022, S. 73.
29 Vgl. Wenqiao Dong: *Studien zu »Faust«*. Shanghai 1987, S. 40-49.
30 Vgl. Kuangfu Yu: *Geschichte der deutschen Literatur.* Shanghai 1991, S. 204-215.
31 Vgl. Wuneng Yang: *Ein Versuch der Annäherung an Goethe*. Chengdu 2022, S. 374-380.
32 Vgl. Wuneng Yang: *Vielmehr als »unermüdliche Selbstverbesserung«. Reflexionen zum »faustischen Geist«*. In: *Foreign Literature Studies* 1 (2004), S. 55-60.
33 Vgl. Jun Ye: *Die Bildung der Gedanken Goethes. Klassische Harmonie in den klassischen Texten*. Beijing 2010, S. 89-116.
34 Vgl. Yu Gu: *Das Bild des Gelehrten im »Faust«. Eine vormoderne Illustration der »ungezügelten Modernität«*. In: *Comparative Literature in China* 1 (2017), S. 2-19.

dass die größte Genauigkeit des Dramas im Schildern des Leidens von Faust und des Weges zu seiner Erlösung liege.[35] Wentian Zhang nannte den Grundgedanken, der sich durch Goethes Meisterdrama zieht, »Aktivismus« und erhoffte sich, dass diese im *Faust* enthaltene Konzeption zur Verbesserung der konservativen und selbstzufriedenen Mentalität des damaligen chinesischen Volks beitragen könnte.[36] Moruo Guo ist der Meinung, dass *Faust*, obwohl er teilweise im Mittelalter spiele, in der Tat eine sehr starke gegenwärtige Relevanz besitze.[37] In den 1980er Jahren hat Zhi Feng das Drama aus der Perspektive des dialektischen Materialismus betrachtet, wobei *Faust* als Geschichte des Kampfes zwischen bejahendem und verneinendem Geist definiert wurde.[38] Chunqi Qian vertritt die Auffassung, dass das Werk den Geist des aufstrebenden Bürgertums überhaupt verkörpere, das sich um die Freiheit und das Glück menschlicher Gesellschaft bemühe.[39] Ferner behauptete Kuangfu Yu aus klassenkämpferischer Sichtweise, dass *Faust* den Zerfall der alten feudalen Verhältnisse, die Etablierung des neuen kapitalistischen Systems und die Widersprüche zwischen diesen beiden Systemen in der Übergangszeit widerspiegele.[40]

In den letzten drei Jahrzehnten haben chinesische Wissenschaftler verschiedene westliche philosophische und kulturkritische Perspektiven übernommen, sich dabei von der Bindung an die Klassenanalyse befreit und begonnen, Goethe und seinen *Faust* multidimensional zu erfassen. Wuneng Yang lenkte die Aufmerksamkeit auf die geschichtsschreibende Funktion des Dramas und betrachtete es als eine »Zusammenfassung von dreihundert Jahren Geschichte Europas seit der Renaissance«.[41] Maoping Wei vertritt die Auffassung, dass im *Faust* die Natur des Menschen tiefgehend analysiert werde – obwohl die Menschen in ihrem Streben nach Befriedigung ihrer Begierden immer weiter vorrücken, könnten sie ihrem tragischen Schicksal nicht entkommen.[42] Jun Ye begreift die im *Faust*-Drama dargestellte Idee der »Dualität der Schöpfung« als eine ähnliche Konzeption wie das traditionelle taoistische Denken des Taiji (Great Extreme). Dabei erweisen sich die Extreme nicht als völlig gegensätzlich, sondern als komplementär und aus ihrem Gegenteil hervorgehend.[43] Yuan Tan erforscht die im Drama angelegten ethischen Probleme.[44] Darüber hinaus wird der *Faust* als ein klassisches Werk untersucht, das eine frühzeitige

35 Vgl. Guowei Wang: *Drei literaturkritische Werke*. Wuhu 2014, S. 11.

36 Vgl. Zhongyuan Chen (Anm. 25), S. 34.

37 Vgl. Moruo Guo: *Ein kurzer Überblick über den »Faust«*. In: *Goethe. »Faust«*. Übers. von Moruo Guo. Hefei 2012, S. 7.

38 Vgl. Zhi Feng (Anm. 28), S. 6.

39 Vgl. Chunqi Qian: *Vorwort des Übersetzers*. In: *Goethe. »Faust«*. Übers. von Chunqi Qian. Shanghai 2011, S. 17.

40 Vgl. Kuangfu Yu (Anm. 30), S. 199.

41 Vgl. Wuneng Yang (Anm. 31), S. 334 f.

42 Vgl. Maoping Wei: *Untersuchung der chinesischen Übersetzung und Interpretation von dem »Faust«: Eine Diskussion über das Fehlen des Untertitels »Eine Tragödie«*. In: *Comparative Literature in China* 3 (2019), S. 1-15.

43 Vgl. Jun Ye (Anm. 33), S. 96.

44 Vgl. Yuan Tan: *Der Sphinx-Faktor und die ethische Wahl in Goethes »Faust«*. In: *Foreign Literature Studies* 5 (2017), S. 90-98.

Reflexion über die Modernität präsentiert und zahlreiche Wertungen im Blick auf die Moderne beinhaltet.[45]

Nicht zuletzt sei darauf verwiesen, dass Jianguang Wu in den letzten Jahren produktive und aufschlussreiche Deutungen des *Faust* vorgenommen hat, die auf einer detaillierten Textanalyse basieren. In der Regel wird *Faust I* in die Tragödie des Gelehrten und die Liebestragödie unterteilt. Hingegen vertritt Wu die Auffassung, dass das Margarete-Stück weder als Gretchen-Tragödie noch als Bürgertragödie bezeichnet werden kann, da die eigentliche Ursache der Tragödie in der Zerstörung der Existenzweise Margaretes durch Faust liege, der im Bündnis mit dem Teufel steht. Dies impliziert, dass das dämonische Dasein das göttliche Dasein vernichtet. Die Tragik Fausts manifestiere sich in der unaufhaltsamen Expansion seines freien Willens, welcher letztlich sowohl ihn selbst als auch andere in den Untergang führt. Die Tragödie, die die Menschheit betrifft, hat wiederum ihre Herkunft in der Freisetzung und Legitimierung menschlicher Begierden (Instinkte) sowie in der Verwirklichung aller Wünsche durch dämonische Mächte (Wissenschaft und Technologie). Historisch und kulturell beobachtet, lässt die Tragödie sich auf die Entwertung des westlichen Humanismus zurückführen, die von der Renaissance über die Aufklärung bis zum Beginn des 19. Jahrhunderts reicht. Nach Wu verbirgt sich in Goethes *Faust* eine nicht-humanistische Idee der göttlichen Überlegenheit und menschlichen Unterlegenheit. Dennoch lässt sich in der aktuellen deutschen *Faust*-Forschung ein allgemeiner Trend ausmachen, den *Faust* als eine Tragödie des hemmungslosen Strebens nach Gottwerdung auszulegen. Die deutschen Goethe-Forscher scheinen nicht in der Lage zu sein, das *Faust*-Drama im Hinblick auf seinen Anti-Humanismus zu deuten, weil es ihnen wohl an Entschlossenheit und Mut mangele, das von der Renaissance über die Aufklärung bis zur heutigen Zeit propagierte westliche humanistische Wertesystem zu negieren. In diesem Sinne lässt sich postulieren, dass Goethe durch seinen *Faust* eine Warnung an die Menschheit aussprechen möchte: Sofern die Menschen ihre technischen Errungenschaften hochschätzen, sind sie dazu verpflichtet, sich ernsthaft und verantwortungsbewusst mit der Frage auseinanderzusetzen, ob der mephistophelische Dämon zu kontrollieren ist und die von der Menschheit selbst verursachten negativen Erscheinungen beseitigt werden können.[46]

45 Vgl. Mingqiang Yang: *Faust, Modernität und das moralische Dilemma.* In: *Journal of Central South University (Social Science)* 3 (2020), S. 173-180.

46 Hier können die Ansichten von Wu nur knapp zusammengefasst werden, zu weiteren vgl. u. a. Jiangguang Wu, Yan Zhang: *Willensfreiheit durch teuflische Hilfe. Zu der Begegnung des Faust mit Margarete.* In: *Deutschland-Studien* 3 (2018), S. 103-114; Jiangguang Wu: *Goethes »Faust« als poetische Kritik an der humanistischen Aufklärung. Eine Interpretation anhand der Verschmelzung von Horizonten und der Handlungskonstruktion.* In: *Tongji University Journal (Social Science)* 4 (2019), S. 1-16; Jiangguang Wu: *Zerstörte Margarete. Eine Interpretation der letzten Szene »Kerker« des »Faust I«.* In: *Tongji University Journal (Social Science)* 2 (2022), S. 12-23; Jiangguang Wu, Siyao Wang: *Der blutige Pakt zwischen Faust und dem Teufel. Eine Interpretation der dämonischen Freiheit in Goethes »Faust«.* In: *Deutschland-Studien* 4 (2022), S. 107-123.

Die Verbreitung und Kanonisierung der »Faust«-Dichtung

In China erfreut sich *Faust* großer Beliebtheit und ist weit verbreitet. Als ›Klassiker der ausländischen Literatur‹ ist das Werk aus dem Bestand der meisten Bibliotheken und Buchhandlungen nicht wegzudenken. Noch dazu wurde es nicht nur in chinesische Lehrbücher aufgenommen, sondern auch mehrfach auf die Bühne gebracht und selbst von hohen Staatsmännern geschätzt. Diese Kanonisierung des Dramas hat sich als Beispiel dafür erwiesen, dass Goethe und sein Werk großen, weitreichenden und tiefgreifenden Einfluss auf die Chinesen haben.

Lawrence Venuti zählt die »Unterrichtsfunktion« zu den wesentlichen Eigenschaften eines Kanons.[47] Seit den 1960er Jahren findet die *Faust*-Dichtung Verwendung in chinesischen Lehrbüchern. Als westliches Meisterwerk wurde es von Millionen chinesischer Schüler und Studenten rezipiert und erfüllt dadurch eine einzigartige Bildungsfunktion. Eine unvollständige Statistik[48] zeigt, dass Texte aus Goethes *Faust* von 1961 bis 2017 insgesamt in 18 chinesische Unterrichtswerke aufgenommen worden sind, darunter zwei Werke in den 1960er Jahren, eines in den 1990er Jahren, die übrigen sind in den letzten 20 Jahren erschienen. Lediglich das Lehrbuch von 1961 betraf den Mittelschulunterricht, während die übrigen in zwei Kategorien für Hochschulen bestimmt waren: Die eine wurde als College-chinesisch für Studenten angeboten, die kein Literatur- oder Sprachstudium betreiben, die andere für Studenten der Fachrichtungen Fremdsprachen oder Literaturwissenschaften konzipiert. In Bezug auf den Inhalt der Auswahl lässt sich feststellen, dass diese Lehrbücher überwiegend Szenen aus *Faust I*, wie *Nacht* und *Studierzimmer*, sowie aus dem fünften Akt des zweiten Teils, nämlich *Großer Vorhof des Palasts*, enthielten.

Auf der Bühne wird das Versdrama in erster Linie in Gestalt des modernen chinesischen Theaters (Huaju) präsentiert. Die erste Adaption des *Faust* zu einem vieraktigen Theaterstück durch Shengya Liu wurde 1942 in Chongqing inszeniert. Bis heute wurde das Werk mindestens 13-mal von chinesischen Schauspielern auf die Bühne gebracht. Abgesehen von zwei Aufführungen in den 1990er Jahren fanden die übrigen elf in den letzten zwei Jahrzehnten statt, unter denen die Arbeiten der Regisseure Zhaohua Lin, Jinghui Meng und Xiaozhong Xu am repräsentativsten sind.[49] Das 1994 von Lin inszenierte *Faust*-Drama ist durch einen markanten modernen Stil gekennzeichnet, indem man durch die Mitwirkung einer Rockband, durch eine karge Bühne und durch Schattenspiel eine stark avantgardistische Inszenierung geschaffen hat. *The Pirated Faust* (1999) von Jinghui Meng, die Produktion eines damals aufstrebenden Regisseurs, zeichnet sich durch Absurdität und Ironie aus und thematisiert auf humorvolle Weise das Streben zeitgenössischer Intellektueller nach Liebe, Schönheit, Macht und Unsterblichkeit. Nach 20-jähriger

47 Vgl. Lawrence Venuti: *Translation, Interpretation, Canon Formation*. In: Alexandra Lianeri, Vanda Zajko (Hrsg.): *Translation and the Classic. Identity as Change in the History of Culture*. Oxford, New York 2008, S. 27-51; hier S. 37.

48 Die Daten wurden von den Autoren anhand einschlägiger Literatur zusammengetragen.

49 Vgl. Wei Hu: *Zur Rezeption des »Faust« in der chinesischen Aufklärungsdiskussion*. In: *Foreign Literatures* 2 (2015), S. 25-32.

Vorbereitung wurde Xus *Faust*-Drama 2008 in Shanghai uraufgeführt; um das Schauspiel möglichst originalgetreu zu gestalten, wurde der *Faust*-Forscher Kuangfu Yu engagiert. Zudem ließ sich der Regisseur bei Bühnengestaltung und Kostümdesign von Traditionen der Renaissance inspirieren.

2023 kam zum ersten Mal eine Kombination der *Faust*-Dichtung mit Virtual Reality zustande, was zu einer ganz neuen künstlerischen Interpretation führte. Der berühmte Theaterleiter Meng übernahm erneut die Regie und brachte seine neue Bearbeitung des Stoffes im Hive Theater Beijing zur Uraufführung im Metaversum.[50] Dieses Schauspiel eröffnete das »Erste globale Sphinx Metaverse Theaterfestival«. Meng, der seit über zwei Jahrzehnten Ehrfurcht vor und Liebe zu Goethes *Faust* hegt, ließ den Teufel alle Zuschauer zur Wette des Begehrens einladen. Dabei öffnet die Technologie denjenigen, die die Wette eingehen, das Tor zu den Träumen des Metaversums und entfaltet das Versdrama in der virtuellen Realität. Erstmalig wurden den Figuren aus Goethes Werk als virtuellen Menschen eigene digitale Identitäten zugewiesen. Etwa 15 Minuten lang sind Theaterszenen synchron in die virtuelle Welt des Metaversums übertragen worden, wodurch den Zuschauern eine einzigartige Theatererfahrung geboten wurde. All dies verband die virtuelle und reale Welt sowie Online- und Offline-Erlebnisse miteinander.

Darüber hinaus geschieht die Adaption des *Faust* in den traditionellen chinesischen Opernformen wie der *Peking*-, der Kun- und der Qiong-Oper. Dadurch wurde eine künstlerische Verbindung zwischen der traditionellen chinesischen Oper und der deutschen Klassik geschaffen. 2004 inszenierte Jun Ke in Nanjing die Kun-Oper (Kunqu) *Faust*. Dabei interpretierte er nicht nur den Geist von Faust, sondern auch das Streben der Menschen nach Erleuchtung.[51] Die experimentelle Qiong-Oper *Faust*, angesiedelt im Kontext der Renaissance, wurde 2013 unter der künstlerischen Leitung der deutschen Regisseurin Anna Peschke entwickelt und nutzte zahlreiche traditionelle Ausdrucksmöglichkeiten dieser Opernform.[52] 2015 führte Peschke erneut Regie bei der Inszenierung von *Faust* als Peking-Oper. Dabei wurden die Techniken dieser berühmtesten Oper Chinas in vollem Umfang genutzt und Musik, Bühnenbild sowie Requisiten kombiniert, sodass die ästhetischen Bedürfnisse sowohl des Ostens als auch des Westens erfüllt wurden.[53]

Die Vorliebe chinesischer Politiker für *Faust* hat seiner Kanonisierung starke Unterstützung verliehen. Im Sommer 2007 bezog sich der damalige Ministerpräsi-

50 Vgl. *Das erste globale Metaverse-Theaterfestival wurde am 15. April eröffnet*, vgl. https://www.beijing.gov.cn/renwen/sy/whkb/202304/t20230418_3058549.html (zuletzt aufgerufen am 5.12.2024).

51 Vgl. den Eintrag *Kunqu·Faust* in der Online-Ausgabe der *Großen Chinesischen Enzyklopädie*: https://www.zgbk.com/ecph/words?SiteID=1&ID=514274 (zuletzt aufgerufen am 5.12.2024).

52 Vgl. *Die experimentelle Qiong-Oper »Faust« wurde in Haikou aufgeführt*. In: http://culture.people.com.cn/n/2013/0907/c172318-22837598.html (zuletzt aufgerufen am 5.12.2024).

53 Vgl. *Die Peking-Oper »Faust« erzählt die Weltgeschichte mit chinesischem Vokabular.* In: https://www.chinawriter.com.cn/wutai/2015/2015-11-11/257717.html (zuletzt aufgerufen am 5.12.2024).

dent Jiabao Wen in Davos auf die Worte des Direktors im *Vorspiel auf dem Theater* und betonte, dass man als Führungskraft die günstigen Augenblicke ergreifen und sie nicht verstreichen lassen solle.[54] Der gegenwärtige Staatspräsident Jinping Xi konstatierte 2014 in seiner Rede in Berlin, dass die rasche Entwicklung Chinas von einigen Menschen als Werk eines furchterregenden »Mephistopheles« dargestellt werde, der eines Tages die Weltseele verschlingen könnte, aber diese Darstellung der Realität gar nicht gerecht werde. Damit wies er nachdrücklich die sogenannte »China Threat Theory« zurück.[55] Im Oktober desselben Jahres erzählte Xi in Peking vor jungen Schriftstellern und Künstlern sein *Faust*-Erlebnis in der Jugend – damals wurde er als gebildeter junger Mann auf das Land in Nordwestchina verschickt und arbeitete als Mitglied von landwirtschaftlichen Produktionsbrigaden. Eines Tages legte er etwa 15 Kilometer zu Fuß zurück, nur um sich Goethes *Faust* bei einem Kollegen im Nachbardorf auszuleihen.[56] Mit dieser Rückschau unterstrich Xi die signifikante Bedeutung der Klassiker im Leben des jungen Menschen sowie den beträchtlichen Wert der Literatur für die Kommunikation zwischen verschiedenen Kulturen. Diese Erfahrung des jungen Jinping Xi bestätigte auch nachdrücklich, dass Goethe und sein *Faust* selbst in den abgelegenen und isolierten ländlichen Gebieten während der Kulturrevolution immer noch eine ungewöhnliche Wirkung auf die Chinesen hatten.

54 Das Zitat ist eine sinngemäße Wiedergabe einer Äußerung des Direktors im *Vorspiel auf dem Theater*; dafür vgl. FA I, 7.1, S. 20, V. 225-230.

55 Vgl. Jinping Xi: *China Regieren*. Beijing 2014, S. 264.

56 Vgl. Jinping Xi: *Jinping Xi erzählt selbst. Ich und die Literatur*. In: *China Daily*. Global Edition 5 (14.10.2014).

Lis Christin Hansen

Literatur um 1800. Perspektiven durch Goethes »Faust«. Ein Onlinekurs der Klassik Stiftung Weimar

> […] daß man durch immer neuen Zuwachs erinnert werden sollte, daß in der Kunst, wie im Leben, kein Abgeschlossenes beharre, sondern ein Unendliches in Bewegung sei. (WA I, 46, S. 50)

Für Johann Wolfgang von Goethe war es von großer Bedeutung, in seinen Sammlungen die Dinge in Bewegung zu bringen, sie herauszunehmen, anzuschauen, Neues hinzuzufügen und miteinander in Beziehung zu setzen. So warnt Goethe an anderer Stelle davor, dass eine Sammlung, die als vollständig gilt und in der keine Bewegung mehr herrsche, »etwas Grab- und Gespensterartiges« (WA I, 46, S. 50) habe, also in ihrer abgeschlossenen Form tot wirke. In ähnlicher Ausrichtung sieht die Klassik Stiftung Weimar ihre Aufgabe darin, ihr anvertrautes kulturelles Erbe immer wieder in Bewegung zu bringen, lebendig zu halten, Brücken zur Gegenwart zu bauen und vielfältige Zugänge zu ermöglichen. Zu diesem kulturellen Erbe zählen auch Goethes Werke, denen etwas mehr Bewegung und neue Lese-Beziehungen sicherlich guttun würden. Hier ließe sich einerseits an den Umstand denken, dass es zu einem interessanten Paradox gehört, dass Weimar zwar untrennbar mit den Literaten wie Goethe, Schiller oder auch Wieland verbunden wird, aber eine tatsächliche Beschäftigung mit deren Werken, etwa in Ausstellungen zur Literatur, äußerst selten ist. Zum anderen ließe sich auf den Umstand verweisen, dass selbst Goethes *Faust* nicht mehr überall als verbindliche Schullektüre gilt. Daher widmet die Klassik Stiftung diesem Werk, dessen erste Fassung Goethe bei seiner Ankunft in Weimar 1775 bereits im Gepäck hatte und in den folgenden Jahrzehnten immer weiter ausarbeitete, das Themenjahr 2025. *Faust* wird nicht nur eine große Literaturausstellung gewidmet, sondern auch zahlreiche weitere Angebote laden zur Beschäftigung mit diesem Werk ein, etwa die Darbietung von Schätzen aus der weltweit größten Faustsammlung der Herzogin Anna Amalia Bibliothek oder des Goethe- und Schiller-Archivs. Auch in der kulturellen Bildung gilt es neue Begegnungsmöglichkeiten und Vermittlungsformen zur Literatur zu erkunden. Entsprechend wird im Folgenden im Sinne des Goethe-Zitats ein ›Zuwachs‹ im Programm des Stabsreferats Kulturelle Bildung der Klassik Stiftung Weimar vorgestellt, der Dinge, Bilder, Räume, Gedanken, Perspektiven und vor allem die Literatur in Bewegung bringen möchte: der Onlinekurs *Literatur um 1800. Perspektiven durch Goethes Faust*. Der interaktive Kurs bietet Schülerinnen und Schülern der Oberstufe oder Bachelorstudierenden einen Einstieg in Literatur und Philosophie um 1800 anhand von *Faust* und verbindet spielerische, multimediale, kreative, inhaltliche und produktiv analytische Elemente. Nach einer Buchungsanfrage wird der Lehrkraft ein eigener Kurs erstellt und die entsprechenden Zugangsdaten werden geschickt.[1] Es kann anschließend der gesamte Kurs im Rahmen des Unterrichts eingebunden, je nach Bedarf oder Interesse der Schülerinnen und Schüler können aber auch nur einzelne Module verwendet werden. Die Kurselemente können ferner als Hausaufgabe oder Exkursionsvorbereitung genutzt werden. Einzige Voraussetzungen sind ein Computer, Kopfhörer und eine stabile Internetverbindung.

Der Kurs wurde in einer Kooperation zwischen dem Bildungsforum Oßmannstedt, der Goethe-Gesellschaft in Weimar und der Klassik Stiftung Weimar (insbesondere dem Referat Kulturelle Bildung und der Herzogin Anna Amalia Bibliothek) entwickelt und liegt nun als Teil des Themenjahres *Faust* vor.

Warum ein Onlinekurs? Strategische Perspektiven

Wenn sich ein Raum durch besagte ›unendliche Beweglichkeit‹ auszeichnet, ist es sicher der virtuelle. Hier können Dinge miteinander in Beziehung gesetzt, verändert oder unmittelbar weiterentwickelt werden, wie es in der realen Welt schwer möglich ist. Dinge im digitalen Raum entbehren der Präsenz des Physischen, doch eröffnet der digitale Raum dafür die Möglichkeit, dass eigentlich entfernte Gegenstände – sei es geografisch, zeitlich oder durch verschiedene Medienformate – in einem Zusammenhang erlebt werden können. Sammlungsbestände der Klassik Stiftung, analytische oder kreative Aufgaben, Videos, Bilder oder Literatur können in Beziehung gesetzt werden und es ist ein unmittelbarer Medienwechsel möglich. Hier können, um gleich ein paar Beispiele des Onlinekurses vorwegzunehmen, Schülerinnen und Schüler eine *Faust*-Ausstellung in München aus dem Jahr 2018 in einem 360°-Rundgang besuchen und dort Bilder, Objekte und Themen zu bestimmten Fragestellungen oder in Vergleich zu literarischen Darstellungen konsultieren, können anschließend eine Reflexionsaufgabe bearbeiten, zu der sie in einer Forschungsdatenbank recherchieren, danach mit einem Video über die Büsten im Rokokosaal in Weimar nachdenken oder die Charakteristika des künstlichen Wesens Homunkulus aus *Faust II* mit heutigen Standards der KI in Relation setzen.

Nahezu alle Kultureinrichtungen in Deutschland bieten in der Folge des digitalen Wandels inzwischen auch digitale Inhalte an oder erproben hybride Angebote als Verschränkung von analogen und virtuellen Vermittlungsformen. Dies ermöglicht auch die Klassik Stiftung Weimar mit vielseitigen Angeboten auf der Homepage und den Social-Media-Kanälen, in der App *Weimar+*, mit 360°-Rundgängen, mit virtuellen Museumsräumen, wie es aktuell mit *Goethe-Live-3D* geschieht, oder immersiven Medienstationen wie dem *Goethe-Apparat*. In diesem Spektrum besteht der Reiz eines Onlinekurses, wie dem hier vorgestellten, darin, dass andere digitale Angebote eingebunden werden können und eine partizipative Kursgestaltung möglich ist. Die Teilnehmer und Teilnehmerinnen rezipieren nicht nur, sondern sind eingeladen, selbst aktiv zu werden, etwa zu quizzen, raten, spielen, krea-

1 Die aktuellen digitalen Lehrangebote der KSW sind hier zu finden: https://www.klassik-stiftung.de/bildung/ortsunabhaengige-angebote/digitale-angebote/#c26763 (zuletzt aufgerufen am 26.11.2024). Anfragen können unter bildung@klassik-stiftung.de gestellt werden.

tiv zu sein und eigene Texte zu verfassen. Letztere Funktion machte es zwar nötig, ein grafisch einfacheres Programm (Moodle) zu wählen, doch ermöglicht diese Plattform, die Texte der Schülerinnen und Schüler direkt zu exportieren und damit im Unterricht weiterzuarbeiten.

Onlineformate bieten einen weiteren wesentlichen Vorteil: Sie ermöglichen den Teilnehmerinnen und Teilnehmern, egal wo sie sich befinden, auf die Sammlungsbestände und Bildungsangebote der Klassik Stiftung zuzugreifen und an ihnen teilhaben zu können, unabhängig von monetären oder geografischen Barrieren, die eventuell verhindern, dass sie selbst nach Weimar kommen. Diese erweiterte Zugänglichkeit ist ein wichtiger Schritt zum Erreichen eines vielseitigen Publikums. Das Angebot von Onlinekursen erfüllt daher in mehrfacher Hinsicht Ziele der strategischen Neuausrichtung, welche sich die Klassik Stiftung Weimar im Jahr 2020 vorgenommen hat. So beschreibt sie in ihrem neuen Leitbild, dass die Sammlungen allen Menschen offenstehen und durch die digitale Transformation weltweit zugänglich werden. In der Vermittlung setze man »verstärkt auf partizipative Formate und Barrierefreiheit« und richte »Sprache, Inhalte und Räume« auf »den Dialog« mit einem diversen Publikum aus.[2]

Diesem Leitbild gemäß verpflichtet sie sich zu inklusiveren und partizipativeren Angeboten für ein diverses Publikum sowie zu einer Verstärkung ihrer digitalen Vermittlung und kulturellen Bildungsarbeit. Hier stellen Onlinekurse einen zentralen Baustein dar, auch für das Ziel, eine größere gesellschaftliche Wirksamkeit in den Bildungsangeboten zu erreichen. Das Leitbild legt als Aufgabe fest, die Bedeutung der stiftungseigenen Sammlungen »für die Gegenwart zu vermitteln«, wozu diese »in Bezug zu aktuellen Themen« gesetzt und dabei »unterschiedliche Sichtweisen berücksichtigt« werden.[3]

Seit 2023 gibt es bereits einen ersten Onlinekurs zum Thema *Personen der Weimarer Klassik*. Nach einer spielerischen multimedialen Einführung in die Zeit um 1800 können die Schülerinnen und Schüler zwischen vier Vertiefungsmodulen auswählen: *Natur*, *Geschlechterrollen*, *Freundschaft* und *Medienwandel*. Alle Bausteine des Kurses stellen über die jeweilige thematische Auseinandersetzung Gegenwartsbezüge her und versuchen die Lebenswelt der Schülerinnen und Schüler aufzugreifen. Der Onlinekurs *Literatur um 1800* steht in Struktur und Ausrichtung in derselben Tradition und hat darüber hinaus das Ziel, die Literaturvermittlung an der Klassik Stiftung zu stärken.

Warum »Faust« heute? Inhaltliche Perspektiven und Beispiele

Der Kurs ist Teil des vielseitigen Angebots der Klassik Stiftung zum *Faust*-Themenjahr 2025, wird jedoch darüber hinaus einen langfristigen Beitrag in der Literaturvermittlung darstellen. Er setzt, wie im Titel *Literatur um 1800. Perspektiven durch Goethes »Faust«* ersichtlich, nicht das Werk *Faust* ins Zentrum, sondern behandelt es im Rahmen des lehrplanrelevanten Themenfeldes ›Literatur um 1800‹.

2 Leitbild der Klassik Stiftung Weimar: https://www.klassik-stiftung.de/ueber-uns/profil/leitbild/ (zuletzt aufgerufen am 8.11.2024).

3 Ebd.

So können auch Schülerinnen und Schüler, die sich mit einer anderen Lektüre für diesen Zeitraum beschäftigen, ohne vorausgesetzte Textkenntnis ergänzend eines der zentralen Werke der deutschen Literatur kennenlernen und werden eingeladen, Beziehungen zwischen ihren Schullektüren und *Faust* herzustellen, Verbindungen, Gemeinsamkeiten und Unterschiede zu erkennen.

Der Kurs besteht aus einer kurzen Einführung und drei Modulen, die sich folgenden inhaltlichen Schwerpunkten zuordnen lassen: Das erste Modul behandelt die gesellschaftlichen Veränderungen und Entwicklungen der Zeit um 1800 in ihrer Bedeutung für die Literatur, das zweite Modul beleuchtet die ästhetischen Neuerungen in literarischer wie kultureller Praxis und das dritte Modul thematisiert die Zielsetzung und Rückwirkung der historischen Werke auf die Gesellschaft und untersucht damit auch das Potenzial von Literatur im Hinblick auf gesellschaftliche Veränderungen.

Im Folgenden werden die inhaltlichen Ausrichtungen der einzelnen Module genauer erläutert und anhand einiger Beispiele wird das methodische Spektrum des Kurses skizziert.

Intro: Faust? Faust!

Der Kurs beginnt mit einem kurzen Einführungsmodul, in dem die Schülerinnen und Schüler anhand einer Soundcollage aus bekannten Zitaten des *Faust* feststellen können, dass ihnen – selbst wenn sie das Werk noch nicht gelesen haben – bereits über die Sprache oder andere kulturelle oder gesellschaftliche Zusammenhänge viel über den Fauststoff bekannt ist. Dies wird nicht nur über die Zitate, sondern auch visuell vermittelt, beispielsweise über ein Bild aus der Alltagswelt, in dem eine Drogeriemarktkette mit den Worten ›Hier bin ich Mensch, hier kauf ich ein‹ wirbt oder über Referenzen der Populärliteratur auf dieses Werk, etwa Bilder von Donald Duck als Faust. Ziel dieser Einführung ist es, Zugänge zu schaffen und die Relevanz dieses Werkes für die europäische Kulturgeschichte deutlich zu machen.

Modul 1: Krisenhafte Zeiten – produktive Literatur

Im ersten inhaltlichen Modul mit dem Titel *Krisenhafte Zeiten – produktive Literatur* geht es vor allem darum, die gesellschaftliche und geistesgeschichtliche Situation um 1800 verständlich zu machen, vor deren Hintergrund die Besonderheiten der Literatur deutlich werden.

Den Schülerinnen und Schülern wird vermittelt, inwiefern die Zeit um 1800 in Europa von großen Veränderungen bestimmt ist: Die Französische Revolution stellt die gesellschaftliche Ordnung in Frage, die sich entwickelnde Naturwissenschaft und Gedanken der Aufklärung bringen religiöse Überzeugungen zum Wanken und die beginnende Industrialisierung führt zu wirtschaftlichen Umwälzungen. Diese Entwicklungen führen zu Verunsicherungen bei den Menschen und bewirken eine Suche nach neuen Orientierungsgrößen. Die Welt fühlt sich immer komplexer an, bisherige Ordnungen oder politische Verhältnisse geben keine Sicherheit mehr und es herrscht ein Gefühl von Chaos und Unbeständigkeit. Das Gefühl einer Krise, welches im Kurs mit einer Beschreibung Friedrich Schillers vom Verlust des Gefühls

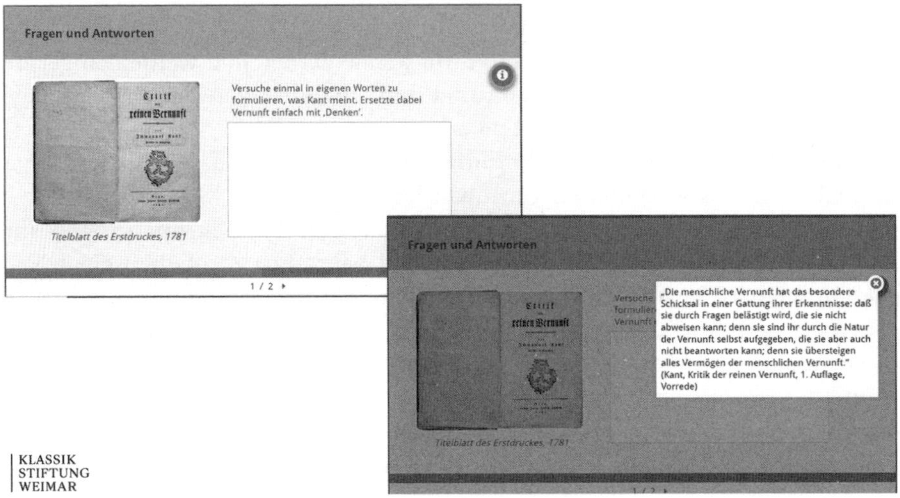

KLASSIK STIFTUNG WEIMAR

Abb. 1
Folie 1: *Kritik der reinen Vernunft*

einer Ganzheitlichkeit vermittelt wird, wird anschließend in Bezug zur Gegenwart gesetzt. Die Schülerinnen und Schüler werden gebeten, Schillers Ausführungen mit ihrer eigenen Gefühlswelt in Relation zu setzen. Denn so unterschiedlich die Ursachen und Krisenphänomene sind, in ihrer emotionalen Wirkung (Gefühle der Verunsicherung angesichts von Orientierungsschwierigkeiten in einer Zeit gravierender Umbrüche) lassen sich durchaus Ähnlichkeiten zur Gegenwart erkennen, die einen Zugang zu Wahrnehmungen um 1800 herstellen können.

Nach dieser Einführung in die kulturgeschichtliche Situation wird ein wesentlicher Schwerpunkt des Moduls thematisiert: die Erläuterung der gravierenden Veränderungen im Denken durch das Erscheinen der *Kritik der reinen Vernunft* von Immanuel Kant im Jahr 1781 (Abb. 1). Im Kurs werden zunächst Kants Thesen in gegenwärtige Sprache übertragen und wesentliche Inhalte der Schrift vermittelt, wie die These, dass der Mensch nicht auf alle Fragen, die er sich stellt, eine Antwort zu finden vermag, sowie die Negierung der Möglichkeit einer absoluten Wahrheit.

In einem weiteren Schritt wird die Tragweite der Philosophie Kants für das Selbstverständnis der Menschen um 1800 im Hinblick auf die menschliche Erkenntnisfähigkeit anhand eines Briefes Heinrich von Kleists verdeutlicht und dann unmittelbar mit Fausts Monolog in der Studierstube verknüpft.

Zunächst wird die tiefe Erschütterung, die sowohl in Kleists Brief als auch in Fausts Monolog deutlich wird, vermittelt. Kann Faust doch sehen, »daß wir nichts wissen können«, und diese Erkenntnis will ihm »schier das Herz verbrennen« (WA I, 14, S. 27, V. 364 f.). Es wird anhand des Monologs in der Studierstube gezeigt, wie in *Faust* multiple Krisen zusammenkommen (gesellschaftspolitische, technische und religiöse Veränderungen), Erkenntniskrise und Lebenskrise. Im Anschluss daran werden die Lösungsversuche Fausts dargelegt: In der Hoffnung, zu

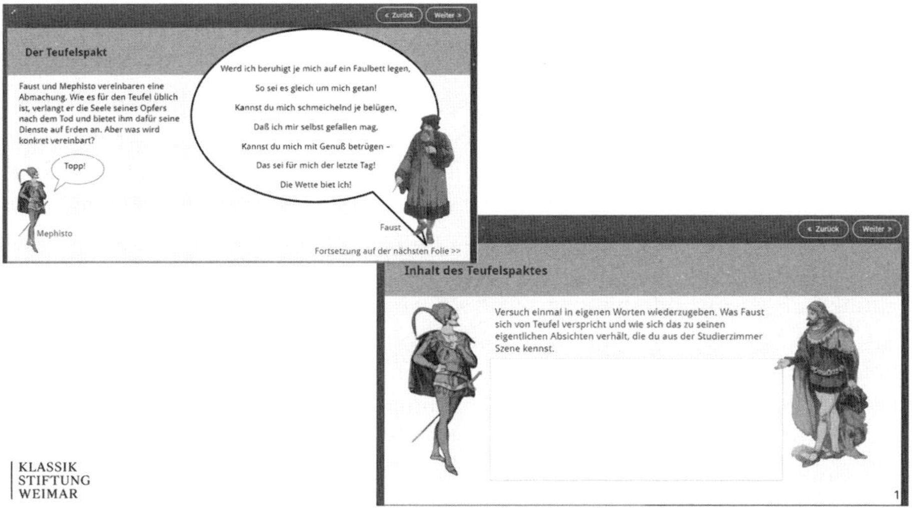

Abb. 2
Folie 2: Teufelspakt

erkennen, »was die Welt / Im Innersten zusammenhält« (ebd., S. 28, V. 382 f.), wird gezeigt, wie Faust sich vom Erkennen ab- und dem Erleben zuwendet, wie er während seiner Sinnsuche rast- und skrupellos die ganze Bandbreite menschlicher Erfahrungen durchlebt.

Die zentralen Stationen von Fausts Suche werden inhaltlich vermittelt, wie z.B. der Pakt mit dem Teufel (Abb. 2), die Gretchen-Tragödie oder die Landgewinnung. Vor allem wird stets versucht, die Themen an die Gegenwart und Lebenswelt anzubinden und in Diskursen der Literatur um 1800 zu verorten. So wird beispielsweise die Naturerfahrung im *Osterspaziergang* in Vergleich zu Eichendorffs *Mondnacht* (1835) gesetzt, um die Differenz zwischen Faust – hier im Hinblick auf einen Moment der Erfüllung – und romantischen Positionen anhand der Literatur selbst erlebbar zu machen.

Verschiedene literarische Texte der Zeit um 1800 miteinander ›ins Gespräch‹ zu bringen, ist ein zentrales Anliegen des Kurses, um die Vielfältigkeit und unterschiedlichen Ansätze in der Literatur dieser Zeit zu verdeutlichen.

Eine weitere wesentliche Ausrichtung des Kurses ist die Einbeziehung von *Faust II*. Besonders für den Anschluss an Themen der Gegenwart stellt *Faust II* einen äußerst gewinnbringenden Text dar. In *Faust I* wurden bereits charakteristische Phänomene der Moderne, wie der Modus eines ›Immer mehr, immer weiter‹ sowie Phänomene der Beschleunigung, thematisiert. In *Faust II* werden zusätzlich zahlreiche Aspekte behandelt, die auch noch bzw. in besonderem Maße die Gegenwart beschäftigen und bereits in diesem Werk angelegt sind, z.B. ein ausbeuterischer Umgang mit natürlichen Ressourcen, das Thema KI oder Finanzspekulation.

Die Schülerinnen und Schüler besuchen an dieser Stelle die virtuelle 360°-Ausstellung *Du bist Faust*, die sich 2018 mit der Verhandlung des *Faust*stoffes in der

Bildenden Kunst befasste. Mit einem Rechercheauftrag und der Frage, was an *Faust* als ›modern‹ gelten kann, und vor allem, ob sie, in Anlehnung an den Ausstellungstitel, selbst Faust *sind,* bewegen sie sich durch die Ausstellung. Anschließend werden im Kurs zur Vertiefung dieser Aspekte noch zwei Themen behandelt, die eine besondere aktuelle Relevanz aufweisen und in überraschender Prognostik bereits in *Faust II* angelegt sind, wie das Thema der künstlichen Intelligenz. In der entsprechenden Passage werden die Jugendlichen im Kurs dazu angeregt, anlässlich des künstlichen Wesens des Homunkulus im *Faust II* über ihren eigenen Umgang mit KI nachzudenken. Im Anschluss daran wird die Aussage Mephistos über den Homunkulus, »Am Ende hängen wir doch ab / Von Creaturen die wir machten« (WA I, 15.1, S. 109, V. 7004), als Impuls eingebracht, um über unser aktuelles gesellschaftliches Verhältnis zu KI nachzudenken.

Darüber hinaus wird im Kurs noch exemplarisch an der Landgewinnungsszene das Verhältnis von Mensch (Faust) zur Natur (dem Meer) beschrieben. In einer Analyse der Textstelle werden Fausts Interessen und seine Schwierigkeiten im Prozess der Naturbezwingung herausgearbeitet und anschließend in Beziehung zu aktuellen Diskursen, beispielsweise dem Begriff des Anthropozäns, gesetzt.

Im Modul 1 werden, wie an diesen ausgewählten Beispielen gezeigt, gesellschaftliche Wandlungen und ihr Verhältnis zur Literatur thematisiert, bevor im Modul 2 die Veränderungen in der literarischen und kulturellen Praxis beleuchtet werden.

Modul 2: Neue Formen in Drama und Theater

Die Literatur reagiert auf die Krisenerfahrungen um 1800 mit Versuchen, neue ästhetische Antworten auf die wahrgenommenen Veränderungen in der Welt zu finden. Dies zeigt sich in verschiedener Weise: Es werden neue Stoffe gesucht, es wird sowohl mit Formen im Text als auch in der Figurengestaltung experimentiert und es entwickelt sich ein neuer Stellenwert der Literatur und der Autorinnen und Autoren zu dieser Zeit. Einige zentrale Punkte dieser Entwicklungen von Literatur um 1800 werden im zweiten Modul anhand von *Faust* gezeigt, sowohl im literarischen Text als auch in den Veränderungen in der kulturellen Praxis, besonders dem Theater. Die Suche nach neuen Formen im Text und in der Aufführungspraxis wird anhand des Bruchs mit Regelpoetiken und Rollenfächern exemplifiziert.

So werden beispielsweise anhand des *Faust* zentrale Änderungen analysiert, die Goethe in Bezug auf die Regelpoetik Aristoteles' vornimmt. In einem Zuordnungsspiel mit Illustrationen von Moritz Retzsch aus der *Faust*-Sammlung wird beispielsweise nicht nur die enorme Bandbreite der Schauplätze in *Faust* vermittelt (Abb. 3), sondern es werden auch die fantastischen Elemente in den Szenen betont. Diese Übung hat zum Ziel, die Orte als Imaginationsräume mit unterschiedlichen Funktionen zu erkennen, seien es das Mittelalter, die Antike oder Orte wie die Hexenküche. In einem weiteren Schritt wird darauf verwiesen, dass es einige signifikante Parallelen zu Phänomenen der Gegenwart gibt. In einer Reflexionsaufgabe wird dazu eingeladen, zu überlegen, ob Fantasiewelten um 1800 oder heute, ob nun *Harry Potter*, *Herr der Ringe*, *Star Wars* oder *Game of Thrones*, eine Flucht vor gesellschaftlichen (oder gegenwärtig ökologischen) Krisen darstellen oder durch die Verfremdung vielmehr ein erhöhtes Reflexionspotenzial über die Gegenwart be-

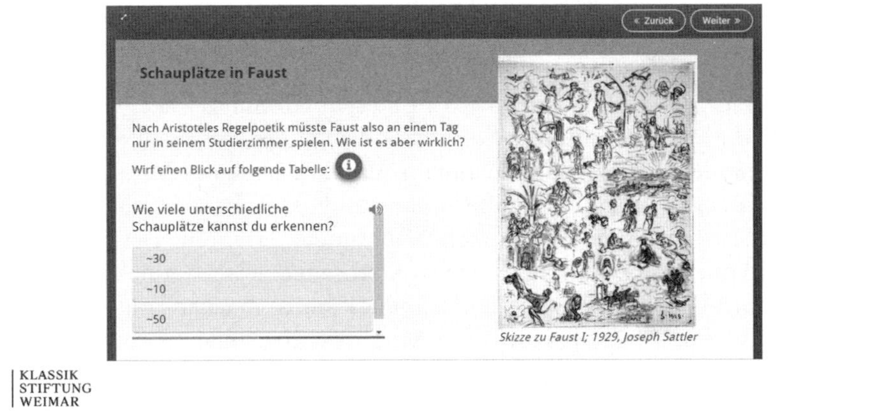

Abb. 3
Folie 3: Schauplätze im *Faust*

inhalten? Das Erkenntnisziel wäre hier, dass in den fantastischen Settings weniger tatsächliches Wissen, z. B. über das antike Griechenland, wirksam ist, sondern eine zeitenthobene Vorstellung. Dabei geht es auch um die Erkenntnis, wie diese Imaginationsräume eine Fokussierung weg von einer mimetisch orientierten Nachahmungsästhetik hin zu einer symbolischen Form zeigen und die ›Erfindung des Anderen‹[4] zur Reflexion der Gegenwart ein Charakteristikum der Literatur um 1800 darstellt, das in *Faust* (insbesondere in *Faust II*) auf die Spitze getrieben wird.

Darüber hinaus werden in Modul 2 insbesondere die Charakterisierungen von Margarethe und Mephisto in den Blick genommen. Es wird vermittelt, wie diese nicht als starre, beständige Typen angelegt sind, sondern komplexe Psychologisierungen erfahren. Anhand des reichhaltigen Materials der Faust-Sammlung der Herzogin Anna Amalia Bibliothek wird die im Text angelegte Komplexität der Figuren mit Bildern von Inszenierungen und Interpretationen der zwei Figuren verknüpft, beispielsweise indem Textauszüge Theaterinszenierungen zugeordnet werden. So wird nicht nur die Vielschichtigkeit und Offenheit der Figurenbeschreibung deutlich, sondern die Schülerinnen und Schüler erfahren auch etwas über die Zeichensprache des Theaters und die sich auch auf diesem Feld vollziehenden Änderungen um 1800.

Nicht nur die Abkehr von Rollenfächern, sondern auch die räumlichen, man möchte sogar sagen grundsätzlich physikalischen, Herausforderungen, die sich bei einem Stück wie Goethes *Faust* stellen, werden aufgezeigt. Im Kurs wird diese Thematik durch den Ausspruch August Wilhelm Schlegels auf den Punkt gebracht: »Um Goethes Faust aufzuführen, müßte man Fausts Zauberstab und Beschwö-

4 Harald Tausch: *Literatur um 1800. Klassisch-romantische Moderne*. Berlin 2012, S. 39.

rungsformeln besitzen«.[5] Wie dieses Unterfangen versucht wurde, wird in einem eigens für den Kurs erstellten Video an einem nachgebauten Bühnenmodell gezeigt. Auf diese Weise werden die Veränderungen für die Theaterpraxis um 1800 direkt am Objekt erklärt und mit einem *Blick hinter die Kulissen* der Arbeitsfelder der Klassik Stiftung verbunden.

Für die Schülerinnen und Schüler wird in diesem Modul gezeigt, wie sich um 1800 nicht nur die Literatur in ihren Formen und Figurengestaltungen oder Theaterpraktiken verändert haben. Darüber hinaus wird am Ende des Moduls thematisiert, wie auch Formen des kulturellen Erinnerns und die Rolle von Schriftstellerinnen und Schriftstellern in der Gesellschaft Neuerungen erfahren. Der Stellenwert der Dichter wird mit einem Einblick in den Rokokosaal der Herzogin Anna Amalia Bibliothek deutlich: Die Schülerinnen und Schüler können in einem Video des Saals erkennen, dass die Büsten im Saal nicht nur Mitglieder der Fürstenfamilie, sondern vor allem auch Dichter, Künstler, Forscher und Philosophen darstellen. Sie bekommen dadurch ganz materiell und sichtbar einen zentralen Stellenwert im Herzogtum Weimar eingeräumt.

Modul 3: Literatur für eine neue Gesellschaft

In diesem Modul werden die Möglichkeiten gesellschaftlicher Veränderungen durch Literatur behandelt bzw. wird der insbesondere von Weimar-Jena ausgehende Anspruch der Literatur, eine gesellschaftsverändernde Wirkung zu haben, in den Mittelpunkt gestellt. Den Schülerinnen und Schülern wird zunächst verdeutlicht, dass bis weit ins 18. Jahrhundert hinein die Literatur vornehmlich dazu diente, Gott oder einen Herrscher kunstvoll zu loben oder Unterhaltungszwecke zu erfüllen. Sie hatte nicht das Ziel oder den Anspruch, gesellschaftliche Zustände zu verändern. Anhand von zwei Gedichten werden die Schülerinnen und Schüler anschließend eingeladen, selbst nachzuvollziehen, wie sich die Literatur um 1800 in eine Richtung entwickelt, die tatsächlich Fragen nach ihrer gesellschaftlichen Relevanz aufwirft. Dazu wurden vom Stellwerk Weimar die Gedichte *Einsamkeit* von Andreas Gryphius und Goethes *An den Mond* von jugendlichen Schauspielerinnen und Schauspielern eingelesen. Diese werden zunächst mit dem Auftrag angehört, darauf zu achten, wie die Natur in diesen Gedichten beschrieben wird. Mit dieser Übung soll im Vergleich der zwei Gedichte erfahren werden, wie sich Literatur nicht nur von Regeln und traditionellen Ausdrucksformen löst (wie sie etwa bei Gryphius noch durch eine additive Reihung konventioneller Beschreibungen der Natur zur Ehre Gottes vorherrschen), sondern sich zu einem eigenständigen und unabhängigen Bereich für Aussagen und individuelle Erfahrungen entwickelt (wie in *An den Mond*). Diese Autonomisierung der Literatur um 1800 ermöglicht es, dass literarische Werke eine völlig neue gesellschaftliche Bedeutung erlangen.

5 August Wilhelm Schlegel: *Sechsunddreißigste Vorlesung. Deutsches Theater.* (*Vorlesungen ueber dramatische Kunst und Litteratur. Dritte Ausgabe. Zweiter Theil*). In: *August Wilhelm Schlegel's sämmtliche Werke.* Hrsg. von Eduard Böcking. Bd. 6. Leipzig 1846 [Nachdruck Hildesheim 1971], S. 400-418; hier S. 417.

Die Bedeutung der Literatur sowohl für die Entwicklung des einzelnen Menschen als auch der Gesellschaft wird über diese zwei Gedichte hinaus auch anhand von Schillers Schrift *Über die ästhetische Erziehung des Menschen* thematisiert, die er 1795 in den *Horen* veröffentlichte. Insbesondere das Verhältnis zu Freiheit und Selbstbestimmung wird an dieser Stelle aufgegriffen und auch hier soll in einer Übung versucht werden, selbst zu erfahren, was Schiller beispielsweise mit dem Form- und Spieltrieb meint. Anhand eines Gemäldes aus den Beständen der Klassik Stiftung werden die Schülerinnen und Schüler angehalten, sich selbst bei der Kunstbetrachtung zu beobachten: Löst das Gemälde bei mir eher Gefühle oder eher Gedanken aus? Die Erfahrung, dass vermutlich beides gleichzeitig ausgelöst wird, dient als Ausgangspunkt, um auf die besondere Bedeutung der Kunst bei Schiller hinzuweisen, die einen Zustand der Gleichzeitigkeit und einen harmonischen Ausgleich der Kräfte bewirkt. Dieser Zustand ist für Schiller die Bedingung für einen vollständigen, das heißt freien Menschen.

Nachdem mit Schillers Ästhetik die große Relevanz von Literatur für die Gesellschaft verdeutlicht wurde, wird seiner Position das *Vorspiel auf dem Theater* aus *Faust* gegenübergestellt. Den Schülerinnen und Schülern wird damit gezeigt, dass sich diese Metaebene, die gleich zu Beginn des *Faust* verortet ist, in Bezug auf Schillers Ästhetik lesen lässt. Hier werden kontrastiv dazu die unterschiedlichsten Interessen an Literatur und ihre jeweilige Berechtigung anhand der verschiedenen Erwartungen von *Theaterdichter*, *Direktor* und *lustiger Person* ersichtlich und damit die verschiedenen Facetten von Literatur sowie die Ansprüche an sie (künstlerische, erzieherische, ökonomische, unterhaltende) differenziert dargestellt.

In dieser Passage des Kurses wird erläutert, dass, trotz der Anerkennung unterschiedlicher Bedürfnisse und Erwartungen an Literatur im *Vorspiel auf dem Theater*, auch Goethe der Ansicht ist, dass die Literatur und die Kunst eine neue und eigenständige Rolle in der Gesellschaft spielen sollten. Auf welche Weise dies geschehen könnte, und wie die Literatur beschaffen sein müsste, um diesen Ansprüchen zu genügen, darüber wird um 1800 in Weimar und Jena viel nachgedacht, diskutiert und experimentiert.

Um die verschiedenen intellektuellen Positionen der Zeit um 1800 in einen Diskurs zu bringen, werden an dieser Stelle neben den Positionen von Schiller und Goethe auch Friedrich Schlegel und dessen Programm einer romantischen Literatur eingeführt. Seine Idee einer romantisch-progressiven Universalpoesie wird im Anschluss in Bezug zum Ende des *Faust II* gesetzt. Zum Einstieg wird das Gemälde zum *Faust II* im Dichterzimmer des Weimarer Stadtschlosses erläutert. Anschließend wird hinsichtlich der Komplexität des Endes von *Faust II* mit den Schülerinnen und Schülern überlegt, ob der Schluss vielleicht gerade deswegen so kompliziert und schwer verständlich ist, weil er eine eindeutige Lesart und Aussage vermeidet und genau damit Ansprüchen einer romantischen, progressiven Universalpoesie entspricht.

Neben diesem Zugang wird das Ende des *Faust II* im Kurs auch im Zusammenhang mit der Frage nach der Kunstfreiheit diskutiert. Es werden die dort zu findenden Provokationen aufgezeigt, beispielsweise die Erlösung Fausts oder die mehrdeutige Verwendung christlicher, vor allem katholischer Bezüge, und daran anschließend wird nachvollzogen, inwieweit dieser Schluss als frühes Beispiel für die

Verwendung der ›Kunstfreiheit‹ gilt. Damit wird gezeigt, wie die Literatur um 1800 versuchte, Autonomie zu erlangen, insbesondere durch die Befreiung von einschränkenden Vorgaben. An diese Überlegungen schließt eine Reflexionsaufgabe an, über die Kunstfreiheit in der Gegenwart nachzudenken. Die Schülerinnen und Schüler werden aufgefordert, zu überlegen, ob es für sie Grenzen der Kunstfreiheit gibt und wo sie diese individuell ziehen würden.

In diesem Modul, wie auch schon im Modul 1, wird deutlich, dass gerade *Faust II* ein großes Potenzial bietet, über gegenwärtige Fragen und aktuelle Diskurse wie die Bedeutung von Religion und Kunst für die Gestaltung von Gesellschaft, Mensch-Natur-Verhältnisse, KI, Spekulationen u. v. m. nachzudenken. Auf Basis der Erkenntnis, dass literarische Texte mehrdeutig sein können, wird auch thematisiert, dass diese Offenheit der Texte eine durchaus frustrierende oder verwirrende Erfahrung sein kann, aber dass die Literatur gleichzeitig einen Möglichkeitsraum bietet, diese Erfahrung zu erproben, sie auszuhalten und zu akzeptieren. Den Abschluss des Moduls bildet eine Transferaufgabe, die dazu ermuntert, darüber nachzudenken, inwieweit eine solche Sichtweise und literarische Erfahrung heute noch helfen kann, unsere Gesellschaft zu verstehen und zu gestalten.

Ausblick: In Bewegung bleiben

Mit ihren Vermittlungsangeboten möchte die Klassik Stiftung möglichst viele Menschen erreichen und vielfältige Zugänge zur Weimarer Kulturgeschichte ermöglichen. Dabei wird eng mit diversen Zielgruppen zusammengearbeitet, um die unterschiedlichen Bedürfnisse bereits in der Entwicklungsphase zu berücksichtigen. Entsprechend wurde auch in der Entstehung dieses Kurses die Mitwirkung der Zielgruppe (Schülerinnen und Schüler der Oberstufe) eingebunden. Im Sinne der Strategie, mehr Teilhabe an den Programmen der Klassik Stiftung zu ermöglichen und auch Erkenntnisse des *Audience Development* einzubringen, befindet sich der Kurs aktuell in einer Testphase. Verbesserungen werden laufend eingebracht, der Kurs wird stetig bearbeitet: Er bleibt in Bewegung und wird sicher auch im Rahmen bzw. im Nachklang des Themenjahres 2025 ergänzt.[6] Diese Flexibilität stellt einen großen Reiz dieser Vermittlungsform dar. Es können darin nicht nur im Sinne der Nachhaltigkeit Inhalte langfristig zugänglich gemacht werden, sondern es kann auch ein Wechselspiel zwischen analogen Angeboten und digitalem Raum ermöglicht werden. Denkbar wäre beispielsweise eine hybride Form, sodass Schülerinnen und Schüler Teile des Seminars online absolvieren, dann analoge Angebote vor Ort, z. B. die *Faust*-Ausstellung wahrnehmen und ihre Eindrücke und Erkenntnisse dann wieder in den digitalen Raum einbringen. Ganz im Sinne des zu Beginn aufgerufenen Goethe-Zitats werden hier Ideen und Gedanken in Bewegung gesetzt, Beziehungen gestiftet und das in unterschiedlichsten Räumen für möglichst vielfältige Besucherinnen und Besucher. Darum ist der Kurs auch keineswegs ausschließlich für Schülerinnen und Schüler gedacht, sondern steht allen Interessierten offen.

6 Aufgrund der konzeptionell angelegten Beweglichkeit des Kurses ist es möglich, dass sich die hier thematisierten Inhalte in der aktuellen Kursversion partiell geändert haben.

Goethe-Bücher der Vergangenheit, neu gelesen

Thomas Steinfeld

Der Geist, der durch das Leben geht. Ein altes Buch, neu gelesen: Georg Simmels »Goethe« aus dem Jahr 1913[1]

»[Z]urück zu Goethe« wurde in den ersten Jahren des zwanzigsten Jahrhunderts gerufen, vor allem aus der Philosophie und insbesondere von Georg Simmel.[2] Die Parole richtete sich – vor allem, aber nicht nur – gegen die Anhänger Immanuel Kants, die der modernen Welt und ihren Wissenschaften die Grundlagen der Erkenntnis ebenso wie die Ethik hatten vorgeben wollen und darüber abstrakt geworden waren. Wenn Georg Simmel in seinen Versuchen, Kant und Goethe als einander ergänzende weltanschauliche Pole – der eine ein Mann »objektiver Ideen«, der andere ein Mensch, »der nur von innen heraus […] lebt«[3] – zu setzen, von einem spezifischen »Größenwahn« Kants spricht, meint er auch dessen Rezeption:

> Man mag die Würde und Heiligkeit der sittlichen Freiheit und der Pflicht innerhalb des menschlichen Seins noch so hoch steigern; aber daß sie über dessen Umkreis hinausgreift, um das metaphysische Weltbild zu dominieren – das ist eine eigenartige Übersteigerung, begreiflich aus einer Philosophie heraus, der die Welt ein Bewußtseinsinhalt und der Verstand der Gesetzgeber der Natur ist.[4]

Der Welt als »Bewußtseinsinhalt« und der Natur als »Verstand« etwas Konkretes, Lebendiges entgegenzusetzen und dabei »Würde und Heiligkeit« innerhalb des

1 Georg Simmel: *Goethe*. Leipzig 1913. Digital abrufbar unter: https://digital.ub.uni-leipzig.de/mirador/index.php (zuletzt aufgerufen am 25.11.2024).

2 Georg Simmel: *Kant und Goethe (1906/1916). Zur Geschichte der modernen Weltanschauung*. In: ders.: *Gesamtausgabe*. Bd. 10: *Philosophie der Mode (1905). Die Religion (1906/1912). Kant und Goethe (1906/1916). Schopenhauer und Nietzsche (1907)*. Hrsg. von Michael Behr, Volkhard Krech u. Gert Schmidt. Frankfurt a.M. 1995, S. 119-166; hier S. 127.

3 Georg Simmel: *Fragmente eines Goethe-Buches. Aus dem Kapitel über Goethe und Kant*. In: ders.: *Gesamtausgabe*. Bd. 12.1: *Aufsätze und Abhandlungen 1909-1918*. Hrsg. von Rüdiger Kramme u. Angela Rammstedt. Frankfurt a.M. 2001, S. 9-21; hier S. 9.

4 Georg Simmel: *Über Goethes und Kants moralische Weltanschauung*. Aus einem Vorlesungszyklus. In: ders.: *Gesamtausgabe*. Bd. 8: *Aufsätze und Abhandlungen 1901-1908*. Hrsg. von Alessandro Cavalli u. Volkhard Krech. Berlin 1993, S. 416-423; hier S. 416 f.

»menschlichen Seins« womöglich noch einmal zu steigern: Diese Absicht geht dagegen in Simmels Buch *Goethe* – ohne Zusatz, ohne Untertitel – aus dem Jahr 1913 ein, in ein Werk, das Walter Benjamin in einer für das Goethe-Jahr 1932 publizierten Übersicht »die spannungsreichste und für den Denker spannendste Darstellung, die Goethe gefunden hat«, nennt, ohne einen Grund für sein Lob anzugeben.[5] Es ist Teil einer Bewegung, die sich als Überwindung einer positivistisch orientierten Philologie versteht. Es sticht zugleich daraus hervor, einer Beschränkung auf einen immanenten ›Sinn‹ Goethes wegen, in der die chronologische Darstellung von Leben und Werk grundsätzlich verweigert und in der die Betrachtung historischer Umstände und Bezüge weitgehend ausgeschlossen wird.

Simmels *Goethe* ist keine Monographie, sondern ein langer Essay, oder besser: Es besteht aus einer Folge von acht Essays, die dem Nachdenken über Goethe als einem Zeiten und Umstände transzendierenden Phänomen gewidmet sind: Die Texte gelten der ›Wahrheit‹, der ›Einheit der Weltelemente‹, dem ›Individualismus‹ oder der ›Entwicklung‹. Das Buch stellt folglich kein philologisches – die Weimarer Ausgabe der Werke Goethes steht damals zwar kurz vor dem Abschluss, doch hatte sich der philologische Eifer erschöpft – und erst recht kein biographisches Werk dar. Eine gründliche Kenntnis von Goethes Leben und Werk setzt es voraus. Es hält sich mit Einzelbeobachtungen zurück (wenn sie dennoch vorkommen, sind sie oft schlagend). Die Naturforschung wird summarisch abgehandelt. Es werden keine literarischen Werke interpretiert, die Biographie wird allenfalls in groben Zügen abgehandelt, Goethes Laufbahn durch eine Vielzahl staatlicher Ämter findet kaum Erwähnung.

Zwar unterscheidet Simmel bei Goethe mehrere Lebensphasen, auf dieselbe Weise, wie viele Biographen die Vita dieses Helden gliedern: Er kennt den jungen Goethe, den Goethe der italienischen Reise sowie den späten, gleichsam von der eigenen Erscheinung zurücktretenden Goethe. Es kommen auch Goethes Frauen vor, die resignierten Selbstauskünfte der späten Jahre oder die »fahrige [...] Banalität«[6] der Revolutionsdramen. In der Hauptsache aber handelt es sich, bei großem Variationsreichtum in der Verwendung des Materials wie in der Darstellung, um eine immer wieder neu ansetzende und zuweilen redundante Versicherung, es bei Goethe mit einer einzigartigen Auflösung aller Gegensätze von Subjekt und Objekt, Geist und Materie, Leben und Werk zu tun zu haben. Die »Einheit von Subjekt und Objekt [...] zu leben und zu verkünden«, erklärt Simmel über Goethe, mache den »metaphysischen Sinn seiner Existenz« aus.[7] Solche Sätze finden sich in diesem Buch immer wieder. Goethes Leben, schreibt Simmel etwa im achten Kapitel, sei

> von seiner Wurzel so einheitlich und entschieden zusammengefaßt, daß man seine Ungetrenntheit wie durch ein, freilich unbenennbares Sollen, ein Ideal seiner Ganzheit, normiert empfindet, das sich in jene einzelnen Forderungen nur

5 Walter Benjamin: *Hundert Jahre Schrifttum um Goethe*. In: ders.: *Kritiken und Rezensionen*. Hrsg. von Heinrich Kaulen. Berlin 2011, S. 352-368; hier S. 368.

6 Georg Simmel: *Goethe*. In: ders.: *Gesamtausgabe*. Bd. 15: *Goethe. Deutschlands innere Wandlung. Das Problem der historischen Zeit. Rembrandt*. Hrsg. von Uta Kösser, Hans-Martin Kruckis u. Otthein Rammstedt. Frankfurt a. M. 2004, S. 7-270; hier S. 254.

7 Ebd., S. 185.

ebenso auseinanderlegt, wie die Wirklichkeit seines Lebens in einzelne wirkliche Leistungen.[8]

Zum Thema ›Liebe‹ meint Simmel, »Goethes großartige [...] Objektivität« sei, dass »das eigene Ich ein dem Gesamtsein verhaftetes Element« sei, »dessen Vervollkommnung ihm Pflicht und Lebenssinn war«.[9] Über Goethes Verhältnis zur Kunst heißt es, Goethe sei »der monumentale Beweis für das logisch so schwer Ausdrückbare: daß die Gelöstheit des Kunstwerks und seine Lebenswurzelung sich nicht widersprechen«.[10] Dass es bei Goethe am Ende auf etwas Höchstes, und damit auch: auf etwas »Unbenennbares« hinausläuft, dessen ist sich Simmel gewiss. Wie alle Offenbarungen ist auch Simmels Goethe zuletzt nur unter Schwierigkeiten – oder gar nicht – in Worte zu fassen. Goethe erscheint als etwas beinahe Mystisches, oder besser noch: als Gegenstand der Liebe, deren Ausdruck ja auch immer indirekt bleiben muss.

Als Georg Simmel seinen *Goethe* veröffentlichte, hatte er die kulturphilosophisch-soziologischen Studien, auf denen sein Ruf heute vor allem beruht, hinter sich gelassen: Die *Philosophie des Geldes* aus dem Jahr 1900, der große Versuch, alle Merkmale der Moderne aus der Zirkulationsform des Geldes herzuleiten, lag ebenso in der Vergangenheit wie die vielen kleineren Arbeiten, die er der *Philosophischen Kultur* gewidmet hatte (das von ihm geprägte Wort ist doppeldeutig: Kultur, philosophisch betrachtet, und Philosophie, kulturell betrachtet): zum *Abenteuer* und zur *Mode*, zum *Henkel*, zur *Ruine* und zur *Persönlichkeit Gottes*, lauter Arbeiten mithin, in denen er sich über Dinge wunderte, bei denen man erst zu erklären hat, dass sie der Verwunderung wert sind.[11] Simmel ließ die Philosophie durch das Leben gehen (oder umgekehrt), und siehe da: Der Geist erscheint als weitaus tiefer in Materie und Stoffwechsel versenkt, als er es möglicherweise selbst wahrhaben wollte. Immer wieder gibt es auch in *Goethe* Passagen, in denen ein solcher Geist im Material aufblitzt: Beispielsweise, wenn Simmel erklärt, warum der Leser den offenbar privaten Charakter des auf Charlotte von Stein bezogenen Gedichtes *Warum gabst du uns die tiefen Blicke* nicht als Verletzung des Schamgefühls wahrnimmt.[12] Oder wenn es um die auffällige Instabilität der Überzeugungen Goethes geht, die etliche seiner Besucher bemerkten, wenn seine Meinungen wie Launen wechselten.[13] Oder wenn Simmel auffällt, dass den literarischen Frauengestalten Goethes eine »Vollkommenheit-in-sich«[14] zugehört, die den männlichen Figuren fehlt.

8 Ebd., S. 219.
9 Ebd., S. 213.
10 Georg Simmel: *Werte des Goetheschen Lebens*. In: ders.: *Gesamtausgabe*. Bd. 20: *Postume Veröffentlichungen, Ungedrucktes, Schulpädagogik*. Hrsg. von Torge Karlsruhen u. Otthein Rammstedt. Frankfurt a. M. 2004, S. 11-79; hier S. 26.
11 Georg Simmel: *Philosophische Kultur. Gesammelte Essais*. Leipzig 1911. Digital abrufbar unter: https://digital.ub.uni-leipzig.de/mirador/index.php (zuletzt aufgerufen am 25.11.2024).
12 Vgl. Simmel (Anm. 6), S. 181 f.
13 Vgl. ebd., S. 155.
14 Ebd., S. 202.

Man mag in Simmels späten Arbeiten eine Hinwendung zum Grundsätzlichen erkennen, zur Erkenntnistheorie wie zu den Grundlagen sozialen Handelns. Doch eher als um eine Abwendung vom Eklektizismus der Weltbeobachtung handelt es sich bei *Goethe* um eine Fortsetzung der »philosophischen Kultur« mit anderen Mitteln, in konzentrierter Form und in einem anderen, größeren Maßstab: In den kleineren Arbeiten hatte Simmel das Geistige an unbedachten, nur scheinbar profanen Gegenständen freizulegen gesucht. Er hatte ihnen das scheinbar Selbstverständliche genommen und sie zu Mischformen von Geist und Materie, Einbildungskraft und Wirklichkeit werden lassen. Ähnliches geschieht auch in *Goethe* – dem Repräsentanten eines »Gesetz[es]«, »das seine eigene Flexibilität, das ›Gestalten und Umgestalten‹, die Freiheit von jeder aktuellen Verfestigung nun sub specie aeternitatis« enthalten soll.[15] Simmel geht also vom Partikular-Exemplarischen ins Totale, will aber das Partikulare (oder besser: das Bekenntnis zum Partikularen) beibehalten, als notwendiges Element des Totalen. Goethe kommt ihm dabei entgegen; nicht nur, weil diesem Dichter nichts Lebendiges und nichts Totes fremd war, sondern auch, weil Goethe stets das Konkrete suchte, von einem einheitlichen Standpunkt aus, was heißt: von sich selbst.

Georg Simmel wird zur »Lebensphilosophie« gerechnet, der im späten neunzehnten und frühen zwanzigsten Jahrhundert in Deutschland vorherrschenden intellektuellen Strömung. Wenn sie heute häufig als abgeschlossene Episode der Geistesgeschichte betrachtet wird (zu Unrecht, wie sich an vielen Beispielen zeigen ließe, an Peter Sloterdijk etwa), liegt das im Fall Simmels vor allem daran, dass er dem »Leben« in Gestalt Goethes eine radikal idealistische Wendung gibt: Simmel verdoppelt seinen Helden. Es gehe ihm darum, den »geistigen« Sinn »der Goetheschen Existenz überhaupt« darzulegen, heißt es. Er wolle die »Idee Goethe«[16] anschaulich werden lassen. Der einfache Goethe, so scheint es, ist eine partikulare, bedürftige, in mannigfaltiger Weise zufällige Existenz. Der ins Empirische und Ideenhafte verdoppelte Goethe hingegen ist eine substanzielle Angelegenheit: ein Wesen ohne menschliche Bedingtheit, nicht zu subsumieren und auf nichts zurückzuführen. Nicht zum ersten Mal benutzt Simmel hier das Verfahren, den Anschein von Gewissheit durch Überhöhung zu erzeugen: In der *Philosophie des Geldes* entwickelt Simmel die Kategorie des »Über-Werts«, die er in *Goethe* wiederbenutzt. Zwar seien Werte grundsätzlich relativ, erklärt er, jeder Wert aber wolle absolut werden. Er strebe danach, nicht mehr Mittel zu einem Zweck sein zu müssen, sondern lediglich sich selbst zu repräsentieren.[17]

Simmel ist in jener Zeit mit seiner Begeisterung für Goethe alles andere als allein (andere, aber auch Simmel selbst, kannten auch andere Heldengestalten, Rembrandt vor allem). »Die neuen Götter, vergötterte Künstler oder Dichter also,

15 Ebd., S. 149.
16 Ebd., S. 9.
17 Vgl. Daniel Weidner: *»Überwert«, »individuelles Gesetz« und »Mehr-Leben«. Georg Simmels »Goethe« zwischen kulturwissenschaftlicher und lebensphilosophischer Begriffsbildung.* In: Claude Haas, Johannes Steizinger, Daniel Weidner (Hrsg.): *Goethe um 1900.* Berlin 2017, S. 92-113; hier S. 103.

brauchten Priester und Propheten«.[18] Wilhelm Windelband hatte Goethe zu einer »Welt für sich, die alles umfasst und alles überragt« erhoben und damit einen Ton angeschlagen, der mindestens noch bis zum Ersten Weltkrieg nachhallt.[19] Wilhelm Dilthey hatte Goethe in seinem Werk *Das Erlebnis und die Dichtung* aus dem Jahr 1906 gehuldigt. Houston Stewart Chamberlains *Goethe* wurde im Jahr 1912 veröffentlicht. Friedrich Gundolfs *Goethe* folgt im Jahr 1916. Die letzten beiden Werke erklären Goethe zu einer Gegenfigur zur Moderne.[20]

Simmel tut das nicht. Im Gegenteil, er interessiert sich in besonderem Maße für Motive in Goethes Werk, in denen »die Harmonie« gebrochen wird. Er insistiert auf »Momenten des Bruchs, des Scheiterns und des Zerfalls«,[21] um die Summe alles Disparaten, jenes »Ideal einer Ganzheit«, umso heller leuchten zu lassen. Goethe soll eine alles umfassende, gleichsam entfaltete Einheit sein, auch und gerade dort, wo deren Elemente auseinanderstreben oder sich sogar der Einheit widersetzen. Simmels ›Einheit‹ ist daher nicht ohne Widerspruch zu haben. Was lebt, was immer sich in Bewegung befindet, kann keine Einheit sein. Das weiß auch Simmel. Aber er geht darüber hinweg, weil er glaubt, dass es Einheit nur als Totalität des Gegensätzlichen geben kann. Goethe, versichert er, stehe für ein »Maß von Wechsel, auf Grund dessen das Einheitlich-Durchhaltende zu seiner größten Eindrucksstärke gelangt«.[22]

Denn je weiter man die Vernunft, den Sinn, die Versöhnung, was auch immer, ins Subjekt verlegte (etwa, weil einem »die ›kleinliche Flachheit des neukantianischen oder sonstigen Positivismus‹ wider den Strich ging«[23]), desto mehr erscheinen die großen Kategorien – verfängliche wie ›Sinn‹ oder ›Wert‹, emphatische wie ›Geist‹ – als konkretionsbedürftig. Das Leben eines einzelnen Menschen verspricht dagegen Nachvollziehbarkeit, Stabilität und praktische Geltung. Ferner setzt das einzelne Leben seiner erzählerischen Darstellung ein Maß: In der Regel hat es eine überschaubare Länge (oder Größe), eine Ordnung, die sich meist als Chronologie darstellen lässt, und es setzt einen mittleren, lebensnahen Maßstab. Und schließlich eignet sich Goethe – diesseits seiner Bedeutung als Poet, Naturforscher und politischer Funktionär – in besonderem Maß für ein solches Darstellungsprogramm: indem der Übergang von Intellektualität in Biographie, exemplarisch durchgeführt am Ende der *Lehrjahre*, entfaltet im gesamten Spätwerk des Dichters, immer schon

18 Heinz Schlaffer: *Poesie und Wissen. Die Entstehung des ästhetischen Bewußtseins und der philologischen Erkenntnis*. Frankfurt a.M. 1990, S. 235.

19 Wilhelm Windelband: *Aus Goethes Philosophie*. In: *Straßburger Goethevorträge: Zum Besten des für Straßburg geplanten Denkmals des jungen Goethe*. Straßburg 1899, S. 87-114; hier S. 90.

20 Vgl. Georg Bollenbeck: *Goethe als kulturkritische Projektion bei Chamberlain, Simmel und Gundolf*. In: Jochen Golz, Justus H. Ulbricht (Hrsg.): *Goethe in Gesellschaft. Zur Geschichte einer literarischen Vereinigung vom Kaiserreich bis zum geteilten Deutschland*. Köln, Weimar, Wien 2005, S. 13-32.

21 Weidner (Anm. 17), S. 95.

22 Simmel (Anm. 6), S. 265.

23 Georg Lukács: *Die Theorie des Romans. Ein geschichtsphilosophischer Versuch über die Formen der großen Epik*. Neuwied, Berlin 1971, S. 7.

zu Goethe gehörte, mit der Folge, dass sich dadurch eine »endlos rekursive und endlos sich verdichtende Lektüre der mannigfaltigen Lebensprozesse initiieren« lässt.[24] Simmels *Goethe*, so lässt es sich im Rückgriff auf die Debatten innerhalb der Naturwissenschaften des späten neunzehnten Jahrhunderts sagen – siehe Hermann von Helmholtz in seiner Schrift *Die Thatsachen der Wahrnehmung* aus dem Jahr 1878 –, ist eine Hypothese, die ihre Realität sucht.

Die ›Einheit‹ wird zu jener Zeit von vielen beschworen. Ihr Gegenüber sind die mannigfaltigen »Parallelaktionen«, von denen Robert Musil in seinem Roman *Der Mann ohne Eigenschaften* erzählt, dem »Ideenfundus der Jahrhundertwende in allen seinen Facetten und Konfigurationen«[25] – und in dessen innerer Unverbundenheit. An der Universität mag, wie gesagt, noch der Neukantianismus herrschen. Doch findet diese intellektuelle Strömung mit ihren diversen, alles andere als einheitlichen Schulen, ihren wichtigsten Gegenstand im zunehmenden Auseinander der ›nomothetischen‹ Naturwissenschaften und der ›ideographischen‹ Geisteswissenschaften (in der Nomenklatur Wilhelm Windelbands). Unterdessen werden neue ›Einheiten‹ in großer Zahl propagiert, in Gestalt des Romantizismus der Lebensreform etwa oder des Sozialistischen Bundes, den Gustav Landauer und Martin Buber schaffen wollten oder, alles andere als zuletzt, des reaktionären Nationalismus. Ein großes Sich-Sträuben wider den Relativismus des historischen Bewusstseins sind sie alle miteinander, auch wenn sie in der Richtung – im Rückgriff auf die Weimarer Klassik die einen, im Pathos von Fortschritt und Moderne die anderen – scheinbar entgegengesetzt verlaufen.

Eine zunehmende Fragmentierung mag man in der geschichtlichen Welt erkennen, in den unterschiedlichsten sozialen, politischen und kulturellen Zusammenhängen, und in Goethe, jener »wunderbare[n] Einheit und Harmonie«, einen von vielen, allesamt konservativen Versuchen, es mit der Zersplitterung des »Dasein[s]« aufzunehmen.[26] Die Beschäftigung mit Goethe ist unter diesen Voraussetzungen immer auch ein Versuch, dem Leben eine ideale begriffliche Fassung zu geben, ein Modell, in dessen Nachvollzug sich Leben interpretieren und damit auch erträglich machen lässt. »[M]it, an und durch Goethe [soll] die Einheit der zerrissenen Moderne in dieser selbst aufgesucht und in sie hineinkonstruiert werden«.[27] *Goethe*, das ist schützendes Wissen, ein Bemühen, die Dynamik der Neuzeit hinter sich zu lassen und dafür einen Patron zu haben. Nicht erstaunlich also, dass Simmel zu

24 Joseph Vogl: *Lebende Anstalt*. In: Friedrich Balke, Joseph Vogl, Benno Wagner (Hrsg.): *Für Alle und Keinen. Lektüre, Schrift und Leben bei Nietzsche und Kafka*. Zürich, Berlin 2009, S. 21-33; hier S. 23.

25 Richard David Precht: *Die gleitende Logik der Seele. Ästhetische Selbstreflexivität in Robert Musils »Der Mann ohne Eigenschaften«*. Stuttgart 1996, S. 151.

26 Wilhelm Dilthey: *Goethe und die dichterische Phantasie*. In: ders.: *Gesammelte Schriften*. Bd. 26: *Das Erlebnis und die Dichtung. Lessing, Goethe, Novalis, Hölderlin*. Hrsg. von Gabriele Malsch. Göttingen 2005, S. 113-172; hier S. 129.

27 Eva Geulen: *Nachlese: Simmels Goethe-Buch und Benjamins »Wahlverwandtschaften«-Aufsatz*. In: Jonas Maatsch (Hrsg.): *Morphologie und Moderne. Goethes »anschauliches Denken« in den Geistes- und Kulturwissenschaften seit 1800*. Berlin 2014, S. 195-218; hier S. 197.

Beginn seines Buches Goethes weiten Mantel auch um sich selbst wirft: »Die Gesamtdeutung Goethes, der alles, was er geschaffen hat, als eine große Konfession bezeichnet, wird, zugegeben oder nicht, immer auch eine Konfession des Deutenden sein«.[28]

Das Verlangen nach ›Einheit‹ ist ein Programm gegen die Geschichte und ihren Lauf. In diesem Widerstand meint Simmel in Goethe den großen Verbündeten zu erkennen – nur, dass Goethe als Zeitgenosse, nicht als Parteigänger, am Anfang einer Entwicklung steht, in der sich das historische Bewusstsein durchsetzt, während der Historismus für Simmel seinen Höhepunkt schon überschritten hat. Für Goethe ist die ›Naturgeschichte‹, also ein beschreibendes, nicht temporalisierendes Verhältnis zur Natur, noch lebendig. Simmel hingegen arbeitet zu einer Zeit, in der man glaubt, sich jeden beliebigen historischen Zustand herbeizitieren zu können. Deswegen das Insistieren auf der »Gestalt des Ganzen« als einem Grundmotiv Goethe'scher Weltanschauung.[29] Deshalb Simmels Behauptung, »[a]lles Erkennen und alles Handeln« Goethes sei »von vornherein auf Formen gestellt, auf eine Geprägtheit und Festigkeit«.[30] Deswegen auch die Bedeutung, die Simmel Goethes Konzept der Metamorphose zuschreibt:

> Wie die typischen großen Menschen der Renaissance, haben sich die Shakespeareschen Individuen sozusagen von Gott losgerissen, das Metaphysische ihrer Existenz findet Platz zwischen ihrem Scheitel und ihrer Sohle, während die Goetheschen als Glieder eines metaphysischen Organismus wirken, als Früchte eines Baumes oder Stadien seiner Metamorphose.[31]

»Metamorphose« ist ein Schlüsselwort in *Goethe*, vor allem in dessen zweiter Hälfte und neben dem ›Urphänomen‹, das in vergleichbaren Zusammenhängen wie die »Metamorphose« benutzt wird. Simmel verwendet die Ausdrücke eher freihändig. Gewiss, Goethe meinte – in mehreren Anläufen, zuerst nach der Rückkehr aus Italien, dann in den *Heften zur Morphologie* aus den Jahren zwischen 1817 und 1824 – in der »Metamorphose« ein alles Lebendige durchdringendes Motiv gefunden zu haben: den Wandel der Gestalt, eingeschlossen in eine ewig sich gleichbleibende Natur, eine Grundstruktur in wechselnden Gestalten, das »zeitlose Gesetz selbst in zeitlicher Anschauung«.[32] Um Abwandlung, nicht Veränderung soll es gehen. Wie beim Blatt, aus dem sich die Pflanze entwickelt, bis sie im aufgehenden

28 Simmel (Anm. 6), S. 10.

29 Ebd., S. 135.

30 Ebd., S. 250.

31 Das Zitat weicht von der Fassung in Simmel (Anm. 6), S. 162, ab. Es findet sich bei Georg Simmel: *Allgemeine Einleitung*. In: *Goethes sämtliche Werke*. Hrsg. von Curt Noch u. Paul Wiegler. Bd. 1: *Gedichte. Erster Teil 1756-1796*. Berlin o. J. [1923], S. 11-97; hier S. 82. Simmel selbst schrieb zu dieser Einleitung: »Ich entnehme diese und einige weitere Formulierungen meinem Buch: Goethe (Leipzig 1913), – in dem ich den geistigen Gesamtsinn der Goetheschen Existenz noch durch die Einzelheiten von Leben, Werk, Weltanschauung hindurch zu entwickeln unternommen habe« (ebd., Anm. S. 80). Offensichtlich hat er die Vorlage bearbeitet.

32 Ebd., S. 68.

Samenkorn wieder zum Blatt wird (*Versuch die Metamorphose der Pflanzen zu erklären*, 1790). Wie bei der Raupe, die zum Schmetterling wird und Eier legt, aus denen wiederum Raupen schlüpfen. Ein historisches, über die Natur hinausreichendes Prinzip lässt sich indessen aus der »Metamorphose« kaum ableiten, auch wenn Goethe sich etwa bei der Arbeit an *Dichtung und Wahrheit* von dieser Vorstellung leiten lässt. Sie bleibt ein Zwitter zwischen Naturgeschichte und historischem Denken.

Goethe nimmt das Unaufgelöste in seinen Ideen zur Metamorphose selbst wahr, das Schwanken zwischen dem Kreislaufhaften der Natur und der ins Unvorhersehbare zielenden historischen Entwicklung. Deshalb die wiederholten Versuche, zu einer passenderen Terminologie zu finden, deshalb der rhapsodische, zunehmend disparate Charakter seiner Naturstudien, und deshalb auch die späten Distanzierungen von seinen Ausführungen zu biologischen Gegenständen. Die »Metamorphose«, erklärte er in einem Aufsatz aus dem Jahr 1820, sei eine »höchst gefährliche Gabe von oben. Sie führt ins Formlose; zerstört das Wissen, löst es auf« (FA I, 24, S. 582). Für diese Ratlosigkeit gibt es einen handfesten, äußeren Grund: Goethes Forschungen zur Metamorphose sind, anders als die Studien zur Optik und zur Farbenlehre, weniger als Gegenentwürfe zu den sich formierenden Naturwissenschaften anzusehen, denn vielmehr als Teil einer damals noch allenthalben herrschenden Ratlosigkeit in den Lebenswissenschaften. Zwar drängte es die Forscher, sich den neuen methodischen Standards anzupassen, wie sie sich in der Physik oder in der Chemie durchsetzten. Doch es fehlten die Kenntnisse.

Simmel verleiht dem Problem und seiner vermeintlichen Auflösung einen ganz anderen, höheren Sinn: Er fügt sie in seinen lebensphilosophischen Idealismus ein. Er betrachtet sie als Kennzeichen des »ganzen Menschen« oder einer Wahrheit jenseits von ›richtig‹ und ›falsch‹.[33] Er verknüpft sie mit einem Alterswerk, zu dem Gelegentliches, nur Angedeutetes und nicht Ausgeführtes, scheinbar Formloses in großer Zahl sowie »eine große Anzahl von […] minderwertigen Produkten« gehören.[34] Gerade darin, erklärt Simmel, äußere sich die alles überwältigende Macht der Form: »[M]it der Vergleichgültigung alles dessen, was die Bestimmtheiten in Zeit und Raum uns innerlich und äußerlich anhängen, hat sein Subjekt sozusagen seine Subjektivität abgestreift« und werde »reine, objektiv geistige Existenz«.[35] In diesem Stadium spielt dann auch die Metamorphose keine Rolle mehr: Göttlich ist die Gestalt, die am Ende dieses Buches steht, ahistorisch im engsten Sinn, und alle Probleme der Philosophie erscheinen als endgültig gelöst. Man liest diese Passagen nicht ohne Verwunderung darüber, welche Gestalten eine vergangene literarische Philosophie hervorzubringen vermochte: Dass sich die Vorherrschaft der Form in der Formlosigkeit beglaubigen soll, ist ein zumindest kühner Gedanke.

Georg Simmels *Goethe* ist ein Solitär innerhalb der Literatur, die dem Weimarer Dichter gewidmet ist. Als Einzelstück, scheinbar ohne Bezug auf die Werke von Philologen, Biographen oder anderen Philosophen, wurde es von vornherein wahr-

33 Vgl. Simmel (Anm. 6), S. 38.
34 Vgl. ebd., S. 19.
35 Ebd., S. 259.

genommen. So, wie Simmel Goethe als völlig selbständige, souveräne Gestalt imaginiert, so steht er selbst in der Rezeptionsgeschichte seines Helden. Ein »Manifest der bürgerlichen Individualkultur« nennt Karl Robert Mandelkow dieses Buch.[36] Der Satz klingt überzeugend, ist aber wenig dialektisch gedacht. Anders gesagt: Mandelkow hat in dem Maße recht, wie das Ideal einer »Individualkultur« selbst etwas Allgemeines darstellt, *Goethe* also einer ganzen Zeit als unerreichbarer Maßstab dienen soll und also ganz und gar nichts Individuelles an sich haben kann. Dass die »Idee Goethe« überhaupt möglich war, schrieb Simmel in einem Aufsatz, der etwa gleichzeitig mit dem *Goethe* entstand, »ist eben für uns ein unersetzliches Pfand für eine letzte Zuverlässigkeit des Lebens«.[37] Die Bewunderung, die er einem Einzelnen zollt, über jedes Maß hinaus und um den Preis, darüber in Aporien und Widersprüche zu geraten: Sie macht den fantastischen Reiz und die Unmöglichkeit dieses Buches aus.

36 Karl Robert Mandelkow: *Das Goethebild Georg Simmels*. In: *Von der Natur zur Kunst zurück. Neue Beiträge zur Goethe-Forschung*. Hrsg. von Moritz Baßler, Christoph Brecht u. Dirk Niefanger. Tübingen 1997, S. 219-233; hier S. 233.

37 Simmel (Anm. 10), S. 16.

Dokumentationen und Miszellen

Emiliano Ranocchi

Karlsbad, Sommer 1785

Zum lieben Gedenken an Günter Arnold

Am 5. Juli 1785 betrat der 36-jährige Geheimrat des Herzogs von Sachsen-Weimar, Johann Wolfgang von Goethe, in Begleitung von Karl Ludwig von Knebel und dem erst 16-jährigen Pflanzenkundler Friedrich Gottlieb Dietrich, um 13 Uhr zum ersten Mal Karlsbad. Er ahnte nicht, dass sich in seinem Leben ein neuer Raum auftat, Böhmen, dem er bis ans Ende seiner Tage nicht weniger als Italien verbunden und mehr als Italien treu bleiben würde. Das Thema der Beziehungen Goethes zu Westböhmen (es sei daran erinnert, dass er trotz wiederholter Einladungen nie in Prag war) ist Gegenstand einer monumentalen Monographie von Johannes Urzidil[1] und zahlreicher kleinerer Publikationen. Es ist bekannt, dass Goethes dichtes Beziehungsnetz zu Gelehrten sowohl aus dem lokalen deutschen Adel als auch aus dem tschechischen Volk eine Schlüsselrolle bei der Förderung der böhmischen Aufklärung spielte.[2] Aus der Erkenntnis, dass die westböhmischen Kurorte eines der wichtigsten Fenster des Dichters zur Welt waren, wurden jedoch noch nicht die entsprechenden Schlussfolgerungen gezogen, denn zu der Zeit, als er sie aufzusuchen begann (zuerst Karlsbad, dann Marienbad und Teplitz), standen sie am Beginn einer Ära durchschlagender internationaler Popularität, die mindestens bis zum Ersten Weltkrieg andauern sollte.

Und so ist das Thema Goethe und Böhmen bei näherer Betrachtung nur eines, wenn auch sicherlich das wichtigste, der Themen, die mit den siebzehn Aufenthalten des Dichters in dieser Region verbunden sind. Vor allem während der ersten Aufenthalte sind es andere Herkunftsorte, die in den sozialen Beziehungen in Karlsbad gegenüber dem böhmischen Element überwiegen.

Über den ersten Aufenthalt in Karlsbad wissen wir relativ weniger als über die späteren, was vor allem daran liegt, dass Goethe zu diesem Zeitpunkt noch keine Tagebücher schrieb. Wir müssen uns daher mit den Tagebüchern seines Begleiters Karl Ludwig von Knebel begnügen, einem der engsten und beständigsten Freunde in Goethes Leben – einer unschätzbaren, wenn auch lakonischen Quelle für unzählige Informationen. Aber das ist noch nicht alles. In Karlsbad hatte sich in jenem Sommer durch eine glückliche Fügung des Schicksals, die bis heute nicht gebührend erforscht wurde, eine erlesene Gesellschaft versammelt, bestehend nicht nur aus

1 Johannes Urzidil: *Goethe in Böhmen*. Zürich 1962

2 Neben Urzidil (Anm. 1) vgl. auch Josef Haubelt: *České osvícenství*. Praha 2004.

führenden Vertretern des Weimarer Hofes wie der gesamten Familie Herder oder Frau von Stein, Bekannten wie dem Grafen von Brühl aus Seifersdorf bei Dresden, von neugierigen Mitgliedern des lokalen Adels wie der Gräfin von Clam, aber auch von großen Magnaten aus Osteuropa wie der Gräfin von Kurland Elisa von der Recke, die von ihrer besten Freundin Sophie Becker, der Tochter eines Pastors aus Neu-Autz bei Mitau, begleitet wurde. Letztere hielt ihre Erlebnisse während der zweijährigen Reise (1784-1786) durch Europa in Begleitung der Gräfin in einem Tagebuch fest. Kurz und gut, wie Becker schrieb: »es wimmelt [...] hier von Grafen und Gräfinnen«.[3] Unter den illustren Gästen aus Osteuropa ragte in diesem Sommer eine große Gruppe polnischer Aristokraten um Prinz Adam Kazimierz Czartoryski und seine Schwester, Fürstin Izabella z Czartoryskich Lubomirska, heraus. Letztere war in Begleitung ihres Schwiegersohns Stanisław Kostka Potocki und ihres geliebten Neffen Henryk Lubomirski in den Kurort gekommen, begleitet von Abt Scipione Piattoli, der seit Kurzem das Amt des Erziehers des jungen Prinzen übernommen hatte, und weiterem Gefolge. Der Vergleich mit Goethes Briefen und Knebels Notizbüchern[4] ermöglicht es, die in der polnischen Geschichtsschreibung[5] gängige Datierung zu korrigieren, die auf den Briefen von Stanisław Kostka Potocki an seine Frau Aleksandra z Lubomirskich beruht, welche in ihrem Landgut in Olesin geblieben war. Dieser bisher unveröffentlichte Briefwechsel stellt eine wertvolle und spannende Informationsquelle dar, u. a. über den kurzen Aufenthalt des Grafen in Karlsbad, der uns vor allem wegen der Anwesenheit Jan Potockis und der Begegnungen der beiden Cousins mit »les scavants de Weimar« (die Gelehrten aus Weimar), wie Stanisław Kostka Potocki sie nennt, interessiert – eine Quelle, die umso wertvoller ist, als sie den Germanisten nahezu unbekannt ist.[6]

Es ist ziemlich schwierig, die genaue Anzahl und Identität aller Mitglieder von Lubomirskas Gefolge festzustellen, nicht zuletzt, weil es ein ständiges Kommen und Gehen war. Die deutschen Quellen waren von grundlegender Bedeutung bei der Suche nach zwei wichtigen Dokumenten, von denen eines eindeutig beweist, dass sich im Gefolge der Fürstin Lubomirska auch Jan Potocki, der frisch getraute Ehe-

3 *Vor hundert Jahren. Elise von der Reckes Reisen durch Deutschland 1784-86. Nach dem Tagebuche ihrer Begleiterin Sophie Becker*. Hrsg. von Georg Karo u. Moritz Geyer. Stuttgart [1884], S. 156.

4 Vgl. Knebels Tagebücher im Goethe- und Schiller-Archiv Weimar, GSA 54/362 (*Schreibkalender 1785*).

5 Tadeusz S. Jaroszewski, Bożena Majewska-Maszkowska: *Podróż Stanisława Kostki Potockiego do Włoch w latach 1785-1786 w świetle jego korespondencji z żoną*. Sarmatia Artistica. Księga pamiątkowa ku czci Prof. Władysława Tomkiewicza. Warszawa 1968, S. 211-233; Bożena Majewska-Maszkowska: *Mecenat artystyczny Izabelli z Czartoryskich Lubomirskiej*. Wrocław 1976.

6 Der bisher unveröffentlichte Briefwechsel von Stanisław Kostka Potocki mit seiner Frau wird im Hauptarchiv für historische Aufzeichnungen (Archiwum Główne Akt Dawnych, AGAD) in Warschau, im darin enthaltenen Öffentlichen Archiv der Familie Potocki (APP), unter der Katalognummer 262 aufbewahrt. Dieser ist wiederum in zwei Bände unterteilt: I und II, die Briefe von 1785 befinden sich im ersten Band und werden im Folgenden zitiert als APP 262/I.

mann ihrer Lieblingstochter Julie und künftige geniale Autor des Romans *Manuscrit trouvé à Saragosse*, befand.

Jedenfalls erscheint Jan Potocki in dem Bericht über die Geburtstagsfeier von Moritz von Brühl am 26. Juli, der in einer von Bernhard Suphan herausgegebenen Miszelle enthalten ist, zusammen mit seinem Cousin Stanisław Kostka Potocki unter den Gästen (»Grafen Stanislas und Jan Potocki, beide Schwiegersöhne der Fürstin«[7]).

Über Jan Potockis Aufenthalt in Karlsbad wüssten wir nicht viel – Goethe erwähnt ihn nicht (wohingegen Lubomirska und Stanisław Kostka Potocki in seinen Briefen an Carl August und Charlotte von Stein, die Anfang August nach Weimar zurückgekehrt waren, angeführt werden) –, wäre da nicht eine Begegnung mit einem anderen illustren Gast der Karlsbader Bäder: Herder.

In einem Brief, den Herder um die Monatsmitte nach seiner Rückkehr aus Karlsbad (er war am 1. August abgereist) an Johann Gottfried Eichhorn schrieb, erwähnt er von all den neuen Bekanntschaften, die er in Karlsbad machte, nur Jan Potocki.[8] Der junge Potocki war unlängst von einer Reise in die Türkei und nach Ägypten zurückgekehrt und kleidete sich (nach späteren Zeugnissen, die sich jedoch auf seinen Aufenthalt in Karlsbad im Jahr 1785 beziehen) im orientalischen Stil.

Außerdem existiert ein handschriftlicher Brief von Jan Potocki selbst an Herder. Der Brief wird in Krakau in der Jagiellonen-Bibliothek aufbewahrt und ist Teil der berühmten Sammlung der ehemaligen Preußischen Bibliothek in Berlin. Das Datum des Briefes ist unvollständig: nur der Ort, Leipzig, und der Tag (der 22.) erscheinen. Es gibt jedoch gute Gründe dafür, das Jahr 1785 als korrektes Datum anzusehen. Der Brief ist für uns von Interesse, weil er unter anderem einen Hinweis auf Goethe enthält. Jan Potocki berichtet, dass er gerade aus London zurückgekehrt ist, und bittet Herder, Goethe zu grüßen:

> Sagen Sie dem Herrn Goethe viele liebe Worte von mir. Ich bin sehr traurig, dass er diese kleine Reise nicht mit mir machen wollte. Er hätte alle Läden in London voller Lotte gesehen, die auf tausend verschiedene Arten bemalt, graviert und emailliert sind. Aber wenn es schmeichelhafter ist, von einem großen Volk bewundert zu werden, so ist es zweifellos befriedigender, am Glück eines kleinen zu arbeiten.[9]

7 Bernhard Suphan: *Karlsbad 1785*. In: GJb 1890, S. 123-134; hier S. 125.

8 Johann Gottfried Herder: *Briefe*. Hrsg. von Wilhelm Dobbek u. Günter Arnold. Bd. V: *1783-1788*. Weimar 1986, S. 133.

9 Brief von Jan Potocki an Herder (o. D.), Autographen-Sammlung aus der ehem. Preußischen Staatsbibliothek zu Berlin. Der Brief befindet sich im sogenannten Bestand »Berlinka« (aus den Beständen der ehemaligen Preußischen Staatsbibliothek Berlin) in der Biblioteka Jagiellońska in Krakau. Vollständiger Abdruck bei Emiliano Ranocchi: *Karlsbad, Estate 1785*. In: *Archeologia – Letteratura – Collezionismo*. Atti del Convegno dedicato a Jan e Stanisław Kostka Potocki 17-18 aprile 2007. A cura di Elżbieta Jastrzębowska e Monika Niewójt. Rom 2008, S. 32-59; hier S. 39 (Transkript), S. 40-42 (Faksimile).

Es scheint uns, dass die Einladung zum Mitreisen in der entspannten und weniger förmlichen Atmosphäre des Kuraufenthalts formuliert worden sein dürfte und dass sie von Goethe mit jener Distanz abgelehnt wurde, mit der er Herzog Carl August über die nicht ganz ernst gemeinte Absicht Lubomirskas informiert, mit seinem Bruder Adam Kazimierz ein Haus in Weimar zu kaufen.

In der Jagiellonen-Bibliothek liegt auch ein Brief von Scipione Piattoli an Herder,[10] der auf den 12. August 1785 datiert ist, aber am Tag seiner Abreise geschrieben wurde (›in ipso profectionis tumultu‹), weshalb das Datum auf den 13. August korrigiert werden sollte. Vom *esprit de conversation*, der aristokratischen Korrespondenz in französischer Sprache, gelangen wir hier in eine andere Welt, die eines typischen italienischen Gelehrten des 18. Jahrhunderts, eines »avventuriero onorato«,[11] der seine Korrespondenz in Latein führt und uns einen Einblick in die gelehrten Vergnügungen einer gemischten, kosmopolitischen und kultivierten Gesellschaft gewährt, wie sie sich in jenem Sommer in einem böhmischen Kurort traf:

> Wir verließen die karolingischen Gewässer zu hoher Mittagsstunde – so auch meine Freuden danach, wie es mir gegeben war, Dich, edelster Mann, Goethe und den verehrten Knebel kennen zu lernen, zu bewundern und mich mit Euch durch das heilige Band der Freundschaft zu verbinden. Ich möchte sagen, dass ich hier nicht so sehr des Körpers als der Seele ιατρειον [Arzt] gefunden habe. Denn ich habe hier solche Menschen gefunden, wie sie der berühmte Zyniker Diogenes nicht einmal zu suchen wagte: gut von Natur, ausgezeichnet in der Moral, hervorragend im Wissen – kurz, die wahren Lichter beinahe ganz Deutschlands. Ich liebe Euch so sehr, ich bewundere Euch so sehr, dass ich, wenn ich nicht von dem Wunsch beseelt wäre, Italien, meine Heimat, wiederzusehen, zweifellos Eure Stadt und Eure Gesellschaft vorziehen würde. Denn ich bin von Natur aus so: Wenn ich diejenigen, bei denen ich wohne, für vollkommen hielte, die übrige Welt vernachlässigend würde ich meinen, dass ihnen mein ganzes Leben zusteht.
>
> Unser Goethe hat ausdrücklich für die Prinzessin seinen Aufenthalt verlängert und uns diese Tage sehr freudig gemacht – wahrlich der einzige Mann, der würdig ist, Deine und der anderen Freunde Abreise zu belohnen. Ihm übergebe ich diesen eilig geschriebenen Brief. Er wird ihn korrigieren und ihn für Dich anmutiger und eleganter erscheinen lassen. Wir haben jeden Tag unter der Anleitung von Goethe oder Kettner in Deutsch geübt. Insbesondere haben wir Deine *Paramythia*, edelster Mann, übersetzt und versucht, die zahlreichen Epigramme Goethes in italienische Reime zu übertragen, bzw. daran gearbeitet. Ob wir

10 Brief von Scipione Piattoli an Herder (1785), Autographen-Sammlung aus der ehem. Preußischen Staatsbibliothek zu Berlin. Der Brief befindet sich im sogenannten Bestand »Berlinka« (aus den Beständen der ehemaligen Preußischen Staatsbibliothek Berlin) in der Biblioteka Jagiellońska in Krakau. Suphan (Anm. 7), S. 125, Fn. 2, hatte 1890 ein Fragment des Briefes veröffentlicht, das in BuG II, S. 537 erneut gedruckt ist. Der vollständige Abdruck des lateinischen Brieftextes findet sich erstmals bei Ranocchi (Anm. 9), S. 45 f.

11 Alessandro d'Ancona: *Scipione Piattoli e la Polonia*. Firenze 1915, S. 199.

> wesentliche Fortschritte gemacht haben, wird die baldige Rückkehr Goethes zu Euch zeigen.[12]

Nach der Abreise von Knebel und Herder hatte Goethe beschlossen, seinen Aufenthalt zu verlängern, um die Prinzessin nicht allein zu lassen, wie er in seinem Brief vom 7. August an Charlotte von Stein schrieb: »[...] ich will bleiben so lang die Fürstinn und ihr Gefolge da ist« (WA IV, 7, S. 73 f.; hier S. 74) und in einem Brief vom 15. desselben Monats an den Herzog: »Die Fürstinn Lubomirska [...] ist erst vorgestern weg. Weil sie zuletzt fast ganz allein blieb, hab ich meinen Aufenthalt um 8 Tage verlängert [...]« (ebd., S. 74-76; hier S. 75). Im folgenden Brief an Charlotte von Stein, geschrieben aus Johanngeorgenstadt am 18. August, schreibt Goethe erneut: »d. 13ten ist die Fürstinn abgereist, wir haben noch sehr angenehme Stunden gehabt« (ebd., S. 77).

Gerade auf diese »angenehmen Stunden« eröffnet Piattolis Brief an Herder einen Blick. So erfahren wir, dass sich Goethe im Wechsel mit Kettner, dem Hauslehrer des ältesten Sohnes der Brühls, Karl, genannt Lollot, als Deutschlehrer betätigte. Die *Paramythia* von Herder, die in diesen improvisierten Übungen übersetzt werden, waren gerade im ersten Teil der *Zerstreuten Blätter* erschienen. Auch Goethes »zahlreiche Epigramme« werden erwähnt. Über diese Übersetzungen ist nichts bekannt – es ist aber daraus zu schließen, dass Goethe die probeweise übersetzten Texte mit nach Weimar genommen hat.

Sowohl in Lubomirskas Briefen als auch in denen von Stanisław Kostka Potocki, sowie in dem bereits erwähnten Brief von Jan Potocki an Herder wird Goethe stets mit seinem Bestseller in Verbindung gebracht. Und in der Tat kann man all diese Zeugnisse auch als Fragmente einer Rezeption des *Werthers* in den Kreisen der polnischen Aristokratie lesen. Besonders interessant ist eine Passage aus dem Brief der Fürstin Lubomirska an Wojciech Mier, die die Entstehung des *Werthers* aus erster Hand bezeugt und zugleich zeigt, wie sorgfältig – auch im leichten Ton des Gesprächs – die Fürstin über den Inhalt ihrer Gespräche mit Goethe berichtete:

> Ich bedaure auch, dass ich mich nicht mit Marchesini treffen konnte, denn leider würde ich es nicht rechtzeitig schaffen, ihn in Wien zu hören, selbst wenn ich mit dem letzten Glas im Mund von hier abreisen würde. Dafür kann ich mir Ihr Entzücken vorstellen. Aber wir haben hier auch eine sehr interessante Person, die wir Ihrem Marchesini gegenüberstellen könnten – es ist der Autor des Werthers, Goethe. Außer ihm gibt es verschiedene angenehmc Leute, besonders die Damen von Salm und von Werther, unzertrennliche Freundinnen. Goethe ist unablässig von vier oder fünf Damen umgeben, die um sein Herz buhlen. Eine von ihnen ist Frau von Stein, eine alte Flamme von ihm, dann die bereits erwähnten Freundinnen und schließlich Frau von Brühl. Ich würde gerne die Bekanntschaft dieser sensiblen Gesellschaft machen, aber die Angst, mich auf der Liste wiederzufinden, hielt mich zunächst davon ab, mich ihnen zu nähern. Gegenwärtig sehen wir uns öfters. Goethe ist ein Herr von etwa dreißig Jahren, hat schöne Augen und eine lebhafte, intelligente Physiognomie. Leider muss ich Ihnen gestehen,

12 Vgl. Ranocchi (Anm. 9), S. 45 f.; Übersetzung ins Deutsche von Emiliano Ranocchi.

> dass Werther eigentlich nur ein Roman ist. Goethe hat mir gesagt, dass die einzelnen Fakten und Details authentisch sind, aber dass er es war, der sie zu einer einzigen Komposition verwoben hat. Zum Teil sind es seine persönlichen Erlebnisse. Er war es, der verliebt war und an Selbstmord dachte, dann aber den Tod Werthers ausnutzte, um dem Roman seine Katastrophe zu geben.[13]

Izabella Lubomirska besaß in ihrer Wohnung in Mokotów ein Exemplar des *Werther* in französischer Sprache. Aus Piattolis Brief an Herder erfahren wir von den täglichen Übungen zum Erlernen der deutschen Sprache. Es ist unklar, ob auch die Fürstin an diesen Übungen teilnahm, aber es gibt einen köstlichen Bericht von Elisa von der Recke, die Lubomirska einige Jahre später in Warschau bei Hofe traf (im Juli 1785 verpassten sie einander nur knapp, da die Gräfin die Kurstadt Mitte Juli verließ, so dass sie nur Zeit hatte, Fürst Czartoryski zu treffen):

> Die Fürstin Lubomirska erzählte mir, daß, nachdem sie sich schon eine Weile in der deutschen Sprache geübt gehabt hätte, sie den Versuch gewagt hat, »Werther« zu lesen. Die Szene, wo Lotte mit Werther nach einem Gewitter ans Fenster tritt und sich an dieser herrlichen Naturszene erfreut, ist ihr unverständlich gewesen, weil sie nicht gewußt hat, daß Klopstock einer der ersten Dichter sei. Sie hat Klopstock für ein deutsches Wort gehalten, und nachdem sie sich im Wörterbuch müde gesucht hat, schickt sie zu ihrem deutschen Koch hinunter, läßt ihn fragen, ob er nicht wüßte, was Klopstock hieße. Er versichert, Klopstock wäre eine Art von sehr delikatem Rostbeef, das auf gut deutsch eigentlich Klopffleisch genannt werden müsse.[14]

Denn wenn Herder von dem 24-jährigen Jan Potocki bezaubert gewesen sein muss, so war Goethe sicherlich von der nicht mehr ganz so jungen Prinzessin fasziniert, wenn er beschloss, seinen Aufenthalt im Kurort um acht Tage zu verlängern, um ihr nach der Abreise eines Teils ihres Gefolges Gesellschaft zu leisten. In seinem Brief an Carl August, der zwei Tage nach ihrer Abreise geschrieben wurde, schreibt Goethe:

> [S]ie ist eine interessante Frau, wird auch nach Weimar kommen und sie und ihr Bruder haben, halb Scherz halb Ernst, versichert daß sie ein Haus dort haben wollten um eine Zeit des Jahrs daselbst zuzubringen. Es wird sich darüber reden lassen und ich habe die Sache eingeleitet wie ich erzählen werde. (WA IV, 7, S. 74-76; hier S. 75)

Dass der Jan Potocki von 1785 den großen Weimarer, der an der Schwelle zu seiner ›olympischen‹ Periode stand, nicht beeindrucken konnte, ist nicht verwunderlich: Der Goethe, der sich längst vom übertriebenen Subjektivismus seiner Jugend verabschiedet hatte (die zweite, distanziertere Ausgabe des *Werther* zeugt davon), der

13 Übersetzung aus der polnischen Fassung (das französische Original ist verlorengegangen) in: *Poezje zebrane Wojciecha Miera*. Wrocław, Warszawa, Kraków 1991, S. 36. Vgl. Becker (Anm. 3), S. 155: »Er ist bloß an seinen schönen Augen aus dem großen Haufen auszufinden«.

14 Elise von der Recke: *Tagebücher und Selbstzeugnisse*. Hrsg. von Christine Träger. Leipzig 1984, S. 179.

an der *Iphigenie auf Tauris* und am *Tasso* arbeitete, konnte wenig Interesse an dem haben, was ihm als bloße narzisstische Laune eines jungen polnischen Oberherrn erschienen sein musste.

Viele Jahre später muss Goethe von Jan Potocki durch seinen selbsternannten Schüler Julius Klaproth gehört haben, mit dem er 1813 dreimal zusammentraf. Das Thema China wurde bei dieser Gelegenheit erwähnt, denn Klaproth war einer der ersten Sinologen Europas und hatte 1805 mit Potocki an der berühmten, in einem totalen Fiasko mündenden und an der mongolischen Grenze unterbrochenen Gesandtschaft nach China teilgenommen.

Eine von Ernst Beutler[15] initiierte und unlängst von Günther Debon[16] dementierte historiographische Legende besagt, dass Klaproth bei dieser Gelegenheit Goethe die Grundzüge der chinesischen Sprache beibrachte. Während dies höchst unwahrscheinlich ist, ist es so gut wie sicher, dass Klaproth Goethe an Potocki erinnerte, zu dem er eine Beziehung von echter Verehrung hatte.

Es ist aber verwunderlich, dass es auch zwischen Goethe und Stanisław Kostka Potocki kein größeres Verständnis gab. Vielleicht ein wenig zu streng ist Majewska-Maszkowskas Beurteilung der Persönlichkeit des Grafen anhand des Inhalts der Briefe an seine Frau – ohne die Adressatin dieser Briefe zu berücksichtigen: Die junge Dame (wenn auch so kultiviert wie Aleksandra z Lubomirskich Potocka) erwartete von ihrem (ebenfalls jungen) Mann vielleicht nicht nur Beschreibungen von Kunstwerken oder Überlegungen zur Ästhetik. Daher die Fülle an Klatsch und die Bitten Potockis an seine Frau, ihm öfter zu schreiben und nicht um die Länge der Briefe zu feilschen – der Graf hatte tatsächlich großes Heimweh nach Frau und kleinem Sohn, während seine Befürchtung, dass seine geplante Italienreise gemeinsam mit seiner Schwiegermutter in die Tat umgesetzt werden würde, von Tag zu Tag berechtigter wurde, was eine längere Trennung von seiner Frau bedeutet hätte. Er fühlte sich geschmeichelt von dem Interesse, das Goethe an ihnen zu haben schien:

> Im Moment leben wir auf den Trümmern von Karlsbad, das heißt mit Maurice Bruhl und Goethe, dem Autor von *Werther*, der uns sehr umwirbt. Er ist noch jung genug, liebenswürdig und gewandt genug, um einen zweiten Band seines Romans schreiben zu können. Die Gesellschaft eines solchen Mannes kann nicht unangenehm sein, also genießen wir sie alle, so viel wir sind. (APP 262/I, Brief vom 11. August 1785)

15 Ernst Beutler: *Goethe und die chinesische Literatur*. In: *Das Buch in China und das Buch über China*. Buchausstellung veranstaltet von der Preussischen Staatsbibliothek und dem China-Institut. Frankfurt a.M. 1928, S. 54-58.

16 Günther Debon: *Was wußte Goethe von der chinesischen Sprache und Schrift?*. In: *Goethes Morgenland-Fahrten. Westöstliche Begegnungen*. Hrsg. von Jochen Golz. Frankfurt a.M., Leipzig 1999, S. 43-54; vgl. auch: ders.: *Goethe und der ferne Osten*. In: *Freiburger Universitätsblätter* 133 (1996), S. 43-54; hier S. 49: »Wir können nicht mit Bestimmtheit sagen, worum es in dieser Unterredung mit dem Orientalisten Klaproth gegangen ist. Doch dürfen wir vermuten, daß Goethe vor allem an geologischen Fragen interessiert war, denn auf einer langen Seite seines Briefes an Knebel erzählt Goethe vom Granit in China, von Talk- und Tongebirgsarten, vom Feldspat, Porzellanton und Urkalk« (vgl. WA IV, 24, S. 28-30).

Diese Worte drücken zweifellos die Schmeichelei und die *air de suffisance* eines großen Aristokraten aus, der es gewohnt ist, Huldigungen zu empfangen, aber sie sollten nicht unbedingt als eine reine Erfindung Stanisław Kostka Potockis betrachtet werden: Goethes Snobismus oder – wenn wir es anders ausdrücken wollen – sein tiefer Respekt vor der Hierarchie ist bekannt. Andererseits lohnt es sich, den trockenen Ton, mit dem Goethe in seinen Briefen seine Kontakte mit der Gruppe der polnischen Aristokraten erwähnt, mit dem Ton der milden Überschwänglichkeit zu vergleichen, der aus den Briefen Potockis dringt. Zweifellos empfand Goethe es als Ehre, mit der Fürstin verkehren zu dürfen, aber er war sich auch der Ehre bewusst, die er ihr erwies, indem er ihr so viel Zeit widmete. Der Funke zwischen ihm und Potocki ist jedoch nicht übergesprungen; das hätte vielleicht Jahrzehnte später geschehen können, als Stanisław Kostka Potocki zum größten Gelehrten auf dem Gebiet der antiken Kunst in seinem Land und Übersetzer von Winckelmanns *Geschichte der Kunst des Alterthums* (1776) ins Polnische werden sollte. Sicherlich waren die Veranlagungen bereits 1785 vorhanden, doch scheint Goethe dies nicht besonders bemerkt zu haben.

Vielleicht war es paradoxerweise gerade das Vorhandensein von Gemeinsamkeiten in ihrem öffentlichen Verhalten, das sie eher zu Rivalität als zu Sympathie oder zumindest zu einer Art distanzierter Unterwürfigkeit verurteilte – sicherlich teilte Potocki bei aller Schmeichelei, von Goethe umworben zu werden, nicht Lubomirskas Begeisterung für Carl Augusts Geheimrat. Die Passage in seinem Brief vom 11. August, in der er seiner Frau seine Gedanken über die Gräfin von Brühl anvertraut, scheint davon zu zeugen:

> Die Brühl, die ihn hier und da beäugt, ist eine sentimentale, eitle und gutmütige Dame, die sich für hundertmal besser hält als die Charle [?], ihr aber nicht einmal annähernd gleichkommt. Sie ist meine gute Freundin, und sie ist die Freundin deiner Mutter; trotzdem lachen wir manchmal über sie. Das würden der Abbé Goethe und alle Gelehrten in Weimar nicht wagen, denn sie beeindruckt sie trotz all ihrer Intelligenz. Für sie ist sie der charmante Charakter schlechthin. Deine Mutter macht bei Goethe eine Ausnahme, aber ich glaube, dass der Autor von *Werther* in dieser Hinsicht ein wenig missverstanden wird. (ebd.)

Außerdem waren Goethes Beziehungen zu Tina von Brühl auf dem Höhepunkt der Herzlichkeit, und später würde sein Urteil über diese Bürgerliche (sie war die Tochter eines einfachen Marschalls, Brühl heiratete sie gegen den Willen der Familie), kokett und krank vor Sentimentalität, noch härter ausfallen als das von Potocki.

Wir haben bereits die beiden wichtigsten gesellschaftlichen Ereignisse erwähnt, die sowohl in deutschen Quellen als auch in den Briefen Potockis bezeugt sind: der Geburtstag von Hans Moritz von Brühl (26. Juli) und das Fest der Fürstin Lubomirska am folgenden Abend (27. Juli). Über die erstgenannte Feier hat Bernhard Suphan einen bereits erwähnten, ausführlichen, vom Geburtstagskind selbst verfassten Bericht veröffentlicht.[17] Hinzuzufügen ist, dass Lollot nach der Entfaltung des Plakats, begleitet von Geige und Harfe, ein von Goethe für diesen Anlass geschriebenes Lied zu singen begann, das auf eine Melodie des Komponisten Johann

17 Suphan (Anm. 7), S. 126.

Gottlieb Naumann zurückgeht und heute als *Bänkelsängerlied* bekannt ist. Dann begaben sich alle in einen nicht weit entfernten Garten auf dem Berg, wo Erfrischungen vorbereitet worden waren und Kinder mit Blumengirlanden in der Hand auf sie warteten (Knebels Aufzeichnungen an diesem Tag: »Morgen Sprudel. Kränze geflochten«[18]) und mit ihnen Tina von Brühl, ganz in Weiß gekleidet und ebenfalls mit Blumen geschmückt. Neben ihr stand Lollot (der sich in der Zwischenzeit umgezogen hatte). Gemeinsam sangen sie ein Duett aus Naumanns *Elisa*: »Son dolci d'Imene le fiamme, gli ardori, di lui le catene son fatte di fiori, e unite ad Amore stringendo ci va«. Sie schenkten dem Geburtstagskind einen Blumenstrauß, schmückten es mit einem Kranz und überreichten ihm Verse von Knebel, Herder und Stadtrat Voigt. Suphan verglich den Verlauf der Feier mit einem Singspiel.

Potockis Bericht darüber im Brief an seine Frau vom 28. Juli ist weniger ausführlich, aber besonders interessant, weil er von einer Aufführung Goethes berichtet, die von Brühl nicht erwähnt wird:

> Goethe gab vorgestern ein kleines ländliches Fest, dem wir mit deiner Mutter beiwohnten und bei dem er ein seltenes Talent für Possenspiele entfaltete. Unter anderem malte er in der Art der Scharlatane ein Bild über das Leben des Moritz Brühl, begleitet von den lustigsten Versen der Welt. Er wechselte zwei- oder dreimal die Rolle, immer mit demselben Erfolg. Der Schauplatz der Szene war dieser Bauernhof und dieser kleine Garten, wo ich mich erinnerte, mit Dir gewesen zu sein, und das war für mich der beste Teil des Festes. (APP 262/I, Brief vom 28. Juli 1785)

Zunächst einmal ist festzustellen, dass Potocki die gesamte Organisation der Feier Goethe zuschreibt, was aus dem Bericht von Brühl nicht hervorgeht, ebenso wenig, dass Goethe darin eine Aufführung gegeben hätte. Möglicherweise handelte es sich um eine Pantomime zu dem oben erwähnten Lied, gesungenen *à la maniere des charlatans* (also wörtlich ein *Bänkelsängerlied*), was einen ungewöhnlichen Goethe-Possenreißer darstellen würde.

Für die Feier am folgenden Abend (27. Juli) liegt uns keine deutsche Beschreibung vor. Das war der letzte Abend für Knebel, der am nächsten Tag abreiste, und so hielt er ihn in seinem Notizbuch fest: »Nachmittags fete vom Fürst Czartoriskÿ. Illumination. Bis gegen 11 Uhr da«.[19]

Knebels Notiz zeigt die Austauschbarkeit der Fürstin und ihres Bruders, denn Potocki gibt an, dass Lubomirska selbst die »Fete« organisiert hatte:

> Deine Mutter hat gestern eine Fete gegeben, die Karlsbad in Staunen versetzte. Es war ein Imbiss, ein Ball, ein Abendessen, eine Dekoration, eine Illumination, die ich fast bezaubernd finden würde, wenn ich nicht der Organisator gewesen wäre. Ich würde Bach bitten, dir eine Zeichnung davon zu machen, denn es war viel besser, als Du es Dir vorstellen kannst. Stell Dir die große, hell erleuchtete Promenade vor. Im Hintergrund ein großer chinesischer Pavillon, vorne zwei weitere, Girlanden, Podeste, ein geschmückter Tisch, ein Blätterdach, auf dem Henri, die kleine Claire und der kleine Gurion als Annette und Lubin standen, und alles, was

18 Knebel (Anm. 4).
19 Knebel (Anm. 4).

> dazu gehört. Stell Dir das alles in Karlsbad vor und beurteile die Wirkung unseres Festes. Auch ist jedermann davon entzückt. (APP 262/I, Brief vom 28. Juli 1785)

Nun ist auch klar, was Knebel mit der lakonischen »Illumination« meinte.

Die besonderen Umstände des Karlsbader Treffens erlauben es, durch Kommentare in Briefen an Dritte zu erfahren, was die Protagonisten voneinander hielten. Es ist immer noch amüsant, von Potockis Verlegenheit zu lesen, wenn er versucht, Lubomirskas überstürzte Abreise aus Karlsbad zu rechtfertigen, ohne die Kur beendet zu haben:

> Ich hätte mir nur gewünscht, dass deine Mutter noch eine Woche in Karlsbad verbringen könnte, denn das Wasser begann auf sie zu wirken, als sie es verließ. Ich habe sie in all diesen Tagen in der besten Stimmung gesehen. (APP 262/I, Brief vom 13. August 1785)

Andererseits schreibt Goethe am 7. August 1785 an Charlotte von Stein, dass sich Lubomirska über die Hypochondrie ihres Schwiegersohns beklagte:

> Sie klagte mir gestern besonders über die Hypochondrie des Grafen Stanislas und wie nötig er habe zerstreut zu werden, und daß nun alles weggehe und so weiter. Ich sagte ihr darauf daß wenn ich ihr und ihrer Gesellschaft nüzlich seyn könnte ich gerne bleiben wollte. So will ich aushalten und so wird aus der zerstückten Badewirthschafft für mich ein Ganzes. (WA IV, 7, S. 73 f.; hier S. 74)

In seinem Brief an Knebel vom 28. und 29. August kommt Herder auf seinen Aufenthalt in Karlsbad zurück (und wird dies auch in den folgenden Monaten noch mehrmals tun):

> Nach Ihrer Abreise ist in Karlsbad nicht so gar viel Merkwürdiges vorgefallen; die Alten zogen allmälich fort u. mit den Neuen machten wir uns wenig zu schaffen. Es war wie im Leben der Menschen, wenn man zu Jahren gelanget. Göthe blieb noch da (wir zogen den 1. August) u. er hat tapfer ausgehalten, die Fürstin noch überlebt, u. überhaupt die Cur wie ein vernünftiger Mensch gebraucht u. abgewartet. Wir haben sie nur durchjagt; zumal Sie, u. überhaupt haben wir die Hauptlection des Lebens »warten zu lernen«, noch nicht gelernt. Dafür sieht er auch sehr wohl aus.[20]

Am 18. August beschreibt Potocki (aus Wien) seiner Frau die letzten Tage, die er mit Goethe und den Brühls in einem Karlsbad verbrachte, das sich allmählich von seinen Gästen leerte:

> Seitdem Karlsbad sich geleert hatte, fühlten wir uns dort wohler, deine Mutter wurde fröhlicher und wir wurden es auch, und der Eindruck, den die Abreise des Prinzen und meines Vetters auf uns gemacht hatte, verschwand unmerklich. Wir hatten also bei unserer Abreise kein anderes Bedauern zu empfinden als die Gesellschaft von Brühl und Goethe, der uns sehr liebgewonnen hatte. Aber da wir sie glücklich verließen, tröstete uns dieser Gedanke. Unsere Gespräche mit ihnen waren das Erträglichste, was es in Karlsbad gab. Sie haben uns für diesen abscheulichen Berg reichlich belohnt. (APP 262/I, Brief vom 18. August 1785)

20 Herder (Anm. 8), S. 135.

Die Brühls reisten am Tag nach der Prinzessin ab, am 14. – Goethe am 16. Das Leben all dieser Menschen, die innerhalb eines kurzen Monats in dem böhmischen Kurort zusammenkamen, erinnert an die Wege in einem englischen Garten, die sich scheinbar nach Lust und Laune schlängeln, dann aber unverhofft alle auf eine freie Fläche treffen, in deren Mitte ein Pavillon steht. Der Pavillon beherbergt in diesem Fall eine Quelle, den Sprudel. Nicholas Boyle schreibt dazu:

> The familiar dynamics of the holiday-camp are recognizable in the growth of informal little groups for expeditions into the neighborhood or for the unexpectedly emotional celebration of birthdays – to which Goethe contributed an occasional poem or two – in the tearful farewells, and in the firm promises to meet again next year.[21]

> Man erkennt die typische Dynamik des Ferienlagers wieder: Es bildeten sich kleine Gruppen, die sich zu gemeinsamen Ausflügen verabredeten oder unerwartet gefühlsselig einen Geburtstag feierten – zu welchen Anlässen Goethe ein oder zwei Gelegenheitsgedichte beisteuerte –, man nahm tränenreich voneinander Abschied und gab einander das feste Versprechen, im nächsten Jahr wiederzukommen.[22]

Aber in dem erwähnten Brief von Herder an Knebel[23] wird die Dynamik des Kurortes zu einer Metapher für das Leben, wie die Häfen von Caspar David Friedrich mit den ein- und auslaufenden großen und kleinen Schiffen und den Figuren, welche die verschiedenen Lebensalter repräsentieren. Einige dieser Menschen werden sich nie wiedersehen, andere werden sich anderswo treffen. Von der polnischen Karawane im folgenden Jahr war nur Adam Kazimierz Czartoryski anwesend, diesmal mit seinem Sohn Adam Jerzy, der sich an die Lesung des Dichters aus der ersten Fassung von *Iphigenie auf Tauris* in Prosa erinnert.[24]

Der letzte Brief, den Goethe aus Karlsbad schrieb (15. August), war an Carl August gerichtet. Er stellt eine Art Bilanz der Kur dar:

21 Nicholas Boyle: *Goethe. The Poet and the Age.* Vol I: *The Poetry of Desire (1749-1790).* Oxford 1991, S. 387.

22 Nicholas Boyle: *Goethe. Der Dichter in seiner Zeit.* Band I: *1749-1790.* Aus dem Engl. übers. v. Holger Fliessbach. München 1995, S. 444.

23 Herder (Anm. 8), S. 135.

24 Adam Jerzy Czartoryski: *Pamiętniki i memoriały polityczne 1776-1809.* Hrsg. von Jerzy Skowronek. Warszawa 1986, S. 96: »Endlich kamen wir in Karlsbad an. Dort vermittelte uns Minister Frankenburg eine Bekanntschaft mit dem berühmten Goethe. Ich wurde sogar dazu verdonnert, mit Herrn Ciesielski einer Veranstaltung beizuwohnen, bei der Goethe einigen Freunden das kürzlich geschriebene und noch unveröffentlichte Drama Iphigenie in Taurida vorlas. Mit großer Freude habe ich dieser Lesung zugehört. Goethe war damals in der ganzen Pracht seiner Jugend, groß, mit einem ebenso schönen wie imposanten Gesicht. Sein Blick war durchdringend, aber zugleich wie verächtlich. Er blickte auf das Niveau der Menschen herab, was auch in seinem schönen Lächeln durchschimmerte. Meine jugendliche Bewunderung, als Tribut, an den er gewöhnt war, wurde von ihm wenig beachtet. Später wurde Goethe Minister des Großherzogs von Weimar und zeigte sich den Gunstbezeugungen und Aufträgen der Regierung nicht gleichgültig. Er behielt jedoch stets jene Überlegenheit in seinem Gesicht und seiner Gestalt, die ihn mit der Jupiterstatue der Olympischen Spiele von Fidias verglichen hat«.

> Ich bin während meines hiesigen Aufenthalts in eine solche Faineantise [Faulenzerei] verfallen, die über alle Beschreibung ist. Die Wasser bekommen mir sehr wohl, und auch die Nothwendigkeit immer unter Menschen zu seyn hat mir gut gethan. Manche Rostflecken die eine zu hartnäckige Einsamkeit über uns bringt schleifen sich da am besten ab. Vom Granit, durch die ganze Schöpfung durch, bis zu den Weibern, Alles hat beygetragen mir den Aufenthalt angenehm und interessant zu machen. (WA IV, 7, S. 74-76; hier S. 74 f.)

Und in der Tat kann man nicht behaupten, dass der erste Aufenthalt des Dichters in Karlsbad, im Gegensatz zu den späteren, sehr arbeitsreich war. Dennoch findet sich unter den uns überlieferten Gelegenheitsgedichten aus jenem Sommer eines unter den Miscellanea des Moritz von Brühl, welches die Atmosphäre jenes fernen Sommers wie ein Bernsteintropfen einzufangen scheint:

> anno 1785
>
> Der Geheimde Rath Göthe fand in Carlsbad ein Französisches Liedgen dessen Melodie ihm gefiel, er machte deutsche Worte darauf die Bezug auf die Trennung, und hoffentlichen Wiedervereinigung unserer Gesellschaft hatten [...].
>
> Auf den Auen wandlen wir
> Und bleiben glücklich ohne Gedanken
> Am Hügel schwebt des Abschieds Laut
> Es bringt der West den Fluß herab
> Ein leises Lebe wohl.
> Und der Schmerz ergreift die Brust
> Und der Geist schwebt hin und her
> Und sinkt und steigt und sinkt.
> Von weiten winkt die Wiederkehr
> Und sagt der Seele Freude zu
> Ist es so? Ja! Zweifle nicht.[25]

Das Gedicht ist auf den 12. August datiert, einen Tag vor der Abreise der Prinzessin und ihres Gefolges, zwei Tage vor der Abreise der Brühls. Es wurde später an Naumann geschickt, der es vertonte. Die erste Person Plural setzt ein Publikum, einen Umstand, eine wenn auch flüchtige Gesellschaft von Zuhörern voraus: Diese Gesellschaft hat nun in unseren Augen individuelle Züge angenommen. Da ist die betäubte Sorglosigkeit des Sommers, da ist der Unmut am Ende der Saison mit der so typischen goethe'schen Unruhe jenes Geistes, der nach allen Seiten schwankt, sinkt, sich erhebt und wieder sinkt. Und schließlich die Spaltung der Seele in sich selbst, jenes innere Zwiegespräch der Seele mit sich selbst, die wir bei Goethe auch später finden. Lassen wir es dabei bewenden, bei unserer Gesellschaft – ohne uns von ihr zu verabschieden.

25 Zit. nach Suphan (Anm. 7), S. 132.

Evelyn Zgraggen

Japanische Umsetzungen des »Werther« und »Faust« – Goethes Einfluss auf Natsume Sōseki

Natsume Sōseki (1867-1916), einer der angesehensten Schriftsteller der frühen Moderne Japans, studierte englische Literatur und war als Emissär der japanischen Regierung in London tätig. In vergleichenden literaturwissenschaftlichen Studien wird Sōseki aber auch in Verbindung zu Goethe gebracht. 1985 erschien in Japan das Buch *Japanische und westliche Romane (Nihon to Seiyō no Shosetsu)*[1] von Alfred Owen Aldridge (1915-2005)[2], worin im ersten Kapitel *Werther des 20. Jahrhunderts (Nijusseiki no Ueruteru)* die beiden Liebes- und Suizidromane, Goethes *Die Leiden des jungen Werthers* (1774)[3] und Sōsekis *Kokoro* (1914), miteinander verglichen werden. 1986 stellte Takehiko Kenmochi (1928-2007)[4] die beiden Romane in einer Abhandlung[5] einander gegenüber und 1988 verglich Aldridge abermals die beiden Romane in seiner Abhandlung *The Japanese Werther of the Twentieth Century.*[6] Er erwähnte darin, dass in Sōsekis *Ich, der Kater* (*Wagahai wa neko de aru*, 1905-1906)[7] ein Charakter als »Werther of the twentieth century« (»Werther des 20. Jahrhunderts«)[8] bezeichnet wird.[9] Neben der Tatsache, dass der Name »Werther« viermal im *Kater*-Roman erwähnt wird,[10] sind die vielen Ähnlichkeiten zwischen *Werther* und *Kokoro* für Aldridge offensichtliche Hinweise, dass Sōseki Goethes Briefroman gelesen hatte; er ließ diese Frage jedoch offen.[11] Mit dem Titel *The Japanese Werther of the Twentieth Century* meinte Aldridge besonders *Kokoro* und dessen Protagonisten »Sensei« und weniger einen Charakter des *Kater*-Romans:

1 Alfred Owen Aldridge: *Nihon to Seiyō no Shosetsu.* Hrsg. von Masayuki Akiyama. Tokio 1985 (diese Übersetzung wie die folgenden von Evelyn Zgraggen).
2 Professor der vergleichenden Literaturwissenschaft sowie Gründer und Herausgeber der Zeitschrift *Comparative Literature Studies.*
3 Zukünftig zitiert: *Werther.*
4 Professor der vergleichenden Literaturwissenschaft und Vorstandsmitglied der japanischen Gesellschaft für vergleichende Literaturwissenschaft.
5 Takehiko Kenmochi: *Sōseki Kokoro to Wakaki Weruteru no Nayami (Sōsekis »Kokoro« und Goethes »Die Leiden des jungen Werthers«).* In: *Jōji Daigaku Kokubungakka Kiyo.* Tokio 1986, S. 87-105.
6 Alfred Owen Aldridge: *The Japanese Werther of the Twentieth Century.* In: *The Comparative Perspective on Literature – Approaches to Theory and Practice.* Hrsg. von Clayton Koelb u. Susan Noakes. Ithaca. London 1988, S. 75-92.
7 Zukünftig zitiert: *Kater*-Roman.
8 Natsume Sōseki: *Ich, der Kater.* Frankfurt a.M. 2001, S. 532.
9 Aldridge (Anm. 6), S. 76.
10 Sōseki (Anm. 8), S. 532 (2x), S. 535 (1x), S. 537 (1x).
11 Vgl. Aldridge (Anm. 6), S. 76.

> Sensei and Werther, the two protagonists, despite their many differences – almost contrasts – are brought to a common end, suicide. [...]
>
> Somber as Sensei may be, Werther's attitude is even more gloomy, superficially at least, as the title, *The Sorrows of Young Werther*, underscores. It has frequently been said that Goethe's intention was to combat the notion of the eighteenth-century Enlightenment that all is right with the world. Sōseki delivered the same message over a century later, utilizing in the process the literary techniques of realism and neoromanticism. The two novels are related, therefore, by a triangular structure, a dominant emotional crisis in the protagonist, and a somber perspective toward life.[12]
>
> (Sensei und Werther, die beiden Protagonisten, werden trotz ihrer vielen Unterschiede – fast Gegensätze – zu einem gemeinsamen Ende gebracht, dem Selbstmord. [...]
>
> So düster Sensei auch sein mag, Werthers Haltung ist zumindest oberflächlich betrachtet noch düsterer, wie der Titel *Die Leiden des jungen Werthers* unterstreicht. Es wurde oft gesagt, dass Goethes Absicht darin bestand, die Vorstellung der Aufklärung des 18. Jahrhunderts zu bekämpfen, dass mit der Welt alles in Ordnung sei. Sōseki übermittelte die gleiche Botschaft mehr als ein Jahrhundert später und nutzte dabei die literarischen Techniken des Realismus und der Neoromantik. Die beiden Romane sind daher durch eine Dreiecksstruktur, eine dominante emotionale Krise des Protagonisten und eine düstere Lebensperspektive miteinander verbunden.)

Auch weiterführende Studien[13] bestätigten durch das Aufzeigen zusätzlicher Ähnlichkeiten zwischen den beiden Romanen den Einfluss des *Werther* auf *Kokoro*, trotz unterschiedlicher Entstehungszeiten und kultureller Hintergründe.

Goethe in Sōsekis Büchersammlung und Schriften

In Sōsekis Büchersammlung[14] kann man zwei englische Bücher mit einem Bezug zu Goethe finden: *Confession Of An English Opium Eater. Also The Lives Of Shakespeare And Goethe* (1888) von Thomas De Quincy (1785-1859)[15] und *Criticisms, reflections, and maxims of Goethe* (1897) von William B. Rönnfeldt (1837-1919).[16] Sōseki behandelte in der 1897 veröffentlichten Abhandlung *Tristram Shandy* (*Torisutoramu Shandē*) den gleichnamigen Roman von Laurence Sterne

12 Ebd., S. 92.

13 Evelyn Zgraggen: *Natsume Sōseki no kokoro to Gete no wakaki weruteru no nayami to no kanrensei to hikaku* (*Beziehung und Vergleich zwischen Natsume Sōsekis »Kokoro« und Goethes »Die Leiden des jungen Werthers«*). In: Soka University Studies in Humanities 31 (2019), S. 71-86.

14 Tohoku University Library, Sōseki bunko dētabēsu (Sōseki Büchersammlung Datenbasis) https://www.i-repository.net/il/meta_pub/sresult (zuletzt aufgerufen am 16.3.2024).

15 Thomas De Quincy: *Confession Of An English Opium Eater. Also The Lives Of Shakespeare And Goethe*. London 1888.

16 William B. Rönnfeldt: *Criticisms, reflections, and maxims of Goethe*. London 1897.

(1713-1768) und erwähnte Goethe (»Giyōte«), da dieser Sterne in seinen Schriften erwähne.[17] Auch in Sōsekis *Notizen*, ein Ergebnis seiner literarischen Studien, deren jeweiliges Datum meistens unbekannt ist,[18] wird Goethe im 6. Teil mehrere Male erwähnt.[19] Aufgrund der Lektüre von Georg Brandes' (1842-1927) *Main Currents in Nineteenth Century Literature* (1872-1890) notierte Sōseki unter dem Themenpunkt »Love« den *Werther* als »love not successful« und Goethes *Wilhelm Meister* und *Die Geschwister* als »unnatural love« mit dem Vermerk »Geschwisterliebe« nach *Die Geschwister*.[20] Er schrieb: »Das Ende von Goethes *Stella* (in der original form) ist justification der bigamy. – Brandes II, p. 23« und »Goethe und Frau von Stein, Christiane Vulpius—23«.[21] Ein weiteres Thema der *Notizen* ist die *Romantic School in Germany*, zu der Sōseki nach der Lektüre des zweiten Bandes von *Main Currents in Nineteenth Century Literature* folgendes notierte:

> ○ Goethe – *Die Geschwister*, *Stella*, *Götz* [...]
> ○ Goethe, Schiller sind die Wegbereiter des *romanticism*
> (1) positively right of passion
> (2) negatively opposition to the age
> (3) aversion to reality – Goethe ist gegenüber *political realities* indifferent.
> P. 31 Brief von Schiller 32 [...]
> ○ *Romantic soul. Novalis*
> Gemüth. *romanticists* verehren Goethe wegen seines *mysterious*, *obscure* Aspektes [...]
> Novalis' *Blue Flower* ist ein Symbol für dieses *longing* 207-8
> Er (Novalis) war mit Goethes *Wilhelm* nicht zufrieden. Der Grund dafür ist: Poetry has given way to reality, the poetic conception of life to the practical.
> Seine Kritik des *Wilhelm* 213[22]

Sōseki befasste sich also intensiv mit der deutschen romantischen Literaturbewegung und Goethes Rolle bei deren Entstehung. Später benutzte er seine *Notizen* als Grundlage für eine Folge von Universitätsvorlesungen und sein Werk *Ansichten über Literatur* (*Bungakuron*, 1907).

In Sōsekis Kurzroman *Herbststurm* (*Nowaki*, 1907) hält der intellektuelle Protagonist, Meister Dōya, eine Vorlesung, in der er folgende Enttäuschung kundtut: »Seit Anfang der Meiji-Zeit sind schon 40 Jahre vergangen, doch weder ein Shakespeare noch ein Goethe sind erschienen«.[23] Diese Worte scheinen Sōsekis eigene

17 Vgl. Natsume Sōseki: *Eibungaku kenkyū* (*Englische Literaturwissenschaft*). In: ders.: *Sōseki Zenshū*. Bd. 13. Tokio 2018, S. 61-77; hier S. 61, S. 603 f.

18 Vgl. Natsume Sōseki: *Nōto*. In: ders.: *Sōseki Zenshū*. Bd. 21. Tokio 2018, S. 715-725; hier im Nachwort S. 719 f.

19 Ebd., S. 597-714; S. 636, 639 f., 702.

20 Vgl. ebd., S. 484.

21 Ebd., S. 487.

22 Ebd., S. 636, 639 f. Mit »Kritik des *Wilhelm*« ist Friedrich Schlegels und Novalis' Kritik des *Wilhelm Meister* gemeint.

23 Natsume Sōseki: *Kusamakura. Nihyakutōka. Nowaki*. In: ders.: *Sōseki Zenshū*. Bd. 3. Tokio 2017, S. 259-457; hier S. 428.

Enttäuschung und gleichzeitig auch Ambitionen auszudrücken, denn im Jahr Meiji 40 (1907) verließ er seine Stelle an der Kaiserlichen Universität Tokio, um in Vollzeit für die Tageszeitung *Asahi Shimbun* zu arbeiten. Er beklagte sich indirekt darüber, dass während der ersten vierzig Jahre der Meiji-Zeit in Japan (1868-1912) noch keine Shakespeare oder Goethe vergleichbare literarische Größe erschienen sei, und machte sich auf den Weg, selbst eine solche Größe zu werden.

Sōseki und Werthers Ossian, der Wertherismus und das »Werther«-Fieber

Es ist zu vermuten, dass Sōseki in seiner Studienzeit (1890-1893) am Institut für Anglistik der Philosophischen Fakultät der Kaiserlichen Universität Tokio die damals verfügbare Cassell-Ausgabe *The Sorrows of Young Werther*[24] gelesen hatte.[25] Des Weiteren erwarb er am 11. Februar 1901 in London[26] James Macphersons (1736-1796) *The Poems of Ossian* (1773).[27] Nach seiner Rückkehr aus London übersetzte er im Februar 1904, in einer Zeit psychischer Instabilität,[28] unter anderem das Gedicht *The Songs of Selma* (*Seruma no uta*)[29] aus diesem Buch. Seine japanische Übersetzung ist eine gekürzte Version des Originals und entspricht den von Werther im dritten Teil zitierten Gesängen Ossians (*Colma*, *Ryno* und *Alpin*).[30] Diese gekürzte Übersetzung zeigt, dass Sōseki den *Werther* genau gelesen hatte. Sōseki ahmte eine Handlung Werthers nach, indem er Ossians Worte übersetzte. Auch als Goethes Werther Lotte ein letztes Mal besucht, bevor er aus Verzweiflung über seine unerfüllte Liebe zu ihr Selbstmord begeht, liest er aus seiner Übersetzung der Gesänge Ossians vor. Sie führen dabei folgendes Gespräch:

> Haben Sie nichts zu lesen? sagte sie. – Er hatte nichts. – Da drin in meiner Schublade, fing sie an, liegt Ihre Übersetzung einiger Gesänge Ossians; ich habe sie noch nicht gelesen, denn ich hoffte immer, sie von Ihnen zu hören; aber zeither hat sich's nicht finden, nicht machen wollen. – Er lächelte, holte die Lieder, ein Schauer überfiel ihn, als er sie in die Hände nahm, und die Augen standen ihm voll Thränen, als er hinein sah. Er setzte sich nieder und las. (WA I, 19, S. 165)

Hier wird Werthers deutsche Übersetzung der Gesänge Ossians erwähnt. Goethe zitierte lediglich Ossians Gesänge in seinem Werk, hatte diese aber nicht selbst übersetzt.

24 Johann Wolfgang Goethe: *The Sorrows of Werther*. (Cassell's National Library). Hrsg. von Henry Morley. London 1886.

25 Vgl. Kenmochi (Anm. 5), S. 88 f.

26 Vgl. ebd., S. 87.

27 *The Poems of Ossian*. 2 Bde. Translated by James Macpherson. London 1773.

28 Tohoku University Library, Soseki's Life: (*The Memory of Soseki, Soseki no Omoide*) https://www.library.tohoku.ac.jp/en/collections/soseki/life.html (zuletzt aufgerufen am 14.11.2023).

29 Vgl. Natsume Sōseki: *Eibungakukenkyū (Studien zur englischen Literatur)*. In: ders.: *Sōseki Zenshū*. Bd. 13. Tokio 2019, S. 1-745; hier S. 158-161, 665.

30 Kenmochi (Anm. 5), S. 88.

Im Jahr 1903[31] äußerte sich Sōseki im *Fragment Nr. 16* wie folgt: »Oh! Sorrow, ever failing yet ever present, — the feeling of something lost, yet one does not know what that something is«.[32] Hier verwendet er das gleiche Wort »Sorrow« wie im Titel *The Sorrows of Young Werther*, um verschiedene Sorgen auszudrücken. Er litt unter der damaligen Arbeitssituation und der Tatsache, dass einer seiner Schüler, Misao Fujimura (1886-1903), Selbstmord begangen hatte. Zusätzlich litt er unter seinem instabilen mentalen Zustand und darunter, dass seine Frau Kyōko Natsume (1877-1963) für eine Weile gemeinsam mit den Kindern getrennt von ihm lebte. *Fragment Nr. 16* und die Übersetzung von *The Songs of Selma* zeigen, dass Sōseki sich in dieser Lebensphase intensiv mit den Themen des *Werther* – unglückliche Liebe, Selbstmord, Verzweiflung – auseinandersetzte.

Im Mai 1907 erwähnte Sōseki das englische Wort »Wertherism« im 2. Teil der *Ansichten über Literatur* und verglich die sentimentale Wirkung des *Werther* mit dem Werk *The Seasons* von James Thomson (1700-1748) im Hinblick auf die offene Beschreibung der inneren Gefühlswelt.[33] Im *The Oxford Dictionary of Phrase and Fable* wird »Wertherism« wie folgt beschrieben: »Morbid sentimentality, regarded as characteristic of Werther, the hero of Goethe's romance ›Die Leiden des jungen Werther‹ (1774), a sensitive artist who is at odds with the world and unhappily in love, and who commits suicide«.[34]

Die pessimistische Stimmung, die mit dem *Werther*-Fieber einherging, wurde in Japan auch als »Wertherism« (»Ueruteruzumu«) bezeichnet. Gegen Ende der 1880er Jahre und in den 1890er Jahren breitete sich in den literarischen Kreisen, besonders unter den jungen Schriftstellern der Zeitschrift *Die literarische Welt* (*Bungaku-Kai*, 1893-1895) ein *Werther*-Fieber aus.[35] Tatsächlich fiel diese Zeit mit Sōsekis Studienzeit zusammen. Nicht nur *Kokoro*, sondern auch andere Werke Sōsekis sind von einem pessimistischen Bild der menschlichen Natur und in dem Sinne vom Wertherismus geprägt. Obwohl *Werther* in *Kokoro* nicht erwähnt wird, sind die Ähnlichkeiten zu Goethes Briefroman unübersehbar und lassen das Werk als Wertheriade gelten.

31 »In Sōseki's *Collected Works* (*Sōseki Zenshū*) it is indicated that he wrote those ›fragments‹ [No. 16 and 17] around 1904 and 1905 (Meiji 37, 38), but according to the found materials and background information, it seems more likely that he wrote both ›fragments‹ in the year 1903«. Evelyn Zgraggen: *Natsume Sōseki's »Insane Fragments«: A Partial Interpretation and the Background of English Fragments 16 and 17*. In: *Waseda Global Forum* Vol. 20. Waseda University SILS. Tokio 2024, S. 81-92; hier S. 81.

32 Natsume Sōseki: *Nikki, Danpen jō* (*Tagebuch und Fragmente. 1. Teil*). In: ders.: *Sōseki Zenshū*. Bd. 19. Tokio 2018, S. 133-136; hier S. 133.

33 Vgl. Natsume Sōseki: *Ansichten über Literatur. 2. Teil* (*Bungakuron ge*). Tokio 2007, S. 297.

34 *The Oxford Dictionary of Phrase and Fable*. Encyclopedia.com: https://www.encyclopedia.com (zuletzt aufgerufen am 27.5.2023).

35 Vgl. Yamamoto Kayo: *Die Werther-Rezeption und die Liebesanschauung in Japan*. In: *Neue Beiträge zur Germanistik* 2 (2003), S. 150-159; hier S. 151 f.

Ist der »Kater«-Roman auch eine Wertheriade?

Neben Einflüssen englischer Literatur ließen Gemeinsamkeiten des *Kater*-Romans und E.T.A. Hoffmanns (1776-1822) *Lebens-Ansichten des Katers Murr nebst fragmentarischer Biographie des Kapellmeisters Johannes Kreisler in zufälligen Makulaturblättern* (1819-1821) Forscher darauf schließen, dass Sōseki in Hoffmanns Roman Inspiration für seinen *Kater*-Roman fand.[36] Da er in diesem Roman den Namen »Werther« viermal erwähnt, ist auch Goethes Einfluss nicht auszuschließen.

Im *Kater*-Roman findet der Protagonist, ein namenloser Kater, kurz nach seiner Geburt Unterkunft bei dem Englischprofessor Rarus Schneutz. In satirischem Ton beschreibt er das Leben der Menschen, denen er dort begegnet: seinem Herrn, dessen Freunden, Familie und Studenten. Obwohl es sich um einen satirischen Roman handelt, orientiert sich die Handlung insofern an *Werther*, als einige Charaktere in ihrem Liebeswerben scheitern. Der namenlose Kater pflegt eine Freundschaft mit seiner Nachbarskatze Mademoiselle Schildpatt, für die er romantische Gefühle hegt. Unglücklicherweise erkennt sie seine Gefühle nicht und erliegt bereits im zweiten Kapitel einer Erkältung. Traurig und bestürzt über diesen großen Verlust erklärt er, dass er sich klaglos für sie opfern würde. Am Ende der Geschichte begeht der namenlose Kater zwar nicht Selbstmord, doch findet er dennoch ein tragisches Ende, da er von Bier angeheitert in eine Wassertonne fällt und ertrinkt.

Ähnlich wie Werther, der sich auf den ersten Blick in Lotte verliebt, entbrennt auch Eiland Kaltmond, ein ehemaliger Schüler von Schneutz, bei ihrer ersten Begegnung für Mammonia Goldfeld. Sie sollte mit Kaltmond verheiratet werden, sofern er seine Dissertation erfolgreich abschließt. Dies gelingt ihm jedoch nicht. Spaßeshalber schlägt ihm Professor Wirrhaus vor, »der Werther unseres Jahrhunderts«[37] zu sein, und vergleicht Kaltmonds Charakter mit dem des Werther: »da du aber mit der Sensibilität eines Werthers ausgestattet bist«.[38] Schließlich heiratet der Geschäftsmann Tatara Sanpei Mammonia und entschuldigt sich dafür bei Kaltmond. Dieser findet ein glücklicheres Ende als Werther und heiratet jemanden aus seiner Heimat. Wie bei *Werther* mit Werther, Lotte und Albert wird mit den Charakteren Kaltmond, Mammonia und Sanpei eine Dreiecksbeziehung dargestellt;

36 Teisuke (Sojin) Fujishiro: *Kateru, Muru kojitsu, Sojin hikki (Nach dem Diktat von Kater Murr niedergeschrieben von Sojin)*. In: *Shinshosetsu*, Bd. 11 Vol. 5. Shunyodo. Tokio 1906. (S. 1-12); Teisuke (Sojin) Fujishiro: *Nekobunshi Kienroku (The Heated Record of a Cat Writer)*. In: *Bungei to Jinsei*. Furokaku Shobo. Tokio 1914, S. 356-372; Osamu Hamano: *Sōseki no Neko to Hofuman no Neko to (Sōsekis Cat and Hoffmanns Cat)*. In: *Natsume Sōseki Zenshū (Gesammelte Werke von Natsume Sōseki)*. Hrsg. von Hiroshi Sekine. Tokio 1973, S. 113-118; Tamiko Kamano: *Sōseki Natsume and Sojin – About Wagahai wa Neko de Aru*. In: *OIU Journal of International Studies* 30 (2017), H. 3, S. 33-52; Evelyn Zgraggen: *Vergleich des humoristischen Erzählens in E.T.A. Hoffmanns »Lebensansichten des Katers Murr« und Sōseki Natsumes »Ich, der Kater«*. In: Patricia Cifre-Wibow, Juan Manuel Martín Martín, Manuel Montesinos Caperos (Hrsg.): *Pikareske – Humor – Ironie*. Salamanca 2021, S. 99-109.

37 Sōseki (Anm. 8), S. 532.

38 Ebd., S. 537.

auch Wirrhaus macht eine unglückliche Erfahrung in der Liebe und Altpflaums Heiratsantrag endet mit einer Abweisung.

Im Verlauf der Geschichte schreiben drei Schüler Mammonia im Scherz einen Liebesbrief, den der Schüler Kamellot persönlich unterschreibt. Darauf besucht er Schneutz, da er sich Sorgen macht, von der Schule verwiesen zu werden. Schneutz bietet ihm jedoch keine Hilfe an, sodass der Junge bedrückt das Haus verlässt. Der namenlose Kater macht sich daraufhin große Sorgen, dass sich Kamellot das Leben nehmen könnte. Das Thema Selbstmord wird an verschiedenen Stellen aufgenommen: So stellt sich Schneutz vor, dass an Schulen zukünftig »anstelle der Ethik Suizidologie als Pflichtfach«[39] unterrichtet wird.

Der *Kater*-Roman gibt eine Vorstellung davon, wie eine ironisch und satirisch verdrehte Wertheriade aussehen könnte, denn er behandelt spöttisch Themen wie unglückliche Liebe, Liebesbriefe, Dreiecksbeziehung und Selbstmord.

Sōseki und Faust

Während des Studiums veröffentlichte Sōseki anonym eine japanische Übersetzung von *The Poet Tennyson* (*Shihaku Tenison*),[40] in der die Wörter »Goethes Faust« (»Gēte no Fausuto«)[41] auftauchen. Ebenso besuchte er im Graduiertenstudium die erste Vorlesung über Ästhetik des deutsch-russischen Lehrers Raphael von Koeber (1848-1923),[42] die sich mit allgemeiner Poetik sowie deutscher Kultur und Literatur befasste.[43] In einer Philosophievorlesung behandelte Koeber das Thema *Theorien über Faust* (*Fausutoron*).[44] Es ist zu vermuten, dass Sōseki durch Koeber, mit dem er auch persönlichen Kontakt pflegte, mehr über die deutsche Kultur und Goethe erfuhr.

In Sōsekis Roman *Das Graskissen-Buch* (*Kusamakura*, 1906) erwähnt der Protagonist, ein junger Maler, *Faust* und *Hamlet* wie folgt:

> Ich selbst bin nie professioneller Dichter gewesen, habe also eigentlich nicht die Neigung, die Poesie eines Tao Yuanming oder Wang Wei in unsere heutige Welt zu verpflanzen. Ich meine nur, dass ihre Inspiration für uns eine bessere Medizin darstellt als Theaterabende und Bälle, vortrefflicher ist als Faust oder Hamlet.[45]

Der Maler vergleicht hier die Wirkung der Werke Goethes und Shakespeares mit chinesischen Werken und empfindet die letzteren als heilender. Sōseki selbst stu-

39 Ebd., S. 578.

40 Ein Text von Augustus Woods (1855-1912), amerikanischer Professor der Kaiserlichen Universität Tokio.

41 Sōseki (Anm. 29), S. 149.

42 Natsume Sōseki: *Kēberu Sensei* (*Professor Koeber*). In: ders.: *Ano Hito – Kessaku zuisō shijūichi-hen* (*Diese Person – 41 Meisterwerke*). Tokio 2015, S. 245-247.

43 *Kindai Bungaku Kenkyū Sōsho* (*Modern Literature Research Series*) Bd. 22. Hrsg. von Shōwajoshidaigaku kindai bungaku kenkyūshitsu. Tokio 1958, S. 237 f.

44 Vgl. *Tōkyōdaigaku hyakunenshi bukyoku fumikazu* (*Hundertjährige Geschichte der Universität Tokio, Geschichte der ersten Abteilung*). Hrsg. von Tōkyōdaigakushuppankai. Tokio 1986, S. 589 f.

45 Natsume Sōseki: *Das Graskissen-Buch*. Hrsg. von Eduard Klopfenstein. Übers. von Christoph Langemann. Berlin-Brandenburg 2020, S. 14.

dierte schon seit jungen Jahren chinesische Literatur. Im 2. Teil von *Ansichten über Literatur* schrieb er, über verschiedene Gelehrte diskutierend: »Oder es gibt diejenigen, die Faust seit ihrer Kindheit viele Male gelesen haben«,[46] zu denen er wohl auch selbst gehörte.

Die erste japanische Übersetzung des *Faust I*[47] erschien 1904; 1913 erschien die Übersetzung beider Teile,[48] also drei Jahre vor Sōsekis Tod. In seinem Roman *Der Tor aus Tokio* (*Botchan*, 1906)[49] gibt es Hinweise darauf, dass er schon früher eine englische *Faust*-Ausgabe gelesen haben musste. Der Protagonist »Botchan« von *Der Tor* findet, dass die Frau des Hauswirts Ikagin einer »witch« gleiche.[50] Sōseki brauchte im Original das englische Lehnwort »Uitchi« für Hexe. Auch in der damals erhältlichen englischen *Faust*-Ausgabe von Bernhard Tauchnitz[51] wurde »witch« verwendet. Sōseki benutzte nicht etwa wie in Takahashis Übersetzung das sinojapanische Wort »yōba« für Hexe.

Der Tor aus Tokio »Botchan« – ein japanischer Faust

Im gesellschaftsmoralischen Roman *Der Tor* lassen sich weitere ›Spuren‹ von Sōsekis allfälliger *Faust*-Lektüre nachweisen. Der Ich-Erzähler, von seiner Haushälterin Kiyo »Botchan« (»junger Herr«) genannt, ist ein Physiklehrer aus Tokio, der eine Stelle an einer Mittelschule in einer Provinzstadt antritt. Wie Faust ist er ein Gelehrter, jedoch ohne Doktortitel. Es sind die Charaktere Rothemd und Stachelschwein, die um das Herz und den Verstand von Botchan kämpfen. Rothemd, der Konrektor der Mittelschule und ein Doktor der Philosophie, ist redegewandt, hinterhältig und manipulativ. Er bringt Botchan gegen Stachelschwein auf und kommt der Rolle des wortgewandten Mephistopheles nahe. Stachelschwein ist Mathematiklehrer und sieht sich selbst als Held der Gerechtigkeit. Er stellt Rothemds Gegenpol dar, so wie in *Faust* Mephistopheles den Gegenpol zu Gott darstellt. Werden Botchans gesunder Menschenverstand und seine moralischen Werte durch Rothemd korrumpiert, oder wird er sich mit Stachelschwein zusammenschließen, um elitäres egoistisches Verhalten und seinen Bruch mit der Moral zu bekämpfen? Obwohl wie in *Faust* weder eine Wette noch ein Pakt stattfindet, geht es in weiten Teilen des Romans um diese Frage.

Bei der Ankunft des zivilisierten Einwohners von Tokio im unzivilisierten Provinzort begrüßen Botchan am Eingang des Gasthauses »ein paar häßliche Mädchen«, die »im Chor« rufen: »Bitte, treten Sie näher!«.[52] Diese Szene erinnert an

46 Sōseki (Anm. 33), S. 262.
47 Johann Wolfgang Goethe: *Fuausuto*. Übers. von Takahashi Gorō. Tokio 1904.
48 Johann Wolfgang Goethe: *Fuausuto*. 1. und 2. Teil. Übers. von Mori Ōgai. Tokio 1913.
49 Zukünftig zitiert: *Der Tor*.
50 Natsume Sōseki: *Der Tor aus Tokio*. Hrsg. von Eduard Klopfenstein. Übers. von Jürgen Berndt, Shinohara Seiei. Zürich 1990, S. 24.
51 Johann Wolfgang Goethe: *Faust*. Bd. 1. In: *Collection of German Authors*. Hrsg. von Bernhard Tauchnitz. Bd. 5. Leipzig 1867, S. 55, 123, 139-141, 148-156, 252, 258, 260 f., 272.
52 Sōseki (Anm. 50), S. 16.

die »Chöre der Engel« am Ende von *Faust II*, nur begrüßen sie Botchan nicht am Eingang zum »Himmel«, sondern zur »Hölle«. Auch die »witch«,[53] die Wirtin, deren Haus sich am Stadtrand befindet, vermittelt ein Bild der Provinz als verhexte Gegend. Bei ihr einquartiert, scheint Botchan in der Hexenküche von *Faust I* gelandet zu sein. Auf seinen Wunsch bereitet ihm der Hauswirt Tee, der aber schmeckt bitter und bekommt ihm nicht gut. Diese Szene erinnert an den Verjüngungstrank der Hexe, den Faust in der Hexenküche trinkt. Der Hauswirt möchte Botchan nun Kunstgegenstände verkaufen, dieser interessiert sich aber nicht dafür. Faust hingegen entdeckt im »Zauberspiegel« der Hexenküche »[d]as schönste Bild von einem Weibe!« (WA I, 14, S. 118 f., V. 2430, 2436) und will diese Frau, Helena, für sich. In *Der Tor* schlägt der Zeichenlehrer Clown, Rothemds Verbündeter, vor, »die Madonna von Raffael dort auf den Felsen« zu stellen, denn »das müsste ein schönes Bild geben«.[54] Hier macht Clown eine Anspielung auf Rothemds Geliebte, eine junge lokale Schönheit und Geisha, die ebenfalls Madonna genannt wird. Sie war mit dem Chinesischlehrer Kürbis verlobt, doch Rothemd spannte sie ihm aus. Dieses Verhalten tadelt Botchan als unmoralisch. Er selbst hält Madonna zwar für eine »Schönheit«[55] und findet die »witch« interessant, doch da sie die Frau eines Anderen ist, kommt sie als Partnerin nicht in Frage. Ganz im Gegensatz zu Faust, der junge und schöne Frauen wie Helena, Gretchen und die junge Hexe begehrt, steht für Botchan Kiyo, die alte Haushälterin aus Tokio, an erster Stelle. Sie beschenkte und lobte ihn besonders nach dem Dahinscheiden seiner Mutter. In der Provinz angelangt, beginnt er, sie zu vermissen: »Junge Frauen sind mir durchaus nicht unsympathisch, aber zu alten Frauen fühle ich mich noch mehr hingezogen. Da mir Kiyo sehr lieb war, sah ich wahrscheinlich in jeder alten Frau ihr Bild«.[56] Sie ist für ihn die höchste Form einer älteren Liebhaberin mit mütterlichen Zügen. Sōseki scheint von Helena und dem unterirdischen Reich der Mütter in *Faust II* inspiriert worden zu sein, als er den Charakter Kiyo erschuf.

Neben Frauen fühlt sich Botchan aber auch zu Männern hingezogen, denn er ist von gut trainierten und kräftig gebauten Lehrern sowie Schülern beeindruckt. Nachdem er und Stachelschwein einen Streit zwischen sich geschlichtet haben, gibt es eine Flirt-Szene der beiden mit homoerotischem Anflug. Bei *Faust* ist es die Beziehung zwischen Faust und Mephistopheles, die als eine solche interpretiert werden kann.[57]

Wie in Fausts *Studierzimmer II* und *Vor dem Tor* treten in *Der Tor* auch Schüler auf, jedoch mehr an der Zahl. Sie spielen Botchan während seines Nachtdiensts einen bösen Streich, indem sie ihm Heuschrecken ins Bett stecken. Dazu wird er noch von Mücken geplagt. Diese Szene erinnert an das Lied über die Flöhe des Königs, das Mephistopheles in *Auerbachs Keller in Leipzig* singt: »Und Herrn und

53 Ebd., S. 24.
54 Sōseki (Anm. 50), S. 47.
55 Ebd., S. 80.
56 Ebd., S. 71 f.
57 Vgl. Robert D. Tobin: *Faust's Transgressions: Male-Male Desire in Early Modern Germany*. In: *Queer Masculinities, 1550-1800*. Hrsg. von Katherine O'Donnell u. Maeve O'Rourke. London 2006, S. 17-36.

Fraun am Hofe, / Die waren sehr geplagt, / Die Königin und die Zofe / Gestochen und genagt« (WA I, 14, S. 106, V. 2231-2234).

Bei der Abschiedsfeier von Kürbis, der aufgrund der Intrigen Rothemds versetzt wird, unterhalten Geishas die Gäste mit Musik und Tanz. Das Ganze artet in eine »Verrücktenfeier«[58] aus, bei der Clown betrunken und halbnackt herumtanzt. Nur Botchan kommt nicht so richtig in Stimmung; provoziert von Clown verpasst er ihm schließlich eins. Diese wilde Abschiedsfeier erinnert an die *Walpurgisnacht*, bei der Mephistopheles Faust während eines Hexenfests in einen Rausch der Sinne versetzt.

Auch zum Thema Geld gibt es in *Der Tor* verschiedene Szenen. Bei einer erhält Botchan als Kind einen Dreiyenschein von Kiyo, den er versehentlich in die Toilette fallen lässt. Sie holt ihn heraus und wäscht ihn, doch da er noch immer stinkt, ersetzt sie ihn durch drei Yen in Silbermünzen. Symbolisch gesehen macht Kiyo das Gegenteil von Mephistopheles in *Faust II*, der Papiergeld als Ersatz für Taler, Perlen usw. erschafft:

> Der Kaiser.
> [...]
> Es fehlt an Geld, nun gut so schaff' es denn.
> Mephistopheles.
> Ich schaffe, was ihr wollt und schaffe mehr;
> [...].
> (WA I, 15.1, S. 15 f., V. 4926 f.)

und

> Mephistopheles.
> Ein solch Papier, an Gold und Perlen Statt,
> Ist so bequem, man weiß doch was man hat,
> [...].
> (WA I, 15.1, S. 64, V. 6119 f.)

Münzen den Banknoten vorzuziehen verringert das Ausgeben von Geld – man spart, die Wirtschaft stagniert. In *Der Tor* ist ökonomisch gesehen von Deflation und bei *Faust* von Inflation[59] die Rede. Rothemd bietet Botchan – auf Kosten Anderer – eine Gehaltserhöhung an, dieser durchschaut ihn jedoch und lehnt ab. Rothemd kann wie Mephistopheles Geld frei ausgeben, doch schließlich gewinnt wie bei *Faust* der ›Teufel‹ das Herz des ›Umkämpften‹ nicht. Botchan erkennt:

> Wenn man mit Geld, Macht und Verstand die Herzen der Menschen gewinnen könnte, dann müßten Wucherer, Polizisten und Universitätsprofessoren die beliebtesten Menschen sein. Die Logik des Konrektors einer Mittelschule konnte mein Herz nun schon gar nicht bewegen.[60]

58 Sōseki (Anm. 50), S. 106.

59 Karl-Heinz Brodbeck: *Goethe und das Papiergeld*. In: *Working Paper Serie*. Nr. 14. Cusanus Hochschule, Institut für Ökonomie und Institut für Philosophie. Bernkastel-Kues 2015, S. 2.

60 Sōseki (Anm. 50), S. 95.

Gegen Ende des Romans findet eine Feier anlässlich des Sieges über China im Japanisch-Chinesischen Krieg statt, bei der es zu einer Schlägerei zwischen den Schülern kommt. Botchan und Stachelschwein mischen sich ein und erleiden Verletzungen. Darüber berichtet am folgenden Tag die Zeitung und denunziert die beiden Lehrer. Stachelschwein wird deshalb entlassen, Botchan kündigt selbst. Bevor sie die Provinz verlassen, verprügeln sie die Denunzianten Rothemd und Clown und schmähen sie mit den Worten: »Das war die Strafe des Himmels für euch niederträchtige Burschen. [...] der Gerechtigkeit entgeht ihr nicht!«.[61] Auch in *Faust I* in *Nacht. Straße vor Gretchens Türe* gibt es Szenen der Gewalt, denn Faust und Mephistopheles töten in einem Handgemenge den über Gretchens Unschuld wachenden Bruder Valentin.

Jürgen Berndt (1933-1993) schrieb 1965 im Nachwort von *Der Tor*: »[E]r [Sōseki] hält sich bewußt frei von Einflüssen der europäischen Literatur mit ihrer Logik, ihrer psychologischen Gestaltung der handelnden Personen«. *Der Tor* habe den Anspruch, »das japanischste aller Werke der modernen japanischen Literatur« zu sein.[62] Dennoch kann man in diesem Roman viele Themen, die im *Faust* dargestellt werden, wie Geld, Gewalt, Machtspiele, Lust, Liebe, Moral usw. sowie Faust-ähnliche Charaktere, Orte und Handlungen erkennen. Diese wurden in ein traditionell japanisches Umfeld eingebettet, wodurch ein neuer ›japanischer *Faust*‹ entstand. Sōseki scheint beim Schreiben von *Der Tor* den *Faust* – und zwar beide Teile der Tragödie – als Vorlage benutzt zu haben.

Im Ganzen gesehen kann man sagen, dass Goethe, *Werther*, der Wertherismus und *Faust* Sōsekis nahe Begleiter waren auf dem Weg, einer der angesehensten Schriftsteller der frühen Moderne Japans – ein ›Shakespeare oder Goethe der Meiji-Zeit‹ – zu werden.

61 Ebd., S. 132.
62 Jürgen Berndt: *Nachwort*. In: Sōseki (Anm. 50), S. 135-141; hier S. 138.

Dennis Schäfer

»Geisteserfülltheit des Goetheschen Altersantlitzes«: Zum Princetoner Goethe-Portrait von Ludwig Sebbers[1]

Mit dem Namen Ludwig Sebbers verbindet man in Weimar vor allem eine exquisite Porzellantasse, die der damals 22-jährige Künstler mit dem Bildnis Johann Wolfgang Goethes darauf im August 1826 anfertigte (Abb. 1).[2] Dieses noch heute im Goethe-Nationalmuseum befindliche Objekt erregte bei Goethe selbst und bei Personen, die ihm nahestanden, Aufsehen und erweckte Anerkennung. Wesentlich weniger bekannt, aber nicht minder anerkennenswert ist eine kurz darauf von Sebbers angefertigte Kreidezeichnung des Dichters (Abb. 2). Wie Goethe in seinem Tagebuch vermerkte, saß er dem »Maler Sebbers [...], der mein Profil zeichnete« am 2., 3. sowie am 8. September 1826 Modell (WA III, 10, S. 237-240).[3] Auf der Zeichnung selbst vermerkte Sebbers eigenhändig: »Nach der Natur gezeichnet v. L. Sebbers, Weimar den 7. September, 1826«.[4] Die äußerst gelungene Kreidezeich-

1 Dank gebührt Molly Dotson, Stephen Ferguson, Daniel Linke (alle Princeton), Karsten Hein (Düsseldorf), Katharina Oelze (Weimar), Joachim Seng und Bettina Zimmermann (beide Frankfurt) für ihre unerlässliche Hilfe bei Recherchen aus der Ferne.

2 Zur Tasse von Sebbers mit dem Goethe-Portrait vgl. Susanne Schroeders Katalogbeitrag: *Unbekannte Manufaktur. Glockentasse und Untertasse*. In: *Wiederholte Spiegelungen. Weimarer Klassik 1759-1832. Ständige Ausstellung des Goethe-Nationalmuseums*. Hrsg. von Gerhard Schuster u. Caroline Gille. Weimar 1999, S. 902 f. sowie dies., Petra Damaschke: *Weimar und Braunschweig*. In: *Tafelrunden. Fürstenberger Porzellan der Herzogin Anna Amalia in Weimar*. Hrsg. von der Stiftung Weimarer Klassik. München, Wien 1996, S. 8-15; hier S. 14 f. Die Inventarnummer der Tasse lautet KKg/00480/001; Ernst Schulte-Strathaus: *Die Bildnisse Goethes. Propyläen-Ausgabe von Goethes Sämtlichen Werken*. 1. Suppl. München 1910, S. 75 f., Taf. 143. *Schattenriß*.

3 Zur Person Sebbers vgl. u. a. Gudrun Körner: *Über die Schwierigkeiten der Porträtkunst. Goethes Verhältnis zu Bildnissen*. In: *Goethe und die Kunst*. Hrsg. von Sabine Schulze. Ostfildern-Ruit 1994, S. 150-191; hier S. 178, Kat. Nr. 127: *Johann Wolfgang von Goethe* sowie die biographischen Einträge im *Braunschweiger Stadtlexikon*. Hrsg. von Luitgard Camerer u. a. im Auftrag der Stadt Braunschweig unter besonderer Mitarbeit von Normann-Mathias Pingel. Braunschweig 1992, S. 210 und in Horst-Rüdiger Jarck, Günter Scheel (Hrsg.): *Braunschweigisches Biographisches Lexikon. 19. und 20. Jahrhundert*. Hannover 1996, S. 559. Der Aussage in letzterem, dass die Zeichnung sich im Städtischen Museum Braunschweig befindet, muss widersprochen werden. Es handelt sich bei dem dortigen Objekt um ein Ölgemälde: Ludwig Sebbers: *Bildnis Johann Wolfgang von Goethe (1749-1832)*. Nach 1826. Städtisches Museum Braunschweig, Inv. Nr. 1200-0790-00. Vgl. auch Bert Bilzer: *Führer durch die Schausammlung Gemäldegalerie*. In: *Arbeitsberichte aus dem Städtischen Museum Braunschweig*. Bd. 18. Braunschweig 1971, S. 63 f.

4 Ludwig Sebbers: *Johann Wolfgang Goethe*. Graphic Arts Collection. Department of Special Collections. Princeton University Library. Signatur: GA 2024.03452 C South 06/ Drawer 09/GC169/Full Folio.

Abb. 1
Ludwig Sebbers: *Johann Wolfgang von Goethe*,
Miniaturbildnis auf einer Porzellantasse (1826).

nung, die zu den wenigen Portraits Goethes gehört, die zu Lebzeiten angefertigt wurden, verblieb jedoch nicht in Weimar, sondern befindet sich seit 1937 im Besitz der Princetoner Universitätsbibliothek. Der Provenienz wie auch der Rezeption der Zeichnung gilt es auf den folgenden Seiten nachzugehen.

Den Verbleib der Kreidezeichnung betreffend tappte die Goetheforschung lange Zeit im Dunkeln. Im *Börsenblatt für den deutschen Buchhandel* des 4. März 1882 kündigte der Münchener Kunsthändler Adolf Ackermann den Lichtdruck eines »neue[n] Goetheportrait[s]« an, der zu Goethes 50. Todestag am 22. März desselben Jahres erscheinen sollte und im Künstlerheim-Format die Sebbers'sche Kreidezeichnung wiedergab (Abb. 3).[5] Bis zu dieser Zeit befand sich die Zeichnung im Besitz und im Nachlass des Braunschweig-Weimarischen Theaterdirektors Heinrich Marr (1797-1871), der sie aller Wahrscheinlichkeit nach vom ebenfalls aus Braunschweig stammenden Sebbers erworben hatte.[6] Ackermann fügte seinen Lichtdruck der Kreidezeichnung in eine Reihe von Goethe-Postkarten ein, die in

5 *Börsenblatt für den deutschen Buchhandel* (4.3.1882). In den folgenden Tagen erschienen weitere Nachrichten über den geplanten Lichtdruck, u.a. in der *Illustrierten Zeitung* (11.3.1882) und der *Deutschen Litteraturzeitung* (18.3.1882).

6 Hermann Rollett: *Die Goethe-Bildnisse. Biographisch-kunstgeschichtlich dargestellt.* Wien 1883, S. 229.

Abb. 2
Ludwig Sebbers: *Johann Wolfgang von Goethe*, Kreidezeichnung (1826).

seinem Verlag erschienen und die u.a. auch Tischbeins Goethe-Bild beinhalteten.[7] Nach Ackermanns Lichtdruck wird es dunkel um das Portrait; übereinstimmend wird ein anonymer Käufer in New York angenommen, der letztendliche Aufbewahrungsort bleibt jedoch jahrelang unbekannt.[8]

Fünfzig Jahre nach Goethes Tod dient das Sebbers-Bild einer profitablen Marketingstrategie – mit Widerhall. Schon 1849 wurde das Goethe-Portrait auf der oben erwähnten Tasse für ebensolche Zwecke genutzt und ein weit zirkulierender Kup-

7 F.A. Ackermanns Kunstverlag: *Serie 115. 12 Goethe-Portraits*. München o.D.
8 Vgl. Schulte-Strathaus (Anm. 2), S. 76; Friedrich Zarncke: *Kurzgefasstes Verzeichniss der Originalaufnahmen von Goethe's Bildniss*. Leipzig 1888, S. 48.

Abb. 3
F. A. Ackermanns Kunstverlag: *Göthe in seinem 77. Lebensjahre.*
Originalzeichnung nach dem Leben gez. in Weimar, 7. Sept. 1826 von Ludwig Sebbers. –
Gedenkblatt zum 50jährigen Todestage des Dichters (München 1882).

ferstich angefertigt.[9] So übt die Kreidezeichnung in den Folgejahren eine bemerkenswerte Faszination auf die Goethe-Forschung aus. Nach eigener Aussage suchte der bekannte Verleger und Goethe-Sammler Anton Kippenberg in den frühen Jahren des 20. Jahrhunderts Ackermann auf, um den Verbleib des Portraits – erfolglos – in Erfahrung zu bringen.[10] So abrupt und unverhofft wie das Wiederauftau-

9 Julia M. Nauhaus: *»das vortreffliche Miniaturbild auf einer Tasse« – Ludwig Sebbers' Goetheporträt als Jubiläumsstich des Verlags Breitkopf & Härtel zur Goethe-Säkularfeier von 1849*. In: GJb 2005, S. 230-242.

10 GSA 50/2675, Bl. 2 f. Für den Fund danke ich Frau Katharina Oelze vom Goethe- und Schiller-Archiv Weimar noch einmal ganz herzlich.

chen, so endgültig erscheint dann auch das erneute Verschwinden. Hans Wahl, der das Original 1930 als »verschollen« listet,[11] kennt nur das höchste Lob für Sebbers' künstlerische Ausdrucksfähigkeit:

> Die Geisterfülltheit des Goethischen Altersantlitzes hat niemand mit geringeren Mitteln zu überwältigenderem Ausdruck gebracht. Sechzigjährige, angespannteste Geistestätigkeit, vergleichslos nach Umfang und Tiefe, manifestiert sich im Gewölbe der herrlichen Stirn, in jeder Furche um Auge, Nase, Mund und Kinn. Das Auge, erfüllt von Abertausenden von Bildern der Erde und Gestalten und Gedanken der Innenwelt, scheint nicht mehr zu schauen, sondern nur noch zu überschauen, der fast strichschmal gewordene Mund scheint mehr Wissen zu verschweigen als zu offenbaren. […] [D]er siebenundsiebzigjährige Weise von Weimar, der Seher des Volkes schaut an uns vorbei und doch tief in uns hinein mit gespanntem und doch gelassenem Auge, das aus der Unendlichkeit zu kommen und in die Unendlichkeit zu gehen scheint.[12]

Dieses von begeisterten Superlativen dominierte Urteil ist Ausdruck einer markanten Sehnsucht nach der Originalzeichnung, deren Existenz *in absentia* nur verschiedene Abdrucke bezeugen. Noch in den frühen 1920er Jahren wurde dem Goethe-Nationalmuseum das »vor vier Jahrzehnten nach Amerika abgewanderte Sebbers-sche Bild« angeboten und »mit großen Mühen und Listen herangeschafft«; es erwies sich jedoch als enttäuschende Nachbildung.[13] Gleichzeitig wurde Ackermanns Lichtdruck immer wieder zurate gezogen, um zumindest eine Annäherung an das verschollene Bild zu erreichen. Auf Grundlage der Kreidezeichnung hatte Ackermann 1882 einen Lichtdruck hergestellt, auf dessen Grundlage 1932 eine Plakette angefertigt wurde, um des 100. Jahrestags von Goethes Tod zu gedenken (Abb. 4).[14] Mustergültig belegt diese mehrfache Verwendung des Lichtdrucks die von Walter Benjamin 1935 beklagten Konsequenzen der Reproduzierbarkeit des Kunstwerks im photographischen Zeitalter sowie die Sehnsucht nach dem Original,[15] das die »Geisterfülltheit des Goethischen Altersantlitzes« hatte einfangen können.

In all dieser Zeit war der Princetoner Stadtbewohner George Allison Armour der Besitzer und Bewahrer der originalen Kreidezeichnung. Dass es sich bei ihm um diesen anonymen Käufer in New York handeln muss, liegt nahe. In Princeton wohnte der Nachkomme einer schottischen Industriellenfamilie seit 1895.[16] Sein Haus in der Stockton Street, als Walter Lowrie House bekannt, ist heute die offi-

11 Hans Wahl: *Goethe im Bildnis*. Leipzig 1930, S. 66.
12 Ebd., S. 44.
13 *37. Jahresbericht (Berichtsjahr 1921/22)*. In: GJb 1922, S. 315-336; hier S. 334.
14 Diese befindet sich heute, dem Nachlass von George Madison Priest entstammend, im Besitz der Princetoner University Library. Sondersammlungen. Department of Special Collections. Signatur (Ex) 4310 C-12H/Numismatics.
15 Vgl. Walter Benjamin: *Das Kunstwerk im Zeitalter seiner technischen Reproduzierbarkeit*. Dritte Fassung. In: ders.: *Gesammelte Schriften*. Hrsg. von Rolf Tiedemann u. Hermann Schweppenhäuser. Bd. I.2: *Abhandlungen*. Frankfurt a. M. 1974, S. 471-508; hier S. 475-478.
16 Wahl (Anm. 11), S. 66.

Abb. 4
Medallion commemorating the centenary of Gothe's death.
Profile portrait, white on blue, after a crayon portrait made by Ludwig Sebbers in 1826 (1932)

[Medaillon zum 100. Todestag Goethes.
Profilportrait, weiß auf blau, nach einem Buntstiftportrait von Ludwig Sebbers aus dem Jahr 1826 (1932)]

zielle Residenz des Princetoner Universitätspräsidenten.[17] Obwohl als Anwalt zugelassen, war Armour, der 1877 in Princeton seinen Abschluss machte, hauptsächlich als Büchersammler tätig und u. a. Mitglied im Grolier Club, einer renommierten New Yorker Bibliophilenvereinigung.[18] Das Kronjuwel seiner enormen Büchersammlung waren die persönlichen Shakespeare-Editionen des britischen Dichters John Keats.[19] Wahrscheinlich befand sich das Goethe-Portrait jahrelang in Armours Besitz.[20] Ob sich, abgesehen von Sebbers' Portrait, auch andere Goetheana in Armours Besitz befunden haben, lässt sich nicht mehr ermitteln, erscheint jedoch

17 Robert K. Durkee: *The New Princeton Companion*. Princeton 2022, S. 297 f.

18 *The New York Times* (9.6.1936).

19 *The Library of the late George Allison Armour. Princeton, N.J.* New York 1937, S. 47. Versteigert wurde sie am 22. und 23. April 1937 bei der American Art Association / Anderson Galleries in New York.

20 *The Daily Princetonian* (3.5.1937) und *The New York Times* (3.5.1937). Vgl. auch George Madison Priest: *Das Goethebild von Sebbers in Amerika*. In: *Goethe-Kalender auf das Jahr 1938*. Hrsg. vom Frankfurter Goethe-Museum. Leipzig o. J., S. 182-196; hier S. 194 f.

unwahrscheinlich. Zumindest im Versteigerungskatalog seiner Sammlung finden sich außer der Zeichnung nur einige wenige Goethe-Prachtausgaben der Londoner Dove-Press.[21] Andere Objekte der Princetoner Sammlung stammen überwiegend aus dem Nachlass des Germanistikprofessors George Madison Priest. Dieser wandte sich 1937 an drei eminente Goethe-Experten: Hans Wahl, Ernst Beutler und Anton Kippenberg. Während sich in Priests, Beutlers und Wahls Nachlass keine dementsprechenden Unterlagen erhalten haben, belegen Papiere des Inselverlags einen fachlichen Austausch zwischen Priest und Kippenberg. So schrieb Priest am 19. Februar 1937 an Anton Kippenberg:

> A friend of Princeton University who died a short time ago bequeathed to the University a portrait of Goethe which we believe confidently is the original »Kreidezeichnung« by Ludwig Sebbers. Professor Erwin Panofsky has expressed the conviction: »In my opinion, it is surely the Sebbers portrait«. I know that you will be greatly interested in hearing this news and I shall take pleasure in sending you further word on the subject.[22]

> (Ein Freund der Princeton University, der vor kurzem verstorben ist, vermachte der Universität ein Portrait Goethes, von dem wir überzeugt sind, dass es sich um die originale »Kreidezeichnung« von Ludwig Sebbers handelt. Professor Erwin Panofsky drückte seine Überzeugung aus: »Meiner Meinung nach ist es sicherlich das Sebbers-Portrait«. Ich weiß, dass Sie diese Nachricht mit großem Interesse hören werden, und ich werde Ihnen gerne weitere Informationen zu diesem Thema zukommen lassen.)

Zwar hatte, wie Priests Brief bezeugt, Armour der Universität die Zeichnung vermacht, doch bestanden von ihrer Seite offenkundig Zweifel an deren Authentizität. So holte man ein Gutachten des Kunsthistorikers Erwin Panofsky ein, der sich – ähnlich wie Albert Einstein und Thomas Mann – im Princetoner Exil befand. Durch die Korrespondenz mit den deutschen Autoritäten wollte man weitere Sicherheit gewinnen, nicht zuletzt, da die Provenienz des Portraits z. B. nicht durch einen Verkaufsbeleg nachvollziehbar war. Kippenberg gibt in seinem auf den 1. März 1937 datierten Antwortschreiben keine Zweifel zu erkennen:

> Diese Tatsache wird bei allen Goethefreunden unbeschreibliche Freude hervorrufen, denn dieses Sebbers'sche Bild ist nicht nur bei weitem das schönste Altersbildnis Goethes, sondern auch eines der schönsten Goethe-Bildnisse überhaupt. [...] Ich bin sehr gespannt, bald näheres [sic] von Ihnen zu hören, und insbesondere wäre ich Ihnen unendlich dankbar für eine gute und möglichst grosse Photographie. Die Universität Princeton aber beglückwünsche ich aufrichtig zu einem so grossen Schatz.[23]

21 *The Library of the late George Allison Armour* (Anm. 19), S. 118 f. Zu Goethe in den Doves Press Prachtausgaben vgl. Marianne Tidcombe: *The Doves Press*. London 2002, S. 66-69.

22 GSA 50/2675, Bl. 1. Übersetzung aus dem Englischen hier und im Folgenden von Anne Fuchs.

23 Ebd., Bl. 2 f.

Die von Kippenberg erbetene Photographie wird am 2. Juni 1937 an Hans Wahl weitergereicht.[24] Von den konsultierten deutschen ›Experten‹ bestärkt, gibt Priest im *Princeton University Library Chronicle* (1942) deren fachliches Urteil wieder:

> The gift was impressive because the portrait is one of the last which Goethe sat for and German experts in Goethe portraiture had declared this particular portrait to be ›the best‹, ›the most gripping‹ portrait of Goethe, ›the most magnificent portrait of Goethe in his old age‹.[25]
>
> (Das Geschenk war bemerkenswert, denn das Portrait ist eines der letzten, für die Goethe Modell gestanden hat, und deutsche Experten für Goethe-Portraits hatten dieses besondere Portrait zum »besten«, »ergreifendsten« Portrait Goethes und »prachtvollsten Portrait Goethes im hohen Alter« erklärt.)

Ob jedoch wirklich mehrere »German libraries or Goethe collections«[26] (vertreten durch Ernst Beutler, Hans Wahl und Anton Kippenberg) ihr Interesse bekundet haben, das Portrait zu kaufen, scheint mit Blick auf Kippenbergs Antwortschreiben fragwürdig.

Offiziell geht die Kreidezeichnung am 2. Mai 1937 in den Besitz der Princetoner Universität über, zunächst als Geschenk an die Abteilung für deutsche Sprache und Literatur. Gezeigt wurde Sebbers' Kreidezeichnung anschließend im Treasure Room der Universität, dem eigens für die Präsentation kostbarer Kunstwerke und Bücher vorgesehenen Ausstellungsraum.[27] Dieser befand sich seinerzeit in Pyne Hall, das heute als East Pyne auch die Princetoner Germanistikabteilung beinhaltet.[28] Die *New York Times* berichtete von der Schenkung, wie es zu der Zeit nicht ungewöhnlich war,[29] am 3. Mai 1937 und sprach von »one of the best likenesses of the great German poet in his later years«.[30] Eine andere kurze Bekanntmachung erfolgte u. a. in der *American-German Review*.[31]

In einem längeren Aufsatz für den *Goethe-Kalender auf das Jahr 1938* hat Priest sich zur Authentizität der Princetoner Kreidezeichnung geäußert.[32] Ausgehend von einer ausführlichen Beschreibung des Princetoner Universitätscampus diskutiert er

24 GSA 50/3617,12. Briefe Hans Wahls an den Insel Verlag Leipzig (1937).

25 George Madison Priest: *A little known Portrait of Goethe*. In: *The Princeton University Library Chronicle* IV (1942), Nr. 1, S. 1-4; hier S. 2. Mit der letzten Bewertung wird offensichtlich Kippenberg direkt auf Englisch zitiert.

26 Ebd.

27 Ebd., S. 4: »It is now in the keeping of the University's Treasure Room where the custodian will show it with pride and pleasure to any interested friend of Goethe«. Zum Treasure Room vgl. Stephen Ferguson: *Rare Books at Princeton 1873-1941*. In: *Princeton University Library Chronicle* LXXX (2023), Nr. 1, S. 9-82; hier S. 70-76.

28 Durkee (Anm. 17), S. 158.

29 Ferguson (Anm. 27), S. 41.

30 *The New York Times* (3.5.1937).

31 George Madison Priest: *Sebbers' Portrait of Goethe*. In: *The American-German Review. For promoting cultural relations between the United States and German speaking peoples*. Philadelphia 1938, S. 24 [Der Aufsatz ist nur eine halbe Seite lang].

32 »No one will now or ever doubt that Princeton possesses the original portrait«, Priest (Anm. 25), S. 2.

eine von Goethe bis Marr reichende Geschichte des Bildes und vermutet, dass Marr das Portrait möglicherweise während seiner Braunschweiger Tätigkeit von Sebbers erlangt haben muss.[33] Anschließend erörtert Priest die Unterschiede zwischen Lichtdruck und Originalbild, die von Größendifferenzen bis zur Verteilung verschiedenfarbiger Kreide- und Bleistiftstriche reichen. Erklärt wird auch, warum die Inschrift gleich zwei Mal vorhanden ist.[34] Der Essay beinhaltet auch eine Analyse des Portraits, die von Panofsky verfasst wurde und welche Priest vermutlich mit Panofskys Einverständnis in seinen Text aufnahm.[35] Zum Zustand des Bildes schreibt Priest:

> Das Auffinden der Zeichnung ist eine Freude und doch auch wieder eine Enttäuschung. Der Zustand des Originals hat in früheren Jahren so gelitten, daß es uns das nicht mehr ganz vermittelt, was wir von ihm erwarten konnten: das beste Goethebild ist leider nur verblaßt auf uns gekommen. Uns bleibt nur zu ahnen, was es gewesen ist, und wir müssen uns aus beidem, dem Lichtdruck und der Zeichnung, wie sie heute ist, den ursprünglichen Eindruck erschaffen, jenes Porträts, das nicht nur als das ergreifendste Goetheporträt, einmal geschaut, unvergeßlich ist, sondern das in der Geschichte der deutschen Porträtmalerei überhaupt einen unverlierbaren Platz hat.[36]

Armour habe die Zeichnung jedoch »pfleglich« behandelt[37] und selbst die verblassten Linien von Sebbers' Kreidezeichnung zeigten »Reife des Alters und Rückblick der Jugend, Wissen und Gram, Güte und Schweigen, Einsamkeit und Ewigkeit. Es ist ein Bild an der Grenze zweier Zeiten«.[38]

Im Goethejahr 1949 präsentierte die Universität die Zeichnung von Sebbers erstmals öffentlich. Nachdem 1948 mit der Harvey S. Firestone Library ein neues Bibliotheksgebäude eröffnet worden war,[39] konnte die Universität zu Goethes 200. Geburtstag eine Ausstellung realisieren und den neuen, zur Verfügung stehenden hochkarätigen Schauraum gewinnbringend nutzen. Dass hier das Sebbers-Portrait nicht außen vor bleiben konnte, berichtet Walter Silz:

> One unique possession, for which we are much envied, formed the center of our display: the fine portrait of Goethe by Ludwig Sebbers [...]. It is the only portrait from life in this hemisphere, and one of the few likenesses of the aged Goethe, who rarely sat for artists. In this Goethe-year the delicate crayon work that records so well the visionary pensiveness of the Sage of Weimar is leading a restless life, for it is being borrowed by various universities to grace *their* Goethe exhibitions.[40]

33 Priest (Anm. 20) S. 191.

34 Ebd., S. 192 f.

35 Vgl. Walter Hinderer: *Präludium*. In: ders. (Hrsg.): *Goethe und das Zeitalter der Romantik*. Würzburg 2002, S. 9-15; hier S. 14.

36 Priest (Anm. 20), S. 195.

37 Ebd., S. 192.

38 Ebd., S. 195.

39 Durkee (Anm. 17), S. 293-297.

40 Walter Silz, Reilly Nail: *The Library's Goethe Exhibition*. In: *The Princeton University Library Chronicle* 10 (1949), H. 4, S. 193-196; hier S. 196. Zum Goethe-Jahr 1949 in

(Ein einzigartiger Besitz, um den wir sehr beneidet werden, bildete den Mittelpunkt unserer Ausstellung: das schöne Portrait Goethes von Ludwig Sebbers [...]. Es ist das einzige Portrait nach dem Leben in dieser Hemisphäre und eines der wenigen Bildnisse des alten Goethe, der selten für Künstler Modell stand. In diesem Goethe-Jahr führt die zarte Kreidezeichnung, die die visionäre Nachdenklichkeit des Weisen von Weimar so gut festhält, ein ruheloses Leben, denn sie wird von verschiedenen Universitäten ausgeliehen, um deren Goethe-Ausstellungen zu schmücken.)

Nur wenige Jahre später wird der Universität eine überschaubare, aber nicht unbedeutende Sammlung Goetheana des deutsch-amerikanischen Sammlers Benno Elkan zuteilwerden;[41] die nicht weit entfernte Yale University beherbergt überdies Objekte der William Speck Collection of Goetheana. All dies zeigt, welche besondere Rolle Goethe in der bibliophilen Sammlungskultur der Vereinigten Staaten einnimmt. In seinem Standardwerk für Autographensammler listet Thomas F. Madigan Goethe als einen der hundert Europäer – und einzigen deutschen Schriftsteller –, von dem angehende Sammler Briefe besitzen sollten.[42] Dass neben den verschiedenen Goethe-Briefen und Autographen eines der wenigen Portraits des alten Goethe in Princeton seinen Platz gefunden hat, zeichnet die dortige Sondersammlung vor anderen aus.

den USA vgl. Erich Funke: *The Goethe Year (1949) in U.S.A.* In: *The German Quarterly* 24 (1951), H. 1, S. 23-31. Weitere Unterlagen befinden sich auch in der Akte *Goethe Bicentennial Week*. Princeton University Library Records, AC123, Princeton University Archives, Department of Special Collections, Princeton University Library.

41 Vgl. Dennis Schäfer: *Neue Digitalisate aus Princeton: Die Benno Elkan Collection of Goethe*. In: *Zeitschrift für Germanistik* 33 (2023), H. 2, S. 417-432.

42 Thomas F. Madigan: *Word Shadows of the Great. The Lure of Autograph Collecting.* New York 1930, S. 248.

Rezensionen

Thomas Steinfeld: *Goethe. Porträt eines Lebens, Bild einer Zeit.* Berlin: Rowohlt 2024, 784 S., 38,00 €

Im Frühjahr 2026 soll mit der Sanierung und Neugestaltung des Goethe-Hauses in Weimar begonnen werden. Über 34 Millionen Euro stellen der Bund, das Land Thüringen und verschiedene Stiftungen für die »Substanzrettung des physischen Dichterhauses« zur Verfügung, die »zugleich auch seine gesellschaftliche Wirkung im 21. Jahrhundert zukunftsfest« machen soll.[1] Was die Präsidentin der Klassik Stiftung, Ulrike Lorenz, mit diesen Worten benennt, sind die immensen Chancen und die nicht geringeren Risiken: Entweder es gelingt, das Haus und mit ihm den ehemaligen Hausherrn auf historisch rechtfertigbare Weise mit der Gegenwart in Verbindung zu setzen (wobei man hinzusagen muss, dass mehr als die Hälfte der jährlichen Besucher Schülerinnen und Schüler sind). Oder das Goethe-Haus wird zum steinernen Zeugen seiner selbst, zum Dokument einer zweihundertjährigen Wirkungsgeschichte, für das sich allenfalls (oder immerhin, je nach Perspektive) die Forschung interessieren wird.

Vor diesem Hintergrund kommt die fast 800 Seiten starke Goethe-Biografie des Literaturwissenschaftlers und Kritikers Thomas Steinfeld, *Porträt eines Lebens, Bild einer Zeit*, zum richtigen Zeitpunkt. Und das weniger, weil sie noch einmal aufbereitet, was man ohnehin schon weiß oder sich rasch zusammenrecherchieren lässt. Es liegt vielmehr daran, dass sie mit einem der wirkmächtigsten Klischees der populären Goethe-Rezeption bricht. Zuletzt wurde es von Rüdiger Safranski zum Leitmotiv und Buchtitel erkoren: *Goethe – Kunstwerk des Lebens*. In Goethe hätten sich, liest man bei Safranski, »geistiger Reichtum, schöpferische Kraft und Lebensklugheit« vereint, weshalb er nicht nur als Schriftsteller eine Ausnahmeerscheinung gewesen sei, sondern auch als »Meister des Lebens«.[2] Steinfeld kontrastiert dieses Bild mit der »Neigung zu Missmut, Bitterkeit, Resignation«, die Goethe im Alter entwickelt habe, mit seinem gelegentlich auftretenden Wunsch, Weimar Weimar sein zu lassen und einfach nur abzuhauen, »wenn er nur wisse, wohin« (BuG 14, S. 213, bei Steinfeld S. 612). Nein: Auf den Knien hat Steinfeld sein Buch tatsächlich nicht geschrieben. Dass die Antwort auf Überhöhung und Verklärung nicht die angestrengte Verkleinerung sein kann, ist ihm aber ebenfalls klar. Die Perspektive, die er wählt, ist eine mittlere, ausbalancierte: Dem »aufgeschlossenen (vor allem im kleinen Kreis), freien, universal gebildeten, gelegentlich widersprüchlichen, manchmal abgründigen, oft isolierten, stets aber hellen Geist« (S. 13) widmet sich sein Porträt.

Die Grundfigur des Buches, das auf nichts Geringeres als eine Neubeschreibung hinauswill, ist die Befragung jeglicher Stilisierung, an erster Stelle Goethes eigener. Warum, zum Beispiel, sprach dieser von seiner Italienreise nachträglich als einer Flucht (»*d 3 Sept* früh 3 Uhr stahl ich mich aus dem Carlsbad weg«, FA I, 15.1, S. 604)?[3] Schließlich blieb er während seines Aufenthaltes sorgsam darauf bedacht, den brieflichen Kontakt nach Weimar nicht abbrechen zu lassen, einmal um den Herzog seiner Treue zu versichern, aber auch um sich über die politischen und gesellschaftlichen Ereignisse auf dem Laufenden zu halten. Wahr-

1 https://www.klassik-stiftung.de/goethe-nationalmuseum/wo-ist-goethe/ (zuletzt aufgerufen am 29.11. 2024).

2 Rüdiger Safranski: *Goethe. Kunstwerk des Lebens. Biographie*. München 2013, S. 15.

3 Eingehender zum Motiv der Flucht in Goethes (auch literarischem) Gesamtwerk Frieder von Ammon: *Goethes Fluchten*. In: GJb 2018, S. 57-70.

scheinlich ging es Goethe mit seiner Wortwahl, ahnt Steinfeld, um eine dramatische Zuspitzung, zumal eine Bildungsreise wie seine um 1800 ein durchaus »konventionelles Unternehmen« (S. 230) gewesen sei.

Man würde Ernüchterungsgeschichten wie diese deutlich weniger schätzen, wenn sie nicht so lehrreich wären – und immer wieder komische Effekte zeitigten. »Es ist aber als wenn alles geistreiche diesen feuerfarbenen Einband flöhe«, schimpft Goethe 1796 über das *Journal des Luxus und der Moden*, das erste deutsche Mode- und Lifestyle-Magazin, und Steinfeld fügt in Klammern hinzu: »Zur gleichen Zeit bestellte Schiller über seinen Freund grüne Papiertapeten mit rosa Bordüren aus Frankfurt« (S. 355). Wo liegt der Witz? In der scharf herausgestellten Inkongruenz von kulturkritischer Biestigkeit auf Goethes und hedonistischer Lust auf Schillers Seite.

Ansprechend liest sich Steinfeld auch da, wo er ins Erzählen gerät. Ein Höhepunkt seines Buches ist die Schilderung der Landschaften, durch die Goethe gereist sein mag, als er sich im Spätherbst 1775 zum ersten Mal nach Weimar begab. Wer Romantik erwartet, bekommt die harte Wirklichkeit. Die Reise führte durch Wälder, die zu dieser Zeit so weitgehend gerodet waren, dass sie nur noch »lichte[], wirre[] Gebilde« (S. 128) gewesen sind; vorbei an Galgenbergen oder Rabensteinen, an denen Todesstrafen vollzogen und Exekutierte zur Schau gestellt wurden; und durch stille, stinkende Orte, in denen nur die mit Fischtran betriebenen Wandleuchten etwas Licht spendeten. Wie in einer langen Kamerafahrt nähert man sich dem Ilm-Städtchen, das uns schließlich in einer hochkonzentrierten Kulturgeschichte näher vorgestellt wird. Darin geht Steinfeld unter anderem auf die entscheidende Rolle von Statusfragen bei Hofe ein – und auf die Unsicherheit, die Goethe befiel, als sich herausstellte, dass er mit den Adligen weder Karten spielen noch bei den Zeremonien an der Seite des Herzogs stehen durfte: »Man merkt es ihm an, dass er sich Mühe gibt seine Würde zu behaupten«, hielt der Züricher Student Johann Heinrich Landolt über den Neuling fest, der in dieser Szene fast ein wenig hilflos wirkt (S. 135).

Während Steinfeld den ›Olympier‹ meist höflich, mitunter aber auch ziemlich harsch in die Sphäre des Allzumenschlichen zurückholt, wertet er jene in seinem Leben auf, die man landläufig eher in Nebenrollen sah, darunter seinen Sohn August. In der Vergangenheit (zu) oft als »verunglückte Existenz« (S. 686) abgetan, gelang ihm nach einem Jura- und Ökonomiestudium eine beachtliche Karriere, in deren Verlauf er sogar Rechtsgeschichte schrieb: Kühl berechnend erwirkte er für seinen Vater ein deutschlandweites Urheberrecht, was zu dieser Zeit eine Präzedenz darstellte. Augusts Trinkerei, die ihn später zugrunde richten sollte, war zumindest in dieser Hinsicht keine zwangsläufige Entwicklung, was die Bewertung aus heutiger Sicht umso schwieriger, aber auch interessanter macht. Ähnlich würdigend äußert sich Steinfeld über Christiane, die ihr Gatte gegenüber Graf Reinhard mit dem eisigen Satz charakterisiert, »das Reich des Geistes« habe »kein Dasein für sie« (S. 602), und Johann Peter Eckermann, aus dem die Nachwelt das Stereotyp eines bloßen Mitschreibers geformt hat, obwohl er mit den *Gesprächen mit Goethe* ein ganz eigenes Genre erfunden habe, für das es zu dieser Zeit kaum Vorbilder gab.

Sieht Steinfeld den Naturforscher Goethe in einer prekären Stellung zwischen der alten, noch metaphysisch geprägten Weltordnung und dem neuen wissenschaftlichen Expertentum, setzt er in der Betrachtung des dichterischen Werks zum Teil überraschende Akzente. So scheint ihn am Spätwerk neben dem zweiten Teil des *Faust* und *Wilhelm Meisters Wanderjahren* das Zeitschriftenprojekt *Ueber Kunst und Alterthum* besonders zu interessieren. Auf den zweiten Blick ist das allerdings schlüssig: Nimmt man Goethes berühmte Selbstbeschreibung als »Kollektivwesen« ernst, das alles in sich aufnimmt und durch sich hindurchfiltert, so findet dieses im Medium der Zeitschrift zu sich selbst. In seinem Periodikum präsentiert er all das, was ihm »vor Augen, vor Ohren, vor die Sinne« kommt und daraus an Überlegungen und Betrachtungen folgt (FA II, 11, S. 521). Was seine kollektive Autorschaft im Kern auszeichnet – nirgendwo tritt es transparenter zutage als hier.

Dass sich Thomas Steinfelds Buch in gerade diesem Punkt mit den Gedanken trifft, die man sich derzeit in Weimar über die Neukonzeption des Goethe-Hauses macht, ist möglicherweise kein Zufall. Auf einer Tagung, die im November 2023 unter dem Titel »Denkmal, Dichterhaus, Vermittlungshaus« von der Klassik Stiftung in Weimar veranstaltet wurde, stand der Begriff des »Kollektiven« ebenfalls im Mittelpunkt, namentlich auf einer zu Beginn geführten Podiumsdiskussion, die nach dem schwierigen Verhältnis von Geniekult und Musealisierung fragte.[4] Weil traditionelle Vorstellungen von Genie und Größe ihre Selbstverständlichkeit verloren hätten, könnte in der Betonung des Vielfältigen und Widersprüchlichen, des Komplexen und Modernen, das sich nicht nur im Wesen, sondern auch im Werk niederschlägt, der Ansatzpunkt für ein gegenwärtigeres, auch aus museumspraktischer Sicht reizvolles Goethe-Bild liegen. Steinfelds durch und durch realistische Biografie, die von jeder Überhöhung absieht, damit niemandem etwas vormacht und sich gerade deshalb so faszinierend liest, könnte und sollte diesem Vorhaben eine Orientierung geben.

Kai Sina

Benedikt Jeßing: *Goethe. Eine Einführung in Werk und Deutung.* 2., völlig neu bearbeitete Auflage. Stuttgart: J.B. Metzler 2023, 375 S., 19,99 €

Wer im zurückliegenden Vierteljahrhundert Annäherungen an und Einstiege in das Gesamtwerk Goethes suchte, kam an Benedikt Jeßing schwerlich vorbei. Als einer der Herausgeber des kompakten Goethe-Lexikons (1999) und Verfasser einer Einführungs-Monographie (1995), jeweils im Metzler Verlag, ist Jeßing als Kenner längst ausgewiesen. Die erwähnte Monographie in der ehrwürdigen »Sammlung Metzler« erlebt nun eine erweiterte, wie der Untertitel besagt »völlig neu bearbeitete« zweite Auflage. Vormals ca. 200 stehen nun über 350 Textseiten in einem deutlich größeren Format gegenüber. Auch der Aufbau hat sich gewandelt. Der »Sammlung Metzler«-Band war in die drei Großkapitel Lyrik, Drama und Prosa aufgeteilt, ergänzt durch kürzere Kapitel zu naturwissenschaftlichen und autobiographischen Schriften sowie zur Rezeption. Der neue Band – weniger eine zweite Auflage als, wie der Autor bemerkt, »ein ganz anderes Buch« (S. V) – folgt einer werkbiographischen Aufteilung. Teil I umfasst die »frühen Werke«, großzügig berechnet vom Geburtsjahr Goethes bis zum Aufbruch nach Italien (1749-1786); Teil II behandelt die »klassizistischen Werke« und reicht von der Italienreise bis zu Schillers Tod (1786-1805); der dritte Teil schließlich ist den »späten Werken« gewidmet (1806-1832). Obwohl das Buch einen größeren Umfang aufweist, ist das Kapitel zu den naturwissenschaftlichen Schriften ersatzlos entfallen. Falls die naturwissenschaftlichen Schriften als obsolet, als von bloß historischer Bedeutung oder als für das literarische Werk irrelevant angesehen werden sollten (was ihre Nichtbeachtung *nolens volens* nahelegt), bedürfte das zumindest einer Begründung. Das Fehlen ist umso bedauerlicher, als es Jeßing durchaus versteht, in größere und übergreifende Zusammenhänge einzuführen, wie die Ausführungen zur klassizistischen Programmatik (S. 201-210) beweisen.

Dem Verfasser zufolge »soll hier ein literarisches Werk – neben natürlich den kanonischen Texten auch unbekanntere – von den Texten her vorgestellt werden, in versuchsweise genauer, versuchsweise differenzierter Betrachtung, Analyse und Deutung« (S. V). Von der etwas sperrigen Syntax abgesehen: Diesem Anspruch kommt das Buch größtenteils nach. An biographistischen Zugängen zu Goethes Werk war in den letzten beiden Jahrhunderten kein Mangel, und um einem unübersichtlichen Methodenpluralismus zu entgehen, ist es nachvollziehbar, scheinbar tautologisch ›ein literarisches Werk von den Texten her‹ vorzustellen.

4 Die Diskussion ist nachzusehen auf https://www.youtube.com/watch?v=spvJ2GKLYoQ (zuletzt aufgerufen am 29.11.24).

Ganz widersteht Jeßing allerdings nicht den Lockungen, Texte »auch auf die biographischen Umstände [ihrer] Abfassung hin zu verstehen« (S. 46). Da die Texte in erster Linie als Literatur gesehen und nicht auf poetisch verkleidete Biographismen reduziert werden, erliegt der Verfasser aber nicht der Gefahr, selbst »unsinnig-biographistisch« (S. 159) zu werden.

Es ist keine Nebensächlichkeit, dass trotz der Neubearbeitung meist ältere Forschung benutzt wird. Das Buch wurde zwar gegenüber der Fassung von 1995 lohnend erweitert, aber nur bedingt aktualisiert. Das ist auch den einzelnen Analysen anzumerken. Wer aber das Buch zur begleitenden oder vertiefenden Lektüre einer akademischen Lehrveranstaltung oder sonstigen didaktischen Zwecken konsultiert, erhält verlässliche Einblicke in die wesentlichen semantischen Zusammenhänge und die Komplexität der Texte. Das ist gerade bei späteren Werken wie den *Wanderjahren*, die der Lektüre einige Widerstände entgegensetzen, keine geringe Leistung. Dass an der einen oder anderen Stelle eine größere Differenzierung wünschenswert wäre, ist nahezu unausweichlich; wenn aber ein Gedicht wie *Heidenröslein* in plausibler Weise als artifizielles Volkslied begreifbar gemacht wird, hingegen jeder Hinweis auf die Missbrauchs-Metaphorik unterbleibt, wirkt das ein wenig aus der Zeit gefallen. Anlässlich der *Römischen Elegien* wird von einer »Männerphantasie« gesprochen, aber nur im Hinblick auf die von »materielle[r] Abhängigkeit« (S. 101) gekennzeichnete Liebesbeziehung, nicht etwa, weil ein auf Passivität, Unwissenheit und erotische Lockung modelliertes Frauenbild vorläge. Nun muss man Goethe-Texte nicht nach den Maßstäben aktueller Wokeness-Debatten moralisch ver- oder ästhetisch beurteilen. Aus heutiger Sicht als problematisch erachtete Aspekte implizierter Geschlechterrollen aber sollten zumindest benannt werden. Jeßings Goethe ist ein klassischer Autor mit überaus modernen poetologischen Ansätzen, verbleibt inhaltlich aber im Rahmen des Tragbaren.

Dazu passt, dass entgegen dem eigenen Anspruch nur wenige ›unbekanntere‹ Texte bedacht werden. In Kap. 5.4. werden in gedrängter Ausführlichkeit und sehr anregender Weise »Gelegenheitsdramen für den Weimarer Hof« vorgestellt (*Triumph der Empfindsamkeit*, *Lila*, *Die Fischerin*). Ansonsten bewegt sich die Textauswahl im Bereich des Erwartbaren und Repräsentativen. Eine Einführung muss vordringlich die Texte vorstellen, die als die zentralen Leistungen des in Rede stehenden Autors gelten. Und doch sei ein Gedankenexperiment gewagt: Könnte die ›Goethezität‹, die ein solches Buch unausweichlich konstruiert, auch Ausführungen zu Texten aus der zweiten oder dritten Reihe verkraften? Wie würden Texte, die als anstößig, misslungen oder schlichtweg irrelevant gelten (etwa *Hanswursts Hochzeit*, *Der ewige Jude* oder *Der Bürgergeneral*) das Goethe-Bild verunsichern, das hier vermittelt wird? Welche Ausgrenzungen macht das ›Wertniveau Goethe‹ nötig, das von *Werther* und *Wahlverwandtschaften*, von *Egmont* und *Iphigenie* verbürgt wird, aber nicht von allen Texten?

Erfreulicherweise unterlässt Jeßing nicht, in kritischer Manier auf zweifelhafte, widersprüchliche Seiten Goethes hinzuweisen, etwa auf dessen »Selbstinszenierung als Geschmackspotentat« oder die »erratische Kuriosität des weimarischen Klassizismus« (S. 350) im Allgemeinen. Eine vorbehaltlose Monumentalisierung kann dem Verfasser mithin keineswegs vorgeworfen werden. Sogar noch energischer fällt die Kritik am Konstrukt einer ›Weimarer Klassik‹ aus, das ausdrücklich als ›nationalpolitisches und -chauvinistisches Phantasma‹ (vgl. S. 352) der Literaturgeschichtsschreibung des 19. Jahrhunderts ausgewiesen wird.

Es bleibt bei einem so vielfach gedeuteten und kommentierten Gesamtwerk kaum aus, dass Jeßings Einordnungen Widerspruch provozieren. Ob es wirklich sinnvoll ist, eine Novellensammlung wie die *Unterhaltungen deutscher Ausgewanderten*, wie es mehrfach geschieht, als Roman zu deklarieren oder ob es angesichts einer fragwürdigen Bezeichnung wie *Urfaust* »besser« ist, von »*Faust in ursprünglicher Gestalt*« (S. 247) zu sprechen, darf bezweifelt werden. Dennoch: Mag der Leser auch gelegentlich andere Deutungen plausibler finden und bestimmte Perspektiven vermissen, so ist doch anzuerkennen, dass auch und gerade bei kanonischen Texten konzeptionelle Brüche und Ambivalenzen hervorgehoben werden, so dass die Komplexität der Gegenstände wenn schon nicht vollumfänglich entfaltet, aber doch im besten Sinne angedeutet werden kann.

Die mit zahlreichen Ausrufezeichen operierende Schreibweise wirkt zuweilen geradezu emphatisch, bleibt aber unentschieden, an welches Publikum sie sich wendet. Mal wird auf engstem Raum informativ und niedrigschwellig in Zusammenhänge eingeführt, dann wieder ohne weitere Erläuterung ein Name wie »Winckelmann« (S. 98), ein »Bezug zu Schillers Konzept der ›Schönen Seele‹« (S. 187) oder Werktitel wie *Ion* und *Alarcos* (ohne Nennung der Schlegel-Brüder als jeweilige Verfasser, vgl. S. 295) angeführt. Man mag es beklagen, aber es ist nicht vorauszusetzen, dass Studierende durch die bloße Nennung eines Namens, eines Konzepts oder eines Titels deren jeweilige Bedeutung einordnen oder etwaige Einflüsse auf Goethes Denken und Schaffen ermessen können. Zu bemängeln ist, dass das Buch weder ein Personen- noch Werkregister enthält. An manchen Stellen wirkt es unsorgfältig redigiert, wenn sich Redundanzen auf engstem Raum (vgl. u.a. S. 29) oder vereinzelte fehlerhafte Zitate einschleichen. Das Kernanliegen des Buches – eine Einführung in ein schwer zu überblickendes Werk zu bieten – wird erfüllt. Zur vertiefenden Annäherung an zentrale Texte wie (um nur eine kleine Auswahl zu nennen) *Götz* und *Stella*, *West-östlicher Divan* und exemplarische Balladen, die *Wilhelm Meister*-Romane, *Hermann und Dorothea*, *Tasso*, die *Faust*-Tragödie, *Novelle* und die großen autobiographischen Schriften *Italienische Reise* und *Dichtung und Wahrheit* ist diese Einführung gut geeignet. Resümierende Ausführungen zu übergreifenden Prinzipien bleiben leider weitgehend aus.

Das Buch endet mit einem Aufruf zur stetig neuen Lektüre von Goethes Texten. Dem ist vorbehaltlos zuzustimmen, und Jeßings neubearbeitete Einführung wird manch Lesenden Orientierung und Leitfaden bei der Erkundung dieses nicht eben einfach zu überblickenden und zu durchdringenden Textgebirges sein.

Manuel Bauer

Johann Wolfgang Goethe: *Tagebücher. Historisch-kritische Ausgabe*. In Verbindung mit der Sächsischen Akademie der Wissenschaften zu Leipzig und der Mainzer Akademie der Wissenschaften und der Literatur hrsg. von der Klassik Stiftung Weimar, Goethe- und Schiller-Archiv. Bd. IX,1: *1823-1824. Text und Register*. Hrsg. von Margrit Glaser, Johannes Korngiebel und Ariane Ludwig unter Mitarbeit von Luise Grabolle und Judith Gloria Pörschke. Heidelberg, Berlin: J.B. Metzler 2024, IV S., S. 1-490 (492 S.), 94,95 € – Bd. IX,2: *1823-1824. Kommentar*. Hrsg. von Margrit Glaser, Johannes Korngiebel und Ariane Ludwig unter Mitarbeit von Luise Grabolle und Judith Gloria Pörschke. Heidelberg, Berlin: J.B. Metzler 2024, S. 491-1540 (1052 S.), 94,95 €.

Nach fast einem Jahrzehnt Pause legt die die entsprechenden Bände der Weimarer Ausgabe ersetzende, seit 1998 erscheinende neue historisch-kritische Ausgabe der Tagebücher Goethes wieder einen Band vor und ist nun mit dem Zeitraum 1823/24 beim Mitte 70-jährigen Goethe angekommen. Den enormen Zugewinn des Bandes IX der neuen Ausgabe gegenüber dem den gleichen Zeitraum abdeckenden Band der Weimarer Ausgabe (WA III, 9 von 1897, 420 S.) spiegelt schon der um mehr als das Dreifache höhere Umfang von nun weit über 1500 noch dazu viel großformatigeren und dichter bedruckten Seiten wider. Die Ausgabe bleibt dem sie prägenden Dokumentationsverfahren treu.[1] So hält sie als Ordnungsstruktur im Textband den Einschnitt zwischen dem 25. und dem 26. Juni 1823, der durch die Überlieferung in zwei separaten – erst bei Entstehung der Weimarer Ausgabe zu einem Halbleder-

1 Siehe dazu zuletzt die Besprechung in GJb 2016, S. 184-187.

band zusammengebundenen – Heften (vgl. S. 529) bedingt ist, mit einem den originalen Titel des zweiten Heftes repräsentierenden Zwischentitelblatt (S. 71) fest.[2] Ganz in diesem Sinne erfolgt auch die der originalen Platzierung entsprechende Wiedergabe der immer an den Anfang eines Tagebuchhefts eingefügten »Büchervermehrungsliste« (einmal noch ergänzt um ebenfalls eingeheftete Gästelisten, S. 5-9).

Einige hilfreiche Neuerungen finden sich in Band IX. So ist nun lateinische Schrift des Originals durch serifenlose Type (als Absetzung von der handschriftliche deutsche Kurrentschrift repräsentierenden Serifenschrift) wiedergegeben (vgl. S. 499) und damit die auch sonst in Editionen übliche Anzeige dieser historischen Schriftdifferenz zur Stärkung des Dokumentationsprinzips von jetzt an in der Goethe-Tagebuchedition vorhanden.[3] Neben weiteren kleinen Änderungen gegenüber früheren Bänden (vgl. Editionsbericht, S. 499-504) ist die Zuweisung einer jeden Einzelstellenerläuterung zu einem der drei Herausgeber durch ein nachgestelltes Namenskürzel besonders auffällig. Damit werden nun Leistungen und Verantwortlichkeiten punktgenau vermerkt, ein Verfahren, das für Credit-Dokumentationen in der digitalen Welt üblich ist, in Druckeditionen bisher aber kaum Einzug gehalten hat. Das wirkt wie ein Vorschein der späteren Einbindung auch dieses Tagebuchbandes in die im Entstehen befindliche Goethe-Biographica-Plattform der *Propyläen* (https://goethe-biographica.de/, zuletzt aufgerufen am 23.2.2025), in der inzwischen die Digitalisate der Tagebücher eingestellt sind, von der neuen Tagebuchedition derzeit allerdings nur der erste Band aus dem Jahr 1998 integriert ist, für Suchoperationen jedoch alle Tagebuchtexte zur Verfügung stehen (vgl. https://goethe-biographica.de/recherche/tagebuecher.html, zuletzt aufgerufen am 23.2.2025).

Neben dem authentisch und bis auf Zeichenebene – einschließlich der im Zweitapparat am Seitenfuß angezeigten Änderungsprozesse – genau dargebotenen Tagebuchtext selbst liegt gerade in der immensen Fülle und Dichte der Einzelstellenerläuterungen der enorme Gewinn des Bandes. Die Erläuterungen lassen dabei vielfach Quellenmaterial – auch extensiv – sprechen und verknüpfen es klug. Wie in den Vorgängerbänden legt der Kommentar dabei ein gleiches Gewicht auf sämtliche Elemente aus dem äußerst breiten Spektrum der sich im Tagebuch spiegelnden, trotz Goethes höheren Alters nicht nachlassenden Tätigkeiten und Interessen. Neben Goethes eigenen Werken und Publikationen sind das in diesen Jahren

2 Nicht ganz klar ist, warum Goethe hier zwei Hefte für einen Jahrgang anlegen ließ. Möglicherweise hatte er das Tagebuchkonvolut für 1823 beim Aufbruch in die böhmischen Bäder am 16.6.1823 (zunächst) vergessen, da die Seite mit dem Eintrag zu diesem Datum nur zu einem Drittel gefüllt ist (vgl. S. 70, Zweitapparat), auch die Einträge zum 26. bis 30.6.1823 auf einem separaten Doppelblatt vorgenommen wurden, zudem zum letztgenannten Tag zwei Einträge erhalten sind (vgl. S. 82 f. sowie S. 774 und 776). Der Kommentar weist darauf hin, dass der erste Teil des Tagebuchs für 1823 später auf der Reise allerdings vorgelegen haben muss (S. 770). Man hätte wünschen können, dass die – vielleicht tatsächlich in Gänze nicht zu klärende – Problemlage an einer Stelle zusammenhängend dargelegt worden wäre, am besten bei der Überlieferungsbeschreibung (S. 529-531), die sich dazu nicht äußert. – Nebenbei: Durch die in der Ausgabe vorgenommene Präsentation der Postausgangsvermerke, die in der Handschrift in der Randspalte *neben*geordnet stehen, eingerückt *unterhalb* der letzten Zeile eines Tageseintrags ist für die in Rede stehende Stelle (S. 70) die Seitenraumnutzung im Original leserseitig nur schwer nachzuvollziehen. Für das Gesamtverständnis wäre ein dezidierter Hinweis innerhalb der – besser wohl zentral vorab statt beim ersten Bezugswort zu platzierenden – Haupterläuterung zu Formulierungen wie »Nebenstehendes expedirt« (S. 20, erläutert S. 554) hilfreich, dass die Edition die beiden originalen Seitenkolumnen nicht raummimetisch wiedergibt (das Textkonstitutionsverfahren ist im Editionsbericht S. 500 erläutert).

3 Ein kleines Versehen hat sich – vielleicht in diesem Zusammenhang – in die Erläuterung der editorischen Zeichen (S. 499 und 505) eingeschlichen. Für die Kennzeichnung von nicht entzifferten Zeichen ist hier der Buchstabe »X« bzw. »x« (in Serifenschrift) genannt, im textkritischen Apparat unterhalb jeder Seite des edierten Textes allerdings immer – sinnvollerweise als nichtalphabetisches Zeichen wie auch in den Bänden zuvor – das serifenlose liegende Kreuz genutzt (so auch im Editionsbericht S. 499 richtig verbalisiert beschrieben).

weiterhin mannigfaltige literarische, kunstgeschichtliche oder naturwissenschaftliche Themengebiete, aus letzteren etwa immer wieder Meteorologisches. Breite persönliche Kontakte sind durch vielfältige Nachweise von Besuchen und Begegnungen, aber auch durch die im Tagebuch ebenfalls vermerkten Briefsendungen bezeugt. Die Einträge zum Jahr 1823 verzeichnen schließlich auch den letzten der vielen Kuraufenthalte Goethes in den böhmischen Bädern Marienbad und Karlsbad.

Ausgesprochen hilfreich sind Erläuterungen zu Goethes Tagesablauf, mit dem ja allemal die Struktur des tagesgebundenen Eintragsverfahrens konvergiert. Insofern ist etwa bei den häufigen Eintragungen zu ›Mittag‹ wichtig zu wissen, dass Goethe das Mittagessen in der Regel erst am frühen Nachmittag gegen 15 Uhr einnahm. Dazu gehört auch die Kenntnis über Goethes Bedeutungsgebrauch von Tageszeitenbezeichnungen, etwa dass ›Abend‹ auch für ›Nachmittag‹ stehen kann oder ›Nacht‹ für die frühen Abendstunden nach Einbruch der Dunkelheit. Die wichtige Erläuterung dazu (S. 544; zu ›Mittag‹ vgl. auch S. 545 f.) hätte man sich allerdings eher in Form eines vorangestellten allgemeinen und für jeden Leser daher leicht auffindbaren Kommentars zu Goethes regulären Alltagsroutinen denn als eher versteckte Erläuterung zum Lemma »Januar«, der Überschrift des ersten Tagebuchmonats von 1823 (S. 19), gewünscht.

Die große Herausforderung für den Kommentar ist der für den mittleren und späten Goethe übliche abbreviierte, auf Ereigniswiedergabe, aber so gut wie nie auf Emotionalität oder Introspektion angelegte Stil des Goethe'schen Tagebuchschreibens. Wenn – selten – eine emotionale Komponente durchscheint, schlägt sie sich eher in der Schriftmaterialität nieder. So trägt Goethe innerhalb der regelmäßig durch einen Schreiber nach Diktat erfolgten Niederschrift eigenhändig und in abweichender lateinischer Schrift und roter Tinte in die für die Verzeichnung der Postausgänge vorgesehene Spalte am 19. April 1824 ein: »Lord Byron stirbt« (S. 214, vgl. dort auch den Zweitapparat am Seitenfuß). Die sinnvoll hinzugegebene Abbildung der Tagebuchseite (S. 213) kann den Zusammenhang auf der visuellen Ebene leider nur etwas reduziert veranschaulichen, da sie in Schwarz-Weiß geboten ist. Weil der Eintrag nachträglich erfolgte – Goethe erfuhr von Byrons Tod erst am 23. Mai 1824 (vgl. S. 1214) –, ist er einer der raren Tagebuch-Belege dafür, dass es Goethe mit seinem Tagebuch offensichtlich nicht nur um die akkurate unmittelbare Tagesdokumentation an sich, sondern auch um die Frage der Einwirkung von Außenwelt auf das autobiografisch schreibende Individuum ging.[4] In solchem Zusammenhang darf die durch den Schreiberapparat am Fuß der Seite sowie durch die hier hinzugestellte Abbildung (S. 114 f.) als eigenhändige Anfügung an den Tageseintrag zum 31. August 1823 ausgewiesene Notiz besondere Bedeutsamkeit entfalten: »Nachts zusammen. Die jüngeren zeitig zu Bette. Blieb mit Fr v. L. und Ulriken in vielfachen Erinnerungen« (S. 114). Über die Schreibmaterialität der Eigenhändigkeit wird hier eine nachdrückliche Privatheit gegenüber den ansonsten von John nach Diktat vorgenommenen Schreiberhandeintragungen ausgestellt, deren Hintergrund die als letzte Liebe Goethes geltende Beziehung zu Ulrike von Levetzow bildet. Die wenigen Beispiele zeigen, dass mit dem in der Tagebuchedition ausgebreiteten Material spezifische Erkenntnisse gewonnen werden können, die erst die Detailliertheit dieser neuen Edition leichter ermöglicht.

Der Kommentar steht insgesamt vor der großen Herausforderung, den im Regelfall auf wenige Worte reduzierten Einzeleintrag in seinem ganzen Sachgehalt sprechend zu machen. Das gelingt in ausgezeichnetem Maße, wobei die durch die vorherigen Bände schon bewährte Aufteilung in allgemeine Informationen zu Personen und Werken auf knapp 200 Seiten

4 Der Kommentar verweist S. 1214 auf einen ähnlich gelagerten Tagebucheintrag früherer Jahre, in dem das Schriftbild Goethes Affiziertheit ausdrückt, nämlich auf GT VII,1 S. 32: »Kotzebue!!!! Ermordung« (Eintrag zum 26.3.1819). Die Reihe der seltenen Beispiele dieser Art ließe sich erweitern um die Einträge zum 8.5.1813 »Napoleon in Dresden« (eigenhändig, große Schrift, leicht andere Schreibrichtung; GT V,1 S. 50) und zum 7.6.1814 »Hafis Divan« (eigenhändig in abweichendem Rot; GT V,1 S. 154).

versammelnde Register (S. 303-485) und konkret eintragsbezogene Einzelstellenerläuterungen auf weiteren 1000 Seiten (S. 532-1533) sehr sinnvoll umgesetzt ist. Dabei gehen die Einzelstellenerläuterungen nie in bloße Spekulation über, sondern legen sorgsam offen, was sich sicher ermitteln lässt, wo dessen Grenzen sind, welche etwaigen Sachverhalte bei nicht leicht zu klärenden Zusammenhängen eine Rolle spielen könnten und wo etwas letztlich nicht ermittelt werden konnte. So werden z. B. im Fall des Eintrags »Erinnerungen an Sessenheim« (10. Januar 1823, S. 22) präferenzfrei drei Bezugsmöglichkeiten aufgezeigt: Näkes Aufsatz über seinen Sessenheim-Besuch 1822, den Goethe im Manuskript erhalten hatte, Goethes in *Dichtung und Wahrheit* zu Literatur umgeformtes Sessenheim-Erlebnis oder Goethes biografische Erinnerung an die über 50 Jahre zurückliegende Begegnung mit Friederike Brion in Sessenheim (S. 565). Zu Werkprojekten enthalten die Erläuterungen vielfach knappe, aber dezidiert dargelegte Entstehungsgeschichten, die für spätere Werkeditionen nützlich sein dürften; so etwa zum lakonischen Eintrag »Abschrift eines Gedichtes« (S. 119) vom 5. September 1823 detailreich zur Entstehung der durch die Marien- und Karlsbader Begegnung mit Ulrike von Levetzow inspirierte *Elegie* (S. 887 f.), zur Arbeit an den *Tag- und Jahres-Heften* (z. B. S. 556-558), zum Druckverlauf von Heften zu *Kunst und Alterthum* (z. B. S. 1038) oder zu den 1824 sehr häufigen Einträgen zur Vorbereitung der Publikation des Briefwechsels mit Schiller (z. B. S. 1075 f., zum Revisionsverfahren an den Originalen S. 1201 f.), um nur ganz wenige Beispiele zu nennen. Detailliert werden Sachverhalte der weimar-jenaischen institutionellen Arbeitszusammenhänge erörtert, etwa zu einem bedachten Inkunabelankauf und dem dabei grundlegenden, aber erst in der Entstehung befindlichen Inkunabelkatalog im November 1824 (S. 1480 f.). Auch Notizen zu Lebensumständen werden ausführlich erläutert, so zur extremen Kälte von bis zu -37,5 Grad im Januar 1823 (S. 558), zur Reparatur des Ofens in Goethes Arbeitszimmer im gleichen Monat (S. 566), zu Goethes schwerer Herzerkrankung im Februar 1823 (S. 603, 611 f.), was zum zwischenzeitlichen Aussetzen und späteren Nachtrag von Tagebucheinträgen führte, oder zum Armbruch des Enkels Walther im Oktober 1824 (S. 1436 f.). Spezialinteressen Goethes werden ebenfalls detailliert kommentiert, etwa der Eintrag vom 13. *März* 1823 »von Wien angekommene Schreibmaschiene für Erblindete« (S. 37, erläutert S. 625 f.).

Einmal mehr erweist sich auch mit diesem Band die editorische Aufarbeitung und kommentierende Erschließung von Goethes Tagebüchern als die Entfaltung eines weit über die Zusammenhänge von Goethes Biografie hinausreichenden Panoramas von Wissensbeständen vielfältigster Art. Sie zu einem Wissensnetz zu verknüpfen wird die in dieser Art bisher vorbildlose Aufgabe des *Propyläen*-Plattformprojekts *Goethes Biographica* werden. Die Tagebuchausgabe hat mit ihrem jüngsten Band IX dazu einen weiteren fulminanten Baustein geliefert.

Rüdiger Nutt-Kofoth

Ottilie von Goethe. Zeugnisse eines Lebens (1796-1872). Hrsg. und mit biografischen Einleitungen versehen von Ulrich Janetzki. Mit einem Nachwort von Francesca Fabbri. Letschin: Sol et Chant 2023, 403 S., 32,00 €

Eine Biographie und eine Ausstellung flankierten den 150. Todestag Ottilie von Goethes im Jahr 2022.[1] Mit etwas Verspätung gesellten sich die hier zu besprechenden *Zeugnisse eines Lebens* dazu. Deutlich wird: Das Interesse an dieser Frau, die nicht nur Schwiegertochter

1 Vgl. Dagmar von Gersdorff: *Die Schwiegertochter. Das Leben der Ottilie von Goethe*. Berlin 2021; *Mut zum Chaos*. Sonderausstellung der Klassik Stiftung (26.8.-26.12.2022), kuratiert von Francesca Fabbri.

Johann Wolfgang von Goethes, sondern auch einer der Mittelpunkte des geselligen Lebens in Weimar in der ersten Hälfte des 19. Jahrhunderts war, ist ungebrochen.

Während sich die Beschäftigung mit Ottilie von Goethe lange Zeit eher mit der Goethe-Verehrung bzw. dem großen Interesse an Goethe erklären lässt und häufig über das Anekdotische kaum hinaus geht (S. 373), zeigen diverse Biographien neueren Datums,[2] zahlreiche Aufsätze zu verschiedenen Aspekten in Ottilie von Goethes Schaffen,[3] die Ausstellung *Mut zum Chaos*[4] und eben auch der vorliegende Band, wie eine sehr gut ausgebildete, politisch interessierte und selbstbewusste Frau ihre Handlungsmöglichkeiten in einer Kleinstadt nutzte, um eigene Netzwerke zu knüpfen, gesellige und literarische Projekte umzusetzen und selbstbestimmt zu leben.

Ottilie von Goethe. Zeugnisse eines Lebens setzt mit einem Brief Ottilies an ihre Mutter Henriette von Pogwisch aus dem Jahr 1806 ein, dem Jahr, in dem Henriette von Pogwisch nach der Trennung von ihrem Mann nach Weimar zieht, um ihre Stelle als Hofdame Luises von Sachsen-Weimar-Eisenach anzutreten. Er endet mit Fanny Lewalds Brief an den Großherzog Carl Alexander von Sachsen-Weimar Eisenach wenige Monate nach dem Tod Ottilie von Goethes. Angeordnet sind »Ottilies hier versammelte Texte und die Texte über sie« (S. 14) chronologisch, wobei die verschiedenen Stationen im Leben der Protagonistin in fünf Kapitel unterteilt sind. Damit ähnelt der vorliegende Band stark dem bereits 1982 vom Herausgeber im Ullstein-Verlag veröffentlichten Werk *Ottilie von Goethe. Goethes Schwiegertochter*.[5]

Neu ist, dass jedem Kapitel eine biographische Einleitung vorangestellt ist, die dem Leser Orientierung über zentrale Ereignisse und Personen im jeweiligen Lebensabschnitt gibt. Ihr folgen sorgsam komponierte Brief- und Tagebuchauszüge zahlreicher ihrer Freunde und Bekannten, aber auch von Weggefährten Johann Wolfgang von Goethes. Diese werden ergänzt um Informationen zu den in den Selbstzeugnissen erwähnten Personen, was erheblich zur Leserfreundlichkeit beiträgt. Orientierung bieten darüber hinaus Personen- und Literaturverzeichnis.

So angeordnet vermitteln die Lebenszeugnisse Ottilies das Bild einer überaus belesenen, an Literatur und Kunst interessierten Frau, die ihre Handlungsspielräume zu nutzen wusste. Handlungsspielräume, die ihr mit Sicherheit durch Stand und gute Ausbildung bereits zur Verfügung gestanden haben, im Zuge ihrer Ehe mit August von Goethe aber offenbar in nicht unerheblichem Maße erweitert wurden. Auch wenn die Familie von Pogwisch die Beziehung zu August von Goethe lange Zeit kritisch beäugte, bot die Einheirat in die Familie von Goethe nicht nur die Ausweitung ihrer Handlungsspielräume, sondern eine echte Alternative zur drohenden kräftezehrenden, häufig langweiligen, mit Blick auf eine einwandfreie Garderobe durchaus kostspieligen, die Wahl-, Entscheidungs- und Gestaltungsmöglichkeiten mit Sicherheit einschränkenden Tätigkeit als Hofdame (S. 24).[6] Als Ehefrau August von Goethes war Ottilie nicht nur finanziell abgesichert, sondern hatte leichten Zugang zu Thea-

2 Karsten Hein: *Ottilie von Goethe (1796-1872). Biographie und literarische Beziehungen der Schwiegertochter Goethes*. Frankfurt a. M. 2001; Ruth Rahmeyer: *Ottilie von Goethe. Eine Biographie*. Frankfurt a. M. u. a. 2003; Dagmar von Gersdorff: *Die Schwiegertochter. Das Leben der Ottilie von Goethe*. Berlin 2021.

3 Z. B. Elena Pnevmonidou: *Ottilie von Goethe as the editor of the journal Chaos (1829-1832)*. In: *Weibliche Kreativität um 1800*. Hrsg. von Linda Dietrick u. Birte Giesler. Hannover 2015, S. 237-256.

4 Vgl. *Mut zum Chaos* (Anm. 1).

5 Vgl. *Ottilie von Goethe. Goethes Schwiegertochter*. Hrsg. u. mit einem Nachwort vers. von Ulrich Janetzki. Frankfurt a. M., Berlin, Wien 1982.

6 Der Alltag von Hofdamen lässt sich u. a. anhand der Briefe Caroline und Julie von Egloffsteins nachvollziehen, die beide als Hofdamen in Weimar tätig waren. Beide schreiben über die Härten ihres Berufes und die damit einhergehende Langeweile. Großen Raum nehmen die Beschwerden über die Ausgaben für die am Hof zu tragende Garderobe ein. Vgl. GSA 13/33, 2, Briefe Caroline von Egloff-

ter, Zeitschriften und Büchern. Darüber hinaus partizipierte sie an Johann Wolfgang von Goethes Netzwerk.

Insgesamt bietet der ansprechend gestaltete Band[7] interessante Einblicke in den Alltag Ottilie von Goethes, ihre Freundschaften, ihre Ehe und ihre Tätigkeit als Schriftstellerin, Übersetzerin und Kulturvermittlerin (*Nachwort*, S. 366 f.).

Allerdings zeigt sich auch schnell eine Schwäche des Werkes: Gegenüber der Ausgabe von 1982 wurden nur wenige Ergänzungen vorgenommen. Nach wie vor werden dem Leser nur eine Auswahl und teilweise lediglich Auszüge aus Ottilie von Goethes Selbstzeugnissen zugänglich gemacht. Diese geben zwar einen Überblick über ihr gesamtes Leben, wie genau sie von den einmal im Hause Goethe geknüpften Kontakten profitierte und diese für ihre Tätigkeiten als Übersetzerin, Kunstsammlerin, Schriftstellerin und Gastgeberin verschiedener Geselligkeitskreise nutzbar machte, ist aber nur in Ansätzen nachvollziehbar.

Obwohl die den einzelnen Kapiteln vorgeschalteten biographischen Einleitungen durchaus hilfreich sind, lassen konservativ wirkende Zuschreibungen (»Sonnenschein Ottilie«, S. 14) oder emotionale Wertungen (z. B. die »so beispiellos ins Abseits gedrängten Frauen«, ebd.; »Die Gesellschaft […] ließ ihr keine Chance«, S. 13) den Eindruck entstehen, dass neuere Forschungen zu Ottilie von Goethe, die im *Nachwort* Berücksichtigung finden (S. 374-377), keinen Eingang gefunden haben bzw. geschlechtergeschichtliche Fragen bspw. nach dem Verhältnis von normativen Erwartungen an Frauen und deren tatsächlichem Handeln unberücksichtigt gelassen wurden.

Wünschenswert wäre eine Einleitung gewesen, in der zum einen erklärt wird, anhand welcher Kriterien Briefe, Tagebücher und andere Quellen ausgewählt wurden, und zum anderen der umfangreiche, nach wie vor zu großen Teilen unveröffentlichte Nachlass Ottilie von Goethes skizziert wird, welcher sich im Goethe- und Schiller-Archiv in Weimar befindet, punktuell sogar in digitalisierter Version.[8]

Das sehr erhellende *Nachwort* von Francesca Fabbri zeigt deutlich, dass es neben den zahlreichen schon existierenden Arbeiten weitere fundierte Forschungen braucht, um Ottilie von Goethe in der Weimarer Gesellschaft als Lesende, Schriftstellerin, politisch Engagierte, Kunstsammlerin und Netzwerkerin in ihrer Zeit und eben nicht nur als Freundin, Liebende, Mutter, Ehefrau und Schwiegertochter Goethes verstehen zu können. Sowohl Ottilie von Goethes Kunstsammlung als auch ihre Lesejournale, der Katalog ihrer Privatbibliothek und ihr umfangreicher Briefwechsel harren einer systematischen Untersuchung und Herausgabe (S. 374-376).

Julia Di Bartolo

steins an Henriette von Beaulieu-Marconnay (1815/16) und GSA 13/29, 4, Briefe Julie von Egloffsteins an Henriette von Beaulieu-Marconnay (o. D., wahrscheinlich Ende 1827).

7 Hingegen überzeugt das Layout des Inhaltsverzeichnisses weniger, außerdem wurden Buchstabendreher in Einleitung (S. 13) und Nachwort sowie Rechtschreibfehler (S. 368, 370, 375) übersehen.

8 Vgl. Goethe- und Schiller-Archiv Weimar (GSA), Bestand 40 (Goethe-Pogwisch-Henckel von Donnersmarck) – Gliederung und Verzeichnungseinheiten, in: Archivdatenbank des Goethe- und Schiller-Archivs, abgerufen am 26.1.2025 (https://ores.klassik-stiftung.de/ords/f?p=401:70::::p_bnr,p70_region,p70_seite:40,2,1). In digitalisierter Version liegen beispielsweise Briefe Bettina von Arnims (40/I,1,11), der schottischen Schriftstellerin Jane W. Carlyle (40/II,5,6) und des österreichischen Philosophen Franz Thomas Bratranek (40/II,1,2) an Ottilie von Goethe sowie Briefe Ottilie von Goethes an Sarah Austin (40/XXI,1,1a) und Theodor Mundt (40/XXI,9,3) vor.

Goethe in Context. Edited by Charlotte Lee. Cambridge, New York: Cambridge University Press 2024, 408 S., 73.07 £ (Printexemplar)

Von einer schmerzhaft ins Auge springenden falschen Datierung im zweiten Satz der Einleitung sollte man sich auf keinen Fall abhalten lassen, diesen Band weiter zu lesen: Denn er bietet einen umfassenden Zugang zu Goethes Leben und Werk vorrangig aus der Perspektive der britischen Goethe-Forschung, die sich dabei auf eine vornehm-diskrete Weise zugleich selbst porträtiert. Herausgegeben von der in Cambridge lehrenden (und der Leserschaft des *Goethe-Jahrbuchs* wohlbekannten[1]) germanistischen Literaturwissenschaftlerin Charlotte Lee, versammelt der Band alles, was Rang und Namen hat in der britischen Goethe-Forschung, von Matthew Bell und Nicholas Boyle über Angus Nicholls bis hin zu T. J. Reed (nur Richie Robertson ist leider nicht dabei). Aber auch einige prominente US-amerikanische (u. a. Clark Muenzer, Liliane Weissberg, W. Daniel Wilson) und deutsche (u. a. Anne Bohnenkamp-Renken, Michael Jaeger, Gerhard Lauer, Stefan Matuschek) Goethe-Forscherinnen und -Forscher sind in dem Band vertreten.

Den Gepflogenheiten der Reihe *Literature in Context* entsprechend, in der der Band erschienen ist, hat die Herausgeberin versucht, einerseits »range« zu bieten (S. 5), also ein breites Spektrum, was durch die große Zahl der im Band enthaltenen Artikel (37) gewährleistet werden soll. Andererseits soll durch das knappe Format der Artikel, die in der Regel zehn Seiten inklusive Literaturangaben umfassen, sowie durch die übersichtliche Gliederung in sechs Teile (*Life and Times, Literature, Art, Philosophy and Science, World Cultures: Inspiration and Reception, Goethe's Lasting Significance*) Zugänglichkeit erreicht werden (»accessibility«, ebd.). Wie bereits diese Überschriften deutlich machen, geht es tatsächlich um den ›ganzen‹ Goethe, der aber in verschiedenen Facetten und aus unterschiedlichen Perspektiven, gleichsam zerstückelt präsentiert wird – eine Vorgehensweise, die die Herausgeberin mit einem Satz aus Goethes Aufsatz *Der Versuch als Vermittler von Objekt und Subjekt* (1792/93) legitimiert: »In der [lebendigen] Natur geschieht nichts, was nicht in einer Verbindung mit dem Ganzen stehe« (»Nothing happens in nature that does not bear some relation to the whole«, zit. nach S. 2; vgl. FA I, 25, S. 26-36; hier S. 33).

Ist es ihr gelungen, dieses ›Ganze‹ zu fassen? Natürlich nicht, und dies ist ihr auch bewusst. Aber es ist eindrucksvoll und nötigt Respekt ab, wie weit sie bei dem Versuch gekommen ist, dieses Ziel zumindest annäherungsweise zu erreichen: Insofern kann *Goethe in Context* trotz seiner nur knapp 400 Seiten als ein veritables Goethe-Handbuch bezeichnet werden. Sicherlich: Manche Artikel begnügen sich mit dem Offensichtlichen (›to state the obvious‹), manche sind nicht auf dem neuesten Forschungsstand, manche verkürzen die komplexen Zusammenhänge allzu sehr. Manchmal möchte man auch widersprechen: Denn zumindest im deutschsprachigen Raum ist es heute keineswegs so, dass Interesse an Goethe-Texten erst über den Umweg ihrer Vertonungen entstünde (S. 339) – vor allem Goethes Gedichte werden durchaus auch heute noch um ihrer selbst willen gelesen, wie kongenial auch immer sie vertont worden sein sollten. Zudem sind viele Vertonungen mittlerweile selbst in Vergessenheit geraten. Doch in den meisten Fällen ist man einverstanden und mehr noch: man wird angeregt von der Lektüre, wenn etwa Goethes Klassizismus (durch Stefan Davies) im Einklang mit den jüngsten deutschen Forschungen zum Thema prägnant als ein zutiefst heterogenes und ambivalentes Phänomen beschrieben wird:

> The idea that classicism was a fixed, discrete period, in Goethe's biography or in German literature, is misleading, and it says more about the historiography which invented it that about the works it describes. In Rome and Weimar alike, it was the cracks and contradictions in classicism that were productive, not their absence. (S. 122)

1 Vgl. Charlotte Lee: *Goethe und Arthur Hugh Clough*. In: GJb 140 (2023), S. 33-43.

Drei Artikel seien an dieser Stelle aus unterschiedlichen Gründen besonders hervorgehoben: zuerst der programmatisch an den Anfang gestellte Artikel *The Life* von Nicholas Boyle, dem hier das Kunststück gelingt, Goethes Biographie auf nicht mehr als elf Seiten konzise zusammenzufassen. Für alle diejenigen, die – wie der Verfasser dieser Rezension – schon seit langem sehnlich auf den dritten Band von Boyles großer Goethe-Biographie warten, bietet dieser brillante Kurzartikel wenigstens einen gewissen Ersatz.

Einen Akzent, der von der deutschen Goethe-Forschung wohl nicht hätte ausgehen können, setzt die Texanerin Heather I. Sullivan in ihrem Artikel *Goethe and Our Endangered Natural World*. Sie setzt ein mit der Beobachtung, dass der – üblicherweise auf die Erfindung der Dampfmaschine durch James Watt im Jahr 1784 datierte – Beginn des Anthropozäns in Goethes Lebenszeit liegt. Ihrer These nach kann man Goethes Œuvre entsprechend als »proto-environmental« beschreiben, insofern sich darin »ein Bewusstsein für den anhaltenden und schnell zunehmenden Einfluss des Menschen auf die physische Umwelt« zeige (»an awareness of the ongoing and rapidly increasing human impact on the physical environment«, S. 341). In der Tat kann Sullivan eine Reihe von Werken nennen, in denen Überflutungen (»Flooding«) sowie Feuer (»Fire«) und Wälder (»Forests«) prominent vorkommen: Am Ende des *Werther* zum Beispiel wird eine Flut geschildert und schon vorher wird beklagt, dass die Frau des neuen Pastors Nussbäume abholzen lässt. In zahlreichen anderen Texten spielen Brände eine zentrale Rolle, so etwa in *Hermann und Dorothea* und der *Novelle*. Sullivan zieht daraus aber glücklicherweise nicht den zu einfachen Schluss, Goethe sei ausschließlich ein Kritiker des Anthropozäns gewesen. Vielmehr sei er darin als Beobachter und als Handelnder verstrickt gewesen und habe sich entsprechend mehrdeutig dazu verhalten: »zwischen seiner tiefen Liebe zur Natur, seinen wissenschaftlichen Interessen und seiner praktischen Arbeit im Ministerium, die zu genau den Situationen beiträgt, die er abwechselnd feiert und verurteilt« (»between his deep love of the natural world, his scientific interests and his practical work at the ministry contributing to the very situations he alternately celebrates and condemns«, S. 348).

Einen Höhepunkt des Bandes bildet der *Faust*-Artikel von T.J. Reed, der hier noch einmal seine ganze Gelehrsamkeit und seinen ganzen Witz aufbietet und in einer letzten Fußnote sogar seine persönliche Kurzdefinition von ›Kunst‹ gibt: »Ich verstehe darunter, menschliche Erfahrungen, Gedanken und Emotionen in lebendiger und zugänglicher Form wiederzugeben« (»which I understand as being, to render human experience, thought and emotion in vivid and accessible form«, S. 112). Im Grunde folgt Reeds Artikel selbst dieser Definition, in jedem Fall ist er sowohl lebendig als auch zugänglich geraten – ähnlich wie der alte Goethe scheint sich Reed, der Doyen der britischen Goethe-Forschung und Träger der Goldenen Medaille der Goethe-Gesellschaft, für die Konventionen nur noch wenig zu interessieren. Als Kostprobe mag sein Kommentar zum Finale des zweiten Teils dienen:

> Is this whole ending, swapping heavens and proclaiming a mysterious doctrine, yet another flaw? Well, maybe. But like the poet, not all readers are bothered about logical consistency. We take our pleasures where we can find them, and the pleasures of Goethe's immense *Faust* are intense and endless. (ebd.)

Noch eine Quisquilie zum Schluss: Der (für alle an dem englischen Goethe Interessierten sehr hilfreichen) *Note on Translations and List of Abbreviations* am Anfang des Bandes kann man entnehmen, dass *Goethe's Botanical Writings* in der Übersetzung Beate Müllers, die zuerst 1952 erschienen, 2021 neu aufgelegt wurden, und zwar bei der University of Hawaii Press in Honolulu (S. XXII). Wenn das keine gute Nachricht ist – Goethe, durch den der Begriff ›Weltliteratur‹ einst populär geworden ist, lebt also fort, als deren integraler, offenbar unverlierbarer Bestandteil.

Frieder von Ammon

Martin Demmler: »*Wir bespiegeln uns in einander …*«. *Goethe und Johann Heinrich Merck. Die Geschichte einer Freundschaft*. Hildesheim: Olms Presse 2024, 214 S., 19,80 €

Als Goethes »Mephisto« hat der Darmstädter Intellektuelle Merck (1741-1791) Eingang in die Literaturgeschichte gefunden. Bereits im 19. Jahrhundert haben Editoren, inspiriert von Goethes ambivalenter Charakteristik des Jugendfreundes in *Dichtung und Wahrheit*, erste Quellensammlungen zu Merck zusammengestellt. Eine Werkausgabe erschien bereits vor dem Ersten Weltkrieg. Dann aber wurde es für Jahrzehnte still um Merck. Erst der akademische Außenseiter Hermann Bräuning-Oktavio lenkte wieder den Blick auf ihn. 1968 brachte der Insel Verlag sowohl einen von Arthur Henkel ausgewählten Schriftenband als auch eine Briefauswahl heraus, die Herbert Kraft besorgte. In der DDR war man ebenfalls nicht untätig. Im (Ost-)Berliner Verlag Rütten und Loening erschien 1973 unter dem Titel *Galle genug hab ich im Blute* eine Auswahl aus Mercks Fabeln, Satiren, Essays und Briefen. Nicht zuletzt dem Engagement von Fritz Ebner, dem langjährigen Vorsitzenden der Darmstädter Goethe-Gesellschaft und Archivar der Firma Merck, war es zu verdanken, dass zwischen 2012 und 2020 Mercks *Gesammelte Schriften* in acht Bänden bei Wallstein erscheinen konnten; Ebner hatte vor allem die Merck-Familie dafür gewinnen können, war ein Enkel Mercks doch der Stammvater des heutigen Dax-Konzerns. Seit 2007 kam bei Wallstein auch Mercks *Briefwechsel* in fünf Bänden heraus. Die wissenschaftliche Gesamtverantwortung für beide Projekte lag in der Hand von Ulrike Leuschner.

Dies alles sei vorausgeschickt, um die günstige Quellenlage zu kennzeichnen, in die sich Demmler gestellt sah. Dass er sich, Goethe betreffend, in einer noch komfortableren Situation befand, sei wenigstens angemerkt. Den reichhaltigen Merck-Fundus hat der Autor mit Gewinn genutzt. Man erfährt Neues über Mercks Tätigkeit als hochangesehener Rezensent und belletristischer Autor, wird über den Kunsthändler Merck ins Bild gesetzt, der vor allem für den Weimarer Hof tätig war, wird informiert über seine Rolle als mehr oder weniger glückloser Unternehmer, als werktätiger Eigentümer eines Landguts oder als semiprofessioneller Paläontologe. Das alles wird mit (leider fast immer undatierten) Zitaten aus Briefen von, an und über Merck belegt. So entsteht ein farbiges Mosaik von Mercks Persönlichkeit. Ob dieser tatsächlich »einer der wandlungsfähigsten und wortgewaltigsten Intellektuellen im literarischen Deutschland« (S. 116) genannt werden kann, stehe dahin. Dass er »einer der besten kunstwissenschaftlichen Experten seiner Epoche« (S. 181) war, trifft schon eher zu. Hier ist der Überschwang beinahe gerechtfertigt.

Doch damit ist Demmlers Intention nicht ausreichend beschrieben, denn im Eigentlichen möchte er die Geschichte einer Freundschaft nachvollziehend dokumentieren – dem Titelzitat folgend, das einem Brief Goethes an Herder vom 5. Dezember 1772 entnommen ist. Von einer Lebens- und Arbeitsgemeinschaft zwischen Goethe und Merck kann man nur für die Jahre 1772 – 1775 sprechen, als beide häufig in Darmstadt und Frankfurt zusammentrafen und Merck, wenngleich mit »schonungsloser Verständigkeit« (WA I, 29, S. 93), Goethe produktiv anregte. Als Goethe im Herbst 1775 nach Weimar übersiedelt, kommt es nur noch zu gelegentlichen Besuchen Mercks in Weimar, spiegelt sich der geistige Austausch vor allem in ihrer Korrespondenz wider. Insgesamt besitzt die Darstellung mehr und mehr den Charakter einer Parallelbiographie, in der sich die Details zuweilen verselbständigen.

Demmlers Hauptthese besteht in der Annahme, Merck sei zeit seines Lebens bestrebt gewesen, Goethe anwaltliche und politische Tätigkeit auszureden und ihn auf den Weg der Kunst als seiner eigentlichen Bestimmung zu führen. In Frankfurt habe er damit partiell Erfolg gehabt, weil Goethe Frankfurt gehasst und sich dort gelangweilt habe (was keineswegs zutrifft; allein seine Beziehung zu Lili Schönemann spricht schon dagegen). In Weimar habe er »den Kampf verloren« (S. 145), denn Goethe sei zwar auch in Weimar nicht glücklich geworden, habe aber, auf seinen eigenen Nutzen bedacht, das Weimarer Wohlleben allen Ungewissheiten vorgezogen. Demmler ist so fair, Goethes Briefe an seine Mutter aus den ersten Weimarer Jahren zu zitieren, in denen er den aus seiner politischen Tätigkeit resultierenden Lebensgewinn artikuliert, doch er lässt sie in seinem eigenen Text weitgehend unberücksichtigt. Und selbst wenn Merck mit seinen Vorhaltungen bei Goethe durchgedrungen wäre, wohin hätte dieser denn gehen sollen? Wie alles im Leben, hat Goethe auch die Entscheidung für Weimar wohlüberlegt getroffen. Als Nachteil erweist sich hier und andernorts, dass Demmler die jüngere historische Forschung zu Sachsen-Weimar offensichtlich nicht zur Kenntnis genommen hat. Was Goethe Merck vor allem verdankt, ist die Bestätigung, an einem ästhetischen Prinzip festzuhalten, wie es im 18. Buch von *Dichtung und Wahrheit* als Zitat aus Mercks Mund prononciert festgehalten ist: »Dein Bestreben, [...] deine unablenkbare Richtung ist, dem Wirklichen eine poetische Gestalt zu geben, die andern suchen das sogenannte Poetische, das Imaginative zu verwirklichen, und das gibt nichts wie dummes Zeug« (WA I, 29, S. 93).

Mit sensiblem Verständnis sucht sich Demmler Mercks charakterlicher Disposition zu nähern; bei diesem wechselten euphorische und depressive Phasen, die mit den Jahren immer häufiger wurden. Dass Goethe dem psychisch labilen Freund Anteilnahme und Hilfe versagt habe, kann man auch anderswo lesen. Möglicherweise war es die genauere Einsicht in Mercks Charakter, die Goethe von einer Einbindung des Freundes in die Weimarer Administration Abstand nehmen, ihm Hilfe zur Selbsthilfe zuteilwerden ließ. Als Merck sich 1788 mit seinem Unternehmen in Schwierigkeiten befand, hat es Goethe an direkter Hilfe, in diesem Fall an der Vermittlung eines rettenden Kredits, nicht fehlen lassen. Wenn er den Selbstmord des Freundes aus dessen charakterlicher Veranlagung erklärt, überzeugt das mehr als die These von Demmler, dass sich Merck in einem »Dilemma« (S. 208) befunden habe, wie es sich aus dem Widerspruch von Parteinahme für die Revolution in Frankreich und deutscher (miserabler) Realität ergeben habe (den konkreten Beweis bleibt er schuldig).

Fällt der Blick des Autors auf Merck anerkennend, zuweilen beinahe euphorisch beschwingt aus – wenngleich man fragen kann, wie sich Demmlers Behauptung, Merck sei der »Typus des unpolitischen Intellektuellen« (S. 200) gewesen, mit dessen intensivem brieflichen Kontakt zu Anna Amalia und Carl August oder mit seiner Polemik gegen den Darmstädter Politiker Moser verträgt –, so mischt sich in den Goethe-Passagen Positives und Herabsetzendes, befördert auch durch eine Zitatauswahl, die das Kabalen spinnende gräfliche Ehepaar Goertz ebenso zu Wort kommen lässt wie den Klatsch verbreitenden Karl August Böttiger. Hinzu tritt eine Diktion, die sich mit journalistischer Force weitverbreiteter Klischees annimmt. Goethe ›suhle‹ sich »im Dichterruhm« (S. 48) und habe sich »mit diesem Coup« (S. 192) gebrüstet, Schiller als Professor nach Jena abgeschoben zu haben und damit einen lästigen Konkurrenten losgeworden zu sein. Wenn Goethe etwas fern lag, dann war es Konkurrenzdenken. Herder kommt als »immer neidische und missgünstige Klatschbase« (S. 138) nicht besser weg.

So ergibt sich am Ende der Eindruck, dass sich mehr als einmal das reichhaltige Quellenmaterial, das der Autor mit gutem Gespür ausgewählt und dargeboten hat, auf paradoxe Weise gegen seine eigenen Thesen in Stellung bringen lässt. Um Mercks (weniger um Goethes) Willen sei's.

Jochen Golz

Johann Wolfgang von Goethe: *»Stella« – Vom »Schauspiel für Liebende« zum »Trauerspiel«. Das Frankfurter Theatermanuskript (1809) im Kontext der »Stella«-Fassungen.* Mit einer Einleitung hrsg. und komm. von Melanie Hillerkus. Hannover: Wehrhahn 2023, 360 S., 29,50 €

Dieses Buch ist mehr als eine Edition. Als Autor wird Goethe genannt; unprätentiös firmiert Melanie Hillerkus (wissenschaftliche Mitarbeiterin an der Friedrich-Schiller-Universität Jena) als Herausgeberin und Kommentatorin. Sie hat drei veröffentlichte Fassungen des Goethe'schen Dramas ediert: Den Erstdruck bei Mylius 1776; die Fassung in *Goethe's Schriften* (bei Göschen 1787) sowie den Erstdruck des *Trauerspiels*, 1816 bei Cotta; die besondere Leistung besteht jedoch darin, auch die Bühnenfassung (Soufflierbuch) von 1809, die bisher nur handschriftlich vorlag, im Paralleldruck mit der Göschen-Fassung von 1787 erstmals zu veröffentlichen.

Schon der Untertitel des Buches wäre eher einer wissenschaftlichen Abhandlung zuzuordnen, und eine solche bietet Hillerkus auf den ersten 109 Seiten des auch äußerlich ansprechenden Bandes. Bereits vor Erscheinen der bemerkenswerten Edition hat sie wiederholt auf ihre Arbeiten zu diesem Thema aufmerksam gemacht. Ihr Beitrag zum »Symposium junge Goetheforschung« sowie ihre Miszelle, beide erschienen im *Goethe-Jahrbuch*,[1] ferner ihr Festvortrag vor der Goethe-Gesellschaft in Weimar am 29. August 2023,[2] haben Vorfreude auf die Buchausgabe geweckt: Eine Vorfreude, die nicht enttäuscht wird, gibt die Edition doch erschöpfend Auskunft über die in der Goetheforschung kontrovers thematisierte Frage, wie die Unterschiede zwischen den beiden Fassungen zu interpretieren sind und was die hauptsächlichen Beweggründe für Goethe waren, sein *Schauspiel für Liebende* in ein *Trauerspiel* umzuwandeln. Die verschiedenen Druckfassungen machen auch deutlich, dass sich die Unterschiede nicht allein auf den Dramenschluss beziehen, wie es etwa die Wiedergabe in der Weimarer Ausgabe nahelegt, die den »versöhnlichen Schluss« lediglich mit einem Kurzhinweis an die *Trauerspiel*-Fassung anhängt (WA I, 11, S. 415 f.) und damit der Druckfassung bei Cotta 1816 folgt. Die Frankfurter Ausgabe, deren sich die Herausgeberin – einschließlich des umfangreichen Stellenkommentars (S. 168-179) – vornehmlich bedient, verteilt die beiden Fassungen infolge der chronologischen Anordnung der Dramen auf zwei Bände[3] und wird somit der philologischen Verpflichtung, die textlichen Unterschiede zu beachten, eher gerecht. Die für den Schulgebrauch bestimmte und leicht zugängliche Ausgabe in Reclams Universalbibliothek verfährt wie die Weimarer Ausgabe: Hier wird dem *Trauerspiel* der Schluss der ersten Fassung beigefügt,[4] so dass, wie Hillerkus zurecht moniert, suggeriert wird, »dass ›nur‹ das Ende ausgetauscht wurde«. Insofern erscheine die dortige Textdarbietung als ungeeignet, wenn man »Goethes Skandaldrama [im Unterricht] behandeln möchte« (S. 107).[5]

1 Melanie Hillerkus: *Vom »Schauspiel für Liebende« zum »Trauerspiel für Moralisten«? Die Umarbeitung von Goethes »Stella« für das Weimarer Hoftheater.* In: GJb 2022, S. 15-26; dies.: *Eine Abschrift der Weimarer Bühnenbearbeitung? Zum Frankfurter Theatermanuskript von Goethes »Stella. Trauerspiel in 5 Aufzügen« (1809).* In: GJb 2022, S. 203-218.

2 Vgl. https://www.goethe-gesellschaft.de/aktuelles/vortrag-zu-schillers-buehnenbearbeitung-von-goethes-stella/ (zuletzt aufgerufen am 17.10.2024). Eine Buchvorstellung im *Newsletter der Goethe-Gesellschaft Weimar e. V.*, Ausgabe 3/2024, stellt keine Rezension dar, sondern beschränkt sich auf die Wiedergabe des Klappentextes.

3 *Stella. Ein Schauspiel für Liebende* (Erste Fassung). In: FA I, 4, S. 531-574; *Stella. Ein Trauerspiel.* In: FA I, 6, S. 519-566; (Kommentar): *Stella.* In: FA I, 6, S. 1204-1210.

4 Johann Wolfgang Goethe: *Stella. Ein Trauerspiel.* Im Anhang: *Schluss der ersten Fassung.* Nachwort von Helmut Bachmaier. Stuttgart 1983, S. 65 f.

5 Hier ließe sich eine Empfehlung an den Reclam-Verlag anschließen, in einer Neuauflage das Verhältnis umzukehren, zumal bei modernen Aufführungen die Sturm-und-Drang-Fassung bevorzugt wird.

In die komplizierte Entstehungslage bringen Hillerkus' Edition sowie ihre einführende Studie einige Erhellung. Es ist zwar ein Theaterzettel der *Trauerspiel*-Premiere vom 15. Januar 1806 erhalten (S. 41); das Manuskript der Weimarer Bühnenbearbeitung ist jedoch verschollen. Es existiert lediglich eine von Riemer geschriebene – vier Blätter umfassende – ›Konzepthandschrift‹: *Stella neuer Schluß*, die nach Hillerkus in keiner bisherigen Ausgabe Berücksichtigung fand. »Glücklicherweise« jedoch, schreibt Hillerkus, gebe es die Möglichkeit, die nicht erhaltene Weimarer Bühnenfassung von 1806 zu rekonstruieren; es sei nämlich eine Abschrift für das Frankfurter Nationaltheater aus dem Jahre 1809 erhalten. Eben dieses Soufflierbuch, dessen Schlusspassagen im Übrigen näher an der Konzepthandschrift als an dem 1816 erschienenen Erstdruck liegen, wird hier erstmals veröffentlicht und liefert Antworten auf bisher nicht geklärte oder kontrovers diskutierte Fragen.

Betreffend der Rolle, die Schiller bei der Umgestaltung des Dramenschlusses gespielt hat, zitiert Hillerkus aus Goethes Aufsatz *Über das deutsche Theater*, der 1815 – also zehn Jahre nach Schillers Tod – erschien. *Stella*, schreibt Goethe dort, habe Schiller »ihre Erscheinung auf dem Theater verdankt«. Er habe sich mit Schiller über die »tragische Wendung« verständigt. Man sei »bei aufmerksamer Betrachtung« zum Ergebnis gelangt, »daß nach unsern Sitten, die ganz eigentlich auf Monogamie begründet sind, das Verhältnis eines Mannes zu zwei Frauen [...] nicht zu vermitteln sei und sich daher vollkommen zur Tragödie qualifiziere« (FA I, 6, S. 1207).

Bemerkenswert bleibt – Hillerkus hat dies akribisch recherchiert –, dass sich Goethe für die Veröffentlichung 1807 *gegen* die Bühnenfassung entschied (also das *Schauspiel für Liebende* drucken ließ, obwohl das Stück bis zum Veröffentlichungszeitpunkt mehrfach als *Trauerspiel* gegeben wurde) und es erst im 6. Band der zweiten Werkausgabe (1816) als *Trauerspiel* herausgab, dabei aber die Änderungen Schillers bis auf das neue Finale verwarf (vgl. S. 44 und 64-71). Es verwundere insofern nicht, dass in der Literatur Schillers Einfluss meist unbeachtet bleibe. Vielleicht, mutmaßt Hillerkus in Anlehnung an andere Forschungen, habe es mündliche Absprachen gegeben (vgl. S. 42 f.).

Im Zusammenhang mit dem Widmungsgedicht an Lili Schönemann spricht Hillerkus von der »autobiografisch gefärbten Poesie« (S. 21) jener Tage, lässt sich jedoch zu Recht nicht auf eine Diskussion ein, wie weit die Frühfassung persönlichem Erleben geschuldet ist. Sie referiert, ohne eine Wertung vorzunehmen, lediglich in einer Fußnote Ernst Beutler, der behauptet hatte, in Fernando, »dem treulosen treuen Liebhaber, [habe] Goethe viel von seinem eigenen Schicksal Gestalt werden lassen« (S. 20, Anm. 27).[6]

Vorsichtig geht Hillerkus auch mit der zentralen Frage um, ob und inwiefern die gravierende Abänderung des Schlusses tatsächlich moralischen Erwägungen geschuldet ist. Aus den Äußerungen und Veröffentlichungsmaßgaben Goethes, die, wie sie erklärt, in der Forschung wenig Beachtung gefunden hätten, sei keine einheitliche Linie abzulesen. Schon in der Überarbeitung für die Werkausgabe 1787 findet sie Änderungen, die sich im Frankfurter Theatermanuskript wiederfinden, so z. B. die Abmilderung der inzestuös gefärbten Begegnung Fernandos mit seiner Tochter Lucie (aus dem inkriminierten *Handkuss* wird ein weniger anstößiger *Händedruck*). Trotz solcher ›Entschärfungen‹ bleibe jedoch der ›skandalöse Schluss‹ erhalten, so dass es konsequenterweise bei dem Aufführungsverbot geblieben sei (S. 38). In der Trauerspielversion des Frankfurter Manuskripts, das die Weimarer Aufführung wiedergibt, fänden sich dann weitere Eingriffe, teilweise in Form von Reduktionen oder auch Ersetzungen. »Vermutlich«, schreibt Hillerkus, basierten diese »Eingriffe [...] auf dem Wunsch, die sexuelle Dimension der außerehelichen Liebesbeziehung zwischen dem verheirateten Fernando und seiner Geliebten Stella zu retuschieren«, und wagt die summarische Begründung: »Insgesamt gehören solche Texteingriffe, die dem Kriterium der *bienséance* folgen, zur dramaturgischen Bearbeitungspraxis am Weimarer Hoftheater«. Sie beruft sich

6 Ernst Beutler: *Lili. Wiederholte Spiegelungen*. In: ders.: *Essays um Goethe*. Hrsg. von Christian Beutler. Frankfurt a. M., Leipzig 1995, S. 194-332; hier S. 290.

auf eine Äußerung Goethes, die »anstößigsten Stellen« sollten bei der Spielplangestaltung »nach und nach ausgelöscht« werden (S. 57; vgl. FA I. 27, S. 243).

Allerdings ergeben sich Widersprüche. Diese zeigen sich bei zwei Abweichungen, auf die Hillerkus näher eingeht. Hier wird es spannend. Denn das Manuskript zeigt auf dem – auf S. 61 wiedergegebenen – Faksimile einen mit Rötel durchgestrichenen Satz: »und sein heiliger Statthalter sprach seinen Segen dazu«. Dies bezieht sich auf den Dispens, mit dem der Sage nach der Papst (Gregor IX.) die Zweitehe des Grafen von Gleichen mit einer Sarazenin abgesegnet habe. Da der Satz zwar übermalt, aber deutlich lesbar, also vom Kopisten übernommen worden ist, dürfte, mutmaßt Hillerkus, hier der Frankfurter Zensor eingegriffen haben (S. 59). Die zweite Abwandlung ist kniffliger. In der gedruckten Fassung von 1787 beendet Cäcilie, die die Graf-von-Gleichen-Sage referiert, ihre Erzählung mit dem Satz: »Und ihr Glück, und ihre Liebe faßte selig Eine Wohnung, Ein Bett, und Ein Grab«. Im Theatermanuskript fehlt jedoch das »Bett«. In der Weimarer Aufführung, berichtet Hillerkus, sei dieser Satz aber vollständig gefallen, so dass die Änderung nicht dem Zensor zur Last gelegt werden könne. Hier schließt sich Hillerkus der Auffassung an, der Kopist habe sozusagen »vorsorglich« die sexuell konnotierte Vokabel getilgt (S. 60).[7]

Nichtsdestoweniger ist festzuhalten, dass nicht nur diese – nach Goethe – »anstößigen« Stellen in allen späteren (Druck-)Fassungen erhalten geblieben sind. Die hier akribisch vorgenommenen Textvergleiche wären lediglich eine achtbare Fleißarbeit, wenn sie nicht eine inhaltsbezogene Interpretation zur Folge hätten. Diese liefert die vorliegende Ausgabe in schlüssiger Weise. Hillerkus setzt sich von dem leichthin auszusprechenden Werturteil ab, Goethe habe sich, möglicherweise als Reaktion auf die mäkelnden Rezensionen der Erstausgabe oder aber als Anlehnung an den moralisierenden Zeitgeist, seiner kühnen, antibürgerlichen Sturm-und-Drang-Attitüde entledigt und sei zum engstirnigen Moralapostel geworden. Jene oben wiedergegebene Formulierung Goethes aus dem Jahre 1815, »unsere Sitten [seien] ganz eigentlich auf Monogamie [begründet]«, erweise sich, so Hillerkus, als »die erstaunlich moderne Einsicht, der zufolge die Ehe als kulturell geformte und damit zugleich wandelbare wie anfällige Institution wahrzunehmen ist«. Demzufolge werde nun »[m]it dem Trauerspielschluss [...] dem Publikum aufwühlend und drastisch vor Augen geführt, was mit Menschen in einer Gesellschaft, die Mehrfachlieben verurteilt, Ehebruch ächtet sowie Bigamie bestraft, geschieht« (S. 45 f.). Es ließe sich hier noch ergänzen, dass Goethe in jenem *Theater*-Aufsatz einen dramentechnischen Begriff ins Spiel bringt, der sich mit Schillers diesbezüglichen Ausführungen deckt, nämlich den Begriff der »Rührung«: »[d]as Gefühl [wird] befriedigt und die Rührung erhöht« (FA I, 6, S. 1207). Dass diese an Aristoteles angelehnte Kategorie tatsächlich wirksam wurde, belegen die von Hillerkus in ihrem Aufsatz im *Goethe-Jahrbuch* zitierten Reaktionen von Zuschauern der Erstaufführung. Somit verdanken wir der Herausgeberin eine Erklärung der Unterschiede zwischen den beiden Dramenschlüssen, die sich mutig der heute vorherrschenden Beurteilung – »der Tod Stellas [erscheine] völlig überraschend und unmotiviert« (FA I, 6, S. 1206) – entgegenstellt.

Bertold Heizmann

7 Vgl. u.a. Wilhelm Pfeiffer-Belli: *Die Dramen Goethes auf dem Theater seiner Vaterstadt 1775-1832*. Frankfurt a.M. 1929, S. 112.

Frieder von Ammon, Alexander Košenina (Hrsg.): *250 Jahre Werther*. Hannover: Wehrhahn 2024, 208 S., 18,00 €

Johannes Saltzwedel: *Werthers Welt. Das Jahr 1774 in Bildern, Büchern und Geschichten*. Springe: zu Klampen 2023, 312 S., 38,00 €

Werther gehört neben Faust, Wilhelm Meister und vielleicht noch Iphigenie zu den bekanntesten Figuren im Werk Goethes. Wie im Falle von Autorenjubiläen nimmt der Wissenschafts- und Kulturbetrieb Jahresdaten von bekannten klassischen Werken häufig zum Anlass, um die Aktualität und Historizität dieser Werke und ihrer Protagonisten zu überprüfen: Was sagen sie uns heute noch? Welche Veränderungen haben sie im Verlauf ihrer Rezeption erfahren? Der von Frieder von Ammon und Alexander Košenina herausgegebene Sammelband mit dem lakonischen Titel *250 Jahre Werther* bringt beides in den Blick: die anhaltende Aktualität und Modernität von Goethes 1774 erstmals veröffentlichtem Roman *Die Leiden des jungen Werthers* wie auch dessen ereignisreiche und vielgestaltige Wirkungsgeschichte. In einer Vorbemerkung unterstreichen die beiden Herausgeber die Sonderstellung des *Werther*-Romans: Er habe im Gegensatz zu manch anderem Klassiker nichts von seiner Frische eingebüßt und lasse sich auch ohne Kommentare und andere Hilfsmittel »heute noch mühelos lesen«. Und auch die viel zitierte »›*Werther*-Wirkung‹« sei »bis heute spürbar« (S. 7).

Goethes Roman und Held sorgten gleich nach dem Erscheinen Ende September 1774 für erregte Diskussionen und Debatten. Das Werk wurde zum Ausgangspunkt für eine Vielzahl von Adaptionen und Transformationen, von Fortschreibungen und Gegenschriften, die das *Werther*-Programm produktiv aufnahmen. Nach der Phase der sogenannten Erstrezeption entwickelte sich *Werther* im 19. Jahrhundert zu einem klassischen Werk, sein Titelheld zu einer exemplarischen Figur der Moderne, an der sich spätere Schriftsteller, Künstler und Intellektuelle auf vielfältige Weise abgearbeitet haben. Der Band *250 Jahre Werther* bietet einen klug zusammengestellten Überblick über diese außerordentliche Wirkungsgeschichte, einen idealen Einstieg in das, was man die ›Diskursmaschine *Werther*‹ nennen könnte, ein literarisch-kultureller Aussagezusammenhang mit offenkundig reichhaltigen Faszinationsenergien und Provokationspotentialen. Begleitet werden die Beiträge von zahlreichen Abbildungen und einem umfangreichen Literaturverzeichnis, das ältere und neueste Titel ebenso wie zahlreiche Standardwerke der Forschung umfasst. Mit gut zweihundert Seiten für achtzehn Euro ist der Band erfreulicherweise auch für ein außerakademisches Publikum attraktiv. Die elf Beiträge decken die weitläufige Rezeptionsgeschichte des Romans zwar nicht vollständig ab, sie bieten unter Gesichtspunkten der Forschung auch wenig grundlegend Neues. Dafür jedoch fassen sie die wichtigsten Traditionsstränge gut zusammen und zeichnen die wesentlichen Linien der Entwicklungen und Transformationen überzeugend nach. Sie verfolgen Werk, Stoff, Figur in verschiedenen Gattungen (Roman, Drama, Oper, Film); sie diskutieren zentrale ästhetische Fragen und Probleme (Realismus, Fiktionalität/Faktualität, Subjektivität); sie behandeln exemplarisch auch die internationale Rezeption (Italien); und sie setzen mit der Gender- und Medienthematik in zwei Fällen Akzente, die neuere Erkenntnisinteressen widerspiegeln.

Astrid Dröse ordnet Goethes *Werther* in ihrem Eröffnungsbeitrag in die Tradition des literarischen Realismus ein und damit in ein Paradigma von zentraler Bedeutung für die Moderne. Sie kontextualisiert den Roman mit Positionen des Realismus bei Fontane, Lukács und Auerbach, grenzt davon überzeugend Goethes Ansatz ab und gelangt zu einer eigenen Lesart, wenn sie im Blick auf den *Werther* zwischen dokumentarischem und psychologischem Realismus unterscheidet und darüber hinaus die »Welthaltigkeit« (S. 20) hervorhebt, die sich durch Gegenstände und Alltagswissen im Roman sedimentiert hat. Ebenso wie Dröse geht es auch den beiden Herausgebern in ihren Beiträgen um übergreifende Paradigmen und Strukturen der ästhetischen Moderne, die in Verbindung stehen mit Goethes *Leiden des jungen Werthers*. Ausgehend von Maxim Billers Begriff der »Ichzeit« liest Košenina den »Roman als wirklichkeitshaltige, psychogenetisch entwickelte Fallgeschichte« (S. 38) und zieht Parallelen sowohl zu goethezeitlichen Werken und Autoren als auch zu zeitgenössischen »Krankengeschichten« (S. 37) etwa von Thomas Melle und Benjamin Maack. Auch Ammon umkreist ein »Grundproblem modernen Erzählens« und nennt es das »Werther-Paradigma« (S. 171, 173). Gemeint ist das konstitutive Ineinander von Faktualität und Fiktionalität, das im *Werther*-Roman geradezu modellhaft zum Ausdruck kommt. Weniger abstrakt formuliert: Es geht hier wie auch später bei Thomas Mann, Max Frisch, Ingeborg Bachmann oder in jüngster Zeit bei Karl Ove Knausgård und wiederum Maxim Biller (dessen Roman *Esra* aus dem Jahr 2003 gerichtlich verboten wurde) um die Probleme, die auftreten, wenn ein Autor Details von Personen aus seinem privaten Umfeld als Material für seine literarischen Werke benutzt.

Während Dröse, Košenina und Ammon die gesamte Moderne im Blick haben, erbringen die beiden Aufsätze von Moritz Strohschneider und Constanze Baum eine Vertiefung in Hinsicht auf eine bestimmte Epoche. Strohschneider untersucht anhand des 1902 unter einem Pseudonym publizierten Romans *Der neue Werther* die Resonanzen des Themas in der »Homosexuellenbewegung um 1900« (S. 107). Baum erzählt auf originelle Weise »Exemplargeschichten aus den Archiven der Gegenwart«, indem sie sich in der Berliner Akademie der Künste auf die Suche nach »Werther-Spuren« im Nachlass einiger ausgewählter Autoren (u.a. Anna Seghers, Ulrich Plenzdorf, Christoph Schlingensief) begibt (S. 137). *Werther* wird hier gewissermaßen zum Archiv-Roman: Er stellt selbst ein Archiv dar und verknüpft sich mit den Archiven des Wissens anderer Autoren, Werke und Zeiten. Aufgeworfen wird hier zugleich die Frage der Medialität, die Birgit Tautz in ihrem Beitrag umkreist, nicht zuletzt mit Blick auf neueste Entwicklungen im digitalen Zeitalter: Was bedeutet dies für die Klassizität und Kanonizität des Werks? Anna Axtner-Borsutzky nähert sich von einer ebenfalls dezidiert zeitgenössischen Erkenntnisperspektive dem *Werther*-Stoff: Sie fragt nach den weiblichen Werther-Figuren, wie sie im Anschluss oder auch zeitgleich in bemerkenswert großer Anzahl in Erscheinung treten, etwa in Sophie von La Roches Briefroman *Rosalie*, der exemplarisch interpretiert und mit Goethes Roman kontextualisiert wird. Demgegenüber behandelt Franziska Meier eher ein klassisches Thema der *Werther*-Forschung: Sie vergleicht den Selbstmord bei Goethe mit dem Selbstmord des Helden in Ugo Foscolos *Le Ultime lettere di Jacopo Ortis* (1802). Schließlich sind noch jene Beiträge zu erwähnen, die den *Werther*-Wirkungen in verschiedenen Gattungen nachgehen: Annette Antoine tut dies mit Bezug auf das Unterhaltungstheater am Beispiel von Joseph Ferdinand Kringsteiners Wiener Lokalposse *Werthers Leiden* (UA 1806). Cord-Friedrich Berghahn widmet sich eingehend Jules Massenets Opernbearbeitung (UA 1892) im Kontext der musikalischen Moderne. Und Timm Reimers gibt einen instruktiven Überblick über die wichtigsten Verfilmungen von Max Ophüls (1938) über Egon Günther (1976) bis zu Philipp Stölzl (2010).

Während der Band von Ammon und Košenina *250 Jahre Werther* auf gut zweihundert Seiten kompakt zusammenfasst, stellt Johannes Saltzwedels Buch über *Werthers Welt* in mancherlei Hinsicht ein genaues Gegenstück dazu dar: Es widmet dem Entstehungs- und Erscheinungsjahr 1774 in einer Nahaufnahme über dreihundert Seiten und fragt auf diese Weise nach den offenen oder auch geheimen Verbindungslinien, die der Roman mit seinem Zeitalter unterhält. Gegeben wird eine Art Querschnitt durch das Jahr 1774, »in Bildern, Büchern und Geschichten«, wie es im Untertitel heißt. In der Tat tragen die zahlreichen Abbildungen im Band, die in vielen Fällen eher unbekanntes Bildmaterial zutage fördern, nicht wenig zum Lesegenuss bei. Sie steigern die Anschaulichkeit, die auch in der chronikalisch-faktographischen Anordnung des Textes zum Ausdruck kommt. Berichtet werden vom 1. Januar an Ereignisse sowohl aus Goethes Leben und seinem Umfeld als auch aus der Welt der Gesellschaft, der Politik und Kultur, darunter immer wieder auch aus dem europäischen und außereuropäischen Ausland, sodass transnationale Zusammenhänge evident werden.

Saltzwedels Sprache in der Chronik ist einfach, ohne banal zu sein; sie folgt häufig einem schmucklosen Hauptsatzduktus. Schauplätze, Personen, Ereignisse usw. werden oft ohne Überleitung aneinandergereiht. Das ergibt eine sprunghafte Diktion, den Eindruck eines bunten Flickenteppichs: Unter dem 27. Januar lesen wir etwa zunächst etwas von einer technischen Erfindung in England, anschließend von Herders Besuch in Hannover für eine Bewerbung an der Universität Göttingen, sodann von Mozarts Geburtstag in Salzburg und schließlich vom Erscheinen der zweiten Auflage des *Götz von Berlichingen* in Frankfurt. Nur selten kommentiert Saltzwedel die Fakten, das meiste lässt er für sich sprechen. Die Leserinnen und Leser sind aufgefordert, die Fülle von Dingen und Hinweisen, die ihnen hier begegnet, selbständig mit »Werthers Welt« zu verknüpfen bzw. sich zu fragen, ob und inwiefern die Faktizität der Ereignisse des Jahres 1774 in einem Zusammenhang steht mit den Sinnebenen und Bedeutungsschichten des Romans.

Dies führt immer wieder zu überraschenden Querverbindungen und Neuakzentuierungen. Goethe beginnt am 1. Februar mit der Niederschrift des *Werther*. Das gesamte Jahr 1774 steht im Zeichen intensiver literarischer Tätigkeit, kanonische Texte des Sturm und Drang entstehen. Gleichzeitig jedoch praktiziert derselbe Goethe das ganze Jahr über als Anwalt, beschäftigt sich mit prosaisch anmutenden Rechtsstreitigkeiten (etwa in einer Auseinandersetzung zwischen dem Dorf Nieder-Erlenbach und der Stadt Frankfurt am Main, in der es um die Lieferung von Heufuhren geht, S. 29). Ob der juristische Blick auch auf den Roman abfärbte? Jedenfalls besteht unzweifelhaft eine Spannung zwischen der leidenschaftlichen Unmittelbarkeit des Titelhelden und der beruflichen Tätigkeit seines Verfassers, des promovierten Juristen Goethe, dem es um eine pragmatisch-rationale Vermittlung in gerichtlichen Streitfällen zu tun war. Auffällig ist auch die starke Präsenz der Aufklärung – die im Kontext der Sturm-und-Drang-Dichtung *Werther* sonst hauptsächlich als Negativfolie Beachtung findet. Doch die Chronik der Ereignisse macht deutlich, dass die Aufklärung den Alltag und die geistige Kultur im Jahr 1774 stark geprägt hat und insofern zumindest in den gebildeten Kreisen die unumstrittene Leitkultur darstellte. Von Friedrich II., Voltaire und anderen Vertretern der aufklärerischen Bewegung ist immer wieder die Rede. Ähnliches gilt in sozialer Hinsicht für Hof und Adel, die alte Feudalordnung bildet noch weitgehend unangefochten das Grundgerüst der Gesellschaft. Desto stärker wirkt der Bruch dieser ›Welt‹ mit jener im Roman repräsentierten neuartigen Lebens- und Gefühlswelt Werthers.

Der Roman selbst rückt erst im Verlauf des Jahres stärker in den Fokus, wenn Freunde im Umkreis Goethes (Merck, Lavater) Teile des Manuskripts lesen (S. 134, 181), und das Werk schließlich zur Leipziger Michaelismesse Ende September als Buch erscheint. Dann vermischen sich die mannigfaltigen Reaktionen mit den sonstigen Weltereignissen. Am 21. Oktober etwa schreibt Friedrich Jacobi an den Verfasser, dass er dessen *Werther* bereits »dreimal gelesen« habe (S. 220); kaum weniger berauscht, erfahren wir unterm selben Datum, ist Julie de Lespinasse von Christoph Willibald Glucks Oper *Orphée et Euridice* in Paris. Am 10. November ergeht von Christoph Hölty an Johann Martin Miller die Nachricht, dass der Roman in Göttingen bereits vergriffen sei; am selben Tag, erfahren wir ein paar Zeilen weiter, segelt James Cook »von Neuseeland ostwärts in Richtung Feuerland« (S. 241). Das ist ein Effekt von Saltzwedels chronikalischem Prinzip: Es schärft den Sinn für die phänomenale Vielfalt der Welt (vulgo: Kontingenz) *und* deren Strukturverwandtschaften. Rauscherfahrungen und Entdeckungsfahrten, dies zeigen die beiden eben zitierten Beispiele, ganz unterschiedlicher und doch verwandter Art überschneiden sich in diesem synoptischen Nebeneinander. Ähnlich liegt der Fall, wenn Saltzwedel unterm 22. November von Gottfried August Bürgers Heirat mit Dorette Leonhart berichtet, dabei ergänzt, dass Bürger »allerdings bald mit deren Schwester Auguste« (S. 245) anbändelt, die er nach dem Tod seiner ersten Frau 1784 heiraten wird. Die Konstellation erinnert an *Die Leiden des jungen Werthers* – hier wie dort eine augenscheinlich komplizierte *ménage à trois*, bei Bürger jedoch unter veränderten Vorzeichen (ein Mann, zwei Frauen). Welch ein Geflecht ebenso leidenschaftlicher wie komplexer Beziehungen findet sich hier angedeutet, legt man diese Fallgeschichten aus Wirklichkeit und Dichtung übereinander! Erst recht, wenn man auf den Ausgang schaut: Im Dreieck Goethe-Buff-Kestner nimmt die Sache alles in allem ein glimpflich-versöhnliches Ende, in der Romanversion hingegen mündet sie tragisch in den Selbstmord, und ähnlich im Lebensroman Bürgers, stirbt Auguste doch nur sieben Monate nach der Heirat 1785. *Die Leiden des jungen Werthers*: ein veritables ›Welt‹-Buch in dem Sinne, dass es den Blick öffnet für die Potentialitäten der menschlichen Existenz an der Schwelle zur Moderne.

Aufgelockert werden die chronikalischen Berichte zwischen den Monaten von einer Art Rezensionsteil: In ihm stellt Saltzwedel jeweils eine Handvoll ausgewählter Werke vor, die im Jahr 1774 erschienen sind. Diese Besprechungen stellen Prosaminiaturen eigener Art dar und geben über die Verfasser und die Themen der besprochenen Bücher Einblicke in zeittypische Interessen und Vorlieben, Moden und Obsessionen. Dabei kreuzen sich bekannte und eher unbekannte Namen, Klassiker (Lessing, Nicolai, Lenz u.v. a.m.) und Kurioses, wie etwa Friedrich Gabriel Sulzers *Versuch einer Naturgeschichte des Hamsters* (S. 56f.). Solche vermeintlich abseitigen Pfade in den Wissensdiskursen des Jahres 1774 sind von ganz besonderem Reiz – auch hier sind weniger die direkten Verbindungen zum *Werther* von Interesse, sondern der Gesamtkontext der Zeit, in dem sich für die unglückliche Leidenschaft eines jungen Mannes offenkundig ebenso Publikum und Platz fand wie für die Schicksale einer scheinbar marginalen Tierspezies.

Vor den Augen und dem Sinn des Lesers entsteht ein breit gefächertes Panorama, das Saltzwedel ebenso kenntnisreich wie sprachlich klar und elegant zu verlebendigen versteht. Die Darstellung ist gelehrt, souverän in Gedankenführung und Diktion, ohne jede Prätention, was die sprachliche Form und den wissenschaftlichen Anspruch betrifft. Saltzwedels Kompendium enthält nicht nur für *Werther*-Forscher und -Liebhaber interessante Informationen. Es stellt im Grunde eine Archäologie des 18. Jahrhunderts dar, und entsprechend findet man in ihm ein allgemeines, gut lesbares Vademecum, das auf anschauliche Weise in die geistige Welt und die Lebenswelt dieses Zeitalters einführt. Man merkt dem Band die langjährige Vertrautheit und auch, ja, die Liebe zu seinem Gegenstand an.

Während *250 Jahre Werther* mehr die gegenwärtigen literaturwissenschaftlichen Erkenntnisinteressen widerspiegelt, bietet *Werthers Welt* Kulturgeschichte im besten Sinne. Beide Bände ergänzen so einander und stellen unter Beweis, dass kulturelles Wissen jenseits der Extreme von akademischer Übertheoretisierung und populärer Trivialisierung intelligent und leserfreundlich vermittelt werden kann.

Carsten Rohde

Werther. Welten. 250 Jahre internationale Wirkung von Goethes Roman »Die Leiden des jungen Werthers«. Petersberg: Michael Imhof Verlag 2024, 176 S., 25,00 €

Die inkommensurable Wirkung von Goethes *Werther* hat der Literatur- und Buchwissenschaftler Georg Jäger bereits 1974 als einen »rezeptionsästhetischen Modellfall« bezeichnet, anhand dessen man grundlegende Fragen der Rezeptionstheorie behandeln könne, was er selbst in mehreren Studien auch getan hat.[1] Die Forschung hat diese Einschätzung bestätigt, indem sie seitdem immer wieder zu diesem Gegenstand zurückgekehrt ist, der sich parallel dazu ebenfalls weiterentwickelt hat. Um nur ein paar deutsche Beispiele aus der jüngeren

1 Georg Jäger: *Die Wertherwirkung. Ein rezeptionsästhetischer Modellfall.* In: *Historizität in Sprach- und Literaturwissenschaft.* Hrsg. von Walter Müller-Seidel. München 1974, S. 389-409. Vgl. auch *Die Leiden des alten und neuen Werther. Kommentare, Abbildungen, Materialien zu Goethes »Leiden des jungen Werthers« und Plenzdorfs »Neuen Leiden des jungen W.«.* München 1984.

Vergangenheit zu nennen: der (missglückte) Film *Goethe!* von Philipp Stölzl etwa, der Goethes Biographie nach dem Vorbild von John Maddens *Shakespeare in Love* mit der Romanhandlung verknüpft, oder die (geglückte) Graphic Novel *Werther Reloaded* von Franziska Walther, die die Hauptfigur in die Gegenwart versetzt. Ganz anders gelagert als solche intermedialen Adaptionen ist der Fall des Schriftstellers Wolfgang Herrndorf, der sich in seinem Beststeller *Tschick* und dann auch im Kontext seines Suizids auf *Werther* bezog. Offensichtlich ist die ›Wertherwirkung‹ also bis heute an kein Ende gekommen.

Eine Ausstellung, die unter dem prägnanten, nicht mit dem Titel der zuvor im Deutschen Romantik-Museum in Frankfurt am Main gezeigten Ausstellung *Werthers Welt* zu verwechselnden Titel *Werther.Welten* anlässlich des 250. *Werther*-Jubiläums in den beiden Goethe-Gedenkstätten Wetzlars gezeigt wurde, hat sich diesem Phänomen jetzt im Zusammenhang gewidmet, und das war schon deshalb begrüßenswert, weil der letzte umfassendere Blick darauf schon längere Zeit zurückliegt. Erfreulich ist auch, dass zur Ausstellung ein umfangreicher, üppig bebilderter Begleitkatalog erschienen ist. Wer keine Gelegenheit hatte, nach Wetzlar zu reisen oder seine Eindrücke vom Ausstellungsbesuch vertiefen möchte, dem sei ausdrücklich empfohlen, ihn zur Hand zu nehmen – denn er bietet teilweise neue Perspektiven auf den Gegenstand. Selbst wenn nicht alle Beiträge darin als wissenschaftlich in einem strengeren Sinn zu bezeichnen sind, kann der Katalog insgesamt deshalb als ein veritabler Beitrag zur Goethe-Forschung gelten, und das kann man beim besten Willen nicht über jeden Katalog sagen, der anlässlich früherer *Werther*-Jubiläen herausgegeben wurde.

Auf einen kurzen einleitenden Aufsatz von Sandra Richter, dem das entsprechende Kapitel aus ihrer *Weltgeschichte der deutschsprachigen Literatur* zugrunde liegt, folgen zwölf weitere Aufsätze, die jeweils Teilaspekten des Themas gewidmet sind. Es sind so bekannte wie die Illustrationen (Angelika Müller-Scherf, Sebastian Schäfer), Wertheriaden deutscher (Christof Wingertszahn) und italienischer bzw. französischer Autoren (Johannes D. Kaminski), aber auch bisher weniger behandelte wie die Rezeption des Romans in Spanien (Georg Weigand), Afrika (Amina Tall), China (Arnhilt Inguglia-Höfle), in der arabischen Welt (Mounia Alami) sowie in den USA und Japan (Stefan Keppler-Tasaki). Zwei weitere Beiträge von Aila Schäfer und Harun Maye untersuchen den *Werther* selbst, wobei aber nur Letzterer eine innovative Perspektive entwickelt, indem er sich mit den »Stellenlektüren« (S. 130-139) der Werther-Figur beschäftigt – einer kursorischen Lektürepraxis, die Maye zufolge auch Goethe selbst gepflegt habe. Über die Lektürepraxis des »Glücksaufschlagers« Goethe (Hans Blumenberg), die hier lediglich anhand seiner von Adele Schopenhauer beschriebenen Lektüre der *Welt als Wille und Vorstellung* untersucht wird, hätte man indes gerne noch mehr erfahren, wofür im Rahmen des Katalogs freilich kein Platz war.

Ein wirklich vollkommen neuer Aspekt findet sich in dem Aufsatz Barbara Steingießers, die die musikalische Wertherwirkung im 21. Jahrhundert in den Blick nimmt. Wer den Eindruck gehabt haben sollte, auf diesem Gebiet sei seit der Oper Massenets nichts Nennenswertes mehr entstanden, wird dies jetzt korrigieren müssen: Denn mit dem US-amerikanischen Jazzpianisten Brad Mehldau (geboren 1970) kann Steingießer einen der prominentesten Protagonisten der internationalen Jazzszene anführen. Von ihm gibt es nicht nur eine Komposition mit dem Titel *Young Werther*, er hat auch sein Plattenlabel programmatisch *Werther Music* genannt und sich darüber hinaus in weiteren, von Steingießer zusammengetragenen Quellen über den Roman geäußert. Man muss Mehldaus etwas forcierte Interpretation des Suizids als Kunstwerk nicht teilen und man muss auch nicht einverstanden sein mit Steingießers Versuch, Parallelen zwischen der Syntax des Romans und dem Hauptmotiv von *Young Werther* herzustellen – ein herausragender Beleg für die anhaltende, transmedial wie -national wirkende produktive Kraft des *Werther* bleiben solche Bezugnahmen auf einen Roman, der mehr als 200 Jahre zuvor auf einem anderen Kontinent erschienen ist, allemal. Über welchen deutschsprachigen Roman ließe sich das sonst sagen?

Wie bereits angedeutet, haben nicht alle Beiträge so viel Neues zu bieten, manche sind eher Variationen von Altbekanntem, manchen hätte im Übrigen auch eine bessere redaktionelle Betreuung gut getan. Alles in allem stellt dieser Katalog aber durchaus eine Bereicherung dar. Mit ihm im Bücherregal ist man bestens vorbereitet für alle zukünftigen Entwicklungen auf dem Gebiet der Wertherwirkung, wie auch immer sie aussehen werden.

Frieder von Ammon

Ernst Osterkamp: *Der Dichter und der Risches. Leben und Werk des Michael Beer (1800-1833).* Göttingen: Wallstein 2024, 256 S., 24,00 €

Mit seiner biographischen Studie zu Michael Beer nähert sich Ernst Osterkamp einem jener zahlreichen vergessenen (jüdischen) Schriftsteller an, deren Spuren in der deutschsprachigen (Literatur-)Geschichte verweht und verwischt (worden) sind. Nun ist das Vergessen – nicht nur des Lebens und Werkes von Michael Beer – eher die Regel als die Ausnahme; darauf macht der Autor auch gleich zu Beginn seiner Ausführungen aufmerksam: »Die Nachwelt hat den Dichter Michael Beer so gründlich vergessen, wie sie die überwältigende Mehrzahl der Dichter des 19. Jahrhunderts vergaß, von denen nur ein schmaler Kanon von acht bis zwölf Namen überleben konnte« (S. 20). Nun geht es Osterkamp nicht darum, Beer mit seinem durchaus epigonalen Werk in einen – wie auch immer gearteten – Kanon einzuschreiben, sondern ihn, um mit Barbara Stollberg-Rilinger zu sprechen,[1] als Individuum in seiner Zeit, aber eben auch die Zeit, also das erste Drittel des 19. Jahrhunderts, durch das Individuum zu verstehen. Letzteres ist von umso größerer Bedeutung, weil sich eine Annäherung an die Persönlichkeit und das Leben Michael Beers schwierig gestaltet. Das ist an sich schon ein bemerkenswerter Befund, denn Quellenmaterial, insbesondere Korrespondenzen, sind durchaus vorhanden, aber:

> Michael Beer ist ein Meister der persönlichen Zuwendung und des freundlichen Entgegenkommens; Freund und Freundschaft zählen im brieflichen Austausch zu seinen Lieblingswörtern – und doch bleibt dasjenige, was ihn selbst betrifft, weitgehend im Verborgenen. (S. 34)

Wie nun also sich annähern an jemanden, der genau dies vielleicht nicht zu verhindern versucht, aber doch zu erschweren bemüht war? Folgerichtig orientiert sich die Struktur des Buches im Wesentlichen an den Werken, ist also überwiegend inhaltlich-chronologisch ausgerichtet. Als Ausgangspunkt wählt der Biograph in diesem Fall das Ende: den einsamen Tod des Dichters, der mit nur 32 Jahren in München, weitgehend ohne familiären und freundschaftlichen Beistand, an einem »Nerven- und Faulfieber« (S. 14) verstarb. Dass weder seine drei Brüder noch seine Mutter rechtzeitig sein Sterbebett erreichten, sagt wenig aus über die Beziehungen innerhalb der Familie Beer, die zwischen der Mutter (Amalie, geb. Meyer Wulf), dem ältesten (Giacomo Meyerbeer) und jüngsten Sohn (Michael) besonders innig waren. In Beers vermögendem Elternhaus verschränkten sich religiöse (Reformjudentum) und wissenschaftliche Bildung (S. 23 f.) mit einer starken kulturellen Affinität und gesellschaftlichem Engagement: Amalie Beer unterhielt einen jener ›Salons‹, die das Bild Berlins in der Biedermeierzeit entscheidend prägen sollten. Denn hier entstand nach Aufklärung und Haskala für kurze Zeit ein gesellschaftlicher Möglichkeitsraum, in dem sich jüdische und christliche, männliche und weibliche Gäste begegneten und austauschten. Dass die tatsächliche Wirkmacht dieser gemischten Geselligkeiten beschränkt blieb und einige Besucher keinen Widerspruch darin sahen, sich 1811 der christlich-deutschen Tischgesellschaft anzuschließen, einem männerbündischen Kreis mit ausgeprägten antijüdischen Ressentiments, wird bei der

1 Vgl. Barbara Stollberg-Rilinger: *Maria Theresia. Die Kaiserin in ihrer Zeit. Eine Biographie*. München 2017, S. XXVI.

ex post-Verklärung der ›Salons‹ gerne unterschlagen. Für die Familie Beer gehörte der mit dem jiddischen Begriff »Risches« bezeichnete Judenhass freilich zu den alltäglichen Erfahrungen, das wird auch in den Korrespondenzen immer wieder thematisiert (S. 79-85). Bemerkenswert ist, dass trotz dieser Ausgrenzungserlebnisse die von anderen jüdischen Zeitgenossinnen und Zeitgenossen vollzogene Konversion zum Christentum weder für Amalie Beer noch für ihre Söhne in Betracht gekommen zu sein scheint. Auch blieb Amalie Beer bis ins hohe Alter eine engagierte Gastgeberin und Mäzenin, die in ihrem Haus Diplomaten, Schauspielerinnen und Musiker empfing und bewirtete.

Osterkamp skizziert Michael Beers Aufwachsen in diesem Spannungsfeld zwischen privater Förderung und gesellschaftlicher Ausgrenzung, das zweifellos prägend war und den jungen Mann zu einer »Ausweitung seiner lebensgeschichtlichen Horizonte« (S. 22), also einer intensiven, vielleicht auch eskapistischen Reisetätigkeit, veranlasste – bei gleichzeitiger intensiver Familienbindung. Seinem ältesten Bruder, dem bekannten Komponisten Giacomo Meyerbeer, schloss er sich eng an, und dieser griff wiederum gerne auf die Unterstützung des Jüngeren zurück (S. 26). Die Mutter blieb die zentrale weibliche Bezugsperson in Beers Leben; dass er in seinem ersten Stück – dem Trauerspiel *Klytemnestra* (1819) – ausgerechnet einen (mythologischen) Muttermord in den Mittelpunkt stellt und diesen zu einem »psychologisch motivierten Familiendrama« (S. 40) verarbeitet, deutet Osterkamp vorsichtig als »tief irritierende Herausforderung für alle biedermeierlichen Mutterimaginationen« (S. 58) – wobei die Irritation wohl über die Biedermeierzeit hinausreicht. Die Mutter selbst – Amalie Beer, nicht Klytemnestra – war hingegen nicht irritiert, sondern erfüllt von »grenzenlosem Stolz auf den begabten Sohn« (S. 59), auch wenn dem Stück nur ein kurzfristiger Erfolg beschieden war. Beer arbeitete durchaus ermutigt weiter und knüpfte in den Folgejahren ein Netzwerk, wohl wissend, dass entsprechende Kontakte für eine literarische Karriere entscheidend sein würden. Dazu gehört auch Beers enge Beziehung zu Karl Immermann, den Briefwechsel zwischen den beiden Dichtern wertet Osterkamp als eines der »wichtigsten poetologischen Zeugnisse[°] der Zeit« (S. 53) und widmet der Freundschaft ein ganzes Kapitel, nicht ohne zu betonen, wie stark auch diese durch den allgegenwärtigen Antisemitismus belastet war und daran auch zeitweise zu zerbrechen drohte. Diese Beziehung entstand aber erst nach Beers literarischem Durchbruch, der ihm mit seinem dritten Stück gelang, das 1823 unter dem Titel *Der Paria* erschien und (indirekt) den zeitgenössischen Judenhass thematisiert (S. 90 f.). Das Paria-Motiv wurde in diesen Jahren auch von Goethe bearbeitet, der 1823 eine gleichnamige Gedichttrilogie abgeschlossen hatte und eine Besprechung von Beers Stück nutzte, um seine Sicht auf diesen Themenkomplex näher zu erläutern. Vor diesem Hintergrund ist auch seine Entscheidung zu sehen, »am 6. November 1824 Michael Beers *Paria* in Weimar zur Aufführung zu bringen« (S. 88). Zwar wurde Beer dadurch schlagartig zu einem anerkannten Dramatiker, doch die Intention seines Stückes, den Umgang mit der jüdischen Minderheit in der indischen Kastengesellschaft zu spiegeln, ging in Weimar verloren, denn Goethe wollte sich darauf nicht einlassen, ihm ging es vielmehr darum, »das Allgemein-Menschliche des Konflikts freizulegen« (S. 104). Dass auch die Beziehung zwischen Goethe und Beer keine dauerhafte sein sollte, erstaunt vor diesem Hintergrund nicht. Doch obwohl Goethe ihn nicht weiter unterstützte, war Beer in seinem noch verbleibenden Lebensjahrzent beachtlicher Erfolg beschieden: *Struensee* (1828), ein »Trauerspiel mit politischem Anstrich« (S. 151), widmete er dem bayrischen König und konnte sich dessen Protektion sichern. In München, so schien es, stand Beer eine große Zukunft bevor, dazu sollte es dann allerdings nicht mehr kommen.

Mit seinen Erkundungen des Beer'schen Lebens und Werkes fügt Osterkamp der jüdischen Geschichte um 1800 eine weitere, durchaus bereichernde Perspektive hinzu. Denn durch diese Biographie wird einerseits ein (literarisches) Netzwerk sichtbar, das Freundschaften, Förderstrukturen und Missverständnisse ebenso wie ein intellektuelles Spannungsfeld erkennen lässt. Insbesondere in der ambivalenten Beziehung zwischen Michael Beer und Heinrich Heine spiegeln sich die unterschiedlichen Wahrnehmungen und Reaktionen auf zeitgenössische Diskurse – und auf den allgegenwärtigen Antisemitismus, dessen zerstörerische Wirkmacht beider Leben entscheidend prägte. Wo der eine eher vermittelnd und zurückhaltend auftrat, polemisierte und agierte der andere: »Heine hat Beers Konfliktscheu im Grunde verachtet« (S. 229). Parallel zu dieser öffentlichen Präsenz und Wahrnehmung Beers wird aber auch seine familiäre Einbindung beleuchtet. Dieser Aspekt ist bei einer männlichen Biographie besonders interessant und könnte noch weiter ausgelotet werden, denn die Beziehungen zwischen Amalie Beer und ihren Söhnen, der 1825 verstorbene Vater Jacob Hertz Beer scheint eher eine Nebenrolle gespielt zu haben, würde wohl ausreichend Stoff für eine große Familienbiographie bieten.

Dass nun ausgerechnet in einer solchen Biographie, die zurecht den Netzwerkaspekt in den Vordergrund stellt, ein Personenverzeichnis fehlt, bleibt allerdings ebenso unverständlich wie bedauerlich.

Anna-Dorothea Ludewig

Reiner Wild: *Goethes späte Lyrik*. Bd. I: *Krise und Selbstvergewisserung (1805-1813)*. Bd. II: *Divan-Jahre (1814-1819)*. Berlin: Metzler 2023, 248 S., 59,95 € und 456 S., 99,99 €

Untersuchungen, die sich Goethes Gedichten in ihrer historischen Entwicklung wie in ihrem jeweils individuierten Reichtum zuwenden, besitzen Seltenheitswert. Häufiger sind Sammelbände, die entweder ein Ergebnis von Konferenzen oder eine Bündelung von Einzelstudien eines Autors darstellen. Reiner Wild hat die seltenere Variante gewählt. Vorausgegangen war seine Darstellung von Goethes Lyrik des klassischen Jahrzehnts,[1] an deren wichtigste Thesen der Autor in den vorliegenden Bänden anknüpft. Im Jahrzehnt zwischen 1795 und 1805 habe Goethe gemeinsam mit Schiller das ›Projekt Klassik‹ entwickelt, in dem beide, konfrontiert mit den Ereignissen der Französischen Revolution und den »Trennungs- und Entfremdungserfahrungen der Moderne« (I, S. 122), gesellige Bildung als reformerische Alternative zu den Veränderungen im Nachbarland entworfen hätten. Zugleich hätten sie eine Kunst der Moderne im Rückgriff auf den Formenkanon der antiken Kunst konzipiert. Überdies habe Goethe schon in den 1790er Jahren die Ergebnisse seines naturwissenschaftlichen Forschens in Gestalt lehrhafter Dichtung seinem Publikum nahegebracht. Schillers Tod vor allem habe eine Lebenskrise ausgelöst, aus der sich Goethe – wie in seinem Leben nicht selten – durch neue künstlerische und wissenschaftliche Produktivität habe befreien können. An diesem Punkt setzt Wilds neue Untersuchung ein.

Für sein Vorhaben konnte sich Wild in mehrfacher Hinsicht als gut gerüstet ansehen. In der Münchner wie in der Frankfurter Ausgabe liegen Goethes Gedichte im Rahmen einer Studienausgabe ediert und gründlich kommentiert vor. Die Frankfurter Ausgabe hat den Vorzug, Goethes Gedichte kompakt darzubieten, während die Münchner Ausgabe, an der Wild als Teilherausgeber beteiligt war, ihrem chronologischen Konzept folgend die Gedichte auf viele Bände verteilt. Philologische Sorgfalt zeichnet Wilds Untersuchung aus. Für entstehungsgeschichtliche Zusammenhänge wird das im Weimarer Goethe- und Schiller-Archiv entstandene Gesamtinventar von Goethes Gedichten herangezogen – ein wichtiges, indes viel zu wenig benutztes Basiswerk.[2] Gleiches gilt für das *Goethe-Wörterbuch*, das zwar gerühmt, seltener aber produktiv gebraucht wird. Wild kann ihm für Detailanalysen substantielle Erkenntnisse abgewinnen. Nobel und fair ist generell Wilds Umgang mit der Forschung. Er

1 Reiner Wild: *Goethes klassische Lyrik*. Stuttgart, Weimar 1999.

2 Vgl. dazu das Gesamtinventar der Goethe-Gedichte, digital abrufbar unter: https://ores.klassik-stiftung.de/ords/f?p=405:1:16085341844263 (zuletzt aufgerufen am 28.11.24).

weiß sich Karl Eibls Anordnungsprinzipien in den Lyrikbänden der Frankfurter Ausgabe ebenso verpflichtet wie den Erkenntnissen Karl Richters für den Zusammenhang von Naturwissenschaft und Poetologie in Goethes späten Gedichten oder den Betrachtungen von Goethes Spruchdichtung durch Wolfgang Preisendanz. Henrik Birus' Entscheidung, in der Frankfurter Ausgabe Goethes Zeitschrift *Ueber Kunst und Alterthum* vollständig zu edieren, war, so darf man annehmen, für Wild ein Impuls, sich den in diesem Organ veröffentlichten Gedichten in einem eigenen Kapitel zuzuwenden. Als besonders gewinnbringend kann die Nutzung der weitverzweigten *Divan*-Forschung angesehen werden.

In Wilds Untersuchungszeitraum fällt das Erscheinen der drei bei Cotta herausgekommenen Gesamtausgaben Goethes (in der Regel mit A, B und C bezeichnet). Während die Ausgabe A für Wild nur am Rande von Interesse ist, besitzen B und C (die Ausgabe letzter Hand) für seinen Untersuchungszeitraum einen ungleich höheren Stellenwert. Im Vergleich zu den vorausgehenden Sammeleditionen hat Goethe seine Gedichte in den Cotta-Ausgaben nach Gruppen neu geordnet und damit neue inhaltliche Korrespondenzen geschaffen. In der Goethe-Forschung sind derlei Zusammenhänge lange unbeachtet geblieben. Erst Regine Ottos Überblicksartikel im *Goethe-Handbuch*[3] hat den Blick der Forscher verändert; Wild setzt diese Entwicklung fort. In Band I spielt ein solches Herangehen für seine Kapitel über die Sonette, die geselligen Lieder, die Balladen und die Gedichte an Personen eine besondere Rolle. Entstanden sind vom Autor arrangierte mehrstimmige lyrische Ensembles, in denen so etwas wie geistige Osmose waltet. Im letzten Kapitel von Band I wird die Ausgabe B, zwischen 1814 und 1816 entworfen und produziert, explizit vorgestellt.

Für Band II verbietet sich ein solches Verfahren – allein deshalb schon, weil Wilds Darstellung auf drei Bände angelegt ist und erst im letzten Band ein vergleichbares Resümee für C gezogen werden kann. Davon abgesehen wird hier ein Zuordnungsproblem kenntlich. Zwar zielt der Bandtitel *Divan-Jahre* im Prinzip auf den ›eigentlichen‹ Entstehungszeitraum 1814-1819, doch war es nach Wilds plausibler Intention notwendig, auch die später entstandenen, für einen *Neuen Divan* bestimmten Gedichte einzubeziehen, von denen viele in die Ausgabe letzter Hand aufgenommen worden sind. Überschreitungen gibt es auch in anderen Fällen. Die Erscheinungsdaten der Zeitschrift *Ueber Kunst und Alterthum*, die parallel zum *Divan* konzipiert worden ist, reichen weit in die 1820er Jahre hinein; ebenso ist Goethes Zeitschrift *Zur Naturwissenschaft überhaupt* erst nach 1819 herausgekommen. Da Wild aber die in beiden Periodika veröffentlichten Goethe-Gedichte in eigenen Kapiteln untersucht, ergibt sich mit gewisser Zwangsläufigkeit eine chronologische Erweiterung. Ähnlich verhält es sich mit dem Zustandekommen der Gruppe *Gott und Welt* in der Ausgabe letzter Hand, in der sich Wild zufolge Goethes Konzept lehrhafter Dichtung, in den 1790er Jahren geschaffen und in stetiger Veränderung weiterentwickelt, in möglicher Vollendung ausgeprägt hat. Das insgesamt waltende Prinzip chronologischer Großzügigkeit ist auch deshalb zu tolerieren, weil Wild seine Untersuchung von vornherein als Gesamtdarstellung konzipiert und darum auch fließende Übergänge zwischen den Bänden geschaffen hat.

Wie geht der Autor im Einzelnen vor? Abgesehen von umfangreicheren Texten werden die zu untersuchenden Gedichte vollständig mitgeteilt. In der Regel folgen dann Bemerkungen zur Metrik, zu gewählten Strophenformen und zur Stilebene (in rhetorischer Tradition), die zu inhaltlichen Aspekten hinführen, besser gesagt: diese erst wirklich aufschließen; Form und Gehalt werden in ihrem Wechselverhältnis begriffen. Beim Erfassen von Sinnzusammenhängen, die in einer wohltuend klaren und fasslichen Sprache dargeboten werden, leisten wortgeschichtliche Erklärungen – von Adelungs Wörterbuch (*Grammatisch-kritisches Wörterbuch der Hochdeutschen Mundart*) bis zum *Goethe-Wörterbuch* – hilfreiche Dienste. Ein Kernpunkt von Wilds Darstellung ist die mit Goethes Lebenskrise einhergehende Veränderung seines lyrischen Sprechens. Während sich vordem ein lyrisches Subjekt Geltung ver-

3 Regine Otto: *Die Gedichtsammlungen in den autorisierten Ausgaben von Goethes Werken*. In: *Goethe-Handbuch*, Bd. 1, S. 18-31.

schafft – was landläufig als Erlebnisdichtung angesehen wird –, entstehen nun Gedichte, in denen Goethe in wechselnden Rollen agiert: als Liebender, als Lehrender, als unmutig Agierender – um einige Rollen zu bezeichnen. Ein solches Sprechen ist auf Kommunikation mit einem sich ins Weite öffnenden geselligen Kreis bedacht und zielt auf die Ausbildung von humaner gesellschaftlicher Praxis. Eine erste poetische Manifestation dieser poetischen Wende nach der Lebenskrise stellen Goethes Sonette dar, die einem geselligen poetischen Wettstreit im Hause des Jenaer Verlegers Frommann entsprungen sind. Goethes Sonette wie später entstandene Gedichte auch können monologische oder dialogische Struktur besitzen; in wechselnden Rollen erteilt der Dichter Lebensrat und vermittelt darüber hinausweisende Erkenntnis. Geselligkeit findet ihr Pendant im musikalischen Vortrag der Texte. Nicht zuletzt unter solchem Aspekt ist die Gruppe der geselligen Lieder in der Ausgabe B zusammengestellt, in der sich das Programm gesellig-gesellschaftlicher Bildung entfaltet; doch finden auch »Gegengesänge gegen die Wirren und die Unbill der Zeit« (I, S. 135) Aufnahme. All dies vollzieht sich, wie im Bandtitel bekundet, im Zeichen einer (neuerlichen) Selbstvergewisserung des Dichters.

Was der Autor an zentralen Themen im ersten Band expliziert hat, findet im zweiten Fortsetzung und Neubestimmung. Dessen erster Teil ist Goethes *West-östlichem Divan* vorbehalten, dem einzigen selbständig veröffentlichten Lyrikband Goethes. Sorgfältig rekonstruiert Wild die historisch-chronologischen Phasen der Entstehung. Indem Goethe sich östlicher Kultur zuwendet, sich insbesondere mit dem persischen Lyriker Hafis beschäftigt, inszeniert er eine poetische Reise in den Orient, auf der sich westliche und östliche Kultur im Geiste von Anerkennung und Toleranz begegnen und miteinander verschmelzen; der Begriff des Inszenierens, vom Autor gern und oft gebraucht, hat aus meiner Sicht mittlerweile einen Zug ins Negative entwickelt, weil er auch in obskuren Zusammenhängen gebraucht wird. Zugleich entwirft der Dichter – als imaginierter Reisender vor realgeschichtlicher Gewalt fliehend, zugleich Distanz zu allen Nationalismen wahrend – eine reich instrumentierte poetische Gegenwelt. Damit einher geht eine poetologische Umorientierung, die Wild als Verflüssigung klassischer Poetik beschreibt. Goethes auf Kommunikation beruhendes Konzept von Weltliteratur, hier wird es fassbar – in den Gedichten wie in den Prosakommentaren.

Beobachtungen zu Struktur und Form des *Divan* schließen sich an, die insbesondere den Aufbau der (persisch/deutsch überschriebenen) Bücher in den Blick nehmen. Unter der Kapitelüberschrift »Eins und doppelt« (S. 93; vgl. MA 11, 1.2, S. 71) wird dargetan, dass sich der Dichter hinter der Maske des Reisenden im *Buch Suleika* der Geliebten gegenüber in einer Doppelrolle – als liebendes Individuum wie als Liebe im poetischen Spiel Inszenierender – zu erkennen gibt. Mit diesem Rollenspiel ist ein Thema angeschlagen, dass in einem dritten Abschnitt in insgesamt fünf Sinnbezirken (*Okzident und Orient*; *Religion*; *Gesellschaft*, *Politik und Geschichte*; *Natur und Naturwissenschaft*; *Liebe und Dichtung*) variiert wird. Verbunden ist dies mit Analysen einzelner Gedichte, unter denen die Bemerkungen zu *Der Winter und Timur* und *Wiederfinden* besonders hervorgehoben werden sollen. Als einen zentralen Punkt für das Verständnis von *Wiederfinden* hebt Wild Goethes Spinozismus heraus, den er als geistiges Konstituens für das gesamte lyrische Spätwerk bewertet; er vermag es immer wieder, allgemeine Erkenntnisse aus der subtilen Analyse der poetischen Texte herzuleiten. Das gelingt ihm auch an dem so bescheiden daherkommenden Vierzeiler *Wer das Dichten will verstehen* (in den *Noten und Abhandlungen*, MA 11, 1.2, S. 129), den er mit Recht ein »Meisterstück der Sprachkunst« Goethes (II, S. 87) nennt. Dem überall im *Divan* waltenden Spiel mit Themen und Motiven, der metrischen Variabilität wird der gehörige Raum gegeben. Der Wunsch sei angefügt, dass das Spielerisch-Artistische von Goethes poetischer Sprache hier und da hätte präziser analysiert werden können. Gewiss gibt es Dunkelheiten in der poetischen Diktion, möglicherweise auch, wie Wild meint, »holprige« (II, S. 115) Fügungen, doch ist immer auch ins Kalkül zu ziehen, dass manche uns befremdlich anmutende Sprachfügung Ergebnis einer genau kalkulierten Lässigkeit ist, wie sie wenig später Heinrich Heine, der Goethes *Divan* hochgeschätzt hat, virtuos handhaben sollte.

Hatte sich in Goethes Sonetten eine »grundlegende poetologische Wende« (I, S. 33) angekündigt, so erweist sich der *Divan*, diese Entwicklung fortschreibend und neu akzentuierend, gewissermaßen als Brücke zum eigentlichen Alterswerk, in dem *Divan*-Themen (das Zusammendenken von Gesellschaft, Politik und Geschichte im poetischen Text, Dichtung über Natur und Naturwissenschaft, Religion und Liebe, Weltliteratur als kommunikativer Prozess) in Einzelgedichten wie in poetischen Ensembles zur Darstellung gelangen. Die zusammenhängende Analyse der in Goethes Zeitschriften *Ueber Kunst und Alterthum* sowie *Zur Naturwissenschaft überhaupt* separat publizierten Gedichte ist ein besonderes Verdienst des Autors. Sich auf diesen Fundus beziehend vermag er schlüssig seine Begriffe von lehrhaften Gedichten und Lehrgedichten herzuleiten, die landläufig immer als weltanschauliche Gedichte subsumiert worden sind: Erstere vermitteln in vielfältiger Hinsicht Lebenslehren grundsätzlicher Natur, letztere wissenschaftliche Erkenntnis in poetischer Gestalt; beide gehorchen einem Bildungsauftrag, wie er in gesellschaftlicher Kommunikation realisiert werden muss. Formal folgt diese Dichtung einem Kunstprinzip, bei dessen Aufschließung sich Wild an dem von Heinz Schlaffer skizzierten Allegorie-Modell orientiert.[4]

Für den Autor erweist sich lehrhafte Dichtung als Schlüsselbegriff, um den poetischen Kosmos der in der Gruppe *Gott und Welt* versammelten Gedichte in der Ausgabe letzter Hand erschließen zu können. In diesem Abschnitt kommt ein Aspekt besonders zum Tragen, den Wild in seiner Darstellung nicht nur einmal akzentuiert hat: die Mehrfachplatzierung einzelner Gedichte in der Ausgabe letzter Hand; genannt werden soll hier nur *Wiederfinden*, dessen Zuordnung in zwei Gedichtgruppen unterschiedliche Zusammenhänge des Verstehens eröffnet. Beispielhaft ist die Intensität der Auslegung, die Wild *Urworte. Orphisch* und *Vermächtnis* zuteilwerden lässt, ebenso beispielhaft sind seine Betrachtungen jener Gedichte, die Goethe der Wolkenlehre Luke Howards (z. B. *Howards Ehrengedächtnis*) gewidmet hat. Lehrhaftes kennzeichnet auch all jene Kurzgedichte, die Goethe für die Ausgabe letzter Hand als *Zahme Xenien* in sechs Abteilungen veröffentlicht hat und die durch zunächst verstreut publizierte und dann in Gruppen zusammengefasste Texte ergänzt werden. Wie viele andere Altersgedichte auch Anstößen von außen gehorchend, gibt Goethes Spruchdichtung den Reichtum seiner Welterfahrung zu erkennen, legt aber ebenso auch Zeugnis ab von der Einsamkeit des Alters und von der Distanz des Dichters zu den Weltereignissen. Damit ist der Weg geöffnet zu den letzten poetischen Bekundungen Goethes, denen der dritte Band von Wilds Darstellung vorbehalten ist.

Nur andeutungsweise und anhand einzelner exemplarischer Abschnitte kann hier ein Bild von Wilds kompendiöser Darstellung vermittelt werden, die ein angemessenes, in Vielem neues Bild von Goethes Altersdichtung vermittelt; noch ist sie nicht vollständig, ihre Vollendung aber unbedingt herbeizuwünschen. Im Zusammenhang mit dem am Goethe- und Schiller- Archiv angesiedelten *PROPYLÄEN*-Projekt wird in Weimar eine neue historisch-kritische Ausgabe von Goethes Gedichten vorbereitet, die sich ungeachtet der Verdienste der Münchner und Frankfurter Ausgabe als notwendig erweist.[5] Wilds Untersuchungen können in gewisser Weise als begründender Beitrag angesehen werden. Der Rat des Autors sollte in Weimar willkommen sein.

Jochen Golz

4 Vgl. Heinz Schlaffer: *Faust Zweiter Teil. Die Allegorie des 19. Jahrhunderts*. Stuttgart 1989.

5 Vgl. Gerrit Brüning: *Goethes Gedichte. Die Weimarer Ausgabe und die Herausforderungen für eine neue historisch-kritische Edition*. In: GJb 2022, S. 163-176.

Anne Uhrmacher: *Hexenangst und Hexenverfolgung in Goethes »Faust«. Die Deutung verschwiegener Spuren in der Literatur*. Berlin, Boston: De Gruyter 2023, 519 S., 119,95 €

Dass Goethe in seiner *Faust*-Dichtung dämonologisches Wissen verarbeitet hat, ist der Forschung seit Langem bekannt. Es wimmelt schließlich sowohl im ersten als auch im zweiten Teil von Teufeln, Hexen und allerhand anderen Wesen, die das Christentum und der Volksaberglaube der Vormoderne überwiegend dem Bereich des Bösen und Magischen zugeordnet haben, ohne dass es gelungen wäre, die stets mitschwingende Faszination für diese Kräfte ganz zum Verschwinden zu bringen. Wenn Anne Uhrmacher in ihrer Habilitationsschrift diese Bedeutungsschicht der Tragödie zu ihrem Zentrum macht, so wählt sie als Ausgangspunkt die überlieferten Quellen zur frühneuzeitlichen Hexenverfolgung sowie die neuere geschichtswissenschaftliche Forschung darüber. Der bisherigen *Faust*-Forschung wirft sie vor, diese Thematik sträflich vernachlässigt zu haben; ja, es handele sich geradezu um einen »blinde[n] Fleck« (S. 19). Angesichts der spätestens seit Ende des 20. Jahrhunderts immer weiter anschwellenden Literatur zu den einschlägigen Themen (Hexenverfolgung, Dämonologie, Magie, Alchemie, dunkle Aufklärung usw.) in Literaturwissenschaft, Kulturwissenschaft und Historiographie im Allgemeinen, aber auch in der Forschung zum Faust-Stoff und zu Goethes Tagödie im Besonderen stellt diese Behauptung eine gewagte These dar. Schaut man genauer hin, zeigt sich, dass sich Uhrmacher vor allem auf die historische Dimension bezieht. Die Forschung ignoriere die sozialgeschichtliche Wirklichkeit hinter der Dichtung, sie behandle das »Hexenthema« in *Faust*, so spitzt die Verfasserin ihre Kritik zu, als »rein phantastisches Konstrukt« (S. 2). Als was auch sonst, möchte man hier ausrufen, haben wir es doch zuallererst mit einem Stück fiktionaler Literatur zu tun und nicht mit einem dokumentarischen Tatsachenbericht. Der *Faust*-Forschung zum Vorwurf zu machen, dass sie den historischen Hintergrund der Dichtung ignoriere, ist ungefähr so, als wenn man den Interpreten von Franz Kafkas Roman *Der Proceß* vorhalten würde, dass sie nicht jedesmal vollumfänglich das Gerichtswesen in Prag zu Beginn des 20. Jahrhunderts zum Mittelpunkt ihrer Studien machten.

Dennoch ist es natürlich legitim, nach dem historisch-empirischen Material zu fragen, das Goethe in dieser Dichtung verarbeitet hat. Ein nicht unbeträchtlicher Teil der *Faust*-Forschung lebt von solchen Abgleichungen zwischen Vorlage bzw. Tradition und Dichtung, auch im Bereich der Teufels- und Hexenthematik. Bereits Ende des 19. Jahrhunderts haben Erich Schmidt und Georg Witkowski diese Fährten aufgenommen, wie Uhrmacher selbst in ihrem umfangreichen Forschungsüberblick ausführt, und dämonologische Quellen, also frühneuzeitliche Literatur über Teufel, Hexen usw., für ihre Interpretation genutzt. In jüngerer Vergangenheit hat vor allem Albrecht Schöne die Hexenthematik neu profiliert, einmal in seiner 1982 erstmals erschienenen Monographie *Götterzeichen, Liebeszauber, Satanskult. Neue Einblicke in alte Goethetexte*, sodann in Band sieben der Frankfurter Goethe-Ausgabe, der, mehrfach aufgelegt, auch separat publiziert wurde und zahlreiche professionelle wie nicht-professionelle Leser gefunden haben dürfte.

Dennoch, so das wiederholt kritische Fazit von Uhrmacher, wüssten diese Arbeiten nicht zu befriedigen, da sie nicht dem aktuellen Stand der geschichtswissenschaftlichen Forschung zur Hexenverfolgung entsprächen und auf falschen historischen Fakten basierten. Immer wieder wird, etwa mit Bezug auf Rolf Christian Zimmermanns einschlägige Studie *Das Weltbild des jungen Goethe*, »die totale Ausblendung des realhistorischen Wissens aus dem germanistischen Diskurs« beklagt (S. 33). Entsprechend trifft auch Albrecht Schönes oder Ulrich Gaiers Einlassungen der Vorwurf, dass sie »nicht sozialgeschichtlich« orientiert seien bzw. die »realgeschichtliche Seite« der Hexenthematik nicht angemessen berücksichtigten (S. 27).

Tatsächlich fragwürdig sind jedoch eher einige Grundprämissen der Verfasserin selbst. Problematisch erscheinen sowohl ihr Glaube, dass die Rezeption und Erforschung von Literatur sich hauptsächlich an realempirischen Fakten zu bemessen habe, als auch die positivistische Attitüde des objektiven Wissens, die Uhrmacher an den Tag legt. In der Auseinandersetzung mit der Forschung gleicht der Gang der Abhandlung nicht selten einem Gerichtsprozess, in dem die Verfasserin im Namen der »sozialgeschichtlichen Wirklichkeit« Gericht hält über »Irrtümer und Ungenauigkeiten« (S. 23), die in der Forschungsliteratur anzutreffen seien. Diese Haltung zeugt nicht nur von Hybris und einem antiquierten historiographischen Selbstverständnis (als hätte der Historiker à la Ranke ohne weiteres Zugriff auf das ›eigentlich Gewesene‹), sondern auch von dem Irrglauben, dass der Sinn von Literatur darin bestehe, transparent zu sein auf dahinter liegende sozialgeschichtliche Tatsachen.

Hinzu kommen Ungenauigkeiten und Unschärfen in Aufbau und Argumentation der Arbeit. Als Beispiel kann das Kapitel 4.1 dienen (S. 64-72), das sich auf einer methodisch-theoretischen Ebene mit der »Historizität von Literatur« befasst. Auf der einen Seite macht sich Uhrmacher zur Anwältin der »Autonomie« von Literatur. Es sei eine Verkürzung, in ihr lediglich ein Abbild der Wirklichkeit zu sehen. Auf der anderen Seite postuliert sie mit dem New Historicism die ›Geschichtlichkeit von Texten‹, will sie Goethes *Faust* auf das darin sich manifestierende historische Wissen zur Hexenverfolgung neu lesen. Wie wird dieser Gegensatz aufgelöst? Mit Blick auf die gesamte Arbeit: gar nicht – Uhrmacher ignoriert weitgehend die Autonomie von Literatur, sie liest den literarischen Text ganz überwiegend als ein Dokument, dessen Bedeutung sich heteronom von seinen historischen Grundlagen herleitet. Das Kapitel 4.1 endet jedoch mit dem Hinweis auf einen Lösungsansatz von Hans Ulrich Gumbrecht. Dessen Paradigma eines ›stimmungsorientierten Lesens‹ wird mit dem Paradigma der Geschichtlichkeit von Texten kombiniert, so dass als methodischer Weg eine Art stimmungsorientiertes Versenken in das historische Wissen der *Faust*-Dichtung anempfohlen wird: »Denn dass die frühneuzeitliche Hexenverfolgung nicht als ganz klar fassbares Szenario in Goethes ›Faust‹ vorgeführt wird, ist offensichtlich« (S. 72). Daher lohne es sich, die »Historizität literarischer Werke« vor allem im Hinblick auf die in ihnen zum Ausdruck kommende »Aura« zu untersuchen (S. 72). Empfiehlt die Verfasserin hier allen Ernstes, mit Hilfe von Goethes *Faust*-Drama die »Aura« bzw. »Stimmung« (S. 72) der Hexenverfolgung in der Frühen Neuzeit zu rekonstruieren? Und wie soll das geschehen, worauf läuft dies methodisch hinaus? Auf eine Art esoterischer Variante von Gadamers hermeneutischer Horizontverschmelzung? Im Interpretationsteil konkretisiert sich Stimmung dann immerhin in mentalitätshistorischer Perspektive zur »gesellschaftliche[n] Atmosphäre« (S. 254) von »Angst, Misstrauen und Ausgrenzung« (S. 256) im Umfeld Gretchens, die als stigmatisierte Hexenfigur gedeutet wird. Trotzdem überwiegen auch hier die Inkonsistenzen. Denn was will Uhrmachers Monographie eigentlich sein, eine sozial- und mentalitätsgeschichtliche Studie zu den Hexenverfolgungen der Frühen Neuzeit (für sich genommen ambitioniert genug) oder eine literaturwissenschaftliche Analyse und Interpretation von Goethes *Faust*? Indem sie irgendwie beides sein will, durch das eine (Literatur) hindurch auf das andere (Geschichte) zu schauen vermeint, gerät das Unternehmen jedoch von Anfang an in eine Schieflage.

Trotz des reichhaltigen historischen Materials erweist sich gerade die Verknüpfung der historischen und der literarischen Ebene als ein Schwachpunkt der Arbeit. Denn hier wird überwiegend behauptet und gemutmaßt, weniger stichhaltig und überzeugend argumentiert. Ein ganzes Kapitel handelt von »Goethes Reisen nach Trier und Luxemburg« (S. 154-170). Tatsächlich hielt er sich 1792 auf der Durchreise in das Kriegsgebiet des Ersten Koalitionskriegs einige Tage dort auf und führte während des Aufenthalts Gespräche über die Geschichte der Region mit dem Trierer Lehrer Johann Hugo Wyttenbach, der später in seinen historischen Arbeiten auch die Hexenverfolgungen thematisiert, die in der Gegend um Trier besonders stark wüteten. Ein konkreter Beleg, dass dieses Thema wirklich Gegenstand der Unterhaltungen gewesen ist oder dass Goethe auf seiner Reise durch die Region anderweitig am historischen Geschehen der Hexenverfolgung Interesse gezeigt hat, wird nicht erbracht. Auch die übrigen Kapitel, die Goethes Kenntnis und Befassung mit dem Hexenwesen zum Gegenstand haben, verbleiben ganz überwiegend im Allgemeinen und Spekulativen und begnügen sich mit dem Hinweis, dass der Autor am allgemeinen Wissen und der Präsenz des Themas zu seiner Zeit partizipiert habe.

Anne Uhrmachers Studie hinterlässt einen zwiespältigen Eindruck, in dem allerdings die Zweifel und Bedenken überwiegen. Einerseits trägt sie für die Interpretation einzelner Stellen der *Faust*-Dichtung Material in beeindruckender Breite und Tiefe heran, das die historische Dimension der Hexenthematik weiter erhellt. Dies gilt besonders für das zentrale Kapitel 8 ihrer Arbeit (S. 208–395), das »neue Interpretationen« im Hinblick auf »[d]ämonologische Elemente, Hexenangst und Spuren der frühneuzeitlichen Hexenverfolgung« in Goethes *Faust* versammelt. Hier liest man einzelne Abschnitte, die in einem *close reading* Szenen des *Faust* aus der Perspektive der Hexenthematik neu zu deuten versuchen, mit Gewinn (wenngleich auch in diesen Abschnitten, wenig überraschend, unzählige Details der Handlung, Figurenzeichnung und Motivik monoton auf Hexenprozessakten und dergleichen zurückgeführt werden). Andererseits ist die Gesamtanlage ihrer Analyse von einer einseitigen Fixierung geprägt, die im Widerspruch steht zum Gebot wissenschaftlicher Objektivität (im Sinne einer möglichst umfassenden, ausgewogenen Perspektivierung). Uhrmacher schreibt von einem dezidiert heutigen engagiert-sozialkritischen Standpunkt aus und erinnert z. B. in der Einleitung daran, dass der Hexenglaube nicht nur in der fernen Vergangenheit, sondern noch heute, vor allem in Afrika, unzählige Opfer fordere (S. 4 f.). Sie zeigt persönliche Betroffenheit, wenn sie vom Besuch einer Ausstellung über Hexen berichtet und die »emotionale Qualität« der ausgestellten Exponate lobt (S. 50). Nicht das Engagement an sich ist problematisch, sondern dass es auf Kosten der historischen Differenziertheit und analytischen Genauigkeit geht. Nicht nur gibt es zahlreiche handwerklich-formale und sprachliche Fehler, die gesamte Anlage und Argumentation zeugen von einem Ausmaß an Ungenauigkeit und Inkohärenz, das man in einer Habilitationsschrift nicht erwarten sollte. Teilweise gehört Uhrmachers Studie mehr in einen Seitenarm der Goethe- bzw. *Faust*-Philologie, der eine eigene Tradition bildet, bis ins 19. Jahrhundert zurückreicht und zwischen dilettantischer Passion und professioneller Beschäftigung einzuordnen ist. Das Wissen, das hier produziert wird, ist allerdings oftmals von fragwürdiger Qualität, es weist nicht selten Übertreibungen und Inkonsistenzen auf. Es entfernt sich damit weit von jeder philologischen oder auch historischen Ausgewogenheit und verrät mehr von subjektiven und gegenwärtigen Fixierungen des Verfassers und seines Publikums. Daher der missionarische Ton, den auch Uhrmacher gelegentlich anschlägt und der mit dem Anspruch zu tun hat, dem Publikum eine exklusive Wahrheit zu vermitteln, die bislang (angeblich) ›verschwiegen‹ wurde. Diese ›Wahrheit‹ gründet jedoch auf einer fixen Idee der Verfasserin, nämlich der, dass Goethes Dichtung vor allem oder ausschließlich als Widerspiegelung realempirischer Vorgänge der Frühen Neuzeit zu lesen sei, deren gedankliches Zentrum die Themen »Hexenangst und Hexenverfolgung« seien. Mit seiner monothematischen Verengung bedient das Buch zudem verschwörungstheoretische Argumentationsmuster, die schon im Untertitel »Die Deutung verschwiegener Spuren in der Literatur« anklingen: Dunkle Mächte verschweigen bzw. unterdrücken irgendeine Wahrheit im Namen gemeiner Interessen. So schon Goethe, so seine Interpreten und die Wissenschaft überhaupt bis heute? Indiz hierfür: Auch Albrecht Schönes »These vom ehemals angelegten Hexenprozess« als Grundstruktur der Tragödie werde in der Wissenschaft »schlicht totgeschwiegen« (S. 57). Dabei nennt die Verfasserin selbst mehrere Beispiele aus der jüngeren Forschungsliteratur, die vom Gegenteil zeugen. Und sie erwähnt zudem, dass das Buch *Götterzeichen, Liebeszauber, Satanskult*, in dem Schönes Ausführungen zur Hexenthematik in *Faust* zuerst erschienen, immerhin und ungewöhnlich für literaturwissenschaftliche Monographien drei Auflagen erlebte. Wenn seine Deutung der Hexenthematik dennoch nicht gleich eine anhaltende Feuilletondebatte initiiert hat und nicht jeder Forschungsbeitrag zu *Faust* sich bemüßigt fühlt, auf Schönes Thesen ausführlich einzugehen, dann könnte dies auch daran liegen, dass deren Tragweite doch nicht so zentral und allumfassend ist, wie es Uhrmacher beharrlich behauptet.

Noch einmal: Die Relevanz der Hexenthematik für Goethes *Faust*-Dichtung steht außer Frage; doch sie stellt nur einen Strang neben vielen anderen thematischen Strängen dar, in denen die Komplexitäten moderner Existenz in ebenso kondensierter wie stilisierter Form verwoben sind. Gleiches gilt für das in diese Dichtung eingearbeitete historische Wissen: Es ist komplex, nicht einfach rückführbar auf sozialhistorische Daten und Fakten, sondern Teil eines literarischen Gestaltungsprozesses, der die Geschichte narrativ bzw. dramatisch, d.h. ästhetisch, deutet und umformt und so auf ein Gebiet eigener Wahrheit führt.

In Uhrmachers eindimensionalem Abgleich mit der historischen Hexenverfolgung dokumentieren sich dagegen ein eigenwilliges Literaturverständnis sowie ein Sendungsbewusstsein, das der Wissenschaft nur in Maßen zuträglich ist. In Anbetracht dieser Einseitigkeit ist es eine Ironie zu nennen, wenn die Verfasserin im Forschungsüberblick, der diese einseitige Fixierung deutlich widerspiegelt, einen Brief Goethes zitiert, in welchem dieser darauf drängt, dass »ein poetisches Werk« stets »vielseitig angesehen« werde (S. 26). Das Gegenteil ist leider in der vorliegenden Studie der Fall.

Carsten Rohde

Le »Faust« de Goethe entre stéréotypes et transferts culturels. In: *Revue germanique internationale* 39 (2024). Hrsg. von Évanghelia Stead. Paris: CNRS Editions, 345 S., 30,00 €. Kostenfrei online verfügbar unter: https://journals.openedition.org/rgi/4853.

Stereotype sind kein neues Thema in der *Faust*-Forschung: Insbesondere die kulturellen und die Geschlechterstereotype, die sowohl im Drama selbst als auch in seiner intermedialen und interkulturellen Rezeption eine Rolle spielen, sind vielfach diskutiert worden. Umso mehr erstaunt es, dass Idee und Begriff des Stereotyps bisher nicht systematisch im Hinblick auf den *Faust*-Stoff untersucht wurden. Unter dem Titel »Goethes *Faust* zwischen Stereotypen und Kulturtransfer« widmet sich die letzte Ausgabe der in Paris erscheinenden *Revue germanique internationale* feststehenden Bildern und Lesarten in der *Faust*-Rezeption seit dem 19. Jahrhundert. Der Fokus liegt dabei – klassischerweise – auf Text- und Bildmedien (Übersetzungen, Interpretationen, intertextuellen Verweisen, literarischen Bearbeitungen sowie Illustrationen und Gemälden), doch die Perspektive wird dadurch erweitert, dass das Buch als selbstständiges Medium und der Druck in seiner Materialität in den Blick genommen werden.

Den Anstoß zu ihren Überlegungen zum Zusammenhang zwischen Stereotyp und Kulturtransfer in der Rezeption von Goethes Werk dürfte die Herausgeberin, Évanghelia Stead, bei der langjährigen Beschäftigung mit *Faust*-Illustrationen und ihren Verbreitungen erhalten haben, die bereits zu mehreren Publikationen, insbesondere einer beachtlichen Monografie zur Zirkulation von Moritz Retzschs *26 Umrissen zu Goethe's Faust*[1] geführt haben. Dort befasste sie sich u.a. mit sog. Stereotyp-Ausgaben und dem Verfahren der Stereotypie, das darin besteht, die aus einzelnen Lettern zusammengesetzten Druckseiten durch eine Matrize, d.h. eine einzelne komplette Druckseite zu ersetzen. An diese ursprüngliche Bedeutung des Begriffs erinnert Stead in ihrem Aufsatz (»Was vermag ein Stereotyp in den 1820er und 1830er Jahren und darüber hinaus?«, S. 153-175), in dem sie zeigt, wie Retzschs Bilderfolge und die Praktiken im Bereich des Verlagswesens dazu beitrugen, bestimmte Lese-, Darstel-

1 Vgl. die Rezension von Carsten Rohde im GJb 2023, S. 320-322.

lungs- und Deutungsgewohnheiten zu fixieren. Die besprochenen Beispiele aus dem deutschen, englischen und französischen Raum belegen eindrucksvoll den Zusammenhang, der im Fall von Goethes *Faust* zwischen Stereotyp als Drucktechnik und Stereotype im übertragenen Sinn besteht.

Obwohl sie sich von den Gegenständen und der Methode her teilweise stark unterscheiden, bestätigen die übrigen Aufsätze der Nummer, dass Stereotype im heute geläufigen Sinn von vereinfachenden und verfestigten Schemata durch Wiederholung und Vervielfältigung von Darstellungsformen, aber auch von Interpretationsansätzen entstehen und bestehen bleiben. Eindrucksvoll wird dies in den Beiträgen von Amélie de Chaisemartin (»Faust und der Typus des Künstlers in französischen Erzählungen der 1830er Jahre«, S. 99-124) und Laurence Guellec (»Pakt mit der ›Werbung‹: Faust in der Medienhölle«, S. 125-151) belegt. De Chaisemartin zeigt, wie Goethes Drama Victor Hugo (*Notre-Dame de Paris*) und Honoré de Balzac (*Le Chef-d'œuvre inconnu*) zur Kreation gequälter Künstlerfiguren anregt, in denen – wohl unter dem Einfluss von Eugène Delacroix' berühmten Illustrationen – Faust und Mephistopheles verschmelzen. Bei George Sand (*Lélia*), Alfred de Vigny (*Stello*) und wiederum Balzac (*La Peau de chagrin*) wird dagegen auf das Motiv des verzweifelnden Gelehrten zu Beginn des Dramas zurückgegriffen, um Künstlerinnen und Künstler zu stilisieren, die angesichts ihrer schwierigen sozialökonomischen Situation bereit sind, einen »Pakt« mit den Akteuren des beginnenden Kulturkapitalismus einzugehen. Wie prägend diese Interpretation und die daraus folgende Applikation des Faust-Stoffes in Frankreich war, belegt Guellec, die sich in ihrer soziopoetischen Herangehensweise mit der Vorstellung der »*publicité*« auseinandersetzt, d. h. dem System an materiellen Produktions- und v. a. Vertriebstechniken, die im Zeitalter der Romantik das Projekt einer als »absolut« verstandenen Literatur konterkarierte. In ihrer lesenswerten Studie, die eine Fülle an historischem Material erschließt, zeigt sie, welche zentrale Rolle Goethes Drama und seine französischen Bearbeitungen in den Debatten um die Praktiken in der aufsteigenden Kulturindustrie spielte. Ein anschauliches Beispiel bildet etwa das in der satirischen Presse erfundene Kofferwort »*puffistophélique*« (aus dem Engl. *puff*, Coup im Bereich der Werbung, und dem Adjektiv *méphistophélique*, teuflisch), mit dem die Intrigen der Werbebranche bezeichnet wurden (S. 139 f.).

Eine der in der Einleitung präsentierten Ausgangsthesen ist, dass *Faust*-Stereotype im Vergleich zum Goethe'schen Original zu Verflachung und Komplexitätsreduktion neigten. Die Aufsätze weisen wiederholt auf die Deformationsprozesse hin, die mit der breiten intermedialen und interkulturellen Rezeption einhergehen. Das wird insbesondere in den Beiträgen zu Beginn der Nummer deutlich, die sich, an Erkenntnisse im Bereich der Imagologie anknüpfend, mit den bereits gut erforschten nationalen Stereotypen im Zusammenhang mit dem Faust-Stoff befassen. Christophe Imperiali (»Faust als Stereotyp des Deutschen«, S. 45-68) und Claude Paul (»Goethes *Faust* zwischen nationalen Stereotypen und mythischer (Re-)Lektüre«, S. 69-98) belegen, dass der Text, seine Figuren, aber auch seine formalen Eigenschaften in Deutschland und Frankreich im Lauf des 19. Jahrhunderts auf eine Weise aufgenommen wurden, die bereits bestehende Stereotype über das Deutsche und im Gegenzug über das Französische zu bestätigen vermochten. Mandana Covindassamys Überzeugung, dass Goethes Drama sich in seiner textuellen Gestalt immun gegen jegliche Form der nationalen Vereinnahmung erweist, findet sich als Tenor im gesamten Band wieder (»Goethes *Faust*: Die Kehrseite des Stereotyps«, S. 27-42).

Zugleich belegen die besprochenen Beispiele immer wieder, wie wandelbar, anpassungsfähig und produktiv selbst serienmäßig erstellte Reproduktionen von Darstellungen bzw. Interpretationen sein können. Ralf Klausnitzer zeigt in seinem Beitrag (»Chiffren der Negativität. Ikonographien des Mephistopheles, 1808-1828«, S. 239-279), wie sich Goethes Bearbeitung des Faust-Stoffs, insbesondere seine Modernisierung der Mephistopheles-Figur auf die Ikonographie der Zeit auswirkten. Die Zeitgenossen Goethes griffen in ihren Illustrationen auf frühere Traditionen und topische Elemente bei der Darstellung des Teufels zurück, passten sie aber dialektisch der neuen Zeit an. Cordula Grewe befasst sich in ihrem

Beitrag (»Die mysteriöse Kirchgängerin oder: Wie eine junge Frau aus Düsseldorf zu Fausts Gretchen wurde«, S. 209-237) mit Louis Ammy Blancs Porträt einer jungen Frau aus Düsseldorf, das unter dem Titel *Die Kirchgängerin* (1834) große Popularität erlangte und im Zuge seiner breiten, auch materiellen Rezeption als Darstellung Margaretes aufgefasst wurde. Die stereotype Zuschreibung lässt in diesem Fall das besondere Potenzial der von Blanc angewendeten Bildstrategien zutage treten, der eine neue Form von naturalistischem Idealismus schuf. Dass Stereotype Anstoß zur produktiven Auseinandersetzung – in Form von bewusster Abgrenzung oder spielerischer Neuinterpretation – geben, belegen ebenfalls die Aufsätze von Gerd-Helge Vogel (»Carl Christian Vogel von Vogelsteins *Hauptmomente zu Goethes Faust* als spätnazarenische Interpretation eines Schlüsselmythos der Moderne«, S. 179-205) sowie Jean-Louis Backès (»Wettbewerb der Stereotype in Waleri Brjussows *Der feurige Engel*«, S. 283-298) und Julia Peslier (»Gedanken zu einer lateinamerikanischen Faust-Figur«, S. 299-323). Insbesondere bei Brjussow zeigt sich, auf welche Fülle an Faust-Bildern, -Deutungen und -Adaptionen, die alle stereotype Elemente beinhalten, ein Schriftsteller zurückgreifen konnte, der zu Beginn des 20. Jahrhunderts einen historischen Roman zu den Themen Magie und Hexenglauben im Zeitalter der Reformation verfasste.

Indem sie Phänomene der *Faust*-Rezeption unter dem Aspekt der Stereotypisierung in den Blick nimmt, zeugt die besprochene Ausgabe der *Revue germanique internationale* von der breiten Anwendbarkeit eines Begriffs, der sich über den Bereich der Imagologie und der Geschlechterforschung hinaus als produktiv erweist. Der Band selbst wendet das Verfahren der Stereotypie insofern an, als eine Reihe von Abbildungen (u. a. Auszüge aus Retzschs *Umrissen* und aus Delacroix' Illustrationen), aber auch von Zitaten (u. a. Goethes Anweisung an Cotta bezüglich möglicher Illustrationen zu *Faust* oder Germaine de Staëls Ansicht, nach der Mephistopheles die eigentliche Hauptfigur des Dramas sei) immer wieder in unterschiedlichen Zusammenhängen angebracht werden, was indirekt ihre prägende Funktion in der *Faust*-Rezeption bestätigt. Zugleich belegt allein die große Anzahl an Illustrationen[2] die anhaltende Plastizität von Stereotypen: *Faust* ließ und lässt sich nicht auf ein einziges Bild und auch nicht auf einige wenige feststehende Bilder oder Deutungen festlegen. Stead fragt in ihrer Einleitung gleich zweimal, »um welchen Preis« das Drama in verfestigten Darstellungen und Vorstellungen zwischen den Zeiten, den Medien und den Kulturen zirkuliere. Die Frage lässt sich nicht beantworten, und das ist auch gut so. Die versammelten Studien veranschaulichen eher, was gewonnen ist, wenn die Vervielfältigungs- und Reproduktionsmechanismen, die *Faust*-Stereotypen zugrunde liegen, präzis nachgezeichnet werden.

Sophie Picard

Thomas Metscher: *Faust und die Dialektik. Studien zu Goethes Dichtung*. Kassel: Mangroven Verlag 2024, 610 S., 40,00 €

Der Titel des Buches weckt besondere Erwartungen. Geschrieben hat es ein 1934 geborener Autor, der in Belfast und Bremen gelehrt hat, dessen Forschen seit Jahrzehnten um Goethes *Faust* kreist und der jetzt gewissermaßen als Opus summum eine Bilanz seiner Arbeiten vorlegt. Nicht alle Teile seines Sammelbandes sind jüngsten Datums. Das erste Buch, *Werkkom-*

2 Der Band ist reich bebildert: Ein Großteil der besprochenen Beispiele ist schwarzweiß in der Zeitschrift abgedruckt, wobei die online-Fassung den Zugriff auf die farbigen Versionen der Illustrationen ermöglicht. Zu bemängeln ist lediglich, dass die Abbildungen nicht durchnummeriert sind und dadurch keine eindeutigen Verweise im Text erfolgen können. Dies hätte die Lektüre erleichtert, insbesondere wenn in einem Aufsatz an verschiedener Stelle auf dieselbe Illustration hingewiesen wird.

plexität und Komplexität der Deutung überschrieben, setzt sich aus einzelnen separat veröffentlichten Beiträgen zusammen, die Stationen der jüngeren *Faust*-Forschung, durch Namen wie Heinz Schlaffer, Oskar Negt, Michael Jaeger, Hans-Jürgen Schings, Heinz Hamm und Rüdiger Scholz markiert, umsichtig rekapitulieren; aus dem Rahmen fällt allerdings eine aggressive Replik auf die *Faust*-Edition von Albrecht Schöne. Ebenfalls früher entstanden ist das *Epilog* überschriebene achte Buch, das sich in seinem ersten Teil – in Verlängerung des zum *Faust* Entwickelten – Thomas Manns Roman *Doktor Faustus* und Peter Weißens Roman *Die Ästhetik des Widerstands* widmet, während der zweite, das Ganze beschließende Teil unter dem Stichwort »Sozialismus oder Barbarei« *Gedanken zu einem klassischen Wort* (nämlich zu einem Zitat aus Rosa Luxemburgs *Junius-Broschüre*) enthält.

Metschers Position ist die eines dezidierten Marxisten. Einer solchen Position will er erneut Geltung verschaffen, nicht zuletzt deshalb, weil aus seiner Sicht die marxistische Forschung in Deutschland »nach 1989 administrativ beendet« (S. 13) und auch sonst zum Schweigen gebracht worden sei, während sich in Frankreich und England der Marxismus als lebendige geistige Strömung unverändert großer Beachtung erfreue.[1] Eine solche Betrachtung der Dinge wäre insofern zu korrigieren, als es marxistischen Interpreten nach wie vor freisteht, ihre Ergebnisse zu veröffentlichen – Metscher selbst und auch Hamm geben dafür ein Beispiel –, ohne aber wie in der DDR ein Deutungsmonopol beanspruchen zu können, während das theoretische Interesse in Frankreich und England am Marxismus wohl vor allem daraus herrührt, dass ein wie immer gearteter Sozialismus dort niemals – im Gegensatz zum Osten Deutschlands – politische Praxis geworden ist, was die geistige Freiheit möglich macht, Reflexionen über die Übel der Welt und deren Beseitigung unter dem Vorzeichen eines praktizierten Marxismus anzustellen.

Solche Freiheit liegt auch Metschers Überlegungen zugrunde. In ihrem Kern beruhen sie auf einem Modell von Utopie, wie es Hauptwerken Goethes generell zuzuschreiben sei, beginnend mit der *Prometheus*-Ode, den *Wilhelm-Meister*-Romanen, der *Pandora* und schließlich als dem Höhepunkt dem zweiten Teil des *Faust*. Zu dessen Herleitung bedient sich Metscher, darin prinzipiell Georg Lukács folgend, eines dialektischen Verfahrens, wie es Goethes Texten selbst eigen sei. Diese Dialektik sei bereits im *Prolog im Himmel* angelegt und finde ihre Vollendung in der Szene *Bergschluchten*, die mit dem *Prolog* korrespondiere. Dialektik bedeutet, Entwicklung in Widersprüchen zu begreifen – Metscher spricht von einer Dialektik in äußerster Radikalität –, in der Widersprüche negiert und auf nächsthöherer Stufe bewahrt und weiterentwickelt würden. So begreift er Faust und Mephisto – insbesondere bezogen auf den zweiten Teil – als in sich widersprüchliches, aber einheitliches bürgerliches Klassensubjekt. Während nun Mephisto einerseits den Part des plausiblen, amüsanten oder ironischen Widersachers von Faust spiele, verkörpere er andererseits negative Aspekte des Bürgerlichen, eigne ihm Magie als Symbol für Kolonisierung und Ausbeutung, für die Ausübung von Gewalt in der Geschichte; er repräsentiere einen Nihilismus, der sich ein letztes Mal in Mephistos Kommentar zu Faustens Tod artikuliere. Faust hingegen sei zwar im ersten Teil als verbrecherischer Zerstörer von Gretchens heiler Welt dargestellt, zugleich aber sei da schon in der Szene *Wald und Höhle* sein produktiver Bezug zur Natur bezeichnet, wie er sich in der Eingangsszene des zweiten Teils und dann auch in seiner kolonisierenden Tätigkeit im fünften Akt erkennen lasse. Tätigkeit sei überhaupt das Kennzeichen von Fausts positiv gefasstem Aktivismus. Zwar eignen auch diesem Aktivismus die Kainsmale der entwickelten bürgerlichen Gesellschaft: Er vollziehe sich im Zeichen eines Fortschritts, der, so Marx, mit Blut und Feuer erkauft worden sei; dessen Zitat vom Nektar, der aus den Schädeln Erschlagener getrunken werde, taucht an mehreren Stellen von Metschers Buch auf. Der

1 Als ich diese Rezension schrieb, kam mir im Feuilleton der FAZ (20.12.2024) die Besprechung eines Buches des in Yale lehrenden Martin Högglund unter die Augen (sein Titel: *»Dieses eine Leben«. Glaube jenseits der Religion. Freiheit jenseits des Kapitalismus*), in dem dieser einen demokratischen Sozialismus fordert.

geistige Gehalt von Fausts Zukunftsbild aber sei von seinen Gewalttaten unabhängig. Sich auf diese Weise von einem durchweg negativen Bild der Titelfigur freikaufend – wie es Metscher bei aller Hochachtung vor Michael Jaegers intellektueller Brillanz gerade diesem vorwirft –, legt der Autor alles Gewicht auf den Monolog, mit dem Faust sein Leben beschließt.

Während die aktuelle Goetheforschung Fausts letzte Aussage als Produkt eines blinden, seiner Erkenntniskraft beraubten Mannes im höchsten Alter ansieht, deren Gehalt darum als irreal anzusehen sei, leugnet Metscher zwar nicht das Illusionäre von Faustens Prophezeiungen einer menschenwürdigen Zukunft, wendet aber in guter dialektischer Manier das Ganze dergestalt ins Positive, dass es gerade die Täuschung über die reale Umgebung – die Totengräbertätigkeit der Lemuren – sei, die Fausts letzten Worten Wert und Würde einer grandiosen Utopie verleihe. Faust skizziere eine menschheitliche Zukunft, die in ihrer Substanz den Horizont des dialektischen Materialismus ahnen lasse und sich auf all das zubewege, was die Theoretiker des Marxismus entwickelt hätten. Zwar bleibe das alles, so räumt Metscher ein, letztlich ein Gedankenspiel, doch sei es ein Spiel, das mit Notwendigkeit seine historische Realisierung nach sich ziehen müsse. Dafür wird neben Lukács ein weiterer geistiger Gewährsmann herangezogen, Ernst Bloch mit seinem Prinzip Hoffnung; dem letzten Satz seines Hauptwerks, mehrfach im Buch zitiert, soll die bestätigende Kraft eines Cantus firmus zuteilwerden.

Indem Metscher Fausts letzte Worte so uneingeschränkt positiv akzentuiert, glaubt er ein Problem lösen zu können, das sich all den Interpreten stellt, die Faust als den Repräsentanten einer radikal negativ gedeuteten Moderne begreifen und sich der Schwierigkeit ausgesetzt sehen, Fausts Rettung in der Szene *Bergschluchten* überzeugend zu begründen. Zwar könne Mephisto nach Fausts Tod ein letztes Mal seiner nihilistischen Gesinnung Ausdruck geben, werde aber anschließend von der dramatischen Handlung widerlegt, denn in einer szenischen Tragi-Komödie, die Metscher als Commedia begreift und in eine Analogie zu Dantes Epos stellt, brächten Engelsscharen Fausts Unsterbliches in ihren Besitz, entzauberten mithin Mephistos vordem artikulierten nihilistischen Triumph, ließen ihn als geschichtlich überholt erscheinen. Die Szene *Bergschluchten* schließlich erweist sich in Metschers Sicht als Vollendung von Goethes utopischen Vorstellungen, als metaphysische Abbildung einer Utopie der Arbeit und der Liebe: der Arbeit im Sinne eines humanen Stoffwechsels mit der Natur, will sagen der kontrollierten Nutzung ihrer Ressourcen, der Liebe, wie sie schon am Schluss der *Klassischen Walpurgisnacht* gefeiert werde, als Kraft, die sowohl alle Naturprozesse steuere und vorantreibe als auch Fausts substantielle Humanität – in seinem Tatendrang inkarniert – in die Freiheit einer humanen Existenz führe. Es sind die weiblichen Heerscharen, es ist das verwandelte Gretchen, die als einzige ihren Namen behält, die Faust in die Utopie einer künftigen befreiten Gesellschaft führen; es ist das Ewig-Weibliche, verstanden als Movens und Agens geschichtlicher Entwicklung, überglänzt von einem Prinzip Hoffnung.

In drei Büchern, überschrieben *Dialektik der Faust-Dichtung* I, II und III, hat Metscher, nicht unbedacht argumentierend, seine Gedanken entwickelt. In drei weiteren Büchern, nicht ohne Prätention *Summa poetica* I, II und III überschrieben, hat er sich spezifisch ästhetischen Problemen der Dichtung gewidmet. Auch dort folgt er seinem Vorbild Lukács, für den die Kunst ein Denken in Bildern war, was für Metscher im Hinblick auf den *Faust* Anlass ist, sehr oft Analogien zu Hegels Philosophie, insbesondere zur *Phänomenologie des Geistes*, herzustellen. So sinnvoll und erkenntnisfördernd eine solche Verfahrensweise sein kann, stets liegt die Gefahr nahe, das Spezifische der Kunst, ihre Offenheit, den Reichtum ihrer immanenten Bezüge aus dem Blick zu verlieren. Metscher kann man einen solchen Vorwurf nur bedingt machen. Er ist sensibel genug, das Offene der Kunst einzugestehen und die ideologische Konsequenz seiner Betrachtung zuweilen selbst zu relativieren. Dort, wo er sich der konkreten Textanalyse widmet – als Beispiele seien Szenen des ersten Aktes, der *Klassischen Walpurgisnacht* oder auch die Szene *Bergschluchten* genannt –, sind seine Resultate allemal bedenkenswert. In diesen Partien sind ihm zudem Schlaffers Analysen zugutegekommen, dem er ansonsten – nicht ohne Grund – ankreidet, sein Allegorie-Konzept im Hinblick auf *Faust* überdehnt zu haben.

Zwei grundsätzliche Bedenken sind gegen Metschers Buch geltend zu machen. Das erste betrifft seine Handhabung der Ironie als Kunstprinzip. Für ihn erweist sich Ironie lediglich als Kunstmittel unter anderen, das an bestimmten Textstellen funktional, parodistisch oder satirisch entlarvend, gebraucht wird. In meinen Augen ist Ironie, das hat vor allem Jochen Schmidt herausgearbeitet[2] (der im Übrigen mit keiner Silbe erwähnt wird), das Kunstverfahren schon des ›klassischen‹ Goethe schlechthin, ein Verfahren, aufgrund einer tiefen Skepsis gegenüber allem Gegenwärtigen Reales zu relativieren, Kunst als Kunst geltend zu machen, Probleme in der Schwebe zu lassen, die Moderne, wie Schlaffer einmal formulierte, zu hintergehen. Im Gegensatz zu Metscher sehe ich derlei Ironie schon in *Wilhelm Meisters Lehrjahren*, stärker noch in den *Wanderjahren*, lyrisch konfiguriert im *Divan*, exemplarisch zur Geltung kommend im zweiten Teil des *Faust*; dies vor allem macht seine Substanz aus, die zu stets neuem Interpretieren veranlasst Zwar spricht auch Metscher von der Komplexität und Ambiguität des *Faust* und seiner Figuren, doch deutet er derlei nur an, auf eine Darlegung der damit verbundenen Probleme lässt er sich entweder nicht ein oder er zaubert sie mit der Kunst der Dialektik hinweg.

Damit verbindet sich ein zweites Bedenken. Für Metscher stellt sich eine Koinzidenz von Natur und Geschichte in Goethes Denken her. Ausgangspunkt ist Goethes Spinozismus, den er mit Wolfgang Heise als »pantheistischen Materialismus« begreift, was allein schon anfechtbar ist, scheint mir doch die Substanz von Goethes Spinozismus, dessen Bedeutung für die Interpretation des *Faust* Metscher heraushebt, darin zu bestehen, gerade die Vorstellung von einer Gott-Natur für eine religiöse oder nichtreligiöse Auslegung offen zu halten – gerade auch im Hinblick auf den *Faust*-Schluss. Metscher sieht in Geschichte und Natur gleiche Entwicklungskräfte wirken, interpretiert Goethes Polaritätsdenken als dialektisches Verfahren, das er in die Nähe zu einem Evolutionsdenken rückt, wie es Darwin 1859 in Buchform dargelegt hat.

Hier aber ist Einspruch geltend zu machen. Für Goethe stellt das Geschehen in der Natur, wie es sich für ihn in einem Prozess von Metamorphose als Polarität und Steigerung entwickelt, als das prinzipiell Stabile und Substantielle dar, das sich für ihn in letzter Instanz als beruhigende und auch tröstende Gewissheit einem geschichtlichen Prozess gegenüber erweist, der durch einen »Mischmasch von Irrthum und von Gewalt« (WA I, 5.1, S. 131) gekennzeichnet ist, wie er es einmal in den *Zahmen Xenien* mit Blick auf die Kirchengeschichte formuliert hat. Metscher selbst hat sehr zu Recht – und damit der eigenen Auslegung widersprechend – auf die Darstellungen von Gewalt im zweiten Teil des *Faust* verwiesen – im Monolog der Erichtho, im Geschehen am Kaiserhof im ersten und im vierten Akt, schließlich im Treiben von Mephistos gewaltigen Gesellen im fünften Akt. Umgekehrt kann man sagen, dass Goethe in seiner Naturvorstellung Gewaltsames nicht verleugnet, Natur als Kosmos und Chaos begreift, die Seismos-Handlung in der *Klassischen Walpurgisnacht* als Parabel auf historische Prozesse entworfen hat.

Goethes Geschichtsbild ist wesentlich von seinen politischen Erfahrungen gespeist, war er doch unter Deutschlands Dichtern der einzige, der sich in politischen Ämtern bewähren musste und reale politische Erfahrungen sammeln konnte. Daraus erwuchs ein politisches Konzept, das auf Reformen eines politischen Status quo abzielte, der zwar in seinem Sosein zu akzeptieren war, sich aber stets als verbesserungsbedürftig erweisen sollte. Einem solchen Konzept aber liegt alles utopische Träumen fern. Darum ist all das mit Fragezeichen zu versehen, was Metscher an Utopie-Modellen in Goethes Werk entwickelt hat. Was Goethe stets mit großer Distanz betrachtet hat, war ein Schwärmertum, das die Wirklichkeit zu überspringen suchte. Das traf letztlich auch für die Saint-Simonisten zu, die Metscher, darin Hamm folgend, als geistige Gewährsleute für die in Fausts letzten Worten sich artikulierende Utopie der Befreiung durch Arbeit ansieht. Er hat dabei ganz aus den Augen gelassen, dass

2 Vgl. die Abhandlung von Jochen Schmidt: *Ironie und Skepsis in Goethes Alterswerk, besonders in den »Wahlverwandtschaften«*. In: GJb 2004, S. 165-175.

Goethe in seinem Brief an Zelter vom 28. Juni 1831 die Angehörigen dieser »Secte« als »Narren« bezeichnet hat, die sich einbildeten, »die Vorsehung verständig spielen zu wollen« (WA IV, 48, S. 258 f.). Gegen Metschers Utopie-Konzept lässt sich sehr gut jener Brief Goethes an den Grafen Reinhard vom 7. September 1831 in Stellung bringen, den er mehrfach zitiert: »Aufschluß erwarten Sie nicht; der Welt- und Menschengeschichte gleich, enthüllt das zuletzt aufgelös'te Problem immer wieder ein neues aufzulösendes« (WA IV, 49, S. 62). In Metschers Innerem geraten intellektuelle Redlichkeit und utopisches Denken, so will es mir scheinen, ständig in Widerstreit.

Was aber verbirgt sich am Ende hinter Metschers Beschwörung eines Prinzips Hoffnung, wie er es noch einmal in seinem *Epilog* – nunmehr für Thomas Mann und Peter Weiß expliziert – zur Sprache bringt? Es ist die Hoffnung auf einen »Sozialismus« als Alternative zur allgegenwärtigen »Barbarei«, von dem er einerseits sagt, dass er zumindest als Gedanke noch existiere, für den er aber andererseits nach realen Beispielen in der Gegenwart Ausschau hält. Seine Hoffnungen richten sich auf China, auf Kuba und sehr allgemein auf Lateinamerika – Putins Russland, einstmals das Mutterland der Revolution, kommt nicht vor. Wenn man von Kuba bestenfalls sagen kann, dass dort die Armut noch einigermaßen gerecht verteilt wird, die Entwicklung in Lateinamerika im Bereich der Spekulation verbleiben muss, so ist der chinesische Turbokapitalismus kaum als Entwicklungsvorbild anzusehen. Wer einmal – abseits der Touristenströme – in einem großen chinesischen Bahnhof Scharen von sogenannten Wanderarbeitern in ihren Lumpen hat liegen sehen, wird sich die sozialen Errungenschaften in Erinnerung rufen, die eine seit Jahrzehnten starke Gewerkschaftsbewegung in einem demokratischen Gemeinwesen wie Deutschland dem Unternehmerstand abgerungen hat. Gern möchte ich für Thomas Metschers persönliche Haltung Schillers Zeile aus dem *Dom Karlos* (1787) in Anspruch nehmen, man solle Achtung tragen »für die Träume seiner Jugend«,[3] und dieser Haltung mit Respekt begegnen. Es bleiben aber Gedanken und Träume eines Mannes, der seine Gegenwart aus den Augen verloren hat.

Jochen Golz

Kimberly Wegener: *Goethes Privatbibliothek im Spiegel der »Italienischen Reise«. Ausgewählte Bände als Quellen im Schreibprozess.* Bamberg: University of Bamberg Press 2023, 107 S., 19,00 €

Kimberly Wegeners 2022 an der Universität Bamberg eingereichte und 2023 im dazugehörigen Universitätsverlag erschienene Masterarbeit knüpft an rezente Forschungsdebatten und Methodologien an, die Autorenbibliotheken literaturwissenschaftlich untersuchen. Neben verschiedenen Sammelbänden wie dem von Anke Jaspers und Andreas Kilcher (*Randkulturen: Lese- und Gebrauchsspuren in Autorenbibliotheken des 19. und 20. Jahrhunderts.* Göttingen 2020) gibt es in der Goethe-Forschung seit einiger Zeit eine dezidierte Auseinandersetzung mit der von Goethe nachgelassenen Bibliothek am Frauenplan. Insbesondere Stefan Höppner und Ulrike Trenkmanns großkalibriges Projekt *Goethe digital: Eine Autorenbibliothek als Sammlungsraum*[1] und Höppners Monografie *Goethes Bibliothek. Eine Sammlung und ihre Geschichte* (Frankfurt a. M. 2022) haben hier entscheidende Vorarbeit geleistet, die in Wegeners Arbeit zum Tragen kommt. Konkret beschäftigt sie sich darin mit

3 Friedrich Schiller: *Dom Karlos. Infant von Spanien. 1787.* In: *Sämtliche Werke.* Berliner Ausgabe. Bd. 3: *Don Karlos. Briefe über ›Don Karlos‹. Körners Vormittag.* Hrsg. von Regine Otto. Berlin, Weimar 1987, S. 324 (IV, 24).

1 https://vfr.mww-forschung.de/web/goethedigital/projekt (zuletzt aufgerufen am 21.10.2024).

der Funktion von Goethes Privatbibliothek für die Genese der *Italienischen Reise*, indem ausgewählte Bände anhand ihrer Stiftspuren auf Passagen dieses Werks bezogen werden. Wegener diskutiert drei ausgewählte Exemplare aus Goethes Privatbibliothek, die dieser bei der Niederschrift seines Textes konsultiert hat: Johann Jacob Volkmann: *Historisch-kritische Nachrichten von Italien* (1770/71, Bd. 1 und 3), Johann Hermann Riedesel: *Voyage en Sicile et dans la grande Grèce* (1773) und Andrea Palladios *I quattro libri dell' architettura di Andrea Palladio* (1768).

Wegeners Arbeit beginnt mit einem umfassenden Resümee der gegenwärtigen Forschung zu Autorenbibliotheken, woraus sie ihr Analysevokabular destilliert, in dem Begriffen wie »Lesespur«, »Stiftlichkeit« und »Marginalie« besondere Bedeutung zukommt (z.B. S. 8 f., S. 21-23). Daran anschließend wird die einzigartige Beschaffenheit des Goethe'schen Bibliotheksbestands in Weimar in seiner historischen Eigenart diskutiert. Dass es hier für Kenner der Diskussion wenig Neues zu finden gibt, bezeugt, wie souverän und akribisch die Autorin diese zunächst nachzuzeichnen vermag. Wegener nutzt in erster Linie das Potential der Autorenbibliothek als literaturwissenschaftlich-philologisches Instrumentarium in ihrer direkten Anwendung jenseits eigener Theorieentwürfe. Ihre konzentrierte Objektauswahl begründet die Autorin mit Bezug auf die Arbeit von Höppner und Trenkmann: »Doch auch bei diesem Forschungsprojekt konnte nicht jedes Buch aus der Privatbibliothek detailliert ausgewertet werden. Daher bietet dieses Thema reichlich unausgeschöpftes Bearbeitungspotential« (S. 11).

Herzstück von Wegeners Arbeit ist die an ausgestellten Stiftspuren durchgeführte Analyse der Goethe'schen Privatbibliothek in Bezug auf die *Italienische Reise* im vierten und längsten Kapitel. Die Textauswahl ist dabei wohl begründet: Bei Volkmanns *Historisch-kritischen Nachrichten* handelt es sich z.B. um »einen der bekanntesten und einflussreichsten deutschen Reiseführer des späten 18. Jahrhunderts« (S. 44) und »den meistzitierten Autor« in der *Italienischen Reise* (S. 45). Im dritten Band lokalisiert Wegener 22 inhaltliche Parallelen zwischen stiftlichen Lesespuren und Passagen der *Italienischen Reise* und konstatiert einen vielschichtigen inhaltlichen und praktischen Umgang mit Volkmanns Werk (S. 46). Im ersten Band von Volkmanns Reiseführer, dessen Exemplar in Goethes Bibliothek insgesamt 46 Lesespuren enthält, folgt die Autorin Goethes Reise von Verona nach Bologna. Wie schon beim dritten Band gibt Wegener offen zu, wenn Stiftspuren in Goethes Bibliothek – in einem Fall z.B. einige relativ nichtssagende Kreuze – Schwierigkeiten bei der Interpretation aufgeben und nur Mutmaßungen zulassen. Ausgehend von Volkmann werden anschließend einige der 15 Lesespuren in Riedesels Reiseführer behandelt, bei denen die Autorin belegt, dass Goethe das Buch auf der Reise mitführte und währenddessen mit verschiedenen Anmerkungen versah. Mit dem Buch von Andrea Palladio tritt auch ein Exemplar in die Diskussion, das Goethe während seiner Italienreise, d.h. in Italien erworben hat und das insofern relevant ist, als »[k]ein anderer Schriftsteller eines Buches der Privatbibliothek [...] so oft in der *Italienischen Reise* genannt« wird (S. 81). Eine kurze Besprechung von Büchern, die Goethe während seiner Arbeit an der *Italienischen Reise* in der Bibliothek auslieh, rundet Wegners Analyse ab.

Wegeners Arbeit kommt zu einigen erhellenden Erkenntnissen. So weist die Autorin wiederholt darauf hin, dass die *Italienische Reise* »ein literarisches Konstrukt und kein authentischer Bericht« (S. 59) ist, und beobachtet z.B., »dass die meisten Lesespuren in den Kapiteln zu den Städten gefunden wurden, wo Goethe sich auch am längsten aufhielt – sei es Bologna, Verona oder Venedig« (S. 93). Gleichwohl ist jedoch die größte Stärke des Bandes – die zielführende Analyse weniger Lesespuren aus Goethes Privatbibliothek – auch seine größte Schwäche: In ihrer lesespuren- und textstellenzentrierten Arbeit abstrahiert Wegener selten jenseits ihres engen Erkenntnisrahmens. Anders ausgedrückt: Auf das methodologische Handwerkszeug, die mit zunehmender Virulenz auftretende Diskussion von Autorenbibliotheken oder weitere Rückbezüge auf Goethes Privatbibliothek wird im Fazit nicht näher eingegangen. Dass ausgehend von der *Italienischen Reise* und ihrer punktuellen Analyse nicht noch einmal holistisch auf die kulturtheoretischen Implikationen der Arbeit mit Autorenbibliotheken eingegangen wird, ist schade. Gerade dass die Analyse von Annotationen und Marginalien manchmal einfach ins Leere läuft, dem sich nur mit »plausibler Theoriebildung« (S. 53) begegnen lässt, hätte das eigene Instrumentarium und den epistemischen Anspruch der Autorenbibliotheken pointiert problematisieren können. Dieser verpassten Chance ungeachtet seien dem Band viele interessierte Leser gewünscht, die mehr über Goethes Privatbibliothek, ihre Rolle in seiner Schreibwerkstatt oder generell zur *Italienischen Reise* erfahren wollen.

Dennis Schäfer

Gudrun Püschel: *Beschriebene Objekte. Schriftlichkeit, Materialität und Performativität in Goethes Sammlungen.* Dresden: Sandstein Verlag 2023, 192 S., 28,00 €

Die Wendung zur Materialität hat seit zwei Jahrzehnten zahlreiche literaturwissenschaftliche Studien hervorgebracht, die sich mit dem Verhältnis von Dingen und Texten befassen. Die Souveränität des Subjekts wurde aus verschiedenen Blickwinkeln hinterfragt und die Wirkmacht der scheinbar passiven Objekte ausgiebig beleuchtet. Besonders ertragreich ließ sich das anhand von Goethes Werk und Nachlass tun, man denke etwa an die viel zitierten »Gespräche mit den Dingen« (FA II, 3, S. 67). Auffällig ist dabei eine Neigung zu objektzentrierten Studien, die bezeichnenderweise oft im Format der Ausstellung erfolgen.[1]

Mit dem komplexen Verhältnis von Text und Materialität setzt sich auch Gudrun Püschel in ihrer Dissertation auseinander. Die transdisziplinär perspektivierte Studie ist als vierter Band der Reihe *Parerga und Paratexte. Wie Dinge zur Sprache kommen. Praktiken und Präsentationsformen in Goethes Sammlungen* erschienen, welche aus dem gleichnamigen Forschungsprojekt (2015-2018) hervorgegangen ist. Dieses hat es sich zur Aufgabe gemacht, die scheinbar nebensächlichen Begleiter der goethezeitlichen Sammlungen zu erforschen, die in den Beständen der Klassik Stiftung Weimar überliefert sind: Sammlungsmöbel und Vitrinen, Sockel und Rahmen, Kisten und Mappen, Etiketten und Verzeichnisse. Ein praxeologischer Zugang ermöglicht dabei, die jeweiligen Objektbestände sowie die ihnen zugeordneten Paratexte mit Blick auf ihre Verwendungslogiken, Überlieferungskontexte und materiellen Semantiken zu analysieren.

Diese Grundidee entfaltet die Autorin des vorliegenden Bandes anhand einer spezifischen Objektgruppe, die an der Schnittstelle zwischen Philologie und Kulturgeschichte liegt: Es geht um die titelgebenden »beschriebenen Objekte«. Genauer gesagt umfasst das Korpus »die schriftlich zugerichteten Varia in den Goethe-Beständen« (S. 9). Betrachtet werden demnach Unikate, die nicht durch ihre materielle Ähnlichkeit oder die Zugehörigkeit zum selben Sammlungsbestand verbunden sind. Es handelt sich vielmehr um unsystematisch gesammelte Gegenstände, deren Gemeinsamkeit in ihrem besonderen Verhältnis von Beschriftung und Beschriftetem besteht. Der jeweilige Text ist in diesen Fällen unmittelbar auf dem Objekt angebracht, sodass es sich um mehr als eine bloße paratextuelle Markierung handelt: Die volle Bedeutung entsteht erst im symbiotischen Zusammenspiel von Schrift und Schriftträger. Entsprechend vielgestaltig fällt das Korpus aus, persönliche Erinnerungsstücke aus dem Familienkreis werden ebenso beleuchtet wie eher zufällige Nachlassbestandteile, die sich einer systematischen Erfassung entziehen.

1 Exemplarisch genannt sei: Sebastian Böhmer, Christiane Holm, Veronika Spinner, Thorsten Valk (Hrsg.): *Weimarer Klassik. Kulturen des Sinnlichen.* Katalog zur gleichnamigen Ausstellung im Schiller-Museum Weimar. Berlin, München 2012.

Der ambitionierte Anspruch der Verfasserin besteht dabei in der Übertragung literaturwissenschaftlicher Methoden auf die Interpretation von Dingen. In der gemeinsamen Betrachtung von Provenienz, Materialität, Beschriftung und Einbindung in performative Praktiken beabsichtigt sie ein »*Close Reading* der Objekte« (S. 12). Analysiert werden in dieser Weise u. a. ein mit Inschriften versehenes Trinkglas aus Karlsbad, die von kaum noch leserlichen Tintenspuren gezeichneten Handschuhe Ulrike von Levetzows, das Kinderschreibzeug aus dem Besitz Wolfgang Maximilian von Goethes, ein bedrucktes Seidenband und das Reiseschreibzeug »Souvenir«. Obwohl manche dieser Objekte bereits als Ausstellungsstücke bekannt oder an anderer Stelle erforscht sind, erweist sich die neue Perspektive der Autorin als gewinnbringend und profitiert zugleich von der Zusammenschau mit den weniger prominenten Bestandteilen der Sammlung. In diesem Zusammenhang ist außerdem die hochwertige Gestaltung des Bandes hervorzuheben. Die Ausführungen der Autorin werden von insgesamt 20 Abbildungen begleitet, die im Rahmen des behandelten Themas keinen bloßen Schmuck darstellen, sondern durch gezielt eingesetzte Detailaufnahmen die (mit-)untersuchte Materialität visuell nachvollziehbar machen.

Für die Analyse ihres Korpus identifiziert die Autorin drei zentrale Faktoren, in deren Wechselwirkung ihr zufolge die ›Sprachmacht‹ der Objekte entsteht: Schriftlichkeit, Materialität und Performativität. Bereits in der Darstellung der methodischen Grundlagen wird deutlich, dass diese Faktoren komplementär verstanden werden. Das zentrale Kriterium der Beschriftung ist nicht denkbar ohne deren Prägung durch spezifische Bearbeitungsmöglichkeiten, Wertzuschreibungen und Assoziationen des materiellen Trägermediums. Zudem waren und sind die Objekte eingebettet in verschiedene Kulturpraktiken, etwa das Sammeln und Ausstellen als interessant empfundener Gegenstände oder das Schenken und Bewahren personalisierter Gaben. Der Dialog mit den Dingen entsteht hier durch die Verbindung visueller und haptischer Wahrnehmung, die Bedeutung wird durch das Zusammenspiel von Texten und taktilen Reizen konstituiert. Die frühzeitige Inventarisierung und Musealisierung von Goethes Nachlass hat außerdem zur Folge, dass die Überlieferung der behandelten Gegenstände meist ausführlich dokumentiert ist. Zwar hat der historische Umgang mit den Sammlungen mitunter zu einer Trennung einzelner Objektgruppen geführt und bringt entsprechende Schwierigkeiten in deren Erforschung mit sich. Dennoch werden die untersuchten Gegenstände von Briefen, Tagebucheinträgen und anderen schriftlichen Erwähnungen gerahmt, sodass sich ihre Aussagekraft nicht in der Selbstauskunft ihrer Beschriftung erschöpft. Auf diese Weise sind sie über ihre ehemaligen Besitzer hinaus interessant als Zeugnisse soziokultureller Praktiken der Goethezeit.

Eine weitere Besonderheit der beschriebenen Objekte besteht darin, dass sie durchweg nicht zu den konventionellen Schriftträgern zählen. Es handelt sich vielmehr um individualisierte Gegenstände, die durch ihre mitunter handwerklich anspruchsvolle Beschriftung einen Statuswechsel vom Alltagsding zum Erinnerungsstück erfahren haben. In diesem Sinne sind sie ›gesprächiger‹ und weniger anonym als andere Sammlungsbestandteile, deren Herstellung, Gebrauch und Überlieferung ausschließlich durch externe Quellen erschlossen werden kann. Umso bedauerlicher ist es, dass die Studie sich nur auf eine kleine Auswahl der potenziell zu untersuchenden Objekte stützt. So räumt die Verfasserin selbst ein, dass die Korpusbildung im Umgang mit musealisierten Objekten nicht nur rein inhaltlichen Kriterien folgen kann, sondern auch von den institutionellen Rahmenbedingungen mitbestimmt wird. Zuweilen wäre allerdings eine vertiefende Auseinandersetzung mit manchen nur vergleichend erwähnten Gegenständen wünschenswert gewesen, welche die exemplarisch analysierten Fälle gut ergänzt hätte. So gibt es etwa vielversprechende Hinweise auf einen goldenen Lorbeerkranz mit Dedikation oder ein mit Versen besticktes Portefeuille aus Seidenatlas (S. 22 f.), die in den weiterführenden Betrachtungen jedoch keine zentrale Rolle einnehmen.

Der verfolgte Ansatz, in den untersuchten Fällen Schrift und Material als voneinander verschiedene, doch gleichwertige »Komponenten einer Objekteinheit« (S. 28) zu betrachten, erscheint in jedem Fall produktiv. Die terminologisch differenzierte und kenntnisreich geschriebene Arbeit von Gudrun Püschel ist in diesem Sinne ein willkommener Beitrag sowohl zu einer philologisch gestützten Objektforschung als auch zu einer materialitätssensiblen Literaturwissenschaft.

Johanna Wildenauer

Michael Gregor Birkner: *Der »Weimarer Kompromiss«. Aushandlungen von Autonomie und Souveränität im Herzogtum Sachsen-Weimar-Eisenach.* Heidelberg: Winter 2023, 435 S., 52,00 €

Das Mit-, Neben- und Gegeneinander von Politik und Kultur, von Zensur und Kritik, staatlicher Kontrolle und künstlerischer Freiheit ist ein hochaktuelles Thema. Erinnert sei nur an die letzte *Documenta* in Kassel oder die Absage-, Lösch- und Zensurkultur beim Verdacht auf diskriminierende, rassistische, antisemitische Aussagen und Verschwörungstheorien (›Cancel Culture‹). Michael Gregor Birkner geht davon aus, dass Weimar um 1800 zum bedeutenden Kulturort wurde, weil Dichter und Gelehrte politische Zurückhaltung übten und dafür ein »liberale[s] Arbeitsumfeld« erhielten (S. 18). Wurde dieser flexibel ausgestaltete »Weimarer Kompromiss« missachtet, kam es zum Bruch. Johann Gottlieb Fichte musste Jena verlassen, weil er der Regierung unbequem war und sie nötigen wollte; Johann Wolfgang von Goethe wurde von der Theaterleitung entbunden, weil er angeblich die volle Souveränität in diesem Bereich forderte. Die Siegener Dissertation erzählt dieses Geschehen ausführlich und kenntnisreich. Der Leser ahnt, mit welchem Arbeitseifer Birkner die gedruckten Quellen und die schier unübersehbare Literatur auf der Suche nach Belegen durchforstet haben muss. Seine präzise Argumentation macht die Studie lesenswert.

Gewöhnungsbedürftig erscheinen jedoch die Titelbegriffe. Wer hat mit wem den Weimarer Kompromiss ausgehandelt? Ist dieser keine kulturelle Selbstverständlichkeit, die an der Universität Jena deswegen zu größeren Freiräumen als andernorts führte, weil über sie gleich vier Herzöge (»Nutritoren«) wachten und sich bei Sanktionen auch blockierten? Für den Hof und das Hoftheater galten andere Bedingungen. Hier herrschte Herzog Carl August, der aber die Vorgaben der Schicklichkeit und Angemessenheit sowie die Vorstellungen der Herzogin Luise und der Hofgesellschaft beachten musste. Vor diesem Hintergrund erscheinen »Autonomie«, also die eigenständige Regelung des Kunstbereiches sowie die Freiräume der Dichter und Denker, und »Souveränität«, der Vorrang der politisch-staatlichen Sphäre, nur bedingt geeignet, die verschiedenen Positionen zu charakterisieren. Die Selbstbestimmung der Dichter und Denker endete auch in Weimar an den Vorgaben der Herrschaft. Die Machtverteilung war »asymmetrisch« (S. 26), doch wo war sie das nicht? In politischen Gemeinwesen liegt die Letztentscheidung bei der Exekutive, also der Regierung. Eine Öffentlichkeit, die diese zum Einlenken zwingen konnte, gab es um 1800 noch nicht. Offiziell souverän wurde Herzog Carl August 1806, als die Bindungen an Kaiser und Reich entfielen. Dafür war Napoleons Wille nun Befehl. Der Wiener Kongress bestätigte zwar die Fürstensouveränität, doch der neue Großherzog durfte die Führungsmächte des Deutschen Bundes – Österreich und Preußen – und auch den Zaren – den Bruder seiner Schwiegertochter – nicht provozieren. Deren Reaktionen auf das Wartburgfest 1817 waren mehr als eine Warnung.

Wenn Friedrich Schiller in den *Horen* keine Erörterungen über Staatsreligion und politische Verfassung wünschte, so war dies nicht durchzuhalten. Der Weimarer Kompromiss hätte auch einen Landespolitiker wie Goethe, einen Publizisten wie Wieland oder einen politisierenden Oberhofprediger wie Herder in Schwierigkeiten bringen müssen. Die Jenaer Juristen, Theologen und Philosophen konnten politische Themen nicht ausklammern. Der Herzog hatte auch nichts dagegen, sofern das nur im gelehrten Schrifttum und nicht in der mündlichen Rede vor Studenten oder in Predigten geschah.

Nach einer Vorgehen, Quellen und Methode ausführlich erläuternden Einleitung behandelt Birkner zunächst den Atheismusstreit und die Entlassung Fichtes. Während der Jurist Gottlieb Hufeland wegen seiner revolutionsnahen Äußerungen informell abgemahnt und aufgefordert wurde, seine Vorlesungen drucken zu lassen, und der Theologe Carl Christian Erhard Schmid, der in Gießen zu lebenslangem Kanzelverbot verurteilt worden war, nach Jena zurückgeholt wurde, brachte Fichte das Fass des Wohlwollens zum Überlaufen. An ihm wurde ein Exempel statuiert. Im Kern ging es – wie Birkner akribisch herausarbeitet – nicht um seinen »Democratismus« (S. 121), sondern um seine Appellation an die Öffentlichkeit und seine Provokation der Herrschaft.

Der Rücktritt Goethes als Theaterdirektor war dagegen ein Eingriff in die Kunstautonomie, die aber nur in Zusagen des Herzogs an seinen Freund und Minister bestand. Goethe entsprach meist den Wünschen Carl Augusts. Die Ursachen des Konflikts sieht Birkner in Goethes Napoleonverehrung. Der Herzog war anderer Meinung, doch an dem Korsen kam nach 1806 niemand vorbei. Dass wegen eines Auftritts der französischen Schauspielertruppe, die den Kaiser der Franzosen zum Erfurter Fürstenkongress 1808 begleitete, im Weimarer Theater der Herzog Goethe »die zuvor gewährten Freiheiten bei der Theaterleitung nicht mehr zugestehen wollte« (S. 293), überzeugt nicht vollends. Die Schauspielerin Caroline Jagemann – Geliebte des Herzogs und Widersacherin Goethes – agierte erfolgreich im Hintergrund. Sowohl im Fall des Tenors Otto Morhardt Ende 1808, in dem sich Goethe nach Intervention der Herzogin Luise behauptete, als auch beim Streit um die Aufführung des Stücks *Der Hund des Aubri*, der zur ›Entlassung‹ Goethes am 13. April 1817 führte, war sie es, die mehr oder weniger Regie führte. Carl August reagierte – wie im Fall Fichtes – auf die Rücktrittsäußerung Goethes mit einer schnellen Annahme. Er bat ihn aber gleichzeitig, auch künftig mit Rat und Tat das Theater zu unterstützen und alle seine anderen Aufgaben der Oberaufsicht zu erfüllen (vgl. S. 362). Ein Bruch sieht anders aus.

Wenn für die Verstimmung zwischen Goethe und dem Herzog »kein rein künstlerischer, sondern ein politischer Dissens«, also die Napoleonverehrung verantwortlich war (S. 370), warum hat dieser sich auf die Theaterleitung beschränkt? Wählte Carl August bewusst das Medium, mit dem Goethe auf die Öffentlichkeit einwirken wollte? Suchte Goethe die »Souveränität« auf diesem Gebiet (S. 372) oder wollte er nur keinen Hund auf ›seiner‹ Bühne? Der Weimarer Kompromiss gewährte nach Einschätzung Birkners »Autonomie, aber keine Souveränität«. Die Grenze verlief dort, wo die Erörterungen in die Öffentlichkeit getragen und die Kompetenzen des Herzogs und der Regierung in Frage gestellt wurden (S. 389). Das wollte Goethe nicht und das wusste der Herzog. Dessen Vertrauen überstand nicht nur die Fichte-Krise, den Streit ums Theater und die Napoleonbegeisterung, sondern auch Goethes Pazifismus, seine auf das Gemeinwohl bezogene Kritik an Carl Augusts Herrschaft und an dessen enger Verbindung mit dem preußischen Militär.

Birkners Weimarer Kompromiss bietet viele Anregungen, kann jedoch die Grundthese zum Aushandeln von Autonomie und Souveränität nur teilweise belegen. Dafür ist die empirische Basis mit den beiden exzellent erörterten Fällen zu schmal und es fehlt ein Personenregister. Das Buch bietet aber eine detaillierte und lesenswerte Analyse der beiden Vorgänge, die in Jena und Weimar für Aufsehen sorgten. Ob wegen gewisser Ähnlichkeiten im Vorgehen von einem neuen Ansatz durch die »systematische[°] Verbindung« von Universität und Hoftheater gesprochen werden kann (S. 365), sei dahingestellt. Dass die beiden Städte eine Einheit von Wissenschaften sowie Kunst und Literatur bildeten, hat schon Goethe betont.

Georg Schmidt

W. Daniel Wilson: *Goethe und die Juden. Faszination und Feindschaft.* München: C.H. Beck 2024, 351 S., 22,99 €

Das Verhältnis Goethes zu den Juden ist ein unerfreuliches Thema.[1] Der britische Gelehrte William Rose hat sich bereits 1931 in prägnantem Detail in einem Aufsatz mit demselben auseinandergesetzt. Rose vermerkt Goethes Bewunderung für Spinoza und seine freundschaftlichen Beziehungen zu jüdischen Damen wie Rahel Levin oder Henriette Herz (oft, aber nicht immer, zum Christentum bekehrt), seine zahlreichen jüdischen Bekanntschaften (wiederum größtenteils konvertiert) und seine Wertschätzung von Musikern jüdischen Ursprungs wie Giacomo Meyerbeer und vor allem Felix Mendelssohn Bartholdy. Dem gegenüber stellt Rose die bekannten fragwürdigen oder negativen Bemerkungen über Juden in Goethes veröffentlichten Werken *Dichtung und Wahrheit* und *Wilhelm Meisters Wanderjahre* sowie eine Anzahl abschätziger Äußerungen, die von Kanzler Friedrich von Müller und anderen aufgezeichnet wurden und natürlich nicht für die Öffentlichkeit beabsichtigt waren. Rose kommt zu dem Schluss, dass Goethe in entscheidender Hinsicht »nicht über die Vorurteile eines Hofangestellten in einem kleinen deutschen Fürstentum des achtzehnten Jahrhunderts hinaussehen«[2] konnte.

Rose schrieb diese Worte vor dem Beginn des Dritten Reiches (zu dessen Niederlage er selbst beitrug als einer der Kryptanalysten, die in Bletchley Park den deutschen Enigma-Code knackten). Seit der Shoah ist das Thema ein noch weit schmerzhafteres. W. Daniel Wilson, dessen Fachwissen nicht nur über Goethes Werke, sondern über die Weimarer Archive generell praktisch ohnegleichen ist, hat es nun, in Buchlänge, wieder aufgegriffen in einer Studie, die insgesamt denselben Bereich abdeckt wie Rose, aber natürlich mit weit mehr Details durch neue Archivrecherchen. Die einzige größere Auslassung, die zur Kenntnis zu nehmen wäre, ist Goethes frühe Rezension in den *Frankfurter Gelehrten Anzeigen* zum Band *Gedichte von einem Polnischen Juden* (1772) von Isaschar Falkensohn Behr, in dem Goethe eine neue Stimme aus einem anderen Kulturkreis zu entdecken hoffte, der aber ihm zufolge nur Rokoko-Klischees zu bieten habe; – aber Goethe war doch zumindest gewillt, wie Rose zeigt, dem jüdischen Dichter sympathisches Gehör zu verleihen.

Goethes Heimatstadt Frankfurt war berüchtigt für ihr jüdisches Ghetto. Als dieses 1796 teilweise abbrannte, ermöglichte dies den Juden, sich unter Nichtjuden zu bewegen und diesen ihre Harmlosigkeit zu beweisen. Die Stadtväter bestanden jedoch darauf, dass die Einschränkungen jüdischer Aktivitäten erneut verhängt werden sollten. Der Staatsmann Carl Freiherr von Eberstein, von Napoleon damit beauftragt, die Judenlegislation zu revidieren, kommentierte frustriert, »daß kaum irgendwo in Deutschland ein weniger liberaler Geist, dagegen mehr Vorurteil – nicht unter dem Pöbel und der niederen Bürgerklasse, sondern unter den höheren Ständen, ja selbst unter der Magistratur herrsche, als zu Frankfurt« (S. 102). In dieser Atmosphäre nahm der junge Goethe, wie Wilson zweimal hervorhebt, Vorurteile sozusagen »mit der Muttermilch« auf (S. 135, 151). So spricht seine Mutter in einem Brief an ihren Sohn etwa verächtlich vom »Volck Israhel zu deu[t]sch die Juden« (S. 104). Als der junge Goethe selbst das Ghetto besuchte, machte es »den unangenehmsten Eindruck« auf ihn (WA I, 26, S. 235 f.). Im darauffolgenden Abschnitt von *Dichtung und Wahrheit* fällt Goethes Judendarstellung positiver aus, wenn auch noch immer ohne jedwedes Mitgefühl (außer für die attraktiven Mädchen), was Wilson jedoch als »Öffentlichkeitsarbeit« verwirft (S. 31).

1 Ich danke Kirsten-Sarah Gwyer für die Übersetzung meines Texts aus dem Englischen.

2 *William Rose: Goethe and the Jews.* In: ders.: *Men, Myths and Movements in German Literature. A Volume of Historical and Critical Papers.* London 1931, S. 157-180; hier S. 180. Das Zitat lautet im Original: »[...] he failed to soar beyond the predjudices of a courtier in a small eighteenth-century German princedom«, Übersetzung R.R.

Als Goethe 1811 diese Zeilen schrieb, war die jüdische Emanzipation an der Tagesordnung, Napoleon hatte den Juden in den französisch besetzten Gebieten Bürgerrechte verliehen. Erzbischof Dalberg, den Napoleon zum Fürstprimas der sechzehn Staaten, die den Rheinbund ausmachten, ernannt hatte, war anfangs ein Befürworter der Emanzipation, dann aber zu der Ansicht gekommen, dass Juden sich der Bürgerrechte erst als würdig erweisen mussten, indem sie ihr Betragen und ihre Werte denen der sie aufnehmenden Gesellschaft anpassten. Dieses ›Verdienstmodell‹ für die Emanzipation (im Unterschied zu den bedingungslosen Bürgerrechten, die den Juden vom französischen Nationalkonvent verliehen wurden) erlegte deutschen Juden, wie Historiker seither reichlich erwiesen haben, einen Standard auf, dem sie nie gerecht werden konnten, da die Kriterien ständigem Wandel unterlagen. Israel Jakobsohn, Braunschweiger Landesrabbiner und Hofbankier (und ein Pionier des Reformjudentums), veröffentlichte eine stichhaltige Kritik an den Frankfurter Minimalrechten, die Wilson zu Recht ausführlich zitiert (S. 109-116). Goethe, der ebenfalls mit der Kritik vertraut war, verunglimpfte nach deren Lektüre den Verfasser in Briefen an Bettina Brentano vom 3. und 20. April 1808 als »Braunschweigischen Juden Heiland« und »Humanitätssalbader« (WA IV, 20, S. 42 f.; hier S. 42 sowie S. 49 f.; hier S. 50). Er erklärte sich mit Dalberg einverstanden, dass den Juden die Bürgerrechte so lange vorenthalten werden sollten, bis es ihnen gelungen sei, sich der Emanzipation als würdig zu erweisen (ungeachtet der Frage, wie ihnen dies gelingen sollte, angesichts der weitgehenden Einschränkung ihrer Aktivitäten).

Ein Autor, dem hingegen Goethes tiefe Sympathie gesichert war, war der Philosoph Jakob Friedrich Fries, der durch die Veröffentlichung seines Pamphlets *Über die Gefährdung des Wohlstands und Charakters der Deutschen durch Juden* (1816) weitreichende Aufmerksamkeit erregt hatte (ursprünglich eine beifällige Rezension eines anderen anti-jüdischen Traktats). Wilson zitiert das Pamphlet ausreichend, um nachzuweisen, dass es sich dabei um eine unbeherrschte Denunzierung der Juden als »Blutsauger des Volks«, »Gewürm«, »Raubbienen« und dergleichen mehr handelt (alle S. 148). Fries verlangt, dass die »Judenkaste« »mit Stumpf und Stiel ausgerottet« werden solle (ebd.). Wie Wilson sorgsam erklärt, fordert Fries allerdings nicht die körperliche Vernichtung von Juden, sondern sieht die Ausradierung einer eigenständigen jüdischen Identität vor. Die Juden sollen das Christentum akzeptieren und sich unterschiedslos in die sie umgebende Gesellschaft eingliedern. Das ist starker Tobak – zu stark für Goethes Freund Sulpiz Boisserée, der Fries Goethe gegenüber als zynischen Opportunisten bezeichnet. Gleichwohl unterstützt Goethe die Berufung von Fries auf einen Lehrstuhl der Philosophie in Jena.

Eine weitere verstörende Episode ist Goethes von Kanzler von Müller festgehaltener Ausbruch in Antwort auf die Entscheidung von 1823, in Weimar Ehen zwischen Christen und Juden zu tolerieren. Goethes Wut wirkt fast schon pathologisch. Er vermutet, »der allmächtige Rothschild« (BuG XIV, S. 213) habe die Legislation wohl durch Bestechung durchgezwungen. Zwar befand sich Goethe zu diesem Zeitpunkt in einer volatilen Verfassung, da er kurz zuvor die Zurückweisung durch Ulrike von Levetzow hatte verkraften müssen. Doch deckte sich, wie Wilson bemerkt, seine Ansicht insgesamt mit seiner Zurückweisung der jüdischen Emanzipation.

Man mag sich über Goethes Beharren auf dem moralischen Wert des Christentums wundern. Was ist aus dem ›dezidierten Nichtchristen‹ geworden, der sich mit Lavater überwarf, als dieser beharrlich darauf bestand, ihn zu missionieren? In der 1829er Fassung von *Wilhelm Meisters Wanderjahren* dulden die Auswanderer keine Juden, da diese die moralische Erhabenheit von Christus nicht zu schätzen wissen, und in beiden Versionen wird uns mitgeteilt: »Das israelitische Volk hat niemals viel getaugt« (WA I, 24, S. 248). Dass im nächsten Satz dem jüdischen Volk »Zähigkeit« zuerkannt wird, mildert dieses abfällige Urteil kaum ab. Offenbar kann die Muttermilch einen lebenslangen Einfluss ausüben.

In Wilsons Buch ist noch weit mehr zu finden, als ich aus Platzgründen hier anführen kann. Seine Archivrecherchen haben viel über Goethes Kontakt zu Juden in seiner juristischen Tätigkeit und als Mitglied des Weimarer Geheimen Consiliums zutage gefördert, und er setzt sich ebenso mit Goethes Beziehungen zu (meist konvertierten) Juden auseinander, die er in seinem gesellschaftlichen Umfeld antrifft. Wie immer ist Wilsons Forschung peinlich genau und nuanciert. Sein Buch ist ein unerlässliches, aber auch ein bedrückendes. Es unterbindet eine Idealisierung des ›Dichterfürsten‹ und zeigt dessen menschliche Unzulänglichkeiten auf. Zwar machte sich Goethe keiner Schimpftiraden schuldig wie die von Fries zitierten; dass er aber Fries' kruder antisemitischer Einstellung Sympathie entgegenbringen konnte, lässt einen üblen Beigeschmack zurück.

Ritchie Robertson

Hans Hugo Klein: *Der Jurist Johann Wolfgang von Goethe. Eine Spurensuche in Werk und Wirken.* München: C.H. Beck 2024, 290 S., 29,95 €

Unter den Germanisten wird man den Autor dieses Buches nicht finden, ihn dort vielleicht auch nicht erwarten. Hans Hugo Klein ist ein Jurist von hohem Rang, lehrte von 1969 bis 2002 als Professor für Öffentliches Recht an der Universität Göttingen, war zwischen 1972 und 1983 Abgeordneter des Deutschen Bundestages und in den Jahren 1983 bis 1996 Richter am Bundesverfassungsgericht. Was ihn darüber hinaus auszeichnet, ist eine liebevolle Vertrautheit mit Leben und Werk Goethes, der alle jene Studien entsprungen sind, die im vorliegenden Band Aufnahme gefunden haben. Dass sie bei Beck erschienen sind, dessen verlegerisches Standbein die Jurisprudenz bildet, hängt sicher mit Kleins Position als hochgeschätzter Fachautor in diesem Verlagshaus zusammen.

Geschrieben wohl in Kleins ›Nebenstunden‹, gehörten nicht wenige Texte des Bandes, alle zwischen 1993 und 2018 veröffentlicht und hier in chronologischer Folge ediert, zunächst einem seltener werdenden Buchtypus an, der unter Titeln wie *Festschrift*, *Gedächtnisschrift* oder *Liber Amicorum* auf den Markt gelangt. In zwei Abhandlungen (*Goethe in Karlsruhe* und *Goethes Besuch in Karlsruhe – 100 Jahre nach der Stadtgründung*) hat Klein seiner Geburtsstadt Reverenz erwiesen; erstere ist auch 2010 in die Festschrift zum 50-jährigen Bestehen der Goethe-Gesellschaft Karlsruhe aufgenommen worden. Wie in Sammelbänden üblich, hat Klein dem Vorhandenen eine Einleitung und überdies eine (abschließende) Miszelle hinzugefügt. In allen Texten gibt sich Kleins genaue Kenntnis von Goethes Lebensumständen zu erkennen. Jeder von ihnen enthält biographische Elemente, die in einer bei aller Variabilität schlichten und klaren Sprache dargeboten werden. Seine Quellen, in der Regel Goethes Briefe, Tagebücher und Gespräche, hat der Autor sorgfältig ausgewertet; das kommt insbesondere seiner Studie über *Goethes Begegnungen mit dem Islam* zugute. Der Leser ist bei ihm, was Biographica betrifft, in guter Obhut.

Ein wenig anders verhält es sich mit der im Untertitel des Buches benannten *Spurensuche in Werk und Wirken* Goethes. Wer erwartet, im Einzelnen mit juristischen Aspekten von Goethes anwaltlicher oder administrativer Tätigkeit bekannt gemacht zu werden, wird möglicherweise enttäuscht sein. Sehe ich es richtig, dann sind öffentliches Recht und politische Praxis auf sehr spezifische Weise miteinander verflochten. Ebendiese Problematik interessiert Klein an seinem historischen Gegenstand. Nicht dem Detail, sondern Goethes grundsätzlichem politischen Denken widmet er seine Aufmerksamkeit und kommt in seiner Einleitung zu folgendem Resümee:

> Was sich *Goethe* vorstellte, war eine gefugte Ordnung, in der weder reaktionärer Stillstand herrschte noch das Volk politischer Willkür unterworfen war. *Goethe* war ein ›Repräsentant des bürgerlichen Zeitalters‹, nach eigener Einschätzung ein ›wahrer Liberaler‹, allen zukunftsträchtigen Ideen gegenüber aufgeschlossen, wenn auch skeptisch. Er hat

> pragmatisch gedacht, nicht systemtheoretisch. Wie *Goethes* praktisches Handeln in der Administration des Herzogtums Weimar von großem Pflicht- und Verantwortungsbewusstsein getragen war, so kam es ihm ganz allgemein vor allem darauf an, dass es im Staat gerecht zugehe, mit einem Wort: human. (S. 19)

Goethes Hoffnung richtete sich, so an anderer Stelle, »auf das gebildete, sich seiner sozialen Verantwortung bewusste Individuum« (S. 189).

In besonderer Weise war Goethe dem staatspolitischen Denken von Justus Möser verpflichtet. Darauf immer wieder hingewiesen zu haben gehört zu den Verdiensten von Kleins Studien. Ebenso verdienen seine ausgewogenen Urteile über Goethes Haltung zur Französischen Revolution Aufmerksamkeit. Zu ergänzen wären sie durch die Feststellung, dass Goethe durchaus die realen sozialen Ursachen für die Revolution im Nachbarland erkannte, diese selbst aber nicht auf Deutschland übertragen wissen wollte. Als politischer Realist war ihm bewusst, dass in Deutschland weder eine revolutionäre Situation noch eine revolutionäre Avantgarde existierte. Dass er darüber hinaus gewaltsame Lösungen politischer Konflikte ablehnte, Frieden halten wollte mit sich und der Welt, arbeitet Klein ebenfalls heraus. Ein Beleg dafür ist seine Studie über Goethes Verhältnis zum Preußenkönig Friedrich II., in der er zwar Goethes Wertschätzung von Friedrichs ›dämonischer‹ Persönlichkeit betont, aber auch des Dichters Skepsis gegenüber ›großer‹ Politik und seine Ablehnung politischer Gewalt akzentuiert. Derlei historisch-politische Konstanten im künstlerischen Werk Goethes aufzufinden macht Kleins eigentliches Erkenntnisinteresse aus. Darauf sind seine Studien zum *Götz von Berlichingen*, zum *Egmont*, zu *Prometheus*, zur *Natürlichen Tochter* und zur *Pandora* fokussiert. Von »künstlerisch-literarischen Absichten« (S. 178) nimmt er ausdrücklich Abstand. Auf der einen Seite mag man das bedauern, auf der anderen wird man erhellend über die historisch-politischen Hintergründe in den analysierten Dramen- und Gedichttexten unterrichtet.

Auch dort, wo konkrete politische Ereignisse den Gegenstand der Untersuchung bilden – wie in Kleins Studien zur Reorganisation des Herzogtums im Jahr 1809 oder zum Grundgesetz des Großherzogtums vom 5. Mai 1816 –, sind sie Anlass, übergreifende Fragen zur Sprache zu bringen, zumal Goethe an beiden Vorgängen nicht mehr unmittelbar beteiligt war. Sie bieten aber Gelegenheit, Goethes Verhältnis zu Napoleon und zum Rheinbund darzustellen oder – im zweiten Fall – sein ambivalentes Verhältnis zur Verfassungsgesetzgebung überhaupt oder zur Pressefreiheit zu erörtern. Ob man ihn einen »Mann des ancien régime« (S. 211) nennen kann, möchte ich bezweifeln. An anderer Stelle hat Klein formuliert: »Aus seiner Abneigung gegen jede Art von Ideologie heraus war GOETHE ein entschiedener Gegner des Absolutismus wie der Demokratie« (S. 44). Ihn als Demokratiegegner zu bezeichnen ist in meinen Augen eher wohlfeil. Wo hätte Goethe sich denn in Europa an demokratischen Verhältnissen orientieren können? Die *Goethes letzte Amtshandlung* betitelte Miszelle ist ein eher kurioser Abschluss, so man denn die Unterzeichnung einer Zahlungsanweisung für die Künstlerin Angelika Facius durch Goethe am 20. März 1832 eine Amtshandlung nennen will.

Sicherheit und Klarheit des Urteils, wie sie sich auch in seiner Sprache widerspiegeln, zeichnen alle Studien des Autors aus. Dass er auf eine Auswertung der Forschung verzichtet hat, die seit dem Erstdruck seiner Arbeiten herausgekommen ist, erscheint in mancher Hinsicht verständlich, bleibt gleichwohl bedauerlich. Insbesondere die historischen Untersuchungen, die aus dem Jenaer Sonderforschungsbereich *Ereignis Weimar-Jena: Kultur um 1800* hervorgegangen sind, hätten den Blick des Autors weiten können.[1] So wäre – um Beispiele zu geben – darstellbar geworden, dass bereits der Student Goethe sich mit Problemen der sogenannten Reichspublizistik, der für das Heilige Römische Reich deutscher Nation

1 Genannt sei nur Gerhard Müllers Untersuchung *Vom Regieren zum Gestalten. Goethe und die Universität Jena*. Heidelberg 2006.

verbindlichen Rechtsordnung, befasst hat – Klein verweist lediglich an mehreren Stellen darauf –, dass sein kulturpolitisches Wirken nach der Rückkehr aus Italien umfangreicher war, als es in Kleins Buch zur Darstellung gelangt, und dass Goethe mittels seines vertrauten Kollegen Voigt nach 1788 auf unmittelbar politische Vorgänge vor allem im universitären Bereich Einfluss nehmen konnte. Der Wert von Kleins Untersuchungen wird dadurch aber nicht in Frage gestellt. Veröffentlicht in einem sogenannten Publikumsverlag, geschrieben für ein an Goethe generell interessiertes größeres Publikum, können sie auch dem Juristen Goethe neue Freunde zuführen.

Jochen Golz

Anja Stehfest: *Die Briefe Christiana von Goethes. Studien zur Sprach- und Kulturgeschichte um 1800*. Berlin, Boston: de Gruyter 2024, 536 S., 129,95 €

Die Briefkultur des 18. und 19. Jahrhunderts war nicht nur durch literarische, sondern auch durch private Briefe geprägt. Soweit die Privatbriefe erhalten sind, gelten sie vor allem in der Frauen- und Geschlechtergeschichte als wichtige Quellen, um Einblicke in Lebenswelten und Lebensentwürfe der Briefschreiberinnen zu erhalten. Darüber hinaus bilden sie einen wichtigen Ausgangspunkt für die Erforschung der Alltagssprachlichkeit. Beide Aspekte hat Anja Stehfest in ihrer beeindruckenden Jenaer Dissertation am Beispiel der Briefe Christiana von Goethes bearbeitet. Dabei kann sie auf einen beachtlichen Quellenbestand zurückgreifen. Neben den 600 überlieferten und edierten Briefen, die Christiana und Wolfgang von Goethe ausgetauscht haben, sind Privatbriefe von Christiana von Goethe an ihren Sohn August, an ihre Schwiegermutter Catharina Elisabeth Goethe und an den befreundeten Arzt Niclaus Meyer überliefert. Eine Besonderheit ihrer Briefe liegt darin, dass Christiana von Goethe, geb. Vulpius, nicht zu jener viel beachteten Gruppe gebildeter Briefschreiberinnen ihrer Zeit gehörte, die sich für Literatur interessierten oder als Schriftstellerinnen tätig waren. In ihrer Korrespondenz standen pragmatische Aspekte im Vordergrund. Sie schrieb ihre Briefe nicht aus ›Briefleidenschaft‹, sondern ›wider Willen‹, der Not gehorchend, um die Beziehung zu Goethe zu pflegen und alltagspraktische Dinge zu regeln.

Stehfest geht in ihrer Arbeit von der Annahme aus, dass die Briefe Christianas die Alltagssprache breiter Bevölkerungsschichten repräsentieren, die »im Rahmen einer Mikrostudie des individuellen Sprachgebrauchs und -verhaltens« untersucht werden kann (S. 5). Dies geschieht in einem interdisziplinären, methodisch reflektierten Zugang, der mit Hilfe der Bourdieu'schen Kapitalformen das Thema unter sprachwissenschaftlichen, sozial-, literatur- und geschlechtergeschichtlichen Aspekten erforscht und die verschiedenen Ansätze konsequent miteinander verknüpft. Um Christiana von Goethe bzw. ihre Herkunftsfamilie in der Weimarer Gesellschaft zu verorten, untersucht Stehfest das Beziehungsnetzwerk der Familie und fragt nach den Ressourcen, die mobilisiert werden können, um Anerkennung und Prestige (»symbolisches Kapital«) zu gewinnen. Im Zentrum ihrer Überlegungen stehen die von Pierre Bourdieu unterschiedenen Kapitalsorten, das soziale (Beziehungen und Einfluss), das kulturelle (Bildung) und das ökonomische Kapital (Vermögen und Einkommen). Auf spekulative Deutungen, wie man sie etwa in Sigrid Damms ›authentischer‹ Lebensgeschichte *Christiane und Goethe* finden kann, wird verzichtet, stattdessen lassen sich die Befunde in eine »Geschichte der Möglichkeiten« (Carlo Ginzburg über Natalie Zemon Davis' historische Arbeitsweise) einordnen. Wie sorgfältig die Autorin mit Sprache umgeht, wird bereits im Titel des anzuzeigenden Bandes deutlich. Während »Goethes Frau« meist als »Christiane«, »Christiane Vulpius«, »Christiane Goethe« bzw. »Christiane von Goethe« bezeichnet wird, hat Stehfest sich unter Berücksichtigung der Namensgebung im Taufakt (»Johanna Christiana Sophia«) und der Namensverwendung durch die Namensträgerin für den Namen »Christiana« entschieden, der im Gegensatz zu »Christiane« eindeutig in den Quellen belegt ist.[1]

Im ersten Teil ihrer Arbeit untersucht Stehfest das familiäre und soziale Milieu der Familie Vulpius. Wichtige Erkenntnisse verdankt sie einer sorgfältigen Analyse der Taufpatenwahl, des Wohnumfelds und der Bildungsmöglichkeiten, die Mädchen ihres Standes offenstanden. Sie betont, dass Christianas Kindheit nicht nur durch die zunehmende Armut des Vaters, sondern auch durch eine starke Bildungstradition geprägt war. Alle Vorfahren in männlicher Linie hatten eine akademische Ausbildung und gehörten als Geistliche oder Juristen zu den gebildeten Ständen, während die Vorfahren mütterlicherseits eher dem Handwerkermilieu zuzuordnen waren. Trotz der prekären Lage der Familie nach der Entlassung des Vaters konnte die Familie in einem bürgerlichen Umfeld wohnen und angesehene Angehörige der Hofgemeinde als Taufpaten gewinnen (»soziales Kapital«). Dass Christiana und ihre Schwester Ernestine vermutlich im familiären Umfeld lesen und schreiben gelernt haben und dem Bruder Christian August Vulpius trotz der bitteren Armut der Familie der Besuch des Gymnasiums und ein Studium ermöglicht wurden, ist ein Zeichen für die Wertschätzung von Bildung. Durch das Auseinanderdriften zwischen bildungsbürgerlichem Anspruch (»kulturelles Kapital«) und prekären Lebensverhältnissen (Verlust von »ökonomischem« und »symbolischem Kapital«) erscheint Christiana von Goethe als »Wandlerin und häufig auch Mittlerin zwischen zwei Welten« (S. 88). Die schon von den Zeitgenossen formulierte Behauptung ihrer niederen Herkunft und ihres beschränkten Bildungshintergrundes wird durch diese Einordnung widerlegt. Um ihr Schreiben einzuschätzen, reicht es nicht, nach den Schreib- und Bildungsvoraussetzungen zu fragen, auch der Schreibprozess muss analysiert werden. Deswegen richtet Stehfest den Blick immer wieder auf die anspruchsvolle Tätigkeit im Haushalt. Sie verweist auf die umfassenden Kompetenzen, die erforderlich waren, dem Goethe'schen Anwesen am Frauenplan vorzustehen, auf Christianas praktisches Wissen und auf ihre Leistungen in der Hauswirtschaft, und damit auf Fähigkeiten, die in Forschungen, die nicht die Lebenswelt um 1800, sondern das intellektuelle Umfeld Goethes zum Referenzrahmen wählen, keine Rolle spielen.

Im zweiten Teil der Arbeit geht es um das Selbstverständnis Christianas als Briefschreiberin und ihre Verortung in der Briefkultur um 1800. In ihrem Briefwechsel betonte Christiana von Goethe selbstkritisch, dass sie sich ihrer Unzulänglichkeit bewusst sei und dass ihr das eigenhändige Schreiben schwerfalle. Ihre Briefe sind nicht im Kontext einer weiblichen Briefkultur zu verorten, die ähnlich wie Tanzen oder Musizieren Bestandteil der geselligen Kultur und des Freundschaftskultes des sich formierenden Bildungsbürgertums waren und dem Wissenserwerb oder der literarischen Emanzipation der Schreiberinnen dienten. Sie gehören in einen Bereich, der zwischen der ›Briefkultur‹ ihrer Zeit und der alltäglichen Schriftlichkeit gering alphabetisierter Menschen anzusiedeln ist. Christiana musste das Briefeschreiben in ihre häuslichen Arbeiten integrieren, es wurde für sie nie zur Routine. Das dürfte auch mit den Schreibbedingungen von Frauen im Kontext häuslich-familiärer Aufgaben zusammenhängen, die Stehfest mit ihrem akteurszentrierten Blick auf Christiana von Goethe herausarbeitet, bevor sie ihr Quellenkorpus – 312 Privatbriefe aus dem engsten Freundes- und Familienkreis – formal beschreibt und Anrede- und Grußformen analysiert. Während Johann Wolfgang von Goethe Privatbriefe häufig diktierte, schrieb Christiana ihre Briefe bis 1803 eigenhändig. Von 1810 bis 1816 diktierte auch sie ihre Briefe und ergänzte gelegentlich handschriftlich eine Grußformel oder eine kurze Passage. Ihre wichtigste Schreiberin und Gesellschafterin war Caroline Ulrich, die schon als Kind im Hause Goethes verkehrt

1 Anja Stehfest, Barbara Aehnlich: *Sozio- und pragmaonomastische Implikationen der Benennungspraxis am Beispiel der Christiana von Goethe*. In: *Namenkundliche Informationen* 107/108 (2016), S. 369-396. Online abrufbar unter: https://nbn-resolving.org/urn:nbn:de:bsz:15-qucosa2-164164 (zuletzt aufgerufen am 26.2.2025).

hatte und – dies sei nebenbei bemerkt – für einige Zeit Nähschülerin bei Karoline Kummerfeld war.

Für die im dritten Teil vorgenommene empirische Untersuchung der Briefe von Christiana von Goethe als Zeugnisse der Alltagssprache breiter Bevölkerungsschichten hat Stehfest 302 Privatbriefe aus dem engsten familiären Umfeld ausgewählt, die zwischen 1793 und 1803 eigenhändig geschrieben worden sind. Zu den Befunden dieser intensiven Textarbeit gehört das Herausarbeiten sprechsprachlich-dialektaler Tendenzen, die sich beispielsweise bei der Schreibung von Fremdwörtern erkennen lassen. Daneben finden sich aber auch zahlreiche Belege für die Anlehnung an die Schriftsprache. Im Ergebnis handelt es sich, so bilanziert Stehfest, »um eine dialektale Umgangssprache zwischen Mündlichkeit und Schriftlichkeit, die von zusätzlicher Varianz geprägt ist« (S. 477). Hyperkorrekturen deutet sie nicht als Defizit, sondern als reflektierten Umgang mit Sprache. Abschließend wendet sie sich dem wenig erforschten Themenbereich der Beziehungssprache zu. Die Korrespondenz des Ehepaares Goethe wird u.a. im Hinblick auf Anrede und Koseformen untersucht, Beziehungskrisen und Briefsprache zueinander in Bezug gesetzt und der Variantenreichtum pronominaler Anredeformen aufgezeigt. Ein interessanter, wenn auch nicht überraschender Befund hinsichtlich der Anredeformen in den Briefen Johann Wolfgang von Goethes ist, dass er seine Geliebte und spätere Ehefrau in 60 von 93 Fällen als »Kind« ansprach, daneben auch die Anredeform »Lieb'« (19 Belege), »Herz« (8 Belege), »Beste« (3 Belege) sowie »Kleine«, »Engel« und »Weibchen« (je ein Beleg) verwendete. Stehfest vermutet, dass sich die Anredeform »Kind« »auf das hierarchisch-patriarchale Geschlechterverhältnis der Zeit oder [...] auf den Altersunterschied von fast 16 Jahren zurückführen« lasse (S. 382). Sie hält diese Erklärung aber für unzureichend, weil »die phatische und kosende Funktion« vernachlässigt werde (S. 383). Dabei müsste m.E. deutlicher herausgearbeitet werden, dass kosende Bezeichnungen auch und gerade in asymmetrischen Beziehungen einen Platz haben können. In diesem Zusammenhang sei daran erinnert, dass Naturrechtslehrer die Ehe als ›gleiche Gesellschaft‹ begründeten und gleichzeitig auf der Vorherrschaft des Ehemanns durch den Ehevertrag, in dem sich die Frau freiwillig der Hausherrschaft eines einzelnen Mannes unterwirft, bestanden. Um mehr über die Bedeutung der Anrede herauszufinden, müsste wohl die individuelle Paarbeziehung eingehender untersucht werden. Auch wenn an diesem Beispiel deutlich wird, wie vielschichtig und damit auch problematisch der abschließend vorgestellte Ansatz einer Sprachgeschichte als Beziehungs- oder Kommunikationsgeschichte ist, so ist Stehfest zuzustimmen, dass es wünschenswert wäre, diesen Ansatz aus sprachwissenschaftlicher Perspektive weiterzuentwickeln; ist er doch geeignet, andere textbasierte Wissenschaften für die Mehrdeutigkeit ihrer Befunde zu sensibilisieren. Briefe sind eine wichtige und viel zu wenig beachtete Quelle, gerade für die Frauen- und Geschlechtergeschichte. Die vorliegende Arbeit zeigt, wie ertragreich es ist, sie in einem interdisziplinären Zugang zu erschließen.

Claudia Ulbrich

Thomas Regehly (Hrsg.): *Schopenhauer in Goethes Weimar. »Ob nicht Natur zuletzt sich doch ergründe ...?«*. Frankfurt a.M.: Edition Faust 2023, 327 S., 38,00 €

Zwischen 1813 und 1814 kam es zu gemeinsamen Farbexperimenten zwischen Goethe und dem jungen Philosophen Arthur Schopenhauer, der kurz zuvor in Jena für seine Arbeit *Ueber die vierfache Wurzel des Satzes vom zureichenden Grunde* (1813) den Doktortitel der Philosophie erhielt. Goethe erhoffte sich von seinem Gesprächspartner Zustimmung für seine *Farbenlehre* (1810). Schopenhauers Resultat dieser Unterhaltungen bildete seine Schrift *Über das Sehn und die Farben* (1816), die allerdings in wesentlichen Punkten von Goethes Farbenlehre abwich. Die Entfremdung war unausweichlich.

Dem Thema *Schopenhauer in Goethes Weimar* widmet sich ein 2023 erschienener Sammelband, der Vorträge einer 2018 durchgeführten internationalen Tagung mit dem Titel »Ob nicht Natur zuletzt sich doch ergründe …?« vereinigt. Ergänzend kommen Beiträge und Materialien weiterer Autoren und einer Autorin hinzu. Die Konferenz, die von der Schopenhauer-Gesellschaft und der Goethe-Gesellschaft in Weimar e.V. veranstaltet wurde, fand anlässlich des 200. Jahrestages der Erstveröffentlichung von Schopenhauers Hauptwerk *Die Welt als Wille und Vorstellung* (1819) im Goethe-Nationalmuseum in Weimar statt.

Der Buchtitel *»Ob nicht Natur zuletzt sich doch ergründe …?«* entstammt der ersten Strophe eines Gedichtes, das Goethe 1816 dem Weimarer Staatsminister Christian Gottlob von Voigt zu dessen Dienstjubiläum zueignete (vgl. MA 11, 1.1, S. 171). Schopenhauer stellte 1819 diesen Vers als Motto dem ersten Band seines *opus magnum* voran. Der überwiegend philosophisch ausgerichtete Band gliedert sich in vier Teile mit insgesamt elf Beiträgen. Exemplarisch sollen im Folgenden einige philosophische Kerngedanken skizziert werden, die Raum für weiterführende Diskussionen bilden können. In der Einführung stellt der Herausgeber, gleichsam leitmotivisch für den gesamten Band, Goethes Maxime »Ob nicht Natur zuletzt sich doch ergründe?« dem *einen* Gedanken Schopenhauers – die Welt sei die »Selbsterkenntnis des Willens« – entgegen. Während Goethe überzeugt war, auf dem Wege seiner Naturforschung tatsächlich ins »Innere der Natur« (S. 16) einzudringen, vertrete Schopenhauer demgegenüber eine *Selbst*ergründung der Natur: Denn diese werde in *Die Welt als Wille und Vorstellung* als Inbegriff eines metaphysischen Willens aufgefasst, der sich selbst erkenne (siehe S. 16 f.).

Im ersten Teil, *Schopenhauers Hauptwerk und die Weimarer Salonkultur*, kommen Rolf Selbmann, Helmut Hühn sowie Damir Barbaric zu Wort. Selbmann untersucht vier berühmte »Nach-Reden« (S. 22) von Schopenhauer, Goethe, Thomas Mann und Hans Pleschinski. Hühn deutet zu Recht Goethes Morphologie und Metamorphosenlehre als eine antiplatonische bzw. »antimetaphysisch orientierte ›Phänomenologie der Natur‹« (S. 37). Dem gegenüber stehe Schopenhauers im Rahmen seiner Willensmetaphysik verortetes metaphysisches Naturkonzept, das anders als bei Goethe platonische Züge trage (siehe S. 49). Hühns Anliegen, Goethes gleichsam monistische und – um einen Terminus von Philipp Höfele ins Spiel zu bringen – »holistische« (S. 106) Ideen- und Formlehre von der lehrbuchmäßigen Auffassung einer Zweiweltenlehre bei Platon abzugrenzen und damit Goethes vermeintlichen Platonismus erneut einer Revision zu unterziehen, erfüllt ein Forschungsdesiderat. Laut Hühn vertritt Goethe einen dezidiert nicht-»eidetischen« – was bedeuten könnte: aus der Idee als wirkendem Prinzip sich gestaltenden –, sondern »endogenen« (S. 43), aus dem Inneren der Dinge, gleichsam ihrer »Materie« selbst hervorgehenden Begriff der Form. Doch warum das Kind mit dem Bade ausschütten? Denn ein wesentlicher Bestandteil genuiner phänomenologischer Forschung in der Tradition Edmund Husserls ist gerade die platonisch-aristotelische Eidetik, die den möglichen Anschauungscharakter der Idee erkenntnistheoretisch allererst rechtfertigt. Das sogenannte phänomenologische *Eidos* (von altgriechisch *eidos*: Form, Gestalt, Idee) wäre in diesem Fall, phänomenologisch gesprochen, das objektive Korrelat dessen, was Goethe mit den »Augen des Geistes«, die Hühns Aufsatz auch im Titel führt, zu sehen erklärt. Ohne die Eidetik, die erklärtermaßen die mögliche Objektivität der Anschauung verbürgt, kommt Hühn zu dem Fazit, dass Goethe von den prinzipiellen (nicht nur persönlich-kontingenten) »Grenzen der Erkenntnis« (S. 38) und vom Subjektivismus der Vorstellungsarten über die Natur überzeugt gewesen sei (siehe S. 48). Allerdings würde eine solche Position die Stoßrichtung von Goethes eigenen Versen »Wir denken: Ort für Ort / Sind wir im Innern« (MA 13, 1, S. 162) sowie Schopenhauers affirmativer Aneignung des Goethe-Mottos (»Ob nicht Natur zuletzt sich doch ergründe?«) tatsächlich konterkarieren.

Damir Barbaric setzt an einer Kritik der reduktionistisch bzw. mathematizistisch und damit sinnenfeindlich verfahrenden neuzeitlichen Naturwissenschaften an. Er zeigt anhand Goethes morphologischer Schriften, wie sehr Goethe sich mit seinem Plädoyer für ein »schaffend-teilnehmende[s] Erkennen« (S. 58) und mit einer »zarten Empirie« (S. 59) dem

»Projekt der neuzeitlichen Naturbeherrschung« (S. 60) widersetzt. Für Barbaric erweist sich trotz aller Differenzen als das zentrale Bindeglied zwischen Goethe und Schopenhauer die »Hochachtung der Anschauung und Abneigung gegen die bloß abstrakte Tätigkeit des Verstandes« (S. 61). Bei Schopenhauer drückt sich diese Aufwertung in seinem Begriff einer intellektualen Anschauung, bei Goethe auch in seinen Konzepten eines anschauenden Denkens bzw. einer anschauenden Urteilskraft aus, mit denen er Kants epistemologischen und ontologischen Dualismus von Sinnlichkeit und Verstand zu transzendieren versucht.

Doch folgt Goethe tatsächlich, wie vom Autor behauptet, einer nur »vorwissenschaftlichen«, »poetischen« (S. 60) sowie »vor-neuzeitlichen« (S. 67) Naturauffassung? Oder könnte Goethes Naturwissenschaft mit ihren über das Sinnliche hinaus erweiterten Begriffen der Empirie und Anschauung (welche das »Sehen« von Ideen mit umfassen), der erkenntnistheoretischen Bedeutung, die er der Subjektivität beimisst, und seinem metamorphosierenden Materiebegriff nicht stattdessen im Rahmen aktueller wissenschaftstheoretischer Diskussionen um einen möglichen Paradigmenwechsel fruchtbar gemacht werden?

Der zweite Teil, *Schopenhauers Hauptwerk und die erste Italienreise*, versammelt Aufsätze von Helmut Schanze über die Bedeutung des Begriffs der »Vorstellung« bei Goethe und Schopenhauer, von Maurizio Morini zu Schopenhauers Idee der unzerstörbaren individuellen Identität sowie von Philipp Höfele und Harald Tausch über Goethes und Schopenhauers Differenzen im Gebiet der Farbenlehre am Beispiel der farbigen Schatten. Paradigmatisch für naturphilosophische Debatten um 1800 untersucht Philipp Höfele die wissenschaftstheoretischen Ansätze von Goethe und Schelling, dem norwegisch-deutschen Naturforscher Henrik Steffens sowie von Schopenhauer. Eine Leitlinie bildet das Spannungsverhältnis zwischen dem Bestreben, die Natur zu ergründen, und dem Versuch, zugleich das Unverfügbare einer *natura naturans* zu retten. Schellings »›meta-physische‹ Wendung« (S. 107) von Goethes Naturphilosophie führe ihn schließlich zu einem objektiven Idealismus. Schopenhauer widersetzt sich laut Höfele mit seiner Position eines letztlich erkennbaren »voluntativen Wesens der Natur« (S. 120) dem anderen Hauptmotiv der Naturphilosophie um 1800, die Natur als unendlich-produktive *natura naturans* zu verstehen. Für Höfele ist Goethes Farbenlehre aus einem »Ungenügen innerhalb von Newtons Ansatz« (S. 101) erwachsen. In der Tat nimmt Goethes vieldiskutierte »Polemik« gegen Newton im Polemischen Teil der *Farbenlehre* einen großen Raum ein. Doch erfasst eine solche Deutung Goethes wissenschaftliches Anliegen nicht mit der von ihm selbst geforderten Radikalität. Goethes primäres Ziel war es nicht, die Physik Newtons anzufechten, sondern nach eigenem Bekunden (in *Konfession des Verfassers*) die reiche Mannigfaltigkeit der Farbenwelt auf ein einheitlich geordnetes Ganzes, einen gesetzmäßigen Zusammenhang zurückzuführen (vgl. MA 10, S. 902-919). Im Sinne seines Konzepts des ›Urphänomens‹ der Farbenlehre kam er an einer Auseinandersetzung mit dem englischen Physiker nicht vorbei.

Im dritten Teil (*Materialien*) zeichnet Thomas Regehly Schopenhauers Lesespuren in Goethes *West-östlichem Divan* nach, während Francesca Fabbri Schopenhauer als Leser der Herzoglichen Bibliothek in Weimar und als Gesprächspartner Goethes vorstellt.

Im vierten Teil (*Dokumentation*) widmet sich Jan Kerkmann dem Thema Pantheismus und seiner Kritik bei Goethe und Schopenhauer. Olaf L. Müller legt seinem Aufsatz folgende bereits in seiner Monographie *Mehr Licht!* (2015) ausgearbeitete These zu Grunde: Der »polaritätstheoretische Kerngedanken« (S. 247) der Goethe'schen Farbenlehre bestehe darin, dass Goethe in seinen Farbversuchen den Helligkeitspol (die »Lichtstrahlen«) mit dem Dunkelheitspol vertauscht habe. Als Ergebnis zeige sich ein umgekehrtes Spektrum, das sich komplementär zu demjenigen Newtons verhalte. Müller geht daraufhin den Fragen nach, warum Goethe und Newton sich im Gebiet der Farben entzweien mussten und ob sich möglicherweise nicht doch ein Kompromiss hätte ergeben können. Ob Goethes Farbenlehre tatsächlich »ohne philosophisches Fundament« (S. 248) blieb, wie Müller behauptet, oder dessen implizite Philosophie nicht auch im Gebiet der Farben die Phänomenologie war, die Helmut Hühn in Goethes morphologischen Schriften aufgespürt hat, bleibt weiter zu diskutieren.

Der gehaltvolle Band zielt mit seinen Beiträgen aus literaturwissenschaftlichen und philosophischen Perspektiven in das Zentrum der ideengeschichtlichen Debatten in Weimar um 1800. Diese erscheinen angesichts der vielfach diagnostizierten, weitgehend ungelösten geistigen ›Krisen‹ im 20. und 21. Jahrhundert hochaktuell.

Iris Hennigfeld

Dietrich von Engelhardt: *Goethe als Naturforscher im Urteil der Naturwissenschaft und Medizin des 19. Jahrhunderts. Themen, Texte, Titel.* Berlin, Heidelberg: Springer Verlag, Imprint: J.B. Metzler 2024, 673 S., 109,99 €

Dieser Band – so verspricht es der Klappentext – schließe eine Lücke. Angesichts des Umfangs der vom renommierten Medizinhistoriker Dietrich von Engelhardt herausgegebenen Quellensammlung muss die Lücke groß gewesen sein. Und tatsächlich findet man hier auch viele bisher unbekannte oder an entlegenen Orten publizierte Kommentare zu Goethes naturwissenschaftlichen Schriften aus dem 19. Jahrhundert. 48 von ihnen wurden von Engelhardt ausgewählt und in der jeweiligen Originalsprache abgedruckt – eine Zählung ergibt 29 deutsche, 9 französische, 6 englische, 2 italienische und je einen spanischen und niederländischen Beitrag. Ein anspruchsvolles Buch für die potenzielle Leserschaft also, doch im Zeitalter der Künstlichen Intelligenz lassen sich von den fremdsprachigen Texten leicht gute Übersetzungen herstellen. Zudem wurde jedem Beitrag eine grau unterlegte Einführung vorangestellt, die biographische Angaben zum Autor und ein (deutsches) Abstract des jeweiligen Textes enthält.

Die Beiträge werden in alphabetischer Reihenfolge nach den Autorennamen wiedergegeben, so erhält der Band den Charakter eines Lexikons. Im kürzeren zweiten Teil wird diese Quellensammlung mit einer in ihrer Ausführlichkeit bisher unerreichten Bibliographie ergänzt: Sie umfasst 240 Primärtitel von Naturwissenschaftlern und Medizinern und wird sowohl alphabetisch (S. 619-636) wie auch chronologisch (S. 637-654) geordnet abgedruckt – letztere Reihe beginnend mit einer anonymen Rezension zur *Metamorphose der Pflanzen* aus dem Jahr 1790 und endend mit einem Beitrag von 1902 unter dem recht aktuell klingenden Titel *Goethe über den Impfzwang*.

Im Autorenverzeichnis trifft man auch bekannte Namen aus der Geschichte der Medizin und der Naturwissenschaften. Dazu gehören Zeitgenossen Goethes, die mit ihm persönlich oder durch briefliche Kontakte bekannt waren, etwa Carl Gustav Carus, Lorenz Oken oder Christian Gottfried Daniel Nees von Esenbeck, sowie Etienne Geoffrey St.-Hilaire und Georges Cuvier – die beiden Kontrahenten in dem von Goethe intensiv verfolgten Pariser Akademiestreit von 1830, der dem Geltungsbereich eines tierischen ›Typus‹ gewidmet war.

Goethes eigene Publikationen zu seinen naturwissenschaftlichen Studien sind meist erst spät erschienen, vor allem in den beiden Heftreihen *Zur Morphologie* und *Zur Naturwissenschaft überhaupt* (1817-1824), manche Texte wurden auch erst posthum veröffentlicht. Demzufolge beziehen sich die frühen Rezensionen vor allem auf seine Veröffentlichungen zur Metamorphose der Pflanzen (1790) und zur Farbenlehre (1791, 1792 und 1810). In großen Goethe-Werkausgaben aus der zweiten Hälfte des 19. Jahrhunderts kamen die naturwissenschaftlichen Schriften dann auch gesammelt zum Abdruck (S. 15), redigiert von dem Physiker Salomon Kalischer (1877/78) bzw. von Rudolf Steiner (1883-1897), der als junger Absolvent der Technischen Hochschule in Wien diese anspruchsvolle Aufgabe übernahm.

Eine möglichst vollständige Edition der naturwissenschaftlichen Schriften und Notate wurde schließlich um die vorletzte Jahrhundertwende angestrebt, mit der u.a. auch von Rudolf Steiner redigierten zweiten Abteilung der sogenannten Weimarer oder Sophien-Ausgabe – die 14 Bände erschienen 1890-1906. Die Kenntnis von Goethes Texten zur Naturforschung konnte sich so auf eine breitere Grundlage beziehen. Auf den darauffolgenden Teil der Rezeptionsgeschichte im 20. Jahrhundert, der immer mehr auch eine Sache der Literaturwissenschaftler und Philosophen wurde, hat Engelhardt jedoch zugunsten der Übersichtlichkeit und Geschlossenheit seines Textkorpus verzichtet.

Der Band animiert zum Blättern und Schmökern: Viele große Namen aus der deutschen Wissenschafts- und Medizingeschichte des 19. Jahrhunderts finden sich hier: Ernst von Feuchtersleben, Hermann von Helmholtz, Mathias Jacob Schleiden, Rudolf Virchow – und nicht zuletzt Ernst Haeckel, der in seinem Vortrag *Die Naturanschauung von Darwin, Goethe und Lamarck* (S. 213-244) in Darwins Todesjahr 1882 Goethe zum wiederholten Mal mit Bezug auf dessen morphologische Aussagen als einen der »Begründer der Deszendenztheorie« (S. 229) bezeichnete, womit er dieser 1859 von Charles Darwin veröffentlichten Theorie auch einen deutschen Ursprung zuschreiben wollte.

In einer solchen Zusammenstellung darf Emil Du Bois-Reymond – ein Widersacher Haeckels – nicht fehlen: Seine ebenfalls im Jahr 1882 in der Aula der Berliner Universität gehaltene Rektoratsrede *Goethe und kein Ende* (S. 93-114) geht zwar einigermaßen wohlwollend auf Goethes morphologische Studien ein, doch meinte er zugleich, ihm fehle »der Begriff der mechanischen Kausalität« (S. 111) und schließt daraus: »Vom Darwinismus [...] hätte Goethe sich schaudernd abgewandt« (ebd.). Die Farbenlehre wird mit einem berühmt gewordenen Zitat als »totgeborene Spielerei eines autodidaktischen Dilettanten« abgefertigt (S. 107). Die seit ihrem Erscheinen umstrittene *Farbenlehre* Goethes veranlasste auch weitere kritische Beiträge. So widmete sich John Tyndall, ein bekannter Physiker aus dem Lande Newtons, auf Bitte seines Freundes Thomas Carlyle 1880 demselben Thema (S. 505-524). Er arbeitete sich durch das ganze Werk und unterzog etwa Goethes Erklärung der Farbentstehung im trüben Medium einer ausführlichen Kritik, mit dem Fazit: »He is always rich in facts. But when he comes to deal with physical theory, the poverty and confusion of his otherwise transcendend mind becomes conspicuous« (S. 517).

Bedeutend positiver hatte der französische Mediziner und Wissenschaftshistoriker Ernest Faivre Goethes Leistungen beurteilt, als er in seinem umfangreichen Aufsatz *Œuvres scientifiques de Goethe* von 1859 auf alle von diesem betriebenen Wissenschaften einging. Demselben Thema widmete er 1862 noch eine Monographie mit 444 Seiten (S. 115). Abgedruckt wurden im vorliegenden Band seine abschließenden Ausführungen aus dem Aufsatz, die mit Verweis auf *Faust* und die *Wahlverwandtschaften* die gegenseitige Befruchtung von Dichtung und Wissenschaft behandeln (S. 115-142). Faivre warnt darin eindringlich vor der materialistischen Tendenz in den Naturwissenschaften der Zeit, wie sie Du Bois-Reymond dann fast karikaturhaft verkörpern sollte: »Cette science, qui s'isole ainsi du mouvement poétique, philosophique, et moral, qui développe sans contre-poids le côté matériel de notre nature, est pleine des périls pour l'avenir« (S. 140 f.).

Diese wenigen Beispiele geben einen Eindruck von der Bandbreite der damaligen Urteile. In den Wissenschaften überlagern neue Erkenntnisse und Denkweisen die älteren Ansichten, was sich auch in den aufgenommenen Rezensionen spiegelt: Der Positivismus löste im Laufe des 19. Jahrhunderts die Naturphilosophie ab. Doch Goethe hielt sich in seinen Äußerungen stets zwischen den Extremen auf – dies lässt seine spezifische Art der Naturbetrachtung heute noch aktuell erscheinen, wie Dietrich von Engelhardt in seiner kenntnisreichen Einleitung betont (S. 7). Er leistet darin auch eine hilfreiche Einordnung der 48 Beiträge nach thematischen Gesichtspunkten, also auf den Gebieten der Farbenlehre, Botanik, Anatomie, Morphologie und Geologie. Doch Engelhardt betont zugleich die Lücken seiner Sammlung (S. 4): So fehlen Monographien, da sie den Umfang der Publikation gesprengt hätten – sie erscheinen aber in der Bibliographie. Auch zahlreiche Texte mit kürzeren Erwähnungen Goethes konnten nicht wiedergegeben werden (ebd.). Auf Goethe-Zitate und -Mottos, Widmungen etc. – diese gab es damals in naturwissenschaftlichen Beiträgen in Hülle und Fülle – kann Engelhardt nur summarisch verweisen. Sie sind ebenso wenig aufgenommen worden wie Erwähnungen von Goethes wissenschaftlichen Leistungen in Autobiographien (S. 5).

Auffallend aus heutiger Sicht ist, wie vertraut die Mediziner und Naturforscher des 19. Jahrhunderts auch mit Goethes literarischem Werk waren. Das Auseinanderdriften der unterschiedlichen »Kulturen« – Engelhardt benennt vier Bereiche: Naturwissenschaften, Geisteswissenschaft, Künste und Leben (S. 2) – ließ sich, zum Bedauern des Herausgebers, nicht aufhalten. Goethes Aufforderung, »die Natur zugleich und sich selbst zu erforschen« (S. 24), steht deshalb am Schluss von Engelhardts Einleitung.

Diese Publikation ist nun zugleich sein Vermächtnis geworden, denn am 14. Januar dieses Jahres ist Dietrich von Engelhardt im Alter von 83 Jahren verstorben. Von 1983 bis zu seiner Emeritierung im Jahr 2007 war er Professor für Geschichte der Medizin und Allgemeine Wissenschaftsgeschichte an der Universität Lübeck und bekleidete zahlreiche weitere Ämter. Als promovierter Philosoph bewegte er sich im Umfeld von Medizin, Geschichte, Literatur, Natur- und Geisteswissenschaften und behandelte seine Themen mit umfassenden historischen Kenntnissen und großer ethischer Verantwortung. Wie schon sein Vater, der Geologe Wolf von Engelhardt, war er mit Goethes Leben und Werk vertraut und schätzte sowohl seine literarischen wie naturwissenschaftlichen Werke hoch. So traf man den engagierten und liebenswürdigen Gelehrten auch oft an den Hauptversammlungen der Goethe-Gesellschaft in Weimar.

Dietrich von Engelhardts Bilanz im Vorwort lautet: »Goethe als Naturforscher bleibt weiter ein bedeutendes Beispiel und eine stimulierende Anregung zur Wahrnehmung und zum Verständnis der Natur und der Position des Menschen in der Welt.« (Ebd.) Dem ist nichts hinzuzufügen, außer vielleicht: Wenn der Band dazu anregt, auch die den gesammelten Beiträgen zugrundeliegenden Originaltexte Goethes wieder zu lesen – und seine naturwissenschaftlichen Studien sind auch heute noch gut lesbar –, wäre damit ein weiterer Punkt gewonnen.

Margrit Wyder

Paula Wojcik: *Theorie der Klassik. Eine kulturelle Praxis von Goethe bis Grandmaster Flash*. Berlin: De Gruyter 2022 (gebunden), 2024 (broschiert), 385 S., 89,95 € / 24,95 €

Die Frage nach dem Wesen und der Funktion von Literaturklassikern gehört zu den zentralen Themen der Literaturwissenschaft. Traditionell wurde Klassizität dabei vorwiegend als immanente Qualität verstanden – sei es in Bezug auf ästhetische Perfektion, universale Gültigkeit oder überzeitliche Bedeutsamkeit. In jüngster Zeit haben jedoch insbesondere kulturwissenschaftliche Ansätze diesen essentialistischen Klassikbegriff zunehmend infrage gestellt und stattdessen die sozialen, medialen und historischen Prozesse in den Blick genommen, die zur Kanonisierung und Persistenz bestimmter Werke führen.

Der vorliegende Band *Theorie der Klassik* von Paula Wojcik reiht sich in diese Tradition ein und unternimmt den überzeugenden Versuch, den Klassikbegriff fundamental zu überdenken. Anstatt Klassik als zeitloses, universelles Phänomen zu begreifen, rückt die Autorin die kulturellen Mechanismen und Funktionen in den Fokus, die zur Etablierung und Langzeitpräsenz von Literaturklassikern führen. Dabei versteht sie Klassizität nicht als Resultat einer vermeintlichen inneren Qualität, sondern als Effekt vielfältiger Praktiken der Aktualisierung, Transgression und Valorisierung.

Wojcik verortet ihre Studie an der Schwelle zwischen den Literatur- und den Kulturwissenschaften und bedient sich eines interdisziplinären Ansatzes, der sowohl literaturhistorische als auch soziologische Perspektiven einbezieht. Im Zentrum stehen vier Fallstudien, in denen jeweils ein ›Mythos‹ des Klassikbegriffs – Holismus, Universalismus, Zeitenthobenheit und Elitarismus – an exemplarischen Balladenklassikern dekonstruiert wird. Neben den kanonischen Autoren Goethe und Adam Mickiewicz werden dabei auch weniger bekannte Figuren wie Itzik Manger und Börries von Münchhausen in den Blick genommen, was den Blick auf alternative Klassiker-Traditionen eröffnet.

Der theoretische Ausgangspunkt der Untersuchung ist ein praxeologisches Verständnis von Klassik, das die dynamischen, kontextabhängigen Prozesse ihrer Hervorbringung in den Mittelpunkt rückt. Ausgehend von diesem Ansatz entwickelt die Autorin ein mehrstufiges Modell, das die verschiedenen Phasen der Klassikergenese und -zirkulation beschreibt. Demnach werden Klassiker nicht schlicht ›autorisiert‹, sondern durch ein komplexes Zusammenspiel von Aktualisierung, Transgression und Valorisierung in unterschiedlichen sozialen, politischen und ästhetischen Sphären performativ hervorgebracht und stabilisiert.

In der ersten Fallstudie, die sich dem polnischen Nationaldichter Mickiewicz widmet, wird dieser Ansatz überzeugend ausgearbeitet. Am Beispiel der Konstitution Mickiewiczs als Klassiker zeigt Wojcik, wie Klassizität gerade nicht durch Ganzheitlichkeit und Perfektion, sondern durch Fragmentarität und Unabgeschlossenheit entsteht. Statt eines monolithischen Werks, das als Ausdruck einer nationalen Identität fungiert, erscheint Mickiewiczs Œuvre als heterogenes Konglomerat, das durch unterschiedliche Aktualisierungen und Transgressionen in verschiedene Kontexte eingeschrieben wird. Gerade diese Offenheit, so Wojciks These, ermöglicht es Werk und Autor, zum Kristallisationspunkt kollektiver Identitätskonstruktionen zu werden.

Ebenso überzeugend ist die zweite Fallstudie, in der die Autorin das Partikulare gegen den Universalismus des Klassikbegriffs ausspielt. Am Beispiel des jiddischen Balladendichters Itzik Manger zeigt sie, wie in Gegenöffentlichkeiten eigene Klassikertraditionen mit identitätsstabilisierender Funktion geschaffen werden. Im Unterschied zur kanonischen Klassikvorstellung, die auf überindividuelle Gültigkeit zielt, entsteht Klassizität hier aus der spezifischen Bedürfniskonstellation einer marginalisierten Gruppe heraus. Dementsprechend gewinnen Manger und andere jiddische Autoren ihre Kanonizität nicht durch überregionale Verbreitung, sondern durch lokale Aneignung und Aktualisierung.

Die dritte Fallstudie widmet sich dem Mythos der Zeitenthobenheit und präsentiert Klassik als ein zeitgebundenes, auf die jeweilige Gegenwart ausgerichtetes Phänomen. Als Referenzsystem dient hier das totalitäre System des deutschen Nationalsozialismus, als Fallbeispiel die Karriere des heute weitgehend unbekannten Balladendichters Börries von Münchhausen. Anhand dieser Konstellation zeigt die Autorin, wie Klassikerstatus nicht aus intrinsischen Qualitäten resultiert, sondern durch spezifische ideologische Instrumentalisierungen und Aktualisierungen hervorgebracht wird. Zugleich macht sie aber deutlich, dass das kulturelle Vergessen von Klassikern nach 1945 nicht allein als Zensur zu verstehen ist, sondern mit einer sich wandelnden Bedarfskonstellation zusammenhängt.

Im letzten Kapitel schließlich widerlegt Wojcik den Mythos des Elitarismus, indem sie die Popularität von Klassikern in den Blick nimmt. Am Beispiel der interkulturellen Rezeption von Goethes *Erlkönig* zeigt sie, wie Klassiker durch vielfältige Akte der Aktualisierung, Transgression und Aneignung in unterschiedliche ästhetische und soziale Sphären diffundieren. Von intellektuellen Zirkeln über Popmusik bis hin zu dialektalen Parodien entfaltet der *Erlkönig* eine erstaunliche Breitenwirkung, die den vermeintlich elitären Status des Klassikers Lügen straft.

Insgesamt legt Wojcik mit dieser Studie ein Werk vor, das durch seine hohe theoretische Stringenz, seinen interdisziplinären Ansatz und seine innovative Perspektive auf das Phänomen der Klassizität von Literatur überzeugt. Die detaillierten Fallanalysen belegen eindrücklich, wie Klassiker nicht aus einer vermeintlichen inneren Qualität, sondern aus der performativen Herstellung von Geltung, Relevanz und Persistenz hervorgehen. Dabei zeigt sich, dass Klassizität stets das Resultat spezifischer Kontextualisierungen, Aktualisierungen und Transgressionen ist, die in unterschiedlichen sozialen, politischen und ästhetischen Sphären stattfinden.

Die Autorin liefert somit einen überzeugenden Beitrag zur aktuellen Kanonforschung, indem sie Klassik als dynamischen, kontextabhängigen Prozess begreifbar macht. Besonders überzeugend sind die Analysen zur ideologischen Instrumentalisierung von Klassikern im Nationalsozialismus sowie zur subversiven Aneignung und Umschrift in populärkulturellen Kontexten. Hier wird deutlich, dass Klassiker keineswegs nur als Ausdruck einer bildungsbürgerlichen Hochkultur fungieren, sondern in vielfältiger Weise als Projektionsfläche für kollektive Identitätskonstruktionen dienen können.

Hervorzuheben ist auch, dass die Autorin neben den kanonischen Figuren Goethe und Mickiewicz auch weniger bekannte Klassiker wie Manger und Münchhausen in den Blick nimmt. Dies ermöglicht es, alternative Traditionslinien und Klassikerbegriffe jenseits des traditionellen Kanons sichtbar zu machen – ein wichtiger Beitrag auch im Hinblick auf die aktuelle Debatte um Diversität und Repräsentation in der Literaturwissenschaft.

Insgesamt erweist sich die Studie als überaus gewinnbringend für ein vertieftes Verständnis von Kulturtradition und Kanonbildung. Nicht nur Literaturwissenschaftler, sondern auch Kulturtheoretiker und Soziologen dürften von den innovativen Impulsen profitieren, die die Autorin mit ihrem praxeologischen Zugriff auf das Phänomen der Klassizität von Literatur setzt. Die sorgfältige theoretische Fundierung, der interdisziplinäre Ansatz und die differenzierten Fallanalysen machen den Band *Theorie der Klassik* zu einer Lektüre, die weit über den Bereich der Literatur hinaus Relevanz entfaltet.

Monika Wolting

Charles Lewinsky: *Rauch und Schall.* Roman. Zürich: Diogenes 2023, 304 S., 25,00 €

Goethe, der Schöpfer vieler unvergesslicher literarischer Figuren, von denen mit Werther, Mignon, Faust, Mephisto und Gretchen wenigstens fünf in das kulturelle Gedächtnis der Welt eingegangen sind, ist selbst zur literarischen Figur geworden – und dies schon sehr frühzeitig. Das erste Mal scheint es 1775 in einem Dramolett seines Freundes Lenz geschehen zu sein, einer Satire auf den damals im Entstehen begriffenen modernen Literaturbetrieb mit dem bezeichnenden Titel *Pandämonium Germanicum.* Goethe tritt darin als ein überaus selbstbewusster Jungautor auf, der gerade dabei ist, leichtfüßig den Berg der Musen zu erklimmen, was seinem Freund und Konkurrenten Lenz, der ebenfalls vorkommt, sehr viel schwerer fällt. Seitdem ist diese Tradition, die längst auch zum Gegenstand der Goethe-Forschung geworden ist,[1] nie mehr abgerissen. Sie hat mit Thomas Manns *Lotte in Weimar* oder (mit einigem Abstand) *Ein Gespräch im Hause Stein über den abwesenden Herrn von Goethe* von Peter Hacks Höhepunkte erreicht, aber auch zahlreiche Tiefpunkte zu verzeichnen. Bei manchem der Texte scheiden sich die Geister: Während die einen Martin Walsers Roman *Ein liebender Mann* aus dem Jahr 2008 etwa für ein Meisterwerk halten, werten die anderen (unter ihnen der Rezensent) ihn als schwer erträglichen Kitsch.

Jetzt hat der Schweizer Schriftsteller Charles Lewinsky einen neuen Beitrag zu dieser Tradition geleistet: wiederum in Form eines Romans, dessen Titel – *Rauch und Schall* – bereits darauf hindeutet, dass hier manches auf den Kopf gestellt wird. Die Titelidee ist durchaus witzig: »Rauch und Schall« ist eine Formulierung, die Goethe im Roman einmal während eines Gesprächs in den Sinn kommt und die er sich »bei nächster Gelegenheit seinem Secretarius zu diktieren« vornimmt (S. 137). Lewinsky hat hier also die Vorgeschichte einer sprichwörtlich gewordenen Wendung aus *Faust I* erfunden, die ursprünglich – so die Fiktion – aber eben noch anders gelautet hatte.

1 *Goethe als Literatur-Figur.* Hrsg. von Alexander Honold, Edith Anna Kunz u. Hans-Jürgen Schrader. Göttingen 2016. Vgl. dazu die Rezension des Verf. in: GJb 2017, S. 356-359.

Auch sonst ist dieser Roman voller Anspielungen. Man kann ihnen nachgehen, muss dies aber nicht. Die Idee des fiktiven Goethe, eine Sammlung erster Sätze anzulegen und drucken zu lassen (S. 195), ist zum Beispiel auch dann noch gut, wenn man nicht weiß, dass sie in Wahrheit von dem Germanisten Peter-André Alt stammt, der daraus vor einigen Jahren ein ganzes Buch gemacht hat.[2] Der fiktive Goethe versteht den ersten Satz als »[e]in Signal für den Leser«: »So wie man beim Betreten eines Hauses sofort spürte, was für Leute dort lebten« (ebd.). Wer, davon inspiriert, zurückblättert und den Beginn von Lewinskys Roman in diesem Sinn noch einmal liest, stößt auf ein so prägnantes wie provokantes Signal: »Goethe hatte Hämorrhoiden« (S. 7). Allerdings führt es insofern in die Irre, als der so gesetzte Ton (glücklicherweise) nicht beibehalten wird. Bei allen Späßen und Spielchen dieser Art war Lewinsky jedoch klug genug, keine Philologenprosa vorzulegen, auch wenn ihm offenbar durchaus daran gelegen war, dass seine Goethe-Kenntnisse nicht übersehen werden.

Die Handlung setzt Ende Oktober, Anfang November 1798 ein, als Goethe sich gerade auf der Rückreise von seiner zweiten Schweizerreise befindet. Man wird dies als einen selbstironischen Seitenhieb des Autors auf sein Heimatland verstehen dürfen: Denn Goethe kommt im Roman mit einer Schreibblockade aus der Schweiz zurück, zudem plagen ihn eben Hämorrhoiden. Die einzige möglicherweise tragfähige Idee, die er von der Reise mitbringt, besteht darin, den *Wilhelm Tell*-Stoff in Hexametern zu erzählen. Doch er verwirft diesen Plan: »Vielleicht war der Stoff doch eher etwas für Schiller« (S. 8). Dieses Detail ist übrigens einmal nicht erfunden: Goethe hat seinem Freund den Stoff tatsächlich überlassen.

Der Roman erzählt nun, wie Goethe, der dringend ein Gelegenheitsgedicht fertigstellen muss, was ihm partout nicht gelingen will, von unerwarteter Seite Hilfe zuteil wird, mit der er seinen *writer's block* schließlich erfolgreich überwindet. Ohne allzu viel verraten zu wollen: Die entscheidende Figur in diesem Prozess ist Christian August Vulpius, der für seinen Schwager Goethe zur Feder greift – so wie dieser es später auch für ihn tun wird. Lewinsky erzählt also die Geschichte einer vertauschten Autorschaft, von der selbst die Goethe-Philologen bisher nichts wussten, und er lässt sich dabei die Gelegenheiten zu einer Reihe komischer Effekte nicht entgehen. Das wirklich existierende Goethe-Gedicht *Stanze*, das dem Roman nach in Wahrheit von Vulpius stammt, lässt Lewinsky zum Beispiel von dem fiktiven Goethe kritisch kommentieren. Die besondere Pointe dieses Kommentars besteht darin, dass die Kritikpunkte des fiktiven an einem Text des historischen Goethe teilweise keineswegs unberechtigt sind. Die zweite Strophe des Gedichts etwa lautet:

> Die Palmen legen wir zu deinen Füßen
> Und Blumen streuen wir vor deinem Schritt.
> Die Eintracht darf sich wieder fest umschließen.
> An ihrer Seite kommt die Hoffnung mit;
> In Sicherheit und Ruhe zu genießen
> Und zu vergessen alles was es litt,
> Dies ist der Wunsch, der jedes Herz belebet,
> Das wieder frisch ins neue Leben strebet.
> (FA I, 1, S. 711 f.; hier S. 711)

Dazu merkt der fiktive Goethe an:

> Ähnliches galt für die zweite Stanze, in der sich die Eintracht des Reimes wegen selbst umschloss – eine Verrenkung, wie sie höchstens ein Kontortionist zustande gebracht hätte. Aber die Vulpiusse dieser Welt verrenkten bedenkenlos die deutsche Sprache und zwangen sie mit roher Gewalt ins Prokrustesbett ihrer Verse. (S. 65)

2 Peter-André Alt: »*Jemand musste Josef K. verleumdet haben …*«. *Erste Sätze der Weltliteratur und was sie uns verraten*. München 2020.

Auf der anderen Seite macht Lewinsky den fiktiven Goethe zum wahren Verfasser des *Rinaldo Rinaldini* – und er lässt die Leserschaft teilhaben an dieser grotesken Schreibszene, indem er die Sätze aus dem (in Wahrheit natürlich von Vulpius stammenden) realen *Rinaldo* mit Gedanken des fiktiven Goethe umgibt:

> Nicht an andere Dinge denken. Überhaupt nicht denken. Einfach schreiben.
> *Er* [Rinaldo Rinaldini; FvA] *lebt in den Canzonetten der Florentiner, in den Gesängen der Kalabresen und in den Romanzen der Sizilianer.*
> Lebt? Dieser Rinaldini war so lebendig wie eine von Augusts Kasperlfiguren. Er wusste nichts von ihm und wollte auch gar nichts von ihm wissen.
> Nur über ihn schreiben,
> Für einen wie Vulpius wäre die Übung einfacher gewesen. Seine Figuren waren alle aus denselben Zutaten zusammengerührt, Kopien von Kopien, mit Adjektiven überschüttet, wie eine Köchin eine missratene Speise überwürzt, damit man nicht merkt, wie fad sie eigentlich geraten ist. Aber Vulpius war eben kein Dichter, sondern nur ein Fabrikant von Spielzeug, dessen Hampelmänner nach demselben Prinzip zappelten.
> Goethe hingegen …
> ›Ich drücke mich‹, rügte er sich selber. ›Wenn man ein Experiment anfängt, muss man es auch zu Ende führen.‹ (S. 197 f.)

Das alles ist durchaus unterhaltsam – und wie bewusst es dies ist, zeigen die poetologischen Streitgespräche zwischen Goethe und Vulpius, bei denen es um unterschiedliche Konzepte von Autorschaft geht. Während der privilegierte Goethe die Position der Kunstautonomie vertritt und es dabei an Arroganz nicht mangeln lässt, vertritt der *underdog* Vulpius ein heteronomes Verständnis von Kunst, erzwungenermaßen zwar, aber auch er nicht ohne den Stolz eines versierten Handwerkers. Im Roman werden diese beiden Konzepte aber nicht als unvereinbare Gegensätze gezeigt, sondern vielmehr als aufeinander angewiesen, sich gegenseitig ergänzend und produktiv anregend. Man wird in dieser – die aus einer längst vergangenen Epoche stammenden Gegensätze im Zeichen der Unterhaltsamkeit überwindenden – Position auch die des Autors Charles Lewinsky vermuten dürfen, der in vielen Genres zu Hause ist, vom Seriendrehbuch bis zum Songtext, der von Elitarismus also wohl nicht viel hält, dessen Romane andererseits aber mehrfach auch schon für bedeutende Literaturpreise nominiert waren. Und tatsächlich ist Lewinsky etwas auf keinen Fall abzusprechen: sein Vermögen, das Publikum auf so intelligente wie amüsante Weise zu unterhalten.

Frieder von Ammon

Richtigstellung

In der Rezension zu Jeremy Adler: *Goethe. Die Erfindung der Moderne. Eine Biographie* im letzten *Goethe-Jahrbuch* (GJb 2023, S. 276-278) heißt es, das Buch sei »im Feuilleton überwiegend naserümpfend aufgenommen worden« (S. 276). Diese Aussage entspricht nicht den Tatsachen. Die Resonanz im Feuilleton war durchmischt, doch überwiegend positiv.

Aus dem Leben der Goethe-Gesellschaft

In memoriam

Professor Dr. Pawan Surana
28. Februar 1942 – 30. Dezember 2024

»Edel sei der Mensch, hilfreich und gut!« – Diese Verse Goethes waren die Lebensmaxime von Pawan Surana. Sie hat diese Worte immer wieder zitiert. In den letzten Wochen ihres Lebens hat sie Goethes Ode *Das Göttliche* mit diesen Anfangszeilen oft gelauscht, ja sie sogar lieber auf sich wirken lassen als die religiösen Mantras, die man in Indien am Lebensende zu zitieren pflegt.

Professor Dr. Pawan Surana, die renommierte indische Germanistin und hochangesehene Frauenaktivistin, verstarb im Alter von 82 Jahren in Jaipur (Rajasthan).

Als Präsidentin der Goethe Society of India (2012-2017) hat sie zahlreiche Tagungen organisiert und die Veröffentlichung der Jahrbücher besorgt. Die Goethe Society of India bewahrt ihrer Präsidentschaft ein ehrendes Andenken. Goethes Werke waren regelmäßig Gegenstand der universitären Lehre von Pawan Surana. Sie schrieb und redete so ernsthaft wie humorvoll und immer mit großer Begeisterung über deutsch-indische Denker und Dichter, interkulturelle Begegnungen, die Hindi-Übersetzungen von Goethes *Faust* und Rilkes Texten. Und überdies setzte sie sich mit großem Engagement für die Emanzipation der Frauen in Indien ein.

Prof. Pawan Surana kam in der kleinen Stadt Sheoganj (im Landkreis Sirohi) im indischen Bundesland Rajasthan zur Welt, wo die Lage der Frauen besonders bedrückend war. In ihrem autobiografischen Text *Die Sanduhr* erinnert sich Pawan Surana an ihre erste Begegnung mit Deutschland. Ihre früh verwitwete Mutter pflegte mit einer deutschen Sanduhr zu meditieren, die sie seit etwa 25 Jahren besaß und für die sie eine Stofftasche genäht hatte, damit man sie gut an einen Haken hängen konnte. Nachdem sie die meditative Sitzposition eingenommen hatte, durfte sie nicht mehr aufstehen. Doch manches Mal hatte sie vergessen, die Sanduhr an sich zu nehmen, und sagte dann zu ihrer Tochter Pawan: »Bitte gib mir die Sanduhr vom Haken! Vorsicht! Lass die Uhr nicht fallen. Diese Uhr darf nicht zerbrochen werden, denn diese ist jetzt nicht mehr zu kaufen. Sie ist aus *Deutschland*«. Sie betonte immer das Wort *Deutschland*. Die kleine Pawan konnte damals nicht wissen, dass nicht nur sie selbst, sondern auch ihre Tochter ihr Leben einer akademischen Vermittlung der deutschen Sprache, Literatur und Kultur sowie einer Vertiefung der deutsch-indischen Beziehungen widmen würden.

Nach dem Master-Abschluss in Sanskrit in Pilani entwickelte Pawan Surana Interesse an den Originalwerken deutscher Indologen; sie lernte Deutsch und absolvierte später eine Deutschlehrerausbildung an den Goethe-Instituten von Pune und München. Sie promovierte 1976 in germanistischer Linguistik bei Professor Siegfried Grosse an der Universität in Bochum und unterrichtete anschließend am Goethe-Institut und an der Osmania University in Hyderabad. Schon 1969 bekam sie eine reguläre Lektorenstelle an der University of Rajasthan und emeritierte 2002 als Professorin. Zwischen 1996 und 2002 wirkte sie für zwei Amtszeiten erfolgreich als Principal des Maharani College an der University of Rajasthan. Sie war eine beliebte Lehrerin und umsichtige Administratorin.

In einer ihrer Reden über deutsche Dichter und Denker und Indien erläuterte Pawan Surana, wie Goethes »dichterisches Herz« von Kalidasas *Shakuntalam* ›inspiriert‹ wurde: »Will ich den Himmel die Erde mit Einem Namen begreifen; Nenn' ich S a k o n t a l a dich und so ist alles gesagt« (WA IV, 9, S. 271).

In seiner Dichtung *Der Gott und die Bajadere* und in der *Paria-Legende* hat Goethe »zudem anrührend die indische Problematik des Kastenwesens behandelt«, wie Pawan Surana ausführte.

Sie betonte aber auch den Wissenstransfer zwischen Indien und Deutschland, indem sie darlegte, dass Goethes Schrift *Indische Dichtungen* bei vielen europäischen und insbesondere deutschen Wissenschaftlern und Dichtern erst das »Interesse für […] das indische Kulturgut« geweckt habe.

In der regionalen Hindi-Presse schrieb Pawan Surana sowohl über den in Indien beliebten deutschen Indologen, Sprach- und Religionswissenschaftler Max Mueller als auch über den Tod der Ökopolitikerin und Bundestagsabgeordneten Petra Kelly. Als ehrenamtliche Geschäftsführerin und später als Präsidentin der Indo-German Society in Jaipur organisierte sie über vier Jahrzehnte deutsche Kulturveranstaltungen. Im Jahr 1996 wurde sie für ihre Verdienste um die deutsch-indischen Kulturbeziehungen und ihre herausragenden akademischen Leistungen mit dem Bundesverdienstkreuz der Bundesrepublik Deutschland ausgezeichnet.

Pawan Surana entwickelte über vier Jahrzehnte hinweg wirkmächtige Initiativen, um die Lage der Frauen in Rajasthan zu verbessern: als Vorsitzende der Frauenkommission von Rajasthan, als Gründungsmitglied und dreimalige Präsidentin der Rajasthan University Women's Association, als Gründerpatin des Shakti Stambh (einem Frauenheim für in Not geratene Frauen) und als ehrenamtliche Direktorin des Zentrums für Frauenstudien an der Universität von Rajasthan. Im Jahr 2010 erhielt sie in Anerkennung ihrer humanitären Verdienste den Mutter-Teresa-Preis der Catholic Diocese of Jaipur. Die renommierte Hindi-Autorin Mridula Garg hat in ihrem Buch über außergewöhnliche Frauen (*We nayab auraten*, 2023) Pawan Surana ein eigenes Kapitel gewidmet.

In ihrem Text *Die Wiederbegegnung mit dem Vater* erzählt Pawan Surana von einem deutschen Arzt, der seinen im Krieg verschollenen Vater kaum gekannt hat. Bei ihm zu Gast sucht sie in seiner Bibliothek nach dem deutschen Original der kürzlich erschienenen Hindi-Übersetzung von Rilkes *Briefe an einen jungen Dichter.* Sie zeigt ihm den Band, der vom Vater handschriftlich auf 1939 datiert worden war. Der Sohn entdeckt darin mit Bleistift unterstrichene Stellen und streichelt diese langsam und sanft, unterstreicht damit gestisch sein imaginiertes In-Berührung-Kommen mit dem Verstorbenen. In Rilkes Band, den der Arzt in Händen hält, ist unterstrichen: »Auch zu lieben ist gut: denn Liebe ist schwer. Liebhaben von Mensch zu Mensch: das ist vielleicht das Schwerste, was uns aufgegeben ist, das Äußerste, die letzte Probe und Prüfung, die Arbeit, für die alle andere Arbeit nur Vorbereitung ist«.

Zusammen mit ihrem Ehemann, dem erfolgreichen Rechtsanwalt Sajjanraj Surana, führte Pawan Surana in Jaipur ein offenes und gastfreundliches Haus. Prof. Pawan Surana war, so Jochen Golz, in seiner Erinnerung »ein Beispiel gelebter Menschlichkeit, strenger Wissenschaftlichkeit, sozialen Engagements für die Rechte indischer Frauen«. Goethes Worte klingen nach: »Der edle Mensch / Sei hülfreich und gut! / Unermüdet schaff' er / Das Nützliche, Rechte, / Sei uns ein Vorbild / Jener geahneten Wesen!« (WA I, 2, S. 85)

Vibha Surana

Veranstaltungen der Goethe-Gesellschaft im Jahr 2024

16. Januar 2024
Neujahrsempfang der Goethe-Gesellschaft im Goethe-Nationalmuseum
mit Prof. Dr. Stefan Matuschek (Jena), Präsident der Goethe-Gesellschaft in Weimar e. V.
im Anschluss Empfang im Foyer des Goethe-Nationalmuseums

20. Februar 2024
Prof. Dr. Stefan Matuschek (Jena)
Goethes »Werther«. Ein Roman als Brandbeschleuniger
(Vortrag empfohlen für Schülerinnen und Schüler)

19. März 2024
Dr. Moritz Strohschneider (München)
Über »Tonio Kröger« und andere *Wertheriaden um 1900*

16. April 2024
PD Dr. Sabine Wienker-Piepho (Freiburg i. Br.)
Goethe-Kitsch? Ein kulturgeschichtlicher Streifzug durch die Vermarktung des Dichterfürsten

18.-21. April 2024
Goethe Akademie
»Bruchstücke einer großen Konfession«. Goethes autobiographische Schriften
(gemeinsam mit der Thomas-Morus-Akademie Bensberg)

9.-12. Mai 2024
Jahrestagung der deutschen Goethe-Gesellschaften in Ludwigsburg
(Vorbereitung und Durchführung: Goethe-Gesellschaft Ludwigsburg, unter der Leitung von Werner Fleig)

21. Mai 2024
Prof. Dr. Helmut Schanze (Aachen)
»Himmelfahrt der bösen Lust«? Zur Aktualität von »Die Wahlverwandtschaften. Ein Roman von Goethe« (1809)

27. August 2024
Präsentation des neuen *Goethe-Jahrbuchs* der Goethe-Gesellschaft
mit Petra Lutz (Weimar)
Die Neukonzeption des Goethe-Nationalmuseums
im Anschluss Empfang im Foyer des Goethe- und Schiller-Archivs

12.-15. September 2024
Goethe Akademie
»Werther«, neu gelesen. Eine Fallstudie am Ort des Geschehens zum 250-jährigen Jubiläum – veranstaltet in Wetzlar
(gemeinsam mit der Thomas-Morus-Akademie Bensberg)

17. September 2024
Dr. Dr. h.c. mult. Manfred Osten (Bonn)
»In jeder Art seyd ihr verloren« (Mephisto). Goethes »Faust« – die Tragödie des 21. Jahrhunderts

15. Oktober 2024
Philipp Restetzki (Görlitz)
»Von allen Seiten hundert Quellen«. Über Goethes Arbeit am »Faust«

19. November 2024
Prof. Dr. Anne Bohnenkamp-Renken (Frankfurt a.M.)
»Daß ich erkenne, was die Welt / Im Innersten zusammenhält«. Einblicke in Goethes »Faust«
(Vortrag empfohlen für Schülerinnen und Schüler)

Stipendienprogramm im Jahr 2024

Folgenden Bewerberinnen und Bewerbern konnte die Goethe-Gesellschaft im Jahr 2024 ein – zumeist dreimonatiges – Stipendium gewähren:

Geraldine Hupp (Deutschland)
Unveröffentlichte Briefe von Ottilie von Goethe

Ljubomir Iliev (Bulgarien)
Das Balladenjahr 1797 (Übersetzung ins Bulgarische und Studie)

Dr. Tamara Kiguradze (Georgien)
Goethe: »Unterhaltungen deutscher Ausgewanderten« (Übersetzung ins Georgische)

Ana Margwelaschwili (Georgien)
»Ein noch nicht zugemauertes Fenster nach Europa?« – Die Geschichte der Kulturbeziehungen zwischen der DDR und Sowjetgeorgien (1949-1985)

Prof. Dr. Irene Schischinaschwili (Georgien)
Goethe bei Peter Handke

Prof. Dr. Rebecca Stewart-Gray (USA)
Frühe Gender- und Race-Kritik auf der deutschen Bühne im Zeitalter der Revolution

Dank für Zuwendungen im Jahr 2024

All jenen, die im Jahr 2024 durch eine kleinere oder größere Spende die Tätigkeit der Goethe-Gesellschaft unterstützt haben, sei an dieser Stelle herzlich gedankt.

Unser besonderer Dank gilt Herrn Dr. Michael Albert, München, Herrn Dr. Thomas Emde, Frankfurt a. M., Frau Dr. Renate Grumach, Berlin, Herrn Prof. Dr. Peter Gülke, Weimar, Herrn Dr. Gustav Seibt, Berlin-Treptow, Herrn Nikolaus von Taysen, Baierbrunn sowie der Stadt Weimar.

Für namhafte Spenden und Zuwendungen zur Sicherung des Werner-Keller-Stipendienprogramms gilt unser herzlicher Dank Herrn Dr. Florian Fischer, Koblenz, der Werner-Keller-Stiftung Köln, dem Förderverein Lions Club Essen, der Beauftragten der Bundesregierung für Kultur und Medien sowie der Dohrmann Grundbesitz- und Beteiligungsgesellschaft mbH, Remscheid.

Für die Förderung des *Goethe-Jahrbuchs* sei dem Freistaat Thüringen sowie Ursula Löfflmann, Ramosch (Schweiz), im Besonderen gedankt.

Nachfolgend möchten wir namentlich jenen Damen und Herren danken, die der Goethe-Gesellschaft eine Spende ab 50 Euro zuteilwerden ließen:

Dr. Pjotr Abramow, Moskau (Russland)
Dr. Michael Albert, München
Martina Allisat, Köln
Dr. Christina Althen, Frankfurt a. M.
Roland Andreas, Leipzig
Dr. Stephan Anger, Berlin
Prof. Dr. Dietrich Babel, Marburg
Ingrid von Bahder, Berlin
Dr. Ulrich Baur, Neuss
Helga Beck, München
Ulrich Bennewiz, Weimar
Dr. Wilfried Bergmann, Zimmern
Prof. Dr. Thomas Berndt, Zollikon (Schweiz)
Hartmut Bertram, Eschwege
Volkmar Birkholz, Erfurt
Gabriele Bloess, Kerpen
Hildegard Bock, Nürnberg
Prof. Dr. Martin Bollacher, Tübingen
Klaus-Jürgen Bräunig, Dortmund
Hermann Bünten, Krailling
Erika Danckwerts, Berlin
Dr. Hans-Jürgen Danzmann, Bad Säckingen
Ludwig Dedié, Braunschweig
Willfried Denker, Bergisch Gladbach
Jörg Martin Detmold, Duisburg
Dr. Hans-Helmut Dieterich, Ellwangen
Gisela Dobbelstein-Krings, Herzogenrath
Dohrmann GmbH, Remscheid
Hartwig Dück, Coburg
Franz Dudenhöffer, Speyer
Prof. Dr. Udo Ebert, Jena
Dr. Manfred & Marlies Eckstein, Schleiz
Dr. Gerd Eidam, Burgwedel
Dr. Thomas Emde, Frankfurt a. M.
Dr. Arne Eppers, Hamburg
Monika Estermann, Berlin
Uwe Ertel, Berlin
Peter Ewert, Mönchengladbach
Dr. Sieglinde Fechner, Leipzig
Dr. Florian Fischer, Koblenz
Klaus Martin Finzel, Köln
Werner Fleig, Ludwigsburg
Förderverein Lions Club Essen
Ulrich Frewel, Insingen
Adelheid Friedrich, Altenburg
Bernd Frilling, Vechta
Renate Gesigora-Semrau, Köln
Dr. Jens Giesdorf, Lasel
Ulrich Gliem, Köln
Dietrich Gneist, Bonn
Goethe-Gesellschaft Güstrow
Goethe-Gesellschaft Vest Recklinghausen
Dr. Udo Große Wentrup, Hamm
Dr. Renate Grumach, Berlin
Dr. Volker Güldener, Oberursel
Prof. Dr. Peter Gülke, Weimar
Thomas Gurt, Osterbruch

Andrea Haarnagel, Ludwigshafen
Elke Hammer, Salzatal
Dr. Willi Heidtmann, Bielefeld
Dr. Dorothee von Hellermann, Berlin
Jürgen Heinrich, Cottbus
Marion Heise, Halle/Saale
Christoph Henning, Schönebeck
Dr. Alexander Hildebrand, Wiesbaden
Prof. Dr. Walter Hinderer, Princeton (USA)
Dr. Christian Hintz, Waldhausen
Klaus Hofmann, Weimar
Prof. Dr. Rainer Holm-Hadulla, Heidelberg
Hans-Jürgen Holzmann, Heidelberg
Ekaterine Horn, Düsseldorf
Wei Hu, Beijing (China)
Hans Ibels, Duisburg
Dr. Dirk Ippen, München
Dr. Mathias Iven, Potsdam
Dr. Siegfried Jaschinski, Stuttgart
Ulrich Jordan, Dortmund
Wolfgang Jehser, Rotenbek
Kristina Kaiser, Berlin
Wilhelm Kaltenborn, Berlin
Horst Kappel, Leipzig
Berthold Kastner, Gundelfingen
Dietrich Kauffmann, Wangen/Allgäu
Werner-Keller-Stiftung, Köln
Bernd & Angelika Kemter, Gera
Dr. Stephan Kinnemann, Bonn
Dr. Eckhard Klapp, Pullach
Manfred Klenk, Mannheim
Joachim Klett, Wertheim-Hofgarten
Liselotte & Wolfram Klingsch-Alswede, Remscheid
Udo Kniep, Wetter
Kristina Knothe, München
Eva Komas, Leipzig
Konrad Köhler, Achstetten
Prof. Dr. Lothar Köhn, Senden
Mario Kopf, Dessau-Roßlau
Irmgard Körner (†), Erkrath
Dr. Sylvia Kowalik, Jokkmokk (Schweden)
Kaspar Kraemer, Köln
Wolfgang Krafft, Gelsenkirchen
Gabriele Kralinski, Weimar
Dr. Joachim Krause, Gladbeck
Helmut Krumme, Bonn
Prof. Dr. Paul Laufs, Stuttgart
Dr. Gert Legal, München
Beate Leichsenring, Weimar
Dr. Irene & Dr. Michael Leidner, Bad Elster
Ulrich Lichtenberg, Königstein im Taunus
Prof. Dr. Christa Lichtenstern, Berlin
Ursula & Werner Löfflmann, Ramosch (Schweiz)
Dorith Lutz, Gengenbach-Reichenbach
Dr. Adolf Maier, München
Ilse Maier-Knop, Bremen
Dr. Bernd von Maltzan, Bad Homburg
Martin Marr, Erfurt
Ute Mayer, München
Christian Mertens, Bonn
Alberto Merzari, Bologna (Italien)
Herbert John Meyer, Weimar
Ulfilas Meyer, Hiltpoltstein
Dr. Wolfgang Miege, Bergisch-Gladbach
Prof. Dr. Norbert Miller, Berlin
Dieter Mlynek, Hannover
Prof. Dr. Manfred Mörl, Schiffdorf
Dr. Karl-Peter Müller, Marl
Prof. Dr. Klaus-Detlef Müller, Tübingen
Dr. Klaus Nerenz, Göttingen
Winfried Neumann, Erfurt
Hans-Joachim Oestmann, Verden/Aller
Dr. Claudia Paris, Bad Wurzach
Dr. Wolfram Peitzsch, Baldham
Dr. Ruth Peuckert, Erfurt
Dietrich Hermann Plate, Berlin
Michael Plett, Dortmund
Dr. Dr. Dieter Pocher, Güstrow
Johannes Popp, Leipzig
Dr. Tino Prell, Jena
Dr. Alexander Reitelmann (†), Meckenheim
Rolf Renken, Bad Salzuflen
Armin Richter, Murnau
Prof. Dr. Karl Richter, St. Ingbert
Inge Rossbach, Bad Kreuznach
Dr. Mark D. Roth, Erndtebrück
Dr. Bastian Röther, Halle/Saale
Dr. Wolfgang Saalfrank, Wallhalben
Jürgen Santori, Essen
Helga Sauer, Regensburg
Prof. Dr. Gerhard Sauder, St. Ingbert
Brigitte Schäferling, Gammertingen
Wilhelm Scheidgen, Bergisch-Gladbach
Dr. Martin Schencking, Welschneudorf
Else Schill, Syke
Dr. Rosemarie Schillemeit, Braunschweig
Willi Schmid, Rosenheim
Dr. Thomas Schmitt, Fulda
Dr. Brigitte Schröder, Augsburg
Dr. Brigitte Seebacher, Rothenbach
Dietrich Seele, Porta Westfalica
Dr. Gustav Seibt, Berlin-Treptow

Dr. Siegfried Seifert, Weimar
Detlev Spangenberg, Radebeul
Frank Sperrhacke, München
Holger Spies, Frankfurt a. M.
Gertrud Staffhorst, Karlsruhe
Monika Steffens, Köln
Prof. Dr. Matthias Steinhart, Würzburg
Gabriele Stenger, Hanau
Dr. Hans-Peter Stöckmann, Wernigerode
Ilse Streit-Dewald, München
Eleonore Stückroth, Berlin
Ekkehard Taubner, Bergen/Vogtland
Nikolaus von Taysen, Baierbrunn
Petra Terhorst, Weimar
Lothar Thomas, Hannover
Heide Tongers, Hannover
Stefan Tönjes, Nordenham
Dr. Hans-Jürgen Ulonska, Erfurt
Dr. Markus Wallenborn, Worms
Weimarer Zirkel e. V.
Ingrid-Ilse Weingärtner, Bonn
Siegfried Werner, Sanitz
Prof. Dr. Reiner Wild, Heidelberg
Prof. Dr. Winfried Woesler, Dülmen
Friedrich Wolf, Essen
Hagen Wolff, Celle
Dr. Regina Wuthe-Klinkenstein, Dedeleben
Klaus Zeller, Bad Wörishofen
Gerd Ziegler, Weimar
Marc André Ziegler, Ebersburg
Alexander von Zweidorff, Hamburg
Dorothea Zwilling, Kronach

Dank für langjährige Mitgliedschaften in der Goethe-Gesellschaft im Jahr 2024

An dieser Stelle gilt unser herzlicher Dank all jenen Mitgliedern, die der Goethe-Gesellschaft in Weimar seit Jahrzehnten angehören und ihr treu verbunden sind.

Im Jahr 2024 waren 75 Jahre Mitglied der Goethe-Gesellschaft:

Dr. Renate Grumach, Berlin-Zehlendorf
Annette-von-Droste-Gesellschaft, Münster

Im Jahr 2024 waren 70 Jahre Mitglied der Goethe-Gesellschaft:

Friedrich-Schiller-Gymnasium Weimar
Goethe-Gesellschaft Hannover

Im Jahr 2024 war 65 Jahre Mitglied der Goethe-Gesellschaft:

Martina Grell, Sonneberg

Im Jahr 2024 waren 60 Jahre Mitglied der Goethe-Gesellschaft:

Deutsche Shakespeare-Gesellschaft, Weimar
Dr. Charlotte Köppe, Magdeburg
Dieter Kunoth, Zwickau
Renate Schmidt, Merlscheid
Dr. Ingeborg Unterhalt-Schüler, Marburg
Regine von Schönermark, Berlin
Ruth Wagner, Darmstadt

Im Jahr 2024 waren 55 Jahre Mitglied der Goethe-Gesellschaft:

Dr. Wolfgang Miege, Bergisch-Gladbach
Dr. Elke Miege-Lennartz, Bergisch-Gladbach
Dr. Susanne Mittag, Frankfurt a. M.
Dieter Mlynek, Hannover
Dr. Martin Müller, Zürich
Heidrun Paudtke, Cottbus
Manfred Pecha (†), Hannover

Im Jahr 2024 waren 50 Jahre Mitglied der Goethe-Gesellschaft:

Dr. Hans-Georg Bartel, Berlin
Dr. Egon Freitag, Weimar
Ulrich Frewel, Insingen
Elke Jacquet, Chitenay (Frankreich)
Karl Koch, Nordhorn
Konrad Köhler, Achstetten
Consuela Kothe, Ginsheim-Gustavsburg

Klaus Mecklenburg, Kleinmachnow
Prof. Dr. Klaus-Detlef Müller, Tübingen

Im Jahr 2024 waren 45 Jahre Mitglied der Goethe-Gesellschaft:
Dr. Christina Althen, Frankfurt a. M.
Prof. Dr. Wolfgang Dahmen, Bamberg
Hildegard Ehlen, Köln
Goethe-Gymnasium Chemnitz
Goethegymnasium Reichenbach
Prof. Dr. Lothar Köhn, Senden
Dr. Sylvia Kowalik, Jokkmokk (Schweden)
Prof. Dr. Klaus Manger, Jena
Peter Meuer, Hannover
Dr. Bernd Schmidt, Mechelgrün
Rüdiger Sittig, Ködnitz
Frank Sperrhacke, München
Prof. Dr. Volker Wahl, Weimar
Dr. Karl-Friedrich Wiggermann (†), Münster

Im Jahr 2024 waren 40 Jahre Mitglied der Goethe-Gesellschaft:
Ralf Bingel, Reichelsheim
Birgit Elke Bingel, Reichelsheim
Lilo Bulazel, Brüssel (Belgien)
Irmgard Canty, Berlin
Dr. Heinrich Clairmont, Königswinter
Dr. Dorothea Kozel-Lachmann, Wien (Österreich)
Dr. med. Martina Kröplin, Hildesheim
Prof. Dr. Jürgen Lehmann, Freiburg i. Br.
Maren Matousek, Schönkirchen
Manfred Müller, Berlin-Pankow
Lutz Neidenberg, Neuss
Ingrid Otto, Rudolstadt
Evelina A. Piradova, Jerewan (Armenien)
Johannes Popp, Leipzig
Hans-Jürgen Schmitt, Kronach
Katharina Wulf-Kettig, Kiel
Dr. Klaus Zabel (†), Leidschendam (Niederlande)

Tätigkeitsberichte der Ortsvereinigungen für das Jahr 2023

Aachen (gegr. 1990)

Vorsitzender: Prof. Dr. Helmut Schanze, Laurentiusstr. 69, 52072 Aachen; stellv. Vorsitzende: Helga Schulz, Wiesenweg 49, 52072 Aachen. – Prof. Dr. Helmut Schanze (Aachen): *»Himmelfahrt der bösen Lust«? »Die Wahlverwandtschaften. Ein Roman von Goethe« (1809)*. – Prof. Dr. Dieter Breuer (Aachen): *»Reineke Fuchs« und »Die Belagerung von Mainz« (1793)*. – Elisabeth Matthay-Wussow (Aachen): *Corona Schröter. Goethes erste Iphigenie (1779)*. – Matinee: *Goethe – Mozart – Aachen (1763)*. – Prof. Dr. Soichiro Itoda (Tokio): *Japan-Spuren bei Goethe und Nietzsche*. – Lars Neugebauer (Aachen): *Goethe und das Hexenwesen*.

Altenburg (gegr. 1986)

Vorsitzende: Luise Krischke, Lindenaustraße 30, 04600 Altenburg, post@goethe-altenburg.de; stellv. Vorsitzender: Steven Ritter, ritter@goethe-altenburg.de. – Doris Schilling (Altenburg): *Landesarchiv Thüringen – Staatsarchiv Altenburg*. – Dr. Kristin Jahn (Fulda), Dr. Roland Krischke (Altenburg), Konrad Nickschick (Gera), Birgit Seiler (Leipzig): 8. Altenburger Buchquartett: *Skandinavische Literatur*. – Dr. Jens-Fietje Dwars (Jena), Romy Gehrke (Erfurt): *Goethes Erotica* – Lesung und Gespräch. – Oliver Meyer-Ellendt (Wetzlar): *»Wilhelm Meisters theatralische Sendung«*. – Prof. Dr. Anne Bohnenkamp-Renken (Frankfurt a. M.): *Deutsches Romantik-Museum in Frankfurt a. M*. – Dr. Gideon Haut (Heiligenstadt): *Dichter und Richter. Theodor Storm in Heiligenstadt*. – Dr. Kathrin Paasch (Gotha): *Zwischen Altenburg und Gotha. Bücher in Bewegung*. – Dr. Kristin Jahn, Dr. Roland Krischke, Birgit Seiler: 9. Altenburger Buchquartett: *Die Hundertjährigen*. – Luise Krischke (Altenburg): Literarischer Spaziergang: *Altenburg zur Goethezeit*. – Dr. Ronny Teuscher (Altenburg): *Aus den Tagebüchern und Briefen von Goethes »Urfreund« Karl Ludwig von Knebel*. – Dr. Anne-Kristin Freyse (Leipzig), Dr. Kristin Jahn, Dr. Roland Krischke, Birgit Seiler: 10. Altenburger Buchquartett: *Englische Literatur*. – Ulrike Richter (Leipzig): *Papiertheater nach »Atta Troll« von Heinrich Heine*.

Aue-Bad Schlema (gegr. 1983)

Vorsitzender: Konrad Barth, Richard-Friedrich-Str. 3, 08301 Bad Schlema; stellv. Vorsitzender: MR PD Dr. med. habil. Manfred Jähne, Seminarstr. 22e, 08289 Schneeberg. – Festveranstaltung zum 40-jährigen Bestehen der Goethe-Gesellschaft Aue-Bad Schlema, mit einem Festvortrag von MR PD Dr. med. habil. Manfred Jähne (Schneeberg): *Goethe-Tradition im Westerzgebirge – 40 Jahre Ortsvereinigung Aue-Bad Schlema*. – Die Gesellschaft musste zum Jahresende 2023 ihre Tätigkeit einstellen.

Augsburg (gegr. 2005)

Vorsitzender: Dr. Ulrich Hohoff, St.-Lukas-Str. 26, 86169 Augsburg; stellv. Vorsitzender: Michael Lemster, Ortlerstr. 81d, 86163 Augsburg. – Prof. Dr. Rolf Selbmann (München): *Goethe in der Campagna di Roma*. – Dr. Rolf Schmidt (Augsburg): *Berichte über Griechenlandreisen nach Goethe*. Lesung der Zitate: Elke Seifert. – Prof. Dr. Wolfgang Bunzel (Frankfurt a. M.): *Goethe als literarische Figur in der deutschen Gegenwartsliteratur*. – Prof. Dr. Mathias Mayer (Augsburg): *Johann Wolfgang Goethe: »Dichtung und Wahrheit«*. Vortrag im Rahmen der Ringvorlesung »Große Werke der Literatur« der Universität Augsburg im Sommersemester 2023. – Dr. Francesca Müller-Fabbri (Weimar): *Ottilie von Goethe. Die Schwiegertochter Goethes und die Welt der Romantik*. – Dr. Edith Zehm (Gilching): *Johann*

Conrad Wagner: »Meine Erfahrungen in dem gegenwärtigen Kriege«. Das Tagebuch des Feldzugs 1792 mit Herzog Carl August von Weimar. – Dr. Johannes John (München): *Goethes Roman »Wilhelm Meisters Wanderjahre« und das Theater.* – Dr. Barbara Steingießer (Düsseldorf): *Luxus und Lifestyle – Weimar und die weite Welt. Das »Journal des Luxus und der Moden« (1786-1827).* – *Vereinsfahrt nach Frankfurt a. M. und Wetzlar.* Goethehaus und Deutsches Romantik-Museum, ausführliche Stadtführung in Wetzlar. – Dr. Bertold Heizmann (Essen): *Goethes »Stella« und der zwiebeweibte Graf. Zur literarischen Karriere eines Männertraums.* – Dr. Ulrich Hohoff (Augsburg): *Wilhelm Meister und Iphigenie in den Alpen. Ludwig Ganghofers Bildungsroman »Der Hohe Schein« (1904).* – *Mitglieder lesen für Mitglieder.* Vorweihnachtliches Beisammensein.

Bad Harzburg (gegr. 1947)

Vorsitzender: Wilfried Eberts, Hopfenstr. 6, 38667 Bad Harzburg, eberts.wilfried@gmail.com; stellv. Vorsitzende: Marliese Raschick, Bismarckstr. 41, 38667 Bad Harzburg, marliese.raschick@ffs-online.de. – Prof. Dr. Peter Sprengel (Berlin): *Karl August Varnhagen und Charlotte Wynn oder Kulturmission und Entsagung.* – Uschi Streit-Unglaub, Prof. Dr. Erich Unglaub (Bad Harzburg): *In Memoriam. Texte berühmter Schriftsteller, die im Jahr 2021 gestorben sind.* – Dr. des. Franziska Solana Higuera (Braunschweig): *Goethe als »Heimat« Thomas Manns. Eine Spurensuche zu »Lotte in Weimar«.* – PD Dr. Sebastian Böhmer (Halle / Saale): *»Die übersandten Blätter sind mir von unendlichem Werth« – Goethe als Sammler von Handschriften.* – Axel Gottschick (Köln): *Bloß weg hier – aber wohin? Künstler und die Orte ihrer Leidenschaft.* – Dr. Francesca Müller-Fabbri (Weimar): *Mut zum Chaos! Zu den Ausstellungen über Ottilie von Goethe in Weimar und Frankfurt.* – Prof. Dr. Cord-Friedrich Berghahn (Braunschweig): *Dichtung, Philologie und Politik: Goethe und Wilhelm von Humboldt.*

Berlin (gegr. 1919, Neugründung 1987)

Vorsitzende: Beate Schubert, Fischottersteig 7, 14195 Berlin, Beate_schubert@t-online.de; stellv. Vorsitzender: Prof. Dr. Uwe Hentschel, Dahmestr. 115, 16341 Panketal, uwe.hentschel@phil.tu-chemnitz.de. – Jahresthema: *Zäsuren und Umbrüche in Goethes Leben und Werk.* – Dr. Manfred Osten (Bonn): *Zur Aktualität der Umbrüche und Krisen in Goethes Leben und Werk für das 21. Jahrhundert.* – Beate Schubert (Berlin): *Goethe entdeckt Shakespeare.* – Prof. Dr. Albert Meier (Kiel): *Goethes revolutionäres Dichten im Sturm und Drang.* – Prof. Dr. Uwe Hentschel (Berlin / Chemnitz): *Goethes »Iphigenie« – Zeitenwenden in Weimar und auf Tauris.* – Prof. Dr. Jochen Golz (Weimar): *Goethes Lebenskrise nach seiner Rückkehr aus Italien.* – Exkursion: Besuch des Deutschen Romantik-Museums in Frankfurt a. M. und der Burgfestspiele Jagsthausen, mit einem Vortrag von Prof. Dr. Dieter Borchmeyer (München): *Entstehungsgeschichte von Goethes »Götz«.* – Dr. Ariane Ludwig (Weimar): *Goethes »Mährchen« – eine Reaktion auf die Französische Revolution.* – Paul Sonderegger (Berlin): *Herz mein Herz, was soll das geben …? Goethes fünf Jugendlieben in Dichtung & Wahrheit.* Lesung zu Goethes 274. Geburtstag. – Prof. Dr. Ernst Osterkamp (Berlin): *Goethe – ein Weltbürger in den Zeiten des Nationalismus.* – Dr. Monika Estermann (Berlin): Lesenachmittage zum Jahresthema. – Prof. Dr. Georg Schmidt (Jena): *Goethes politisches Wollen und die Zeitenwende.* – Dr. Friedrich Dieckmann (Berlin): *Von den Schwierigkeiten politischer Dichtung in stürzender Zeit.* – Prof. Dr. Ernst Osterkamp (Berlin): *Goethes produktiver Widerstand gegen die Zumutungen des Zeitgeistes.* – Dr. Manfred Osten (Bonn): *Goethes »Faust« – die versiegelte Tragödie der Zeitenwende.* – PD Dr. Michael Jaeger (Berlin): *Goethe, Faust und der Saint-Simonismus.*

Bonn (gegr. 1993)

Vorsitzender: Helmut Krumme, Ferdinandstr. 17, 53127 Bonn, helmut-krumme@t-online.de; stellv. Vorsitzender: Prof. Dr. Georg Schwedt, Lärchenstr. 21, 53117 Bonn, Georg.Schwedt@t-online.de. – Elisabeth Matthay-Wussow (Aachen): *»… die Sehnsucht in mir, mein Leben in einer bleibenden Form auszusprechen« – die Dichterin Karoline von Günderrode (1780-1806)*. – Dr. Barbara Steingießer (Düsseldorf): *Luxus & Lifestyle – Weimar und die weite Welt*. – Ingrid Rufflar (Bonn): *Unter Goethes Augen – Die Erziehung des Weimarer Erbprinzen Carl Alexander durch den Genfer Frédéric Soret*. – Dr. Angelika Dierichs (Bonn): *»Juno Ludovisi« und mehr. Kopien antiker Kunstwerke in Goethes Haus am Frauenplan*. – Exkursion: *Mit Goethe in Wiesbaden*. – Barbara Kiem (Freiburg i. Br.): *Wagner und Goethe*. – Prof. Dr. Thorsten Valk (Bonn): *Margarethe singt. Goethes »Faust« in Vertonungen von Franz Schubert, Richard Wagner und Hector Berlioz*. – Prof. Dr. Thomas A. Schmitz (Bonn): *»Im Hexameter steigt des Springquells flüssige Säule …« – Antike Versmaße in deutscher Dichtung*.

Bremen (gegr. 1941)

Vorsitzender: Prof. Dr. Gert Sautermeister, Hans-Thoma-Str. 22, 28209 Bremen; stellv. Vorsitzender: Andreas Rumler, Wörther Str. 32, 28211 Bremen. – Prof. Dr. Rainer Stollmann (Bremen): *Auf dem Hochseil zwischen Feudalismus und Kapitalismus: Till Eulenspiegel in Bremen*. – Prof. Dr. Hans-Wolf Jäger (Bremen): *Venedig in der deutschen Literatur*. – Dr. Johann-Günther König (Bremen): *Otto Gildemeister, ein großer Bremer Bürgermeister und ein genialer Übersetzer europäischer Kultur*. – Prof. Dr. Hans Kloft (Bremen): *Die Geschichte von Amor und Psyche. Ein antikes Märchen und seine Folgen in Kunst und Literatur*. – Gennady Kuznetsov (Bremen): *Die Wiederentdeckung des Betrachtens. Filmisch-musikalische Spaziergänge zwischen Kopenhagen und Athen*.

Chemnitz (gegr. 1926)

Vorsitzender: Siegfried Arlt, Hüttenberg 13, 09120 Chemnitz. – Dr. Francesca Müller-Fabbri (Weimar): *Mut zum Chaos – ein Lebensbild der Ottilie von Goethe, der Schwiegertochter des berühmten Dichters und Denkers*. – Philipp Restetzki (Görlitz): *Erotica Romana / Römische Elegien*. – Dr. Manfred Osten (Bonn): *Goethe, der Konfuzius von Weimar – zur Aktualität von Goethes Chinaverständnis für das 21. Jahrhundert*. – Ulrike Richter (Leipzig): *Hyacinth und Rosenblüth. – Goethe feiert Geburtstag und wir feiern mit!* Festveranstaltung, mit Christine Stein, Ulrich Richter, Siegfried Arlt und der Gruppe *Da Capo*, Städtische Musikschule (Chemnitz). – Prof. Dr. Hans-Joachim Kertscher (Halle / Saale): *»Ohne die Briefe meiner Freunde, wäre ich längst ein Misanthrop«. Der Briefeschreiber Johann Wilhelm Ludwig Gleim*. – Stefan Hänel (Rübenau): *Goethes »Faust« und das Geheimnis im Hexeneinmaleins*. – Franz Josef Wiegelmann (Siegburg), Frieda Schwarzenberg, Karolin Scheunert, Kerstin Randal, Esther Winkler, Städtische Musikschule (Chemnitz): *Stationen einer außergewöhnlichen Freundschaft – Goethe und Carl Friedrich Zelter*. – Jahreshauptversammlung 2023 und Veröffentlichung des Jahresprogramm 2024, mit Siegfried Arlt (Chemnitz).

Dessau-Roßlau – Anhaltische Goethe-Gesellschaft (gegr. 1925, Neugründung 2008)

Vorsitzender: Joachim Liebig, Bauhausstr. 14, 06846 Dessau-Roßlau, liebig.dessau@gmx.de; stellv. Vorsitzender: Dr. Steffen Kaudelka, Tempelhoferstr. 21, 06849 Dessau-Roßlau, steffen.kaudelka@gmx.de. – Dr. Maria-Verena Leistner (Leipzig): *»Der Hut flog mir vom Kopfe« (Wilhelm Müller)*. – Dr. Christian Eger (Halle / Saale): *Reform, Projekt, Effekt. Der kulturelle Aufschwung von Dessau-Wörlitz um 1800*. – Robert Hartmann (Dessau): *350 Jahre Oranienbaum*. – Karl Thiele (Dessau): Lesung aus *Christiane und Goethe* von Sigrid Damm. – *Im Garten der Mythen*, mit den Erzählerinnen *Kalliopes Schwestern* (Dessau u.a.). – Dr. Francesca

Müller-Fabbri (Weimar): *Mut zum Chaos – Ottilie von Goethe.* – *»Des Waldes schönste Garteneinsamkeit«.* Fahrradtour mit Ines Gerds. – *Ostersamstag im Park.* Spaziergang durch den Georgengarten.

Dresden (gegr. 1926)

Vorsitzender: Dr. Jürgen Klose, Lahmannring 29, 01324 Dresden; stellv. Vorsitzende: Liane Schindler, Kipsdorfer Straße 192, 01279 Dresden. – *Willibald Alexis / Julius Eduard Hitzig: Gerhard von Kügelgen's Ermordung. 1820-1821 (1847).* Kommentierte Lesung, mit Dr. Jürgen Klose (Dresden). – Dr. Maria-Verena Leistner (Leipzig): *»Geduld, Überlegung und Muth, das sind die besten Waffen im Kampfe des Lebens«. Architekt, Schriftsteller, Mäzen – Fürst Nikolaus Abramowitsch Putjatin (1749-1830).* – PD Dr. Ulrich Kaufmann (Jena): *Annäherungen an Goethe und die Seinigen. Die Goethe-Bücher Sigrid Damms.* – Dr. Romy Donath (Dresden): *Ludwig Tieck in Dresden.* – *Michael Kohlhaas. Schauspiel nach der Novelle Heinrich von Kleists von Arnolt Bronnen.* Theateraufführung, mit der Schülerbühne des Vitzthum-Gymnasiums Dresden (Leitung: Dr. Jürgen Klose, Holger Ebelt, Isabell Engelmann). – Lutz Reike (Dresden): *»Hübscher als alle Porträts …«. Napoleon weilte elf Monate in Dresden. Augenzeugen berichten von jener bewegten Zeit zwischen 1807 und 1813 und ihren Begegnungen mit Napoleon.* – *Ludwig Tieck und die Frauen.* Lesung mit Ines Hommann, Sprecherin; Maria Burna, Hammerflügel (beide Dresden). – Katrin Rönnebeck (Dresden): *»Euryanthe«. Zum 200. Jubiläum der Uraufführung der Weber-Oper.* – *Die Kügelgen-Story. Eine Familie zwischen Deutschland, Estland und Russland.* Ausstellungseröffnung. – Dr. Matthias Donath (Niederjahna bei Meißen): *Die Kügelgen-Story.* – *»Zum Schwure räckten se de* Hände …«. Szenische Lesung mit Schillers *Wilhelm Tell* und anderen Klassikern in sächsischer Mundart nach Lene Voigt, mit dem Schillerverein Leipzig e. V. – Prof. Dr. Frank Almai (Dresden): *»Es ist an der Zeit … jeder verrichte sein Amt, jeder tue seine Pflicht«.* – *Goethes »Märchen« als zeitgeschichtliche Reflexion einer Krise der Gesellschaft um 1800.*

Eisenach (gegr. 1979)

Vorsitzender: Gerhard Lorenz, Am Hängetal 05, 99817 Eisenach; stellv. Vorsitzender: Eberhard Kruse, Bohngartental 07, 99834 Marksuhl. – Dr. Annette Seemann (Weimar): *In Heines Visier: Die »schöne große Cousine« und die »Großmutter der Doktrinäre« – Heine und sein Verhältnis zu George Sand und Madame de Staël.* – Jahreshauptversammlung mit Neuwahl des Vorstandes. – Prof. Dr. Stefan Matuschek (Jena): *Goethe, Schiller und Knigge über den politischen Wert der Höflichkeit.* – Ostermatinee, mit Ulrike Richter (Leipzig): *Johann Wolfgang von Goethe: »Der neue Paris« – Papiertheater mit Liedern zur Hakenharfe.* – Dr. Dieter Strauss (Offenbach): *Julia Mann – die starke Brasilianerin hinter der berühmten Schriftstellerfamilie.* – Dr. Manfred Osten (Bonn): *Goethe – der Konfuzius von Weimar – zur Aktualität des Goethe'schen China-Verständnisses und die Möglichkeit eines chinesischen Jahrhunderts.* – Auszeichnung der besten Abituraufsätze der Eisenacher Gymnasien und der Realschulprüfung an der Goethe-Schule Eisenach durch den Vorsitzenden der Goethe-Gesellschaft Eisenach. – Dr. Arnold Pistiak (Potsdam): *Gebändigt? Ungebändigt? – Überlegungen zum Verhältnis von Beethoven und Goethe.* – *Wandrers Nacht – eine literarisch-musikalische Reise zu Ehren des weltberühmten Gedichtes von Johann Wolfgang von Goethe »Wandrers Nachtlied«*, mit Cora Chilcott (Berlin). – Prof. Dr. Uwe Hentschel (Chemnitz): *Goethes Stadtflucht oder warum wir alle einen (Klein-) Garten haben wollen.* – Dr. Michael Knoche (Weimar): *Die Weimarer Bibliothek unter Goethes Oberaufsicht.* – Weihnachtsfeier der Goethe-Gesellschaft Eisenach, mit dem *Gemischten Chor der Wartburgstadt.*

Erfurt (gegr. 2014)

Vorsitzender: Bernd Kemter, Aga Lindenstr. 20, 07554 Gera, ankebeke@hotmail.com;

stellv. Vorsitzender: Dieter Schumann, Pergamentergasse 37, 99084 Erfurt, schumann-dieter@web.de. – Richard Dollinger (Gera): *Das Schöne, Wahre und Gute. Anmerkungen zu Hegels Ästhetik.* – Prof. Dr. Detlef Jena (Rockau): *»Des Menschen Glück ist ein eitler Traum«. Goethes Weimar begegnet dem Fürsten Charles Joseph de Ligne, dem frohesten Mann des 18. Jahrhunderts.* – Dr. Peter Neumann (Oldenburg): *Jena 1800. Die Republik der freien Geister.* – Steffi Böttger (Leipzig): *»Ein glühend Herz zagt nicht beim wilden Rauschen«. Die ersten wilden Jahre der deutschen Romantik.* – Prof. Dr. Volker Hesse (Berlin): *Goethe und die Kinder.* – Prof. Dr. Rudolf Drux (Köln): *Goethes Homunculus und seine Nachkommen in Literatur und Wissenschaft.* – Prof. Dr. Lothar Engelmann (Leipzig): *Goethe als Patient.* – Dr. Egon Freitag (Weimar): *»Ich winde mich um Deinen Schoß und Busen«. Herder und die Liebe.* – Dr. Arnold Pistiak (Potsdam): *Hanns Eisler und sein Theaterstück »Johann Faustus«.* – Dr. Helmut Hühn (Jena): *»Denn die Natur ist aller Meister Meister!« Goethe als Naturforscher und Dichter.* – Besuch des Chinesischen Gartens in Weißensee mit Stadtführung, Konzert auf der Runneburg. – Konzert im Schwind-Pavillon Rüdigsdorf (Kohrener Land). – Besuch des Neuen Mutz-Museums in Kraftsdorf, Brehmhaus Renthendorf, Lesung von Goethes *Reineke Fuchs.* – Mehrtagesfahrt auf der deutschen Märchenstraße, Göttingen, Bad Karlshafen, Hannoversch Münden.

Erlangen (gegr. 2000)

Vorsitzende: Dr. habil. Tanja Rudtke, Schwander Str. 7, 91126 Rednitzhembach; Geschäftsführerin: Gertraud Lehmann, Wöhrstr. 6a, 91054 Erlangen. – Mitgliederversammlung mit Lesung: *Spaß mit Goethe.* Originaltexte gelesen und kommentiert von Heida und Siegfried Ziegler (Erlangen). – Dr. Bertold Heizmann (Essen): *Im Schatten Goethes: August von Kotzebue.* – Prof. Dr. Rainer Holm-Hadulla (Heidelberg): *»Sympathy for the devil«. Die künstlerische Bewältigung des Bösen bei Goethe, Freud und den Rolling Stones.* – *»Ich stand auf Berges Halde«: Platen, Rückert, Penzoldt und der Burgberg als Kulturlandschaft.* Erlanger Kulturspaziergang mit Dr. Clemens Heydenreich. – Dr. Yvonne Pietsch (Weimar): *Das Propyläen-Projekt: Goethe geht online. Neues aus der Forschung im Goethe- und Schiller-Archiv Weimar.* – *»Du liebes Baireut, man sollte sich einbohren in dich, um nimmer heraus zu können«.* Tagesfahrt zur langjährigen Wirkungsstätte Jean Pauls und Richard Wagners. – Sommerfest, mit Autorenlesung von Dr. Helmut Haberkamm (Erlangen): *Goethe, Fränkisch und das Glück.* – Prof. Dr. Markus May (München): *Die Insel der Möglichkeiten. Capri in der deutschen Literatur von Goethe bis Grünbein.* – Dr. Magali Nieradka-Steiner (Heidelberg): *Exil unter Palmen. Sanary-sur-Mer als Hauptstadt der deutschen Literatur.* – *»Alles klar, heiter und rein, wie ein Glas Wasser«. Konrad Grübel (1736-1809), Goethe und »die Schale der wunderlichen Mundart«.* Podiumsgespräch mit Siegfried Ziegler und Dr. Helmut Haberkamm.

Essen (gegr. 1920)

Vorsitzender: Dr. Bertold Heizmann, Gewalterberg 35, 45277 Essen; stellv. Vorsitzende: Renate Schulte, Semperstr. 10, 45138 Essen. – Prof. Dr. Wolfgang Senf (Essen): *Fake News, Verschwörungserzählungen: Wie sie unsere Wahrnehmung und unser Denken beeinflussen.* – Dr. Bertold Heizmann (Essen): *»Stella« und der zwiebeweibte Graf. Zur literarischen Karriere eines Männertraums.* – *Jammern gilt nicht – Ein spätes Gespräch zwischen Christiane von Goethe und Johanne Eckermann.* Gelesenes Spiel, mit Vicki Spindler (Weimar) und Jutta Hoffmann (Berlin). – Prof. Dr. Volker Hesse (Berlin): *Goethe, Schiller – Kreativität trotz Krankheit.* – Dr. Lutz Kuntzsch (Wiesbaden): *Zur Entwicklung der deutschen Sprache.* – Dr. Dieter Strauss (Offenbach): *»Wir beschreiben ja nicht um zu beschreiben, sondern um beschreibend zu verändern!« Über Anna Seghers.* – Dr. Manfred Osten (Bonn): *Goethe, der Konfuzius von Weimar? – Zur Aktualität des Goethe'schen Chinaverständnisses und der Möglichkeit eines chinesischen Jahrhunderts.* – Prof. Dr. Wolfgang Bunzel

(Frankfurt a. M.): *Die Brentanos und Goethe – Stationen einer spannungsreichen Beziehung.* – *Beethoven und Goethe. Eine musikalische Tragikomödie.* Dargestellt und gespielt von Anna Fridman (Essen). – Exkursion in die Barbarossastadt Gelnhausen. Mit Besuch des Romantik-Museums in Frankfurt a. M. und des Brüder-Grimm-Hauses in Steinau an der Straße. – Prof. Dr. Michael Wetzel (Bonn): *Mignon – die poetischste Figur im Werk Goethes.* – Dr. habil. Tanja Rudtke (Erlangen): *»Der Herr wünscht zu speisen?« – Ein Streifzug durch die Gasthäuser in der Literatur von Goethe bis zur Gegenwart.* – Dr. Heidi Ritter (Halle / Saale): *»Ich will ihm den Kranz von der Stirne reißen«. Kleist und Goethe.*

Freiburg i. Br. (gegr. 1999)

Vorsitzender: Prof. Dr. Rudolf Denk, Am Birkenrain 21, 79271 St. Peter; Geschäftsstelle: Clemens Kleijn, Am Schaienbuch 26, 78054 Schwenningen, goethe-freiburg@gmx.de. – Prof. Dr. Werner Frick (Freiburg i. Br.): *Goethes lyrische Selbstporträts.* – Prof. Dr. Rudolf Denk (Freiburg i. Br.): *Peter Handke, Wim Wenders und andere: Ausgewählte Adaptionen von Goethes Wilhelm-Meister-Romanen im intermedialen Vergleich.* – Prof. Dr. Aldo Venturelli (Urbino): *Nietzsche, Goethe und Stifter. Einige Bemerkungen.* – *Poetry Slam mit Goethe: Ein moderner Dichterwettstreit.* Hörsaal-Slam mit selbst geschriebenen und vorgetragenen Texten nach Vorlagen von Goethe, moderiert von Philipp Multhaupt. – Prof. Dr. Ernst Osterkamp (Berlin): *Das Weltweite und das Weltfähige. Weltliteratur und globale Autorschaft bei Goethe und Thomas Mann.* – PD Dr. Jutta Heinz (Tübingen): *Goethes Wörter und das Goethe-Wörterbuch.* – *verHACKStückte Geschichten. 60 Minuten mit Peter Hacks.* Gespielt und gesprochen von Uwe Schlottermüller, im Rahmen eines geselligen Treffens aus Anlass der 274. Wiederkehr von Goethes Geburtstag. – Fahrt zum Deutschen Romantik-Museum in Frankfurt a. M. Führung durch Prof. Dr. Wolfgang Bunzel, Einführung durch Prof. Dr. Rudolf Denk im Bus. – Prof. Dr. Stefan Matuschek (Jena): *Goethe, der Romantiker.* – Dr. Manfred Osten (Bonn): *Goethes Prophetie der Welt »als großes Hospital«: Zur Aktualität eines Klassikers und dessen Therapie-Empfehlungen.* Vortrag mit Rezitationen aus *Faust II* von Sabine Scharberth und einem Büchertisch der Buchhandlung zum Wetzstein. – *»Weites Wunderland ist aufgetan«. Alban Bergs Sieben frühe Lieder.* Konzert mit Ramona Laxy, Sopran; Ayako Imoto, Klavier; Barbara Kiem, Konzeption und Moderation; anschließend geselliges Beisammensein.

Fulda (gegr. 2019)

Vorsitzender: Reinhard Schwab, Akazienweg 2, 36157 Ebersburg, reinhard.schwab@t-online.de; stellv. Vorsitzende: Ingrid Schmehl, Adalbertstr. 34, 36039 Fulda, ischmehl@icloud.com. – Prof. Dr. Roland Kaehlbrandt (Dreieich): *Deutsch. Eine Liebeserklärung. Die zehn Vorzüge unserer erstaunlichen Sprache.* – Dr. Annette Seemann (Weimar): *Goethe in Frankfurt, Goethe in Weimar: zwei Landschaften erlebter Bildung.* – Vier »Verweile doch«-Treffen, mit Buchvorstellungen. – Theaterfahrten nach Frankfurt a. M. und Meiningen. – Exkursion nach Frankfurt a. M. mit Kostümführung *»Goethe verliebt in Frankfurt«.*

Gera (gegr. 2006)

Vorsitzender: Bernd Kemter, Aga Lindenstr. 20, 07554 Gera, ankebeke@hotmail.com; stellv. Vorsitzende: Elke Sieg, Zum Wiesengrund 3, 04626 Schmölln, elke.sieg@t-online.de. – Richard Dollinger (Gera): *Das Schöne, Wahre und Gute. Anmerkungen zu Hegels Ästhetik.* – Prof. Dr. Detlef Jena (Rockau): *»Des Menschen Glück ist ein eitler Traum«. Goethes Weimar begegnet dem Fürsten Charles Joseph de Ligne, dem frohesten Mann des 18. Jahrhunderts.* – Dr. Peter Neumann (Oldenburg): *Jena 1800. Die Republik der freien Geister.* – Steffi Böttger (Leipzig): *»Ein glühend Herz zagt nicht beim wilden Rauschen«. Die ersten wilden Jahre der deutschen Romantik.* – Prof. Dr. Volker Hesse (Berlin): *Goethe und die Kinder.* – Prof. Dr.

Rudolf Drux (Köln): *Goethes Homunculus und seine Nachkommen in Literatur und Wissenschaft.* – Prof. Dr. Lothar Engelmann (Leipzig): *Goethe als Patient.* – Dr. Egon Freitag (Weimar): *»Ich winde mich um Deinen Schoß und Busen«. Herder und die Liebe.* – Dr. Arnold Pistiak (Potsdam): *Hanns Eisler und sein Theaterstück »Johann Faustus«.* – Dr. Helmut Hühn (Jena): *»Denn die Natur ist aller Meister Meister!« Goethe als Naturforscher und Dichter.* – Besuch des Chinesischen Gartens in Weißensee mit Stadtführung, Konzert auf der Runneburg. – Konzert im Schwind-Pavillon Rüdigsdorf (Kohrener Land). – Besuch des Neuen Mutz-Museums in Kraftsdorf, Brehmhaus Renthendorf, Lesung von Goethes *Reineke Fuchs.* – Mehrtagesfahrt auf der deutschen Märchenstraße, Göttingen, Bad Karlshafen, Hannoversch Münden.

Gotha (gegr. 1985)

Vorsitzende: Kerstin Brauhardt, Waltershäuser Str. 71, 99867 Gotha, goethe-gesellschaft-gotha@web.de; stellv. Vorsitzende: Marion Merrbach, Mönchelstr. 3, 99867 Gotha. – Prof. Dr. Jochen Golz (Weimar): *»Hoch beglückt in deiner Liebe«. Die Stimme der Frau in Goethes Lyrik.* – Dr. Annette Seemann (Weimar): *Caroline Jagemann (1777-1848) – Weimarer Diva und fürstliche Favoritin.* – Dr. Heidi Ritter (Halle / Saale): *Fantastisches Erzählen in der Spätromantik: E. T. A. Hoffmann (1776-1822).* – Dr. Egon Freitag (Weimar): *Licht-Liebe-Leben. Johann Gottfried Herder – »Das brausende Genie«.* – Dr. Roland Krischke (Altenburg): *»Wie sehn' ich mich hinaus in die freie Welt!« – Die Schriftstellerin Sophie Mereau-Brentano (1770-1806).* – Dr. Dieter Strauss (Offenbach): *Beinahe beste Freunde – Alexander von Humboldt und Johann Wolfgang von Goethe.* – Dr. Francesca Müller-Fabbri (Weimar): *Adele Schopenhauer und Johann Wolfgang von Goethe: ein besonderer Briefwechsel.* – Dr. Jens Riederer (Weimar): *Feiner Tee und freier Ton. Zur voll entfalteten Teegeselligkeit in Weimar um 1800.*

Gunzenhausen (gegr. 1998)

Die Goethe-Gesellschaft Gunzenhausen wurde 2023 aufgelöst.

Güstrow (gegr. 1982)

Vorsitzende: Dr. Elisabeth Prüß, Seidelstr. 5, 18273 Güstrow; stellv. Vorsitzende: Anneliese Erdtmann, Prahmstr. 28, 18273 Güstrow. – Dr. Volker Probst (Wentorf): *»Lieber Jeter« – warum und wie die Ernst-Barlach-Stiftung 1995 den Nachlass von Margarethe Böhmer erworben hat.* – Dr. Joachim Schumann (Bützow): *Goethes Farbenlehre.* – Prof. Dr. Uwe Hentschel (Chemnitz): *Goethes Stadtflucht oder warum wir alle einen (Klein-)Garten haben wollen.* – Bernd Kemter (Gera): *Goethe und die polnische Romantik.* – Exkursion zur Kultur.Feldstein.Kirche Recknitz, mit Dr. Dr. Dieter Pocher (Güstrow). – Dr. Volker Probst (Wentorf): *»Im äußeren Gegensatz zu meiner jetzigen Welt« – Ernst Barlach als Lehrer an der Königlich Keramischen Fachschule Höhr 1904/05.* – Exkursion nach Anklam und Altentreptow. Leitung: Inge Randow (Güstrow). – *Ein Gedenktag für Ludwig Reinhard und seine Freunde.* Lesung plattdeutscher Texte, mit Gisela Scheithauer, Renate Zimmermann und Stefan Bordihn. – Prof. Dr. Hans-Joachim Kertscher (Halle / Saale): *Begegnungen mit der Antike: Klopstock, Wieland, Voß und Goethe.* – Prof. Dr. Franz Prüß (Güstrow): *»Gräfin Faustine«. Ida Hahn-Hahn und Goethes »Faust«.*

Halle (gegr.1947, Neugründung 1964)

Vorsitzender: Prof. Dr. Hans-Joachim Kertscher, Spitze 4a, 06184 Kabelsketal; Geschäftsführerin: Dr. Heidi Ritter, Dölauer Str. 54, 06120 Halle (Saale). – PD Dr. Norman Kaspar (Halle / Saale): *Bühnenräume des Wunderbaren bei Ludwig Tieck.* – Dr. Heidi Ritter (Halle / Saale): *Was hielt Bertolt Brecht eigentlich von Goethe?* – Prof. Dr. Hans-Joachim Kertscher / Dr. Hans-Henning Schmidt (Halle /Saale): *Zum 300. Todestag von Johann Christian Günther.* – Dr. Ulrich Hohoff

(Augsburg): *1773 – Goethes »Götz von Berlichingen« und die Folgen.* – Prof. Dr. Michael Hillgruber (Halle / Saale): *Die Freundschaft Goethes mit dem halleschen Altphilologen Friedrich August Wolf (1759-1824).* – Prof. Dr. Robert Fajen (Halle / Saale): *Molière und die Erfindung der politischen Komödie – Zum 350. Todestag.* – Prof. Dr. Gunnar Berg (Halle / Saale): *Naturwissenschaft im Deutschen Romantik-Museum, Frankfurt a. M.* – Prof. Dr. Uwe Hentschel (Chemnitz): *Wie modern ist die Klassik?* – Jahresabschlussveranstaltung (Mitgliederversammlung und Wahl des neuen Vorstands), *Plaudereien um Goethe vor 200 Jahren.* – Dreitägige Exkursion zum Deutschen Romantik-Museum in Frankfurt a. M. und zur Wieland-Gedenkstätte in Oßmannstedt.

Hamburg (gegr. 1924)

Vorsitzende: Ragnhild Flechsig, Gustav-Falke-Str. 4, 20144 Hamburg; stellv. Vorsitzender: Heinz Grasmück, Grindelallee 139, 20146 Hamburg. – Dr. Barbora Srámková (Prag): *»Es klebt die Stadt an der Himmelswand wie eine Papiersilhouette …«. Max Brod und sein Prager Sternenhimmel.* – Prof. Dr. Albert Meier (Kiel): *Weimar bei Jena. Goethe und die Romantik.* – Volker Wolter (Hamburg): *Begleiter, Bewunderer, Freunde fürs Leben – Detlev v. Liliencrons private und literarische Netzwerke.* – Prof. Dr. Thomas Wortmann (Mannheim): *Annette von Droste-Hülshoff. Zur Aktualität einer Klassikerin.* – Helmut Flechsig (Hamburg): *Vier Neuerscheinungen auf dem Büchermarkt.* – Prof. Dr. Bernhard Jahn (Hamburg): *Über Vertonungen von Goethes »Werther«.* – Dr. Petra Maisak (Bad Homburg): *Gothic Nightmares. Goethe und Johann Heinrich Füssli, »the wild swiss«.* – 25. Klassik-Seminar: *Von der »Nachkriegsliteratur« zur »Wendeliteratur«.* Mit Prof. Dr. Michael Braun (Bonn): *Mephistos Probleme. Konfigurationen der Literatur von 1947 bis 2023;* Dr. Philipp Pabst (Münster): *Die grüne Heide und der siebte Himmel. Populäre Musik in Heinrich Bölls früher Prosa;* Heinz Grasmück (Hamburg): *Der Feuersturm 1943 in Literatur und Film;* Dr. Tilman Krause (Berlin) im Gespräch mit Ragnhild Flechsig (Hamburg): *Die problematischen Söhne berühmter Männer: August von Goethe und Klaus Mann* (In Kooperation mit der Thomas Mann-Gesellschaft Hamburg). – Dr. Bertold Heizmann (Essen): *»Ach Freund, wohin ist Goethe gesunken …«. Ein Theaterskandal im klassischen Weimar und das Scheitern des Projekts ›Romantisierung der Antike‹.*

Hannover (gegr. 1925)

Vorsitzende: Elke Kantian, Ferdinand-Wallbrechtstr. 64, 30163 Hannover; stellv. Vorsitzender: Dr. Jonas Maatsch, Akademie der Wissenschaften zu Göttingen, Theaterstr. 7, 37073 Göttingen. – Prof. Dr. Tonio Hölscher (Heidelberg): *Das Grab des Tauchers – ein Rätsel.* – Dr. Joachim Seng (Frankfurt a. M.): *»Folgen Sie also, bester Mann, dem Rat einer Frau«. Katharina Elisabeth Goethe in neuem Licht.* – Prof. Dr. Horst Bredekamp (Berlin): *Michelangelo und Florenz – eine konfliktreiche Geschichte.* – Matthias Wehrhahn (Hannover): *Der Wehrhahn Verlag und seine Editionen.* – Dr. habil. Michael Niedermeyer (Berlin): *Goethes Wörterbuch.* – Dr. Francesca Müller-Fabbri (Weimar): *Ottilie von Goethe – Mut zum Chaos: in Weimar und in Frankfurt.* – Prof. Dr. Jochen Hörisch (Mannheim): *Goethes bestes Buch – Die präzisen Vieldeutigkeiten der »Wahlverwandtschaften«.* – Hendrik Brandt (Hannover): *Mein Goethe.* – Prof. Dr. Stephan Oswald (Bologna): *August von Goethe – Im Schatten des Vaters.* – Prof. Dr. Karl-Josef Kuschel (Tübingen): *Goethe und der Islam.* – Prof. Dr. Jan Philipp Reemtsma (Hamburg): *Christoph Martin Wieland. Die Erfindung der modernen Literatur.* – Michaela Schupp (Hannover): *Food of the Gods.* Schokoladen-Tasting und Geschichten rund um Schokolade und ihren Genuss. – Prof. Dr. Volker Gerhardt (Berlin): *Die dramatisch anwachsende Aktualität der Philosophie Kants am Beispiel einer globalen Perspektive der Politik.* – Peter Meuer (Hannover): *»ich konnte aber keine Pferde kriegen und so schicke ich Ihnen diese Message durch einen Boten«.* Vorstellung einer Archivalie aus dem Stadtarchiv Hannover. – Hanjo Kesting (Hamburg): *Erfahren,* *woher wir kommen. Große Erzählungen der Weltliteratur.* Aus folgenden Erzählungen lasen: Frank Arnold: *Raymond Carver: Wovon wir reden, wenn wir von Liebe reden*; Bodo Primus: *Stephan Hermlin: Der Leutnant Yorck von Wartenburg*; Sonja Beißwenger: *André Gide: Die Rückkehr des verlorenen Sohnes*; Frank Arnold: *Georges Simenon: Der kleine Schneider und der Hutmacher.* – *Immanuel Kant und die offenen Fragen.* Ausstellungsbesuch in Bonn. – *Nach Italien. Eine Reise in den Süden.* Ausstellungsbesuch in Hannover.

Heidelberg (gegr. 1967)

Vorsitzende: Dr. Letizia Mancino-Cremer, Mombertplatz 23, 69126 Heidelberg; stellv. Vorsitzender: Prof. Dr. Dieter Borchmeyer, Osterwaldstr. 53, 80805 München. – Ordentliche Mitgliederversammlung. – Ulrike Wälde (Heidelberg): *»Ich wollte ein Sträußlein binden«.* – Prof. Dr. Jochen Hörisch (Mannheim): *»Da fühlte sich« – Pantheistische und panerotische Motive in Goethes »Trilogie der Leidenschaft«.* – Dr. Magali Nieradka-Steiner (Heidelberg): *Goethe für Kinder: »Der Zauberlehrling«.* – Ulrike Wälde: *»Ich will küssen! Küssen! sagt' ich«.* – Dr. Enno Krüger (Heidelberg): *»Ich habe mich umsonst besoffen« – Goethe und der Wein.* – Dr. habil. Stefaniya Ptashnyk (Heidelberg): *Das Goethe-Wörterbuch.* – Dr. Letizia Mancino-Cremer, Prof. Dr. Uwe Steiner und Prof. Dr. Christoph Cremer (Heidelberg): *Fake News: Wohnte Goethe 1797 im Emmertsgrund? – Goethes Geburtstag auf dem Schloss.* – Blasmusik-Konzert, mit Viktor Hamann und Kollegen (Heidelberg). – Dr. Pamela Kalning (Heidelberg): *Goethe über das Mittelalter.* – Dr. Magali Nieradka-Steiner: *Goethe für Kinder: »Götz von Berlichingen«.* – *Humanismus im Wasserturm* – Dr. Letizia Mancino-Cremer: *Zum Verhältnis von Goethe und Shakespeare.* – Heike Görner (Heidelberg): *Nikolaus von Kues als Wegbereiter des Humanismus.* – Andreas T. Sturm (Hockenheim): *Shakespeare und Europa.* – Sr. Dr. Maura Zátonyi OSB (Eibingen): *Hildegard von Bingen und europäische Spiritualität.* – Dr. Letizia Mancino-Cremer, Prof. Dr. Christoph Cremer, Prof. Dr. Uwe Steiner, Dr. Magali Nieradka-Steiner, Peter Becker (Heidelberg): *Lebte Goethe 1797 im Emmertsgrund? – Liebhaber in allen Gestalten.*

Ilmenau (gegr. 1963)

Vorsitzender: Prof. Dr. Hans-Peter Schade, Herderstr. 43, 98693 Ilmenau, hpschade@gmx.de; stellv. Vorsitzender: Martin Strauch, Am Markt 5, 98693 Ilmenau, mbruno.strauch@web.de. – Dr. Annette Seemann (Weimar): *Der missbrauchte Mythos: Der ›Geist von Weimar‹ im Nationalsozialismus.* – Prof. Dr. Hans-Joachim Kertscher (Halle / Saale): *Johann Christian Günther.* – Steffi Böttger (Leipzig): *Unruhe und das ganze Durcheinander. Walther von Goethe.* – *Ostereierblasen im Goethemuseum Stützerbach.* Demonstration alter Glashandwerkskunst, mit Gudrun Mueller u. a. – *Betrogen.* Schauspiel von Harold Pinter, mit dem *TheaterLeiterTheater* (Ilmenau). – Heumahdfest mit 35 Schnittern auf 5 ha Bielers Wiesen der Liegenschaft Goethehaus Stützerbach. – *Paul A. Werner: Reineke Fuchs.* Ausstellung. – 274. Goethe-Geburtstag, mit *Auszügen aus Goethes »Reineke Fuchs«.* Lesung mit Martin Strauch; Musikalische Begleitung mit Bläserquintett unter der Leitung von Wolfgang Schilling; *Wandrers Nacht.* Musikalisch-literarisches Programm, mit Cora Chilcott (Berlin).

Jena (gegr. 1922)

Vorsitzende: Prof. Dr. Alice Stašková, Friedrich-Schiller-Universität Jena, Institut für Germanistische Literaturwissenschaft, Fürstengraben 18, 07743 Jena; stellv. Vorsitzender: Prof. Dr. Klaus Manger, Sonnenbergstr.9, 07743 Jena; stellv. Vorsitzende: Melanie Hillerkus, Friedrich-Schiller-Universität Jena, Institut für Germanistische Literaturwissenschaft, Fürstengraben 18, 07743 Jena. – Dr. Hannes Höfer (Weimar): *Goethe im Gartenhaus: Vom Hofpoeten zum öffentlichen Schriftsteller.* – Melanie Hillerkus (Jena): *Familie und Theaterbühne? Die prekären Ar-*

beits- und Lebensverhältnisse junger Mütter am Weimarer Hoftheater um 1800. – Prof. Dr. Juliane Köster (Jena): *Goethe als Schulautor.* – Prof. Dr. Stefan Höppner (Weimar): *Goethes Bibliothek.* – *»Mit fremder Feder – der gefälschte Schiller«.* Führung durch die Ausstellung im Goethe- und Schiller-Archiv in Weimar. – *Schillers Zeitschrift »Die Horen«.* Wissenschaftliches Symposium im Rahmen der Schillertage in Jena, mit den Vorträgen: Prof. Dr. Johannes F. Lehmann (Bonn): *Zeit und Gegenwart in Schillers »Die Horen«*; Prof. Dr. Alice Stašková (Jena): *»Die Horen« 1795, 9. Stück: eine Poetik?*; Prof. Dr. Frieder von Ammon (München): *Elitäre Serialität. Schiller als »Showrunner« der »Horen«.* – Dr. Max Pommer (Jena): *»Das Ewige regt sich fort in allen …«. Philipp Otto Runges Graphikzyklus »Vier Zeiten«.*

Karlsruhe (gegr. 1960)

Vorsitzender: Dr. Gerhard Friedl, Mahlbergstr. 21, 76307 Karlsbad; stellv. Vorsitzende: PD Dr. Beate Laudenberg, Moldaustr. 10 a, 76149 Karlsruhe. – Dr. Eva Hirtler (Karlsruhe): *Gedichte Goethes in Vertonungen verschiedener Komponisten des 19. Jahrhunderts.* – Bernd Kemter (Gera): *Goethe und die polnische Romantik.* – Prof. Dr. Dietrich von Engelhardt (Karlsruhe / Lübeck): *Goethe auf der Suche nach der Urpflanze in Italien – Padua, Neapel, Palermo.* – Dr. Gerhard Friedl (Karlsbad): *»Sag(t) es niemand(!)« – Goethes Gedicht »Selige Sehnsucht« und Ingeborg Bachmanns Hörspiel »Der gute Gott von Manhattan«.* – Prof. Dr. Achim Aurnhammer (Freiburg i. Br.): *Die Vierhundert Pforzheimer – Konstruktion und Dekonstruktion einer Heldenlegende.* – Prof. Dr. Hans-Joachim Kertscher (Halle / Saale): *»Was bleibet aber?« – Friedrich Hölderlin in der Kulturgeschichte.* – *Gemütlichste Gespräche.* Beisammensein im Café Kehrle. – *Auf Hölderlins Spuren.* Studienfahrt nach Nürtingen und Tübingen. – *Werke der Kunsthalle Karlsruhe im ZKM (Zentrum für Kunst und Medien).* Führung, mit Dr. Dorit Schäfer.

Kassel (gegr. 1949)

Vorsitzender: Andreas Krämer, Neue Bahnhofstr. 34, 34621 Frielendorf, goethe-gesellschaft-kassel@web.de; stellv. Vorsitzender: Prof. Dr. Stefan Greif, Universität Kassel, Neuere deutsche Literaturwissenschaft, Kurt-Wolters-Str. 5, Raum 3028, 34125 Kassel, greif@uni-kassel.de. – Ordentliche Mitgliederversammlung. – Veröffentlichung der Jahresgabe 2023: *Fragment. Aus dem »Tiefurter Journal«, 32. Stück 1782/83 (Verfasser anonym).* – Prof. Dr. Dirk von Petersdorff (Jena): *Glaube und religiöse Erfahrung in Goethes Gedichten.* – Dr. Paul Kahl (Weimar): *»Faust« – Drama der Moderne.*

Kiel (gegr. 1947)

Vorsitzender: Dr. Malte Denkert, Geibelallee 4, 24116 Kiel; stellv. Vorsitzende: Liebgard Buchholz, Spreeallee 204, 24111 Kiel. – Mitgliederversammlung, mit Lesung von Kerstin Thomsen und Gerd Erdmann aus Goethes Gedichtzyklus *West-östlicher Divan.* – Erscheinen der Jahresgabe 2023 *»Lieben belebt« – Goethe-Illustrationen* von Martin Lersch. – *Heinrich Heine: »Memoiren«.* Lesung, mit Gerd Erdmann. – Frank Trende (Kiel): *»Und auf Vernichtung läufts hinaus«. – »Faust II« und die Landgewinnungsideologie der Nationalsozialisten.* – Dr. Malte Denkert (Kiel): *Die Natur in Gerhart Hauptmanns Lustspiel »Griselda«.* – Literarischer Abend in der Vorweihnachtszeit.

Köln (gegr. 1984)

Vorsitzender: Prof. Dr. Rudolf Drux, Märchenstr. 1, 51067 Köln; stellv. Vorsitzender: Dr. Markus Schwering, Max-Liebermann-Str. 1, 51375 Leverkusen. – Denis Scheck (Köln): *»Es wird ein Mensch gemacht« – Goethes Selbstfindung in Italien.* – Prof. Dr. Leo Kreutzer (Köln): *Das rheinische Schunkeln, Goethes ›Doppelblick‹ und die ›doppeltblickende‹ Arbeitsweise des Kölners Hans Mayer.* – Prof. Dr. Hans Esselborn (Köln): *Vom unterschiedlichen Umgang Goethes und Jean Pauls mit der Naturwis-*

senschaft ihrer Zeit. – Jahreshauptversammlung. – Prof. Dr. Karl-Heinz Göttert (Köln): *Prozessionen als Demonstrationen. Mit einem neuen Blick auf Goethes »Sankt-Rochus-Fest zu Bingen«.* – Prof. Dr. Rudolf Drux (Köln): *»Ein Diamant sagt es. Für immer«. Der ›König der Edelsteine‹ als Gegenstand der Naturkunde und Lyrik im 17. und 18. Jahrhundert.* – Prof. Dr. Martina Wagner-Egelhaaf (Münster): *›Entscheiden‹ in Goethes autobiographischen Schriften.* – *Erlkönigs Tochter. Sagenhafte Balladen und schaurige Lieder.* Bühnenabend, mit Cora Chilcott (Berlin). – Dr. Katharina Fürholzer (Rostock): *Goethe und die Aphasie.* – Dr. Markus Schwering (Leverkusen): *Von Wien nach Weimar – Leben und Werk des Hofkapellmeisters Johann Nepomuk Hummel.* – *»Mephisto«* (1981) von Istvan Szabo. Film-Matinee. – Prof. Dr. Helmut Schmiedt (Koblenz): *Goethe und Weihnachten?*

Leipzig (gegr. 1925)

Vorsitzender: Michael Pahle, Blüthnerstr. 1, 04179 Leipzig; stellv. Vorsitzende: Dr. Maria-Verena Leistner, Brockhausstr. 61, 04229 Leipzig. – Dr. Christine Blanken (Leipzig): *Ein neuer religiöser Ton – Franz Schuberts Novalis-Vertonungen.* – Dr. Jens Ole Schneider (Jena): *Der Blick des Künstlers und die Masken des Hofes. Zu Goethes Drama »Torquato Tasso«.* – Prof. Dr. Georg Schmidt (Jena): *Goethe – vom Landespolitiker zum Kritiker der Moderne.* – Prof. Dr. Karl-Josef Kuschel (Tübingen): *Goethes Liebe zum Koran.* – Dr. Einhard Weber (Creußen): *Das Verhältnis Albert Schweitzers zu Goethe.* – Dr. Annette Seemann (Weimar): *Anna Amalias Hof als Bühne der Kunst.* – Prof. Dr. Ludwig Stockinger (Leipzig): *Herrscherlob und Aufklärung, Johann Christoph Gottscheds Gratulationsrede zur Hochzeit des sächsischen Kurprinzen Friedrich Christian (1747).* – Prof. Dr. Hans Wißkirchen (Lübeck): *Goethe und Thomas Mann.* – Prof. Dr. Dirk Oschmann (Leipzig): *Übereilung und Tod in Goethes postrevolutionären Texten.* – *Führung über den alten Johannisfriedhof.* Veranstaltung zum Goethe-Geburtstag. – Tagesfahrt nach Altranstedt, Lützen und Röcken (Nietzsche-Gedenkstätte). – Exkursion nach Aschaffenburg, Seligenstadt und Frankfurt a.M. (Deutsches Romantik-Museum und Goethe-Haus).

Ludwigsburg (gegr. 1998)

Vorsitzender: Werner Fleig, Hoferstr. 25, 71636 Ludwigsburg, werner.fleig@web.de; stellv. Vorsitzende: Christel Rabe, Marbacher Str. 213, 71642 Ludwigsburg, info@goethe-gesellschaft-ludwigsburg.de. – Dr. Werner Heil (Ludwigsburg): *»Faust II«-Vortrag 1: Wirkung Mephistos im sozialen Leben.* – Dr. Werner Heil: *»Faust II«-Vortrag 2: Das Thema der Menschwerdung im »Faust«.* – Dr. Werner Heil: *»Faust II«-Vortrag 3: Das große »Helena-Zwischenspiel« und das Lebensende von Faust.* – Prof. Dr. Jochen Golz (Weimar): *Goethes »West-östlicher Divan« im Dialog der Kulturen.* – Gerhard Schweinle (Kornwestheim): *Goethe auf Briefmarken: Goethe und seine Zeit in Weimar.* – Dr. Helmut Hühn (Jena): *Das Gedicht als Denkmal. Goethes »Epilog zu Schillers Glocke« (1805).* – Vier-Tages-Reise nach Schwarzenberg zur Schubertiade und Angelika Kauffmann sowie Franz Michael Felder, mit Konzert- und Museumsbesuchen, Vorträgen, Besichtigungen, Mörike-Wanderweg, Architek-Tour-Führungen und Lesung zu F.M. Felder, Geburtstag Goethes, gefeiert im Hotel die »Wälderin« zusammen mit Prof. Dr. Jochen Golz mit einem Menu nach Goethes Goût. – Balladenabend im Antiquariat friedrich, mit Balladen und Gedichten von Goethe und Schiller, vorgetragen von der Akademie für das gesprochene Wort Stuttgart. – Halbtagesfahrt mit Theaterbesuch von *Götz von Berlichingen* in Jagsthausen, mit Stadt- und Burgführung sowie Abendessen. – Tagesausflug nach Lauffen am Neckar auf den Spuren Hölderlins, mit Vortrag von Dr. Werner Heil, *Führung im neuen Hölderlin-Museum, Stadtführung, Mittag- und Abendessen.* – *Im Dialog mit Goethe* von Dr. Werner Heil. Szenische Lesung, mit Jule Hölzgen (Akademie für das gesprochene Wort Stuttgart) im Rahmen der Ludwigsburger WortWelten. – *Hölderlin tanzt oder Lotte Zimmer.* Szenische Lesung, mit Vicki Spindler (Weimar). – Besuch im Philipp-Matthäus-Hahn-Museum Kornwestheim, mit Führung durch den Freundeskreis Philipp Matthäus Hahn.

Mannheim Rhein-Neckar (gegr. 2010)

Vorsitzender: Dr. Jens Bortloff, Krautgartenweg 12, 68239 Mannheim, stellv. Vorsitzende: Liselotte Homering, Neue Heimat 21, 68305 Mannheim. – Prof. Dr. Jost Schieren (Bonn): *»Es möchte kein Hund so länger leben!« – Erkenntnismotive in Goethes »Faust«.* – Dr. Hanspeter Rings (Mannheim): *Der Mannheimer Spaziergang – Impressionen aus dem 18. und 19. Jahrhundert.* – *»Wie herrlich leuchtet mir die Natur …«.* Rezitation mit Musik, mit Helen Heberer, Peter Seiler (Mannheim). – Dr. Dagmar von Gersdorff (Berlin): *»Die Schwiegertochter. Das Leben der Ottilie von Goethe«.* Lesung und Buchvorstellung. – Prof. Dr. Jochen Hörisch (Mannheim): *Poesie und Politik – Reflexionen über die politische In-/Kompetenz der Schriftsteller.* Vortrag und Buchvorstellung. – Damian Zingg (Andermatt), Dr. Margrit Wyder (Zürich): *Goethe am Gotthard – Höhepunkte seiner Reisen durch die Schweiz.*

München (gegr. 1917)

Vorsitzender: Prof. Dr. Rolf Selbmann, Institut für Deutsche Philologie, Schellingstr. 3, 80799 München, rolf.selbmann@germanistik.uni-muenchen.de; stellv. Vorsitzender: Dr. Johannes John, Bayerische Akademie der Wissenschaften, Alfons-Goppel-Str. 11, 80539 München, ndl.john@ndl.badw.de. – 2. Teil des Vortragszyklus *Konstellationen des Weiblichen in Goethes Dramen*: Dr. Manfred Leber (Freiburg i. Br.): *Goethes »Iphigenie« als frühes Modell weiblicher Emanzipation.* – Prof. Dr. Sigrid Lange (Köln): *Goethes dramatisches Stiefkind: »Die natürliche Tochter«.* – Mitgliederversammlung. – Prof. Dr. Dieter Borchmeyer (München): *Pandoras Wandlungen.* – Prof. Dr. Stefan Matuschek (Jena): *Engagierter Realismus, Typologie und Parodie. Die Frauenfiguren in Goethes »Faust«.* – Prof. Dr. Inge Stephan (Berlin): *Goethes dramatische Frauengestalten.* – 1. Teil des Vortragszyklus *Goethes Lyrik*: Prof. Dr. Rolf Selbmann (München): *»Es schlug mein Herz«. Goethes Erlebnislyrik.* – Prof. Dr. Mathias Mayer (Augsburg): *Goethes Lyrik 1776-1786. Beobachtungen aus der Vogelperspektive.* – Prof. Dr. Reiner Wild (Mannheim): *Poetisches Handeln am Hof. Zu ausgewählten Gelegenheitsgedichten Goethes.* – *Julia Cortis liest Goethe-Gedichte.* Auswahl: Dr. Johannes John.

Naumburg (gegr. 1988)

Vorsitzende: Dr. Irene Traub-Sobott, Bergbigstr. 8D, 06628 Naumburg, traub-sobott@outlook.com; stellv. Vorsitzende: Susanne Kröner, Lepsiusstr. 9, 06618 Naumburg, susanne_kroener@web.de. – Kai Agthe (Naumburg): *»Was gibt ein Schiff, das zwischen Himmel und Erde schwebt, nicht zu denken«. – Zu Johann Gottfried Herders »Journal meiner Reise im Jahr 1769«.* – Dr. Claudia Taszus (Jena): *Ernst Haeckel und das naturwissenschaftliche Erbe Goethes.* – Heidemarie Stein (Naumburg): *Deutsche Kaiserinnen (Teil II).* – Prof. Dr. Detlef Jena (Rockau): *Maria Pawlowna – Eine russische Zarentochter an Weimars Musenhof.* – Dr. Siegfried Seifert (Weimar): *Alessandro Conte Cagliostro (1743-1795) – Ein Scharlatan erobert Europa.* – Jochen Hilgenberg (Naumburg): *Goethe als Jurist.* – Dr. Dagmar von Gersdorff (Berlin): *»Die Schwiegertochter. Das Leben der Ottilie von Goethe«.* Autorenlesung. – Exkursion zum Wielandgut Oßmannstedt, mit Susanne Kröner.

Nordenham (gegr. 1946)

Vorsitzende: Stefanie Seyfarth, Seedorfstr. 5, 26954 Nordenham, stefanie.seyfarth@icloud.com; stellv. Vorsitzender: Stefan Tönjes, Goethestr. 5, 26954 Nordenham, toenjes.stefan@t-online.de. – Dr. Hannes Höfer (Weimar): *Die Zukunft der Goethe-Gesellschaften im Dialog.* – Charlotte Lauber, Katherina Arp (Hannover): *GENDERN – ein Blick auf das Wie, Warum und die Debatte.* – Dr. Eva Högl (Berlin): *Neue Herausforderungen für die Bundeswehr.* – Prof. Dr. Jutta Linder

(Messina): *»Noch nie bin ich so unentschieden gewesen«. Zu Goethes Reise nach Sizilien.* – Dr. Jens-Fietje Dwars (Jena), Romy Gehrke (Erfurt): *Der kastrierte Klassiker – Goethes Erotica.* – Dr. habil. Tanja Rudtke (Erlangen): *»Tages Arbeit! Abends Gäste! Saure Wochen! Frohe Feste!« (Goethe) – eine Typologie der Feste mit kulinarischem Schwerpunkt.* – *»Lamento Project« – Lamento als zeitloses Phänomen in Barock, Pop und Jazz.* Konzert, mit Dorota Szczepanska (Sopran), Alon Sariel (Laute), Peter Schwebs (Kontrabass). – *»Fernweh« – eine musikalische Weltreise.* Konzert, mit *Duo Amabile*: Paula Breland (Klarinette), Anna Katharina Schau (Akkordeon). – *Ludwig van Beethoven, Ferdinand Ries, Johann Christian Heinrich Rinck.* Konzert, mit *Trio Parnassus*: Michael Groß (Violoncello), Julia Galic (Geige), Johann Blanchard (Klavier). – *G.F. Händel, J. Brahms, S. Rachmaninoff.* Konzert, mit Alexander Krichel (Klavier). – *»Streets of London« – ein Potpourri.* Konzert, mit *Prisma & Murat Coscun*: Fernando Olivas (Mandoline), Elisabeth Champollion (Flöte), David Budai (Viola da Gamba), Franciska Hajdu (Violine), Murat Coscun (Percussion). – *Fingerstyle Gitarrenvirtuose.* Konzert, mit Simon Wahl (Gitarre). – *Phönix – Balkanfeuer.* Konzert, mit *Foale Verde:* Katalin Horvath (Gesang), Sebastian Mare (Violine), Veit Hübner (Bass), Vladimir Trenin (Bajan), Frank Wekenman (Gitarre).

Nürnberg (gegr. 1995)

Vorsitzende: Dr. Claudia Leuser, Maxplatz 30, 90403 Nürnberg; stellv. Vorsitzender: Dr. Günther Kraus. – Steffi Böttger (Leipzig): *»Ein glühend Herz zagt nicht beim wilden Rauschen«. Die ersten wilden Jahre der deutschen Romantik.* – Prof. Dr. Hans-Joachim Kertscher (Halle / *Saale*): *»Denn ich suche nichts in der Welt als die Wahrheit auszubreiten«: Christian Wolff, ein Wegbereiter der deutschen Frühaufklärung.* – Dr. Dieter Strauss (Offenbach): *»Beinahe beste Freunde«: Alexander von Humboldt und Johann Wolfgang von Goethe.* – Dr. Annette Seemann (Weimar): *»Ich habe die Blüthenzeit meines Lebens noch einmal durchlebt, während ich schrieb«. Caroline von Wolzogen und ihr Roman »Agnes von Lilien«.* – Prof. Dr. Uwe Hentschel (Chemnitz): *Die Weimarer Klassik – eine Klassik der Moderne?* – Prof. Dr. Wolfgang Bunzel (Frankfurt a.M.): *Goethe als literarische Figur in der deutschen Gegenwartsliteratur.* – *Musik und Lyrik der Goethezeit.* Vertonungen und Rezitation, mit dem *Duo Pasculli* (Würzburg). – *»Mitglieder lesen für Mitglieder«.* Adventsfeier mit Texten (nicht nur) rund um die Advents- und Weihnachtszeit.

Oldenburg (gegr. 1987)

Vorsitzende: Dr. Katrin Henzel, Universitätsbibliothek der Christian-Albrechts-Universität zu Kiel, Leibnizstr. 9, 24118 Kiel; stellv. Vorsitzende: Kristin Eilert, Haareneschstr. 88, 26121 Oldenburg. – Dr. Heinrich Dickerhoff (Cloppenburg), Conny Sandvoss (Lohne): *Zauberlehrling und süßer Brei – ein Dialog zwischen Goethe und den Volksmärchen in Klangbeispielen.* – *Friedrich Nietzsches »Morgenröthe. Gedanken über die moralischen Vorurteile« (1881).* Rezitation und Interpretation, mit Dr. Hans von Seggern, Paul Sonderegger (Berlin). – Dr. Katja Leuchtenberger (Rostock): *Uwe Johnson und die Uwe Johnson-Werkausgabe. Weltliteratur aus Mecklenburg.* – Prof. Dr. Frank Wagner (Oldenburg): *Die Hegel-Goethe-Allianz.* – Prof. Dr. Johann Kreuzer (Oldenburg): *Spannungsvolle Beziehungen: Hölderlin – Schiller und Goethe.* – Dr. Petra Maisak (Bad Homburg): *»Ich binn jetzt ganz Zeichner, habe Mut und Glück …«. Der junge Goethe und die bildende Kunst.* – Dr. Walter Müller (Oldenburg): *Das Mausoleum auf dem Oldenburger Gertrudenfriedhof in seiner politischen und kulturellen Bedeutung.* – PD Dr. Nikolas Immer (Braunschweig): *Blutdurst in Corinth. Goethe und die Anfänge des literarischen Vampirismus.* – Dr. Olivia Varwig (Wuppertal): *NS-Verfolgung und Fälschungskrimi. Die wechselvolle Geschichte des Dichternachlasses von Arthur Schnitzler im 20. Jahrhundert.* – Sommerfest: Feiern an Goethes Geburtstag. – Führung über den Gertrudenfriedhof Oldenburg, mit Dr. Jörgen Welp (Oldenburg).

Plauen (gegr. 1946)

Vorsitzende: Dr. Barbara Pendorf, Wagnerstr. 45, 08523 Plauen; stellv. Vorsitzende: Sabine Schott, Reißiger Str. 83, 08525 Plauen. – Helmar Stöß (Plauen): *Gedichte von Goethe bis Busch.* – Dr. Lutz Behrens (Plauen): *Thomas Manns Aufenthalt in Plauen.* – Dr. Maria-Verena Leistner (Leipzig): *Wilhelmine von Chézy.* – Prof. Dr. Anne Bohnenkamp-Renken (Frankfurt a. M.): *Das Goethehaus in Frankfurt am Main.* – Dr. Bertold Heizmann (Essen): *Goethes »Stella« und der zwiebeweibte Graf.* – Exkursion nach Weimar. – Margrit Straßburger (Berlin / Mariestad): *Luise – unvergessene Königin.* – Lars Jung, Cornelia Schumann, Thomas Mahn (Dresden): *Hermann Hesse, Teil IV – Der Kurgast.* – Prof. Dr. Wolfgang Holler (Weimar): *Goethe und Dresden.* – Dr. Annette Seemann (Weimar): *Lichterglanz und Tannengrün – aus der Kulturgeschichte des Weihnachtsbaumes.*

Pößneck (gegr. 1983)

Vorsitzender: Michael Modde, Hohe Str. 64, 07381 Pößneck, michael.modde@poessneck.de; stellv. Vorsitzende: Manuela Wawrzik, E.-Thälmann-Str. 17, 07381 Pößneck, manuelawawrzik@web.de. – Gisela Maul (Weimar): *»Ich habe nichts dagegen, wenn man die Farbe sogar zu fühlen glaubt«. Goethes Farbenlehre, Theorie und Experiment.* – PD Dr. Michael Jaeger (Berlin): *Feuermaschinen – Goethe und Marx.* – Jahreshauptversammlung. – *»Dieser Goethe ist ein gemeiner Kerl«. Das Urteil der Zeitgenossen.* Lesung, mit Dr. Thomas Frantzke (Leipzig). – *Fürst von Metternich – der erste Europäer?* Lesung, mit Otti Planerer (Gera). – Tagesexkursion nach Freiberg. – Goethe-Geburtstagsfeier in Bodelwitz. – Jubiläumsfeier: 40 Jahre Freundeskreis Goethe, mit Franz Huth; 30 Jahre Goethe-Gesellschaft e. V. Ortsvereinigung Pößneck. – Jahresabschluss.

Ravensburg (gegr. 2012)

Vorsitzender: Dr. Franz Schwarzbauer, Gebhard-Fugel-Weg 31, 88214 Ravensburg; stellv. Vorsitzende: Renate Igel-Schweizer, Liebenhofen 25, 88287 Grünkraut. – *Apèro Goethe.* – *Eine Frage des Geschlechts – Frauengeschichte(n) in Ravensburg.* Führung durch das Museum Humpis-Quartier, mit der Direktorin Sabine Mücke. – *Zwischen den Welten.* Exkursion zum Frauenmuseum in Hittisau, Vorarlberg. – Mitgliederversammlung, mit einem Vortrag von Prof. Dr. Jochen Hörisch (Mannheim): *Die politische (In)Kompetenz der Dichter. Der Ukrainekrieg und die Schriftsteller.* – *Schiller: »Briefe über die ästhetische Erziehung des Menschen« (1796).* Lektürekurs, mit Renate Igel-Schweizer (Grünkraut). – Dr. Heike Brandstädter (Konstanz): *»Frauen der Romantik«. Margarete Susmans Porträts des romantischen Geistes.* – Exkursion nach Frankfurt a. M., mit Besuch des Deutschen Romantik-Museums sowie des Jüdischen Museums. – Judith Hermann: *»Daheim«. Roman.* Lesung und Diskussion. – Dr. Ulrike Leuschner (Darmstadt): *Goethes Freundschaft mit Johann Heinrich Merck. Stationen einer ambivalenten Beziehung.* – *Hannah Arendt: »Rahel Varnhagen (1771-1833). Lebensgeschichte einer deutschen Jüdin aus der Romantik«.* Lesemarathon.

Rosenheim (gegr. 1999)

Vorsitzender: Ulrich Noltenhans, Schillerstr. 22a, 83024 Rosenheim; stellv. Vorsitzende: Dr. Barbara Mütter, Rehleitenstr. 3, 83098 Brannenburg. – Prof. Dr. Jochen Golz (Weimar): *»Meine Harmonie mit der Ihrigen verbunden«. Beethoven und Goethe.* – Dr. Bertold Heizmann (Essen): *Im Schatten Goethes: August von Kotzebue.* – Rainer W. Janka (Rosenheim): *Rilke auf Herrenchiemsee.* – Hanskarl Kölsch (Sauerlach): *Die großen Sucher.* –*Thomas Bernhard: »Goethe schtirbt«.* Lesung, mit Martin Pfisterer (München). – Simon Hausstetter (Rohrdorf): *Johann Gottfried Seume, ein deutscher Dichter.* – Simon Hausstetter: *Miscellanea Hölderliniana.* – PD Dr. Michael Jaeger (Berlin): *»Der Zettel hier ist tausend Kronen wert«. Goethes »Faust« und die Inflation.* – Hans Pleschinski: *»Der Flakon«.* Autorenlesung. – Literarische Exkursion nach Frankfurt a. M.

Rudolstadt (gegr. 1975)

Vorsitzender: Hans-Günther Otto, Ahornweg 55, 07407 Rudolstadt, goethe-rudolstadt@web.de; stellv. Vorsitzender: Burkhard Grüner, Höhenblick 1, 07426 Dröbischau. – Jahresversammlung. – Dr. Christoph Michels (Rudolstadt): *Die Goethe-Gesellschaft Rudolstadt auf Exkursion in Südböhmen*. Videopräsentation. – Dr. Francesca Müller-Fabbri (Weimar): *»Alle Strahlen meines Verstandes gehen von meinem Herzen aus«. Mut zum Chaos: Ottilie von Goethe*. – PD Dr. Michael Jaeger (Berlin): *»Wir wollen alle Tage sparen und brauchen alle Tage mehr«. Feuermaschinen: Goethe und Marx*. – Christian Hofmann (Rudolstadt): *»Glückliches Ereignis«. Die Begegnung Schillers mit Goethe im Lengefeldschen Haus und deren Wirkungen*. – Dr. Heidi Ritter (Halle / Saale): *»Es war einmal …«. Die erfolgreichen Kinder- und Hausmärchen der Brüder Grimm (1819)*. – Exkursion nach Torgau. – Claudia Häfner (Weimar): *»Ein Wesen voller Geist und Wunder«. Die Schriftstellerin und Künstlerin Adele Schopenhauer*. – Isabel Schamberger (Bad Blankenburg): *»Kommt, laßt uns unsern Kindern leben!« Die Bildung im Spiel nach Friedrich Fröbel*. – Feier zum 274. Geburtstag von J. W. Goethe. – Exkursion nach *Mühlhausen*. – Dr. Mark Lehmstedt (Leipzig): *Der Mittelpunkt der Bücherwelt: Die Buchstadt Leipzig im 18. Jahrhundert*. – Richard Dollinger (Gera): *»Glück ist eine Episode, das Leben ist leiddurchsäuert«. Sigmund Freud: »Das Unbehagen in der Kultur«*. – Sabrina Lüderitz (Rudolstadt): *Vom Naturalienkabinett zum Naturhistorischen Museum. Eine Facette der schwarzburg-rudolstädtischen Residenzkultur*. – Geselliger Jahresausklang mit der Musikschule Rudolstadt.

Saalfeld (gegr. 1966)

Vorsitzender: Dr. Stefan Efler, Mozartstr. 12, 07318 Saalfeld, stefan.efler@gmx.de; stellv. Vorsitzender: Martin Picard, Schillerstr. 18, 07318 Saalfeld, sabinebujack@aol.com. – Prof. Dr. Christof Wingertszahn (Düsseldorf): *Goethe und sein »jüngerer Bruder« Karl Philipp Moritz*. – Dr. Francesca Müller-Fabbri (Weimar): *Adele Schopenhauer und die Dante-Illustrationen*. – PD Dr. Ulrich Kaufmann (Jena): *Louis Fürnberg und die Weimarer Klassik*. – Dr. Ariane Ludwig (Weimar): *Goethes »Märchen« – »Es ist an der Zeit«*. – Prof. Dr. Jan-Henrik Witthaus (Kassel): *Der »Don Quijote« von Miguel de Cervantes und einige Stationen seiner Rezeptionsgeschichte*.

Sondershausen (gegr. 1973)

Vorsitzende: Dr. Barbara Heuchel, Wilhelm-Külz-Str. 7, 99706 Sondershausen; Geschäftsführerin: Heide Schödl, August-Bebel-Str. 77, 99706 Sondershausen. – Hildegard Seidel (Nordhausen): *Frauen der Reformation*. – Dr. Egon Freitag (Weimar): *Wenn man kein Liebchen erwartet, gibt's keine Nacht mehr – Goethe und die Liebe*. – Dr. Annette Seemann (Weimar): *»… die Rabatten vor Deinen Fenstern schmücken die schönsten gefüllten Tulipanen« – Christiane von Goethe: »Dichtung und Wahrheit« bzw. Irrtümer und Gewissheiten*. – Dr. Bertold Heizmann (Essen): *»Ik gihorta dat seggen« – ein Streifzug durch die Geschichte der deutschen Sprache*. – Dr. Heidi Ritter (Halle / Saale): *Ludwig Tieck (1773-1853) – zum 250. Geburtstag*. – Prof. Dr. Jochen Golz (Weimar): *»Meine Harmonie mit der Ihrigen verbunden« – Beethoven und Goethe*. – Bernd Kempter (Gera): *Goethe und die polnische Romantik*. – *Goethes unbekannter Großvater*. Ausstellung: 17.1.2023 – 28.2.2023 in Nordhausen, 10.3.2023 – 30.4.2023 in Weimar, 15.7.2023 – 30.8.2023 in Artern.

Ulm und Neu-Ulm (gegr. 1997)

Vorsitzender: Ernst Joachim Bauer, Wacholderweg 8, 89150 Laichingen, goethe-ulm@gmx.de; stellv. Vorsitzender: Olaf Krischker, Schaffnerstr. 5, 89073 Ulm, olafkrischker@t-online.de. – Walter Frei (Ehingen): *Bertolt Brechts »Kalendergeschichten« und die »Geschichten vom Herrn Keuner«*. – Dr. Ulrich Hohoff (Augsburg): *»Götz von Berlichingen«. Goethes Publikumserfolg und die Folgen*. – Dr. Bertold Heizmann (Essen): *Goethe und* das *»Ewig-Weibliche«*. – Adelbert Schloz-Dürr (Ulm): *Musik und Kunst, Gedanken und Bilder zu Mozart*. – Prof. Dr. Peter Hofmann (Augsburg): *Goethe als heimliches Vorbild für den späten Karl May*. – *»Iphigenie auf Tauris«*. Ein Schülerprojekt des Einstein-Gymnasiums (Ulm). – Ernst Joachim Bauer (Ulm): *Heine und Goethe. Die ungleichen Dichter*. – *Erlkönigs Tochter*. Schauspiel-Solo mit a-capella-Gesang, mit Cora Chilcott (Berlin). – Prof. Heiner Boehncke (Frankfurt a.M.): *Grimmelshausen. Leben und Schreiben. Vom Musketier zum Weltautor*. – Goethes Geburtstag. Rundgang zu berühmten Frauen Ulms.

Vest Recklinghausen, Sitz in Marl (gegr. 1999)

Vorsitzender: Dr. Hans-Ulrich Foertsch, Römerstr. 38, 45772 Marl; stellv. Vorsitzende: Hedda Bruckendahl, Im Bueschken 1, 45659 Recklinghausen.

Waldshut-Tiengen (gegr. 1993, Neugründung 2000)

Vorsitzende: Gerry Meyer-Schierholz, Amthausstr. 1a, 79761 Waldshut-Tiengen, meyer_schierholz@hotmail.com; stellv. Vorsitzender: Dr. Friedrich Schlegel, Saderlacherweg 3b, 79761 Waldshut-Tiengen, pedalocho@aol.com. – Exkursion nach Tübingen, mit Besuch des Hölderlin-Turms und Stadtführung. – Exkursion nach Stäfa (Schweiz), mit Besuch der Ausstellung *Goethe in Stäfa* im Museum Zur Farb; anschließend Essen in der »Krone«, in der schon Goethe bei der Familie seines Freundes Johann Heinrich Meyer logierte. – Thomas Schuler: *Napoleon und Goethe*. – Exkursion nach Jagsthausen, mit Besuch einer Aufführung von *Götz von Berlichingen* und Geburtstagsfrühstück im Schloss. – Rätselhafter Advents-Tee. – Mitgliederversammlung. – Das Goethe-Café fand einmal im Monat im »Rheinischen Hof« statt.

Wetzlar (gegr. 1973)

Vorsitzende: Angelika Kunkel, Silhöferstr. 14, 35578 Wetzlar; stellv. Vorsitzender: Oliver Meyer-Ellendt, Helgebachstr. 55, 35578 Wetzlar. – *»Auf ein Stündchen mit Goethe«*. Matinee zum Jahresanfang, mit Vicki Spindler (Weimar) und Daniel Minetti (Annaberg). – Prof. Dr. Christof Wingertszahn (Düsseldorf): *Der »verlorene Sohn«. Goethe und Achim von Arnim*. – Prof. Dr. Sabine Wienker-Piepho (Freiburg i. Br.): *Goethe-Kitsch: Ein kulturwissenschaftlicher Streifzug durch die Vermarktung eines Dichterfürsten*. – *»Wie freu' ich mich der Sommerwonne« – Romantische Texte zur Natur*. Literarischer Spaziergang. – Exkursion nach Frankfurt a.M. zum Deutschen Romantik-Museum mit der Sonderausstellung *Mut zum Chaos – Ottilie von Goethe*. – Goethes 274. Geburtstag, mit Besuch des Reichskammergerichtsmuseums und Vortrag von Oda Peter (Wetzlar): *Goethe, Götz und die Gerechtigkeit*. – *»Die zertanzten Schuhe« – Märchen der Romantik*. Szenische Lesung und Vernissage, mit Thomas und John Armin Sander, Renate von Charlottenburg. – Prof. Dr. Wolfgang Bunzel (Frankfurt a.M.): *Spielarten des romantischen Märchens*. – *7 Abende Lesungen romantischer Märchen*, anlässlich der Ausstellung von Illustrationen von Renate von Charlottenburg, in Kooperation mit der Phantastischen Bibliothek (Wetzlar). – *Erinnerungen an 50 Jahre Goethe-Gesellschaft in Wetzlar*. Lichtbildvortrag, mit Angelika Kunkel (Wetzlar), Dieter Lehnhardt (Hüttenberg). – *»Ich muß Ihnen schreiben, liebe Lotte!« Briefkultur um 1800*. Lesungen und Kurzvorträge, mit Georg Weigand und Schülerinnen und Schülern der Goethe-Schule Wetzlar.

Freundeskreis des Goethe-Nationalmuseums

Vorsitzender: Dieter Höhnl, Friedensgasse 3a, 99423 Weimar; stellv. Vorsitzender: Dr. Alf Rößner, Karl-Liebknecht-Str. 5, 99423 Weimar. – Prof. Dr. Gabriella Catalano (Rom): *Goethes Reise in die Rhein- und Maingegend und ihre Folgen*. – Kathrin Kunze (Ilmenau): *Bergrat Johann Christian*

Mahr und Johann Wolfgang von Goethe als Sammler fossiler Pflanzen. – Olaf Brühl (Berlin): *August der Glückliche. Traum und Courage des Herzogs von Gotha.* – Romreise des Freundeskreises. – Prof. Dr. Gian Franco Frigo (Padua): *Chemische Bindungen, sexuelle Polarität und ethische Forderungen in Goethes »Wahlverwandtschaften«.* – Dr. Manfred Osten (Bonn): *Zur Aktualität des Goetheschen Romantik-Verständnisses.* – Vorstellung der neuerworbenen Goethe-Büste. – Alexander Methfessel (Weimar): *»Der Goethe-Apparat«.* – Dr. Wilfried Lehrke (Weimar), Dr. Detlef Ignasiak (Jena): Vorstellung von Band 5 der Reihe *Die Weimarer Klassikerstätten.* – Markus Ritter (Basel): *Welt-Krisenherde 1828-1832. Die »Krisis-Tabelle« in Goethes Arbeitszimmer.* – *»... mittags mit dem Glockenschlage zwölf ...«.* Feier zu Goethes Geburtstag. – Cora Chilcott (Berlin): *»Wandrers Nacht«.* – Dr. Jens-Jörg Riederer (Weimar): *»Der Streit um des Esels Schatten«.* – Dr. Christoph Orth (Weimar): *Goethes Gartenhaus. Illustration einer architektonischen Ikone.* – Dr. Jens-Jörg Riederer (Weimar): *René François Le Goullon (1757-1839). Erster Gourmet und Gastronom Weimars.* – Prof. Dr. Stephan Oswald (Bologna): *August von Goethe.* – Kathrin Franz (Leipzig): *Die Geschichte von Goethes Hausgarten.* – *»Der falsche Schiller«.* Führung durch die Ausstellung, mit Dr. Gabriele Klunkert (Weimar). – *»Wenn du nur zuweilen lächelst«. Lied und Lyrik bei Johannes Brahms und Georg Friedrich Daumer.* Mit Marietta Zumbült, Gesang (Weimar); André Kassel, Klavier (Weimar); Christine Hansmann, Sprecherin (Weimar).

Freies Deutsches Hochstift
Frankfurter Goethe-Museum

Direktorin: Prof. Dr. Anne Bohnenkamp-Renken, Großer Hirschgraben 23–25, 60311 Frankfurt a. M. – Ausstellungen: *Unheimlich fantastisch – E. T. A. Hoffmann.* – *Romantik und Parlamentarismus. Jacob Grimm und Ludwig Uhland in der Frankfurter Paulskirche.* – *Mut zum Chaos. Ottilie von Goethe und die Welt der Romantik.* – *France Prešeren und die slowenische Romantik.* – *Die Natur will, dass Kinder Kinder sind ... Kindheit im Wandel: Von der Aufklärung zur Romantik.* – *Schreiben mit der Hand in der Zeit der Romantik.* – Veranstaltungen: *E. T. A. Hoffmann und die Commedia dell'arte. Komische Szenen aus »Prinzessin Blandina« und »Prinzessin Brambilla«.* Theateraufführung und Vortrag, mit Dr. Tiziana Corda, Matteo Forni, Nicolò Rossi (Berlin). – *Romantische Komponistinnen um Felix und Cecile Mendelssohn.* Apéro mit den Freunden der Alten Oper. Vortrag und Konzert, mit Dr. Ulrike Kienzle (Frankfurt a. M.) und Studierenden der Hochschule für Musik und Darstellende Kunst Frankfurt a. M. – *»Der kleine Kapitän« von Peter Biegel.* Kinderbuchlesung mit Pirkko Cremer (Frankfurt a. M.). – *Mit dem Fernrohr in Hoffmanns Werkzeugkasten.* Workshop, mit Tillmann Severin (Berlin). – *»Lesen Sie sie nur recht, es ist doch viel darin« – Briefe Friedrich und Dorothea Schlegels aus den Jahren 1811 bis 1814.* Vortrag und Lesung, mit Prof. Dr. Ulrich Breuer, Cosima Jungk, Tim Porzer (Mainz), Ingrid Reitenbach, Sebastian Reiß (Frankfurt a. M.). – *»Der Sandmann« von E. T. A. Hoffmann.* Lesung, mit Peter Schröder (Frankfurt a. M.). – *Winter – Zeit – Reise. Franz Schubert.* Konzert, mit Julian Prégardien, Gesang und Rezitation (Königsdorf), Michael Gees, Klavier (Gelsenkirchen). – *»Grompel – Chaos im Anmarsch« von Bettina Obrecht.* Kinderbuchlesung, mit Bettina Obrecht (Allendorf). – Prof. Dr. Anne Bohnenkamp (Frankfurt a. M.): *Aus der Literatur: »Faust«* (4. Termin). – Prof. Dr. Charlotte Lee (Cambridge): *»Nim den Schwung« – Lyrik und Bewegung bei Klopstock, Hölderlin und Rilke.* – Prof. Dr. Christiane Wiesenfeldt (Heidelberg): *Die Anfänge der Romantik in der Musik.* – *»Elias und die Oma aus dem Ei« von Iva Procházková.* Kinderbuchlesung, mit Pirkko Cremer. – *Karlsbad als geistige Lebensform. Zu Walter Serner.* Gespräch, mit Prof. Dr. Andreas Mosbacher (Berlin), Reinhard Pabst (Montabaur). – *Kinderbücher zwischen Kunst, Kommerz und Klassenlektüre. Auf der Suche nach dem Leseglück für Groß und Klein.* Podiumsgespräch, mit Konstanze Brockmann, Dr. Thorsten Gabler, Prof. Dr. Ute Dettmar, Andreas Steinhöfel; Moderation: Dr. Tilman

Spreckelsen. – *Will's Book – 400 Jahre Shakespeare's First Folio*. Vortrag und Lesung, mit Prof. Dr. Jan Bürger (Marbach), Prof. Dr. Tobias Döring (München), Christoph Pütthoff, Alison Rippier (beide Frankfurt a. M.). – *Wozu Philologie? Ein Symposion für und mit Hendrik Birus*. Symposium. – Heiner Boehncke, Hans Sarkowicz (Frankfurt a. M.): *Vagantenlieder*. – *Tieck und Brahms. Die schöne Magelone*. Konzert, mit Frederic Jost (Bass), Silke Rüdiger (Rezitation), Klara Hornig (Klavier). – Dr. Jasmin Behrouzi-Rühl (Frankfurt a. M.): *»Ein liebender Mann« von Martin Walser: Goethe in Marienbad*. – *Ein Abend zu Ludwig Tieck*. Vortrag und Lesung, mit Dr. Tilman Spreckelsen (Vortrag), Heiko Raulin (Lesung). – Dr. Mareike Hennig (Frankfurt a. M.): *Die Gärten des Freien Deutschen Hochstifts*. Vortrag und Führung. – *Romantik und Parlamentarismus. Jacob Grimm und Ludwig Uhland in der Frankfurter Paulskirche*. Ausstellungseröffnung, mit Prof. Dr. Wolfgang Bunzel (Frankfurt a. M.). – *Theater der Dämmerung*. Vorführung, mit Sabine Kalmer (Schattenspiel), Bettina Rentsch (Gitarre und Gesang). – *Mit Faust und Protestliedern durch die Nacht*. Nacht der Museen. – *Freiheit im musikalischen Gewand. 175 Jahre Protestlieder*. Gesprächskonzert, mit Sabine Kalmer (Alt), Bettina Rentsch (Gitarre); Einführung: Andreas Fahrmeir. – Dr. Joachim Seng (Frankfurt a. M.): *Der »Bundestag des deutschen Geistes«: Von der Paulskirche zum Hochstift*. – *Goethe-Annalen 1823*. Gespräch, mit Prof. Dr. Anne Bohnenkamp, Prof. Dr. Ernst Osterkamp, Dr. Gustav Seibt (beide Berlin). – *Literaturgeschichte(n) im Gehen: Stéphane Mallarmé – aus Sicht seiner Frau*. Spaziergang, mit Reinhard Pabst. – Dr. Ulrike Kienzle (Frankfurt a. M.): *Purpurschimmer der Romantik. Beethovens Instrumentalmusik*. Vortrag mit Musik. – *Mut zum Chaos. Ottilie von Goethe und die Welt der Romantik*. Ausstellungseröffnung, mit Dr. Francesca Müller-Fabbri (Weimar), Dr. Konrad Heumann (Frankfurt a. M.). – Dagmar von Gersdorff (Berlin): *»Die Schwiegertochter. Das Leben der Ottilie von Goethe«*. Buchvorstellung. – *Schreiben ohne Namen? Schriftstellerinnen um 1800*. Podiumsgespräch, mit Dr. Francesca Müller-Fabbri, Prof. Dr. Martina Wernli (Frankfurt a. M.); Lesung: Barbara Englert. – *Zurück in die Kindheit. Kinder- und Theaterspiele in Hanau-Wilhelmsbad und in Schloss Philippsruhe*. Exkursion, mit Dr. Joachim Seng. – Eva Demski (Frankfurt a. M.): *Die Geburt eines (Romantik-)Gartens*. Buchvorstellung. – *Walther von Goethe. Lieder, Balladen und Texte – Versuch eines Portraits*. Konzert, mit Prof. Ulf Bästlein, Bassbariton (Graz); Hedayet Jonas Djeddikar, Klavier (Frankfurt a. M.). – *Museumsuferfest*. – *Feier zum Goethe-Geburtstag*. – Prof. Dr. Stephan Oswald (Bologna): *»Im Schatten des Vaters. August von Goethe«*. Buchvorstellung. – Michael Quast, Dr. Joachim Seng: *»… Meinem Herzen sind die Kinder am nächsten«. Goethe und die Kinder*. Vortrag und Lesung. – *France Prešeren und die Slowenische Romantik*. Ausstellungseröffnung, mit Prof. Dr. Anne Bohnenkamp, Barbara Koželj Podlogar (Ljubljana), Dr. Viljem Leban (Ljubljana), Saša Šavel Burkart (Berlin), Prof. Dr. Urška Perenič (Ljubljana). – Dr. Susanne Klingenstein (Cambridge), Andreas Platthaus (Frankfurt a. M.): *Jiddische Literatur als Herausforderung*. Vortrag und Gespräch. – *»Die Natur will, dass Kinder Kinder sind …«. Kindheit im Wandel: Von der Aufklärung zur Romantik*. Ausstellungseröffnung, mit Prof. Dr. Anne Bohnenkamp, Dr. Joachim Seng, Dr. Katja Kaluga, Zauberkünste: Stefan Alexander Rautenberg. – Prof. Dr. Ute Dettmar, Juniorprof. Dr. Anna Stemmann (Frankfurt a. M.): *Zur Illustrations- und Wirkungsgeschichte romantischer Kindheiten*. – *»Der kleine dicke Ritter Oblong-Fitz-Oblong« von Robert Boltz*. Kinderbuchlesung, mit Pirkko Cremer. – Dr. Katja Kaluga: *Kindheiten im Kreis der Familie La Roche-Brentano bis ca. 1800*. – Prof. Dr. Meike Sophia Baader (Hildesheim): *Romantische Kindheitskonzepte und ihre Kontinuitäten*. – Prof. Dr. Ulrike Landfester (St. Gallen), Dr. Joachim Seng: *Kindheit zwischen Dichtung und Wahrheit. Geschichte und Geschichten aus den Familien Goethe und Brentano*. Gespräch. – *Mein Nachbar auf der Wolke. Eine Anthologie slowenischer Lyrik des 20. und 21. Jahrhunderts*. Podiumsgespräch und Lesungen, mit Amalija Maček, Ilma Rakusa (beide Schweiz), Barbara Korun, Boris A.

Novak (beide Slowenien). – *»Pu der Bär« von A.A. Milne.* Kinderbuchlesung, mit Pirkko Cremer. – *»Eddi Error« von Anne Böhme.* Kinderbuchlesung, mit Anne Böhme. – Prof. Dr. Ute Dettmar, Dr. Felix Giese (beide Frankfurt a.M.): *»Ich packe meine Bibliothek aus«. Die Kinderbuchsammlung Walter Benjamins.* – *»Die Gans und die Lumpensammlerin«.* Theaterstück für Kinder, mit Pirkko Cremer. – Kinderszenen. Konzert, mit Dr. Burkhard Bastuck, Klavier; Ursula Maria Berg, Violine (beide Frankfurt a.M.).

Goethe-Museum Düsseldorf
Anton-und-Katharina-Kippenberg-Stiftung

Direktor des Goethe-Museums und Vorstand der Anton-und-Katharina-Kippenberg-Stiftung: Prof. Dr. Christof Wingertszahn, Goethe-Museum, Schloß Jägerhof, Jacobistr. 2, 40211 Düsseldorf. – Prof. Dr. Christof Wingertszahn (Düsseldorf): *Fasanen oder Pfauen? Goethe und der Traum.* – Prof. Dr. Stefan Matuschek (Jena): *Goethe, der Romantiker.* – Dr. Michael Borchard (Berlin): *David Ben-Gurion und Konrad Adenauer. Eine unmögliche Freundschaft.* – Prof. Dr. Olaf L. Müller (Berlin): *Goethes und Ritters ultraviolette Erleuchtung.* – Prof. Dr. Uwe Hentschel (Chemnitz): *Goethes nicht geschriebener Italienbericht.* – Prof. Dr. Christa Lichtenstern (Berlin): *»Ich bin ein Plastiker«. Goethes ungeschriebene Skulpturästhetik.* – Prof. Dr. Christiane Wiesenfeldt (Heidelberg): *Die Anfänge der Romantik in der Musik.* – Dr. Kristina Meyer (Berlin): *Brandt, die SPD und Israel.* – Dr. Doris Bischler (Düsseldorf): *»Ein weiblicher Hummel mit der leichten polnischen Fazilität«: Maria Szymanowska.* – Dr. Bertold Heizmann (Essen): *»Eigentlich ein Hund, dieser Goethe!«* – Dr. Sven Friedrich (Bayreuth): *Welt ohne Gott – Richard Wagners Selbsterlösungsreligion.* – Dr. Adelheid Rasche (Nürnberg): *»Ein nordischer Bär vom Gebirge«: Auf den Spuren von Goethes Garderobe in Italien.* – Dr. Ulrich Hohoff (Augsburg): *Götz von Berlichingen – Ein Ritter, Goethes Erfolgsstück und seine Folgen.* – *60. Regionalwettbewerb »Jugend musiziert«.* Klavierkonzert (öffentliche Generalprobe), mit Klavierstudio Koyama (Meerbusch). – *Le petit oiseau.* Jazz-Konzert, mit *Accordion Affairs*: Jörg Siebenhaar (Akkordeon, Piano), Konstantin Wienstroer (Kontrabass), Peter Baumgärtner (Schlagzeug). – *Chansons de Cologne.* Jazz-Konzert, mit Christine Corvisier (Saxofon), Sebastian Scobel (Piano), Martin Schulte (Gitarre), David Andres (Bass), Alex Parzhuber (Schlagzeug). – *Goethes »jüngerer Bruder«. Karl Philipp Moritz (1756-1793).* Ausstellung. – *Kindermuseumsnacht.* – *Düsseldorfer Nacht der Museen.* – Prof. Dr. Stephan Oswald (Bologna): *»Im Schatten des Vaters. August von Goethe«.* Buchvorstellung.

Casa di Goethe Rom

Direktor: Dr. Gregor H. Lersch, Via del Corso 18 (Piazza del Popolo), 00186 Roma. – Giovanni Insom: *»La vita di Goethe attraverso la musica«.* Buchpräsentation, mit musikalischer Begleitung durch Fabio Aureli (Tenor), Isabella Kramer (Sopran), Stephen Kramer (Klavier). – *Max Liebermann und Italien im Kontext der deutsch-italienischen künstlerischen Mobilität der 1860er bis 1930er Jahre.* Online-Tagung. – *Devil's thrill.* Präsentation von Ausschnitten des Films *Faust* von Friedrich Murnau (1926) mit Musik von Mitgliedern des Orchesters *Roma Sinfonietta.* – Lesung mit Olga Martynova und Dafne Graziano. – Studientag zu Johann Joachim Winckelmann. – *Transliterative Tease.* Performative Lesung, mit *Slavs and Tatars* (Berlin). – *Durs Grünbein: »Le parole non dormono«.* Buchpräsentation und Gespräch, mit Durs Grünbein (Rom), Valentina di Rosa (Neapel). – *Stephan Oswald: »Im Schatten des Vaters. August von Goethe«.* Buchpräsentation und Gespräch, mit Prof. Dr. Stephan Oswald (Bologna), Dr. Golo Maurer (Rom). – Elizabeth Otto (Buffalo): *Max Peiffer Watenphul – photography and the queer Bauhaus.* – *Nicola Lagioia: »La città dei vivi«.* Präsentation der deutschen Übersetzung »Die Stadt der Lebenden«, mit Lesung und Gespräch, mit Nicola Lagioia (Rom), Verena von Koskull (Berlin). – Mehrere Workshops für Kinder im Alter von fünf bis zehn Jahren in deutscher und italienischer Sprache.

Ausschreibungstext zur Vergabe von Werner-Keller-Stipendien

Die Goethe-Gesellschaft in Weimar fördert durch Stipendien, die wir überwiegend privaten Spenden von Mitgliedern und Freunden unserer Gesellschaft verdanken, wissenschaftliche Projekte, die der Erforschung von Leben und Werk Goethes und der Zeit der deutschen und europäischen Literatur und Kultur um 1800 dienen, die Rezeption des Dichters und seiner Epoche zum Gegenstand haben oder sich einer entsprechenden Übersetzung widmen.

Besondere Verdienste um das Stipendienprogramm hat sich der 2019 verstorbene Ehrenpräsident der Goethe-Gesellschaft, Prof. Dr. Werner Keller, von 1991 bis 1999 deren Präsident, erworben, so dass das Stipendienprogramm seit 2010 Werner-Keller-Stipendienprogramm heißt.

Bedingungen

Voraussetzung für die Bewerbung um ein Werner-Keller-Stipendium ist die Arbeit an einer akademischen Abschlussarbeit, Dissertation, Habilitation oder Übersetzung.

Das Stipendium beträgt 1000 € monatlich. Vergeben werden im Allgemeinen dreimonatige Stipendien. Regelungen zur Übernahme der Reisekosten werden individuell vereinbart.

Die Goethe-Gesellschaft vermittelt den Stipendiatinnen und Stipendiaten ein Einzelzimmer. Je nach der vermittelten Unterkunft beträgt der monatliche Mietanteil zwischen 100 und 200 €. Unabdingbar ist eine gültige Auslandskrankenversicherung, die rechtzeitig vor dem Reiseantritt abzuschließen ist.

Die Goethe-Gesellschaft ermöglicht die Publikation besonders qualifizierter Abhandlungen im *Goethe-Jahrbuch*. Von den Stipendiatinnen und Stipendiaten wird ein kurzer Abschlussbericht über ihre Tätigkeit erwartet. Gebeten sei zudem, bei einer Publikation der Ergebnisse auf die Förderung durch die Goethe-Gesellschaft hinzuweisen.

Arbeitsmöglichkeiten

Stipendiatinnen und Stipendiaten der Goethe-Gesellschaft können im Goethe- und Schiller-Archiv, im Goethe-Nationalmuseum und in der Herzogin Anna Amalia Bibliothek arbeiten. Zudem stehen die Bestände des Landesarchivs Thüringen – Hauptstaatsarchivs Weimar, der Hochschule für Musik »Franz Liszt« und der Bauhaus-Universität Weimar (Sammlungen, Bibliotheken) für Forschungsarbeiten zur Verfügung.

Bewerbungen

Anträge für die Vergabe des Werner-Keller-Stipendiums sind zu senden an:

Dr. Hannes Höfer
Geschäftsführung Goethe-Gesellschaft
Burgplatz 4
99423 Weimar

Telefon: 0 36 43 – 20 20 50
e-mail: info@goethe-gesellschaft.de www.goethe-gesellschaft.de

Die Bewerbungsunterlagen sollten bestehen aus einer ausführlichen Projektbeschreibung, einem kurzen Lebenslauf, der die wissenschaftliche Entwicklung erkennen lässt, zwei Beurteilungen und einer Publikationsliste.

Die Bewerbung ist bis zum 31. August für das jeweils folgende Jahr einzureichen.

Die Mitarbeiter dieses Bandes

Prof. Dr. Frieder von Ammon, Ludwig-Maximilians-Universität München, Institut für Deutsche Philologie, Schellingstraße 3, 80799 München
frieder.vonAmmon@gmx.net

PD Dr. Manuel Bauer, Philipps-Universität Marburg, Institut für Neuere deutsche Literatur, Deutschhausstr. 3, 35037 Marburg
manuel.bauer@uni-marburg.de

Dr. Julia Di Bartolo, Teichstraße 7a, 37085 Göttingen
julia.di.bartolo@fkggoettingen.de

Anne Fuchs, Klassik Stiftung Weimar, Goethe- und Schiller-Archiv, Burgplatz 4, 99423 Weimar
anne.fuchs@klassik-stiftung.de

Prof. Dr. Gottfried Gabriel
gottfried.gabriel@uni-jena.de

Prof. Dr. Dr. h.c. Jochen Golz, Goethe-Gesellschaft in Weimar e.V., Burgplatz 4, 99423 Weimar
goethe-gesellschaft@klassik-stiftung.de

Dr. Christian Hain, Klassik Stiftung Weimar, Direktor des Goethe- und Schiller-Archivs, Burgplatz 4, 99423 Weimar
christian.hain@klassik-stiftung.de

Dr. Lis Christin Hansen, Klassik Stiftung Weimar, Stabsreferat Kulturelle Bildung, Burgplatz 4, 99423 Weimar
lischristin.hansen@klassik-stiftung.de

Dr. Bertold Heizmann
bert.heizmann@gmx.de

Iris Hennigfeld
ih@irishennigfeld.de.

Dr. Hannes Höfer, Goethe-Gesellschaft in Weimar e.V., Burgplatz 4, 99423 Weimar
hannes.hoefer@goethe-gesellschaft.de

Prof. Dr. Aeka Ishihara, Graduate School of Arts and Sciences, The University of Tokyo, 3-8-1 Komaba, Meguro-ku, 153-8901 Tokyo, Japan
a-ishihara@g.ecc.u-tokyo.ac.jp

PD Dr. Jan Kerkmann, Albert-Ludwigs-Universität Freiburg, Philosophisches Seminar, Platz der Universität 3, 79085 Freiburg

PD Dr. Anna-Dorothea Ludewig, Moses Mendelssohn Zentrum für europäisch-jüdische Studien, Am Neuen Markt 8, 14467 Potsdam
anna-dorothea.ludewig@uni-potsdam.de

Petra Lutz, Klassik Stiftung Weimar, Projektleitung und Abteilungsleitung Goethe-Nationalmuseum, Burgplatz 4, 99423 Weimar
petra.lutz@klassik-stiftung.de

Prof. Dr. Stefan Matuschek, Friedrich-Schiller-Universität Jena, Institut für Germanistische Literaturwissenschaft, Fürstengraben 18, 07743 Jena
stefan.matuschek@uni-jena.de

Alberto Merzari, Università di Padova, Dipartimento di filosofia, sociologia, pedagogia e psicologia, Piazza Capitaniato 3, 35139 Padova, Italien
alberto.merzari@phd.unipd.it

Prof. Dr. Guanghua Mo, Südwest-Jiaotong-Universität in Chengdu, Fachbereich Germanistik, China
moguanghua@163.com

Prof. Dr. Hiroshi Murakami, School of Global Studies and Collaboration, Aoyama Gakuin University, 5-10-1 B-718, Fuchinobe, Chuo-ku, 252-5258 Sagamihara, Japan

Dr. Rüdiger Nutt-Kofoth, Bergische Universität Wuppertal, Fakultät für Geistes- und Kulturwissenschaften – Germanistik, Gaußstraße 20, 42119 Wuppertal
nuttkofo@uni-wuppertal.de

Deniz Ohde, c/o Suhrkamp Verlag, Torstraße 44, 10119 Berlin
info@suhrkamp.de

Dr. Martin Peschken, Maybachufer 1, 12047 Berlin
martin@eutopologie.net

Dr. Sophie Picard, Université Aix-Marseille, Faculté des arts, lettres, sciences humaines, Département d'études germaniques, 29 avenue Robert Schuman, 13621 Aix-en-Provence, Frankreich
sophie.picard@univ-amu.fr

Dr. Emiliano Ranocchi, Università degli Studi di Udine, Dipartimento di Lingue e Letterature, Comunicazione, Formazione e Società dell'Università di Udine, Via Zanon 6, 33100 Udine, Italien
emiliano.ranocchi@uniud.it

Carmen Reisinger
carmen.reisinger@gmail.com

Prof. Dr. Ritchie Robertson, The Queen's College, GB-Oxford OX1 4AW
ritchie.robertson@mod-langs.ox.ac.uk

Prof. Dr. Carsten Rohde, Sun Yat-sen University, School of Foreign Languages, German Department, 135 West Xingang Road, 510275 Guangzhou, VR China
rohde@mail.sysu.edu.cn

Dennis Schäfer, Princeton University, Department of German, 203 East Pyne, Princeton, NJ 08544
ds67@princeton.edu

Prof. Dr. Georg Schmidt, Westbahnhofstr. 18, 07745 Jena
georg.schmidt@uni-jena.de

Prof. Dr. Kai Sina, Universität Münster, Germanistisches Institut, Abteilung für Neuere deutsche Literatur, Schlossplatz 34, 48143 Münster
ksina@uni-muenster.de

Thomas Steinfeld
thomas@steinfeld.de

PD Dr. Moritz Strohschneider, Ludwig-Maximilians-Universität München, Institut für Deutsche Philologie, Schellingstraße 3, 80799 München
moritz.strohschneider@germanistik.uni-muenchen.de

Prof. Dr. Vibha Surana, Department of German, Ranade Bhavan, University of Mumbai, Kalina, Santa Cruz (E), Mumbai 400098 India
vibhasurana5@gmail.com

Prof. Dr. Claudia Ulbrich, Deidesheimer Str. 9, 14197 Berlin
claudia.ulbrich@fu-berlin.de

Johanna Wildenauer M. A., Martin-Luther-Universität Halle-Wittenberg, Philosophische Fakultät II, Germanistisches Institut, 06099 Halle/Saale
johanna.wildenauer@germanistik.uni-halle.de

Prof. Dr. Monika Wolting, Institut für Germanistik, Universität Wroclaw, Polen
monika.wolting@uwr.edu.pl, https://monikawolting.wordpress.com/

Dr. Margrit Wyder, Friedhofstraße 50, 8048 Zürich, Schweiz
margrit.wyder@hispeed.ch

Dr. Evelyn Zgraggen, Waseda Universität, Nishi-Waseda 1-6-1, Shinjuku-ku, 169-8050 Tokio, Japan
evelynzgraggen@gmail.com

Xuan Zhao, Südwest-Jiaotong-Universität in Chengdu, Fachbereich Vergleichende Literaturwissenschaft und Weltliteratur, China
zhaoxuan_swjtu@163.com

Siglen-Verzeichnis

AS	*Goethes Amtliche Schriften.* Veröffentlichung des Staatsarchivs Weimar. Bd. I: *1776-1786.* Hrsg. von Willy Flach. Weimar 1950. Bd. II. 1. Halbbd.: *1788-1797.* Weimar 1968. 2. Halbbd.: *1798-1819.* Bearbeitet von Helma Dahl. Weimar 1970. Bd. III: *Erläuterungen zu den Schriften 1788-1819.* Bearbeitet von Helma Dahl. Weimar 1972. Bd. IV: *Register.* Bearbeitet von Helma Dahl. Weimar 1987.
BuG	Goethe: *Begegnungen und Gespräche.* Hrsg. von Ernst Grumach u. Renate Grumach. [Ab Bd. III:] Begründet von Ernst Grumach u. Renate Grumach. Hrsg. von Renate Grumach. Berlin 1965 ff.
DWb	*Deutsches Wörterbuch.* Begr. von Jacob und Wilhelm Grimm. 33 Bde. Leipzig 1854-1962. Nachdruck München 1984.
FA	Johann Wolfgang Goethe: *Sämtliche Werke. Briefe, Tagebücher und Gespräche.* 40 Bde. (in 45). Hrsg. von Friedmar Apel u. a. Frankfurt a. M., Berlin 1985-2013 [Frankfurter Ausgabe].
GB	Johann Wolfgang Goethe: *Briefe. Historisch-kritische Ausgabe.* Hrsg. im Auftrag der Klassik Stiftung Weimar / Goethe- und Schiller-Archiv. [Ab 2017:] In Verbindung mit der Sächsischen Akademie der Wissenschaften zu Leipzig u. der Mainzer Akademie der Wissenschaften und der Literatur hrsg. von Georg Kurscheidt, Norbert Oellers und Elke Richter. [Ab 2021:] In Verbindung mit der Sächsischen Akademie der Wissenschaften zu Leipzig u. der Mainzer Akademie der Wissenschaften und der Literatur hrsg. von Frieder von Ammon, Jutta Eckle, Georg Kurscheidt und Elke Richter. Begründet von Georg Kurscheidt, Norbert Oellers und Elke Richter. [Ab 2022:] In Verbindung mit der Sächsischen Akademie der Wissenschaften zu Leipzig u. der Mainzer Akademie der Wissenschaften und der Literatur hrsg. von Frieder von Ammon, Jutta Eckle, Yvonne Pietsch u. Elke Richter. Begründet von Georg Kurscheidt, Norbert Oellers und Elke Richter. Berlin 2008 ff. Berlin, Boston 2014 ff.
Goethe-Handbuch	*Goethe-Handbuch.* 5 Bde. Hrsg. von Bernd Witte, Theo Buck, Hans-Dietrich Dahnke, Regine Otto und Peter Schmidt. Stuttgart, Weimar 1996-1999. Supplemente: Bd. 1: *Musik und Tanz in den Bühnenwerken.* Hrsg. von Gabriele Busch-Salmen unter Mitarbeit von Benedikt Jeßing. Stuttgart, Weimar 2008; Bd. 2: *Naturwissenschaften.* Hrsg. von Manfred Wenzel. Stuttgart, Weimar 2012; Bd. 3: *Kunst.* Hrsg. von Andreas Beyer u. Ernst Osterkamp. Stuttgart, Weimar 2011.
GJb	*Goethe-Jahrbuch* (auch für alle anders lautenden Titel des Jahrbuchs). Weimar 1880 ff.
Gespräche	*Goethes Gespräche. Eine Sammlung zeitgenössischer Berichte aus seinem Umgang.* Auf Grund der Ausgabe und des Nachlasses von Flodoard Freiherrn von Biedermann ergänzt und hrsg. von Wolfgang Herwig. 5 Bde. (6 Teilbde.). Bd. 1-3: Zürich, Stuttgart 1965-1972. Bd. 4-5: Zürich, München 1984-1987.
GT	Johann Wolfgang Goethe: *Tagebücher. Historisch-kritische Ausgabe.* Im Auftrag der Klassik Stiftung Weimar hrsg. von Jochen Golz unter Mitarbeit von Wolfgang Albrecht, Andreas Döhler und Edith Zehm. [Ab Bd. VI:] Im Auftrag der Klassik Stiftung Weimar hrsg.

	vom Goethe- und Schiller-Archiv. [Ab Bd. IX:] In Verbindung mit der Sächsischen Akademie der Wissenschaften zu Leipzig u. der Mainzer Akademie der Wissenschaften und der Literatur hrsg. von der Klassik Stiftung Weimar / Goethe- und Schiller-Archiv. Bd. I ff. Stuttgart, Weimar 1998 ff.
GWb	*Goethe-Wörterbuch.* Hrsg. von der Berlin-Brandenburgischen Akademie der Wissenschaften, der Akademie der Wissenschaften in Göttingen und der Heidelberger Akademie der Wissenschaften. Bd. 1 ff. Berlin, Stuttgart 1978 ff.
HA Briefe	*Goethes Briefe.* 4 Bde. Hrsg. von Karl Robert Mandelkow und Bodo Morawe. Hamburg 1962-1965.
HA Briefe an Goethe	*Briefe an Goethe.* 2 Bde. Hrsg. von Karl Robert Mandelkow unter Mitarbeit von Bodo Morawe. Hamburg 1965-1969.
LA	Goethe. *Die Schriften zur Naturwissenschaft.* Vollständige mit Erläuterungen versehene Ausgabe. Im Auftrage der Deutschen Akademie der Naturforscher (Leopoldina) zu Halle begr. von Karl Lothar Wolf und Wilhelm Troll. Hrsg. von Dorothea Kuhn, Wolf von Engelhardt. [Ab 2005:] Hrsg. von Dorothea Kuhn, Wolf von Engelhardt u. Irmgard Müller. [Ab 2012:] Hrsg. von Dorothea Kuhn, Wolf von Engelhardt, Irmgard Müller u. Friedrich Steinle. Abt. I: *Texte.* 11 Bde. Weimar 1947-1970. Abt. II: *Ergänzungen und Erläuterungen.* 10 Bde. (18 Teilbde.). Weimar 1959-2011. Abt. III: *Verzeichnisse und Register.* 2 Bde. Weimar 2014-2019 [Leopoldina-Ausgabe].
MA	Johann Wolfgang Goethe: *Sämtliche Werke nach Epochen seines Schaffens.* Münchner Ausgabe. 21 Bde. (33 Teilbde.). Hrsg. von Karl Richter in Zusammenarbeit mit Herbert G. Göpfert, Norbert Miller, Gerhard Sauder u. Edith Zehm. München 1985-1998 [Münchner Ausgabe].
RA	*Briefe an Goethe. Gesamtausgabe in Regestform.* Hrsg. von Karl-Heinz Hahn, Redaktor Irmtraut Schmid. [Ab Bd. 6:] Hrsg. von der Stiftung Weimarer Klassik / Goethe- und Schiller-Archiv. [Ab Bd. 8:] Hrsg. von der Klassik Stiftung Weimar / Goethe- und Schiller-Archiv. [Ab Bd. 9:] In Verbindung mit der Sächsischen Akademie der Wissenschaften u. der Mainzer Akademie der Wissenschaften und der Literatur hrsg. von der Klassik Stiftung Weimar / Goethe- und Schiller-Archiv. Bd. 1 ff. Weimar 1980 ff.
SchrGG	*Schriften der Goethe-Gesellschaft.* Weimar 1885 ff.
SNA	*Schillers Werke. Nationalausgabe.* 1940 begründet von Julius Petersen. Fortgeführt von Lieselotte Blumenthal, Benno von Wiese, Siegfried Seidel. Hrsg. im Auftrag der Klassik Stiftung Weimar und des Schiller-Nationalmuseums in Marbach von Norbert Oellers. 40 Bde. Weimar 1943 ff.
WA	*Goethes Werke.* Hrsg. im Auftrage der Großherzogin Sophie von Sachsen. 143 Bde. Weimar 1887-1919. Nachdruck München 1987. [Nebst] Bd. 144-146: *Nachträge und Register zur IV. Abt.: Briefe.* Hrsg. von Paul Raabe. 3 Bde. München 1990 [Weimarer Ausgabe].

Abbildungsnachweis

Abhandlungen

Beitrag Gabriel

Abb. 1 (S. 76): Gottfried Gabriel: Übersicht 3. In: *Kant. Eine kurze Einführung in das Gesamtwerk*. Paderborn u.a. 2022, S. 55. ©Brill | Schöningh

Beitrag Ishihara / Murakami

Abb. 1 (S. 129): *China. Korea. Japan* (o.O, o.J.). Identisch mit Jean Baptiste Bourguignon d'Anville: *Seconde partie de la carte d'Asie. Contenant la Chine et partie de la Tartarie, l'Inde au delà du Gange, les Isles Sumatra, Java, Borneo, Moluques, Philippines, et du Japon* (Paris 1752). Inventarnummer GGr/KS 99.

Abb. 2 (S. 129): Jean Baptiste Bourguignon d'Anville: *Troisième partie de la carte d'Asie. Contenant la Sibérie, et quelques autres parties de la Tartarie* (Paris 1753). In: *Miscellan-Atlas (MA)* 2, Nr. 37 (östliches Blatt). Ruppert 4131 (2).

Abb. 3 (S. 131): Adolf Stieler: *Charte von China* (Weimar 1804). Inventarnummer GGr/KS 100.

Abb. 4 (S. 131): *Charte von China und den angränzenden Ländern und Völkerschaften, so wie sie dem jetzigen Kaiser Tschien-Long unterworfen sind. Aus der Englischen Beschreibung der Gesandschaftsreise des Grafen Macartney entlehnt und reduciert* (Prag 1798). In: *MA* 2, Nr. 42.

Abb. 5 (S. 132): Jean Baptiste Bourguignon d'Anville: *Hémisphere Oriental ou del'Ancien Monde* (Paris 1761). Inventarnummer GGr/KS 23.

Abb. 6 (S. 132): *Karte von Australien oder Polynesien* (Nürnberg 1792). In: *MA* 2, Nr. 48.

Abb. 7 (S. 133): *Allgemeine Weltkarte*. Nach Mercators Projektion (Weimar 1805). Inventarnummer GGr/KS 25.

Abb. 8 (S. 133): *Asien. Nach dem Entwurfe des Herrn Joseph Marx Freiherrn von Liechtenstern gezeichnet von Carl Müller* (Wien 1814). Inventarnummer GGr/KS 97.

Abb. 1-8: Die Abbildungen befinden sich im Besitz der ©Klassik Stiftung Weimar, Kartensammlung Johann Wolfgang von Goethe. Die Karten sind digital abrufbar unter https://haab-digital.klassik-stiftung.de/viewer/kartensammlung_johann_wolfgang_von_goethe/.

Abb. 9 (S. 134): *Charte von dem nördlichen stillen Meere zwischen Japan und Californien* (Weimar 1802). In: *AGE* 9-6 (Juni 1802), S. 604.

Abb. 10 (S. 135): *Neue Charte von der Nordost-Küste von Asien und den japanischen Inseln. Nebst der Farth des K. Britt. Schiffs Providence und seines Beischiffs in den J. 1796 und 1797 unter dem Commando von W. Rob. Broughton, Esq. gezeichnet von T. G. Vashon* (Weimar 1805). Im Besitz des Universitätsmuseums der Universität Tokio, Sammlung von Prof. Dr. Naomasa YAMASAKI. ©The University Museum, The University of Tokyo.

Abb. 11 (S. 137): *Karte von Jesso und Sagalien mit den Entdeckungsreisen von Vries Shaep La Perouse Broughton und Krusenstern nebst einer Skitze der Holländischen Karte v. Jesso* (Weimar 1812). In: *AGE* 38-3 (Juli 1812), S. 252.

Beitrag Fuchs

Abb. 1 (S. 144):	©Anne Fuchs

Projekte: Edition, Forschung, Bildung

Beitrag Hansen

Abb. 1 (S. 198):	Klassik Stiftung Weimar, Stabsreferat Forschung ©Klassik Stiftung Weimar
Abb. 2 (S. 199):	Klassik Stiftung Weimar, Stabsreferat Forschung ©Klassik Stiftung Weimar
Abb. 3 (S. 201):	Klassik Stiftung Weimar, Stabsreferat Forschung ©Klassik Stiftung Weimar

Dokumentationen und Miszellen

Beitrag Schäfer

Abb. 1 (S. 239):	Klassik Stiftung Weimar, Direktion Museen, Inv.-Nr. KKg/00480/001, Foto: Sigrid Geske. ©Klassik Stiftung Weimar.
Abb. 2 (S. 240):	Johann Wolfgang von Goethe. GA 2024.03452 C South 06/Drawer 09/GC169/Full Folio. Graphic Arts. Department of Special Collections. ©Princeton University Library.
Abb. 3 (S. 241):	F.A. Ackermanns Kunstverlag: *Göthe in seinem 77. Lebensjahre: Originalzeitung nach dem Leben gez. in Weimar, 7. Sept. 1826 von Ludwig Sebbers*. Gedenkblatt zum 50jährigen Todestage des Dichters. München 1882. GA 2024.02985 A Middle 29/Drawer 14/GC018/Half Folio/. Graphic Arts Collection. Department of Special Collections. ©Princeton University Library.
Abb. 4: (S. 243)	Medallion commemorating the centenary of Gothe's death. Profile portrait, white on blue, after a crayon portrait made by Ludwig Sebbers in 1826. Now in the Rare Book Room, Princeton. (Ex) 4310 C-12H/Numismatics. Department of Special Collections. ©Princeton University Library.

In memoriam

Abb. 1 (S. 309):	Foto privat.

Manuskripthinweise

1 Manuskripte (Zeilenabstand 1,5, Schrifttyp Arial, Schriftgröße 12 Punkt, einseitig beschrieben) senden Sie bitte per E-Mail an:

goethe-jahrbuch@klassik-stiftung.de

Abhandlungen sollten 30.000 Zeichen (inkl. Leerzeichen) nicht überschreiten. Bei Rezensionen wird der gewünschte Umfang dem Autor bei Vergabe der Rezension mitgeteilt.

Bitte beachten Sie, dass Teile aus Dissertationen nicht im *Jahrbuch* veröffentlicht werden.

2 Der Name des Verfassers steht bei Abhandlungen in Versalien über der Hauptüberschrift, bei Rezensionen kursiv unter dem Text.

3 a Absätze werden durch Einzug (links 1,25 cm) gekennzeichnet, größere Sinnabschnitte durch eine Leerzeile.

3 b Vers- und Prosazitate (Primär- und Sekundärliteratur) von vier und mehr Zeilen werden in der Regel durch Einrückung (links 1,25 cm) hervorgehoben. Anführungszeichen entfallen dann.

4 Titel von Büchern, Aufsätzen, Zeitschriften, Zeitungen, auch Kapitelüberschriften, werden im Text und in den Anmerkungen kursiv und ohne Anführungszeichen wiedergegeben. Ausnahme: Anführungszeichen werden benötigt bei Zitaten oder Titeln im Titel – Beispiel: Herman Meyer: *»Zarte Empirie«. Studien zur Literaturgeschichte*. Stuttgart 1963. Vgl. auch die Beispiele unter Punkt 12.

5 a Kürzere Zitate werden im Text und in den Anmerkungen durch »Anführungszeichen« kenntlich gemacht.

5 b Zitate innerhalb von Zitaten werden durch ›einfache Anführungszeichen‹ gekennzeichnet.

5 c Goethe-Zitate, die mit siglierten Werkausgaben des *Goethe-Jahrbuchs* belegt werden können, werden im Anschluss an das Zitat im Haupttext nachgewiesen; alle anderen Zitate werden in den Anmerkungen nachgewiesen. Andere Werkausgaben als die im *Siglenverzeichnis* aufgeführten werden im *Goethe-Jahrbuch* nicht zitiert.

6 a Stellen, die der Autor eines Beitrags hervorheben möchte, sind (bei Zitaten mit Kennzeichnung) zu kursivieren. Sie erscheinen dann auch in der Druckfassung kursiv.

6 b Sind Hervorhebungen in einem Zitat im Original durch Sperrung gekennzeichnet, bleibt die Sperrung auch in der Druckfassung erhalten. Bitte kennzeichnen Sie diese Stellen im Manuskript durch eine unterbrochene Linie.

7 Auslassungen in Zitaten werden durch eckige Klammern [...] gekennzeichnet.

8 a Die Anmerkungen erscheinen im Jahrbuch als Fußnoten, im Manuskript als Endnoten. Die Anmerkungszahlen sind automatisiert einzufügen. Sie werden hochgestellt, nicht mit Klammern versehen.

8 b Eine Anmerkungszahl, die sich auf einen Satz oder Teilsatz bezieht, steht nach dem jeweiligen Satzzeichen (Punkt, Komma etc.). Eine Anmerkungszahl, die sich auf ein Wort oder eine Wortgruppe innerhalb eines Satzes bezieht, steht unmittelbar hinter dem Wort oder der Wortgruppe.

8 c Absätze in den Anmerkungen sollten möglichst vermieden werden; stattdessen kann ein neuer Abschnitt durch einen Gedankenstrich vom vorherigen abgesetzt werden.

8 d Die Anmerkungen beginnen mit einem Großbuchstaben und enden mit einem Punkt. Namen von Autoren, Herausgebern oder Bearbeitern werden ausgeschrieben und nicht hervorgehoben.

9 Allgemeine bibliographische Begriffe werden abgekürzt (z.B.: Bd., Diss., Hrsg., hrsg. von, Jb., Jg., H., T., Nr., S., V. usw.).

10 Die verwendete Goethe-Ausgabe wird mit der entsprechenden Sigle im direkten Zitatanschluss nachgewiesen (z.B.: WA I, 5.1, S. 100; vergleichbar wird verfahren bei FA, LA, MA). Die Auflösung der Siglen erfolgt generell über das Siglen-Verzeichnis am Ende des Jahrbuchs.

11 Wird ein Titel wiederholt zitiert, erscheint lediglich der Nachname des Autors mit Verweis auf diejenige Stelle, an der er vollständig genannt ist:

Vulpius (Anm. 10), S. 132 f.

12 Für die Zitierweise in den Anmerkungen gelten folgende Beispiele:

Belagerung von Maynz (MA 14, S. 517-557).

René Jacques Baerlocher: *Nachwort*. In: *»Das Kind in meinem Leib«. Sittlichkeitsdelikte und Kindsmord in Sachsen-Weimar-Eisenach unter Carl August. Eine Quellenedition 1777-1786*. Hrsg. von Volker Wahl. Mit einem Nachwort von René Jacques Baerlocher. Weimar 2004, S. 331-504.

Katharina Mommsen: *Goethe und die arabische Welt*. Frankfurt a.M. 1988, S. 86 f.

Vgl. Reinhart Koselleck: *Goethes unzeitgemäße Geschichte*. In: GJb 1993, S. 27-39; hier S. 28.

Margarethe Beckurts: *Zur Bedeutung der Novelle in Goethes »Wahlverwandtschaften«*. In: *Zs. für deutsche Philologie* 103 (1984), Sonderheft, S. 75 f.

Peter Michelsen: *Fausts Erblindung*. In: *Aufsätze zu Goethes »Faust II«*. Hrsg. von Werner Keller. Darmstadt 1992, S. 345-356.

Heinrich Voß an Charlotte von Schiller, 12.11.1809; zit. nach: Härtl (Anm. 4), S. 73.

Bitte verwenden Sie statt der Angabe ff. stets die konkreten Seiten- bzw. Verszahlen. Anstelle von »a. a. O.« verwenden Sie bitte den Hinweis »Autorname bzw. Kurztitel (Anm. xx)«.

13 Die Autoren erhalten eine PDF-Datei des gedruckten Beitrags.

Goethe-Gesellschaft in Weimar e. V.
Herrn Prof. Dr. Stefan Matuschek
Präsident der Goethe-Gesellschaft
Burgplatz 4
99423 Weimar

Jahrbuch-Pate

Ich möchte die Goethe-Jahrbücher 2025, 2026 und 2027 mit einer Patenschaft fördern. Dafür dankt die Goethe-Gesellschaft den Jahrbuch-Paten namentlich am Anfang eines jeden geförderten Jahrbuchs.

Name, Vorname: ______________________________

Adresse: ______________________________

____

Hiermit ermächtige ich die Goethe-Gesellschaft in Weimar bis auf Widerruf, von meinem Konto mittels SEPA-Lastschrift den angekreuzten Betrag abzubuchen:

☐ 300,– € zum 31.3.2026 (eine Spendenbescheinigung geht Ihnen zu)

☐ jeweils 100,– € zum 31.3.2026, zum 31.3.2027 und zum 31.3.2028

☐ Bitte senden Sie mir jährlich eine Spendenbescheinigung.

Meine Kontoverbindung lautet:

Kreditinstitut: ______________________________

IBAN: ______________________________

BIC: ______________________________

______________________________ ______________________________

Ort, Datum Unterschrift

Wir bitten zu beachten:

Voraussetzung für die Lieferung des *Goethe-Jahrbuchs* ist die Entrichtung des Mitgliedsbeitrags von 60 € (Schülerinnen und Schüler, Studentinnen und Studenten, Arbeitssuchende, Lebenspartnerinnen und Lebenspartner eines Mitglieds 20 €).

Der Mitgliedsbeitrag ist bis zum 31. März des jeweiligen Kalenderjahres fällig. Es wird gebeten, ihn auf folgendes Konto zu überweisen:

Sparkasse Mittelthüringen
IBAN: DE37 8205 1000 0301 0040 48
BIC: HELADEF1WEM

oder per Bankscheck an die Geschäftsstelle der Goethe-Gesellschaft in Weimar.

Spenden für die Tätigkeit der Goethe-Gesellschaft erbitten wir auf das obengenannte Konto.

Wir bitten Sie, jede *Anschriftenänderung* der

Geschäftsstelle der Goethe-Gesellschaft
Burgplatz 4
99423 Weimar
Telefon: 03643 – 202050
E-mail: info@goethe-gesellschaft.de

mitzuteilen.

Anträge auf Mitgliedschaft können formlos an die Geschäftsstelle gerichtet werden. Jede Goethefreundin und jeder Goethefreund ist herzlich willkommen!

Bitte informieren Sie sich auch über unsere Gesellschaft unter
www.goethe-gesellschaft.de
und abonnieren Sie dort unseren kostenlosen Newsletter.